U0143291

《文選》文獻叢編

《文選》音注輯考

下

馬燕鑫 編著

鳳凰出版社

《文選》音注輯考卷三十

雜詩下

雜詩下

時　興

興,集注本及九條本引《音决》:虚應反。

盧子諒

亹亹圓象運,悠悠方儀廓。忽忽歲云暮,游原采蕭藿。北踰芒與河,南臨伊與洛。凝霜霑蔓草,悲風振林薄。摵摵芳葉零,橤橤芬華落。下泉激洌清,曠野增遼索。登高眺遐荒,極望無崖崿。形變隨時化,神感因物作。澹乎至人心,恬然存玄漠。

亹,陳八郎本、九條本:尾。　藿,集注本引《音决》、九條本:

火郭反。 蔓,集注本引《音决》、九條本:万。 薄,九條本:傍各反。 摵,集注本引《音决》:所革反。陳八郎本:所隔。九條本:所革反,又:所隔反。 橤,尤袤本李善注:如捶切。集注本作"蘂",引《音决》:而累反。九條本作"蘂":而累反。 崖,集注本引《音决》作"涯",音:厓。 崿,集注本引《音决》:魚各反。九條本、朝鮮正德本、奎章閣本:五各反。 澹,集注本引《音决》:大暫反。九條本:徒暫反。 恬,集注本引《音决》、九條本:徒兼反。 漠,集注本引《音决》:莫。

雜詩二首

陶淵明

結廬在人境,而無車馬喧。問君何能爾,心遠地自偏。采菊東籬下,悠然望南山。山氣日夕佳,飛鳥相與還。此還有真意,欲辯已忘言。

廬,集注本引《音决》:力於反。 喧,集注本引《音决》作"諠":許袁反。 偏,集注本引《音决》:匹綿反。 菊,集注本引《音决》:居六反。 籬,集注本引《音决》:離。 還,集注本引《音决》:恊韻音全,下如字。

秋菊有佳色,裛露掇其英。泛此忘憂物,遠我達世情。一觴雖獨進,杯盡壺自傾。日入羣動息,歸鳥趨林鳴。嘯傲東軒下,聊復得此生。

裛,集注本引《音决》:於業反,又:邑。陳八郎本:於劫。九條本:於劫反。 掇,集注本引《音决》:知劣反。 泛,集注本引《音决》:芳梵反。 壺,集注本引《音决》、九條本:胡。 傲,集注本引《音决》:五誥反。

詠貧士

陶淵明

萬族各有託，孤雲獨無依。曖曖虚中滅，何時見餘輝。朝霞開宿霧，衆鳥相與飛。遲遲出林翮，未夕復來歸。量力守故轍，豈不寒與飢。知音苟不存，已矣何所悲。

曖，集注本引《音决》、九條本：愛。　翮，集注本引《音决》：胡革反。　量，集注本引《音决》：良。　轍，集注本引《音决》：直列反。

讀山海經詩

陶淵明

孟夏草木長，繞屋樹扶踈。衆鳥欣有託，吾亦愛吾廬。既耕亦已種，且還讀我書。窮巷隔深轍，頗迴故人車。歡言酌春酒，擿我園中蔬。微雨從東來，好風與之俱。泛覽《周王傳》，流觀《山海圖》。俛仰終宇宙，不樂復何如。

夏，集注本引《音决》、九條本：下嫁反。　長，集注本引《音决》：丁丈反，亦如字。九條本：丁丈反。　繞，集注本引《音决》：而沼反。　耕，集注本引《音决》：吉行反。　種，集注本引《音决》、九條本：之用反。　擿，集注本作"樀"，引《音决》：竹革反。九條本：竹革反。　蔬，集注本引《音决》：色於反。　泛，集注本及九條本并引《音决》作"氾"：芳劒反。　覽，集注本引《音决》：力敢反。　傳，集注本引《音决》：直戀反。九條本：直恋反。　觀，集注本引《音决》：古丸反。　俛，集注本引《音决》、九條本：

勉。 樂,集注本引《音决》、九條本:洛。

七月七日夜詠牛女

謝惠連

落日隱櫩楹,升月照簾櫳。團團滿葉露,析析振條風。蹀足循廣除,瞬目矖曾穹。雲漢有靈匹,彌年闕相從。遐川阻昵愛,脩渚曠清容。

櫩,集注本引《音决》:以廉反。九條本作"檐":以廉反。 楹,集注本引《音决》、九條本:盈。 簾,集注本引《音决》、九條本:廉。 櫳,集注本引《音决》:力東反。 團,集注本引《音决》:度丸反。 析,集注本引《音决》:四狄反。陳八郎本:先歷。九條本:先歷反。 蹀,集注本引《音决》、陳八郎本、九條本:牒。 瞬,集注本引《音决》:舜,或爲瞬,音隣,通。陳八郎本、九條本:舜。○案:集注本引《音决》"或爲瞬"之"瞬"與正文同,不當爲異文。據音注"隣"字,"瞬"蓋"瞵"字形近之訛。《廣韻》"瞵,視皃",與詩意亦合。 矖,集注本引《音决》作"覶":所買反,蕭音所綺反。陳八郎本:力帝。九條本:力帝反。 穹,集注本引《音决》:丘弓反。 昵,集注本及九條本并引《音决》:女乙反。

弄杼不成藻,聳轡騖前蹤。昔離秋已兩,今聚夕無雙。傾河易迴斡,款顏難久悰。沃若靈駕旋,寂寥雲幄空。留情顧華寢,遥心逐奔龍。沈吟爲爾感,情深意彌重。

杼,集注本引《音决》、九條本:直吕反。 藻,集注本引《音决》、九條本:早。 聳,集注本引《音决》:息勇反。 易,集注本引《音决》、九條本:以智反。 斡,集注本引《音决》、九條本:烏活反。 款,集注本引《音决》:苦緩反。九條本:苦纔反。〇案:九條本"纔"疑爲"緩"字之訛。 悰,集注本引《音决》:在冬反。陳八郎本作"悰",音:悰。九條本、朝鮮正德本、奎章閣本:琮。〇案:陳八郎本"悰"爲"悰"字之訛。 沃,集注本引《音决》、九條本:烏谷反。 旋,集注本引《音决》:辝緣反。 寥,集注本引《音决》、九條本:力彫反。 幄,集注本引《音决》:於角反。 爲,集注本引《音决》、九條本:于僞反。 重,集注本引《音决》、九條本:逐龍反。

擣 衣

擣,集注本引《音决》:丁老反。

謝惠連

衡紀無淹度,晷運倏如催。白露滋園菊,秋風落庭槐。肅肅莎雞羽,烈烈寒螿啼。夕陰結空幙,霄月皓中閨。美人戒裳服,端飾相招攜。簪玉出北房,鳴金步南階。

晷,集注本引《音决》:軌。 倏,集注本作"儵",引《音决》:叔。九條本亦作"儵",音:叔。 催,集注本引《音决》:七回反。九條本:士回反。〇案:九條本"士"疑爲"七"字之訛。 槐,集注本引《音决》:協韻迴,周晋之俗言也。 螿,集注本引《音决》:將。北宋本及尤袤本李善注:子羊切。陳八郎本:子良。九條本:章,又:子良反。〇案:螿、子爲精母,章爲章母,九條本音章組與精組混切。 幙,集注本引《音决》、九條本:莫。 皓,集注本引《音决》:胡老反。 攜,集注本作"携",引《音决》:户圭反。九條本亦作"携":户圭反。 簪,集注本引《音决》、九條本:側今反。

櫩高砧響發，楹長杵聲哀。微芳起兩袖，輕汗染雙題。紈素既已成，君子行未歸。裁用笥中刀，縫爲萬里衣。盈篋自余手，幽緘候君開。腰帶準疇昔，不知今是非。

櫩，集注本引《音决》：以廉反。　砧，集注本引《音决》：張林反。九條本引《音决》：鄣林反。北宋本及尤袤本李善注：猪金切。〇案：九條本所引《音决》與集注本《音决》不同。　汗，集注本引《音决》：何旦反。　題，集注本引《音决》：定兮反。　笥，集注本引《音决》、九條本、朝鮮正德本、奎章閣本：四。　篋，集注本引《音决》：苦愜反。陳八郎本：苦頰。九條本：苦頰反。　緘，集注本引《音决》、九條本：古咸反。北宋本及尤袤本李善注：古咸切。　候，集注本作"俟"，引《音决》：士。　腰，集注本引《音决》作"要"：一遥反。　疇，集注本引《音决》：直留反。

南樓中望所遲客

遲，集注本引《音决》：值。陳八郎本：去聲。九條本：去声，又：值。

謝靈運

杳杳日西頹，漫漫長路迫。登樓爲誰思，臨江遲來客。與我別所期，期在三五夕。圓景早已滿，佳人猶未適。即事怨睽攜，感物方悽戚。

杳，集注本引《音决》：於了反。　頹，集注本引《音决》：大回反。　漫，集注本引《音决》：莫旦反。　迫，集注本引《音决》：伯。　爲，集注本引《音决》、九條本：于偽反。　遲，集注本引《音决》：值。　睽，集注本引《音决》、九條本：苦携反。陳八郎本：苦圭。　悽，集注本引《音决》：妻。

孟夏非長夜,晦明如歲隔。瑶華未堪折,蘭苕已屢摘。路阻莫贈問,云何慰離析。搔首訪行人,引領冀良覿。

瑶,集注本引《音决》:遥。 折,集注本引《音决》:之舌反。 苕,集注本引《音决》、九條本:條。 摘,集注本及九條本并引《音决》:竹革反。 析,集注本引《音决》:四狄反。陳八郎本:先歷。九條本:先歷反。 搔,集注本引《音决》:素刀反。 覿,集注本引《音决》:大歷反。九條本:土歷反。〇案:覿、大爲定母,土爲透母,聲紐不同。土、大隸書相近,九條本"土"疑爲"大"字形近之訛。

田南樹園激流植援

謝靈運

樵隱俱在山,由來事不同。不同非一事,養痾丘園中。中園屏氛雜,清曠招遠風。卜室倚北阜,啓扉面南江。激澗代汲井,插槿當列墉。

樵,集注本引《音决》:在焦反。九條本:在遥反。 痾,集注本引《音决》:阿。 屏,集注本引《音决》:必静反。 倚,集注本引《音决》:於綺反。 扉,集注本引《音决》:非。 汲,集注本引《音决》、九條本:急。 插,集注本引《音决》、九條本:初洽反。 槿,集注本引《音决》、九條本:謹。 當,集注本引《音决》:丁浪反。 墉,集注本引《音决》、九條本:以龍反。

群木既羅户,衆山亦對牕。靡迤趨下田,迢遞瞰高峯。寡欲不期勞,即事罕人功。唯開蔣生逕,永懷求羊踪。賞心不可忘,妙善冀能同。

衆,集注本引《音决》:之仲反。 迤,集注本引《音决》:以尔反。　迢，集注本及九條本旁記引《音决》作"岹"，音：條。　遞，集注本及九條本旁記引《音决》作"嵽"，音：第。　瞰，集注本引《音决》：苦蹔反。九條本：勞暫反。〇案：九條本"勞"爲"苦"字之訛。　蔣，集注本引《音决》、九條本：子兩反。

齋中讀書

謝靈運

昔余游京華，未嘗廢丘壑。矧迺歸山川，心迹雙寂漠。虚館絶諍訟，空庭來鳥雀。卧疾豐暇豫，翰墨時間作。懷抱觀古今，寢食展戲謔。

壑，集注本引《音决》：呼各反。九條本：許各反。　矧，集注本引《音决》：尸忍反。　漠，集注本引《音决》：莫。　諍，集注本引《音决》：爭之去聲。　間，集注本引《音决》：居莧反。　謔，集注本引《音决》：虚約反。

既笑沮溺苦，又哂子雲閣。執戟亦以疲，耕稼豈云樂。萬事難并歡，達生幸可託。

沮，集注本引《音决》：七余反。　溺，集注本引《音决》：乃的反。　哂，集注本引《音决》：尸忍反。　戟，集注本引《音决》：居亦反。　疲，集注本引《音决》：皮。　稼，集注本引《音决》：嫁。　樂，集注本引《音决》、九條本：洛。　【附】集注本、北宋本、尤袤本李善注：《莊子》曰：達生之情者傀。傀音瑰。

石門新營所住四面高山迴溪石瀨脩竹茂林詩

謝靈運

躋險築幽居,披雲卧石門。苔滑誰能步,葛弱豈可捫。嫋嫋秋風過,萋萋春草繁。美人游不還,佳期何由敦。芳塵凝瑶席,清醑滿金樽。洞庭空波瀾,桂枝徒攀翻。

躋,集注本引《音决》:子兮反。 築,集注本引《音决》:竹。 苔,集注本引《音决》:臺。 滑,集注本引《音决》、九條本:胡八反。 捫,集注本引《音决》:門。 嫋,集注本引《音决》:奴了反。陳八郎本:奴了。九條本:女了反。 過,集注本引《音决》、九條本:戈。 萋,集注本引《音决》:妻。 敦,集注本引《音决》:多昆反。 瑶,集注本引《音决》、九條本:遥。 醑,集注本引《音决》、九條本:思吕反。 樽,集注本引《音决》、九條本:尊。 瀾,集注本引《音决》、九條本:蘭。

結念屬霄漢,孤景莫與諼。俯濯石下潭,仰看條上猿。早聞夕飈急,晚見朝日暾。崖傾光難留,林深響易奔。感往慮有復,理來情無存。庶持乘日車,得以慰誉魂。匪爲衆人説,冀與智者論。

屬,集注本引《音决》、九條本:之欲反。 景,集注本引《音决》:影。 諼,集注本引《音决》:火爰反。陳八郎本、九條本:喧。 濯,集注本引《音决》、九條本:直角反。 潭,集注本引《音决》:大南反。集注本及九條本并引五家作"濞":普秘反。陳八郎本亦作"濞",音:普祕。 猿,集注本引《音决》、九條本作"猨",音:爰。 飈,集注本引《音决》:必遥反。九條本作"飄":必遥反。 暾,集注本引《音决》:土昆反。陳八郎本、九條本:土論反。 易,集注本引《音决》:以智反。九條本:以豉反。 復,集注本引《音决》:伏。九條本:復。〇案:九條本音“復”涉正文而誤。 爲,集注本引《音决》:于僞反。 衆,集注本引《音决》:之仲反。

雜 詩

王景玄

思婦臨高臺,長想憑華軒。弄絃不成曲,哀歌送苦言。箕箒留江介,良人處鴈門。詎憶無衣苦,但知狐白温。日闇牛羊下,野雀滿空園。孟冬寒風起,東壁正中昏。朱火獨照人,抱景自愁怨。誰知心曲亂,所思不可論。

思,集注本引《音决》:先自反。 箕,集注本引《音决》、九條本:居疑反。 箒,集注本引《音决》、九條本:之受反。 介,集注本引《音决》、九條本:界。 處,集注本引《音决》、九條本:昌吕反。 狐,集注本引《音决》:户孤反。 照,九條本作“炤”,音:昭。 怨,集注本引《音决》:於元反。陳八郎本:平聲。

數 詩

數,集注本引《音决》:史住反。九條本:尺住反。〇案:九條本“尺”疑爲“史”字草書。

鮑明遠

一身仕關西,家族滿山東。二年從車駕,齋祭甘泉宫。三朝國慶畢,休沐還舊邦。四牡曜長路,輕蓋若飛鴻。五侯相餞送,高會集新豐。

六樂陳廣坐,組帳揚春風。七盤起長袖,庭下列歌鍾。八珍盈彫俎,綺肴紛錯重。九族共瞻遲,賓友仰徽容。十載學無就,善宦一朝通。

從,集注本引《音决》、九條本:才用反。　齋,集注本引《音决》、九條本:側階反。　沐,集注本引《音决》、九條本:木。　牡,集注本引《音决》、九條本:母。　樂,九條本:岳。　坐,集注本引《音决》:才卧反。　組,集注本引《音决》:祖。　俎,集注本引《音决》:阻。　肴,集注本引《音决》、九條本:下交反。　重,集注本引《音决》、九條本:直龍反。　遲,集注本引《音决》、九條本:值。陳八郎本:去聲。　徽,集注本引《音决》、九條本:輝。　宦,集注本引《音决》、九條本:患。

翫月城西門解中

解,集注本引《音决》、九條本:懈。

鮑明遠

始見西南樓,纖纖如玉鉤。末映東北墀,娟娟似蛾眉。蛾眉蔽珠櫳,玉鉤隔瑣窻。三五二八時,千里與君同。夜移衡漢落,徘徊帷户中。歸華先委露,别葉早辭風。客游厭苦辛,仕子倦飄塵。

見,集注本引《音决》、九條本:何殿反。　纖,集注本引《音决》:息廉反。　墀,集注本引《音决》:遲。　娟,集注本引《音决》、九條本:一緣反。　蛾,集注本引《音决》、九條本:魚何反。　櫳,集注本引《音决》、九條本:力東反。　瑣,集注本作"璅",引《音决》:素果反。九條本亦作"璅":素果反。　厭,集注本引《音决》作"猒":一艷反。九條本作"厭":一艷反。　倦,集注本引《音决》作"勌":其卷反。九條本:其卷反。

休澣自公日，宴慰及私辰。蜀琴抽《白雪》，郢曲發《陽春》。肴乾酒未缺，金壺啓夕淪。迴軒駐輕蓋，留酌待情人。

澣，集注本引《音决》、九條本：户管反。　抽，集注本引《音决》：勑由反。　郢，集注本引《音决》：以井反。　發，集注本引《音决》作“繞”：而小反。　乾，集注本引《音决》、九條本：干。　壺，集注本引《音决》、九條本：胡。　駐，集注本引《音决》：竹樹反。

始出尚書省

省，集注本引《音决》：所景反。

謝玄暉

惟昔逢休明，十載朝雲陛。既通金閨籍，復酌瓊筵醴。宸景厭照臨，昏風淪繼體。紛虹亂朝日，濁河穢清濟。防口猶寬政，餐荼更如薺。

朝，集注本引《音决》：直遥反。　陛，集注本引《音决》、九條本：步礼反。　瓊，集注本引《音决》、九條本：巨营反。　醴，集注本引《音决》、九條本：礼。　宸，集注本引《音决》、九條本：辰。　厭，集注本引《音决》：一艷反。　體，九條本：徒礼反。　虹，集注本引《音决》、九條本：紅。　濟，集注本引《音决》、九條本：子礼反。　防，集注本引《音决》、九條本：房。　餐，集注本作“湌”，引《音决》：素干反。　荼，集注本引《音决》：徒。　薺，集注本引《音决》、九條本：在礼反。

英衮暢人謀，文明固天啓。青精翼紫軑，黄旗映朱邸。還睹司隷章，復見東都禮。中區咸已泰，輕生諒昭洒。趨事辭宫闕，載筆陪旌棨。

邑里向疎蕪，寒流自清泚。衰柳尚沈沈，凝露方泥泥。零落悲友朋，歡虞讌兄弟。既秉丹石心，寧流素絲涕。乘此終蕭散，垂竿深澗底。

衮，集注本引《音决》、九條本：古本反。 啓，九條本：康礼反。 軑，集注本引《音决》、陳八郎本、九條本：大。 旗，集注本引《音决》、九條本：其。 邸，集注本引《音决》、九條本：丁礼反。 洒，集注本引《音决》：子礼反。北宋本及尤袤本李善注：桑禮切。陳八郎本：洗。九條本：先礼反。 陪，集注本引《音决》：步回反。 旌，集注本引《音决》、九條本：精。 棨，集注本引《音决》、九條本：去弟反。北宋本及尤袤本李善注、陳八郎本：啓。 蕪，集注本引《音决》、九條本：無。 泚，集注本引《音决》、九條本：七礼反。北宋本及尤袤本李善注：且禮切。 泥，集注本引《音决》：那礼反。陳八郎本：上聲。九條本：奴礼反，叶，又：上声。 讌，集注本引《音决》：一見反。 弟，九條本：徒礼反。 涕，九條本：协他礼反。 底，九條本：协都礼反。

直中書省

省，集注本引《音决》：所景反。

謝玄暉

紫殿肅陰陰，彤庭赫弘敞。風動萬年枝，日華承露掌。玲瓏結綺錢，深沈映朱網。紅藥當階飜，蒼苔依砌上。兹言翔鳳池，鳴珮多清響。信美非吾室，中園思偃仰。朋情以鬱陶，春物方駘蕩。安得凌風翰，聊恣山泉賞。

彤，集注本引《音决》：大冬。九條本：大冬反。〇案：集注本“大冬”下脱“反”字。 敞，集注本引《音决》、九條本：尺掌反。

玲,集注本引《音决》:力丁反。 瓏,集注本引《音决》:力東反。 當,集注本引《音决》:丁浪反。 飜,集注本引《音决》:芳煩反。 砌,集注本引《音决》、九條本:七帝反。 上,集注本引《音决》、九條本:時掌反。 駘,集注本引《音决》:待。陳八郎本:徒改。九條本:大。 恣,集注本引《音决》、九條本:即自反。

觀朝雨

觀,九條本:古翫反,下同。

謝玄暉

朔風吹飛雨,蕭條江上來。既灑百常觀,復集九成臺。空濛如薄霧,散漫似輕埃。平明振衣坐,重門猶未開。耳目暫無擾,懷古信悠哉。戢翼希驤首,乘流畏曝鰓。動息無兼遂,歧路多徘徊。方同戰勝者,去翦北山萊。

灑,集注本引《音决》:所蟹反。 觀,集注本引《音决》:古翫反。 濛,集注本引《音决》、九條本:蒙。 漫,集注本引《音决》:莫旦反。 埃,集注本引《音决》、九條本:哀。 重,集注本引《音决》:逐龍反。 擾,集注本引《音决》、九條本:而沼反。 戢,集注本引《音决》、九條本:側及反。 驤,集注本引《音决》:四良反。九條本:而良反。〇案:九條本"而"疑爲"四"字之訛。 曝,集注本引《音决》、九條本:步卜反。 鰓,集注本引《音决》:先來反。陳八郎本:先來。九條本:朱來反。〇案:九條本"朱"爲"先"字之訛。 勝,集注本引《音决》:詩證反。 翦,集注本引《音决》:子踐反。

郡内登望

謝玄暉

借問下車日，匪直望舒圓。寒城一以眺，平楚正蒼然。山積陵陽阻，溪流春穀泉。威紆距遥甸，巉嵒帶遠天。切切陰風暮，桑柘起寒煙。悵望心已極，惝怳魂屢遷。結髮倦爲旅，平生早事邊。誰規鼎食盛，寧要狐白鮮。方棄汝南諾，言税遼東田。

溪，集注本引《音决》：去兮反。　距，集注本引《音决》作"拒"，音：巨。九條本：巨。　巉，集注本引《音决》、九條本：士咸反。　嵒，集注本引《音决》、九條本：五咸反。　切，集注本引《音决》、九條本：七結反。　柘，九條本：謝。〇案：柘爲章母，謝爲邪母，章組精組混切。　煙，集注本引《音决》：一賢反。　惝，集注本作"敞"，引《音决》：尺掌反。北宋本及尤袤本李善注：兄壤切。九條本亦作"敞"：尸掌反。〇案：九條本"尸"爲"尺"字之訛。　怳，集注本引《音决》、九條本：虚往反。北宋本及尤袤本李善注：況往切。　【附】集注本李善注：《楚詞》曰：怊敞怳而永懷。怊，勑驕反。〇案：北宋本、尤袤本"怊"訛作"招"。　要，集注本引《音决》：一遥反。　鮮，集注本引《音决》：息延反。　税，集注本引《音决》：芮反。九條本：詩芮反。〇案：集注本"芮"上脱"詩"字。

和伏武昌登孫權故城

謝玄暉

炎靈遺劒璽，當塗駭龍戰。聖期缺中壤，霸功興寓縣。鵲起登吴山，鳳翔陵楚甸。衿帶窮巖險,帷帟盡謀選。北拒溺驂鑣,西龕收組練。江海既無波,俯仰流英盼。裘冕類禋郊,卜揆崇離殿。鈞臺臨講閲,樊山開廣讌。

壐,集注本引《音决》、九條本:徙。　駭,集注本引《音决》:何楷反。　期,九條本作"朝":直遥反。　寓,集注本引《音决》、九條本:宇。　鵲,集注本引《音决》、九條本:七略反。　【附】北宋本及尤袤本李善注:《莊子》曰:鵲上城之垝。垝,居毁切。　帟,集注本引五家:亦。　選,集注本引《音决》:四卷反。　驂,集注本引《音决》:參。　鑣,集注本引《音决》、九條本:布苗反。　龕,集注本引《音决》、九條本:堪。　組,集注本引《音决》、九條本:祖。　盼,集注本作"眄",引《音决》:亡見反。　裘,集注本引《音决》:求。　冕,集注本引《音决》、九條本:免。　禋,集注本引《音决》、九條本:因。　閲,集注本引《音决》、九條本:悦。　樊,九條本:班。　讌,集注本引《音决》:一見反。

文物共葳蕤,聲明且葱蒨。三光厭分景,書軌欲同薦。參差世祀忽,寂漠市朝變。舞館識餘基,歌梁想遺轉。故林衰木平,荒池秋草遍。雄圖悵若兹,茂宰深遐睠。幽客滯江皋,從賞乖纓弁。清卮阻獻酬,良書限聞見。幸籍芳音多,承風采餘絢。于役儻有期,鄂渚同游衍。

蕤,集注本引《音决》:耳隹反。　蒨,集注本引《音决》、九條本:七見反。　厭,集注本引《音决》:一艷反。九條本作"懕":一艷反。〇案:集注本引《音决》"厭"字處紙殘,未知是否作"懕"。　薦,集注本引《音决》:子見反。九條本:晋。〇案:搢紳一作薦紳,是搢與薦音同之例。　參,集注本引《音决》:楚今反。　差,集注本引《音决》:楚宜反。　朝,集注本引《音决》、九條本:直遥反。 轉,集注本引《音决》作"囀":丁戀反。 睠,集注本引《音决》、九條本:卷。 巵,集注本及九條本并引《音决》:支。 絢,集注本及九條本并引《音决》:火縣反。 儻,集注本引《音决》:他朗反。 鄂,集注本引《音决》:魚各反。九條本:五各反。 衍,集注本引《音决》:恊韻,以戰反。九條本:以戰,叶。

和王著作八公山

著,集注本引《音决》、九條本:丁慮反。

謝玄暉

二别阻漢坻,雙崤望河澳。兹嶺復巑岏,分區奠淮服。東限琅邪臺,西距孟諸陸。仟眠起雜樹,檀欒蔭脩竹。日隱澗凝空,雲聚岫如複。

别,集注本引《音决》:彼列反。 坻,集注本引《音决》、九條本:持。陳八郎本:直尼。 崤,集注本引《音决》:下交反。 澳,集注本引《音决》、九條本:於六反。陳八郎本:於六。 巑,集注本引《音决》、九條本:在丸反。陳八郎本:在丸。 岏,集注本引《音决》、九條本:五丸反。陳八郎本:五丸。 奠,集注本引《音决》、九條本:大見反。 琅,集注本引《音决》作"瑯",音:郎。九條本:郎。 邪,集注本作"琊",引《音决》:以嗟反。九條本亦作"琊":以差反。 距,集注本引《音决》:巨。 仟,集注本引《音决》、九條本作"阡",音:千。 檀,集注本引《音决》:大丹反。 欒,集注本引《音决》、九條本:力丸反。 澗,集注本引《音决》作"磵",音:澗。 複,集注本引《音决》、九條本:芳伏反。

出没眺樓雉,遠近送春目。戎州昔亂華,素景淪伊穀。阽危賴宗衮,微管寄明牧。長虵固能翦，奔鯨自此曝。道峻芳塵流，業遥年運儵。平生仰令圖，吁嗟命不淑。浩蕩别親知，連翩戒征軸。再遠館娃宫，兩去河陽谷。風煙四時犯，霜雨朝夜沐。春秀良已凋，秋場庶能築。

阽，集注本引《音决》：塩。陳八郎本：余廉。朝鮮正德本、奎章閣本：鹽。　衮，集注本引《音决》、九條本：古本反。　鯨，九條本：予景反。〇案：九條本音有誤。　曝，集注本引《音决》：步卜反。陳八郎本作"暴"，音：蒲卜。九條本：蒲卜反。　令，集注本引《音决》：力政反。　浩，集注本引《音决》、九條本：胡老反。　遠，集注本引《音决》、九條本：于願反。　娃，集注本引《音决》作"姓"：於佳反。陳八郎本：於佳。〇案：集注本"姓"蓋"娃"字書體之變。　築，集注本引《音决》：竹。

和徐都曹

謝玄暉

宛洛佳遨游，春色滿皇州。結軫青郊路，迴瞰蒼江流。日華川上動，風光草際浮。桃李成蹊逕，桑榆陰道周。東都已俶載，言歸望緑疇。

宛，集注本引《音决》、九條本：於元反。　遨，集注本引《音决》：五高反。　軫，集注本引《音决》：之忍反。　瞰，集注本引《音决》、九條本：苦暫反。　蒼，九條本作"滄"，音：倉。　蹊，集注本引《音决》：兮。九條本：玄兮反。　榆，集注本引《音决》：以朱反。　俶，集注本引《音决》：昌六反。

和王主簿怨情

簿,集注本引《音决》作“薄”:步古反。九條本:步古反。

謝玄暉

掖庭聘絶國,長門失歡宴。相逢詠靡蕪,辭寵悲班扇。花叢亂數蝶,風簾入雙燕。徒使春帶賒,坐惜紅粧變。生平一顧重,宿昔千金賤。故人心尚爾,故人心不見。

掖,集注本引《音决》、九條本:亦。 聘,集注本引《音决》:匹政反。 靡,集注本作“蘼”,引《音决》、九條本:眉。 蕪,集注本引《音决》、九條本:無。〇案:集注本引《音决》“蕪”原作“無”,涉音注而誤。 數,集注本引《音决》、九條本:史宇反。 蝶,集注本引《音决》、九條本:牒。 簾,集注本引《音决》:廉。 燕,集注本引《音决》:一見反。九條本作“鷰”:一見反。 賒,集注本引《音决》:式耶反。

和謝宣城

沈休文

王喬飛鳧舄,東方金馬門。從宦非宦侣,避世不避喧。揆余發皇鑒,短翮屢飛飜。晨趨朝建禮,晚沐卧郊園。賓至下塵榻,憂來命緑樽。昔賢侔時雨,今守馥蘭蓀。

舄,集注本引《音决》、九條本:昔。 喧,集注本引《音决》、九條本:火袁反。 朝,集注本引《音决》:直遥反。 榻,集注本引《音决》、九條本:吐臈反。 緑,集注本引《音决》、九條本作“醁”,音:緑。 侔,集注本引《音决》、九條本:亡侯反。 守,集注本引《音决》、九條本：獸。　馥，集注本引《音决》、九條本：伏。　蓀，集注本引《音决》：孫。九條本：息昆反。

神交疲夢寐，路遠隔思存。牽拙謬東汜，浮惰及西昆。顧循良菲薄，何以儷璵璠。將隨渤澥去，刷羽泛清源。

謬，集注本引《音决》：亡又反。　汜，集注本引《音决》、九條本：似。　惰，集注本引《音决》、九條本：徒卧反。　昆，集注本引《音决》、九條本：昆。　菲，集注本引《音决》：芳尾反。　儷，集注本引《音决》：力帝反。九條本：力离反。　璵，集注本引《音决》、九條本：余。　璠，集注本引《音决》：付爰反。九條本：甫煩反。　渤，集注本引《音决》、九條本：步没反。　澥，集注本引《音决》、九條本：蟹。　刷，集注本引《音决》、九條本：所劣反。　泛，九條本：芳濫反。

應王中丞思遠詠月

應，集注本引《音决》、九條本：於證反。

沈休文

月華臨静夜，夜静滅氛埃。方暉竟户入，圓影隙中來。高樓切思婦，西園游上才。網軒映珠綴，應門照緑苔。洞房殊未曉，清光信悠哉。

氛，集注本引《音决》、九條本：芳云反。　埃，集注本引《音决》、九條本：哀。　隙，集注本作“隟”，引《音决》：去逆反。　思，集注本引《音决》：先自反。　綴，集注本引《音决》：知歲反。　應，集注本引《音决》：一陵反。　苔，集注本引《音决》：臺。

冬節後至丞相第詣世子車中

沈休文

廉公失權勢,門館有虚盈。貴賤猶如此,況乃曲池平。高車塵未滅,珠履故餘聲。賓階緑錢滿,客位紫苔生。誰當九原上,鬱鬱望佳城。

車,九條本:居。集注本引《音决》作"軒":許言反。　苔,集注本引《音决》:臺。　鬱,集注本引《音决》:於勿反。

學省愁卧

沈休文

秋風吹廣陌,蕭瑟入南闈。愁人掩軒卧,高牕時動扉。虚館清陰滿,神宇曖微微。網蟲垂户織,夕鳥傍櫚飛。纓珮空爲忝,江海事多違。山中有桂樹,歲暮可言歸。

曖,九條本:愛。　傍,九條本:皮謗反。　櫚,九條本引《音决》:以廉反。

詠湖中雁

沈休文

白水滿春塘,旅雁每迴翔。唼流牽弱藻,斂翮帶餘霜。羣浮動輕浪,單泛逐孤光。懸飛竟不下,亂起未成行。刷羽同摇漾,一舉還故鄉。

唼,陳八郎本:所甲。九條本:所甲反。　行,九條本:何郎反。

三月三日率爾成篇

沈休文

麗日屬元巳，年芳具在斯。開花已匝樹，流嚶復滿枝。洛陽繁華子，長安輕薄兒。東出千金堰，西臨雁鶩陂。游絲映空轉，高楊拂地垂。緑幘文照耀，紫燕光陸離。清晨戲伊水，薄暮宿蘭池。象筵鳴寶瑟，金瓶泛羽卮。寧憶春蠶起，日暮桑欲萎。長袂屢以拂，彫胡方自炊。愛而不可見，宿昔減容儀。且當忘情去，嘆息獨何爲。

巳，九條本：似。　嚶，北宋本及尤袤本李善注：於耕切。九條本：於耕反。　堰，北宋本及尤袤本李善注：一建切。【附】北宋本及尤袤本李善注：楊佺期《洛陽記》曰：千金堰在洛陽城西，去城三十五里，堰上有穀水塢。一作塌，音竭。塢，烏古切。　鶩，陳八郎本：莫卜。九條本：木。　陂，九條本：布皮反。　幘，陳八郎本、九條本：責。　瓶，九條本：步螢反。　卮，九條本：之。　袂，九條本：放例反。〇案：九條本"放"疑爲"弥"字之訛。袂爲明母，放爲幫母，聲紐不同。九條本"弓"旁習作"方"，"尔"與"攵"又形近，故易淆誤。　炊，九條本：吹。　減，九條本：居湛反。

雜擬上

擬古詩十二首

陸士衡

擬行行重行行

悠悠行邁遠，戚戚憂思深。此思亦何思，思君徽與音。音徽日夜離，緬邈若飛沈。王鮪懷河岫,晨風思北林。游子眇天末,還期不可尋。驚飈褰反信,歸雲難寄音。佇立想萬里,沈憂萃我心。攬衣有餘帶,循形不盈衿。

緬,九條本:亡善反。

擬今日良宴會

閑夜命歡友,置酒迎風館。齊僮《梁甫吟》,秦娥《張女彈》。哀音繞棟宇,遺響入雲漢。四坐咸同志,羽觴不可筭。高談一何綺,蔚若朝霞爛。人生無幾何,爲樂常苦晏。譬彼伺晨鳥,楊聲當及旦。曷爲恒憂苦,守此貧與賤。

伺,九條本:司。

擬迢迢牽牛星

昭昭清漢暉,粲粲光天步。牽牛西北迴,織女東南顧。華容一何冶,揮手如振素。怨彼河無梁,悲此年歲暮。跂彼無良緣,晥焉不得度。引領望大川,雙涕如霑露。

跂,陳八郎本、九條本:企。　晥,陳八郎本:户板。九條本:胡板反。

擬涉江采芙蓉

上山采瓊蘂,穹谷饒芳蘭。采采不盈掬,悠悠懷所歡。故鄉一何曠,山川阻且難。沈思鍾萬里,躑躅獨吟嘆。

掬,九條本:居六反。　嘆,陳八郎本:平聲。

擬青青河畔草

靡靡江離草，熠燿生河側。皎皎彼姝女，阿那當軒織。粲粲妖容姿，灼灼美顔色。良人游不歸，偏栖獨隻翼。空房來悲風，中夜起嘆息。

熠，陳八郎本：以入。九條本：以入反。　燿，九條本：以召反。　阿，陳八郎本：上聲。九條本：於可反。　那，陳八郎本作“䢁”：上聲。九條本：乃可反。　軒，九條本：許言反。　隻，九條本：尺。

擬明月何皎皎

安寢北堂上，明月入我牖。照之有餘暉，攬之不盈手。涼風繞曲房，寒蟬鳴高柳。踟蹰感節物，我行永已久。游宦會無成，離思難常守。

擬蘭若生朝陽

嘉樹生朝陽，凝霜封其條。執心守時信，歲寒終不彫。美人何其曠，灼灼在雲霄。隆想彌年月，長嘯入飛飈。引領望天末，譬彼向陽翹。

翹，九條本：巨遥反。

擬青青陵上柏

冉冉高陵蘋，習習隨風翰。人生當幾何，譬彼濁水瀾。戚戚多滯念，置酒宴所歡。方駕振飛轡，遠游入長安。名都一何綺，城闕鬱盤桓。飛閣纓虹帶，曾臺冒雲冠。高門羅北闕，甲第椒與蘭。俠客控絶景，都人驂玉軒。遨游放情願，慷慨爲誰嘆。

俠，九條本：胡蝶反。　驂，九條本：七男反。　嘆，陳八郎本、九條本：平聲。

擬東城一何高

西山何其峻,曾曲鬱崔嵬。零露彌天墜,蕙葉憑林衰。寒暑相因襲,時逝忽如頹。三閭結飛轡,大耋嗟落暉。曷爲牽世務,中心若有違。京洛多妖麗,玉顏侔瓊蕤。閑夜撫鳴琴,惠音清且悲。長歌赴促節,哀響逐高徽。一唱萬夫嘆,再唱梁塵飛。思爲河曲鳥,雙游豐水湄。

崔,九條本:在迴反。　嵬,九條本:五迴反。　耋,陳八郎本:大結。九條本:大結反。　曷,九條本:何。　蕤,九條本:子維反。○案:蕤爲日母,子爲精母,聲紐不同。九條本"子"爲"尒"字之訛,卷五《吴都賦》"羽旄揚蕤",九條本即音"尒惟反"。

擬西北有高樓

高樓一何峻,苕苕峻而安。綺窗出塵冥,飛陛躡雲端。佳人撫琴瑟,纖手清且閑。芳氣隨風結,哀響馥若蘭。玉容誰得顧,傾城在一彈。佇立望日昃,躑躅再三嘆。不怨佇立久,但願歌者歡。思駕歸鴻羽,比翼雙飛翰。

苕,九條本:條。　嘆,陳八郎本、九條本:平聲。　翰,陳八郎本:平聲。

擬庭中有奇樹

歡友蘭時往,苕苕匿音徽。虞淵引絶景,四節逝若飛。芳草久已茂,佳人竟不歸。躑躅遵林渚,惠風入我懷。感物戀所歡,采此欲貽誰。

擬明月皎夜光

歲暮凉風發,昊天肅明明。招摇西北指,天漢東南傾。朗月照閑房,蟋蟀吟户庭。翻翻歸雁集,嘒嘒寒蟬鳴。疇昔同宴友,翰飛戾高冥。

服美改聲聽，居愉遺舊情。織女無機杼，大梁不架楹。

嘒，陳八郎本：呼桂。　愉，九條本：以朱反。

擬四愁詩

張孟陽

我所思兮在營州，欲往從之路阻脩。登崖遠望涕泗流，我之懷矣心傷憂。佳人遺我綠綺琴，何以贈之雙南金。願因流波超重深，終然莫致增永吟。

擬古詩

陶淵明

日暮天無雲，春風扇微和。佳人美清夜，達曙酣且歌。歌竟長嘆息，持此感人多。明明雲間月，灼灼葉中花。豈無一時好，不久當如何。

擬魏太子鄴中集詩八首并序

謝靈運

建安末，余時在鄴宫，朝游夕讌，究歡愉之極。天下良辰美景，賞心樂事，四者難并。今昆弟友朋，二三諸彦，共盡之矣。古來此娱，書籍未見，何者。楚襄王時有宋玉、唐景，梁孝王時有鄒、枚、嚴、馬，游者美矣，而其主不文。漢武帝徐樂諸才，備應對之能。而雄猜多忌，豈獲晤言之適。不誣方將，庶必賢於今日爾。歲月如流，零落將盡。撰文懷人，感往增愴。其辭曰：

樂，九條本：岳。 對，九條本：於對反。〇案：九條本“於”疑當作“張”。對爲端母，張爲知母，聲紐古同。

魏太子

百川赴巨海，衆星環北辰。照灼爛霄漢，遥裔起長津。天地中横潰，家王拯生民。區宇既滌蕩，羣英必來臻。忝此欽賢性，由來常懷仁。況值衆君子，傾心隆日新。論物靡浮説，析理實敷陳。羅縷豈闕辭，窈窕究天人。澄觴滿金罍，連榻設華茵。急絃動飛聽，清歌拂梁塵。何言相遇易，此歡信可珍。

潰，九條本：胡對反。 析，陳八郎本、九條本：先歷。

王　粲

家本秦川，貴公子孫，遭亂流寓，自傷情多。

幽厲昔崩亂，桓靈今板蕩。伊洛既燎煙，函崤没無像。整裝辭秦川，秣馬赴楚壤。沮漳自可美，客心非外奬。常嘆詩人言，式微何由往。上宰奉皇靈，侯伯咸宗長。雲騎亂漢南，紀郢皆掃盪。排霧屬盛明，披雲對清朗。慶泰欲重疊，公子特先賞。不謂息肩願，一旦值明兩。并載游鄴京，方舟泛河廣。綢繆清讌娱，寂寥梁棟響。既作長夜飲，豈顧乘日養。

板，九條本作“版”，音：板。 煙，九條本作“烟”，音：因。沮，尤袤本、陳八郎本：七余。 方，九條本“舫”，音：方。

陳　琳

袁本初書記之士，故述喪亂事多。

皇漢逢屯邅,天下遭氛慝。董氏淪關西,袁家擁河北。單民易周章,窘身就羈勒。豈意事乖已,永懷戀故國。相公實勤王,信能定蝥賊。復睹東都輝,重見漢朝則。餘生幸已多,矧迺值明德。愛客不告疲,飲讌遺景刻。夜聽極星闌,朝游窮曛黑。哀哇動梁埃,急觴盪幽默。且盡一日娛,莫知古來惑。

邅,九條本:知連反。　蝥,陳八郎本:牟。　重,九條本:直用反。　哇,陳八郎本:烏佳。

徐　幹

少無宦情,有箕潁之心事,故仕世多素辭。

伊昔家臨淄,提攜弄齊瑟。置酒飲膠東,淹留憩高密。此歡謂可終,外物始難畢。摇蕩箕濮情,窮年迫憂慄。末塗幸休明,栖集建薄質。已免負薪苦,仍游椒蘭室。清論事究萬,美話信非一。行觴奏悲歌,永夜繫白日。華屋非蓬居,時髦豈余匹。中飲顧昔心,悵焉若有失。

濮,九條本:卜。　慄,九條本:栗。　話,九條本:胡邁反。　髦,九條本:毛。

劉　楨

卓犖偏人,而文最有氣,所得頗經奇。

犖,九條本:力角反。　偏,九條本:匹延反。

貧居晏里閈,少小長東平。河兗當衝要,淪飄薄許京。廣川無逆流,招納廁群英。北渡黎陽津，南登紀郢城。既覽古今事，頗識治亂情。歡友相解達，敷奏究平生。矧荷明哲顧，知深覺命輕。朝游牛羊下，暮坐括揭鳴。終歲非一日，傳卮弄新聲。辰事既難諧，歡願如今并。唯羨肅肅翰，繽紛戾高冥。

閈，九條本：胡旦反。　少，九條本：失照反。　長，九條本：丁丈反。　兖，九條本：以轉反。　荷，九條本：何可反。　揭，北宋本及尤袤本李善注：桀與揭音義同。陳八郎本作"楬"，音：桀。九條本：其列反。　卮，九條本：支。　冥，九條本：亡丁反。

應　瑒

瑒，九條本：直告反。○案：九條本"告"疑爲"宕"字之訛。

汝潁之士，流離世故，頗有飄薄之嘆。

嗷嗷雲中雁，舉翮自委羽。求涼弱水湄，違寒長沙渚。顧我梁川時，緩步集潁許。一旦逢世難，淪薄恒羈旅。天下昔未定，託身早得所。官度廁一卒，烏林預艱阻。晚節值衆賢，會同庇天宇。列坐廕華榱，金樽盈清醑。始奏《延露曲》，繼以闌夕語。調笑輒酬荅，嘲謔無慙沮。傾軀無遺慮，在心良已叙。

榱，陳八郎本：衰。　醑，陳八郎本：思与反。九條本：思吕反。　調，九條本：大吊反。　嘲，九條本作"謿"：竹交反。謔，九條本：虛略反。　沮，陳八郎本：慈与反。

阮　瑀

瑀，九條本：羽。

管書記之任，有優渥之言。

河洲多沙塵，風悲黄雲起。金覊相馳逐，聯翩何窮已。慶雲惠優渥，微薄攀多士。念昔渤海時，南皮戲清沚。今復河曲游，鳴葭泛蘭汜。躧步陵丹梯，并坐侍君子。妍談既愉心，哀弄信睦耳。傾酤係芳醑，酌言豈終始。自從食蓱來，唯見今日美。

汜，九條本、陳八郎本：似。　酤，陳八郎本：姑。九條本：户。　醑，朝鮮正德本、奎章閣本：思與。

平原侯植

公子不及世事，但美遨游，然頗有憂生之嗟。

朝游登鳳閣，日暮集華沼。傾柯引弱枝，攀條摘蕙草。徙倚窮騁望，目極盡所討。西顧太行山，北眺邯鄲道。平衢脩且直，白楊信褭褭。副君命飲宴，歡娱寫懷抱。良游匪晝夜，豈云晚與早。衆賓悉精妙，清辭灑蘭藻。哀音下迴鵠，餘哇徹清昊。中山不知醉，飲德方覺飽。願以黄髮期，養生念將老。

摘，九條本作"擿"：知格反。　徙，陳八郎本：所綺。　邯，九條本：寒。　鄲，九條本：丹。　褭，陳八郎本作"裊"：奴了反。九條本作"褭"：奴了反。　副，九條本：芳昌反。〇案：九條本"昌"疑爲"福"字之訛，《廣韻》即音"芳福切"。　哇，陳八郎本：烏佳。九條本：一佳反。

《文選》音注輯考卷三十一

雜擬下

効曹子建樂府白馬篇

袁陽源

劍騎何翩翩，長安五陵間。秦地天下樞，八方湊才賢。荆魏多壯士，宛洛富少年。意氣深自負，肯事郡邑權。籍籍關外來，車徒傾國鄽。五侯競書幣，羣公亟爲言。

間，集注本引《音决》：協韻，居連反。九條本：居連反。

樞,集注本引《音决》:□朱反。九條本:尺朱反,又:氣俱反。○案:據九條本,集注本《音决》□處當作"尺"字。 湊,集注本引《音决》:七□反。○案:集注本□處似作"豆"字。 宛,集注本引《音决》:於元反。 少,集注本引《音决》:失照反。 鄽,集注本引《音决》、九條本:直連反。 幣,集注本引《音决》、九條本:婢袂反。 亟,集注本引《音决》:居力反。 爲,集注本引《音决》:于僞反,下同。九條本:于僞反。

義分明於霜,信行直如弦。交歡池陽下,留宴汾陰西。一朝許人諾,何能坐相捐。彯節去函谷,投珮出甘泉。嗟此務遠圖,心爲四海懸。但營身意遂,豈校耳目前。俠烈良有聞,古來共知然。

分,集注本引《音决》、九條本:扶問反。 行,集注本引《音决》:下孟反。 汾,集注本引《音决》、九條本:扶云反。 西,集注本引《音决》:恊韻音先。北宋本及尤袤本李善注:西音先,協韻也。陳八郎本:先,叶韻。九條本:先,叶。 捐,集注本引《音决》、九條本:緣。 彯,集注本、北宋本及尤袤本李善注:彯與摽字同,孚堯切。集注本引《音决》:疋照反。陳八郎本:飄。九條本:匹照反。 函,集注本引《音决》、九條本:咸。 懸,集注本引《音决》、九條本:玄。 校,集注本引《音决》:何孝反。九條本:何孝。 俠,集注本引《音决》:胡□反。○案:集注本□處字漫漶。

効古

袁陽源

訊此倦游士,本家自遼東。昔隸李將軍,十載事西戎。結車高闕下,極望見雲中。四面各千里，從横起嚴風。寒燠豈如節，霜雨多異同。夕寐北河陰，夢還甘泉宫。勤役未云已，壯年徒爲空。迺知古時人，所以悲轉蓬。

訊，集注本引《音决》：信。陳八郎本、九條本作"誶"，音：訊，又：息醉。　隸，集注本引《音决》、九條本：力計反。　從，集注本引《音决》：子容反。　燠，集注本引《音决》：於六反。　寐，集注本引《音决》：亡二反。

擬古二首

劉休玄

擬行行重行行

眇眇陵長道，遥遥行遠之。迴車背京里，揮手從此辭。堂上流塵生，庭中緑草滋。寒螿翔水曲，秋兔依山基。芳年有華月，佳人無還期。日夕凉風起，對酒長相思。悲發江南調，憂委子襟詩。卧覺明燈晦，坐見輕紈緇。淚容不可飾，幽鏡難復治。願垂薄暮景，照妾桑榆時。

眇，集注本引《音决》：亡小反。九條本：亡少反。　背，集注本引《音决》：步對反。　揮，集注本引《音决》：香歸反。　螿，集注本引《音决》、陳八郎本、九條本：將。　調，集注本引《音决》：大吊反。　燈，集注本引《音决》作"鐙"：鐙或作燈，同，音登。晦，集注本引《音决》：大對反。〇案："大"當作"火"。　緇，集注本引《音决》：側疑反。　榆，集注本引《音决》：以朱反。

擬明月何皎皎

落宿半遥城，浮雲藹曾闕。王宇來清風，羅帳延秋月。結思想伊人，沈憂懷明發。誰爲客行久，屢見流芳歇。河廣川無梁，山高路難越。

宿，集注本引《音决》、九條本：秀。　藹，集注本引《音决》：於盖反。　屢，集注本引《音决》、九條本：力主反。　歇，集注本引《音决》：火謁反。

和琅邪王依古

王僧達

少年好馳俠，旅宦游關源。既踐終古迹，聊訊興亡言。隆周爲藪澤，皇漢成山樊。久没離宫地，安識壽陵園。仲秋邊風起，孤蓬卷霜根。白日無精景，黄沙千里昏。顯軌莫殊轍，幽塗豈異魂。聖賢良已矣，抱命復何怨。

少，集注本引《音决》：失照反。　好，集注本引《音决》：秏。　俠，集注本引《音决》：胡牒反。　訊，集注本引《音决》、九條本：信。　藪，集注本引《音决》、九條本：四走反。　卷，集注本引《音决》：居免反。　怨，集注本引《音决》：協韻，於元反。

擬古三首

鮑明遠

幽并重騎射，少年好馳逐。氈帶佩雙鞬，象弧插彫服。獸肥春草短，飛鞚越平陸。朝游雁門上，暮還樓煩宿。石梁有餘勁，驚雀無全目。漢虜方未和，邊城屢翻覆。留我一白羽，將以分虎竹。

射，集注本引《音决》、九條本：時夜反。　少，集注本引《音决》：失照反。　好，集注本引《音决》：秏。　氈，集注本引《音决》:之然反。 鞬,集注本引《音决》、九條本:居言反。北宋本及尤袤本李善注:居言切。陳八郎本:居言。 弧,集注本引《音决》、九條本:胡。 插,集注本引《音决》:楚洽反。陳八郎本、九條本:楚洽。 鞚,集注本引《音决》、陳八郎本:控。北宋本及尤袤本李善注:口送切。 勁,集注本引《音决》:吉政反。 虜,集注本引《音决》、九條本:魯。 覆,集注本引《音决》、九條本:芳伏反。 羽,集注本引《音决》:于句反。

魯客事楚王,懷金襲丹素。既荷主人恩,又蒙令尹顧。日晏罷朝歸,鞍馬塞衢路。宗黨生光華,賓僕遠傾慕。富貴人所欲,道德亦何懼。南國有儒生,迷方獨淪誤。伐木青江湄,設罝守毚兔。

襲,集注本引《音决》、九條本:習。 荷,集注本引《音决》:何可反。 令,集注本引《音决》、九條本:力政反。 晏,集注本引《音决》:一澗反。 朝,集注本引《音决》:直遥反。九條本:直遥。 鞍,集注本作"輿",引《音决》:余。九條本亦作"輿",音:余。 塞,集注本引《音决》:先得反。 衢,集注本引《音决》、九條本:求于反。 湄,集注本引《音决》:眉。 罝,集注本引《音决》:嗟。九條本:差。〇案:九條本"差"蓋即"嗟"之省文。 毚,集注本引《音决》、九條本:讒。陳八郎本:仕咸。 兔,集注本引《音决》:他故反。

十五諷詩書,篇翰靡不通。弱冠参多士,飛步游秦宫。側睹君子論,預見古人風。兩説窮舌端,五車摧筆鋒。羞當白璧貺,恥受聊城功。晚節從世務,乘障遠和戎。解佩襲犀渠,卷袠奉盧弓。始願力不及,安知今所終。

翰，集注本引《音决》、九條本：汗。 冠，集注本引《音决》：古翫反。 論，集注本引《音决》：力頓反。 摧，集注本引《音决》：徂回反。 鋒，集注本引《音决》：芳逢反。 貺，集注本引《音决》：況。 障，集注本引《音决》：之上反。 解，集注本引《音决》：居蟹反。 犀，集注本引《音决》、九條本：西。 卷，集注本引《音决》：居勉反。 袠，集注本引《音决》：馳栗反。九條本作"帙"：馳栗反。

學劉公幹體

鮑明遠

胡風吹朔雪，千里度龍山。集君瑶臺裏，飛舞兩楹前。兹辰自爲美，當避豔陽年。豔陽桃李節，皎潔不成妍。

山，集注本引《音决》：恊韻所連反。九條本：所連反，叶。 瑶，集注本引《音决》、九條本：遥。 楹，集注本引《音决》：盈。 豔，集注本引《音决》作"艷"：余瞻反。九條本：余贍反。〇案：集注本"瞻"蓋爲"贍"字之訛。 妍，集注本引《音决》：研。

代君子有所思

鮑明遠

西出登雀臺，東下望雲闕。層閣肅天居，馳道直如髮。綉甍結飛霞，琁題納行月。築山擬蓬壺，穿池類溟渤。選色遍齊代，徵聲帀邛越。

出，集注本引《音决》作"上"：時掌反。 層，集注本引《音决》、九條本：曾。 甍，集注本引《音决》：亡耕反。 琁，集注本引《音决》、九條本:旋。　題,集注本引《音决》:多兮反。　築,集注本引《音决》:竹。　壺,集注本引《音决》、九條本:胡。　溟,集注本引《音决》:亡丁反。　渤,集注本引《音决》、九條本:步没反。　選,集注本引《音决》:思戀反。　帀,集注本引《音决》:子合反。　邛,集注本引《音决》:巨恭反。

陳鍾陪夕讌,笙歌待明發。年貌不可還,身意會盈歇。蟻壤漏山河,絲淚毁金骨。器惡含滿攲,物忌厚生没。智哉衆多士,服理辯昭昧。

陪,集注本引《音决》:步回反。九條本:步迴反。　讌,集注本引《音决》、九條本:一見反。　歇,集注本引《音决》、九條本:許謁反。　蟻,集注本引《音决》:魚綺反。　惡,集注本引《音决》:烏故反。　攲,集注本引《音决》:去宜反。　昧,集注本引《音决》:恊韻音没。集注本引五家:恊韻音末。陳八郎本:末,叶韻。九條本:末,叶,又:没,叶。

効　古

范彦龍

彦,九條本:魚变反。

寒沙四面平,飛雪千里驚。風斷陰山樹,霧失交河城。朝馳左賢陣,夜薄休屠營。昔事前軍幕,今逐嫖姚兵。失道刑既重,遲留法未輕。所賴今天子,漢道日休明。

陣,集注本引《音决》作"陳":直刃反。　屠,集注本引《音决》:除。　幕,集注本引《音决》:莫。　嫖,集注本作"漂",引《音决》:匹遥反。九條本亦作"漂":匹遥反。　姚,集注本引《音决》、九條本：遥。　遲，集注本引《音决》作“逗”，音：豆，又音遲。九條本亦作“逗”，音：豆。　【附】集注本、北宋本及尤袤本李善注：遲或作逗，音豆。

雜體詩三十首并序

江文通

夫楚謡漢風，既非一骨。魏制晋造，固亦二體。譬猶藍朱成采，雜錯之變無窮。宫商爲音，靡曼之態不極。故蛾眉詎同貌，而俱動於魂。芳草寧共氣，而皆悦於魄。不其然歟。

夫，集注本引《音决》：扶。　謡，集注本引《音决》：遥。　藍，集注本引《音决》：力甘反。　曼，集注本引《音决》：万。　態，集注本引《音决》：他代反。　蛾，集注本引《音决》：五何反。　魄，集注本引《音决》：白。　歟，集注本引《音决》作“與”，音：余。

至於世之諸賢，各滯所迷，莫不論甘則忌辛，好丹則非素，豈所謂通方廣恕、好遠兼愛者哉。及至公幹、仲宣之論，家有曲直。安仁、士衡之評，人立矯抗。況復殊於此者乎。又貴遠賤近，人之常情。重耳輕目，俗之恒蔽。是以鄲託曲於李奇，士季假論於嗣宗，此其效也。

滯，集注本引《音决》：直例反。　好，集注本引《音决》：秏，下同。　恕，集注本引《音决》：庶。　論，集注本引《音决》：力頓反。　評，集注本引《音决》：皮柄反。　矯，集注本引《音决》：京少反。　抗，集注本引《音决》：口浪反。　邯，集注本引《音决》：寒。　鄲，集注本引《音决》：單。

然五言之興,諒非夐古。關西鄴下,既已罕同。河外江南,頗爲異法。故玄黄經緯之辨,金碧沉浮之殊,僕以爲亦各其美,兼善而已。今作卅首詩,效其文體,雖不足品藻淵流,亦無乖於商摧云尔。

鄴,集注本引《音决》:業。 緯,集注本引《音决》:謂。 碧,集注本引《音决》:兵逆反。 效,集注本引《音决》作"斆":胡孝反。 藻,集注本引《音决》:早。 摧,集注本引《音决》:古學反。

古離别

遠與君别者,乃至雁門關。黄雲蔽千里,游子何時還。送君如昨日,簷前露已團。不惜蕙草晚,所悲道里寒。君在天一涯,妾身長别離。願一見顔色,不異瓊樹枝。兔絲及水萍,所寄終不移。

簷,集注本引《音决》作"爓":以廉反。○案:集注本引《音决》"爓"疑爲"櫩"字之訛。 團,集注本引《音决》:度丸反。 蕙,集注本引《音决》、九條本:惠。 涯,集注本引《音决》作"崖":協韻音宜。 萍,集注本作"蓱",引《音决》:步銘反。九條本亦作"蓱":步銘反。

李都尉(《從軍》 陵)

樽酒送征人,踟蹰在親宴。日暮浮雲滋,渥手淚如霰。悠悠清川水,嘉魴得所薦。而我在萬里,結髪不相見。袖中有短書,願寄雙飛燕。

踟,集注本引《音决》:直知反。九條本:直知。 蹰,集注本引《音决》:直誅反。九條本:直誅。 滋,集注本引《音决》:兹。 霰,集注本引《音决》、九條本:先見反。 魴,集注本引《音决》、九條本：房。　燕，集注本作“鷰”，引《音决》：一見反。此文通當有異見耳。或人不讀瑞應等圖，因即改爲雁，非。

班婕妤（《詠扇》）

紈扇如圓月，出自機中素。畫作秦王女，乘鸞向煙霧。采色世所重，雖新不代故。竊愁凉風至，吹我玉階樹。君子恩未畢，零落在中路。

煙，九條本作“烟”：一全反。

魏文帝（《游宴》　曹丕）

置酒坐飛閣，逍遥臨華池。神飈自遠至，左右芙蓉披。緑竹夾清水，秋蘭被幽涯。月出照園中，冠珮相追隨。客從南楚來，爲我吹參差。淵魚猶伏浦，聽者未云疲。高文一何綺，小儒安足爲。肅肅廣殿陰，雀聲愁北林。衆賓還城邑，何以慰吾心。

參，九條本：楚吟。　差，九條本：楚宜。　浦，九條本作“涌”：以重反。

陳思王（《贈友》　曹植）

君王禮英賢，不悋千金璧。雙闕指馳道，朱宫羅第宅。從容冰井臺，清池映華薄。凉風盪芳氣，碧樹先秋落。朝與佳人期，日夕望青閣。褰裳摘明珠，徙倚拾蕙若。眷我二三子，辭義麗金矱。延陵輕寶劍，季布重然諾。處富不忘貧，有道在葵藿。

悋，集注本引《音决》：力刃反。　從，集注本引《音决》：七容反。 摘,集注本作"擿",引《音决》:丁格反。 臒,集注本引《音决》、陳八郎本、九條本:烏郭反。 處,集注本引《音决》:昌吕反。 藿,集注本引《音决》:火郭反。

劉文學(《感遇》 楨)

蒼蒼中山桂,團圓霜露色。霜露一何緊,桂枝生自直。橘柚在南國,因君爲羽翼。謬蒙聖主私,託身文墨職。丹采既已過,敢不自彫飾。華月照方池,列坐金殿側。微臣固受賜,鴻恩良未測。

過,九條本:古卧反。

王侍中(《懷德》 粲)

伊昔值世亂,秣馬辭帝京。既傷蔓草别,方知杕杜情。崤函復丘墟,冀闕緬縱横。倚棹泛涇渭,日暮山河清。

秣,集注本引《音决》:末。 蔓,集注本引《音决》:万。 杕,集注本引《音决》:大帝反。九條本:天帝反。陳八郎本:第。〇案:杕、大、第皆爲定母,天爲透母。九條本"天"爲"大"字之訛。 崤,集注本引《音决》、九條本:下交反。 函,集注本引《音决》:咸。九條本:咸反。〇案:九條本音"反"字衍。 緬,集注本引《音决》、九條本:亡善反。 縱,集注本作"從",引《音决》:子容反。 倚,集注本引《音决》:於綺反。 棹,集注本引《音决》:直孝反。 泛,集注本引《音决》作"泛":芳劒反。 渭,集注本引《音决》:謂。

蟋蟀依桑野，嚴風吹若莖。鸛鵠在幽草，客子淚已零。去鄉三十載，幸遭天下平。賢主降嘉賞，金貂服玄纓。侍宴出河曲，飛蓋游鄴城。朝露竟幾何，忽如水上萍。君子篤惠義，柯葉終不傾。福履既所綏，千載垂令名。

蟋，集注本引《音决》：悉。　蟀，集注本引《音决》：率。　莖，集注本引《音决》：户庚反。　鸛，集注本引《音决》、九條本：古翫反。陳八郎本：貫。　鵠，集注本引《音决》：五的反。陳八郎本：我亦。朝鮮正德本、奎章閣本：俄亦。　貂，集注本引《音决》：彫。　鄴，集注本引《音决》、九條本：業。　萍，集注本作"蓱"，引《音决》：步銘反。　柯，集注本引《音决》：古何反。九條本：古何。　令，集注本引《音决》：力政反。

嵇中散(《言志》　康)

散，集注本引《音决》：四但反。

曰余不師訓，潛志去世塵。遠想出宏域，高步超常倫。靈鳳振羽儀，戢景西海濱。朝食琅玕實，夕飲玉池津。處順故無累，養德乃入神。曠哉宇宙惠，雲羅更四陳。哲人貴識義，大雅明庇身。莊生悟無爲，老氏守其真。天下皆得一，名實久相賓。咸池饗爰居，鍾鼓或愁辛。柳惠善直道，孫登庶知人。寫懷良未遠，感贈以書紳。

曰，集注本引《音决》：越。　戢，集注本引《音决》：側立反。　琅，集注本引《音决》作"瑯"，音：郎。九條本：郎。　玕，集注本引《音决》、九條本：干。　處，集注本引《音决》：昌吕反。　累，集注本引《音决》、九條本：力瑞反。　更，集注本引《音决》：吉行反。　庇，集注本作"疪"，引《音决》：必二反。　悟，集注本引《音决》:五故反。 愁,九條本:秋。 紳,九條本:申。

阮步兵(《詠懷》 籍)

青鳥海上游,鷽斯蒿下飛。沈浮不相宜,羽翼各有歸。飄颻可終年,沆瀁安是非。朝雲乘變化,光耀世所希。精衛銜木石,誰能測幽微。

鷽,北宋本及尤袤本李善注:豫。陳八郎本、九條本:預。沆,陳八郎本:胡朗。

張司空(《離情》 華)

秋月照簾籠,懸光入丹墀。佳人撫鳴琴,清夜守空帷。蘭逕少行迹,玉臺生網絲。庭樹發紅彩,閨草含碧滋。延佇整綾綺,萬里贈所思。願垂湛露惠,信我皎日期。

簾,九條本:廉。 墀,九條本:遲。 佇,集注本引《音决》作"竚":直吕反。 湛,集注本引《音决》:直減反。

潘黄門(《悼亡》 岳)

青春速天機,素秋馳白日。美人歸重泉,悽愴無終畢。殯宫已肅清,松柏轉蕭瑟。俯仰未能弭,尋念非但一。撫襟悼寂寞,怳然若有失。明月入綺窗,髣髴想蕙質。

重,集注本引《音决》:逐龍反。 殯,集注本引《音决》:必刃反。 弭,集注本引《音决》:亡尔反。 悼,集注本引《音决》:徒到反。 怳,集注本引《音决》、九條本:許往反。 髣,集注本引

《音决》:芳往反。 髴,集注本引《音决》:芳味反。

消憂非萱草,永懷寧夢寐。夢寐復冥冥,何由覿爾形。我慙北海術,爾無帝女靈。駕言出遠山,徘徊泣松銘。雨絶無還雲,華落豈留英。日月方代序,寢興何時平。

萱,集注本引《音决》:火軒反。 寐,集注本引《音决》:恊韻亡日反,下如字。九條本:亡日反,叶。 冥,集注本引《音决》、九條本:亡丁反。 覿,集注本引《音决》:徒的反。 銘,集注本引《音决》:莫經反。

陸平原(《羇宧》 機)

儲后降嘉命,恩紀被微身。明發眷桑梓,永嘆懷密親。流念辭南澨,銜怨别西津。馳馬遵淮泗,旦夕見梁陳。服義追上列,矯迹厠宫臣。朱黻咸髦士,長纓皆俊人。契闊承華内,綢繆踰歲年。

儲,集注本引《音决》、九條本:除。 被,集注本引《音决》、九條本:皮義反。 澨,集注本引《音决》、陳八郎本、九條本:逝。 泗,集注本引《音决》、九條本:四。 黻,集注本引《音决》、九條本:弗。 髦,九條本:毛。 契,集注本引《音决》、九條本:苦結反。

日暮聊揔駕,逍遥觀洛川。徂没多拱木,宿草凌寒煙。游子易感愾,躑躅還自憐。願言寄三鳥,離思非徒然。

易,集注本引《音决》、九條本:以智反。 愾,集注本引《音决》作"慨":可代反。九條本:可代反。 躑,集注本引《音决》:

直亦反。九條本:直亦。　躅,集注本引《音决》作"蠋":直録反。九條本:直録反。　思,集注本引《音决》:先自反。

左記室(《詠史》　思)

韓公淪賣藥,梅生隱市門。百年信荏苒,何用苦心魂。當學衞霍將,建功在河源。珪組賢君眄,青紫明主恩。終軍才始達,賈誼位方尊。金張服貂冕,許史乘華軒。王侯貴片議,公卿重一言。太平多歡娱,飛蓋東都門。顧念張仲蔚,蓬蒿滿中園。

梅,集注本引《音决》:莫杯反。　荏,集注本引《音决》:而甚反。九條本:而甚。　苒,集注本引《音决》、九條本:冉。　將,集注本引《音决》:子亮反。九條本:子亮。　組,集注本引《音决》、九條本:祖。　眄,集注本作"眄",引《音决》:覓見反。貂,集注本引《音决》、九條本:彫。　冕,集注本引《音决》:勉。九條本:免。　蔚,集注本引《音决》、九條本:尉。　蒿,集注本引《音决》:呼高反。

張黄門(《苦雨》　協)

丹霞蔽陽景,緑泉涌陰渚。水鸛巢層甍,山雲潤柱礎。有弇興春節,愁霖貫秋序。燮燮凉葉奪,戾戾飈風舉。高談玩四時,索居慕疇侶。青苔日夜黄,芳蕤成宿楚。歲暮百慮交,無以慰延佇。

涌,集注本引《音决》:以重反。　鸛,集注本引《音决》:古翫反。九條本:古翫。　層,集注本引《音决》、九條本:曾。　礎,集注本引《音决》、北宋本及尤袤本李善注、九條本:楚。　弇,集注本引《音决》:奄。 燮,集注本引《音决》、九條本:四牒反。 奪,集注本引《音决》作"脱":徒活反。 戾,九條本:力結反。 颸,集注本引《音决》、九條本:楚疑反。〇案:《廣韻》音"楚持切"與此合。 蕤,九條本:耳維反。 佇,九條本:直吕。

劉太尉(《傷亂》 琨)

皇晋遘陽九,天下横氛霧。秦趙值薄蝕,幽并逢虎據。伊余荷寵靈,感激殉馳騖。雖無六奇術,冀與張韓遇。甯戚扣角歌,桓公遭乃舉。

遘,集注本引《音决》、九條本:古候反。 氛,集注本引《音决》、九條本:紛。 蝕,集注本引《音决》、九條本:食。 荷,集注本引《音决》:何可反。 殉,集注本引《音决》:辝俊反。 甯,集注本引《音决》:那定反。 扣,集注本引《音决》、九條本:口。 舉,集注本引《音决》:協韻音據。

荀息冒險難,實以忠貞故。空令日月逝,愧無古人度。飲馬出城濠,北望沙漠路。千里何蕭條,白日隱寒樹。投袂既憤懣,撫枕懷百慮。功名惜未立,玄髮已改素。時或苟有會,治亂惟冥數。

冒,集注本引《音决》:亡北反。 飲,集注本引《音决》:於禁反。 濠,集注本引《音决》作"淳",音:家。〇案:集注本引《音决》此條音注誤,疑本作"濠音豪",濠與淳、家與豪皆形近而訛。 漠,集注本引《音决》、九條本:莫。 袂,集注本引《音决》:亡世反。 冥,集注本引《音决》:亡丁反。

盧中郎(《感交》 諶)

諶,九條本:子林反。

大厦須異材,廊廟非庸器。英俊著世功,多士濟斯位。眷顧成綢繆,迺與時髦匹。姻媾久不虚,契闊豈但一。逢厄既已同,處危非所恤。

厦,集注本作"夏",引《音决》:下。 廊,集注本引《音决》:郎。 器,集注本引《音决》:恊韻去乙反。九條本:吉,叶。著,集注本引《音决》:丁慮反。 位,集注本引《音决》:恊韻音于筆反。九條本:筆,叶。〇案:九條本"筆"上脱"于"字。 髦,集注本引《音决》:毛。 姻,集注本引《音决》作"烟",音:因。九條本:因。〇案:集注本引《音决》"烟"爲"姻"字之訛。 媾,集注本引《音决》、九條本:古候反。 契,集注本引《音决》:去結反。九條本:吉結反。〇案:契、去爲溪母,吉爲見母,九條本"吉"爲"去"字之訛。 處,集注本引《音决》:昌吕反。

常慕先達槩,觀古論得失。馬服爲趙將,疆場得清謐。信陵佩魏印,秦兵不敢出。慨無幄中策,徒慙素絲質。羇旅去舊鄉,感遇喻琴瑟。自顧非杞梓,勉力在無逸。更以畏友朋,濫吹乖名實。

槩,集注本引《音决》、九條本:古代反。 將,集注本引《音决》:子亮反。 場,集注本引《音决》、九條本、朝鮮正德本、奎章閣本:亦。 謐,集注本引《音决》:亡必反。 印,集注本引《音决》:一刃反。 幄,集注本引《音决》、九條本:一角反。 杞,集注本引《音决》:起。 梓,集注本引《音决》:子。 濫,集注本引《音决》、九條本:力暫反。 吹,集注本引《音决》、九條本:昌瑞反。

郭弘農(《游仙》　璞)

崦山多靈草,海濱饒奇石。偃蹇尋青雲,隱淪駐精魄。道人讀丹經,方士鍊玉液。

崦,集注本引《音决》、九條本:於嚴反。　山,集注本引《音决》作"嵫",音:兹。　濱,集注本引《音决》:賓。　饒,集注本引《音决》:而遥反。　蹇,集注本引《音决》:居輦反。　駐,集注本引《音决》:竹樹反。　魄,集注本引《音决》:白。　液,集注本引《音决》、九條本:亦。

朱霞入窗牖,曜靈照空隙。傲睨擿木芝,凌波采水碧。眇然萬里游,矯掌望煙客。永得安期術,豈愁濛汜迫。

霞,集注本引《音决》作"赮",音:霞。　牖,集注本引《音决》:酉。　傲,集注本引《音决》:五誥反。　睨,集注本引《音决》:魚計反。　擿,集注本作"擿",引《音决》:知革反。　眇,集注本引《音决》:亡小反。　汜,集注本引《音决》:似。　迫,集注本引《音决》、九條本:伯。

孫廷尉(《雜述》　綽)

太素既已分,吹萬著形兆。寂動苟有源,因謂殤子夭。道喪涉千載,津梁誰能了。思乘扶摇翰,卓然凌風矯。静觀尺棰義,理足未常少。囧囧秋月明,憑軒詠堯老。浪迹無蚩妍,然後君子道。領略歸一致,南山有綺皓。交臂久變化,傳火迺薪草。亹亹玄思清,胷中去機巧。物我俱忘懷,可以狎鷗鳥。

吹,集注本引《音决》:昌瑞反。 著,集注本引《音决》:丁慮反。 喪,集注本引《音决》:息浪反。 翰,集注本引《音决》:汗。 卓,集注本引《音决》:丁角反。 棰,集注本引《音决》、九條本:之累反。 囧,集注本引《音决》:俱永反。尤袤本李善注:俱永切。北宋本李善注作"冏":俱永切。 蚩,集注本引《音决》、九條本:尺之反。 傳,集注本引《音决》:直緣反。 亹,集注本引《音决》、九條本:尾。 思,集注本引《音决》、九條本:先自反。 狎,集注本引《音决》:何甲反。 鷗,集注本引《音决》:烏侯反。

許徵君(《自序》 詢)

張子闇内機,單生蔽外像。一時排冥筌,泠然空中賞。遣此弱喪情,資神任獨往。採藥白雲隈,聊以肆所養。丹葩耀芳蕤,緑竹蔭閑敞。

單,集注本引《音决》:善。 冥,集注本引《音决》:亡丁反。 筌,集注本引《音决》:七全反。 泠,集注本引《音决》:力丁反。九條本作"冷":力丁反。 喪,集注本引《音决》:息浪反。 任,集注本引《音决》:而禁反。 隈,集注本引《音决》:烏回反。九條本:烏迴反。 葩,集注本引《音决》:普花反。

苕苕寄意勝,不覺陵虚上。曲櫺激鮮飈,石室有幽響。去矣從所欲,得失非外奬。至哉操斤客,重明固已朗。五難既灑落,超迹絶塵網。

苕,集注本引《音决》、九條本:條。 勝,集注本引《音决》:尸證反。九條本:尺證反。〇案:勝、尸爲書母,尺爲昌母,九條本"尺"疑爲"尸"字之訛。 上,集注本引《音决》:時掌反。

檽,集注本引《音决》、九條本:力丁反。 飈,集注本引《音决》、九條本:必遥反。 奬,集注本引《音决》:子兩反。九條本:蔣。 操,集注本引《音决》:七刀反。 重,集注本引《音决》、九條本:逐龍反。 難,集注本引《音决》:那旦反。 灑,集注本引《音决》:所買反。

殷東陽(《興矚》 仲文)

晨游任所萃,悠悠藴真趣。雲天亦遼亮,時與賞心遇。青松挺秀蕚,惠色出喬樹。極眺清波深,緬映石壁素。瑩情無餘滓,拂衣釋塵務。求仁既自我,玄風豈外慕。直置忘所宰,蕭散得遺慮。

任,集注本引《音决》:任之去聲。 藴,集注本引《音决》:紆粉反。 蕚,集注本引《音决》:魚各反。九條本:魚客反。 緬,集注本引《音决》、九條本:亡善反。 瑩,集注本引《音决》作"鎣":烏暝反,或爲瑩,同。 滓,集注本引《音决》:側擬反。九條本:側起反。

謝僕射(《游覽》 混)

射,集注本引《音决》、九條本:夜。

信矣勞物化,憂襟未能整。薄言遵郊衢,揔轡出臺省。淒淒節序高,寥寥心悟永。時菊耀巖阿,雲霞冠秋嶺。眷然惜良辰,徘徊踐落景。卷舒雖萬緒,動復歸有靜。曾是迫桑榆,歲暮從所秉。舟壑不可攀,忘懷寄匠郢。

省,集注本引《音决》:所景反。 淒,集注本引《音决》:妻。

九條本作"凄",音:妻。 寥,集注本引《音决》、九條本:力彫反。 悟,集注本引《音决》:五故反。 冠,集注本引《音决》:古翫反。 卷,集注本引《音决》:居免反。 復,集注本引《音决》作"植",音:食,或爲復,非。 曾,集注本引《音决》:昨曾反。 榆,集注本引《音决》、九條本:以朱反。 壑,集注本引《音决》:呼各反。 郢,集注本引《音决》:以井反。

陶徵君(《田居》 潛)

潛,九條本:似廉反。〇案:潛爲從母,似爲邪母,從、邪混切。南宋毛晃《增韻》有"徐心切"一讀,其聲母亦以邪母切從母。

種苗在東皋,苗生滿阡陌。雖有荷鋤倦,濁酒聊自適。日暮巾柴車,路闇光已夕。歸人望煙火,稚子候檐隙。問君亦何爲,百年會有役。但願桑麻成,蠶月得紡績。素心正如此,開逕望三益。

阡,九條本:千。 陌,九條本:麦。 檐,朝鮮正德本、奎章閣本:余廉。 蠶,九條本:在南反。 紡,九條本:付往反。 績,九條本:子赤反。

謝臨川(《游山》 靈運)

江海經邅迴,山嶠備盈缺。靈境信淹留,賞心非徒設。平明登雲峯,杳與廬霍絶。碧鄣長周流,金潭恒澄澈。桐林帶晨霞,石壁映初晰。乳竇既滴瀝,丹井復寥泬。

邅,九條本:知連反。 嶠,九條本:其廣反。〇案:嶠爲笑韻,廣爲蕩韻,韻目不同。九條本"廣"字疑當作"廟",廟一作庿,與廣字形近易訛。　缺，九條本：去悦反。　廬，九條本：閭。　鄣，九條本作“障”：之上反。　潭，九條本：大南反。　澈，九條本：直列反。　晰，北宋本及尤袤本李善注：之逝切，今協韻，以爲之舌切。陳八郎本：折。九條本：之熱反。　竇，九條本：豆。　滴，九條本：的。　瀝，九條本：歷。　寥，九條本：力彫。　泬，陳八郎本：血。

嵒崿轉奇秀，岑崟還相蔽。赤玉隱瑶溪，雲錦被沙汭。夜聞猩猩啼，朝見鼯鼠逝。南中氣候暖，朱華凌白雪。幸游建德鄉，觀奇經禹穴。身名竟誰辯，圖史終磨滅。且泛桂水潮，映月游海澨。攝生貴處順，將爲智者説。

嵒，北宋本及尤袤本李善注：五咸切。九條本：五咸。　崿，九條本：魚各。　岑，九條本：士今反。　崟，九條本：吟。　蔽，九條本：普結反。　瑶，九條本：遥。　溪，九條本：去兮。　汭，陳八郎本：若拙。九條本：而悦反，叶，又：若拙，叶。　猩，九條本作“狌”，音：生。　鼯，九條本：吾。　逝，陳八郎本：常列。九條本：常列反，又：舌，叶。　澨，九條本：昌列反，叶。

顔特進(《侍宴》　延之)

太微凝帝宇，瑶光正神縣。揆日粲書史，相都麗聞見。列漢構仙宫，開天制寶殿。桂棟留夏飈，蘭橑停冬霰。青林結冥濛，丹巘被葱蒨。山雲備卿藹，池卉具靈變。重陽集清氣，下輦降玄宴。餐望分寰隧，矖目盡都甸。氣生川岳陰，煙滅淮海見。中坐溢朱組，步檐簉瓊弁。禮登跨睿情，樂闋延皇眄。測恩躋踰逸，沿牒懵浮賤。榮重餽兼金，巡華過盈瑱。敢飾輿人詠,方慙緑水薦。

瑶,九條本:遥。 飈,九條本:必遥反。 橑,九條本:老。 濛,九條本:蒙。 巘,九條本:魚輦反。 卿,九條本:慶。 重,九條本:直龍反。 寰,九條本:還。 隧,九條本:遂。 曬,九條本:所蟹反。 組,九條本:祖。 檐,九條本:以廉反。 瓊,九條本:巨瞥反。 蹲,九條本:子礼。 踰,九條本作"愉",音:以朱。 瑱,北宋本及尤袤本李善注:天見切。陳八郎本:他殿。九條本:他見反。 輿,九條本:居。 薦,九條本:將見反。

謝法曹(《贈别》 惠連)

昨發赤亭渚,今宿浦陽汭。方作雲峯異,豈伊千里别。芳塵未歇席,涔淚猶在袂。停艫望極浦,弭棹阻風雪。風雪既經時,夜永起懷思。泛濫北湖游,岧亭南樓期。點翰詠新賞,開衺瑩所疑。擿芳愛氣馥,拾蘂憐色滋。色滋畏沃若,人事亦銷鑠。

浦,九條本:匹古。 汭,陳八郎本:而拙。九條本:而悦,叶。 袂,陳八郎本、九條本:入聲。 艫,九條本:力胡。 棹,九條本:直孝反。 岧,九條本作"苕",音:條。 點,九條本:丁簟。 衺,九條本:直吏反。 馥,九條本:伏。 蘂,九條本:而髓。 銷,九條本:在咲反。

《子襟》怨勿往,《谷風》誚輕薄。共秉延州信,無慙仲路諾。靈芝望三秀,孤筠情所託。所託已慇懃,祗足攪懷人。今行嶀嵊外,銜思至海濱。覿子杳未僝,款睇在何辰。雜珮雖可贈,疏華竟無陳。無陳心悁勞,旅人豈游遨。幸及風雪霽,青春滿江皋。解纜候前侶,還望方鬱陶。煙景若離遠,末響寄瓊瑤。

筠,北宋本及尤袤本李善注:于貧切。九條本:于貧反。　嵉,北宋本及尤袤本李善注:他乎切。陳八郎本:呼。九條本:勑余,又:呼。〇案:嵉爲透母,勑爲徹母,舌音未分化。　嵊,北宋本及尤袤本李善注:食證切。陳八郎本:剩。九條本:時證。　思,九條本:先自。　覿,九條本:狄。　孱,北宋本及尤袤本李善注:士簡切。陳八郎本:士簡。九條本作"孱",音:士簡。　睇,九條本:大帝反。　悁,陳八郎本:一玄。九條本:一緣反。

王徵君(《養疾》　微)

窈藹瀟湘空,翠磵澹無滋。寂歷百草晦,欻吸鵾雞悲。清陰往來遠,月華散前墀。鍊藥矚虛幌,泛瑟卧遥帷。水碧驗未黷,金膏靈詎緇。北渚有帝子,蕩瀁不可期。悵然山中暮,懷痾屬此詩。

窈,九條本:烏少反。　藹,九條本:於盖。　瀟,九條本:蕭。　湘,九條本:相。　磵,九條本:居雁反。　澹,九條本:大暫反。　欻,九條本:虛□反。〇案:九條本□處空一字。　鵾,九條本:昆。　矚,九條本:之欲反。　瀁,九條本:養。　屬,九條本:之欲反。

袁太尉(《從駕》　淑)

宮廟禮哀敬,枌邑道嚴玄。恭絜由明祀,肅駕在祈年。詔徒登季月,戒鳳藻行川。雲旆象漢徙,宸網擬星懸。朱櫂麗寒渚,金鍐映秋山。

羽衞藹流景，綵吹震沈淵。辯詩測京國，履籍鑑都壥。甿謡響玉律，邑頌被丹絃。文軫薄桂海，聲教燭冰天。和惠頒上笏，恩渥浹下筵。幸侍觀洛後，豈慕巡河前。服義方無沬，展歌殊未宣。

枌，九條本：房分反。　祈，九條本：巨衣反。　旆，九條本：步外。　宸，九條本：辰。　懸，九條本：玄。　櫂，九條本：直教反。　鍐，陳八郎本：无犯。九條本：亡犯反。○案：據音注，"鍐"當作"鋄"。　吹，九條本：昌瑞反。　甿，九條本作"萌"，音：亡耕。　謡，九條本：遥。　頒，九條本：班。　笏，九條本：忽。　沬，北宋本及尤袤本李善注：亡貝切。九條本：亡□反。○案：九條本□處空一字。

謝光禄(《郊游》　莊)

肅舲出郊際，徙樂逗江陰。翠山方藹藹，青浦正沈沈。凉葉照沙嶼，秋榮冒水潯。風散松架險，雲鬱石道深。静默鏡緜野，四睇亂曾岑。氣清知雁引，露華識猿音。雲裝信解黻，煙駕可辭金。始整丹泉術，終覿紫芳心。行光自容裔，無使弱思侵。

藹，九條本：於盖。　嶼，九條本：敘。　冒，九條本：亡報反。　潯，九條本：尋。　架，九條本：居許反。○案：許、架韻部不合，考《廣韻》架音"古訝切"，《韻會》音"居訝切"，是則九條本"許"蓋爲"訝"字之訛。　緜，九條本作"綿"：惑連反。○案：緜爲明母，惑爲匣母，聲紐殊異，九條本"惑"疑當作"武"。　睇，九條本：弟。　岑，九條本：士今。　猿，九條本作"猨"，音：爰。　黻，九條本：弗。　覿，九條本：狄。

鮑參軍(《戎行》 昭)

豪士枉尺璧,宵人重恩光。殉義非爲利,執羈輕去鄉。孟冬郊祀月,殺氣起嚴霜。戎馬粟不煖,軍士冰爲漿。晨上成皋坂,磧礫皆羊腸。寒陰籠白日,太谷晦蒼蒼。息徒税征駕,倚劒臨八荒。鵾鵬不能飛,玄武伏川梁。鎩翮由時至,感物聊自傷。竪儒守一經,未足識行藏。

豪,九條本:户高。 殉,九條本:辞俊反。 爲,九條本:于僞。 磧,九條本:戚。 礫,九條本:歷。 鵬,九條本:明。○案:各本"鵬"訛作"鵬"。 鎩,九條本:殺。 儒,九條本:而榆。

休上人(《別怨》)

西北秋風至,楚客心悠哉。日暮碧雲合,佳人殊未來。露采方泛豔,月華始徘徊。寶書爲君掩,瑶琴詎能開。相思巫山渚,悵望陽雲臺。膏鑪絶沈燎,綺席生浮埃。桂水日千里,因之平生懷。

泛,九條本作"泛",音:芳劒。 豔,九條本:戈膽。○案:九條本"戈"爲"弋"字之訛。 巫,九條本:无。 膏,九條本:高。 鑪,九條本:盧。

《文選》音注輯考卷三十二

騷上

屈平《離騷經》一首

《九歌》四首

騷　上

離騷經

屈　平　王逸注

帝高陽之苗裔兮，朕皇考曰伯庸。攝提貞于孟陬兮，惟庚寅吾以降。皇覽揆余于初度兮，肇錫余以嘉名。名余曰正則兮，字余曰靈均。紛吾既有此内美兮，又重之以脩能。扈江離與辟芷兮，紉秋蘭以爲佩。

裔，集注本引《音决》：以世反。　攝，集注本引《音决》：式葉反。　提，集注本引《音决》：啼。　陬，集注本引《音决》、九條本：子侯反。陳八郎本：子侯。《楚辭補注》：側鳩切。　寅，集注本引《音决》：協韻人反。〇案："反"字衍。此條音謂"寅"協韻平聲，讀若"人"。又寅爲以母，人爲日母，以母轉讀爲日母。　降，集注本引《音决》：下江反。《楚辭補注》：乎攻切。　重，集注本引《音决》：直用反。《楚辭補注》：儲用切。　能，集注本引《音决》：奴代反。《楚辭補注》：讀若耐，叶韻。　扈，集注本引《音決》、《楚辭補注》、陳八郎本、九條本：户。 辟，集注本引《音決》：疋亦反。 芷，集注本引《音決》、九條本：止。 紉，集注本引《音決》：女珍反，下同。九條本：女珍。《楚辭補注》：女鄰切。 佩，集注本引《音決》：步外反。

汩余若將不及兮，恐年歲之不吾與。朝搴阰之木蘭兮，夕攬洲之宿莽。日月忽其不淹兮，春與秋其代序。惟草木之零落兮，恐美人之遲暮。不撫壯而棄穢兮，何不改此度也。乘騏驥以馳騁兮，來吾導夫先路。

汩，集注本引《音決》：于筆反。陳八郎本：于筆。《楚辭補注》：越筆切。 恐，《楚辭補注》：匾用切。 搴，集注本引《音決》：居輦反。《楚辭補注》：蹇。 阰，集注本引《音決》、尤袤本、陳八郎本：毗。《楚辭補注》：頻脂切。 攬，集注本作"擥"，引《音決》：擥音覽，或作攬字，同。《楚辭補注》：盧敢切。 洲，集注本引《音決》：州。 莽，集注本引《音決》：協韻亡古反，楚俗言也。凡協韻者，以中國爲本，傍取四方之俗以韻，故謂之協韻。然於其本俗，則是正音，非協也。《楚辭補注》：莫補切。九條本：亡古反，叶。 撫，《楚辭補注》：芳武切。 騏，集注本引《音決》：其。 驥，集注本引《音決》：冀。 騁，集注本引《音決》：敕整反。 導，集注本作"道"，引《音決》：徒到反。 夫，集注本引《音決》：扶，下皆同。

昔三后之純粹兮，固衆芳之所在。雜申椒與菌桂兮，豈維紉夫蕙茝。彼堯舜之耿介兮，既遵道而得路。何桀紂之昌披兮，夫唯捷徑以窘步。惟黨人之偷樂兮，路幽昧以險隘。豈余身之憚殃兮，恐皇輿之敗績。

粹，集注本引《音决》：邃。 菌，集注本引《音决》：其敏反。《楚辭補注》：窘。 蕙，集注本引《音决》：惠。 茝，集注本引《音决》：昌改反。陳八郎本：昌改。《楚辭補注》：昌改切。 耿，集注本引《音决》：古逈反。陳八郎本：古逈。《楚辭補注》：古迥、古幸二切。 昌，集注本引《音决》作“猖”，音：昌。 披，集注本引《音决》作“被”：匹皮反。 捷，集注本引《音决》：才接反。 窘，集注本引《音决》：其敏反。陳八郎本、九條本：求殞。 偷，集注本引《音决》：他侯反。 樂，集注本引《音决》、九條本：洛。 昧，集注本引《音决》：亡背反。九條本：亡對反。 隘，集注本引《音决》：於懈反。九條本：於解。 憚，集注本引《音决》：徒旦反。《楚辭補注》：徒案切。 殃，集注本引《音决》：央。 輿，集注本引《音决》：余。 績，集注本引《音决》：子漬反，又：子夜反。

忽奔走以先後兮，及前王之踵武。荃不察余之忠情兮，反信讒而齊怒。余固知謇謇之爲患兮，忍而不能舍也。指九天以爲正兮，夫唯靈脩之故也。初既與余成言兮，後悔遁而有他。余既不難離别兮，傷靈脩之數化。

奔，集注本引《音决》：布悶反。九條本：布問反。《楚辭補注》：舊音布頓切。 走，集注本引《音决》：奏。 先，集注本引《音决》：先見反。《楚辭補注》：先見切。 後，集注本引《音决》：候。 踵，集注本引《音决》：之重反。 荃，集注本引《音决》、九條本：七全反。《楚辭補注》引《莊子音義》：七全切，崔音孫。 齊，集注本引《音决》：才細反。《楚辭補注》作“齌”，音：賫，又音妻，又引《釋文》：齊，或作齌，并相西切。 謇，集注本引《音决》：

居輂反，下同也。九條本：居輂反。　舍，集注本引《音决》：捨。《楚辭補注》引顔師古：尸夜切，又：今人音捨，非也。　指，集注本引《音决》：之視反。　遁，集注本引《音决》作"遯"：徒頓反。　難，集注本引《音决》：奴旦反。　數，集注本引《音决》：朔。《楚辭補注》：所角切。　化，集注本引《音决》：恊韻呼戈反，楚之南鄙言，又：火瓜反。《楚辭補注》：花，下同。九條本：呼戈反。

余既滋蘭之九畹兮，又樹蕙之百畝。畦留夷與揭車兮，雜杜衡與芳芷。冀枝葉之峻茂兮，願竢時乎吾將刈。雖萎絶其亦何傷兮，哀衆芳之蕪穢。

滋，集注本引《音决》：兹。《楚辭補注》引《釋文》作"菑"，音：栽。　畹，集注本引《音决》：苑。陳八郎本：於遠。九條本：苑。《楚辭補注》：於阮切。　蕙，集注本引《音决》：惠。　畝，《楚辭補注》：莫後切。　畦，集注本引《音决》：户珪反。陳八郎本：胡圭。《楚辭補注》：攜。　夷，朝鮮正德本、奎章閣本作"荑"，音：夷。　揭，集注本引《音决》：起列，又：去例反。陳八郎本：綺竭。九條本作"楬"：去例反，又：去列反。《楚辭補注》：丘謁切。　芷，九條本：子。　峻，集注本引《音决》、陳八郎本：俊。《楚辭補注》引《文選》作"葰"，五臣音：俊，又補注：葰音峻。　竢，集注本引《音决》：士。　刈，集注本引《音决》：騫上人魚再反。〇案：騫上人即釋道騫。　萎，集注本引《音决》：於危反。《楚辭補注》：於危切。　衆，集注本引《音决》：之仲反，下皆同。　蕪，集注本引《音决》：無。

衆皆競進以貪婪兮，憑不猒乎求索。羌内恕己以量人兮，各興心而嫉妬。忽馳騖以追逐兮，非余心之所急。老冉冉其將至兮，恐脩名之不立。

婪，集注本引《音决》：力男反。陳八郎本：力含。《楚辭補注》：盧含切。　憑，集注本引《音决》、九條本：皮氷反。《楚辭補注》：皮冰切。　猒，集注本引《音决》作"厭"：一艶反。　索，集注本引《音决》：愶韻三故反。　羌，《楚辭補注》：去羊切。　恕，集注本引《音决》：庶。　量，集注本引《音决》：良。《楚辭補注》：力香切。　嫉，集注本引《音决》：音疾、自二音。　妬，集注本引《音决》作"妒"：都故反，或作妬，同。　騖，集注本引《音决》：務。

朝飲木蘭之墜露兮，夕飡秋菊之落英。苟余情其信姱以練要兮，長顑頷亦何傷。擥木根以結茝兮，貫薜荔之落蘂。矯菌桂以紉蕙兮，索胡繩之纚纚。謇吾法夫前脩兮，非時俗之所服。雖不周於今之人兮，願依彭咸之遺則。

飲，《楚辭補注》：蔭。　墜，集注本引《音决》：直類反。　飡，《楚辭補注》作"餐"：七安切。　姱，集注本引《音决》：口花反。尤袤本、陳八郎本：苦瓜。《楚辭補注》：苦瓜切。　要，集注本引《音决》：一招反。《楚辭補注》：於笑切。　顑，集注本引《音决》：口感反，《玉篇》：呼感反，曹：減。尤袤本、陳八郎本、九條本：呼感。《楚辭補注》：虎感切，又：古湛切。　頷，集注本引《音决》：胡感反，曹：滛。陳八郎本、九條本：乎感。《楚辭補注》：户感切，又：魚檢切。　擥，集注本引《音决》：覧。《楚辭補注》：啓妍切。　薜，集注本引《音决》：步計反。九條本：步計。《楚辭補注》：蒲計切。　荔，集注本引《音决》：力計反。《楚辭補注》：郎計切。　蘂，集注本引《音决》：而髓反。　矯，集注本引《音决》：

□小反。○案：集注本□處字殘。　菌，集注本引《音决》：其敏反。　紉，集注本引《音决》：女珍反。　索，集注本引《音决》：素洛反。《楚辭補注》引《説文》：昔各切。　纚，集注本引《音决》：所綺反。陳八郎本：所綺。《楚辭補注》：所綺切。

長太息以掩涕兮，哀人生之多艱。余雖好脩姱以鞿羈兮，謇朝誶而夕替。既替余以蕙纕兮，又重申之以攬茝。亦余心之所善兮，雖九死其猶未悔。

好，集注本引《音决》：秏，下皆同。　姱，集注本引《音决》：苦華反。陳八郎本：苦瓜。　鞿，集注本引《音决》：機。陳八郎本：居衣。《楚辭補注》：居依切。　羈，《楚辭補注》：居宜切。　謇，集注本引《音决》：居輦反。　誶，集注本引《音决》、九條本：信。《楚辭補注》：邃，又：信。　替，集注本引《音决》：協韻他礼反，下如字。　纕，集注本引《音决》：襄。陳八郎本：思羊。《楚辭補注》：息羊切。○案：集注本引《音决》作"襄音襄"，上"襄"字涉注文而誤。　重，集注本引《音决》：直用反。○案：集注本"申"上有"重"字，尤袤本無。　茝，集注本引《音决》：昌改反。　悔，集注本引《音决》：協呼罪反。

怨靈脩之浩蕩兮，終不察夫人心。衆女嫉余之娥眉兮，謡諑謂余以善淫。固時俗之工巧兮，偭規矩而改錯。背繩墨以追曲兮，競周容以爲度。忳鬱邑余侘傺兮，吾獨窮困乎此時也。寧溘死以流亡兮，余不忍爲此態也。

浩，集注本引《音决》：胡考反。　謡，集注本引《音决》、《楚辭補注》、九條本：遥。　諑，集注本引《音决》、九條本：丁角反。

集注本引陸善經：涿。《楚辭補注》：竹角切。陳八郎本：丁角。　巧，集注本引《音决》、九條本：苦孝反。　偭，集注本引《音决》：面，又亡忍、亡演二反。《楚辭補注》、陳八郎本、九條本：面。　錯，集注本引《音决》：七故反。九條本：七古反。《楚辭補注》：措。陳八郎本、朝鮮正德本：倉故。奎章閣本：倉固。　忳，集注本引《音决》、陳八郎本、九條本：屯。《楚辭補注》：徒渾切。尤袤本注：徒昆切。　侘，集注本引《音决》、九條本：丑加反。《楚辭補注》：敕加切，又：勑駕切。尤袤本注：丑加切。陳八郎本：丑加。　傺，集注本引《音决》、九條本：丑例反。《楚辭補注》：丑利切，又：勑界切。尤袤本注：丑世切。陳八郎本：丑例。　溘，集注本引《音决》：口合反。陳八郎本：苦合。　態，集注本引《音决》：他代反。

鷙鳥之不羣兮，自前代而固然。何方圜之能周兮，夫孰異道而相安。屈心而抑志兮，忍尤而攘詬。伏清白以死直兮，固前聖之所厚。悔相道之不察兮，延佇乎吾將反。迴朕車以復路兮，及行迷之未遠。

鷙，集注本引《音决》、九條本：至。《楚辭補注》：脂利切。　圓，集注本作“圜”，引《音决》：員。九條本亦作“圜”，音：圓。　【附】王逸注：抑，案也。《楚辭補注》：案，讀若按。　攘，集注本引《音决》：而良反。　詬，集注本引《音决》：火候反。《楚辭補注》引《釋文》作“訽”，曰：詬、訽，并呼漏切，又古豆切。陳八郎本：呼候。九條本：呼候反。　厚，集注本引《音决》：協韻音候。　相，集注本引《音决》：息亮反。《楚辭補注》：息亮切。　道，集注本引《音决》：如字，或徒到反，非。　佇，集注本引《音决》：直吕反。《楚辭補注》：直吕切。　復，集注本引《音决》：伏。

步余馬於蘭皋兮，馳椒丘且焉止息。進不入以離尤兮，退將復脩吾初服。製芰荷以爲衣兮，集芙蓉以爲裳。不吾知其亦已兮，苟余情其信芳。高余冠之岌岌兮，長余佩之陸離。芳與澤其雜糅兮，唯昭質其猶未虧。忽反顧以游目兮，將往觀乎四荒。佩繽紛其繁飾兮，芳菲菲其彌章。人生各有所樂兮，余獨好脩以爲常。雖體解吾猶未變兮，豈余心之可懲。

焉，《楚辭補注》：尤虔切。　芰，集注本引《音决》：其寄反。《楚辭補注》：奇寄切。九條本：其綺反。　【附】王逸注：芰，蔆也，秦人曰薢茩。《楚辭補注》：薢茩，音皆苟，又上胡買切，下胡口切。　荷，集注本引《音决》：何。　芳，《楚辭補注》：敷方切。　岌，集注本引《音决》、九條本：魚及反。《楚辭補注》：魚及切。　長，集注本引《音决》：直良反。　糅，集注本引《音决》、九條本：女又反。陳八郎本：女又。《楚辭補注》：女救切。　觀，集注本引《音决》：古丸反。　繽，集注本引《音决》：匹人反。《楚辭補注》：匹賓切。　菲，集注本引《音决》：芳非反，又：芳尾反。九條本：芳薇反。　樂，集注本引《音决》：洛，又：五孝反。《楚辭補注》：魚教切。九條本：洛。　解，集注本引《音决》：居買反。《楚辭補注》：古蟹切。　懲，集注本引《音决》：澄。

女嬃之嬋媛兮，申申其詈予。曰：鮌婞直以亡身兮，終然夭乎羽之野。

嬃，集注本引《音决》、《楚辭補注》、陳八郎本、九條本：須。　嬋，集注本引《音决》、九條本：市然反。《楚辭補注》：蟬。　媛，集注本引《音决》、《楚辭補注》、九條本：爰。　詈，集注本引《音决》：力智反。　予，《楚辭補注》：與，叶韻。　曰，集注本引《音决》：越。　鮌，集注本引《音决》：古本反。陳八郎本作"鯀"，音:古本。　婞,集注本引《音决》:胡冷反。《楚辭補注》:下頂切。尤袤本注:脛。陳八郎本:胡剄。室町本旁記:胡剄切。九條本作"娙":胡卦反。〇案:尤袤本此條音繫於王逸注末,集注本無,當是後人所加。　夭,集注本引《音决》作"殀":於表反。《楚辭補注》亦作"殀":於矯切。　野,集注本引《音决》、九條本:常与反。

汝何博謇而好脩兮,紛獨有此姱節。薋菉葹以盈室兮,判獨離而不服。衆不可户説兮,孰云察余之中情。世并舉而好朋兮,夫何煢獨而不予聽。

汝,集注本引《音决》作"女":而与反。　謇,集注本引《音决》:居輦反。　姱,集注本引《音决》、九條本:苦華反。《楚辭補注》:苦瓜切。　薋,集注本引《音决》、九條本:在咨反。陳八郎本:茲。《楚辭補注》:甆。　菉,集注本引《音决》、《楚辭補注》、九條本:録。陳八郎本:緑。　葹,集注本引《音决》:施。《楚辭補注》:商支切。陳八郎本:失移。　煢,《楚辭補注》:渠營切。　聽,集注本引《音决》:他丁反。《楚辭補注》:平聲。

依前聖之節中兮,喟憑心而歷茲。濟沅湘以南征兮,就重華而陳詞。启《九辯》與《九歌》兮,夏康娱以自縱。不顧難以圖後兮,五子用失乎家巷。

中,集注本引《音决》:丁仲反。　喟,集注本引《音决》:去位反。《楚辭補注》:丘愧切。　憑,集注本引《音决》:皮膺反。《楚辭補注》:皮冰切。　沅,集注本引《音决》、《楚辭補注》:元。湘,集注本引《音决》:相。　重,集注本引《音决》:直龍反。

夏，集注本引《音决》：下。　難，集注本引《音决》：那旦反。《楚辭補注》：乃旦切。

羿淫游以佚田兮，又好射乎封狐。固亂流其鮮終兮，浞又貪夫厥家。澆身被服强圉兮，縱欲而不忍。日康娱而自忘兮，厥首用夫顛隕。

羿，集注本引《音决》：五計反。《楚辭補注》：五計切。九條本：魚計反。　佚，集注本引《音决》：以日反。　射，集注本引《音决》：上亦反。　鮮，集注本引《音决》：思輦反。　浞，集注本引《音决》、九條本：士角反。陳八郎本：仕角。《楚辭補注》：食角切。　澆，集注本引《音决》：五誥反，又：五叫反。《楚辭補注》：五吊切。陳八郎本：五吊。　【附】《楚辭補注》：澆，一作奡。奡即澆也，五耗切，聲轉字異。　强，集注本引《音决》：其良反。圉，集注本引《音决》：語。　日，集注本引《音决》：如一反。隕，集注本引《音决》作"殞"：于敏反。

夏桀之常違兮，乃遂焉而逢殃。后辛之葅醢兮，殷宗用而不長。湯禹嚴而祗敬兮，周論道而莫差。舉賢而授能兮，脩繩墨而不陂。皇天無私阿兮，覽人德焉錯輔。夫維聖哲以茂行兮，苟得用此下土。瞻前而顧後兮，相觀人之計極。夫孰非義而可用兮，孰非善而可服。

葅，集注本作"菹"，引《音决》：側余反。《楚辭補注》亦作"菹"：臻魚切。　醢，集注本引《音决》：海，下同。《楚辭補注》：海。　嚴，集注本引《音决》：篤上人魚儉反。《楚辭補注》作"儼"：儼亦作嚴，并魚檢切。　祗，集注本引《音决》：之。　差，集注本引《音决》：協韻七何反。《楚辭補注》：舊讀作瑳。　陂，集注本作"頗"，引《音决》：普和反。《楚辭補注》：一音頗，滂禾切。 錯,集注本引《音决》:七故反,恊韻七和反。《楚辭補注》:七故切。陳八郎本:七故。 行,集注本引《音决》:下孟反。《楚辭補注》:下孟切。 相,集注本引《音决》:息亮反。《楚辭補注》:息亮切。 觀,集注本引《音决》:吉丸反。

阽余身而危死兮,覽余初其猶未悔。不量鑿而正枘兮,固前脩以菹醢。曾歔欷余鬱邑兮,哀朕時之不當。攬茹蕙以掩涕兮,霑余襟之浪浪。

阽,集注本引《音决》:以廉反。陳八郎本:瞻。《楚辭補注》、朝鮮正德本、奎章閣本:簷。〇案:阽爲以母,瞻爲章母,陳八郎本音誤,據正德本等,蓋當作"檐"。 悔,集注本引《音决》:恊韻許罪反。 量,集注本引《音决》、九條本:良。《楚辭補注》:力香切。 鑿,集注本引《音决》:在到反。九條本:在到。《楚辭補注》:漕。 枘,集注本引《音决》:而歲反。《楚辭補注》:而鋭切。陳八郎本作"柄",音:而銘。九條本、朝鮮正德本、奎章閣本:而鋭。〇案:陳八郎本正文"柄"爲"枘"字之訛,音注"銘"爲"鋭"字之訛。 曾,集注本引《音决》:在登反。 歔,集注本引《音决》:虚。《楚辭補注》:許居切。陳八郎本、九條本:許居。 欷,集注本引《音决》:許氣反。《楚辭補注》:香衣、許毅二切。陳八郎本:許投。九條本、朝鮮正德本、奎章閣本:許毅。〇案:陳八郎本"投"蓋"毅"之殘字。 當,《楚辭補注》:平聲。 茹,集注本引《音决》、九條本:如。陳八郎本:如吕。《楚辭補注》引《文選》音:汝。 襟,集注本引《音决》:今。 浪,集注本引《音决》、《楚辭補注》、九條本:郎。陳八郎本:平聲。

跪敷衽以陳辭兮，耿吾既得此中正。駟玉虬以乘鷖兮，溘埃風余上征。

跪，集注本引《音决》：其委反。《楚辭補注》：巨委切。　敷，集注本引《音决》：芳于反。　衽，集注本引《音决》：而甚反。　耿，集注本引《音决》：古迥反。　駟，集注本引《音决》：四。　虬，集注本引《音决》：巨幽反。九條本：巨幽。《楚辭補注》：渠幽切。○案：三本俱作"虬"。　乘，《楚辭音》作"椉"：時升反。○案：道騫《楚辭音》殘卷自此始。　鷖，《楚辭音》：烏計反。集注本引《音决》作"翳"：一計反。九條本：一計反。《楚辭補注》：於計、烏雞二切。陳八郎本：烏計。　溘，《楚辭音》：苦閤反。集注本引《音决》：口合反。《楚辭補注》：渴合切。陳八郎本：苦合。　埃，《楚辭音》：烏來反。集注本引《音决》：哀。　上，《楚辭音》：時壤反。集注本引《音决》：時掌反，下同。　【附】王逸注：去離時俗，遠羣小也。《楚辭音》：離，離智反。遠，于願反。

朝發軔於蒼梧兮，夕余至乎縣圃。欲少留此靈瑣兮，日忽忽其將暮。

朝，《楚辭音》：張遥反。　軔，《楚辭音》：如振反。集注本引《音决》、《楚辭補注》：刃。　【附】王逸注：軔，支輪木也。支，《楚辭音》作"榰"：之移反。　縣，《楚辭音》、集注本引《音决》、《楚辭補注》：玄。　圃，《楚辭音》：布。集注本引《音决》：協韻音布。　少，《楚辭音》：失紹反。　瑣，《楚辭音》：桑果反。集注本引《音决》作"璅"：素果反。《楚辭補注》：先果切。陳八郎本：先果。　【附】王逸注：瑣，門鏤也。文如連瑣，楚王之省閤也。《楚辭音》：鏤，勒豆反。省，生景反，下同。　日，集注本引《音决》：而一反。　暮，《楚辭音》作"莫"：亡故反。

吾令羲和弭節兮，望崦嵫而勿迫。路曼曼其脩遠兮，吾將上下而求索。

弭，《楚辭補注》：彌耳切。　崦，《楚辭音》作“奄”，曰：宜作崦、嶮，二字同，於炎反。集注本引《音決》、《楚辭補注》：淹。陳八郎本：於廉。九條本作“奄”，音：淹。　嵫，《楚辭音》作“茲”，曰：宜嵫，同，咨音。集注本引《音決》、《楚辭補注》、陳八郎本：茲。　【附】王逸注：且勿附近。《楚辭音》：近，勤靳反。　曼，《楚辭音》：亡半反。集注本引《音決》：万，蕭：武半反。《楚辭補注》：莫半切，又引《集韻》：謨官切。　上，《楚辭音》：時賞反。　索，《楚辭音》：疏格反。集注本引《音決》：所格反。《楚辭補注》：所革切。　【附】王逸注：不可卒徧。《楚辭音》：卒，麆忽。徧，音遍。

飲余馬於咸池兮，揔余轡乎扶桑。折若木以拂日兮，聊須臾以相羊。

飲，《楚辭音》：於鴆反。集注本引《音决》：於禁反。《楚辭補注》：於禁切。　揔，《楚辭音》：子孔反。　轡，《楚辭音》：碑備反。　扶，集注本引《音決》作“榑”，音：扶。　【附】王逸注：揔，結也。《楚辭音》：結，計。又：是謂朏明。《楚辭音》：朏，普骨、芳尾、匹愷、敷愛四反。又：以留日行。《楚辭音》：行，遐育反。　折，《楚辭音》：支列反。集注本引《音決》：之舌反。　【附】《楚辭補注》：《説文》云：榑桑，神木，日所出。榑音扶。　羊，集注本引《音決》作“徉”，音：羊。　【附】王逸注：年時卒過。《楚辭音》：卒，麄忽反。過，古卧反。

前望舒使先驅兮，後飛廉使奔屬。鸞皇爲余先戒兮，雷師告余以未具。吾令鳳皇飛騰兮，又繼之以日夜。飄風屯其相離兮，帥雲霓而來御。

驅，《楚辭音》：丘于、丘芳二反。集注本引《音决》：羌遇反。○案：《楚辭音》"芳"字疑誤。　屬，《楚辭音》：協韻，作章喻反。集注本引《音决》：恊韻音注。《楚辭補注》：注。九條本作"属"，音：注。　鸞，集注本引《音决》：路丸反。　爲，《楚辭音》：于偽反。集注本引《音决》：于爲反。《楚辭補注》：去聲。○案：集注本"于爲"當作"于偽"。　【附】王逸注：雷爲諸侯，以興君。《楚辭音》：興，許膺反。　【附】王逸注：言我使鳳皇明知之士。《楚辭音》：知，音智。　飄，《楚辭音》：扶遥反。集注本引《音决》：婢遥反。　屯，《楚辭音》：大昆反。集注本引《音决》：途昆反。《楚辭補注》：徒昆切。　相，《楚辭音》：息羊反。　離，《楚辭音》：力知反，又：力智。　帥，集注本引《音决》：率。　霓，集注本引《音决》：魚兮反。《楚辭補注》：五稽、五歷、五結三切。　御，《楚辭音》：五駕反。集注本引《音决》：訝。《楚辭補注》：讀若迓。陳八郎本：游。九條本、朝鮮正德本、奎章閣本：迓。○案：陳八郎本"游"爲"迓"字之訛。

紛總總其離合兮，班陸離其上下。吾令帝閽開關兮，倚閶闔而望予。

總，《楚辭音》、集注本引《音决》：子孔反。　【附】王逸注：總總，猶僔僔，聚貌也。《楚辭音》：僔，子損反。　班，《楚辭音》作"斑"：補姦反。　上，《楚辭音》：如字。集注本引《音决》：石丈反。　下，《楚辭音》：協韻作户音。集注本引《音决》：户嫁反。《楚辭補注》：户。　【附】王逸注：言己游觀天下。《楚辭音》：觀，古丸反。　閽，《楚辭音》：虎昆反。集注本引《音决》：昏。　倚，

《楚辭音》:於綺、渠蟻二反。集注本引《音决》:於綺反。 閶,《楚辭音》:充羊反。集注本引《音决》:昌。 闔,《楚辭音》:盍。集注本引《音决》:合。 予,《楚辭音》、集注本引《音决》、九條本:与。《楚辭補注》:與,叶韻。 【附】王逸注:言己求賢不得,嫉惡讒佞,將上愬天帝。《楚辭音》:惡,汪故反。上,時壤反。

時曖曖其將罷兮,結幽蘭而延佇。世溷濁而不分兮,好蔽美而嫉妬。朝吾將濟於白水兮,登閬風而緤馬。忽反顧以流涕兮,哀高丘之無女。

曖,《楚辭音》:烏代反。集注本引《音决》、《楚辭補注》、九條本:愛。 罷,《楚辭音》:疲。集注本引《音决》、《楚辭補注》:皮。 【附】王逸注:故結芳草而長立,有還意也。《楚辭音》:還,音旋。 溷,《楚辭音》、集注本引《音决》:故困反。《楚辭補注》:胡困切。陳八郎本:呼本。 好,《楚辭音》:耗,注同。 妬,《楚辭音》、九條本:睹。集注本引《音决》:協韻音睹也。 【附】王逸注:言時世君亂臣貪,不別善惡。《楚辭音》:別,碑桀反。 閬,《楚辭音》:力宕反。集注本引《音决》:浪。《楚辭補注》:郎,又音浪。陳八郎本:力岩。朝鮮正德本、奎章閣本:力宕。〇案:陳八郎本"岩"爲"宕"字之訛。 緤,《楚辭音》:息列反,注同。集注本引《音决》作"紲":思列反。九條本:息列。陳八郎本作"絏",音:息烈。朝鮮正德本、奎章閣本亦作"絏",音:息列。《楚辭補注》:薛。 馬,《楚辭音》:協韻作媽,音同亡古反。集注本引《音决》:協韻亡古反。《楚辭補注》:滿補切。 【附】王逸注:言己脩絜白之行,不懈怠也。《楚辭音》:行,遐孟反。懈,居賣反。 涕,《楚辭音》:耻禮反。〇案:涕爲透母,耻爲徹母,舌音未分化。

女,《楚辭音》:紐吕反。集注本引《音决》:如字,下同。【附】王逸注:心爲之悲而流涕。《楚辭音》:爲,于僞反。

溘吾游此春宫兮,折瓊枝以繼佩。及榮華之未落兮,相下女之可貽。

溘,《楚辭音》:苦閤反。集注本引《音决》、九條本:苦合反。【附】王逸注:溘,奄也。春宫,東方青帝舍。《楚辭音》:奄,於感反。舍,尸夜反。　折,《楚辭音》:之列反。　繼,《楚辭音》:古係反。　【附】王逸注:觀萬物始生。《楚辭音》:觀,古丸反。又:守行仁義,志彌固也。《楚辭音》:行,遐盲反。　相,《楚辭音》:息亮反。《楚辭補注》:息亮切。　女,《楚辭音》:紐吕反。

貽,《楚辭音》:又詒,同,餘之反。集注本引《音决》:恊韻音以。《楚辭補注》作"詒",音:怡。【附】王逸注:貽,遺也。《楚辭音》:遺,唯季反,下同。又:將持玉帛聘而遺之。《楚辭音》:聘,匹政反。

吾令豐隆乘雲兮,求宓妃之所在。解佩纕以結言兮,吾令蹇脩以爲理。

乘,《楚辭音》作"椉":時升反。　宓,《楚辭音》:亡筆反。在,《楚辭音》:詞以。集注本引《音决》:恊韻詳以反。　解,《楚辭音》:古蟹反。　纕,《楚辭音》、集注本引《音决》:息羊反。陳八郎本、九條本:相。　蹇,《楚辭音》:居展反。　【附】王逸注:理,分理。《楚辭音》:扶問反。又:伏戲時敦朴。《楚辭音》:戲,歆宜反。敦,丁昆。○案:王逸注"戲",集注本、尤袤本俱作"羲"。敦,尤袤本作"淳",集注本仍作"敦"。

紛總總其離合兮，忽緯繣其難遷。夕歸次於窮石兮，朝濯髮乎洧槃。保厥美以驕傲兮，日康娱以淫游。雖信美而無禮兮，來違棄而改求。

緯，《楚辭音》：宜作敹，同許菲反。集注本引《音决》：揮。《楚辭補注》：徽。九條本：輝。　繣，《楚辭音》：宜作憶，同火麥反。集注本引《音决》：呼麦反。《楚辭補注》：呼麥切，又音畫。陳八郎本：呼陌。九條本：呼麦。　【附】王逸注：言所居深僻，難遷徙也。《楚辭音》：僻，匹亦反。　【附】王逸注：次，舍也。《楚辭音》：舍，尸夜反，下同。　濯，《楚辭音》：徒角反。集注本引《音决》：直角反。〇案：濯、直爲澄母，徒爲定母，舌音未分化。　洧，《楚辭音》：胡軌反。集注本引《音决》：于美反。《楚辭補注》：于軌切。陳八郎本：于鬼。　驕，《楚辭音》：紀招反。【附】《楚辭音》：驕，《字林》云：怚也。子恕反。　傲，《楚辭音》：五秏反。集注本引《音决》：五誥反。　日，《楚辭音》：馹。集注本引《音决》：如一反。九條本：而一反。　違，《楚辭音》：胡歸反。　【附】《楚辭音》：違，本或作遥字，与招反。

覽相觀於四極兮，周流乎天余乃下。望瑶臺之偃蹇兮，見有娀之佚女。

覽，《楚辭音》：力敢反。　相，《楚辭音》、集注本引《音决》：息亮反。《楚辭補注》：去聲。　觀，《楚辭音》、集注本引《音决》：古丸反。　下，《楚辭音》：協音作户音。集注本引《音决》：楚人音户。　瑶，《楚辭音》：与招反。　偃，《楚辭音》：於甗反。蹇，《楚辭音》：渠偃反。　娀，《楚辭音》：胥戎反。集注本引《音决》：息戎反。《楚辭補注》、陳八郎本：嵩。　佚，《楚辭音》：与壹反。集注本引《音决》：以一反。陳八郎本、九條本：逸。　【附】

王逸注：爲之高臺而飲食之。《楚辭音》：飲，於鴆反。食，詳吏反。又：思得與共事君也。《楚辭音》：思，胥詞。

吾令鴆爲媒兮，鴆告余以不好。雄鳩之鳴逝兮，余猶惡其佻巧。

鴆，《楚辭音》：丈沁、徒蔭二反。集注本引《音决》：直禁反。《楚辭補注》：直禁切。　媒，《楚辭音》：亡回反。　告，集注本引《音决》：古毒反。　好，《楚辭音》：呼老反。集注本引《音决》：如字。《楚辭補注》：讀如好人提提之好。〇案：好人提提，語出《魏風·葛屨》。　雄，《楚辭音》作"鴆"：尤弓反。　鳩，《楚辭音》、集注本引《音决》：居尤反。　惡，《楚辭音》、集注本引《音决》：烏故反。　佻，《楚辭音》：他雕反。集注本引《音决》、九條本：吐彫反。《楚辭補注》：吐彫切，又：土了切。陳八郎本：他凋。　【附】王逸注：多語而無要實。《楚辭音》：要，一妙反。

心猶豫而狐疑兮，欲自適而不可。鳳皇既受詒兮，恐高辛之先我。欲遠集而無所止兮，聊浮游以逍遥。及少康之未家兮，留有虞之二姚。

猶，集注本引《音决》：以幼反，又如字。　適，《楚辭音》：失亦反。　【附】王逸注：女當須媒，士必待介也。《楚辭音》：介，古祭反。〇案：王逸注此語不見於今本《文選》，兹據《楚辭補注》。又《楚辭音》"祭"，鈔卷字形近"登"，蓋非也。　詒，《楚辭音》：餘之反。集注本引《音决》：以而反。九條本、朝鮮正德本、奎章閣本：異眉。　先，《楚辭音》：蘇練反。集注本引《音决》：素見反。　【附】王逸注：若鳳皇受禮遺，將恐帝嚳以先我得簡狄也。《楚辭音》：遺，餘季反。　【附】王逸注：故且游戲觀望，以忘憂也。《楚辭音》：觀，古丸反。　少，《楚辭音》：失邵反。集注本引《音决》:失照反。 姚,集注本引《音决》、九條本:遥。 【附】王逸注:少康逃奔有虞。虞因妻以二女,而邑於綸。《楚辭音》:妻,千聟反。綸,亡鄰反。又:復禹舊績。《楚辭音》:復,音伏。又:索宓妃則不肯見。《楚辭音》:索,所格反。

理弱而媒拙兮,恐導言之不固。時溷濁而嫉賢兮,好蔽美而稱惡。閨中既邃遠兮,哲王又不寤。懷朕情而不發兮,余焉能忍與此終古。

拙,《楚辭音》:止悦反。 【附】王逸注:拙,頓也。《楚辭音》:頓,音鈍。〇案:此條王逸注依集注本,尤袤本"頓"作"鈍"。 導,《楚辭音》:徒到反。 【附】王逸注:言己欲效少康,留而不去。《楚辭音》:效,户孝反。 溷,《楚辭音》:胡困反。 好,《楚辭音》:耗。 稱,《楚辭音》作"偁":又稱,同,尺仍反。 惡,《楚辭音》:烏故反。《楚辭補注》:去聲。 邃,《楚辭音》:雖醉反。《楚辭補注》:雖遂切。 【附】王逸注:言君處宫殿之中,其閨邃遠,忠言難通,指語不達。《楚辭音》:處,昌吕反。語,魚據反。 焉,《楚辭音》:於連反。 古,《楚辭音》:協韻作故音。《楚辭補注》引《釋文》:故,又引《集韻》:古音估者,故也,音故者,始也。

索瓊茅以筳篿兮,命靈氛爲余占之。曰兩美其必合兮,孰信脩而慕之。思九州之博大兮,豈唯是其有女。曰勉遠逝而無疑兮,孰求美而釋女。何所獨無芳草兮,爾何懷乎故宇。時幽昧以眩曜兮,孰云察余之美惡。

索,《楚辭音》:疏格反。《楚辭補注》:所革切。陳八郎本:所革。九條本:所革反。 瓊,《楚辭音》作"藑":白并反。《楚辭補注》亦作"藑",音:瓊。 茅,九條本:亡交反。 筳,《楚辭音》:

丈丁反。《楚辭補注》、陳八郎本：廷。九條本：庭。　篿，《楚辭音》：之沿、大官二反。《楚辭補注》、陳八郎本：專。九條本作"蓴"，音：專。　【附】王逸注：楚人名結草折竹卜曰篿。《楚辭音》：折，之列反，下同。　氛，《楚辭音》：敷分反。九條本：芳云反。　爲，《楚辭音》：于僞反。　女，《楚辭音》：紐吕、而与二反。《楚辭補注》：細吕切。〇案：《楚辭補注》"細"當作"紐"。　釋，《楚辭音》：或作舍字，捨音。　女，《楚辭音》：而与反。　草，《楚辭音》作"艸"：七老反。　宇，《楚辭音》作"宅"，音：如字，或作宇音。　眩，《楚辭音》：胡絢反。《楚辭補注》：熒絹切。九條本：縣。　惡，《楚辭音》：烏各反。　【附】王逸注：屈原荅靈氛。荅，《楚辭音》作"畣"：丁合反。又：是難去之意。《楚辭音》：難，乃旦反。〇案：曹憲《博雅音》卷五"畣"字："多合。今人以荅字爲對畣，失之矣。"

人好惡其不同兮，惟此黨人其獨異。户服艾以盈要兮，謂幽蘭其不可佩。覽察草木其獨未得兮，豈珵美之能當。蘇糞壤以充幃兮，謂申椒其不芳。

好，《楚辭音》：耗。《楚辭補注》、陳八郎本：去聲。　惡，《楚辭音》：烏故反。《楚辭補注》：去聲。陳八郎本：烏故。　要，《楚辭音》：於遥反。陳八郎本：平聲。　【附】王逸注：以言君親愛讒佞，憎遠忠直而不近也。《楚辭音》：遠，于願反。近，巨靳反。　珵，《楚辭音》：除京反。《楚辭補注》：呈。陳八郎本：池貞。九條本作"理"，音：里。　當，《楚辭音》：丁唐反。　【附】王逸注：觀視衆草尚不能別其香臭。《楚辭音》：觀，古九反。又：草木易別於禽獸。《楚辭音》：別，碑列反，下同。易，羊豉，下同。　蘇，

《楚辭音》:宜作穌,同私胡反。 幃,《楚辭音》:許韋反。《楚辭補注》:許歸切,下同。陳八郎本、九條本:暉。 【附】王逸注:幃,謂之幐。《楚辭音》:幐,杜緪反。《楚辭補注》:幐音騰。又:言近小人而遠君子也。《楚辭音》:近,巨靳。遠,于願反。

欲從靈氛之吉占兮,心猶豫而狐疑。巫咸將夕降兮,懷椒糈而要之。百神翳其備降兮,九疑繽其并迎。皇剡剡其揚靈兮,告余以吉故。

降,《楚辭音》:古巷反。 椒,《楚辭音》:又椒,又茮,同,子遥反。 糈,《楚辭音》:依字宜先吕反。《楚辭補注》、陳八郎本、九條本:所。 【附】《楚辭音》:案今以祠神米爲糈,音駛吕反。 要,《楚辭音》:於遥反。《楚辭補注》:伊消切。 翳,《楚辭補注》:於計切。 降,《楚辭音》:古巷反。 繽,《楚辭音》:匹賓反。 迎,《楚辭音》:魚敬反。《楚辭補注》:魚慶切。 剡,《楚辭音》:羊冉、示檢二反。《楚辭補注》:以冉切。陳八郎本:琰。 告,《楚辭音》:古毒反。

曰勉升降以上下兮,求矩矱之所同。湯禹儼而求合兮,摯咎繇而能調。

曰,《楚辭音》:于月反。 升,《楚辭音》作"陞",音:升。 降,《楚辭音》:古巷反。 上下,《楚辭音》:二字依文讀。 矩,《楚辭補注》作"榘":俱雨切。 矱,《楚辭音》:宜作彠,又蒦,同,紆縛、於虢、居薄三反。《楚辭補注》:紆縛、烏郭二切。尤袤本注:於縛切。陳八郎本:紆縛。 【附】王逸注:勉,强也。《楚辭音》:强,巨兩反,下同。又:矱,度也。《楚辭音》:徒故反。又:下索賢臣。《楚辭音》:踈格反。 儼,《楚辭音》作"嚴":魚儉反。

摯,《楚辭音》:止示反。 調,《楚辭音》:徒雕反。

苟中情其好脩兮,何必用夫行媒。説操築於傅巖兮,武丁用而不疑。吕望之鼓刀兮,遭周文而得舉。甯戚之謳歌兮,齊桓聞以該輔。及年歲之未晏兮,時亦猶其未央。恐鷤鴂之先鳴兮,使夫百草爲之不芳。

好,《楚辭音》:秏。 夫,《楚辭音》:扶。 行,《楚辭音》:遐盲反。 説,《楚辭音》、《楚辭補注》:悦。 操,《楚辭音》:七曹反。《楚辭補注》:七刀反。 【附】王逸注:至於朝歌,道窮困,自鼓刀而屠,遂西釣於渭濱。《楚辭音》:朝,張遥反。屠,度胡反。釣,音吊。 甯,《楚辭音》:泥定反。 謳,《楚辭音》:烏侯反。該,《楚辭音》:古來反。 【附】王逸注:退而商賈。《楚辭音》:賈,工户反。又:叩角而歌。《楚辭音》:叩,苦后反。 晏,《楚辭音》:烏雁。 鷤,《楚辭音》:達計、達兮、徒典三反。《楚辭補注》:提,又音弟,又音殄。陳八郎本:弟。九條本:帝。 鴂,《楚辭音》:古惠、古穴、古典三反。《楚辭補注》:决,又音桂,又音絹。陳八郎本:桂。九條本:桂,又:古穴反。 【附】王逸注:鷤鴂,一名買鵤。《楚辭音》:鵤,九委。 夫,《楚辭音》"使"下有"夫"字,音:扶。 爲,《楚辭音》:于僞反。

何瓊珮之偃蹇兮,衆薆然而蔽之。惟此黨人之不亮兮,恐嫉妬而折之。時繽紛其變易兮,又何可以淹留。蘭芷變而不芳兮,荃蕙化而爲茅。

偃,《楚辭音》:於甗反。 蹇,《楚辭音》:渠偃反。 薆,《楚辭音》:烏既反。《楚辭補注》、陳八郎本、九條本:愛。 亮,《楚辭音》:宜作諒,同力仗反。 折,《楚辭音》:支列反。 【附】王逸注:不尚忠信之行。《楚辭音》:行,遐孟反。又:欲必折挫而敗也。《楚辭音》:挫,粗課反。 芷,《楚辭音》:之視反。 荃,《楚辭音》作"蓀":蘇存反。 蕙,《楚辭音》:胡桂反。 茅,《楚辭音》:亡交反。 【附】王逸注:荃蕙化而爲菅茅。《楚辭音》:菅,古顔反。又:以言君子更爲小人。《楚辭音》:更,古孟反,下同。○案:王逸注"菅"字今本《文選》脱,兹據《楚辭補注》。

何昔日之芳草兮,今直爲此蕭艾也。豈其有他故兮,莫好脩之害也。余以蘭爲可恃兮,羌無實而容長。委厥美以從俗兮,苟得引乎衆芳。椒專佞以慢謟兮,榝又欲充其佩幃。既干進而務入兮,又何芳之能祗。

艾,《楚辭音》:五蓋反。 好,《楚辭音》:耗。 羌,《楚辭音》:祛姜反。 長,《楚辭音》:徒良反。《楚辭補注》:平聲。○案:長爲澄母,徒爲定母,舌音未分化。 【附】王逸注:蘭,懷王少弟。《楚辭音》:少,失照反。又:恃,怙也。《楚辭音》:怙,音户。 委,《楚辭音》:於詭反。 慢,《楚辭音》:亡諫。 謟,《楚辭音》:又慆,宜作謟,同他牢反。《楚辭補注》作"慆":它刀切。陳八郎本作"詞",音:吐刀。○案:陳八郎本"詞"字誤刻。 榝,《楚辭音》:疏黠反。《楚辭補注》、陳八郎本、九條本:殺。 幃,《楚辭音》:又禕,又緯,同許韋反。陳八郎本:揮。 【附】王逸注:榝,茱萸也。《楚辭音》:茱,常瑜反。萸,羊朱反。又:處蘭芷之間。《楚辭音》:處,召女。又:又欲援引面從不賢之類。《楚辭音》:援,音袁。 祗,九條本:之。

固時俗之從流兮,又孰能無變化。覽椒蘭其若兹兮,又況揭車與江蘺。惟兹佩之可貴兮，委厥美而歷兹。芳菲菲而難虧兮，芬至今猶未沬。

化，《楚辭音》：虎瓜反。　【附】王逸注：二子復以諂諛之行。《楚辭音》：行，下孟。　揭，《楚辭音》：丘桀反。九條本：謁。　車，《楚辭音》、九條本：居。　【附】王逸注：言觀子椒、子蘭變節若此，豈况朝廷衆臣，而不爲佞媚以容其身邪。《楚辭音》：觀，音官。朝，直遥。廷，音定。邪，羊嗟。　菲，《楚辭音》：孚尾反。　沬，《楚辭音》：亡盖反。《楚辭補注》：昧。陳八郎本：亡貝。【附】王逸注：虧，歇也。《楚辭音》：歇，許謁。又：芬芳勃勃。《楚辭音》勃作浡：步没反。○案：王逸注"芬芳勃勃"，今本《文選》脱，兹據《楚辭補注》。

和調度以自娱兮，聊浮游而求女。及余飾之方壯兮，周流觀乎上下。

和，《楚辭音》：胡戈反。　調，《楚辭音》：徒幺反。　度，《楚辭音》：徒故反。　聊，《楚辭音》：了彫反。　【附】《楚辭音》：聊字從丣，音羊首反，他倣此。　女，《楚辭音》：紐吕反。《楚辭補注》：紐吕切。　【附】王逸注：猶和調己之行度。《楚辭音》：行，遐孟反。又：執守忠貞以自娱樂。《楚辭音》：樂，音洛。　觀，《楚辭音》：古丸反。　上，《楚辭音》：如字。　下，《楚辭音》：協音作户音。《楚辭補注》：户。九條本：户，叶。

靈氛既告余以吉占兮，歷吉日乎吾將行。折瓊枝以爲羞兮，精瓊爢以爲粻。爲余駕飛龍兮，雜瑶象以爲車。何離心之可同兮，吾將遠逝以自疏。

行，《楚辭音》：协胡剛反。《楚辭補注》：胡郎切，叶韻。

折,《楚辭音》:支列反。 羞,《楚辭音》:私由反。 靡,《楚辭音》:又糜,同亡皮反。《楚辭補注》、尤袤本、九條本:糜。陳八郎本:靡。 粻,《楚辭音》:陟姜反。尤袤本、陳八郎本、九條本:張。 【附】王逸注:羞,脯也。精,鑿也。靡,屑也。《楚辭音》:脯,音甫。鑿作糳,祖各。屑,素結反。《楚辭補注》:鑿音作。又:《詩》云:乃裹餱糧。《楚辭音》餱作糇:胡鈎反。又:腊精鑿玉屑以爲儲粻。《楚辭音》:腊,四亦。〇案:王逸注引詩,今本《文選》脱,兹據《楚辭補注》。 爲,《楚辭音》:于僞反。《楚辭補注》:去聲。〇案:《楚辭音》殘卷下闕。 疏,《楚辭補注》:所葅切。

邅吾道夫崑崙兮,路脩遠以周流。揚雲霓之晻藹兮,鳴玉鸞之啾啾。朝發軔於天津兮,夕余至乎西極。鳳皇翼其乘旂兮,高翺翔之翼翼。忽吾行此流沙兮,遵赤水而容與。麾蛟龍使梁津兮,詔西皇使涉予。路脩遠以多艱兮,騰衆車使徑待。路不周以左轉兮,指西海以爲期。

邅,《楚辭補注》:池戰切。 晻,《楚辭補注》:烏感切。 藹,《楚辭補注》:於蓋切。 啾,《楚辭補注》:揫。九條本:子由反。 軔,九條本:刃。 旂,《楚辭補注》:渠希切。 【附】王逸注:旂,旗也。《楚辭補注》:旗,渠之切。 麾,《楚辭補注》:許爲切。

屯余車其千乘兮,齊玉軑而并馳。駕八龍之婉婉兮,載雲旗之委移。抑志而弭節兮,神高馳之邈邈。奏《九歌》而舞《韶》兮,聊假日以媮樂。陟升皇之赫戲兮,忽臨睨夫舊鄉。僕夫悲余馬懷兮,蜷局顧而不行。

屯,《楚辭補注》:徒渾切。 乘,《楚辭補注》:實證切。 軑,《楚辭補注》、尤袤本、陳八郎本:大。九條本作"馱":徒盖反,又:徒計反。 婉,《楚辭補注》:於阮切,又引《釋文》作蜿,於元切。陳八郎本:於阮。 委,《楚辭補注》:於爲切。 移,《楚辭補注》作"蛇":弋支切。 媮,《楚辭補注》:俞。 樂,九條本:洛。 戲,尤袤本、陳八郎本:平聲。 睨,《楚辭補注》:五計切。尤袤本、陳八郎本:五計。九條本:五計反。 蜷,《楚辭補注》:拳。尤袤本、陳八郎本:奇員。九條本:權,又:奇員。 局,九條本:曲。 行,《楚辭補注》:胡郎切,叶韻。

亂曰:已矣哉,國無人,莫我知兮,又何懷乎故都。既莫足與爲美政兮,吾將從彭咸之所居。

九歌四首

屈　平　王逸注

東皇太一

吉日兮辰良,穆將愉兮上皇。撫長劍兮玉珥,璆鏘鳴兮琳琅。瑶席兮玉瑱,盍將把兮瓊芳。蕙肴蒸兮蘭藉,奠桂酒兮椒漿。揚枹兮拊鼓,疏緩節兮安歌,陳竽瑟兮浩倡。靈偃蹇兮姣服,芳菲菲兮滿堂。五音紛兮繁會,君欣欣兮樂康。

愉,《楚辭補注》:俞。九條本:逾。 珥,《楚辭補注》、陳八郎本:餌。九條本:二。 【附】王逸注:玉珥,謂劍鐔也。《楚辭補注》:鐔,覃、淫二音。 璆,《楚辭補注》:渠幽切。九條本:求。 鏘,《楚辭補注》:七羊切。陳八郎本:七羊。 琳,《楚辭補注》:林。 琅,《楚辭補注》:郎。 瑱,《楚辭補注》、陳八郎本、九條本：鎮。　盍，《楚辭補注》：合。　藉，《楚辭補注》：慈夜切。陳八郎本：慈夜。九條本：才夜反。　枹，《楚辭補注》：房尤切。陳八郎本、九條本：浮。　拊，陳八郎本：撫。九條本：芳宇反。　竽，陳八郎本：于。　姣，《楚辭補注》：狡。陳八郎本：古卯。

雲中君

浴蘭湯兮沐芳，華采衣兮若英。靈連蜷兮既留，爛昭昭兮未央。蹇將憺兮壽宫，與日月兮齊光。龍駕兮帝服，聊翱游兮周章。靈皇皇兮既降，猋遠舉兮雲中。覽冀州兮有餘，横四海兮焉窮。思夫君兮太息，極勞心兮𢥞𢥞。

華，《楚辭補注》：户花切。　蜷，《楚辭補注》：拳。尤袤本：巨員反。陳八郎本、九條本：巨員。　爛，九條本：力旦。　憺，《楚辭補注》：徒濫切。陳八郎本：徒濫。九條本作"蟾"，音：徒監暫。〇案：九條本"暫"字蓋謂一本音"徒暫"。　猋，《楚辭補注》：卑遥切。陳八郎本、九條本：必遥。　【附】《楚辭補注》：《記》曰：夫，夫也，爲習於禮者。上夫，音扶。　𢥞，《楚辭補注》：敕中切。

湘　君

君不行兮夷猶，蹇誰留兮中洲。美要眇兮宜脩，沛吾乘兮桂舟。令沅湘兮無波，使江水兮安流。望夫君兮歸來，吹參差兮誰思。駕飛龍兮北征，邅吾道兮洞庭。薜荔拍兮蕙綢，承荃橈兮蘭旌。望涔陽兮極浦，横大江兮揚靈。

要，《楚辭補注》：於笑切。　眇，陳八郎本、九條本：妙。　沛，《楚辭補注》：普賴切。尤袤本、陳八郎本、九條本：普賴。

參,《楚辭補注》:初簪切。 差,《楚辭補注》:叉宜切。 邅,《楚辭補注》:池戰切,又引《文選》音:陟連切。陳八郎本、九條本:陟連。 薜,陳八郎本:薄閉。 荔,陳八郎本:麗。 拍,《楚辭補注》作"柏":柏、拍并音博。 綢,《楚辭補注》:儔、叨二音。 荃,陳八郎本、九條本:七全。 橈,《楚辭補注》:而遥切。陳八郎本、九條本:而遥。 涔,《楚辭補注》:岑,又引《集韻》:郎丁切。陳八郎本:岑。 【附】王逸注:涔陽,江碕名。《楚辭補注》:碕,音祈。

揚靈兮未極,女嬋媛兮爲余太息。横流涕兮潺湲,隱思君兮陫側。桂櫂兮蘭枻,斲冰兮積雪。采薜荔兮水中,搴芙蓉兮木末。心不同兮媒勞,恩不甚兮輕絶。

嬋,九條本:蟬。 媛,陳八郎本、九條本:爰。 潺,《楚辭補注》:仕連、鉏山二切。陳八郎本:仕連。 湲,《楚辭補注》:爰。陳八郎本:爲元。 陫,《楚辭補注》:符沸切。尤袤本、陳八郎本:符沸。 櫂,《楚辭補注》:直教切。 枻,《楚辭補注》、九條本:曳。陳八郎本:翊例。 斲,陳八郎本:丁角。 搴,《楚辭補注》:蹇。

石瀨兮淺淺,飛龍兮翩翩。交不忠兮怨長,期不信兮告余以不閒。朝騁騖兮江皋,夕弭節兮北渚。鳥次兮屋上,水周兮堂下。捐余玦兮江中,遺余佩兮澧浦。采芳洲兮杜若,將以遺兮下女。時不可兮再得,聊逍遥兮容與。

瀨,《楚辭補注》:落蓋切。 淺,《楚辭補注》、尤袤本、陳八郎本、九條本:牋。 閒,《楚辭補注》作"閑",音:閑。陳八郎本:

閑。　朝,《楚辭補注》作"鼂":陟遥切。　騁,《楚辭補注》:逞。　騖,《楚辭補注》:務。　下,《楚辭補注》:户。　捐,《楚辭補注》:沿。　玦,《楚辭補注》:古穴切。陳八郎本、九條本:决。　遺,《楚辭補注》:平聲。　澧,陳八郎本、九條本:礼。　【附】王逸注:芳洲,香草藂生水中之處。《楚辭補注》:藂,音叢。　遺,《楚辭補注》:去聲。

湘夫人

帝子降兮北渚,目眇眇兮愁予。嫋嫋兮秋風,洞庭波兮木葉下。登白蘋兮騁望,與佳期兮夕張。鳥萃兮蘋中,罾何爲兮木上。沅有芷兮澧有蘭,思公子兮未敢言。慌忽兮遠望,觀流水兮潺湲。

予,《楚辭補注》:與。九條本:与。　嫋,《楚辭補注》:奴鳥切。陳八郎本:奴鳥。　下,《楚辭補注》:户。　蘋,《楚辭補注》、陳八郎本、九條本并作"薠",音:煩。　張,《楚辭補注》:帳。陳八郎本:去声,叶韻。九條本:去声,叶。〇案:九條本此條音注誤標於下句"鳥"字旁,今移正。　萃,《楚辭補注》:遂。　罾,《楚辭補注》:增。　沅,九條本:元。　芷,陳八郎本:止。　慌,《楚辭補注》引《釋文》《文選》并音:荒。陳八郎本:荒。

麋何爲兮庭中,蛟何爲兮水裔。朝馳余馬兮江皋,夕濟兮西澨。聞佳人兮召予,將騰駕兮偕逝。築室兮水中,葺之兮以荷蓋。荃壁兮紫壇,播芳椒兮成堂。桂棟兮蘭橑,辛夷楣兮藥房。罔薜荔兮爲帷,擗蕙櫋兮既張。白玉兮爲鎮,疏石蘭以爲芳。

麋,《楚辭補注》:眉。　澨,《楚辭補注》:逝。陳八郎本:時制反。九條本:□例反。〇案:九條本□處字不詳。　葺,《楚辭補注》:七入切。陳八郎本:七入。 荃,陳八郎本、九條本:七全。 壇,《楚辭補注》:善。 橑,《楚辭補注》、陳八郎本、九條本:老。 楣,《楚辭補注》、陳八郎本、九條本:眉。 葯,《楚辭補注》:渥、約二音。陳八郎本:烏角。九條本:於角反。 罔,《楚辭補注》:讀若網。 擗,《楚辭補注》:普覓切,一音覓。陳八郎本:普寬。九條本:普覓反。〇案:陳八郎本"寬"爲"覓"字之訛。 櫋,《楚辭補注》:綿,又:彌堅切。陳八郎本作"槤",音:弥緣。九條本:綿。朝鮮正德本、奎章閣本:彌緣。室町本旁記:弥緣切。〇案:陳八郎本"槤"爲"櫋"字之訛。

芷葺兮荷屋,繚之兮杜衡。合百草兮實庭,建芳馨兮廡門。九疑繽兮并迎,靈之來兮如雲。捐余袂兮江中,遺余褋兮澧浦。搴汀洲兮杜若,將以遺兮遠者。時不可兮驟得,聊逍遥兮容與。

繚,《楚辭補注》、陳八郎本、九條本:了。 廡,《楚辭補注》、九條本:武。 迎,《楚辭補注》、陳八郎本、九條本:去聲。 袂,《楚辭補注》:彌蔽切。 遺,《楚辭補注》:平聲。 褋,《楚辭補注》、陳八郎本、九條本:牒。 汀,《楚辭補注》:它丁切。 遺,《楚辭補注》:去聲。 者,《楚辭補注》:舊本者音渚,又引《集韻》:者,有睹音。

《文選》音注輯考卷三十三

騷　下

九歌二首

屈　平　王逸注

少司命

秋蘭兮蘪蕪，羅生兮堂下。緑葉兮素華，芳菲菲兮襲予。夫人自有兮美子，蓀何以兮愁苦。秋蘭兮青青，緑葉兮紫莖。滿堂兮美人，忽獨與余兮目成。

下，《楚辭補注》、陳八郎本：户。　襲，《楚辭補注》：習。　予，《楚辭補注》：上聲。陳八郎本：上声，叶韻。　夫，《楚辭補注》:扶。陳八郎本:符。 青,《楚辭補注》:菁。

入不言兮出不辭,乘回風兮載雲旗。悲莫悲兮生別離,樂莫樂兮新相知。荷衣兮蕙帶,儵而來兮忽而逝。夕宿兮帝郊,君誰須兮雲之際。與汝游兮九河,衝飇起兮水揚波。與汝沐兮咸池,晞汝髮兮陽之阿。望美人兮未來,臨風怳兮浩歌。孔蓋兮翠旌,登九天兮撫彗星。竦長劍兮擁幼艾,荃獨宜兮爲民正。

晞,《楚辭補注》:希。 怳,《楚辭補注》:許往切。 彗,《楚辭補注》:祥歲切。陳八郎本:四歲。 竦,《楚辭補注》:息拱切。 正,《楚辭補注》:征,叶韻。

山鬼

若有人兮山之阿,被薜荔兮帶女蘿。既含睇兮又宜笑,子慕予兮善窈窕。乘赤豹兮從文貍,辛夷車兮結桂旗。被石蘭兮帶杜衡,折芳馨兮遺所思。余處幽篁兮終不見天,路險難兮獨後來。

睇,《楚辭補注》:弟。 窈,《楚辭補注》:杳。 窕,《楚辭補注》:徒了反。 從,《楚辭補注》:才用切。 遺,《楚辭補注》:去聲。 篁,《楚辭補注》:皇。 來,《楚辭補注》:釐。陳八郎本:力知反。

表獨立兮山之上,雲容容兮而在下。杳冥冥兮羌晝晦,東風飄兮神靈雨。留靈脩兮憺忘歸,歲既晏兮孰華予。采三秀兮於山間,石磊磊兮葛蔓蔓。怨公子兮悵忘歸,君思我兮不得閒。

下,《楚辭補注》、陳八郎本:户。 憺,陳八郎本:徒濫。 予,《楚辭補注》:與。陳八郎本:上声。 磊,《楚辭補注》:魯猥切。　蔓,《楚辭補注》:莫干切。陳八郎本:莫盤切,叶韻。朝鮮正德本、奎章閣本:莫盤反,叶韻。　間,《楚辭補注》、朝鮮正德本、奎章閣本作"閒",并音:閑。陳八郎本:閑。

山中人兮芳杜若,飲石泉兮蔭松柏,君思我兮然疑作。雷填填兮雨冥冥,猨啾啾兮狖夜鳴。風颯颯兮木蕭蕭,思公子兮徒離憂。

填,《楚辭補注》、陳八郎本:田。　颯,《楚辭補注》:蘇合切。陳八郎本:素合。

九章一首

屈　平　王逸注

涉　江

余幼好此奇服兮,年既老而不衰。帶長鋏之陸離兮,冠切雲之崔嵬。被明月兮佩寶璐,世溷濁而莫余知兮。吾方高馳而不顧,駕青虯兮驂白螭。吾與重華游兮瑶之圃,登崑崙兮食玉英。與天地兮比壽,與日月兮齊光。哀南夷之莫吾知兮,旦余濟兮江湘。

鋏,《楚辭補注》:古挾切。陳八郎本:頰。　崔,《楚辭補注》:摧。　嵬,《楚辭補注》作"嵬":五回切。陳八郎本:五回反。　璐,《楚辭補注》:路。　溷,陳八郎本:胡困。

乘鄂渚而反顧兮,欸秋冬之緒風。步余馬兮山皋,邸余車兮方林。乘舲船余上沅兮,齊吴榜以擊汰。船容與而不進兮,淹回水而疑滯。朝發枉渚兮,夕宿辰陽。苟余心其端直兮,雖僻遠之何傷。

鄂,陳八郎本:五各。　欸,《楚辭補注》、陳八郎本:哀。　邸,《楚辭補注》:典禮切。　舲,《楚辭補注》:靈。陳八郎本作"䑴",音:零。　上,《楚辭補注》:上聲。　榜,《楚辭補注》:北孟切,又音謗。陳八郎本:普孟。　汰,《楚辭補注》:泰。陳八郎本:太。

入漵浦余儃佪兮,迷不知吾之所如。深林杳以冥冥兮,乃猿狖之所居。山峻高以蔽日兮,下幽晦以多雨。霰雪紛其無垠兮,雲霏霏而承宇。哀吾生之無樂兮,幽獨處乎山中。吾不能變心而從俗兮,固將愁苦而終窮。

漵,《楚辭補注》:徐吕切。　儃,陳八郎本作"邅",音:陟連。　狖,陳八郎本:余救。　垠,《楚辭補注》、陳八郎本:銀。　霏,《楚辭補注》:芳微切。

接輿髡首兮,桑扈臝行。忠不必用兮,賢不必以。伍子逢殃兮,比干葅醢。與前世而皆然兮,吾又何怨乎今之人。余將董道而不豫兮,固將重昏而終身。

髡,《楚辭補注》、朝鮮正德本、奎章閣本:坤。　臝,《楚辭補注》:力果切。陳八郎本:力果。　葅,陳八郎本:莊居。　醢,陳八郎本:呼改反。

卜　居

屈原既放,三年不得復見。竭智盡忠,蔽鄣於讒。心煩意亂,不知所從。乃往見太卜鄭詹尹,曰:余有所疑,願因先生決之。詹尹乃端策拂龜,曰:君將何以教之。屈原曰:吾寧悃悃款款,朴以忠乎。將送往勞來,斯無窮乎。寧誅鋤草茅,以力耕乎。將游大人,以成名乎。寧正言不諱,以危身乎。將從俗富貴,以媮生乎。寧超然高舉,以保真乎。將哫訾慄斯,喔咿嚅唲,以事婦人乎。

悃,《楚辭補注》:苦本切。陳八郎本:苦本。 款,《楚辭補注》:苦管切。 勞,《楚辭補注》、陳八郎本:去聲。 來,《楚辭補注》:如字。 鋤,《楚辭補注》:士魚切。 媮,《楚辭補注》、陳八郎本:俞。 哫,《楚辭補注》:足,又引唐本:子禄切。陳八郎本:足。 訾,《楚辭補注》、陳八郎本:貲。 慄,《楚辭補注》、陳八郎本:栗。 喔,《楚辭補注》、陳八郎本:握。 咿,《楚辭補注》、陳八郎本:伊。 嚅,《楚辭補注》、陳八郎本:儒。 唲,《楚辭補注》、陳八郎本:兒。

寧廉絜正直,以自清乎。將突梯滑稽,如脂如韋,以潔楹乎。寧昂昂若千里之駒乎,將氾氾若水中之鳧乎。與波上下,偷以全吾軀乎。寧與騏驥抗軛乎,將隨駑馬之迹乎。寧與黄鵠比翼乎,將與雞鶩争食乎。此孰吉孰凶,何去何從。世溷濁而不清,蟬翼爲重,千鈞爲輕。黄鍾毁棄,瓦釜雷鳴。讒人高張,賢士無名。吁嗟嘿嘿兮,誰知吾之廉貞。

突,《楚辭補注》引《文選》注:吐忽切。陳八郎本:吐忽。 滑,《楚辭補注》、陳八郎本:骨。 稽,《楚辭補注》:雞。 潔,《楚辭補注》:苦結切。陳八郎本作"絜",音:苦結。 軛,《楚辭補注》:於革切。 溷,陳八郎本:胡困。 張,《楚辭補注》:帳。陳八郎本:去声。

詹尹乃釋策而謝，曰：夫尺有所短，寸有所長。物有所不足，智有所不明。數有所不逮，神有所不通。用君之心，行君之意，龜策誠不能知此事。

漁　父

屈原既放，游於江潭，行吟澤畔。顏色憔悴，形容枯槁。漁父見而問之曰：子非三閭大夫歟，何故至於斯。

槁，《楚辭補注》、朝鮮正德本、奎章閣本：考。　【附】尤袤本注：皯黴，黑也。皯，古旱切。黴，力遲切。○案：此二字音注實爲洪興祖補注，原在"顏色憔悴"句下。尤袤本徑襲用之。　父，《索隱》：甫。

屈原曰：世人皆濁，我獨清。衆人皆醉，我獨醒，是以見放。漁父曰：聖人不凝滯於物，而能與世推移。世皆濁，何不淈其泥而揚其波。衆人皆醉，何不餔其糟而歠其釃。何故深思高舉，自令放爲。

淈，《楚辭補注》：古没切，又：乎没切。陳八郎本：胡骨。　餔，《楚辭補注》：布乎切。陳八郎本：脯。　歠，陳八郎本：昌悦切。　釃，《楚辭補注》：力支切。陳八郎本：離。

屈原曰：吾聞之，新沐者必彈冠，新浴者必振衣。安能以身之察察，受物之汶汶者乎。寧赴湘流，葬於江魚腹中。安能以皓皓之白，蒙世俗之塵埃乎。漁父莞爾而笑，鼓枻而去。乃歌曰：滄浪之水清兮，可以濯我纓。滄浪之水濁兮，可以濯我足。遂去不復與言。

汶，《索隱》：門。《楚辭補注》：門，一音昬。陳八郎本：莫奔。○案：中華本《索隱》音"閔"。　塵埃，《史記》作"温蠖"，蠖，《索隱》:烏廓反。 莞,《楚辭補注》:胡板切。陳八郎本:胡板。朝鮮正德本作"藐",音:胡板。〇案:正德本"藐"字誤。蓋"莞"下之"完"形近"皃","皃"又變作"貌",遂有毫釐千里之繆。 枻,《楚辭補注》:曳。陳八郎本作"栧",音:而世。朝鮮正德本、奎章閣本亦作"栧",音:弋例。

九辯五首

宋 玉

悲哉秋之爲氣也。蕭瑟兮,草木摇落而變衰。憭慄兮,若在遠行。登山臨水兮,送將歸。泬寥兮,天高而氣清。寂漻兮,收潦而水清。

憭,《楚辭補注》:舊音流,又音了。尤袤本注、陳八郎本:了。 慄,陳八郎本:栗。 泬,《楚辭補注》、尤袤本注、朝鮮正德本、奎章閣本:血。 清,《楚辭補注》:疾正切。 漻,《楚辭補注》、陳八郎本:聊。 潦,《楚辭補注》、陳八郎本:老。

憯悽增欷兮,薄寒之中人。愴怳懭悢兮,去故而就新。

憯,《楚辭補注》:七感切。陳八郎本:千坎。 欷,《楚辭補注》:虚毅切。陳八郎本:虚毅。 中,《楚辭補注》:去聲。 愴,《楚辭補注》:初兩切。 怳,《楚辭補注》:許昉切。 懭,《楚辭補注》:口廣切。陳八郎本:口廣。 悢,《楚辭補注》:朗,又音亮。陳八郎本:朗。

坎廩兮,貧士失職而志不平。廓落兮,羇旅而無友生。惆悵兮,而私自憐。燕翩翩其辭歸兮,蟬寂寞而無聲。雁廱廱而南游兮,鵾雞啁哳而悲鳴。獨申旦而不寐兮，哀蟋蟀之宵征。時亹亹而過中兮，蹇淹留而無成。

　　廩，《楚辭補注》：力敢切。陳八郎本作“壈”，音：力敢。　噰，陳八郎本：邕。　啁，《楚辭補注》、陳八郎本：竹交。　哳，《楚辭補注》、陳八郎本：陟轄。　亹，《楚辭補注》、陳八郎本：尾。

悲憂窮蹙兮，獨處廓。有美一人兮，心不繹。去鄉離家兮，來遠客。超逍遥兮，今焉薄。專思君兮，不可化。君不知兮，可柰何。蓄怨兮積思。心煩憺兮忘食事。願一見兮道余意。君之心兮與余異。車駕兮朅而歸，不得見兮心悲。倚結軨兮大息，涕潺湲兮霑軾。慷慨絶兮不得，中瞀亂兮迷惑。私自憐兮何極，心怦怦兮諒直。

　　蹙，《楚辭補注》作“戚”，并謂一作慼，《文選》作蹙：竝倉歷、子六二切。陳八郎本：子六。　處，《楚辭補注》：昌舉切。　離，《楚辭補注》：去聲。　化，《楚辭補注》：舊音花。　憺，《楚辭補注》：徒濫切。陳八郎本：徒監。朝鮮正德本、奎章閣本：徒濫。　朅，《楚辭補注》：丘傑切。陳八郎本：綺列。　軨，《楚辭補注》、陳八郎本：零。　慷，《楚辭補注》作“忼”：口朗切。　瞀，《楚辭補注》：茂。陳八郎本：莫構。　怦，《楚辭補注》：披繃切。陳八郎本：普萌。

皇天平分四時兮，竊獨悲此凛秋。白露既下降百草兮，奄離披此梧楸。去白日之昭昭兮，襲長夜之悠悠。離芳藹之方壯兮，余委約而悲愁。秋既先戒以白露兮，冬又申之以嚴霜。收恢炱之孟夏兮，然坎傺而沈藏。葉菸邑而無色兮，枝煩挐而交横。顔淫溢而將罷兮，柯彷彿而委黄。

藹,《楚辭補注》:於蓋切。 委,《楚辭補注》作“萎”:於爲切。 炱,《楚辭補注》:臺、胎二音。 傺,陳八郎本:勑例。 藏,《楚辭補注》引《釋文》作“臧”,音:藏。 菸,《楚辭補注》、陳八郎本:於。 邑,陳八郎本作“苣”,音:邑。 挐,《楚辭補注》:女除切。陳八郎本作“拏”,音:匿居。○案:據音義,陳八郎本“拏”爲“挐”字之訛。 罷,《楚辭補注》:疲。 彷,陳八郎本:撫罔。 佛,《楚辭補注》:費。陳八郎本:撫貴。 委,陳八郎本作“痿”,音:於爲。

萷欃槮之可哀兮,形銷鑠而瘀傷。惟其紛糅而將落兮,恨其失時而無當。覽騑轡而下節兮,聊逍遥以相羊。歲忽忽而遒盡兮,恐余壽之弗將。悼余生之不時兮,逢此世之俇攘。澹容與而獨倚兮,蟋蟀鳴此西堂。心怵惕而震盪兮,何所憂之多方。仰明月而太息兮,步列星而極明。

萷,《楚辭補注》:梢,又《釋文》《文選》竝音:朔。陳八郎本:朔。 欃,《楚辭補注》:蕭。 槮,《楚辭補注》、陳八郎本:森。 瘀,《楚辭補注》:於去切。陳八郎本:央預。 糅,《楚辭補注》:女救切。陳八郎本:女又。 **【附】王逸注:蓬茸顛仆,根蠹朽也。《楚辭補注》:茸,仁勇切。** 覽,《楚辭補注》作“擥”:力敢切,又曰:一作“掔”,啓妍切。 騑,《楚辭補注》:菲。 遒,《楚辭補注》:即由、即秋二切。 俇,《楚辭補注》:匡。陳八郎本:丘王。 攘,《楚辭補注》:而羊切。陳八郎本:如羊。 澹,《楚辭補注》引五臣:徒敢切。 仰,《楚辭補注》作“卬”,音:仰。 明,《楚辭補注》:舊音亡。

竊悲夫蕙華之曾敷兮,紛旖旎乎都房。何曾華之無實兮,從風雨而飛颺。以爲君獨服此蕙兮,羌無以異於衆芳。閔奇思之不通兮,將去君而高翔。心閔憐之慘悽兮,願一見而有明。重無怨而生離兮,中結軫而增傷。豈不鬱陶而思君兮,君之門以九重。猛犬狺狺而迎吠兮,關梁閉而不通。皇天淫溢而秋霖兮,后土何時而得乾。塊獨守此無澤兮,仰浮雲而永嘆。

旖,《楚辭補注》:一作旑,於可切。《楚辭補注》引《文選》、陳八郎本并作"猗",音:倚。　旎,《楚辭補注》:乃可切。《楚辭補注》引《文選》作"柅":女綺切。陳八郎本亦作"柅",音:女綺。　重,《楚辭補注》:去聲。　【附】尤袤本王逸注:肝膽破裂,心剖臑也。普逼切。○案:此條在"中結軫而增傷"句下。臑,《楚辭補注》作"𦛗"。　狺,《楚辭補注》:垠。陳八郎本:銀。　吠,陳八郎本:扶廢。　嘆,《楚辭補注》、陳八郎本:平聲。

何時俗之工巧兮,背繩墨而改錯。却騏驥而不乘兮,策駑駘而取路。當世豈無騏驥兮,誠莫之能善御。見執轡者非其人兮,故駶跳而遠去。鳧雁皆唼夫梁藻兮,鳳愈飄翔而高舉。圜鑿而方枘兮,吾固知其鉏鋙而難入。

错,《楚辭補注》:七古切。陳八郎本:七故反。　駘,朝鮮正德本、奎章閣本:徒哀。　駶,《楚辭補注》作"駶",音:局,一本駶,衢六切。　跳,《楚辭補注》引《釋文》:徒聊切,又引《釋文》作"駣":徒浩切。陳八郎本:條。　唼,《楚辭補注》:翣。陳八郎本:所甲。　【附】《楚辭補注》:唼喋,鳧雁食貌。喋音霅。　舉,《楚辭補注》:倨。　鑿,《楚辭補注》:造。　枘,《楚辭補注》、陳八郎本:汭。　鉏,《楚辭補注》:牀所、牀舉二切。陳八郎本:床峯。朝鮮正德本、奎章閣本：牀舉。　鋙，《楚辭補注》、陳八郎本：語。

衆鳥皆有所登棲兮，鳳獨遑遑而無所集。願銜枚而無言兮，常被君之渥洽。太公九十乃顯榮兮，誠未遇其匹合。謂騏驥兮安歸，謂鳳凰兮安棲。變古易俗兮世衰，今之相者兮舉肥。騏驥伏匿而不見兮，鳳凰高飛而不下。鳥獸猶知懷德兮，何云賢士之不處。驥不驟進而求服兮，鳳亦不貪餧而妄食。君棄遠而不察兮，雖願忠其焉得。欲寂寞而絶端兮，竊不敢忘初之厚德。獨悲愁其傷人兮，馮鬱鬱其何極。

相，《楚辭補注》：去聲。　下，《楚辭補注》：户。　餧，《楚辭補注》：於僞切。陳八郎本作"餒"，音：於爲。〇案：飢餒之義，餧、餒字通。然此句義爲"餵食"，字當作"餧"，陳八郎本作"餒"非。　寞，《楚辭補注》謂一本作"嘆"，引《廣雅》：音莫。

招　魂

宋　玉

朕幼清以廉絜兮，身服義而未沬。主此盛德兮，牽於俗而蕪穢。上無所考此盛德兮，長離殃而愁苦。帝告巫陽，曰：有人在下，我欲輔之。魂魄離散，汝筮予之。巫陽對曰：掌夢，上帝其命難從。若必筮予之，恐後之謝不能復用巫陽焉。乃下招曰：

沬，集注本引《音决》：亡背反，蕭音亡盖反。《楚辭補注》：莫貝切。陳八郎本：昧。　告，集注本引《音决》：古酷反。　汝，集注本作"女"，引《音决》：汝。　筮，集注本引《音决》：逝。　予，集注本引《音决》：与，下同。《楚辭補注》：去聲，下同。　難，集注本引《音决》:那旦反。《楚辭補注》:《文選》讀作去聲。陳八郎本:去聲。

魂兮來歸,去君之恒幹,何爲兮四方些。舍君之樂處,而離彼不祥些。

幹,集注本引《音决》:古旱反。　些,集注本引《音决》:細,又先箇反,下皆同。《楚辭補注》:蘇賀切。陳八郎本:蘇賀反。　舍,集注本引《音决》:捨。　樂,集注本引《音决》:洛。

魂兮歸來,東方不可以託些。長人千仞,唯魂是索些。十日代出,流金鑠石些。彼皆習之,魂往必釋些。歸來歸來,不可以託些。

仞,集注本引《音决》:刃。　索,集注本引《音决》:先宅反。　鑠,集注本引《音决》:詩灼反。

魂兮歸來,南方不可以止些。雕題黑齒,得人肉以祀,以其骨爲醢些。蝮蛇蓁蓁,封狐千里些。雄虺九首,往來倏忽,吞人以益其心些。歸來歸來,不可久淫些。

雕,集注本引《音决》:彫。　題,集注本引《音决》:度兮反。　醢,集注本引《音决》、陳八郎本:海。　蝮,集注本引《音决》:芳福反。《楚辭補注》:覆。陳八郎本:福。　蓁,集注本引《音决》:側巾反。《楚辭補注》:臻。陳八郎本作"秦",音:側巾。朝鮮正德本、奎章閣本:側巾。　虺,集注本引《音决》:虚鬼反。《楚辭補注》:許鬼切。　倏,集注本引《音决》作"倐",音:叔。

魂兮歸來,西方之害,流沙千里些。旋入雷淵,靡散而不可止些,幸而得脱,其外曠宇些。赤蟻若象,玄蠭若壺些。五穀不生,叢菅是食些。

其土爛人，求水無所得些。彷徉無所倚，廣大無所極些。歸來歸來，恐自遺賊些。魂兮歸來，北方不可以止些。增冰峨峨，飛雪千里些。歸來歸來，不可以久些。

旋，集注本引《音决》：在絹反。《楚辭補注》：泉絹切。○案：旋，《集韻》平聲三“從緣切”，與《音决》《補注》音合，皆讀從母。　靡，集注本引《音决》：亡皮反。《楚辭補注》：靡爲切。　脱，集注本引《音决》：徒括反。　蟻，集注本引《音决》：魚綺反，或作螘，同。　蠭，集注本引《音决》：芳逢反，或爲蜂，同。《楚辭補注》：峯。　壺，集注本引《音决》：胡。　【附】王逸注：皆有蠚毒，能殺人也。《楚辭補注》：蠚音壑。　叢，集注本作“藂”，引《音决》：在東反，曹音鄒，通。○案：叢屬東部，鄒屬侯部，陰陽對轉。　菅，集注本引《音决》作“蕑”：古顔反，或爲菅，同。《楚辭補注》：姦。　爛，集注本作“爤”，引《音决》：力旦反。　彷，集注本引五家作“仿”：蒲忙反。《楚辭補注》、尤袤本注：蒲忙切。陳八郎本亦作“仿”，音：蒲忙。　徉，集注本引五家作“佯”，音：羊。　倚，集注本引《音决》：於綺反。　遺，集注本引《音决》：以季反，下同。《楚辭補注》：已季切。　峨，集注本引《音决》：俄。

魂兮歸來，君無上天些。虎豹九關，啄害下人些。一夫九首，拔木九千些。豺狼從目，往來侁侁些。懸人以娭，投之深淵些。致命於帝，然後得瞑些。歸來歸來，往恐危身些。

上，集注本引《音决》：時兩反。　啄，集注本引《音决》：丁角反。　拔，集注本引《音决》：蒲八反。　豺，集注本引《音决》作“犲”：士皆反。　狼，集注本引《音决》：郎。　從，集注本引《音决》：子容反。《楚辭補注》：即容切，又引《釋文》：足用切。陳八郎本：子恭。○案：《楚辭補注》謂《釋文》之音與注意不合。 侁，集注本引《音决》作"莘"：所巾反，或爲侁，同。《楚辭補注》：所臻切。陳八郎本：所臻。 懸，集注本作"縣"，引《音决》：玄。 娭，集注本引《音决》：熙，或爲嬉，同。《楚辭補注》：許其切。 瞑，集注本引《音决》：亡邊反。《楚辭補注》：眠，又音銘。

魂兮歸來，君無下此幽都些。土伯九約，其角觺觺些。敦脄血拇，逐人駓駓些。參目虎首，其身若牛些。此皆甘人，歸來歸來，恐自遺灾些。

約，集注本引《音决》：烏孝反。 觺，集注本引《音决》、朝鮮正德本、奎章閣本：疑。《楚辭補注》：疑，又：牛力切。 敦，集注本引《音决》：多昆反。 脄，集注本引《音决》：亡回反，或爲脢，同。《楚辭補注》：脄、脢音梅，又音妹。陳八郎本：妹。 拇，集注本引《音决》作"梅"，音：母。《楚辭補注》：莫垢切。陳八郎本：母。 駓，集注本引《音决》、《楚辭補注》、陳八郎本：丕。 參，集注本引《音决》：七男反。集注本引五家：三。《楚辭補注》：蘇甘切。 牛，集注本引《音决》：曹合口呼謀，齊魯之間言也，案《楚詞》用此音者，欲使廣知方俗之言也。 遺，《楚辭補注》：去聲。

魂兮歸來，入脩門些。工祝招君，背行先些。秦篝齊縷，鄭緜絡些。招具該備，永嘯呼些。魂兮歸來，反故居些。

祝，集注本引《音决》：之六反。 背，《楚辭補注》：倍。 篝，集注本引《音决》：古侯反。《楚辭補注》：古侯切。陳八郎本：古侯。 【附】《楚辭補注》：篝，簩也。簩音落。 縷，集注本引

《音决》:力禹反。　絡,集注本引《音决》:洛。

天地四方,多賊姦些。像設君室,静閒安些。高堂邃宇,檻層軒些。層臺累榭,臨高山些。網户朱綴,刻方連些。冬有突夏,夏室寒些。川谷徑復,流潺湲些。光風轉蕙,氾崇蘭些。經堂入奥,朱塵筵些。

閒,集注本引《音决》:閑。《楚辭補注》、陳八郎本作"閒",音:閑。　檻,集注本引《音决》:銜之上聲。　層,集注本引《音决》:增。　層,集注本引《音决》:在登反。　綴,集注本引《音决》:丁歲反。　突,集注本引《音决》作"宎":於予反。陳八郎本:烏吊。《楚辭補注》:於門切。○案:集注本"予"爲"吊(弔)"字之訛。又《楚辭補注》"門"字誤,突爲嘯韻,門爲魂韻,韻調皆異,疑當作"吊"或"叫",二字與"門"形近易訛。《經典釋文》卷二九《爾雅·釋宫》"窔,烏叫反",是其證。　夏,集注本引《音决》:何雅反。陳八郎本:胡雅反。《楚辭補注》作"廈":胡雅切。　夏,集注本引《音决》:何嫁反。《楚辭補注》:胡駕切。陳八郎本:胡駕反。奎章閣本:胡架。　徑,集注本引《音决》:古定反。　復,集注本引《音决》:伏。　蕙,集注本引《音决》:惠。　氾,集注本引《音决》:孚劒反。《楚辭補注》、陳八郎本:泛。　經,集注本作"徑",引《音决》:經,又:居定反。　奥,集注本引《音决》:烏誥反。《楚辭補注》:烏到切。陳八郎本:烏到。

砥室翠翹,絓曲瓊些。翡翠珠被,爛齊光些。蒻阿拂壁,羅幬張些。纂組綺縞,結琦璜些。

砥,集注本引《音决》:之。集注本引五家、陳八郎本:旨。《楚辭補注》:咫。　翹,集注本引《音决》:巨堯反。《楚辭補注》:

祈堯切。　絓，集注本引五家、陳八郎本作“挂”，音：卦。《楚辭補注》：古賣切。　瓊，集注本引《音决》：巨营反。　爛，集注本引《音决》：力旦反。　蒻，集注本引《音决》、《楚辭補注》、陳八郎本：弱。　幬，集注本引《音决》：直留反，下同。《楚辭補注》、尤袤本、陳八郎本：儔。　纂，集注本引《音决》：組管反。《楚辭補注》：作管切。　組，集注本引五家、《楚辭補注》、陳八郎本：祖。　縞，集注本引《音决》：古老反。《楚辭補注》：杲。　琦，集注本引《音决》：奇，或爲奇，非也。　璜，集注本引《音决》：黄。

室中之觀，多珍恠些。蘭膏明燭，華容備些。二八侍宿，射遞代些。九侯淑女，多迅衆些。盛鬋不同制，實滿宮些。容態好比，順彌代些。弱顔固植，謇其有意些。

觀，集注本引《音决》：古翫反。　【附】《楚辭補注》、尤袤本王逸注：張施明燭，以觀其鐙錠。錠，都定切。　射，集注本引《音决》、《楚辭補注》、陳八郎本：亦。　遞，集注本引《音决》：徒礼反，又音苐。　淑，集注本引《音决》：時六反。　衆，集注本引《音决》：終。　鬋，集注本引《音决》：子踐反。《楚辭補注》：翦。陳八郎本：咨践。　好，集注本引《音决》：如字。　比，集注本引《音决》：鼻。　植，集注本引《音决》：直吏反。　謇，集注本引《音决》：居輦反。

姱容脩態，絙洞房些。娥眉曼睩，目騰光些。靡顔膩理，遺視矊些。離榭脩幕，侍君之閒些。

姱，集注本引《音决》：苦花反。《楚辭補注》：苦瓜切。陳八郎本：苦瓜。　絙，集注本作“緪”，引《音决》：居鄧反。尤袤本、陳八郎本：亘。 娥，集注本引《音决》：五歌反。 曼，集注本引《音决》、陳八郎本：万。《楚辭補注》：萬。 睩，集注本引《音决》、《楚辭補注》、陳八郎本：禄。 腻，集注本引《音决》：女吏反。《楚辭補注》：女吏切。陳八郎本：女吏。 矊，集注本引《音决》、《楚辭補注》、陳八郎本：綿。 幕，集注本引《音决》：莫。 閒，集注本作"間"，引《音决》：閑。《楚辭補注》、尤袤本、陳八郎本：閑。

翡帷翠幬，飾高堂些。紅壁沙版，玄玉之梁些。仰觀刻桷，畫龍蛇些。坐堂伏檻，臨曲池些。芙蓉始發，雜芰荷些。

沙，集注本引《音决》作"紗"，音：沙。 版，集注本引《音决》：板。 觀，集注本引《音决》：古丸反。 桷，集注本引《音决》、《楚辭補注》、陳八郎本：角。 畫，集注本引《音决》：胡卦反。 檻，集注本引《音决》：艦。 芰，集注本引《音决》：其寄反。 荷，集注本引《音决》：何。 【附】尤袤本王逸注：芰，菱也，秦人謂之薢茩。薢，古買切。茩，古后切。

紫莖屏風，文緣波些。文異豹飾，侍陂陀些。軒輬既低，步騎羅些。蘭薄户樹，瓊木籬些。魂兮歸來，何遠爲些。

屏，集注本引《音决》：步銘反。 緣，集注本引《音决》：以舩反，或爲緣，非。○案：集注本"或爲緣"，當作"或爲緑"。五臣本作"緑"。 陂，集注本引《音决》：布和反。《楚辭補注》：頗，又引《文選》：波。陳八郎本：波。 陀，集注本引《音决》作"陁"：徒何反。《楚辭補注》、陳八郎本亦作"陁"，音：駞。 軒，集注本引《音决》：許言反。 輬，集注本引《音决》：力羊反。《楚辭補注》、陳八郎本：凉。　低，集注本引《音决》：丁兮反。

室家遂宗，食多方些。稻粢穱麥，挐黄粱些。大苦醎酸，辛甘行些。肥牛之腱，臑若芳些。

粢，集注本引《音决》：咨。《楚辭補注》：子夷切。尤袤本注：子夷切。陳八郎本：子夷。　穱，集注本引《音决》：投。《楚辭補注》：捉。尤袤本注：側角切。陳八郎本：側角。〇案：集注本"投"爲"捉"字之訛。　挐，集注本引《音决》：乃居反。《楚辭補注》：女居切。陳八郎本：尼居。　醎，集注本引《音决》：咸。酸，集注本引《音决》：素丸反。　行，集注本引《音决》：協韻何郎反。　腱，集注本引《音决》：巨言反。集注本引五家：紀言反。陳八郎本：紀言。《楚辭補注》：居言切。　臑，集注本作"胹"，引《音决》：而，下同。陳八郎本亦作"胹"，音：而。《楚辭補注》：仁珠切，一作臑，音：奥，一作胹，音：而，又引《釋文》作耎：而兖切。尤袤本注：仁珠切。　【附】《楚辭補注》、尤袤本王逸注：言取肥牛之腱爛熟之，則膜美也。膜，蕪本切。

和酸若苦，陳吴羹些。濡鼈炮羔，有柘漿些。鵠酸臇鳧，煎鴻鶬些。露雞臛蠵，厲而不爽些。

羹，《楚辭補注》：郎。〇案：羹，《集韻》平聲三"盧當切"，與《補注》音合。《補注》即取《集韻》小韻首字"郎"爲音。　濡，《楚辭補注》引《釋文》：而朱切。　鼈，集注本引《音决》作"鱉"：必列反。　炮，集注本引《音决》：白交反。《楚辭補注》：蒲交切。陳八郎本：蒲交。〇案：集注本引《音决》"炮"誤作"灼"。　柘，集注本引《音决》：之夜反。　漿，集注本引《音决》：子良反。　鵠，集注本引《音决》:胡酷反。　臇,集注本引《音决》:子轉反。《楚辭補注》、尤袤本注:子兖切。陳八郎本:子兖。　鳧,集注本引《音决》:扶。　鶬,集注本引《音决》、《楚辭補注》:倉。　臛,集注本引《音决》:呼各反。《楚辭補注》:呼各切,又音霍。陳八郎本:呼各。　蠵,集注本引《音决》:以規反。《楚辭補注》:攜,又:以規切。尤袤本注:以規切。陳八郎本:以規。　爽,集注本引《音决》:協韻音霜。《楚辭補注》:霜,協韻。

粔籹蜜餌,有餦餭些。瑶漿蜜勺,實羽觴些。挫糟凍飲,酎清凉些。華酌既陳,有瓊漿些。歸來歸來,反故室,敬而無妨些。

粔,集注本引《音决》、《楚辭補注》:巨。陳八郎本:奇夆。　籹,集注本引《音决》、陳八郎本:女。《楚辭補注》:女,又音汝。　蜜,集注本引《音决》:亡一反。　餌,集注本引《音决》:二。　餦,集注本引《音决》、陳八郎本:張。　餭,集注本引《音决》、陳八郎本:皇。　勺,集注本引《音决》:丁狄反,又音酌。《楚辭補注》:酌,一云丁狄、時斫二切。陳八郎本:酎。朝鮮正德本、奎章閣本:酌。〇案:陳八郎本"酎"當爲"酌",涉下文而誤。【附】王逸注:勺,沾也。《楚辭補注》:沾,音添。　挫,集注本引《音决》:祖卧反。《楚辭補注》:宗卧切。陳八郎本:宗卧。　糟,集注本引《音决》:曹。　凍,集注本引《音决》:棟。　酎,集注本引《音决》:直溜反。《楚辭補注》:直又切。陳八郎本:直又。朝鮮正德本、奎章閣本:直宥。　妨,集注本引《音决》:孚方反。

肴羞未通,女樂羅些。陳鍾桉鼓,造新歌些。涉江採菱,發楊荷些。美人既醉,朱顔酡些。娭光眇視,目曾波些。

肴，集注本引《音决》：户交反。　桉，集注本引《音决》：烏旦反。　陵，集注本作“淩”，引《音决》：力而反。○案：淩屬蒸韻，而屬之韻，陰陽對轉。　荷，集注本引《音决》：何。　酡，集注本引《音决》：大何反。《楚辭補注》：駄，又引一本云：當作祂，徒何切。陳八郎本：駄。　娭，集注本引《音决》：許疑反。

被文服纖，麗而不奇些。長髪曼鬋，豔陸離些。

被，集注本引《音决》：皮義反。　纖，集注本引《音决》：息廉反。　曼，集注本引《音决》、陳八郎本：万。《楚辭補注》：萬。鬋，集注本引《音决》：剪。《楚辭補注》：翦。陳八郎本：咨践。豔，集注本引《音决》：豔。○案：集注本此條音涉正文而誤。

二八齊容，起鄭舞些。衽若交竿，撫案下些。竽瑟狂會，搷鳴鼓些。宫庭震驚，發激楚些。吴歈蔡謳，奏大吕些。

衽，集注本作“衽”，引《音决》：而甚反。《楚辭補注》亦作“衽”：而甚切。陳八郎本：而甚。　竿，集注本引《音决》：干。下，集注本引《音决》、《楚辭補注》：户。　竽，集注本引《音决》：于。　搷，集注本引《音决》：大先反，又音殿。集注本引陸善經：戛。《楚辭補注》：田、殿二音。尤袤本：田。陳八郎本作“槇”，音：田。○案：搷屬真部，戛屬質部，陽入對轉。　歈，集注本引《音决》：以朱反，或爲謡，通。《楚辭補注》、尤袤本、陳八郎本：俞。　謳，集注本引《音决》：烏侯反。

士女雜坐，亂而不分些。放陳組纓，班其相紛些。鄭衛妖玩，來雜陳些。激楚之結，獨秀先些。菎蔽象棊，有六簙些。分曹并進，遒相迫些。成梟而牟，呼五白些。

結，《楚辭補注》：古詣切。尤袤本注：吉詣切。陳八郎本：吉詣。 菎，集注本作“昆”，引《音决》：昆。《楚辭補注》、尤袤本、陳八郎本：昆。〇案：集注本引《音决》上“昆”字誤。 蔽，集注本引《音决》：必袂反。 篿，集注本引《音决》：博。 遒，集注本引《音决》：在由反。 梟，集注本引《音决》：居堯反。《楚辭補注》：堅堯切。 牟，集注本引《音决》作“侔”：莫侯反。

晋制犀比，費白日些。鏗鐘摇簴，揳梓瑟些。

犀，集注本引《音决》：西。 比，集注本引《音决》：鼻。《楚辭補注》：頻二切。陳八郎本：類二。朝鮮正德本、奎章閣本：頻二。〇案：陳八郎本“類”爲“頻”字之訛。 費，集注本引《音决》：芳味反。 【附】《楚辭補注》：昲，日光也，芳未切。 鏗，集注本引《音决》：苦莖反。《楚辭補注》：苦耕切。陳八郎本：苦耕。〇案：集注本“莖”爲“莖”字之訛。 簴，集注本引《音决》：巨。陳八郎本：奇峑。 揳，集注本引《音决》：居八反。《楚辭補注》：古入切。尤袤本注：古八切。陳八郎本：古八。 梓，集注本引《音决》：子。

娱酒不廢，沈日夜些。蘭膏明燭，華鐙錯些。結撰至思，蘭芳假些。人有所極，同心賦些。酎飲既盡，歡樂先故些。魂兮歸來，反故居些。

鐙，集注本引《音决》、《楚辭補注》、陳八郎本：登。 錯，集注本引《音决》：七各反。 撰，集注本引《音决》：士戀反。 思，集注本引《音决》：先自反。 假，集注本引《音决》：居額反。《楚辭補注》：格。陳八郎本：古額。 樂，集注本引《音决》：岳，下音洛。 居，集注本引《音决》作“凥”：恊韻音據。

亂曰：獻歲發春兮，汩吾南征些。菉蘋齊葉兮，白芷生些。路貫廬江兮，左長薄。倚沼畦瀛兮，遥望博。

汩，集注本引《音决》：于筆反。《楚辭補注》：于筆切。陳八郎本：于筆。 菉，集注本引《音决》、《楚辭補注》、陳八郎本：緑。 蘋，集注本作“薠”，引《音决》：煩。陳八郎本亦作“薠”，音：煩。 芷，集注本引《音决》：止。 貫，集注本引《音决》：古翫反。 倚，集注本引《音决》：於綺反。 沼，集注本引《音决》：之紹反。 畦，集注本引《音决》：胡圭反。陳八郎本：胡圭。 瀛，集注本引《音决》：盈。

青驪結駟兮，齊千乘。懸火延起兮，玄顔蒸。

驪，集注本引《音决》：力知反。《楚辭補注》：吕知切。陳八郎本：吕知。 駟，集注本引《音决》：四。 乘，集注本引《音决》：時證反。 懸，集注本作“縣”，引《音决》：玄。 延，集注本引《音决》：如字，又以戰反，非。 蒸，集注本引《音决》作“烝”：之剩反。

步及驟處兮，誘騁先。抑騖若通兮，引車右還。

驟，集注本引《音决》：士又反。 處，集注本引《音决》：昌汝反。 誘，集注本引《音决》：酉。 騁，集注本引《音决》：逞。 還，集注本引《音决》：施，案《文選》本盡作還，而《楚詞》作運，音旋。《楚辭補注》、陳八郎本：旋。○案：集注本“施”爲“旋”字之訛。

與王趨夢兮,課後先。君王親發兮,憚青兕。朱明承夜兮,時不見淹。皋蘭被徑兮,斯路漸。湛湛江水兮,上有楓。目極千里兮,傷春心。魂兮歸來,哀江南。

夢,《楚辭補注》:蒙,又去聲。　憚,集注本引《音决》:丁達反。陳八郎本:丁達。《楚辭補注》:當割切。　兕,集注本引《音决》:似。集注本引五家:徐叔反。陳八郎本:徐姊反。○案:集注本"叔"爲"姊"字之訛,叔草字與姊形近易混。　被,集注本引《音决》:皮義反。　徑,集注本引《音决》:吉定反。　漸,集注本引《音决》、陳八郎本:子廉反。《楚辭補注》:尖。　湛,集注本引《音决》:直減反。　楓,集注本引《音决》:方凡反。集注本引五家、《楚辭補注》、陳八郎本:風。　心,集注本引《音决》:素含反。案方凡、素含皆楚本音,非恊韻,類皆放此而稱恊者,以他國之言耳。《楚辭補注》:舊音蘇含切。

招隱士

劉　安

桂樹叢生兮,山之幽。偃謇連卷兮,枝相繚。山氣巃嵸兮,石嵯峨。谿谷嶄巖兮,水曾波。

謇,集注本作"蹇",引《音决》:居輦反。　卷,集注本引《音决》:巨員反。《楚辭補注》、陳八郎本:權。　繚,集注本引《音决》:居虯反,蕭音糾。《楚辭補注》:居休切。陳八郎本:居休反。　巃,集注本引《音决》作"巄":力孔反。《楚辭補注》:力孔切。陳八郎本:力孔。　嵸,集注本引《音决》:子孔反。《楚辭補注》:摠。陳八郎本:則孔。　【附】王逸注:岑崟嵾嵯,雲瑜鬱也。尤袤本注：塕，烏孔切。　嵯，集注本引《音决》：徂何反。　峨，集注本引《音决》：五何反。　嶄，集注本引《音决》作“嶃”，音：讒。《楚辭補注》：鉏咸切。陳八郎本：仕咸。【附】王逸注：崎嶇閜寙，險阻傀也。集注本注：閜，呼雅反。寙，于軌反。《楚辭補注》：閜，呼雅反。寙，于軌反。傀，苦滑反。○案：尤袤本注音與《楚辭補注》同，惟反字作切耳。

蝯狖羣嘯兮，虎豹嘷。攀援桂枝兮，聊淹留。王孫游兮不歸，春草生兮萋萋。歲暮兮不自聊，蟪蛄鳴兮啾啾。

蝯，集注本引《音决》作“狹”，音：袁。○案：集注本“狹”蓋“猨”字之訛。　狖，集注本引《音决》：以宙反。《楚辭補注》：以狩切。尤袤本注：余救切。陳八郎本：余救。　豹，集注本引《音决》：百貎反。　嘷，集注本引《音决》、陳八郎本：胡高反。《楚辭補注》：胡高切。【附】王逸注：猛獸争食，欲相齕也。尤袤本注：齕，下没切。　援，集注本引《音决》：爰。　萋，集注本引《音决》：妻。　聊，集注本引《音决》：協韻力幽反。《楚辭補注》：留。　蟪，集注本引《音决》、陳八郎本：惠。　蛄，集注本引《音决》、陳八郎本：姑。　啾，集注本引《音决》、陳八郎本：子由反。《楚辭補注》：揫。

坱兮軋，山曲岪。心淹留兮，洞荒忽。罔兮沕，憭兮慄，虎豹穴。叢薄深林兮，人上慄。

坱，集注本引《音决》：阿朗反。《楚辭補注》：烏朗切。陳八郎本：烏朗。　軋，集注本引《音决》：於八反。《楚辭補注》：於黠切。陳八郎本：烏黠。　岪，集注本引《音决》：皮筆反，又：扶弗反。《楚辭補注》:佛,一音:皮筆切。 洞,《楚辭補注》作"恫",音:通。 荒,集注本引《音决》:呼廣反。《楚辭補注》作"慌":上聲。陳八郎本:上聲。 沕,集注本引《音决》:亡八、亡筆二反,又音勿。《楚辭補注》:美筆切,又引《文選》音:勿。陳八郎本:勿。 憭,集注本引《音决》:留。集注本引五家、陳八郎本:聊。《楚辭補注》:了,又音聊,一音留。 慄,集注本引《音决》作"慓",音:栗。陳八郎本:栗。〇案:集注本"慓"爲"慄"字之訛。 岤,《楚辭補注》、尤袤本注:血。【附】王逸注:嵺穿岤也。《楚辭補注》、尤袤本注:嵺,音料。 上,集注本引《音决》:時掌反。

嶔崟碕礒兮,碅磳磈硊。

嶔,集注本引《音决》、《楚辭補注》、陳八郎本:欽。 崟,集注本引《音决》:魚今反。陳八郎本:吟。《楚辭補注》作"岑",音:吟。 碕,集注本引《音决》、《楚辭補注》、陳八郎本:綺。 礒,集注本引《音决》:魚綺反。《楚辭補注》:蟻,又音錡。陳八郎本:蟻。 碅,集注本作"硱",引《音决》:欺氷反。《楚辭補注》亦作"硱":綺矜切,《釋文》苦本切,非也。陳八郎本:欺冰。朝鮮正德本:欺水。〇案:正德本"水"爲"氷"字之訛。 磳,集注本引《音决》:士氷反。《楚辭補注》:七冰切。陳八郎本:在冰。朝鮮正德本:在水。〇案:正德本"水"爲"氷"字之訛。 磈,集注本引《音决》:魚鬼反。《楚辭補注》:於鬼切。陳八郎本:於鬼。〇案:尤袤本"磳""磈"互倒,非。 硊,集注本引《音决》、陳八郎本:魚委反。《楚辭補注》:魚毁切。

樹輪相糾兮，林木茷骪。青莎雜樹兮，薠草靃靡。白鹿麏麚兮，或騰或倚，狀貌崟崟兮峨峨。

茷，集注本引《音决》作“栊”：步末反。《楚辭補注》：茷、栊、茷，并音跋。尤袤本注：跋。陳八郎本作“茷”，音：蒲末。　骪，集注本引《音决》、《楚辭補注》、陳八郎本：委。　莎，集注本引《音决》：素戈反。　薠，集注本引《音决》作“蘋”，音：頻。案此即《字林》所謂青蘋草者也，蕭、騫等諸音咸以爲蘋音煩，非。陳八郎本：煩。　靃，集注本引《音决》：思累反。尤袤本、陳八郎本：髓。　麏，集注本引《音决》：居貧反。《楚辭補注》：君。陳八郎本：居筠。　麚，集注本引《音决》：居牙反。《楚辭補注》、陳八郎本：加。　倚，集注本引《音决》：其綺反。　崟，集注本引《音决》、陳八郎本：吟。朝鮮正德本、奎章閣本作“崟”，音：吟。　峨，《楚辭補注》：蟻。

凄凄兮漇漇，猕猴兮熊羆。慕類兮以悲，攀援桂枝兮，聊淹留。虎豹鬬兮，熊羆咆。禽獸駭兮，亡其曹。王孫兮歸來，山中兮不可以久留。

漇，集注本引《音决》：所綺反。《楚辭補注》：疏綺切。陳八郎本：疏綺反。　猕，集注本作“獼”，引《音决》：弥。　猴，集注本引《音决》：侯。　熊，集注本引《音决》：雄。　羆，集注本引《音决》：碑。《楚辭補注》：陂。　咆，集注本引《音决》：白交反。《楚辭補注》：蒲交切。陳八郎本：蒲交反。　駭，集注本引《音决》：胡楷反。

《文選》音注輯考卷三十四

七上

枚叔《七發》八首

曹子建《七啓》八首

七　上

七發八首

枚　叔

楚太子有疾，而吴客往問之，曰：伏聞太子玉體不安，亦少閒乎。太子曰：憊。謹謝客。客因稱曰：今時天下安寧，四宇和平。太子方富於年，意者久耽安樂，日夜無極。邪氣襲逆，中若結轖。紛屯澹淡，嘘唏煩酲。惕惕怵怵，卧不得瞑。虚中重聽，惡聞人聲。精神越渫，百病咸生。聰明眩曜，悦怒不平。久執不廢，大命乃傾。太子豈有是乎。太子曰：謹謝客。賴君之力，時時有之，然未至於是也。

憊，陳八郎本：敗。九條本：步拜反。　樂，九條本：洛。邪，九條本作"耶"，音：斜。　轖，尤袤本李善注：色。陳八郎本作"轜"，音：色。九條本：所力反，又：色。〇案：據音注，陳八郎本"轜"爲"轖"字之訛。　屯，陳八郎本作"沌"，音：徒門。九條本：徒午反，又引五臣作"沌"：徒門反。〇案：九條本"午"疑爲

"本"字之訛。　澹,九條本:大敢反。　淡,九條本:以歛反。　唏,尤袤本李善注:許冀切。九條本:記。　惕,九條本:他狄反。　怵,九條本:勑律反。　惡,九條本:焉路反。　渫,九條本:思列反,又音節。

客曰:今夫貴人之子,必宫居而閨處,内有保母,外有傅父,欲交無所。飲食則温淳甘膬,腥醲肥厚。衣裳則雜遝曼煖,燂爍熱暑。雖有金石之堅,猶將銷鑠而挺解也。況其在筋骨之間乎哉。故曰:縱耳目之欲,恣支體之安者,傷血脉之和。

夫,九條本:扶。　處,九條本:昌吕反。　淳,九條本:純。　膬,尤袤本李善注:昌芮切。陳八郎本:昌芮。九條本:七歲反,又:昌芮反。　腥,尤袤本李善注:池貞切。陳八郎本:呈。九條本作"酲",音:呈。　醲,尤袤本李善注:女龍切。陳八郎本:濃。九條本:女龍反。　遝,陳八郎本:沓。九條本:大合反,又:沓。　曼,陳八郎本、九條本:万。　煖,九條本:香遠反,又:奴管。　燂,尤袤本李善注:詳廉切。陳八郎本:似廉。九條本作"燀":徐廉反。〇案:燂、廉爲鹽韻,燀爲獮韻,九條本"燀"爲"燂"字之訛。　爍,尤袤本李善注:舒灼切。陳八郎本:舒灼。九條本:以畧反,又:舒灼反。　鑠,九條本:舒灼反。

且夫出輿入輦,命曰蹷痿之機。洞房清宫,命曰寒熱之媒。皓齒娥眉,命曰伐性之斧。甘脆肥膿,命曰腐腸之藥。

蹷,尤袤本李善注:渠月切。陳八郎本:厥。九條本:居月反,又:厥。　痿,陳八郎本:於爲。九條本:於危反,又或作委,於爲反,非也。　【附】尤袤本李善注:《吕氏春秋》曰:命曰佁蹷之機。《聲類》曰:佁,嗣理切。 斧,九條本:方宇反。 脃,尤袤本李善注:清歲切。陳八郎本:清歲。九條本:清歲反,又:世。◎案:九條本音"世"誤,疑當作"毳"。《經典釋文》卷六《毛詩·白華》:脃,"又音毳"。"毳"俗體與"世"形近而訛。 腐,陳八郎本:輔。九條本:芳雨反。

今太子膚色靡曼,四支委隨,筋骨挺解。血脉淫濯,手足惰窳。越女侍前,齊姬奉後。往來游醼,縱恣于曲房隱間之中。此甘飡毒藥,戲猛獸之爪牙也。所從來者至深遠,淹滯永久而不廢。雖令扁鵲治内,巫咸治外,尚何及哉。

曼,陳八郎本:万。九條本:萬。 委,陳八郎本:平聲。九條本旁記作"痿":於危反。 濯,九條本:大角反。 惰,九條本作"堕":他果反。 窳,尤袤本李善注:餘乳切。陳八郎本:庾。九條本:以主反。 間,陳八郎本、九條本:閑。 爪,九條本:早。 扁,九條本:步典反。 鵲,九條本:七略反。

今如太子之病者,獨宜世之君子,博見强識。承間語事,變度易意,常無離側,以爲羽翼。淹沉之樂,浩唐之心,遁佚之志,其奚由至哉。太子曰:諾,病已,請事此言。客曰:今太子之病,可無藥石針刺灸療而已,可以要言妙道説而去也。不欲聞之乎。太子曰:僕願聞之。

强,九條本:其良反。 間,九條本:閑。 易,九條本:亦。 離,九條本:力智反。 樂,九條本:洛。 唐,九條本:蕩。 遁,九條本:大頓反。 灸,九條本:居又反。

客曰:龍門之桐,高百尺而無枝。中鬱結之輪菌,根扶疏以分離。上有千仞之峯，下臨百丈之谿。湍流遡波，又澹淡之。其根半死半生，冬則烈風漂霰飛雪之所激也，夏則雷霆霹靂之所感也。朝則鸝黄鳱鴠鳴焉，暮則羈雌迷鳥宿焉。獨鵠晨號乎其上，鵾雞哀鳴翔乎其下。

菌，陳八郎本：丘貧。九條本：丘貧反。　峯，九條本旁記"崖"，音：宜。　谿，九條本：協音移。　湍，九條本：丹。　遡，九條本：素。　澹，陳八郎本：徒濫。九條本：大敢反，又：徒濫反。　淡，陳八郎本：徒敢。九條本：啖，又：徒敢反。　漂，九條本：匹遥反。　霰，九條本：先見反。　霆，九條本：大丁反。　霹，九條本：并覓反。　靂，九條本：下歷反。〇案：九條本"下"疑爲"六"之訛，"六"即九條本音注字符，又衍"反"字。　鸝，陳八郎本：吕知。九條本：力知反。　鳱，尤袤本李善注：渴。陳八郎本：胡葛。九條本：可□反，又：胡葛反，又：渴。〇案：九條本□處字殘。　鴠，尤袤本李善注、陳八郎本：旦。九條本作"鴡"：下且反，又：且。〇案：九條本"下且反"，疑即音"且"也，致誤之由與上"靂"字條同。九條本又音"且"字，蓋即"旦"，且、旦形近相淆。　號，九條本：子高反。〇案："子"疑爲"乎"之訛。

於是背秋涉冬，使琴摯斫斬以爲琴，野繭之絲以爲絃。孤子之鉤以爲隱，九寡之珥以爲約。使師堂操暢，伯子牙爲之歌。歌曰：麥秀蔪兮雉朝飛，向虚壑兮背槁槐，依絶區兮臨迴溪。

斫，九條本：酌。朝鮮正德本、奎章閣本：之若。　繭，陳八郎本：古典。九條本作"璽"：古典反，又：犬。　隱，九條本：於靳反。　珥，尤袤本李善注：人志切。陳八郎本：二。九條本：人志反。　約，尤袤本李善注：都狄切。陳八郎本：丁亦反。九條本：的。　操，九條本：七刀反。　蔪，尤袤本李善注：慈歛切。陳八郎本作“蔪”，音：子兼。九條本：兹斂反，又：子廉反。 壑，九條本：呼各反。 槁，陳八郎本：考。九條本：古孝反。

飛鳥聞之，翕翼而不能去。野獸聞之，垂耳而不能行。蚑蟜螻蟻聞之，柱喙而不能前。此亦天下之至悲也。太子能强起聽之乎。太子曰：僕病，未能也。

翕，陳八郎本：許急。九條本：許及反。 蚑，陳八郎本：巨宜。九條本：巨移反。 蟜，尤袤本李善注：居兆切。陳八郎本：矯。九條本：居表反。 柱，陳八郎本：陟羽。 喙，九條本：許穢反。

客曰：犓牛之腴，菜以筍蒲。肥狗之和，冒以山膚。楚苗之食，安胡之飰。摶之不解，一啜而散。

犓，陳八郎本：楚俱。九條本：蒭。 腴，九條本：以朱反。 筍，陳八郎本：息尹。九條本：笋。 狗，九條本：古后反。 和，陳八郎本：去聲。九條本：胡卧反。 膚，九條本：夫。 食，九條本：士，又：自。〇案：《集韻》：食，疾二切。又：自，疾二切。是食、自音同之證。 飰，九條本作“飯”：苻万反。 摶，尤袤本李善注：徒完切。陳八郎本：徒丸。九條本：大丸反，又：徒丸反。 啜，尤袤本李善注：穿劣切。陳八郎本：常劣。九條本：時悦反。

於是使伊尹煎熬，易牙調和。熊蹯之臑，勺藥之醬。薄耆之炙，鮮鯉之鱠。

煎，九條本：協子仙反。 熬，九條本：五高反。 調，九條本:徒吊反。 和,九條本:胡卧反。 蹯,陳八郎本:之煩。○案:蹯爲并母,之爲章母,聲紐絶異。陳八郎本"之"疑即"六(音)"字之訛。朝鮮正德本、奎章閣本亦誤作"之"。 臑,陳八郎本、九條本:而。 勺,陳八郎本:涉略。九條本:丁畧反。 藥,陳八郎本、九條本:略。 醬,九條本:子亮反。 薄,陳八郎本:補莫。 耆,九條本:期。 炙,陳八郎本:去聲。九條本:之夜反。 鱠,九條本:古外反,或作膾,音同。

秋黄之蘇,白露之茹。蘭英之酒,酌以滌口。山梁之餐,豢豹之胎。小飰大歠,如湯沃雪。此亦天下之至美也。太子能强起嘗之乎。太子曰:僕病,未能也。

茹,陳八郎本:人據。九條本:而慮反。 餐,九條本作"飡":七寒反。 豢,陳八郎本、九條本:患。 胎,九條本:他来反。 歠,尤袤本李善注:昌悦切。陳八郎本:昌悦。九條本:昌悦反。

客曰:鍾岱之牡,齒至之車。前似飛鳥,後類距虚。穱麥服處,躁中煩外。羈堅轡,附易路。於是伯樂相其前,王良、造父爲之御,秦缺、樓季爲之右。此兩人者,馬佚能止之,車覆能起之。於是使射千鎰之重,爭千里之逐。此亦天下之至駿也。太子能强起乘之乎。太子曰:僕病,未能也。

牡,陳八郎本:莫后。九條本:母。 距,陳八郎本作"駏",音:距。 穱,陳八郎本:側角。九條本:側角反。 躁,陳八郎本:祖到。 易,九條本:以智反。 樂,九條本:洛。 相,九條本:息亮反。 佚,陳八郎本:逸。 覆,九條本:芳伏反。 射,九條本：時亦反。　乘，九條本：如字。

客曰：既登景夷之臺，南望荆山，北望汝海，左江右湖，其樂無有。於是使博辯之士，原本山川，極命草木，比物屬事，離辭連類。浮游覽觀，乃下置酒於虞懷之宫。連廊四注，臺城層構，紛紜玄緑。輦道邪交，黄池紆曲。溷章白鷺，孔鳥鶤鵠，鵷鶵鵁鶄，翠鬣紫纓。

樂，九條本：洛。　比，九條本：以字反。〇案：九條本"以"疑爲"必"字之訛。　屬，九條本：之欲反。　觀，九條本：古丸反。　溷，陳八郎本：胡困。九條本：胡困反。　鶤，陳八郎本、九條本：昆。　鵷，九條本：於元反。　鶵，陳八郎本：助拘。九條本：士俱反。　鵁，九條本：交。　鶄，九條本：精。　鬣，朝鮮正德本、奎章閣本：獵。

螭龍德牧，邕邕羣鳴。陽魚騰躍，奮翼振鱗。漃漻薵蓼，蔓草芳苓。女桑河柳，素葉紫莖。

螭，九條本：丑知反。　漃，尤袤本李善注：與寂音義同。陳八郎本：寂。九條本：在歷反。　漻，九條本作"寥"：力彫反。　薵，尤袤本李善注：丈尤切。陳八郎本：儔。九條本：大老反。【附】尤袤本李善注：《字書》曰：薵，藸曹也。藸音猪。　蓼，尤袤本李善注：力鳥切。陳八郎本：了。　苓，陳八郎本：蓮。九條本：力丁反，又引五臣音：蓮。

苗松豫章，條上造天。梧桐并閭，極望成林。衆芳芬鬱，亂於五風。從容猗靡，消息陽陰。列坐縱酒，蕩樂娱心。景春佐酒，杜連理音。滋味雜陳，肴糅錯該。練色娱目，流聲悦耳。

從，陳八郎本：七容。九條本：七容反。　猗，九條本：於綺反。　樂，九條本：洛。　糅，陳八郎本：女又。九條本：女又反。

於是乃發《激楚》之結風，揚鄭衛之皓樂。使先施、徵舒、陽文、段干、吴娃、閭娵、傅予之徒，雜裾垂髾，目窕心與。

皓，九條本：胡老反。　樂，九條本：岳。　娃，陳八郎本：一佳。九條本：佳。〇案：九條本脱"一"字。　娵，陳八郎本：足具。九條本：子于反，又：朱。　傅，九條本作"傳"：知戀反。　予，陳八郎本：與。　髾，尤袤本李善注：交切。陳八郎本：所交。九條本：所交反。〇案：尤袤本音"交"前脱字。胡克家本作"所交切"。　窕，陳八郎本作"窈"，音：徒了。九條本：大鳥反。〇案：據音注，陳八郎本"窈"當作"窕"。

揄流波，雜杜若。蒙清塵，被蘭澤，嬿服而御。此亦天下之靡麗皓侈廣博之樂也。太子能强起游乎。太子曰：僕病，未能也。

揄，陳八郎本：俞。　被，九條本：皮義反。　嬿，陳八郎本：宴。九條本：於典反。　皓，九條本：胡老反。　侈，九條本：昌氏反。　樂，九條本：洛。

客曰：將爲太子馴騏驥之馬，駕飛軨之輿，乘牡駿之乘。右夏服之勁箭，左烏號之彫弓。游涉乎雲林，周馳乎蘭澤，弭節乎江潯。掩青蘋，游清風。陶陽氣，蕩春心。逐狡獸，集輕禽。

爲，九條本：于僞反。　軨，尤袤本李善注：力廷切。陳八郎本：零。九條本：力丁反。　輿，九條本：余。　牡，陳八郎本：莫后。九條本：莫后反。　狡，九條本：古巧反。

於是極犬馬之才,困野獸之足,窮相御之智巧。恐虎豹,慴鷙鳥。逐馬鳴鑣,魚跨麋角。

相,九條本:息亮反。 恐,九條本:丘重反。 慴,陳八郎本:之涉。九條本:之葉反。 鷙,陳八郎本:質二。 跨,九條本:苦化反。

履游麕兔,蹈踐麖鹿。汗流沫墜,寃伏陵窘。無創而死者,固足充後乘矣。此校獵之至壯也。太子能强起游乎。太子曰:僕病,未能也。然陽氣見於眉宇之間,侵淫而上,幾滿大宅。

麕,陳八郎本:居筠。九條本:居貧反。 蹈,九條本:徒到反。 麖,陳八郎本、九條本:京。 墜,九條本:直類反。 寃,陳八郎本:於袁。九條本:於元反。 窘,陳八郎本:寄殞反。九條本:其敏反。 校,九條本:胡孝反。 侵,九條本作"浸":七林反。 上,九條本:時掌反。 幾,陳八郎本:巨機。朝鮮正德本、奎章閣本:平聲。

客見太子有悦色,遂推而進之曰:冥火薄天,兵車雷運。旍旗偃蹇,羽旄肅紛。馳騁角逐,慕味爭先。徼墨廣博,觀望之有圻。純粹全犧,獻之公門。太子曰:善。願復聞之。客曰:未既。

運,尤袤本李善注:旋。〇案:卷三十三《招魂》"引車右還"條,《音决》謂《楚辭》"還"作"運",音"旋"。其音與此同。 旍,九條本:精。 徼,陳八郎本:古堯。 圻,尤袤本李善注:魚斤切。 粹,陳八郎本:苟翠。朝鮮正德本、奎章閣本:荀翠。九條本:邃。〇案:陳八郎本"苟"爲"荀"字之訛。

於是榛林深澤,煙雲闇莫,兕虎并作。毅武孔猛,袒裼身薄。白刃磑磑,矛戟交錯。

榛,陳八郎本:仕臻。九條本:士巾反。　兕,陳八郎本:余姊。九條本:似。〇案:陳八郎本"余"疑當作"徐",徐、兕皆邪母,《玉篇》《廣韻》皆讀"徐姊切"。　作,九條本:子洛反。　袒,陳八郎本:但。　裼,陳八郎本:先歷。九條本:下錫反。　磑,尤袤本李善注:牛哀切。陳八郎本"皚",音:五哀。九條本:魚来反。　矛,九條本:毛。

收獲掌功,賞賜金帛。掩蘋肆若,爲牧人席。旨酒嘉肴,羞炰膾炙,以御賓客。涌觸并起,動心驚耳。誠必不悔,决絶以諾。貞信之色,形于金石。高歌陳唱,萬歲無斁。此真太子之所喜也,能强起而游乎。太子曰:僕甚願從,直恐爲諸大夫累耳。然而有起色矣。

炰,九條本:步交反,又旁記"缹",音:不,又引《鈔》音:缶。　膾,陳八郎本:古外。　炙,陳八郎本:之亦。九條本:之亦反。　涌,九條本:勇。　斁,九條本:亦。　累,陳八郎本:去聲。九條本:力瑞反。

客曰:將以八月之望,與諸侯遠方交游兄弟,并往觀濤乎廣陵之曲江。至則未見濤之形也。徒觀水力之所到,則卹然足以駭矣。觀其所駕軼者,所擢拔者,所揚汩者,所温汾者,所滌汔者,雖有心略辭給,固未能縷形其所由然也。

觀,九條本:古丸反。　卹,陳八郎本:思律。九條本:之律反,又:出。〇案:卹爲心母,之爲章母,精、章混切。又出爲昌母,與章母聲近。　軼,陳八郎本:逸。九條本:一。　擢,九條本：直角反。 拔，九條本：步八反。 汩，尤袤本李善注：古没切。陳八郎本：于筆。九條本作“洎”：于筆反。 汾，九條本：扶云反。 汔，尤袤本李善注：許乞切。陳八郎本：喜乞。九條本：虚乙反，又：吉。 縷，陳八郎本：力矩。九條本：以主。〇案：九條本“以”疑爲“力”字之訛。

怳兮忽兮，聊兮慄兮，混汩汩兮。忽兮慌兮，俶兮儻兮，浩瀇瀁兮，慌曠曠兮。秉意乎南山，通望乎東海。虹洞兮蒼天，極慮乎崖涘。流攬無窮，歸神日母。汩乘流而下降兮，或不知其所止。或紛紜其流折兮，忽繆往而不來。臨朱汜而遠逝兮，中虚煩而益怠。莫離散而發曙兮，内存心而自持。

忽，陳八郎本：惚。 汩，陳八郎本：古没。九條本：古没反。 慌，陳八郎本：呼廣。九條本：呼晃反。 俶，九條本：敵。 瀇，陳八郎本：胡廣。九條本：苦廣反。 瀁，陳八郎本：余兩。九條本：養。 虹，尤袤本李善注：胡洞切。陳八郎本：去聲。九條本：胡貢反。 涘，九條本：士。 日，九條本：而一反。 汩，尤袤本李善注：爲畢切。陳八郎本：于筆。 折，九條本：之舌反。 繆，九條本旁記“鏍”：胡果反。 汜，陳八郎本：似。

於是澡槩胷中，灑練五藏，澹澉手足，頮濯髮齒。揄棄恬怠，輸寫淟濁，分决狐疑，發皇耳目。當是之時，雖有淹病滯疾，猶將伸傴起躄，發瞽披聾而觀望之也。況直眇小煩懣，酲醲病酒之徒哉。故曰：發蒙解惑，不足以言也。太子曰：善。然則濤何氣哉。

澡，陳八郎本、九條本：早。 槩，陳八郎本：古代。九條本：吉伐反。〇案：九條本“伐”爲“代”字之訛。 灑，九條本作

“洒”：四礼反。　藏，九條本：在浪反。　澹，陳八郎本：徒濫。九條本：大覽。　澉，尤袤本李善注：湖敢切。陳八郎本：胡敢。九條本：素敢反。〇案：素、澉聲紐不同，疑誤。　頮，尤袤本李善注：呼潰切。九條本：呼對反，又：會。陳八郎本：悔。朝鮮正德本、奎章閣本：晦。　揄，九條本作“榆”：羊朱反。　恬，九條本：大嫌反。　輸，九條本：武朱反。〇案：輸爲舌音書母，武爲唇音明母，二紐迥異。九條本“武”蓋爲“式”字之訛。卷二十七王仲宣《從軍詩》其二“輸力竭忠貞”，九條本音正作“式朱反”。　淟，尤袤本李善注：粉顯切。陳八郎本：聽典。九條本：吐典反。　傴，陳八郎本：委禹。　躄，尤袤本李善注：必亦切。陳八郎本：必亦。　眇，九條本旁記“妙”：亡小反。　懣，陳八郎本：莫本。九條本：亡本反。　醲，陳八郎本：女龍。九條本：女龍反。

客曰：不記也。然聞於師曰：似神而非者三，疾雷聞百里。江水逆流，海水上潮。山出內雲，日夜不止。衍溢漂疾，波涌而濤起。其始起也，洪淋淋焉，若白鷺之下翔。其少進也，浩浩溰溰，如素車白馬，帷蓋之張。其波涌而雲亂，擾擾焉如三軍之騰裝。

內，九條本：納。　溢，九條本：一。　漂，陳八郎本：匹妙。九條本：匹遥反。　淋，尤袤本李善注：或爲洴，《聲類》：口冷切。　溰，陳八郎本：五哀。九條本：魚哀。　車，九條本：居。　帷，尤袤本李善注：或爲幃，音韋。　擾，九條本：而沼反。　裝，九條本：庄。

其旁作而奔起也，飄飄焉如輕車之勒兵。六駕蛟龍，附從太白。純馳浩蜺,前後駱驛。顒顒卬卬,椐椐彊彊,莘莘將將。

車,九條本:居。 從,九條本:才用反。 蜺,九條本:魚兮反。 駱,九條本:洛。 顒,陳八郎本:愚恭。九條本:魚恭反。 卬,陳八郎本:昂。九條本:魚郎反。 椐,尤袤本李善注:據於切。陳八郎本、九條本:居。 彊,尤袤本李善注:渠章切。九條本:□良反。○案:九條本□處字殘壞,似作"居"。 莘,尤袤本李善注:所巾切。陳八郎本:所臻。九條本:真。 將,陳八郎本:七將反。九條本:七良反。

壁壘重堅,沓雜似軍行。訇隱匈磕,軋盤涌裔,原不可當。

壘,九條本:力癸反。 重,陳八郎本:平聲。九條本:逐龍反。 沓,九條本:大合反。 行,尤袤本李善注:户剛切,協韻也。九條本:何郎反。 訇,陳八郎本:呼宏。 匈,陳八郎本:上聲。九條本:凶。 磕,陳八郎本作"溘",音:苦盖。九條本:丘蓋反。 軋,陳八郎本:烏黠。

觀其兩傍,則滂渤怫鬱,闇漠感突,上擊下律。有似勇壯之卒,突怒而無畏。蹈壁衝津,窮曲隨隈,踰岸出追。遇者死,當者壞。

滂,陳八郎本:普汒。九條本:方。 渤,九條本:步没反。 怫,陳八郎本:扶勿。 突,九條本:大没反。 律,尤袤本李善注:當爲硉,盧骨切。陳八郎本作"硉",音:盧骨。 卒,九條本:即没反。 追,尤袤本李善注:都迴切,追亦堆字,今爲追,古字假借之也。陳八郎本作"䭔",音:都回。九條本亦作"䭔":丁迴反。

初發乎,或圍之津涯,荄軫谷分。迴翔青篾,銜枚檀桓。弭節伍子之山,通厲骨母之場。凌赤岸,篲扶桑,横奔似雷行。誠奮厥武,如振如怒。沌沌渾渾,狀如奔馬。混混庉庉,聲如雷鼓。發怒庢沓,清昇踰跇。

荄,陳八郎本:該。九條本:古来反。　軫,陳八郎本:真忍。　篾,陳八郎本:冥結。九條本:冥結反。　檀,九條本:大丹反。　篲,陳八郎本:囚衛。　行,九條本:何郎反。　沌,尤袤本李善注:徒本切。陳八郎本:徒奔。九條本:吐混反。　渾,尤袤本李善注:胡本切。陳八郎本:胡奔。　馬,九條本:母,又:協亡古反。　混,陳八郎本:胡本。　庉,尤袤本李善注:徒本切。陳八郎本:徒本。九條本:徒本反。　庢,尤袤本李善注:竹栗切。陳八郎本:底。九條本:丁栗反,又:丁米反,又引五臣音:底。　沓,尤袤本李善注:徒荅切。　踰,九條本:刃俱反。〇案:九條本"刃"疑爲"以"字之訛。　跇,陳八郎本:余滯反。九條本作"跩":田例反,又引五臣音:余滯反。

侯波奮振,合戰於藉藉之口。鳥不及飛,魚不及迴,獸不及走。紛紛翼翼,波涌雲亂。蕩取南山,背擊北岸,覆虧丘陵,平夷西畔。險險戲戲,崩壞陂池,决勝乃罷。

覆,九條本:芳伏反。　戲,陳八郎本:許宜。九條本:許宜反。　壞,九條本:恠。　陂,九條本:非。　勝,九條本:舒證反。

瀄汩潺湲,披揚流灑。横暴之極,魚鼈失勢,巔倒偃側,沋沋湲湲,蒲伏連延。神物恠疑,不可勝言。直使人踣焉,洄闇悽愴焉。此天下恠異詭觀也，太子能强起觀之乎。太子曰：僕病，未能也。

瀄，陳八郎本：側筆。九條本：側筆反，又音：七。　汩，陳八郎本：于筆。九條本：于筆反。　灑，九條本：所解反。　沈，尤袤本李善注：禹牛切。陳八郎本、九條本：尤。　湲，陳八郎本、九條本：爰。　伏，九條本：步北反。　踣，尤袤本李善注：薄北切。陳八郎本：蒲北。九條本：步北反。　洄，陳八郎本、九條本：回。

客曰：將爲太子奏方術之士，有資略者。若莊周、魏牟、楊朱、墨翟、便蜎、詹何之倫，使之論天下之釋微，理萬物之是非。孔老覽觀，孟子持籌而筭之，萬不失一。此亦天下要言妙道也。太子豈欲聞之乎。於是太子據几而起曰：涣乎若一聽聖人辯士之言。涊然汗出，霍然病已。

爲，九條本：于伪反。　蜎，陳八郎本：一緣。九條本：一緣反。朝鮮正德本、奎章閣本：於緣。　詹，九條本：之廉反。　觀，九條本：古丸反。　要，九條本：□召反。○案：九條本□處字盡殘。　涣，九條本：呼翫反。　涊，尤袤本李善注：乃顯切。陳八郎本：乃典。九條本：那典反，又：乃顯反。

七啓八首并序

曹子建

昔枚乘作《七發》，傅毅作《七激》，張衡作《七辯》，崔駰作《七依》，辭各美麗。余有慕之焉，遂作《七啓》。并命王粲作焉。

駰，朝鮮正德本、奎章閣本：因。

玄微子隱居大荒之庭,飛遯離俗,澄神定靈。輕禄傲貴,與物無營。耽虛好静,羡此永生。獨馳思於天雲之際,無物象而能傾。

離,集注本引《音决》:力智反。 傲,集注本引《音决》作"慠":五誥反。陳八郎本:五到。 耽,集注本作"躭",引《音决》:丁南反,或爲媟,同。○案:集注本"媟"當作"媅"。 好,集注本引《音决》、九條本:秏。 思,集注本引《音决》、九條本:先自反。

於是鏡機子聞而將往説焉。駕超野之駟,乘追風之輿。經迥漠,出幽墟。入乎泱漭之野,遂届玄微子之所居。

説,集注本引《音决》:如字,或音税。九條本:税。 駟,集注本引《音决》:四。 輿,集注本引《音决》、九條本:余。 墟,集注本引《音决》:去居反。 泱,集注本引《音决》、九條本:惡朗反。 漭,集注本引《音决》:莽。 届,集注本引《音决》:介。

其居也,左激水,右高岑。背洞溪,對芳林。冠皮弁,被文裘。出山岫之潛穴,倚峻崖而嬉游。

背,集注本引《音决》:步對反,下同。 溪,集注本引《音决》作"壑":呼各反。 冠,集注本引《音决》:古翫反。 被,集注本引《音决》、九條本:皮義反。 岫,集注本引《音决》:袖。 倚,集注本引《音决》:於綺反。 嬉,集注本引《音决》、九條本:許疑反。

志飄颻焉,嶢嶢焉,似若狹六合而隘九州。若將飛而未逝,若舉翼而中留。

飄，集注本引《音决》：匹遥反。 嶢，集注本引《音决》、陳八郎本：堯。 狹，集注本引《音决》：洽。 隘，集注本引《音决》：於懈反。陳八郎本：烏賣。 中，集注本引《音决》：丁仲反。

於是鏡機子攀葛藟而登，距巖而立。順風而稱曰：予聞君子不遯俗而遺名，智士不背世而滅勲。今吾子棄道藝之華，遺仁義之英，秏精神乎虚廓，廢人事之紀經。譬若畫形於無象，造響於無聲。未之思乎，何所規之不通也。

藟，集注本引《音决》、九條本：誄。陳八郎本：累。 距，集注本引《音决》作"岠"，音：巨。 秏，集注本李善注：呼到反。尤袤本李善注：呼到切。

玄微子俯而應之，曰：譆，有是言乎。夫太極之初，渾沌未分，萬物紛錯，與道俱隆。蓋有形必朽，有迹必窮。芒芒元氣，誰知其終。名穢我身，位累我躬。竊慕古人之所志，仰老莊之遺風。假靈龜以託喻，寧掉尾於塗中。

應，集注本引《音决》：於證反。 譆，集注本作"嘻"，引《音决》：許疑反。尤袤本李善注：欣碁切。 夫，集注本引《音决》：扶，下同。九條本：扶。 渾，集注本引《音决》、九條本：胡本反。陳八郎本：胡本。 沌，集注本引《音决》、九條本：途本反。陳八郎本：徒本。 朽，集注本引《音决》：虚久反。 芒，集注本引《音决》：莫郎反。〇案：集注本引《音决》"芒"字蠹。 累，集注本引《音决》、九條本：力瑞反。陳八郎本：去聲。 掉，集注本引《音决》：途吊反。陳八郎本：徒吊。

鏡機子曰:夫辯言之豔,能使窮澤生流,枯木發榮。庶感靈而激神,況近在乎人情。僕將爲吾子説游觀之至娱,演聲色之妖靡。論變化之至妙,敷道德之弘麗。願聞之乎。玄微子曰:吾子整身倦世,探隱拯沉。不遠遐路,幸見光臨。將敬滌耳,以聽玉音。

爲,集注本引《音决》:于偽反。　觀,集注本引《音决》、九條本:古翫反。　演,集注本引《音决》:以輦反。　妖,集注本引《音决》:於苗反,或爲姣,古巧反,亦通。九條本:於苗反。　探,集注本引《音决》:他含反。　拯,集注本引《音决》:證之上聲。　滌,集注本引《音决》:狄。

鏡機子曰:芳菰精粺,霜蓄露葵。玄熊素膚,肥豢膿肌。蟬翼之割,剖纖析微。累如疊縠,離若散雪。輕隨風飛,刃不轉切。

菰,集注本引《音决》作"苽",音:孤,或爲菰字,同。陳八郎本:孤。　粺,集注本引《音决》、九條本:蒱賣反。尤袤本李善注:薄懈切。陳八郎本作"稗",音:蒲賣。　蓄,集注本引《音决》、九條本:丑六反。　熊,集注本引《音决》作"能",音:雄。九條本:雄。　膚,集注本引《音决》、九條本:夫。　豢,集注本引《音决》、陳八郎本、九條本:患。　膿,集注本引《音决》、九條本:女龍反。尤袤本李善注:女龍切。陳八郎本:女恭。　肌,集注本引《音决》:飢。　纖,集注本引《音决》:息廉反。　析,集注本引《音决》:先狄反。陳八郎本:先歷。　疊,集注本引《音决》:牒。　縠,集注本引《音决》:胡谷反。陳八郎本:胡木。九條本:胡木反。

山鵽斥鷃,珠翠之珍。寒芳苓之巢龜,膾西海之飛鱗。臛江東之潛鼉，臇漢南之鳴鶉。

鷄，集注本引《音决》：丁刮反。陳八郎本：丁刮。九條本：丁活反。 斥，陳八郎本、九條本：赤。 鷃，集注本作“鴳”，引《音决》：晏。陳八郎本、九條本亦作“鴳”，音：晏。 寒，集注本引《音决》：如字，或作搴，居輦反，非。 膾，集注本引《音决》：古外反。 臛，集注本引《音决》、九條本：呼各反。陳八郎本：呼各。 鼉，集注本引《音决》、九條本：大何反。陳八郎本：徒何。 臇，集注本引《音决》、九條本：子轉反。尤袤本李善注：子兖切。陳八郎本：子兖。 鶉，集注本引《音决》：純。陳八郎本、九條本：常倫反。

糅以芳酸，甘和既醇。玄冥適鹹，蓐收調辛。紫蘭丹椒，施和必節。滋味既殊，遺芳射越。

糅，集注本引《音决》：女又反。陳八郎本：女又。 酸，集注本引《音决》：素丸反。九條本：山。 醇，集注本引《音决》：純。 冥，集注本引《音决》：亡丁反。 鹹，集注本引《音决》作“醎”：户監反。 蓐，集注本引《音决》、陳八郎本：辱。 椒，集注本引《音决》：焦，或爲椒，同。〇案：集注本引《音决》上“椒”字爲行書體，下“椒”字爲楷書體，二者本爲一字，《音决》以之爲異文，未詳其故。 射，集注本引《音决》、九條本：時亦反。

乃有春清縹酒，康狄所營。應化則變，感氣而成。彈徵則苦發，叩宫則甘生。

縹，集注本引《音决》：匹眇反。陳八郎本：匹妙。九條本：疋妙反。 應，集注本引《音决》：於證反。 徵，集注本引《音决》、九條本：張里反。陳八郎本：張里。 叩，集注本引《音决》：口。

於是盛以翠樽，酌以彫觴。浮蟻鼎沸，酷烈馨香。可以和神，可以娱腸。此肴饌之妙也，子能從我而食之乎。玄微子曰：予甘藜藿，未暇此食也。

盛，集注本引《音决》：成。 彫，集注本引《音决》作“琱”，音：彫。 觴，集注本引《音决》：傷。 蟻，集注本引《音决》作“蟣”：居扆反。 酷，集注本引《音决》：苦各反。 馨，集注本引《音决》：許征反。九條本：經。〇案：馨爲曉母，經爲見母，牙喉固可通轉。然《集韻》音“醯經切”，疑九條本“經”上或有脱字。 腸，集注本引《音决》：直良反。 饌，集注本引《音决》：士卷反。 藜，集注本引《音决》：力兮反。 藿，集注本引《音决》：許郭反。九條本：霍。

鏡機子曰：步光之劒，華藻繁縟。飾以文犀，彫以翠緑。綴以驪龍之珠，錯以荆山之玉。

藻，集注本引《音决》：早。 繁，集注本引《音决》：煩。 縟，集注本引《音决》、陳八郎本：辱。 犀，集注本引《音决》：西。 彫，集注本引《音决》作“琱”，音：彫。 綴，集注本引《音决》：丁衛反。九條本：丁歲反。 驪，集注本引《音决》：力知反。

陸斷犀象，未足稱儁。隨波截鴻，水不漸刃。九旒之冕，散耀垂文。華組之纓，從風紛紜。

斷，集注本引《音决》：丁管反。 儁，集注本作“儁”，引《音决》：俊。九條本亦作“儁”，音：俊。 截，集注本引《音决》：在結反。　漸,集注本引《音决》、九條本:子廉反。陳八郎本:子廉。　旒,集注本引《音决》:流。　冕,集注本引《音决》:勉。　組,集注本引《音决》:祖。　纓,集注本引《音决》:一成反。　紛,集注本引《音决》:芳云反。　紜,集注本引《音决》:云。

佩則結緑懸黎,寶之妙微,符采照爛,流景揚煇。黼黻之服,紗縠之裳。金華之舄,動趾遺光。繁飾參差,微鮮若霜。

懸,集注本引《音决》:玄。　黎,集注本引《音决》:力兮反。　照,集注本引《音决》作"焕":呼乱反。　爛,集注本引《音决》:力旦反。　黼,集注本作"𪗞",引《音决》:府。　黻,集注本作"𪗋",引《音决》:弗。　紗,集注本引《音决》:沙。　縠,九條本:胡谷反。　舄,集注本引《音决》、陳八郎本、九條本:昔。　趾,集注本引《音决》:止。　參,集注本引《音决》:初今反。　差,集注本引《音决》:初宜反。　鮮,集注本引《音决》:仙。

緄佩綢繆,或彫或錯。薰以幽若,流芳肆布。雍容閑步,周旋馳燿。南威爲之解顔,西施爲之巧笑。此容飾之妙也,子能從我而服之乎。玄微子曰:予好毛褐,未暇此服也。

緄,集注本引《音决》、九條本:古本反。尤袤本李善注:古本切。陳八郎本:胡本。　綢,集注本引《音决》:直留反。　繆,集注本引《音决》:亡侯反。　錯,集注本引《音决》:協韻七故反。九條本:協七故反。陳八郎本:千故。　薰,集注本作"董",引《音决》:香云反。〇案:董爲薰之訛文。　爲,集注本引《音决》:于僞反,下同。　解,集注本引《音决》:居蟹反。　好,集注本引《音决》:秏。　褐,集注本引《音决》、九條本:何達反。

鏡機子曰：馳騁足用，蕩思游獵，可以娱情。僕將爲吾子駕雲龍之飛駟，飾玉路之繁纓。垂宛虹之長綏，抗招摇之華旍。

馳，集注本引《音决》：直知反。　騁，集注本引《音决》：樗郢反。九條本：□穎反。○案：九條本□處字難辨，似即“樗”之草體，而誤從“氵”。　蕩，集注本引《音决》作“盪”，音：蕩。　思，集注本引《音决》：四。陳八郎本：去聲。　爲，集注本引《音决》：于僞反。　路，集注本引《音决》、九條本作“輅”：力故反。　繁，集注本引《音决》：步丸反。陳八郎本：盤。　宛，集注本引《音决》、九條本：於元反。陳八郎本：於元。　虹，集注本引《音决》：紅。　綏，集注本引《音决》：如唯反。九條本：如維反。陳八郎本：而惟。　抗，集注本引《音决》、九條本：口浪反。　招，集注本引《音决》：之遥反，蕭音韶。九條本：之遥反，又音：韶。　摇，集注本引《音决》、九條本：遥。　旍，集注本引《音决》、九條本：精。

捷忘歸之矢，秉繁弱之弓。忽躡景而輕騖，逸奔驥而超遺風。

捷，集注本引《音决》：接。集注本李善注：楚甲反。尤袤本李善注：楚甲切。陳八郎本：楚甲。　忽，集注本引《音决》作“欻”：許勿反，或作忽，通。九條本旁記“欻”：虚勿反。　躡，集注本引《音决》、九條本：女輒反。　騖，集注本引《音决》：務。

於是磎填谷塞，榛藪平夷。緣山置罝，彌野張罘。下無滿迹，上無逸飛。鳥集獸屯，然後會圍。

磎，集注本引《音决》作“谿”：去兮反。九條本：去兮反。　填，集注本引《音决》：田。　塞，集注本引《音决》：四得反。

榛,集注本引《音决》、九條本:士巾反。陳八郎本:士臻。朝鮮正德本、奎章閣本:七臻。　藪,集注本引《音决》:蘊麦反。〇案:集注本"麦"爲麥韻,藪爲厚韻,韻部絶遠。疑"麦"爲"走"字之訛,卷五《吴都賦》"美其林藪",集注本引《音决》即讀"蘇走反"。　罝,集注本引《音决》:嗟。　罘,集注本引《音决》:浮。

獠徒雲布,武騎霧散。丹旗燿野,戈殳晧旰。曳文狐,揜狡兔。捎鷫鷞,拂振鷺。

獠,集注本引《音决》:力吊反,下同。九條本:力吊反。　殳,集注本引五家、陳八郎本:殊。九條本:朱。　晧,集注本引《音决》、九條本:胡老反。　旰,集注本引《音决》、九條本:何旦反。陳八郎本:汗。奎章閣本:皇汗。〇案:奎章閣本"皇"字衍。　揜,集注本引《音决》:掩。　狡,集注本引《音决》、九條本:古巧反。　捎,集注本引《音决》、九條本:所交反。陳八郎本:所交。〇案:九條本此條音標於下文"鷫"字旁,今移正。　鷫,集注本引《音决》、陳八郎本、九條本:肅。奎章閣本:肅澤。〇案:奎章閣本"澤"字衍。　鷞,集注本引《音决》、陳八郎本、九條本:霜。　鷺,集注本引《音决》:路。

當軌見藉,值足遇踐。飛軒電逝,獸隨輪轉。翼不暇張,足不及騰。動觸飛鋒,舉挂輕罾。搜林索險,探薄窮阻。騰山赴壑,風厲焱舉。機不虚發,中必飲羽。

藉,集注本引《音决》:慈夜反。　鋒,集注本引《音决》、九條本:芳逢反。　挂,集注本引《音决》:卦。　罾,集注本引《音决》作"矰",音:增,或爲罾,非。九條本旁記:作矰,或罾,音增。

搜,集注本引《音决》:所尤反。陳八郎本:所求。　索,集注本引《音决》:先洛反。陳八郎本:所革。　探,集注本引《音决》:他含反。　焱,集注本引《音决》、九條本:必遥反。陳八郎本:必遥。　中,集注本引《音决》:丁仲反。　飲,集注本引《音决》:於禁反。

於是人稠網密,地逼勢脅。哮闞之獸,張牙奮鬣。志在觸突,猛氣不慴。

稠,集注本引《音决》:直留反。九條本:勑留反。　脅,集注本引《音决》:許刼反。九條本:虚葉反。　哮,集注本引《音决》:許交反。陳八郎本:呼交。九條本:火交反。　闞,集注本引《音决》:許感反。陳八郎本:呼檻。九條本:虚艦反。　鬣,集注本引《音决》:獵。陳八郎本:獵。九條本:力涉。　突,集注本引《音决》、九條本:徒忽反。　慴,集注本引《音决》、九條本:之葉反。陳八郎本:之涉反。

乃使北宫東郭之疇,生抽豹尾,分裂貙肩。形不抗手,骨不隱拳。批熊碎掌,拉虎摧斑。野無毛類,林無羽群。積獸如陵,飛翮成雲。

疇,集注本引《音决》作"儔":直留反。　抽,集注本引《音决》:丑留反。　裂,九條本:列。　貙,集注本引《音决》:丑俱反。陳八郎本作"貙",音:敕俱。九條本:丑于反。　抗,集注本引《音决》:口浪反。　隱,集注本李善注:於瑾反。尤袤本李善注:於瑾切。　拳,集注本引《音决》作"捲":巨員反,或拳,同。　批,集注本引《音决》:普兮反。陳八郎本:匹迷。九條本:普迷反。　熊,集注本引《音决》:雄。　碎,集注本引《音决》:素對反。 拉,集注本引《音决》:力合反。陳八郎本:力合。 摧,集注本引《音决》:徂回反。

於是驫鍾鳴鼓,收旌弛旆。頓綱縱網,罷獠回邁。駿騄齊驤,揚鑾飛沫。俯倚金較,仰撫翠蓋。雍容暇豫,娱志方外。此羽獵之妙也,子能從我而觀之乎。玄微子曰:予樂恬静,未暇此觀也。

弛,集注本引《音决》:尸氏反。陳八郎本:豕。九條本:矢。朝鮮正德本、奎章閣本作"弛",音:矢。 旆,集注本作"旆",引《音决》:步貝反。九條本亦作"旆":步外反。 綱,集注本引《音决》作"綱":吉郎反。九條本:吉郎反。 駿,集注本引《音决》:俊。 騄,集注本引《音决》、九條本:緑。陳八郎本:渌。 驤,集注本引《音决》:四良反。 鑾,集注本引《音决》:力丸反。沫,集注本引《音决》:恊韻亡貝反。九條本:亡貝反。 倚,集注本引《音决》:於綺反。 較,集注本引《音决》、陳八郎本、九條本:角。 觀,集注本引《音决》:古丸反,下同。 樂,集注本引《音决》:絡。 恬,集注本引《音决》:大兼反。

鏡機子曰:閑宫顯敞,雲屋晧旰。崇景山之高基,迎清風而立觀。彤軒紫柱,文榱華梁。綺井含葩,金墀玉箱。温房則冬服絺綌,清室則中夏含霜。

敞,集注本引《音决》:昌掌反。 晧,集注本引《音决》:胡老反。陳八郎本:浩。 旰,集注本引《音决》、九條本:何旦反。陳八郎本:汗。 觀,集注本引《音决》、九條本:古翫反。陳八郎本:去声。 彤,集注本引《音决》、九條本:大冬反。 軒,集注本引《音决》:許言反。 柱,集注本引《音决》作"楯":時尹反。

榱,集注本引《音决》、陳八郎本:衰。 葩,集注本引《音决》:普花反。 墀,集注本引《音决》:直犁反。 箱,集注本引《音决》作"廂",音:相。 絺,集注本引《音决》:丑犁反。九條本:勑梨反。陳八郎本:超遲。 綌,集注本引《音决》、九條本:去碧反。陳八郎本作"綌",音:隙。 夏,集注本引《音决》:下駕反。

華閣緣雲,飛陛陵虚。頫眺流星,仰觀八隅。升龍攀而不逮,眇天際而高居。繁巧神恠,變名異形。班輸無所措其斧斤,離婁爲之失睛。麗草交植,殊品詭類。緑葉朱榮,熙天曜日。素水盈沼,叢木成林。飛翮凌高,鱗甲隱深。

陛,集注本引《音决》、九條本:步礼反。 頫,集注本引《音决》:府。尤袤本李善注:俯。 觀,集注本引《音决》:古丸反。 際,九條本:世,又:子例反。〇案:九條本"世"字疑誤。 輸,集注本引《音决》:式朱反。九條本:朱。 措,集注本引《音决》、九條本:七故反。 斧,集注本引《音决》、九條本:府。 婁,集注本引《音决》:力侯反。 爲,集注本引《音决》:于僞反。 植,集注本引《音决》作"殖",音:食。 詭,集注本引《音决》:古毁反。 熙,集注本引《音决》:許宜反。

於是逍遥暇豫,忽若忘歸。乃使任子垂釣,魏氏發機。芳餌沈水,輕繳弋飛。落翳雲之翔鳥,援九淵之靈龜。然後采菱華,擢水蘋。弄珠蚌,戲鮫人。諷《漢廣》之所詠,覿游女於水濱。

任,集注本引《音决》:而林反。 餌,集注本引《音决》、九條本:二。 繳,集注本引《音决》:灼。陳八郎本:酌。 弋,集注本引五家音、陳八郎本:翼。 翳,集注本引《音决》、九條本:一兮反。 援，集注本引《音决》：爰。 擢，集注本引《音决》：直角反。 蘋，集注本引《音决》：頻。 蜯，集注本引《音决》作“蚌”：步講反，或作蜯，通。九條本旁記：作蚌，步講反。 鮫，集注本引《音决》：交。 覿，集注本引《音决》作“觀”：古丸反。

燿神景於中沚，被輕縠之纖羅。遺芳烈而靖步，抗皓手而清歌。歌曰：望雲際兮有好仇，天路長兮往無由。佩蘭蕙兮爲誰脩，宴婉絶兮我心愁。此宫館之妙也，子能從我而居之乎。玄微子曰：予耽巖穴，未暇居此也。

沚，集注本引《音决》：止。 被，集注本引《音决》：皮義也。九條本：皮義反。〇案：集注本“也”當作“反”。然九條本等鈔本音注亦見“反”作“也”字者。 靖，集注本引《音决》：静。 抗，集注本引《音决》、九條本：口浪反。 好，集注本引《音决》：秏。 仇，集注本引《音决》：魯達毛音仇音求。〇案：魯達毛音，即魯世達《毛詩并注音》，見《隋志》。 爲，集注本引《音决》：于僞反。 宴，集注本引《音决》作“嬿”：於典反，又：五家嬿音宴。陳八郎本作“嬿”，音：宴。九條本旁記：嬿，於典反。 婉，集注本引《音决》、九條本：於阮反。 耽，集注本作“躭”，引《音决》：丁男反。九條本亦作“躭”：多男反。

鏡機子曰：既游觀中原，逍遥閑宫，情放志蕩，淫樂未終。亦將有才人妙妓，遺世越俗。揚《北里》之流聲，紹《陽阿》之妙曲。尔乃御文軒，臨洞庭。琴瑟交揮，左篪右笙。鍾鼓俱振，簫管齊鳴。

觀，集注本引《音决》：古翫反。 樂，集注本引《音决》、九條本：洛。 妓，集注本引《音决》作“技”：其綺反。九條本作“伎”，音：氣。 洞，集注本引《音决》作"彤"：大冬反。 揮，集注本引《音决》、九條本：許歸反。 篪，集注本引《音决》、九條本：直知反。陳八郎本：呈知。

然後姣人乃被文縠之華袿，振輕綺之飄颻。戴金摇之熠燿，揚翠羽之雙翹。揮流芳，燿飛文。歷盤鼓，焕繽紛。長裾隨風，悲歌入雲。

姣，集注本引《音决》、九條本：古巧反。陳八郎本：古卯。 被，集注本引《音决》：皮義反。 縠，集注本引《音决》：胡穀反。九條本：胡谷反。 袿，集注本引《音决》、九條本：古擕反。陳八郎本：圭。 摇，集注本引《音决》：以照反，或爲瑶，非。九條本：以照反。 熠，集注本引《音决》、九條本：以入反。陳八郎本：及入。朝鮮正德本、奎章閣本：以入。〇案：陳八郎本"及"爲"以"字之訛。 燿，集注本引《音决》、九條本簡端記并作"爍"：以灼反。 翹，集注本引《音决》、九條本：巨遥反。 盤，集注本引《音决》作"般"：皮寒反。九條本：步丸反。 焕，集注本引《音决》：火翫反。 繽，集注本引《音决》、九條本：匹仁反。 裾，集注本引《音决》、九條本：居。

蹻捷若飛，蹈虚遠蹠。淩躍超驤，蜿蟬揮霍。翔尔鴻翥，濈然鳧没。縱輕體以迅赴，景追形而不逮。飛聲激塵，依違厲響。才捷若神，形難爲象。

蹻，集注本引《音决》、九條本：去苗反。陳八郎本：綺喬。 捷，集注本引《音决》：才接反。 蹈，集注本引《音决》：大到反。 蹠，集注本引《音决》、九條本：之亦反。 蜿，集注本引《音决》、九條本：於阮反。陳八郎本：於遠。 蟬，集注本引《音决》：

市展反,或作蟺,同。九條本:市展反。陳八郎本:時闡。 翥,集注本引《音决》:之庶反。陳八郎本:之庶。 濈,集注本引《音决》、九條本:士及反。集注本李善注:側立反。尤袤本李善注:側立切。陳八郎本:戢。 逮,集注本引《音决》:恊韻直紇反,吴俗言。

於是爲歡未渫,白日西頹。散樂變飾,微步中閨。玄眉弛兮鉛華落,收亂髮兮拂蘭澤,形媠服兮揚幽若。

渫,集注本引《音决》:思列反,或爲泄,同。九條本:思列反。 樂,集注本引《音决》、九條本:岳。 弛,集注本引《音决》:式氏反。九條本:尸氏反。陳八郎本作"弛",音:口氏。朝鮮正德本作"弛",音:尸氏。奎章閣本亦作"弛",音:户氏。〇案:陳八郎本"口"、奎章閣本"户"并爲"尸"字之訛。 鉛,集注本引《音决》:緣。 媠,集注本引《音决》:他卧反。集注本李善注:湯火反。尤袤本李善注:湯火切。陳八郎本作"褨",音:土火。九條本:他卧反,頁脚記:褨,土火。

紅顔宜笑,睇眄流光。時與吾子,携手同行。踐飛除,即閑房。華燭爤,幄幙張。動朱脣,發清商。揚羅袂,振華裳。九秋之夕,爲歡未央。此聲色之妙也,子能從我而游之乎。玄微子曰:予願清虚,未暇此游也。

睇,集注本引《音决》:大計反。 眄,集注本引《音决》:亡見反。 行,集注本引《音决》:恊韻何郎反。 爤,集注本引《音决》、九條本:力旦反。 幄,集注本引《音决》、九條本旁記作"帷":榮龜反。〇案:集注本"龜"字殘,兹據九條本補。 幙,集注本引《音决》：莫。　袂，集注本引《音决》作"衽"：而甚反。

鏡機子曰：予聞君子樂奮節以顯義，烈士甘危軀以成仁。是以雄俊之徒，交黨結倫，重氣輕命，感分遺身。故田光伏劍於北燕，公叔畢命於西秦。果毅輕斷，虎步谷風。威慴萬乘，華夏稱雄。辭未及終，而玄微子曰：善。

樂，集注本引《音决》：洛。　俊，集注本引《音决》作"儁"，音：俊，下同。　徒，集注本引《音决》作"傑"：其列反，或爲徒，同。　分，集注本引《音决》、九條本：扶問反。　燕，集注本引《音决》：烟。　斷，集注本引《音决》：多段反。　慴，集注本引《音决》、九條本：之葉反。　乘，集注本引《音决》：時證反。

鏡機子曰：此乃游俠之徒耳，未足稱妙也。若夫田文、無忌之儔，乃上古之俊公子也。皆飛仁揚義，騰躍道藝。游心無方，抗志雲際。凌轢諸侯，駈馳當世。揮袂則九野生風，慷慨則氣成虹蜺。吾子若當此之時，能從我而友之乎。玄微子曰：予亮願焉。然方於大道，有累如何。

俠，集注本引《音决》、九條本：胡牒反。　夫，集注本引《音决》：扶。　無，九條本作"毋"，音：无。　抗，集注本引《音决》：口浪反。　轢，集注本引《音决》、九條本：歴。陳八郎本：力。○案：陳八郎本音注"力"誤刻入正文，參朝鲜正德本及奎章閣本。　袂，集注本引《音决》：弥例反。　蜺，集注本引《音决》：協韻音詣。九條本：協音詣。陳八郎本：去声，叶韻。　累，集注本引《音决》：力瑞反。陳八郎本：去聲。

鏡機子曰：世有聖宰，翼帝霸世。同量乾坤，等曜日月。玄化參神，與靈合契。惠澤播於黎苗，威靈震乎無外。超隆平於殷周，踵羲皇而齊泰。顯朝惟清，王道遐均。民望如草，我澤如春。河濱無洗耳之士，喬岳無巢居之民。

量，集注本引《音决》、九條本：亮。　曜，集注本引《音决》：以昭反。　參，集注本引《音决》、九條本：七男反。　契，集注本引《音决》、九條本：口計反。　黎，集注本引《音决》：力兮反。　踵，集注本引《音决》：之重反。　朝，集注本引《音决》：直遥反。　濱，集注本引《音决》：賓。　洗，集注本引《音决》：先礼反，或爲滌，非。

是以俊乂來仕，觀國之光。舉不遺才，進各異方。讚典禮於辟雍，講文德於明堂。正流俗之華説，綜孔氏之舊章。散樂移風，國富民康。神應休臻，屢獲嘉祥。故甘露紛而晨降，景星宵而舒光。觀游龍於神淵，聆鳴鳳於高岡。

俊，集注本引《音决》作"儁"，音：俊。　觀，集注本引《音决》：古翫反。　辟，集注本引《音决》、九條本：必亦反。　雍，集注本引《音决》：一恭反。　正，集注本引《音决》作"删"：所顔反。　綜，集注本引《音决》：祖統反。　樂，集注本引《音决》、九條本：岳。　應，集注本引《音决》、九條本：於證反。　臻，集注本引《音决》、九條本：側巾反。　觀，集注本引《音决》、九條本：古丸反。　聆，集注本引《音决》、九條本：力丁反。

此霸道之至隆，而雍熙之盛際。然主上猶以沈恩之未廣，懼聲教之未厲。采英奇於仄陋，宣皇明於巖穴。此甯子商歌之秋，而吕望所以投綸而逝也。吾子爲太和之民，不欲仕陶唐之世乎。於是玄微子攘袂而興曰:韡哉言乎。近者吾子所述華淫,欲以厲我,祇攪予心。至聞天下穆清,明君莅國。覽盈虚之正義,知頑素之迷惑。今予廓尔,身輕若飛。願反初服,從子而歸。

仄,九條本:色。 穴,集注本引《音决》:協韻音惠。九條本:協音惠。 綸,集注本引《音决》:倫。 攘,集注本引《音决》、九條本:而羊反。 韡,集注本引《音决》、九條本旁記作"偉":于鬼反。 祇,集注本引《音决》:支。 攪,集注本引《音决》:古巧反。九條本:古卯反。 莅,集注本引《音决》:利。 頑,集注本引《音决》:五鰥反。 迷,集注本引《音决》:莫兮反。

《文選》音注輯考卷三十五

七　下

七命八首

張景陽

冲漠公子,含華隱曜。嘉遯龍盤,翫世高蹈。游心於浩然,玩志乎衆妙。絶景乎大荒之遐阻,吞響乎幽山之窮奥。於是殉華大夫,聞而造焉。乃㧻雲輅,驂飛黄。越奔沙,輾流霜。凌扶摇之風,躡堅冰之津。旌拂霄堮,軌出蒼垠。天清泠而無霞,野曠朗而無塵。臨重岫而攬轡,顧石室而迴輪。

浩,九條本:胡考反。　奥,九條本:烏報反。朝鮮正德本、奎章閣本:烏浩反。　殉,九條本:詞俊反。　造,陳八郎本、九條本:七到。 輅,九條本:路。 驂,朝鮮正德本、奎章閣本:七南。 輾,陳八郎本、九條本:女輦。《晉書音義》:尼展反。 躡,九條本:女輒反。 堮,九條本作“崿”:魚各反。朝鮮正德本、奎章閣本:五各。 垠,九條本:魚斤反。 重,九條本:直龍反。

遂適冲漠之所居,其居也,崢嶸幽藹,蕭瑟虛玄。溟海渾濩涌其後,嶰谷嶛嶆張其前。尋竹竦莖蔭其壑,百籟群鳴籠其山。衝飈發而迴日,飛礫起而灑天。

崢,九條本:士耕反。《晉書音義》:士爭反。 嶸,九條本作“嶒”:户萠反。《晉書音義》:宏。〇案:九條本“萠”爲“萌”字之訛。 溟,九條本:亡丁反。 渾,尤袤本李善注:後衮切。陳八郎本、九條本:胡本。 濩,陳八郎本、九條本:胡郭。《晉書音義》:胡郭反。 嶰,尤袤本李善注:解。陳八郎本、九條本:胡賣。 嶛,尤袤本李善注:牢。陳八郎本、九條本:勞。《晉書音義》:料,或音牢。 嶆,尤袤本李善注、陳八郎本、九條本、《晉書音義》:曹。 壑,九條本:呼各反。 籟,九條本:賴。 山,九條本:所連反。 飈,九條本:必遥反。 礫,陳八郎本、九條本:力。《晉書音義》:歷。

於是登絶巘,遡長風。陳辯惑之辭,命公子於巖中。曰:蓋聞聖人不卷道而背時,智士不遺身而匿迹。生必耀華名於玉牒,没則勒洪伐於金册。今公子違世陸沉,避地獨竄。有生之歡滅,資父之義廢。愁洽百年,苦溢千歲。何異促鱗之游汀濘,短羽之栖翳薈。今將榮子以天人之大寶,悦子以縱性之至娱。窮地而游,中天而居。傾四海之歡,殫九州之腴。鑽屈轂之瓠,解蹏屬之拘,子欲之乎。公子曰:大夫不遺,來萃荒外。雖在不敏,敬聽嘉話。

巘,九條本:魚輦反。《晉書音義》:魚蹇反。　遡,陳八郎本、九條本:素。　卷,九條本:力勉反。〇案:"卷"字不讀來母,各卷音注"居勉反",九條本"力"疑作"居"。　背,九條本:步對反。　匿,九條本:女力反。　竄,九條本:七外反。　促,九條本:七緑反。　汀,尤袤本李善注:吐冷切。九條本:吐冷。《晉書音義》:吐冷反。　濘,尤袤本李善注:奴冷切。陳八郎本:寧。九條本:寧,又:奴冷。《晉書音義》:奴冷反。　薈,陳八郎本:烏會反。九條本:烏會。《晉書音義》:烏外反。　殫,九條本:丹。　腴,九條本:臾。《晉書音義》:以朱反。　鑽,九條本:子丸反。　屈,九條本:丘勿反。　瓠,九條本、朝鮮正德本、奎章閣本:護。　屬,九條本、朝鮮正德本、奎章閣本:市玉。　拘,九條本:俱。　萃,陳八郎本:遂。九條本:疾醉反。　話,陳八郎本:下快反。九條本:胡邁反。

大夫曰:寒山之桐,出自太冥。含黄鍾以吐幹,據蒼岑而孤生。既乃瓊巘嶒崚,金岸崥崹。左當風谷,右臨雲谿。上無淩虚之巢,下無跖實之蹊。摇刖峻挺,茗邈苕嶢。晞三春之溢露,遡九秋之鳴飇。零雪寫其根,霏霜封其條。木既繁而後緑,草未素而先彫。

冥,九條本:亡丁反。　嶒,陳八郎本、九條本:層。　崚,陳八郎本、九條本:稜。　崥,尤袤本李善注:步迷切。陳八郎本、九條本:步迷。《晉書音義》:扶雞反。　崹,尤袤本李善注:徒奚切。陳八郎本、九條本、《晉書音義》:啼。　跖,《晉書音義》:之石反。朝鮮正德本、奎章閣本:之石。　蹊,九條本:兮。　刖,九條本、朝鮮正德本、奎章閣本：月。　茗，尤袤本李善注：莫冷切。陳八郎本、九條本：莫冷。《晋書音義》：莫冷反。　岧，九條本、朝鮮正德本、奎章閣本：條。《晋書音義》作"嶕"：昨焦反。　嶢，九條本：魚彫反。《晋書音義》：五聊反。　溢，九條本：一。　遡，九條本：素。

於是搆雲梯，陟峥嶸。翦蕤賓之陽柯，剖大吕之陰莖。營匠斲其樸，伶倫均其聲。器舉樂奏，促調高張。音朗號鍾，韻清繞梁。追逸響於八風，采奇律於歸昌。啓中黄之少宫，發蓐收之變商。若乃龍火西頹，暄氣初收。飛霜迎節，高風送秋。羈旅懷土之徒，流宕百罹之疇。撫促柱則酸鼻，揮危絃則涕流。

斲，九條本：丁角反。　樂，九條本：岳。　號，九條本：户高反。　暄，九條本：兄袁反。　宕，九條本：大浪反。　罹，九條本：離。

若乃追清哇，赴嚴節。奏《緑水》，吐《白雪》。激楚迴，流風結。悲蓂莢之朝落，悼望舒之夕缺。煢釐爲之擗摽，孀老爲之嗚咽。王子拂纓而傾耳，六馬嘘天而仰秣。此蓋音曲之至妙。子豈能從我而聽之乎。公子曰：余病，未能也。

蓂，九條本：亡丁反。《晋書音義》：莫經反。　莢，九條本、《晋書音義》：古協反。　煢，九條本：其營反。　擗，九條本、朝鮮正德本、奎章閣本：避辟。　摽，九條本、朝鮮正德本、奎章閣本：避曜。　嘘，九條本：虚。

大夫曰：蘭宫祕宇，彫堂綺櫳。雲屏爛汗，瓊壁青葱。應門八襲，旋臺九重。表以百常之闕,圜以萬雉之墉。

櫳,九條本、朝鮮正德本、奎章閣本:聾。 屏,九條本:必静反。 爛,九條本:力旦反。 汗,九條本作"肝":何旦反。《晋書音義》作"旰":古岸反。○案:九條本"肝"當作"旰",與《晋書》同。 重,九條本:直龍反。 圜,《晋書音義》作"闤",音:還。

爾乃嶢榭迎風,秀出中天。翠觀岑青,彫閣霞連。長翼臨雲,飛陛凌山。望玉繩而結極,承倒景而開軒。赬素炳焕,枌栱嵯峨。陰虯負檐,陽馬承阿。錯以瑶英,鏤以金華。方疏含秀,圓井吐葩。重殿疊起,交綺對幌。幽堂晝密,明室夜朗。焦螟飛而風生,尺蠖動而成響。

嶢,九條本:堯。 觀,九條本:古翫反。 山,九條本:所連反,叶。 赬,九條本:丑京反。《晋書音義》:敕貞反。 枌,九條本:汾。《晋書音義》:墳。 栱,《晋書音義》:拱。 葩,《晋書音義》:普巴反。 蠖,九條本、朝鮮正德本、奎章閣本:烏郭。《晋書音義》:烏郭反。

若乃目厭常玩,體倦帷幄。攜公子而雙游,時娱觀於林麓。登翠阜,臨丹谷。華草錦繁,飛采星燭。陽葉春青,陰條秋緑。華實代新,承意恣歡。仰折神藨,俯采朝蘭。遡蕙風於蘅薄,眷椒塗於瑶壇。爾乃浮三翼,戲中沚。潛鰓駭,驚翰起。沉絲結,飛矰理。挂歸翮於赤霄之表,出華鱗於紫淵之裏。

觀,九條本:古翫反。 麓,九條本、《晋書音義》:鹿。 藨,尤袤本李善注:許妖切。陳八郎本、《晋書音義》:囂。九條本:囂,又:許苗反。 遡,陳八郎本、九條本:素。《晋書音義》作"愬",音:素。 沚,九條本、朝鮮正德本、奎章閣本:止。 鰓,尤袤本李善注引蘇林：鰓音魚鰓。奎章閣本李善注引蘇林：鰓音思。陳八郎本、九條本：先才。《晋書音義》：蘇才反。○案：考《漢書》卷一上“高武侯鰓”，顔師古引蘇林“鰓音魚鰓之鰓”，奎章閣本李善注誤，當以尤袤本爲是。　矰，《晋書音義》：增。

然後縱棹隨風，弭楫乘波。吹孤竹，拊雲和。淵客唱淮南之曲，榜人奏采菱之歌。歌曰：乘鷁舟兮爲水嬉。臨芳洲兮拔靈芝。樂以忘戚，游以卒時。窮夜爲日，畢歲爲期。此盖宴居之浩麗，子豈能從我而處之乎。公子曰：余病，未能也。

棹，九條本：直孝反。　榜，陳八郎本、九條本：補孟。　鷁，九條本旁記“鹢”：五歷反。　處，九條本：昌吕反。

大夫曰：若乃白商素節，月既授衣。天凝地閉，風厲霜飛。柔條夕勁，密葉晨稀。將因氣以效殺，臨金郊而講師。爾乃列輕武，整戎剛。建雲髦，啓雄芒。駕紅陽之飛燕，驂唐公之驌驦。屯羽隊於外林，縱輕翼於中荒。爾乃布飛羉，張脩罠，陵黄岑，挂青巒。畫長谿以爲限，帶流谿以爲關。

閉，九條本作“閇”：布結反。　驌，九條本、朝鮮正德本、奎章閣本：宿。《晋書音義》：肅。○案：奎章閣本“驌”誤作“綉”。　驦，九條本、朝鮮正德本、奎章閣本、《晋書音義》：霜。　隊，九條本：大對反。　羉，尤袤本李善注：盧端切。九條本：力官反。　罠，尤袤本李善注、陳八郎本、九條本、《晋書音義》：旻。　畫，九條本：獲。

既乃内無疏蹊，外無漏迹。叩鉦數校，舉麾旌獲。彀金機，馳鳴鏑。

翦剛豪，落勁翮。車騎競騖，駢武齊轍。翕忽揮霍，雲迴風烈。聲動響飛，形移景發。舉戈林竦，揮鋒電滅。仰傾雲巢，俯殫地穴。

鉦，九條本、朝鮮正德本、奎章閣本：征。《晋書音義》：諸盈反。　數，九條本：史柱反。　麾，九條本：許爲反。　彀，九條本、朝鮮正德本、奎章閣本：搆。《晋書音義》：遘。　鏑，九條本、朝鮮正德本、奎章閣本：的。　駢，九條本：步田反。　翕，九條本：許及反。　霍，九條本：許郭反。

乃有圓文之豜，班題之猣。鼓鬣風生，怒目電瞛。口齩霜刃，足撥飛鋒。甗林蹶石，扣跋幽叢。

豜，陳八郎本：牽。九條本：牽，又：去賢反。《晋書音義》作"豣"，音：堅。　猣，陳八郎本作"豵"，音：宗。《晋書音義》亦作"豵"：子公反。九條本：宗，又：子公反。　鬣，九條本、朝鮮正德本、奎章閣本：獵。　瞛，尤袤本李善注：七從切。陳八郎本：七容反。九條本：七容。　齩，尤袤本李善注：胡狡切。九條本：胡狡。《晋書音義》：五交反。　撥，尤袤本李善注：補達切。九條本：補達。　甗，尤袤本李善注：五忽切。陳八郎本作"甈"，音：五忽。九條本：五忽。《晋書音義》：瓦。〇案：甗爲甈之訛字。　蹶，尤袤本李善注：居月切。九條本、朝鮮正德本、奎章閣本：厥。　扣，九條本、朝鮮正德本、奎章閣本：叩。　跋，九條本、朝鮮正德本、奎章閣本：步末。

於是飛黄奮鋭，賁石逞技。蹵封狶，僨馮豕。拉甝虪，挫獅麃。勾爪摧，鋸牙捭。

賁，《晋書音義》、九條本：奔。　蹵，九條本：子六反。朝鮮正德本、奎章閣本:子六。《晋書音義》作"蹴":子六反。 狶,陳八郎本、九條本:喜。《晋書音義》:許豈反。 僨,尤袤本李善注:甫運切。陳八郎本、九條本:奮。《晋書音義》作"攢",引柳顧言:浮沸反。 拉,九條本、朝鮮正德本、奎章閣本:力答。《晋書音義》:盧合反。 䶋,陳八郎本:含。《晋書音義》:胡甘反。九條本:含,又:胡甘反。 鱐,陳八郎本、《晋書音義》:叔。九條本:叔,又:先六反。 廌,陳八郎本、九條本作"豸",音:宅買。《晋書音義》作"豸":直市反。 勾,陳八郎本、九條本作"句",音:古侯。 摧,九條本:在迴反。 鋸,九條本:抧。 捭,尤袤本李善注:補買切。陳八郎本:北買反。九條本:北買。《晋書音義》作"擺":北買反。

瀾漫狼藉,傾榛倒壑。殞觜挂山,僵踣掩澤。藪爲毛林,隰爲丹薄。

瀾,九條本:力旦反。 榛,九條本:士巾反。 殞,九條本:于敏反。 觜,陳八郎本、九條本:疾賜。 僵,九條本:居良反。 踣,陳八郎本:蒲北。九條本:蒲北反。《晋書音義》:蒲北反,又音副。

於是撤圍頓罔,卷旆收鳶。虞人數獸,林衡計鮮。論最犒勤,息馬韜弦。肴駟連鑣,酒駕方軒。千鐘電釂,萬燧星繁。陵阜霑流膏,谿谷厭芳煙。歡極樂殫,迴節而旋。此亦田游之壯觀。子豈能從我而爲之乎。公子曰:余病,未能也。

撤,九條本:直列反。 鳶,陳八郎本、九條本:缘。 犒,九條本、朝鮮正德本、奎章閣本:苦到。 韜,九條本:他刀反。 鑣,《晋書音義》作"驃":彼喬反。 釂,朝鮮正德本、奎章閣本:

子曜。《晉書音義》:子誚反,又:在爵反。

大夫曰:楚之陽劒,歐冶所營。邪谿之鋌,赤山之精。銷踰羊頭,鍱越鍜成。乃鍊乃鑠,萬辟千灌。豐隆奮椎,飛廉扇炭。神器化成,陽文陰縵。流綺星連,浮綵豔發。光如散電,質如耀雪。霜鍔水凝,冰刃露潔。形冠豪曹,名珍巨闕。指鄭則三軍白首,麾晉則千里流血。豈徒水截蛟鴻,陸灑奔駟,斷浮翮以爲工,絶重甲而稱利云爾而已哉。

歐,九條本:烏侯反。　邪,九條本作"耶":以差反。　鋌,尤袤本李善注:徒鼎切。九條本、朝鮮正德本、奎章閣本:徒鼎。《晉書音義》:徒鼎反。　鍱,陳八郎本、《晉書音義》作"鏶",音:葉。　鍜,《晉書音義》:丁亂反。九條本:丁乱。朝鮮正德本、奎章閣本:丁亂。　鑠,陳八郎本、九條本:始略。　辟,陳八郎本、九條本:必亦。　灌,九條本:古翫反。　椎,《晉書音義》:直追反。九條本、朝鮮正德本、奎章閣本:直追。　縵,陳八郎本:莫半。　【附】尤袤本李善注:《越絶書》曰:王取純鈞,薛燭觀其釽,爛如列星之行。釽,齒掾切。　鍔,九條本:魚各反。　斷,九條本:丁管反。　重,九條本:直龍反。

若其靈寶,則舒辟無方,奇鋒異模。形震薛蜀,光駭風胡。價兼三鄉,聲貴二都。或馳名傾秦,或夜飛去吴。是以功冠萬載,威曜無窮。揮之者無前,擁之者身雄。可以從服九國,横制八戎。爪牙景附,函夏承風。此蓋希世之神兵,子豈能從我而服之乎。公子曰:余病,未能也。

模,九條本:亡胡反。　冠,九條本:古翫反。　擁,九條本:紆奉反。　從,陳八郎本、九條本:子容。

大夫曰:天驥之駿,逸態超越。稟氣靈淵,受精皎月。眸瞯黑照,玄采紺發。沫如揮紅,汗如振血。秦青不能識其衆尺,方堙不能睹其若滅。

駿,九條本:俊。　態,九條本:他代反。　稟,九條本:布綿反。〇案:九條本"綿"字誤。稟爲上聲寑韻,綿爲平聲仙韻,不相通。"綿"爲"錦"字之訛,卷六《魏都賦》"國風所稟",九條本即音"布錦"。　眸,九條本:莫侯。　瞯,尤袤本李善注、九條本:閑。《晋書音義》:胡山反。　紺,九條本:古门反。〇案:九條本"门"疑爲"闇"字之省文,卷十三《鸚鵡賦》"紺趾丹觜",九條本即音"古闇反"。　衆,九條本:之仲反。　堙,九條本:因。

爾乃巾雲軒,踐朝霧。赴春衢,整秋御。蚪踊螭騰,麟超龍翥。望山載奔,視林載赴。氣盛怒發,星飛電駭。志凌九州,勢越四海。景不及形,塵不暇起。浮箭未移,再踐千里。爾乃踰天垠,越地隔。過汗漫之所不游,躡章亥之所未迹。陽烏爲之頓羽,夸父爲之投策。斯盖天下之儁乘,子豈能從我而御之乎。公子曰:余病,未能也。

踊,陳八郎本、九條本:勇。　汗,九條本:何旦反。　漫,九條本:亡半反。　爲,九條本:于偽反。　夸,九條本:苦化反。　父,九條本:甫。　儁,九條本作"儁",音:俊。　乘,九條本:時證反。

大夫曰:大梁之黍,瓊山之禾。唐稷播其根,農帝嘗其華。爾乃六禽殊珍,四膳異肴。窮海之錯,極陸之毛。伊公爨鼎,庖子揮刀。味重九沸,和兼勺藥。晨鳧露鵠,霜鶵黄雀。圜案星亂,方丈華錯。封熊之蹯,翰音之跖。鷰髀猩脣,髦殘象白。

臠，九條本作“䜌”：七段反。 庖，九條本：步交反。 重，九條本：直龍反。 勺，陳八郎本：知略。九條本作“芍”，音：知略。 藥，陳八郎本、九條本：略。 鷄，陳八郎本：丁刮。《晉書音義》：丁刮反。九條本：丁活反。 蹯，《晉書音義》：繁。九條本、朝鮮正德本、奎章閣本：煩。 跖，九條本、朝鮮正德本、奎章閣本：之石反。 【附】尤袤本李善注：《吕氏春秋》伊尹説湯曰：肉之美者，雋鸞之髀。孫炎《爾雅注》曰：雋，胡圭切。 髀，尤袤本李善注：裨尔切。陳八郎本、九條本：薄米。《晉書音義》：卑履反，又：傍禮反。 猩，《晉書音義》、九條本：生。 髦，九條本：毛。

靈淵之龜，萊黄之鮐。丹穴之鷚，玄豹之胎。燀以秋橙，酤以春梅。接以商王之箸，承以帝辛之杯。范公之鱗，出自九溪。赬尾丹鰓，紫翼青鬐。爾乃命支離，飛霜鍔。紅肌綺散，素膚雪落。婁子之豪不能厠其細，秋蟬之翼不足擬其薄。

鮐，尤袤本李善注：待來切。《晉書音義》、九條本：他來反。 鷚，《晉書音義》：吕售反。 燀，陳八郎本、九條本：昌善。《晉書音義》：闡。 橙，陳八郎本、九條本：直耕。 酤，尤袤本李善注：他兼切。《晉書音義》：他兼反。陳八郎本：添。九條本作“酟”，音：添。〇案：九條本“酟”爲“酤”字之訛。《晉書音義》亦訛作“酤”。 箸，陳八郎本、九條本：直慮。 鰓，九條本：四來反。 鬐，九條本：耆，又：巨伊反。朝鮮正德本、奎章閣本：耆。《晉書音義》：巨黎反。 【附】尤袤本李善注：《莊子》曰：朱泙漫學屠龍於支離益。泙，普彭切。 婁，九條本：力侯反。

繁肴既闋，亦有寒羞。商山之果，漢皋之榛。析龍眼之房，剖椰子之殼。芳旨萬選，承意代奏。

闋，九條本、朝鮮正德本、奎章閣本：苦决。 羞，九條本：州。〇案：羞爲心母，州爲章母，精組章組混切。 榛，尤袤本李善注、《晉書音義》：湊。陳八郎本：七豆反。九條本：七豆。 析，九條本、朝鮮正德本、奎章閣本：先歷。 椰，九條本作"耶"，音：以嗟。朝鮮正德本、奎章閣本：以嗟。 殼，尤袤本李善注：苦角切，協韻苦豆切。《晉書音義》：叶韻音苦豆反。九條本：苦豆，叶。朝鮮正德本、奎章閣本：口角反。 選，九條本：思絹反。

乃有荆南烏程，豫北竹葉。浮蟻星沸，飛華蓱接。玄石嘗其味，儀氏進其法。傾罍一朝，可以流湎千日。單醪投川，可使三軍告捷。斯人神之所歆羡，觀聽之所煒曄也。子豈能强起而御之乎。公子曰：耽口爽之饌，甘腊毒之味。服腐腸之藥，御亡國之器。雖子大夫之所榮，故亦吾人之所畏。余病，未能也。

蟻，九條本作"蟣"：居擬反。《晉書音義》亦作"蟣"：居豈反。 湎，九條本：亡善反。 醪，九條本：力刀反。 歆，九條本：息今反。 觀，九條本：古丸反。 煒，九條本：于鬼反。 曄，九條本：于輙反。 强，九條本：其兩反。 耽，九條本作"躭"：多男反。 腊，《晉書音義》、九條本、朝鮮正德本、奎章閣本：昔。 腐，九條本：芳宇反。

大夫曰：蓋有晉之融皇風也，金華啓徵，大人有作。繼明代照，配天光宅。其基德也，隆於姬公之處岐。其垂仁也，富乎有殷之在亳。南箕之風，不能暢其化。離畢之雲，無以豐其澤。皇道焕炳，帝載緝熙。

導氣以樂,宣德以詩。教清於雲官之世,治穆乎鳥紀之時。王猷四塞,函夏謐寧。丹冥投烽,青徼釋警。却馬於糞車之轅,銘德於昆吴之鼎。

箕,九條本:居疑反。 焕,九條本:唤。 炳,九條本:丙。 緝,九條本:七入反。 樂,九條本:岳。 塞,九條本、朝鮮正德本、奎章閣本:入聲。 徼,陳八郎本、九條本:叫。 糞,九條本:方問反。 車,九條本:居。

群萌反素,時文載郁。耕父推畔,魚豎讓陸。樵夫恥危冠之飾,輿臺笑短後之服。六合時邕,巍巍蕩蕩。玄齠巷歌,黄髮擊壤。解羲皇之繩,錯陶唐之象。

郁,九條本:於六反。 豎,九條本:時主反。 樵,九條本:市堯反。〇案:樵爲從母,市爲常母,精組章組混切。 齠,尤袤本李善注:大聊切。陳八郎本:徒堯。九條本:徒堯反,又:大聊。 解,九條本:居買反。 錯,九條本:七故反。 【附】尤袤本李善注:《尚書大傳》曰:唐虞之象刑,赭衣不純,中刑雜屨,下刑墨幪。幪音蒙。

若乃華裔之夷,流荒之貊。語不傳於輶軒,地不被乎正朔。莫不駿奔稽顙,委質重譯。

貊,九條本作"貊",音:莫百。朝鮮正德本、奎章閣本作"貊":莫百反。 輶,九條本:酋。 駿,九條本:俊。 顙,九條本作"顙":先朗反。

于時昆蚑感惠,無思不擾。苑戲九尾之禽,囿栖三足之烏。鳴鳳在林，夥於黄帝之園。有龍游淵，盈於孔甲之沼。萬物烟煴，天地交泰。義懷靡内，化感無外。林無被褐，山無韋帶。皆象刻於百工，兆發乎靈蔡。搢紳濟濟，軒冕藹藹。功與造化爭流，德與二儀比大。

蚑，陳八郎本、九條本、《晋書音義》：岐。　夥，《晋書音義》：胡果反。九條本：禍，又：胡果反。朝鮮正德本、奎章閣本：禍。　烟，《晋書音義》、九條本、朝鮮正德本、奎章閣本：因。　煴，《晋書音義》：於云反。九條本、朝鮮正德本、奎章閣本：於云。　褐，九條本：何達反。　搢，九條本作"縉"，音：晋。　濟，九條本：子礼反。　藹，九條本：於蓋反。

言未終，公子蹶然而興。曰：鄙夫固陋，守此狂狷。蓋理有毁之，而争寳之訟解。言有怒之，而齊王之疾痊。向子誘我以聾耳之樂，栖我以蔀家之屋。田游馳蕩，利刃駿足。既老氏之攸戒，非吾人之所欲。故靡得應子。至聞皇風載韙，時聖道醇。舉實爲秋，摛藻爲春。下有可封之民，上有大哉之君。余雖不敏，請尋後塵。

蹶，九條本：居月反，又：居衛反。　狷，《晋書音義》：吉掾反。朝鮮正德本、奎章閣本：古縣。　痊，九條本：七全反。　蔀，陳八郎本、九條本、《晋書音義》：部。　應，九條本：於證反。　韙，尤袤本李善注：于匪切。陳八郎本：于鬼。九條本：于鬼，又：于匪。《晋書音義》：偉。　哉，九條本：子來反。

詔

詔一首

漢武帝

詔曰:蓋有非常之功,必待非常之人,故馬或奔踶而致千里,士或有負俗之累而立功名。夫泛駕之馬,跅弛之士,亦在御之而已。其令州縣察吏民有茂才異等,可爲將相及使絶國者。

踶,顔師古:徒計反。陳八郎本:覿帝。九條本:覿帝,又:杜計。　累,顔師古:力瑞反。　泛,顔師古:方勇反。尤袤本李善注:方奉切。陳八郎本、九條本:方奉。　跅,《漢書》引如淳:拓。顔師古:土各反。尤袤本李善注:拓,或曰音尺。陳八郎本:拓。九條本:拓,或音石。　弛,顔師古:式爾反。九條本、朝鮮正德本、奎章閣本:式氏。　將,九條本:子亮反。　相,九條本:思亮反。　使,九條本:所吏反。

賢良詔

漢武帝

朕聞:昔在唐虞,畫象而民不犯。日月所燭,罔不率俾。周之成康,刑措不用,德及鳥獸。教通四海,海外肅慎。北發渠搜,氐羌來服。星辰不孛,日月不蝕。山陵不崩,川谷不塞。麟鳳在郊藪,河洛出圖書。嗚呼,何施而臻此乎。今朕獲奉宗廟,夙興以求,夜寐以思,若涉淵水,未知所濟。猗歟偉歟,何行而可以彰先帝之洪業休德。上參堯舜，下配三王。朕之不敏，不能遠德。此子大夫之所睹聞也。賢良明於古今王事之體，受策察問，咸以書對。著之于篇，朕親覽焉。

畫，九條本：胡卧反。　【附】《漢書》顔師古曰：《白虎通》云：畫象者，其衣服象五刑也。犯墨者蒙巾，犯劓者以赭著其衣，犯髕者以墨蒙其髕象而畫之，犯宫者扉，犯大辟者布衣無領。劓音牛冀反，字或作劓，其音同耳。髕音頻忍反。扉音扶味反。〇案：扉，中華本作“屝”，是。　措，《漢書》作“錯”，顔師古：千故反。陳八郎本亦作“錯”，音：措。九條本：措，又：七故反。　搜，九條本：所求反。　氐，顔師古：丁奚反。　孛，九條本：勃，又：步對反。朝鮮正德本、奎章閣本：勃。　塞，九條本：四得反。歟，《漢書》作“與”，顔師古：與讀曰歟，音弋於反。　著，九條本：丁慮反。

册

册魏公九錫文

潘元茂

制詔：使持節、丞相、領冀州牧、武平侯：朕以不德，少遭閔凶，越在西土，遷于唐衛。當此之時，若綴旒然。宗廟乏祀，社稷無位，群凶覬覦，分裂諸夏。一人尺土，朕無獲焉。即我高祖之命，將墜於地。朕用夙興假寐，震悼于厥心。曰：惟祖惟父，股肱先正，其孰恤朕躬。乃誘天衷，誕育丞相。保乂我皇家，弘濟于艱難，朕實賴之。今將授君典禮，其敬聽朕命：

少,九條本:失照反。　綴,九條本:去声,丁衛反。朝鮮正德本、奎章閣本:去聲。　旒,九條本、朝鮮正德本、奎章閣本:流。　覬,九條本、朝鮮正德本、奎章閣本:記。　覦,九條本:逾,又:与殊反。朝鮮正德本、奎章閣本:逾。

昔者,董卓初興國難,群后失位,以謀王室。君則攝進,首啓戎行,此君之忠於本朝也。後及黄巾,反易天常,侵我三州,延于平民。君又討之。剪除其迹,以寧東夏,此又君之功也。韓暹、楊奉,專用威命,又賴君勳,剋黜其難。

難,九條本:去声,下難:乃旦反。　行,九條本:下郎反。　朝,九條本:直遥反。　暹,九條本:思廉反。　楊,九條本:七埸反。〇案:九條本"七"疑爲"弋"字之訛。

遂建許都,造我京畿,設官兆祀,不失舊物,天地鬼神,於是獲乂,此又君之功也。袁術僭逆,肆于淮南,慴憚君靈,用丕顯謀,蘄陽之役,橋蕤授首。稜威南厲,術以殞潰,此又君之功也。迴戈東指,吕布就戮。乘軒將反,張揚沮斃。眭固伏罪,張綉稽服,此又君之功也。

兆,九條本:土彫反。〇案:兆爲澄母,土爲定母,舌音未分化。　僭,九條本:子念反。　慴,九條本:之涉。　蘄,九條本:其。　稜,九條本:力登反。　潰,九條本:胡對反。　乘,九條本:時證反。　沮,陳八郎本、九條本:慈與。　斃,九條本:婢例反。　眭,陳八郎本、九條本:雖。

袁紹逆常,謀危社稷,憑恃其衆,稱兵内侮。當此之時,王師寡弱,天下寒心,莫有固志。君執大節,精貫白日。奮其武怒,運諸神策,致届官渡，大殲醜類。俾我國家，拯於危墜，此又君之功也。濟師洪河，拓定四州。袁譚、高幹，咸梟其首。海盜奔迸，黑山順軌，此又君之功也。烏丸三種，崇亂二世，袁尚因之，逼據塞北。束馬懸車，一征而滅，此又君之功也。

屆，九條本：古戒。　殲，九條本：子廉反。　墜，九條本：直類反。　拓，九條本：他洛反。　譚，九條本：土男反。　梟，九條本：居堯反。　塞，九條本：先代反。

劉表背誕，不供貢職。王師首路，威風先逝。百城八郡，交臂屈膝，此又君之功也。馬超成宜，同惡相濟，濱據河潼，求逞所欲。殄之渭南，獻馘萬計。遂定邊城，撫和戎狄，此又君之功也。鮮卑丁令，重譯而至，箄于白屋，請吏帥職，此又君之功也。

馘，朝鮮正德本、奎章閣本：古麥。　箄，尤袤本李善注：必計切。

君有定天下之功，重以明德。班叙海内，宣美風俗。旁施勤教，恤慎刑獄。吏無苛政，民不回慝。敦崇帝族，援繼絶世，舊德前功，罔不咸秩。雖伊尹格于皇天，周公光于四海，方之蔑如也。

慝，九條本：他勒反。　蔑，九條本：亡結反。

朕聞先王并建明德，胙之以土，分之以民。崇其寵章，備其禮物。所以蕃衛王室，左右厥世也。其在周成，管蔡不靖。懲難念功，乃使邵康公錫齊太公履。東至于海，西至於河，南至于穆陵，北至于無棣，五侯九伯，實得征之。世胙太師，以表東海。爰及襄王，亦有楚人，不供王職。又命晋文，登爲侯伯，錫以二輅，虎賁鈇鉞，秬鬯弓矢，大啓南陽，世作盟主。故周室之不壞，緊二國是賴。

胙，九條本作"祚"：在故反。　邵，九條本：時照反。　賁，九條本：布门反。　壞，九條本：胡怪反。　緊，九條本、朝鮮正德本、奎章閣本：烏奚。

今君稱丕顯德，明保朕躬，奉荅天命，導揚弘烈。綏爰九域，罔不率俾。功高乎伊、周，而賞卑乎齊、晉，朕甚恧焉。朕以眇身，託于兆民之上。永思厥艱，若涉淵水，非君攸濟，朕無任焉。

恧，尤袤本：女六切。九條本、朝鮮正德本、奎章閣本：女六。

今以冀州之河東、河内、魏郡、趙國、中山、鉅鹿、常山、安平、甘陵、平原凡十郡，封君爲魏公，使使持節、御史大夫慮，授君印綬、册書，金虎符第一至第五，竹使符第一至第十。錫君玄土，苴以白茅，爰契爾龜，用建冢社。

苴，陳八郎本、九條本：子余。　契，九條本：口計反。

昔在周室，畢公、毛公，入爲卿佐。周、邵師保，出爲二伯。外内之任，君實宜之。其以丞相領冀州牧如故。今更下傳璽，肅將朕命，以允華夏，其上故傳武平侯印綬。

傳，九條本：直緣反。　上，九條本：時掌反。

今又加君九錫，其敬聽後命。以君經緯禮律，爲民軌儀。使安職業，無或遷志。是用錫君大輅、戎輅各一，玄牡二駟。君勸分務本，嗇民昬作。

緯，九條本：于貴反。　牡，九條本：莫厚反。　嗇，九條本、朝鮮正德本、奎章閣本:所力。 作,九條本:子洛反。

粟帛滯積,大業惟興。是用錫君衮冕之服,赤舄副焉。君敦尚謙讓,俾民興行。少長有禮,上下咸和。是用錫君軒懸之樂、六佾之舞。君翼宣風化,爰發四方。遠人回面,華夏充實。是用錫君朱户以居,君研其明哲,思帝所難。官才任賢,群善必舉。是用錫君納陛以登,君秉國之均,正色處中。纖毫之惡,靡不抑退。是用錫君虎賁之士三百人。

滯,九條本:直例反。 積,九條本:子智反。 衮,九條本:古本反。 冕,九條本:勉。 舄,九條本:性亦。 副,九條本:芳富反。 行,九條本:下孟反。 少,九條本:失照反。 長,九條本:丁丈反。 研,九條本:魚賢反。 難,九條本:那干反。 處,九條本:昌吕反。 賁,朝鮮正德本、奎章閣本:奔。

君糾虔天刑,章厥有罪。犯關干紀,莫不誅殛。是用錫君鈇鉞各一。君龍驤虎視,旁眺八維。掩討逆節,折衝四海。是用錫君彤弓一,彤矢百,玈弓十,玈矢千。

殛,陳八郎本作"極":斧力反。九條本:斧力。朝鮮正德本、奎章閣本:舉力反。〇案:陳八郎本"極"爲"殛"字之訛。 掩,九條本作"掩":於儉反。 彤,九條本、朝鮮正德本、奎章閣本:同。 玈,九條本、朝鮮正德本、奎章閣本:盧。

君以温恭爲基,孝友爲德。明允篤誠,感乎朕思。是用錫君秬鬯一卣,珪瓚副焉。魏國置丞相以下群卿百僚,皆如漢初諸王之制。君往欽哉,敬服朕命。簡恤爾衆,時亮庶功,用終爾顯德,對揚我高祖之休命。

卣,九條本:酉。朝鮮正德本、奎章閣本:酉。〇案:九條本“酉”爲“酉”字之訛。 瓚,九條本:徂誕反。 恤,九條本:思律反。

《文選》音注輯考卷三十六

令

令,集注本引《音决》、九條本:力政反。

宣德皇后令

任彦昇

宣德皇后敬問具位:夫功在不賞,故庸勳之典蓋闕。施侔造物,則謝德之途已寡也。要不得不彊爲之名,使荃宰有寄。

夫,集注本引《音决》:扶。　施,集注本引《音决》:式智反。　侔,集注本引《音决》:莫侯反。　要,集注本引《音决》、九條本:一照反。　彊,集注本作"强",引《音决》:其兩反。九條本:

其兩反。　荃，集注本引《音决》、九條本：七全反。

公實天生德，齊聖廣淵。不改參辰而九星仰止，不易日月而二儀貞觀。在昔晦明，隱鱗戢翼。博通群籍，而讓齒乎一卷之師。劍氣凌雲，而屈迹於萬夫之下。辯析天口，而似不能言。文擅彫龍，而成輒削藁。

參，集注本引《音决》：色金反。九條本：心，又：色金反。　易，集注本引《音决》：亦。　觀，集注本引《音决》、九條本：古翫反。　戢，集注本引《音决》、九條本：側立反。　析，集注本作"折"，引《音决》：之舌反。集注本引五家作"析"：先歷反。九條本：先歷。　擅，集注本引《音决》、九條本：市戰反。　削，集注本引《音决》、九條本：息若反。　藁，集注本引《音决》：古考反。九條本：古孝反。

爰在弱冠，首應弓旌。客游梁朝，則聲華籍甚。薦名宰府，則延譽自高。隆昌季年，勤王始著。建武惟新，締構斯在。功隆賞薄，嘉庸莫疇。一馬之田，介山之志愈厲。六百之秩，大樹之號斯存。

冠，集注本引《音决》：古翫反。九條本：古丸反。　應，集注本引《音决》、九條本：於證反。　旌，集注本引《音决》、九條本：精。　朝，集注本引《音决》、九條本：直遥反。　**【附】集注本李善注：《淮南子》曰：聲華嘔苻。嘔，紆武反。苻音撫。〇案：北宋本及尤袤本李善注"苻"作"符"。**　著，集注本引《音决》：丁慮反。　締，集注本引《音决》：徒帝反。　構，集注本引《音决》、九條本：古候反。　愈，集注本引《音决》：以主反。九條本：以朱反。

及擁旄司部,代馬不敢南牧。推轂樊鄧,胡塵罕嘗夕起。惟彼狡僮,窮凶極虐。衣冠泯絶,禮樂崩喪。

擁,集注本引《音决》:一勇反。　旄,集注本引《音决》:毛。　牧,集注本引《音决》:木。　轂,集注本引《音决》:谷。　狡,集注本引《音决》:居巧反。九條本:古巧反。　僮,集注本引《音决》、九條本:同。　泯,集注本引《音决》、九條本:亡忍反。　喪,集注本引《音决》:息浪反。

既而鞠旅誓衆,言謀王室。白羽一麾,黄鳥底定。甲既鱗下,車亦瓦裂。致天之届,拱揖群后。豐功厚利,無得而稱。

麾,集注本引《音决》:許爲反。　底,集注本作"底",引《音决》:旨。　車,集注本引《音决》:居。　届,九條本:介。　拱,集注本引《音决》、九條本:九隴反。　揖,集注本引《音决》:一入反。

是以祥光揔至,休氣四塞。五老游河,飛星入昴。元功茂勲,若斯之盛。而地狹乎四履,勢卑乎九伯。帝有恧焉,輶軒莘止。今遣某位某甲等,率兹百辟,人致其誠。庶匪席之旨,不遠而復。

塞,集注本引《音决》、九條本:先得反。　昴,集注本引《音决》、九條本:亡巧反。　狹,集注本引《音决》、九條本:洽。　恧,集注本引《音决》、九條本:女六反。　輶,集注本引《音决》:由、酋二音。　軒,集注本引《音决》:許言反。　辟,集注本引《音决》:必亦反。　復,集注本引《音决》:伏。

教

爲宋公修張良廟教

傅季友

綱紀:夫盛德不泯,義存祀典。微管之嘆,撫事彌深。張子房道亞黄中,照鄰殆庶。風雲玄感,蔚爲帝師。夷項定漢,大拯横流。固已參軌伊望,冠德如仁。

夫,集注本引《音决》:扶。　泯,集注本引《音决》:亡忍反。　殆,集注本引《音决》、九條本:待。　蔚,集注本引《音决》、九條本:紆勿反。　拯,集注本引《音决》:證之上聲。　冠,集注本引《音决》:古翫反。

若乃交神圯上,道契商洛。顯默之際,窅然難究,淵流浩瀁,莫測其端矣。

圯,集注本引《音决》:夷。陳八郎本、九條本:与之。朝鮮正德本、奎章閣本:與之。　契,集注本引《音决》:口計反。　窅,集注本引《音决》作"杳":一了反。九條本:《决》杳了反。○案:九條本引《音决》脱"一"字。　浩,集注本引《音决》:胡考反。九條本:胡老反。　瀁,集注本引《音决》、九條本:養。

塗次舊沛,佇駕留城。靈廟荒頓,遺像陳昧。撫事懷人,永嘆寔深。過大梁者,或佇想於夷門。游九京者,亦流連於隨會。擬之若人,亦足以云。可改構棟宇,脩飾丹青。蘋蘩行潦,以時致薦。抒懷古之情,存不刊之烈。主者施行。

過,集注本引《音决》、九條本:古臥反。　構,集注本引《音决》、九條本:古候反。　棟,集注本引《音决》:多貢反。　蘋,集注本引《音决》:蘋。〇案:集注本引《音决》音注"蘋"當是"頻"字之誤。　蘩,集注本引《音决》:煩。　潦,集注本引《音决》、九條本:老。　抒,集注本引《音决》:時与反。　刊,集注本引《音决》:苦干反。

爲宋公修楚元王墓教

傅季友

綱紀:夫褒賢崇德,千載彌光。尊本敬始,義隆自遠。楚元王積仁基德,啓藩斯境。素風道業,作範後昆。本支之祚,實隆鄙宗。遺芳餘烈,奮乎百世。而丘封翳然,墳塋莫翦。感遠存往,慨然永懷。

夫,集注本引《音决》:扶,下同。　褒,集注本引《音决》、九條本:布毛反。　藩,集注本引《音决》:付袁反。九條本作"蕃":付袁反。　祚,集注本引《音决》作"社":在故反。九條本:在故反。〇案:集注本"社"字誤。　墳,集注本引《音决》、九條本:扶云反。　塋,集注本引《音决》、九條本:營。　慨,集注本引《音决》:可代反。

夫愛人懷樹,甘棠且猶勿翦。追甄墟墓,信陵尚或不泯。况瓜瓞所興,開元自本者乎。可蠲復近墓五家,長給灑掃,便可施行。

棠,集注本引《音决》:唐。　翦,集注本引《音决》:子輦反。

甄,集注本引《音决》:吉然反。陳八郎本:吉然。九條本:古然。　墟,集注本引《音决》:丘居反。九條本:丘盧反。　泯,集注本引《音决》:亡忍反。　瓞,集注本引《音决》:大結反。九條本:庭結,又:大結反。朝鮮正德本、奎章閣本:庭結。　蠲,集注本引《音决》、九條本:古玄反。　復,集注本引《音决》:方伏反。　灑,九條本:所賣反。　掃,集注本引《音决》、九條本:先到反。

文

永明九年策秀才文五首

王元長

問秀才高第明經:朕聞神靈文思之君,聰明聖德之后。體道而不居,見善如不及。是以崆峒有順風之請,華封致乘雲之拜。或揚旌求士,或設簴待賢。用能敷化一時,餘烈千古。朕夤奉天命,恭惟永圖。審聽高居,載懷祇懼。雖言事必史,而象闕未箴。寤寐嘉猷,延佇忠實。

思,集注本引《音决》、九條本:先自反。　峒,集注本引《音决》、九條本:同。　華,集注本引《音决》、九條本:胡化反。　旌,集注本作"旍",引《音决》:精。　簴,集注本作"虡",引《音决》:其吕反。九條本:其吕反。　祇,集注本引《音决》:章夷反。　寤,集注本引《音决》、九條本:五故反。　佇,集注本引《音决》:直吕反。

子大夫選名昇學,利用賓王。懋陳三道之要,以光四科之首。鹽梅之和,屬有望焉。

選,集注本引《音决》、九條本:思絹反。　懋,集注本引《音决》:茂。　要,集注本引《音决》:一照反。　鹽,集注本引《音决》:以占反。九條本作"塩":以占反。　和,集注本引《音决》:胡卧反。九條本:故卧反。○案:九條本"故"爲"胡"字之訛。　屬,集注本引《音决》、九條本:之欲反。

又問:昔周宣惰千畝之禮,虢公納諫。漢文缺三推之義,賈生置言。良以食爲民天,農爲政本。金湯非粟而不守,水旱有待而無遷。朕式照前經,寶兹稼穡。祥正而青旗肅事,土膏而朱紘戒典。

惰,集注本引《音决》:徒卧反。　虢,集注本引《音决》、九條本:古百反。　缺,集注本引《音决》:去悦反。　推,陳八郎本、九條本:土回。　稼,集注本引《音决》:嫁。　穡,集注本引《音决》:嗇。　膏,集注本引《音决》:高。　紘,集注本引《音决》:宏。九條本:户耕反。

將使杏花菖葉,耕穫不愆。清甽泠風,述遵無廢。而釋耒佩牛,相沿莫反。兼貧擅富,浸以爲俗。

穫,集注本引《音决》、九條本:胡郭反。　愆,集注本引《音决》、九條本:去乾反。　甽,集注本引《音决》作"畎":吉犬反。陳八郎本:古犬。九條本作"畎",音:古犬。　泠,集注本引《音决》:力丁反。　耒,集注本引《音决》:力對反。九條本、朝鮮正德本、奎章閣本:盧對。　沿,集注本引《音决》:緣。　擅,集注本引《音决》:市戰反。　浸,集注本引《音决》、九條本:子鴆反。

若爰井開制,懼驚擾愚民。舄鹵可腴,恐時無史白。興廢之術,矢陳厥謀。

擾,集注本引《音决》:而沼反。 舄,集注本引《音决》作“瀉”,音:昔,又音赤。陳八郎本作“瀉”,音:赤。九條本:赤。 鹵,集注本引《音决》:路古反。九條本、朝鮮正德本、奎章閣本:魯。 腴,集注本引《音决》:以朱反。

又問:議獄緩死,大《易》深規。敬法邺刑,《虞書》茂典。自萌俗澆弛,法令滋彰。肺石少不冤之人,棘林多夜哭之鬼。

邺,集注本引《音决》作“恤”:思律反。 萌,集注本引《音决》作“氓”:亡耕反。 澆,集注本引《音决》、九條本:古堯反。 弛,集注本引《音决》、九條本作“弛”:式氏反。 令,集注本引《音决》、九條本:力政反。 肺,集注本引《音决》:芳廢反。九條本作“肺”:芳廢反。 冤,集注本引《音决》、九條本:於元反。

朕所以明發動容,昃食興慮。傷秋荼之密網,惻夏日之嚴威。永念畫冠,緬追刑厝。徒以百鍰輕科,反行季葉。四支重罰,爰創前古。訪游禽於絶澗,作霸秦基。歌《雞鳴》於闕下,稱仁漢牘。二途如爽,即用兼通。昌言所安,朕將親覽。

荼,集注本引《音决》、九條本:徒。 夏,集注本引《音决》:下嫁反。 畫,集注本引《音决》:胡卦反。九條本:胡桂反。〇案:桂屬霽韻,畫屬卦韻,九條本“桂”疑爲“挂”字之訛。挂、卦韻同。 緬,集注本引《音决》、九條本:亡善反。 厝,集注本引《音决》、九條本作“措”:七故反。 鍰,集注本引《音决》、朝鮮正德本、奎章閣本:環。九條本:環,又:户関反。陳八郎本:袁。 澗,集注本引《音决》:間之去聲。 牘,集注本引《音决》:大禄反。

又問:聚人曰財,次政曰貨。泉流表其不匱,貿遷通其有亡。既龜貝積寢,緡繦專用。世代滋多,銷漏參倍。

匱,九條本:其愧反。　緡,九條本、朝鮮正德本、奎章閣本:旻。　繦,九條本:夅兩。朝鮮正德本作"繈",音:舉兩。奎章閣本亦作"繈",音:矩兩。　參,陳八郎本作"叁",音:三。九條本:三。　倍,九條本:步罪反。

下貧無兼辰之業,中産闕洊歲之貲。惟瘼卹隱,無捨矜嘆。上帝溥臨,賜朕休寶,邛斜之谷,開而出銅。且有後命,事兹鎔範。充都内之金,紹圜府之職。但赤側深巧學之患,榆莢難輕重之權。開塞所宜,悉心以對。

洊,九條本:才見反。　貲,九條本:千移反。　瘼,九條本、朝鮮正德本、奎章閣本:莫。　邛,九條本:巨恭。　斜,九條本:以嗟反。　莢,九條本:古協反。

又問:治歷明時,紹遷革之運。改憲勑法,審刑德之原。分命顯於唐官,文條炳於鄒説。及嵎夷廢職,昧谷虧方。漢秉素祇之徵,魏稱黄星之驗。紛爭空軫,疑論無歸。朕獲纂洪基,思弘至道。庶令日月休徵,風雨玉燭。克明之旨弗遠,欽若之義復還。於子大夫何如哉。其驪翰改色,寅丑殊建,别白書之。

嵎,九條本、朝鮮正德本、奎章閣本:愚。　祇,九條本:巨支反。　纂,九條本:祖管反。

永明十一年策秀才文五首

王元長

問秀才:朕秉籙御天,握樞臨極。五辰空撫,九序未歌。至於思政明臺,訪道宣室。若墜之惻每勤,如傷之念恒軫。故卹貧緩賦,省繇慎獄。幸四境無虞,三秋式稔。而多黍多稌,不興兩穗之謡。無褐無衣,必盈《七月》之嘆。豈布政未優,將罷民難業。登爾於朝,是屬宏議。罔弗同心,以匡厥辟。

籙,九條本:録。 墜,九條本:直媚反。 稌,九條本、朝鮮正德本、奎章閣本:杜。 罷,九條本:皮,又引五臣音:疲。朝,九條本:直遥反。

又問:惟王建國,惟典命官。上叶星象,下符川嶽。必待天爵具脩,人紀咸事。然後沿才受職,揆務分司。是以五正置於朱宣,下民不忒。九工開於黄序,庶績其凝。周官三百,漢位兼倍。歷兹以降,游惰寔繁。若閑冗畢棄,則横議無已。冕笏不澄,則坐談彌積。何則可脩,善詳其對。

沿,九條本:緣。 忒,九條本:他得。 惰,九條本:途卧反。 冗,九條本:而勇。 横,九條本:去声,又:古孟反。朝鮮正德本、奎章閣本:去聲。 冕,九條本:勉。 笏,九條本:忽。

又問:昔者賢牧分陜,良守共治。下邑必樹其風,一鄉可以爲績。至有旦撫鳴琴,日置醇酒。文而無害,嚴而不殘。故能出人於阽危之域,蹐俗於仁壽之地。是以賈誼有言:天下之有惡,吏之罪也。頃深汰珪符,妙簡銅墨。而春雉未馴,秋螟不散。入在朕前,湊其智略。

出連城守,闕爾無聞。豈薪槱之道未弘,爲網羅之目尚簡。悉意正辭,無侵執事。

陜,九條本:式冉反。 醇,九條本:巡。〇案:醇爲常母,巡爲邪母,精組章組混切。 阽,陳八郎本:塩。九條本:监,又:以占反。〇案:九條本"监"疑爲"塩"字之訛。 汰,陳八郎本:太。九條本:大,又:達蓋。 螟,九條本:亡丁反。 槱,九條本、朝鮮正德本、奎章閣本并作"楢",音:由。

又問:朕聞上智利民,不述於禮。大賢彊國,罔圖惟舊。豈非療飢不期於鼎食,拯溺無待於規行。是以三王異道而共昌,五霸殊風而并列。今農戰不脩,文儒是競。棄本殉末,厥弊兹多。昔宋臣以禮樂爲殘賊,漢主比文章於鄭衛。豈欲非聖無法,將以既道而權。今欲專士女於耕桑,習鄉閭以弓騎。五都復而事庠序,四民富而歸文學。其道奚若,爾無面從。

拯,九條本:證之上声。 殉,九條本:詞俊反。

又問:自晋氏不綱,關河蕩析。宋人失馭,淮汴崩離。朕思念舊民,永言攸濟。故選將開邊,勞來安集。加以納款通和,布德脩禮。歌《皇華》而遣使,賦《膏雨》而懷賓。所以關洛動南望之懷,獯夷遽北歸之念。夫危葉畏風,驚禽易落。無待干戈,聊用辭辯,片言而求三輔,一説而定五州。斯路何階,人誰或可。進謀誦志,以沃朕心。

析,九條本:四狄反。 汴,九條本:卞。 勞,陳八郎本:去聲。 來,陳八郎本:去聲。 使,九條本:所吏反。 獯,九條本:勳,又:香云反。 遽,九條本:其慮反。 易,九條本:以智反。 沃,九條本:烏酷反。

天監三年策秀才文三首

任彦昇

問秀才:朕長驅樊鄧,直指商郊。因藉時來,乘此歷運。當扆永念,猶懷慙德。何者。百王之弊,齊季斯甚。衣冠禮樂,埽地無餘。斲雕刓方,經綸草昧。採三王之禮,冠屨粗分。因六代之樂,宫判始辨。而百度草創,倉廩未實。若終畝不税,則國用靡資。百姓不足,則惻隱深慮。每時入芻藁,歲課田租。愀然疚懷,如憐赤子。今欲使朕無滿堂之念,民有家給之饒。漸登九年之畜,稍去關市之賦。子大夫當此三道,利用賓王。斯理何從,佇聞良説。

斲,九條本:竹角反。　刓,九條本:五元反。　屨,九條本:九羽反。○案:屨爲來母,九爲見母,九條本"九"疑爲"力"字之訛。　藁,九條本:古老反。　租,九條本:子胡反。　愀,九條本:子小反。朝鮮正德本、奎章閣本:子小。　疚,九條本:居久反。朝鮮正德本、奎章閣本:救。　畜,九條本作"蓄":丑六反。

問:朕本自諸生,弱齡有志。閉户自精,開卷獨得。九流《七略》,頗常觀覽。六藝百家,庶非牆面。雖一日萬機,早朝晏罷。聽覽之暇,三餘靡失。上之化下,草偃風從。惟此虚寡,弗能動俗。昔紫衣賤服,猶化齊風。長纓鄙好,且變鄒俗。雖德慚往賢,業優前事。且夫搢紳道行,禄利然也。朕傾心駿骨,非懼真龍。輜軿青紫,如拾地芥。而惰游廢業,十室而九。鳴鳥蔑聞,《子衿》不作。弘獎之路,斯既然矣。猶其寂寞,應有良規。

輜,陳八郎本:緇。九條本:緇,又:側疑反。　軿,陳八郎本:薄丁。九條本:蒲丁反,又:步銘反。　惰,九條本:徒卧反。

蔑,九條本:亡結反。 奬,九條本:于蒴反。〇案:九條本音“于蒴”非,疑當作“子兩”。

問:朕立諫鼓,設謗木,於兹三年矣。比雖輻湊闕下,多非政要。日伏青蒲,罕能切直。將齊季多諱,風流遂往。將謂朕空然慕古,虚受弗弘。然自君臨萬寓,介在民上。何嘗以一言失旨,轉徙朔方。睚眦有違,論輸左校。而使直臣杜口,忠讜路絶。將恐弘長之道,别有未周。悉意以陳,極言無隱。

謗,九條本:百浪反。 睚,九條本:魚懈反。朝鮮正德本、奎章閣本:五懈。 眦,朝鮮正德本、奎章閣本:任懈。〇案:正德本、奎章閣本“任”字誤,《西京賦》“睚眦蠆芥”句,眦字有在賣、仕懈、士懈三切,《吴都賦》“睚眦則挺劒”句,眦音助賣,《長楊賦》“羌戎睚眥”句,眥有仕懈、即懈、助懈三切。仕、士、助爲崇母,在爲從母,崇、從兩紐初本爲一,而即爲精母,與從母亦極近。總之眦字聲紐屬齒音,未有讀日母如任字之聲者。正德本、奎章閣本此條音“任”蓋爲“在”或“仕”字之訛。 輸,九條本:朱,又:式朱反。 長,九條本:張兩反。

《文選》音注輯考卷三十七

表　上

薦禰衡表

孔文舉

臣聞洪水橫流,帝思俾乂。旁求四方,以招賢俊。昔世宗繼統,將弘祖業,疇咨熙載,羣士響臻。陛下睿聖,纂承基緒。遭遇厄運,勞謙日仄。維嶽降神,異人并出。竊見處士平原禰衡,年二十四,字正平,淑質貞亮,英才卓躒。

俾,九條本:必尒反。　躒,尤袤本李善注、陳八郎本:力角切。

初涉藝文，升堂睹奥。目所一見，輒誦於口。耳所暫聞，不忘於心。性與道合，思若有神。弘羊潛計，安世默識，以衡準之，誠不足怪。忠果正直，志懷霜雪，見善若驚，疾惡若讎。任座抗行，史魚厲節，殆無以過也。鷙鳥累百，不如一鶚。使衡立朝，必有可觀。飛辯騁辭，溢氣坌涌，解疑釋結，臨敵有餘。

抗，九條本：口浪反。　鷙，九條本：至。　坌，北宋本及尤袤本李善注：步寸切。陳八郎本：蒲悶。

昔賈誼求試屬國，詭係單于。終軍欲以長纓，牽致勁越。弱冠慷慨，前代美之。近日路粹、嚴象，亦用異才擢拜臺郎，衡宜與爲比。如得龍躍天衢，振翼雲漢。揚聲紫微，垂光虹蜺，足以昭近署之多士，增四門之穆穆。鈞天廣樂，必有奇麗之觀。帝室皇居，必畜非常之寶。若衡等輩，不可多得。《激楚》《陽阿》，至妙之容，掌技者之所貪。飛兔騕褭，絶足奔放，良樂之所急也。

勁，九條本：古政反。　慷，九條本：可朗反。○案：九條本此條音誤標於"慨"字旁，今移正。　樂，九條本：岳。　騕，尤袤本、陳八郎本：烏鳥。

臣等區區，敢不以聞。陛下篤慎取士，必須効試，乞令衡以褐衣召見。無可觀采，臣等受面欺之罪。

出師表

諸葛孔明

臣亮言:先帝創業未半,而中道崩徂。今天下三分,益州罷弊,此誠危急存亡之秋也。然侍衛之臣不懈於内,忠志之士亡身於外者,蓋追先帝之遇,欲報之於陛下也。誠宜開張聖聽,以光先帝遺德,恢志士之氣,不宜妄自菲薄,引喻失義,以塞忠諫之路也。宫中府中,俱爲一體。陟罰臧否,不宜異同。若有作姦犯科,及爲忠善者,宜付有司,論其刑賞,以昭陛下平明之理,不宜偏私,使内外異法也。侍中侍郎郭攸之、費褘、董允等,此皆良實,志慮忠純,是以先帝簡拔以遺陛下。

褘,尤袤本:於宜反。陳八郎本:於宜。

愚以爲宫中之事,事無大小,悉以咨之,然後施行,必能裨補闕漏,有所廣益也。將軍向寵,性行淑均,曉暢軍事。試用於昔日,先帝稱之曰能,是以衆議舉寵爲督。愚以爲營中之事,悉以諮之,必能使行陣和穆,優劣得所也。親賢臣,遠小人,此先漢所以興隆也。親小人,遠賢士,此後漢所以傾頹也。先帝在時,每與臣論此事,未嘗不嘆息痛恨於桓靈也。侍中、尚書、長史、參軍,此悉貞亮死節之臣也。願陛下親之信之,則漢室之隆,可計日而待也。

臣本布衣,躬耕於南陽。苟全性命於亂世,不求聞達於諸侯。先帝不以臣卑鄙,猥自枉屈,三顧臣於草廬之中,諮臣以當世之事。由是感激,遂許先帝以驅馳。後值傾覆,受任於敗軍之際,奉命於危難之間,爾來二十有一年矣。

廬,集注本引《音决》:間。　覆,集注本引《音决》:□伏反。

○案:集注本引《音决》此條音唯存"伏反"二字,以韻求之,知爲

“覆”字之音。 任,集注本引《音决》:任之去聲。

先帝知臣謹慎,故臨崩寄臣以大事也。受命以來,夙夜憂嘆,恐託付不效,以傷先帝之明。故五月度瀘,深入不毛。今南方已定,兵甲已足,當獎帥三軍,北定中原。庶竭駑鈍,攘除姦凶。興復漢室,還于舊都。此臣之所以報先帝而忠陛下之職分也。

【附】北宋本及尤袤本李善注:《漢書》曰:瀘水出牂牁郡句町縣。句,求俱切。町,庭泠切。 帥,集注本引《音决》:所筆反。 駑,集注本引五家音:奴。 鈍,集注本引《音决》:大頓反。 復,集注本引《音决》:伏,下同。 還,集注本引《音决》:□。〇案:集注本□處漫漶。 分,集注本引《音决》:扶問反。

至於斟酌損益,進盡忠言,則攸之、禕、允之任也。願陛下託臣以討賊興復之效。不效,則治臣之罪,以告先帝之靈。責攸之、禕、允等咎,以章其慢。陛下亦宜自課,以咨諏善道,察納雅言,深追先帝遺詔。臣不勝受恩感激。今當遠離,臨表涕泣,不知所云。

盡,集注本引《音决》:即忍□。〇案:集注本□處當即“反”字。 慢,集注本引《音决》:莫患反。 課,集注本引《音决》:苦□反。〇案:集注本□處字漫漶。 諏,集注本引《音决》:涓□反。尤袤本、陳八郎本:足俱。〇案:集注本□處字漫漶。“諏”字亦殘。 遠,集注本引《音决》:于願反。 離,集注本引《音决》:力知反。

求自試表

曹子建

臣植言：臣聞士之生世，入則事父，出則事君。事父尚於榮親，事君貴於興國。故慈父不能愛無益之子，仁君不能畜無用之臣。夫論德而授官者，成功之君也。量能而受爵者，畢命之臣也。故君無虚授，臣無虚受。虚授謂之謬舉，虚受謂之尸禄。《詩》之素餐，所由作也。

植，集注本引《音决》：□，下表同。○案：集注本□處紙蠹，僅餘殘字"直"。卷二十《上責躬應詔詩表》，九條本、静嘉堂本音"值"，集注本殘字可據補。　畜，集注本引《音决》：許六反。夫，集注本引《音决》：扶，下同。　量，集注本引《音决》：良。謬，集注本引《音决》：亡又反。　餐，集注本作"湌"，引《音决》：□干反。○案：集注本□處字殘。　作，集注本引《音决》：子洛反。

昔二虢不辭兩國之任，其德厚也。旦奭不讓燕魯之封，其功大也。今臣蒙國重恩，三世于今矣。正值陛下升平之際，沐浴聖澤，潛潤德教，可謂厚幸矣。而位竊東藩，爵在上列。身被輕煖，口厭百味。目極華靡，耳倦絲竹者，爵重禄厚之所致也。

虢，集注本引《音决》：公白反。　任，集注本引《音决》：而鴆反。　奭，集注本引《音决》：釋。　燕，集注本引《音决》：煙。封，集注本引《音决》：方逢反。　沐，集注本引《音决》：木。浴，集注本引《音决》：以屬反。　潛，集注本引《音决》：子鴆反。被，集注本引《音决》：皮義反。　煖，集注本引《音决》：奴管反。　厭，集注本引《音决》：一艷反。

退念古之受爵禄者，有異於此，皆以功勤濟國，輔主惠民。今臣無德可述，無功可紀，若此終年，無益國朝，將挂風人彼己之譏。是以上慙玄冕，俯愧朱紱。方今天下一統，九州晏如。顧西尚有違命之蜀，東有不臣之吴。使邊境未得税甲，謀士未得高枕者。誠欲混同宇内，以致太和也。故啓滅有扈而夏功昭，成克商奄而周德著。

己，九條本旁記：冀。　冕，集注本引《音决》：勉。　紱，集注本引《音决》：弗。　税，集注本引《音决》作"脱"：□□反。九條本作"脱"，引《音决》：吐話反。〇案：集注本□□處紙殘。又：話爲夬韻，脱爲末韻，韻部不同，"話"當作"活"。卷四十四《檄吴將校部曲文》"以韓約馬超逋逸迸脱"，集注本《音决》即作"脱，吐活反"。　枕，集注本引《音决》：之鴆反。　混，集注本引《音决》：胡本反。　扈，尤袤本、朝鮮正德本、奎章閣本：户。　夏，集注本引《音决》：下。〇案：集注本音注"夏"字殘。　著，集注本引《音决》：丁慮反。

今陛下以聖明統世，將欲卒文武之功，繼成康之隆。簡良授能，以方叔、邵虎之臣，鎮衛四境，爲國爪牙者，可謂當矣。然而高鳥未挂於輕繳，淵魚未懸於鉤餌者，恐釣射之術，或未盡也。昔耿弇不俟光武，亟擊張步，言不以賊遺於君父也。故車右伏劒於鳴轂，雍門刎首於齊境。若此二子，豈惡生而尚死哉。誠忿其慢主而陵君也。

邵，集注本引《音决》：市召反。九條本作"劭"：市召反。　射，集注本引《音决》：時夜反。　耿，集注本引《音决》：古杏反。　弇，集注本引《音决》：奄，或古含反，非。北宋本及尤袤本李善注：古含切。九條本：奄，或古含。　俟，集注本引《音决》：士。　亟，集注本引《音决》、九條本：居力反。　遺，集注本引《音決》:以季反。　刎,集注本引《音决》、九條本:亡粉反。　惡,集注本引《音决》:一故反。　忿,集注本引《音决》:芳粉反。　慢,集注本引《音决》:亡間反。

夫君之寵臣,欲以除害興利。臣之事君,必殺身靜亂,以功報主也。昔賈誼弱冠,求試屬國,請係單于之頸而制其命。終軍以妙年使越,欲得長纓占其王,羈致北闕。此二臣豈好爲夸主而耀世俗哉,志或鬱結,欲逞才力,輸能於明君也。昔漢武爲霍去病治第,辭曰:匈奴未滅,臣無以家爲。固夫憂國忘家,捐軀濟難,忠臣之志也。

冠,集注本引《音决》:古翫反。　係,集注本引《音决》:計。　單,集注本引《音决》:市延反。　妙,集注本引《音决》、九條本:亡小反。　使,集注本引《音决》:所吏反。　好,集注本引《音决》:秏。　夸,集注本引《音决》:苦花反。　逞,集注本引《音决》、九條本:丑靜反。　輸,集注本引《音决》:式朱反。　爲,集注本引《音决》:于僞反。　去,集注本引《音决》:羌与反。　捐,集注本引《音决》:緣。　濟,集注本引《音决》作"殉":思俊反。　難,集注本引《音决》:那旦反。

今臣居外,非不厚也。而寢不安席,食不遑味者,伏以二方未尅爲念。伏見先武皇帝武臣宿兵,年耆即世者有聞矣。雖賢不乏世,宿將舊卒,猶習戰也。竊不自量,志在效命。庶立毛髮之功,以報所受之恩。若使陛下出不世之詔,效臣錐刀之用。使得西屬大將軍,當一校之隊。若東屬大司馬,統偏師之任。必乘危躡險,騁舟奮驪。突刃觸鋒,爲士卒先。雖未能禽權馘亮,庶將虜其雄率,殲其醜類。必效須臾之捷,以滅終身之愧。使名挂史筆,事列朝榮,雖身分蜀境,首懸吴闕,猶生之年也。

將,集注本引《音决》:子亮反。 卒,集注本引《音决》:子忽反。 量,集注本引《音决》:良。 錐,集注本引《音决》:佳。 屬,集注本引《音决》:之欲反,下同。 校,集注本引《音决》:故孝反。 隊,集注本引《音决》、九條本:徒對反。 偏,集注本引《音决》:篇。 任,集注本引《音决》:而鴆反。 驪,集注本引《音决》:力知反。 卒,集注本引《音决》:子忽反。 禽,集注本引《音决》作“擒”,音:禽。 馘,集注本引《音决》、九條本:古獲反。 率,集注本引《音决》作“帥”:所位反。九條本:所位反。 殲,集注本引《音决》、九條本:子廉反。 朝,集注本引《音决》:直遥反。

如微才不試,没世無聞。徒榮其軀而豐其體,生無益於事,死無損於數,虚荷上位而忝重禄,禽息鳥視,終於白首,此徒圈牢之養物,非臣之所志也。

體,集注本及九條本并引《音决》作“肌”,音:飢。 數,集注本引《音决》:史住反。 荷,集注本引《音决》:何可反。 圈,集注本引《音决》、九條本:其遠反,又:其勉反。 牢,集注本作“窂”,引《音决》:力刀反。 養,集注本引《音决》作“豢”,音:患,或爲養,非。

流聞東軍失備,師徒小衄。輟食棄餐,奮袂攘衽,撫劍東顧,而心已馳於吴會矣。

衄,集注本引《音决》、九條本、朝鮮正德本、奎章閣本:女六反。 輟,集注本引《音决》、九條本:丁劣反。 攘,集注本引

《音决》:而良反。 衽,集注本引《音决》:而甚反。 會,集注本引《音决》:古外反。

臣昔從先武皇帝,南極赤岸,東臨滄海,西望玉門,北出玄塞。伏見所以行軍用兵之勢,可謂神妙矣。故兵者不可預言,臨難而制變者也。志欲自效於明時,立功於聖世。每覽史籍,觀古忠臣義士,出一朝之命,以殉國家之難。身雖屠裂,而功銘著於景鍾,名稱垂於竹帛,未嘗不拊心而嘆息也。

從,集注本引《音决》:才用反。 塞,集注本引《音决》、九條本:四代反。 難,集注本引《音决》:那旦反,下皆同。九條本:那旦反,下同。 朝,九條本:直遥反。 殉,集注本引《音决》、九條本:才俊反。 屠,集注本引《音决》:徒。 著,集注本引《音决》:丁慮反。 稱,集注本引《音决》、九條本:尺證反。 拊,集注本引《音决》:芳宇反。九條本作"撫":芳宇反。

臣聞明主使臣,不廢有罪。故奔北敗軍之將用,秦魯以成其功。絶纓盜馬之臣赦,楚趙以濟其難。臣竊感先帝早崩,威王棄代。臣獨何人,以堪長久。常恐先朝露,填溝壑。墳土未乾,而身名并滅。臣聞騏驥長鳴,伯樂昭其能。盧狗悲號,韓國知其才。是以效之齊楚之路,以逞千里之任。試之狡兔之捷,以驗搏噬之用。

北,九條本:拜。 將,集注本引《音决》:子亮反。 乾,集注本引《音决》:干。 樂,集注本引《音决》:洛,下同。 號,集注本引《音决》:户高反。 逞,集注本引《音决》:丑井反。 任,集注本引《音决》:而鴆反。 狡,集注本引《音决》、九條本:古巧反。 兔,集注本引《音决》:吐故反。 捷,集注本引《音决》:才接反。　摶，集注本引《音决》：博。　噬，集注本引《音决》：市制反。

今臣志狗馬之微功，竊自惟度，終無伯樂、韓國之舉，是以於邑而竊自痛者也。夫臨博而企竦，聞樂而竊抃者，或有賞音而識道也。昔毛遂，趙之陪隸，猶假錐囊之喻，以寤主立功。何況巍巍大魏，多士之朝，而無慷慨死難之臣乎。

狗，集注本引《音决》：古口反。　度，集注本引《音决》：大洛反。　邑，集注本引《音决》作"悒"，音：邑。　夫，集注本引《音决》：扶，下同。　企，九條本：止，又：遣智反。　竦，九條本：息拱反。　樂，九條本：岳。　抃，集注本引《音决》：皮變反。　陪，集注本引《音决》：步回反。

夫自衒自媒者，士女之醜行也。干時求進者，道家之明忌也。而臣敢陳聞於陛下者，誠與國分形同氣，憂患共之者也。冀以塵露之微，補益山海。螢燭末光，增輝日月。是以敢冒其醜而獻其忠，必知爲朝士所笑。聖主不以人廢言。伏惟陛下少垂神聽，臣則幸矣。

衒，集注本引《音决》、九條本：縣。尤袤本：玄遍。　行，集注本引《音决》、九條本：下孟反。　補，集注本引《音决》、九條本：布古反。　冒，九條本：默。

求通親親表

曹子建

臣植言：臣聞天稱其高者，以無不覆。地稱其廣者，以無不載。日月稱其明者,以無不照。江海稱其大者,以無不容。故孔子曰:大哉堯之爲君,惟天爲大,惟堯則之。夫天德之於萬物,可謂弘廣矣。盖堯之爲教,先親後踈,自近及遠。其《傳》曰:克明俊德,以親九族。九族既睦,平章百姓。及周之文王,亦崇厥化。其《詩》曰:刑于寡妻,至于兄弟,以御于家邦。是以雍雍穆穆,風人詠之。昔周公吊管蔡之不咸,廣封懿親,以藩屏王室。《傳》曰:周之宗盟,異姓爲後。誠骨肉之恩,爽而不離。親親之義,寔在敦固。未有義而後其君,仁而遺其親者也。

覆,集注本引《音决》:方富反。　夫,集注本引《音决》:扶。　傳,集注本引《音决》、九條本:直戀反,下同。　御,集注本引《音决》:鄭玄魚嫁反。○案:集注本引《音决》此條音下尚引毛公音,惜乎殘落。　懿,集注本引《音决》:意。　藩,集注本作"蕃",引《音决》:付袁反。九條本亦作"蕃",音:付袁。　屏,集注本引《音决》:必静反。九條本:必静。

伏惟陛下,咨帝唐欽明之德,體文王翼翼之仁。惠洽椒房,恩昭九親。群后百僚,番休遞上。執政不廢於公朝,下情得展於私室。親理之路通,慶吊之情展。誠可謂恕己治人,推惠施恩者矣。

番,集注本引《音决》:□袁反。○案:集注本□處字殘。　遞,集注本引《音决》:大帝反。　上,集注本引《音决》:□掌□。○案:集注本□處字殘。　恕,集注本引《音决》:庶。

至於臣者,人道絶緒,禁固明時,臣竊自傷也。不敢乃望交氣類,脩人事,叙人倫。近且婚媾不通,兄弟永絶,吉凶之問塞,慶吊之禮廢。恩紀之違,甚於路人。隔閡之異,殊於胡越。

固,集注本引《音决》作"錮",音:固。 媾,集注本引《音决》、九條本:古候反。 塞,集注本引《音决》:四得反。 閡,集注本引《音决》作"礙":魚代反,或爲閡,同。九條本亦作"礙":魚代反。

今臣以一切之制,永無朝覲之望。至於注心皇極,結情紫闥,神明知之矣。然天寔爲之,謂之何哉。退省諸王常有戚戚具爾之心。願陛下沛然垂詔,使諸國慶問,四節得展。以叙骨肉之歡恩,全怡怡之篤義。妃妾之家,膏沐之遺,歲得再通,齊義於貴宗,等惠於百司。如此,則古人之所嘆,《風》《雅》之所詠,復存於聖世矣。

沛,九條本:普外反。 怡,集注本引《音决》、九條本:以而反。 遺,集注本引《音决》、九條本:以季反。〇案:集注本音注"遺"字殘。

臣伏自思惟,豈無錐刀之用。及觀陛下之所拔授,若臣爲異姓,竊自料度,不後於朝士矣。若得辭遠游,戴武弁,解朱組,佩青紱。駙馬奉車,趣得一號。安宅京室,執鞭珥筆。出從華蓋,入侍輦轂。承荅聖問,拾遺左右。乃臣丹情之至願,不離於夢想者也。

省,集注本引《音决》:思静反。〇案:思惟,集注本作"惟省"。 料,集注本引《音决》、九條本:力吊反。 度,集注本引《音决》、九條本:大洛反。 解,集注本引《音决》、九條本:居買反。 組,集注本引《音决》:祖。 紱,集注本引《音决》、九條本:弗。 駙,集注本引《音决》、九條本:附。 車,九條本:居。 珥,集注本引《音决》:二。〇案:集注本引《音决》"珥音二"三字皆殘。 從,集注本引《音决》:才用反。 離,集注本引《音决》:力智反。

遠慕《鹿鳴》君臣之宴,中詠《棠棣》匪他之誡,下思《伐木》友生之義,終懷《蓼莪》罔極之哀。每四節之會,塊然獨處,左右惟僕隸,所對惟妻子,高談無所與陳,發義無所與展,未嘗不聞樂而拊心,臨觴而嘆息也。

棣,集注本引《音决》、九條本:徒帝反。　蓼,集注本引《音决》、九條本:六。　莪,集注本引《音决》、九條本:魚何反。　塊,集注本引《音决》、九條本:苦對反。　處,集注本引《音决》、九條本:昌吕反。　樂,九條本:岳。　拊,集注本引《音决》、九條本:芳府反。

臣伏以爲犬馬之誠,不能動人,譬人之誠不能動天。崩城隕霜,臣初信之,以臣心況,徒虚語耳。若葵藿之傾葉,太陽雖不爲之迴光,然終向之者,誠也。臣竊自比葵藿,若降天地之施,垂三光之明者,寔在陛下。臣聞《文子》曰:不爲福始,不爲禍先。今之否隔,友于同憂。而臣獨唱言者,何也。竊不願於聖代,使有不蒙施之物。有不蒙施之物,必有慘毒之懷。故《柏舟》有天只之怨,《谷風》有棄予之嘆。

藿,集注本引《音决》:火郭反,下同。九條本:火郭反。　爲,集注本引《音决》:于僞反。　施,九條本:式智反。　否,集注本引《音决》、九條本:步美反。　慘,集注本引《音决》、九條本:七感反。〇案:集注本"感"字殘。　只,集注本引《音决》、九條本:紙。

伊尹恥其君不爲堯舜,孟子曰:不以舜之所以事堯事其君者,不敬其君者也。臣之愚蔽,固非虞伊。至於欲使陛下崇光被時雍之美,宣緝熙章明之德者。是臣慺慺之誠,竊所獨守。寔懷鶴立企佇之心,敢復陳聞者。冀陛下儻發天聰,而垂神聽也。

被,集注本引《音决》、九條本:皮義反。 緝,集注本引《音决》、九條本:七入反。 熙,集注本引《音决》、九條本:許疑反。 慺,集注本引《音决》、九條本:力侯反。朝鮮正德本:婁。奎章閣本:樓。 企,集注本引《音决》:丘□反。九條本:止,又:丘智反。○案:據九條本,集注本□處當即"智"字。 佇,集注本引《音决》、九條本:直吕反。 冒,集注本引《音决》、九條本旁記:默。○案:陳聞,《音决》作"冒陳"。 儻,集注本引《音决》、九條本:他朗反。

讓開府表

羊叔子

臣祜言:臣昨出,伏聞恩詔,拔臣使同台司。臣自出身以來,適十數年,受任外内,每極顯重之地。常以智力不可强進,恩寵不可久謬,夙夜戰慄,以榮爲憂。臣聞古人之言,德未爲衆所服,而受高爵,則使才臣不進。功未爲衆所歸,而荷厚禄,則使勞臣不勸。今臣身託外戚,事遭運會。誡在過寵,不患見遺,而猥超然降發中之詔,加非次之榮。臣有何功可以堪之,何心可以安之。以身誤陛下,辱高位,傾覆亦尋而至。願復守先人弊廬,豈可得哉。違命誠忤天威,曲從即復若此。蓋聞古人申於見知,大臣之節,不可則止。臣雖小人,敢緣所蒙,念存斯義。

祜,九條本:户。 强,九條本:其兩反。 猥,九條本:烏罪反。 誤,九條本:七故反。〇案:誤爲疑母,七爲清母,九條本"七"疑爲"五"字之訛。 忤,九條本:五故反。

今天下自服化已來,方漸八年。雖側席求賢,不遺幽賤。然臣等不能推有德,進有功,使聖聽知勝臣者多,而未達者不少。假令有遺德於板築之下,有隱才於屠釣之間,而令朝議用臣不以爲非,臣處之不以爲愧,所失豈不大哉。且臣忝竊雖久,未若今日兼文武之極寵,等宰輔之高位也。臣所見雖狹,據今光禄大夫李喜,秉節高亮,正身在朝。光禄大夫魯芝,絜身寡欲,和而不同。光禄大夫李胤,莅政弘簡,在公正色。皆服事華髪,以禮終始。雖歷内外之寵,不異寒賤之家。而猶未蒙此選,臣更越之,何以塞天下之望,少益日月。是以誓心守節,無苟進之志。今道路未通,方隅多事,乞留前恩,使臣得速還屯。不爾留連,必於外虞有闕。臣不勝憂懼,謹觸冒拜表。惟陛下察匹夫之志,不可以奪。

勝,九條本:舒證反。 屠,九條本:徒。 朝,九條本:直遥反,下同。 處,九條本:昌吕反。 竊,九條本:切,又:千莭反。 狹,九條本:洽。 塞,九條本:先得反。 隅,九條本:語俱反。 觸,九條本:尺玉反。 冒,九條本:默。

陳情事表

李令伯

臣密言:臣以險釁,夙遭閔凶。生孩六月,慈父見背。行年四歲,舅奪母志。祖母劉,愍臣孤弱,躬親撫養。臣少多疾病,九歲不行,零丁孤苦,至于成立。既無伯叔,終鮮兄弟。門衰祚薄,晚有兒息。外無朞功强近之親,内無應門五尺之僮。煢煢獨立,形影相吊。而劉夙嬰疾病,常在牀蓐。臣侍湯藥,未曾廢離。

　　亹,九條本作"亹":許靳反,又:近。　孩,九條本旁記:何來反。　少,九條本:失照反。　鮮,九條本:息輦反。　祚,九條本:在故反。　强,九條本:其良反。　近,九條本:其靳反。　煢,九條本:刑。○案:煢爲羣母,刑爲匣母,牙喉通轉。　蓐,九條本:辱。　離,九條本:力智反,又:力知反。

逮奉聖朝,沐浴清化。前太守臣逵察臣孝廉,後刺史臣榮舉臣秀才。臣以供養無主,辭不赴命。詔書特下,拜臣郎中,尋蒙國恩,除臣洗馬。猥以微賤,當侍東宫,非臣隕首所能上報。臣具以表聞,辭不就職。詔書切峻,責臣逋慢。郡縣逼迫,催臣上道。州司臨門,急於星火。臣欲奉詔奔馳,則劉病日篤。欲苟順私情,則告訴不許。臣之進退,實爲狼狽。

　　逵,九條本:巨非反。　養,九條本:以亮反,下同。　猥,九條本:烏罪反。　隕,九條本:于敏反。　上,九條本:時掌。　峻,九條本:思俊反。　逋,九條本:在胡反。○案:逋爲幫母,在爲從母,九條本"在"疑爲"布"字之訛。　催,九條本:七回反。　狽,九條本:貝,又:《音决》作猽,曹音古覓反,或作狽,狽音貝,通。朝鮮正德本、奎章閣本:貝。

伏惟聖朝以孝治天下,凡在故老,猶蒙矜育。況臣孤苦,特爲尤甚。且臣少仕僞朝,歷職郎署,本圖宦達,不矜名節。今臣亡國賤俘,至微至陋。過蒙拔擢,寵命優渥,豈敢盤桓,有所希冀。但以劉日薄西山,氣息奄奄。人命危淺,朝不慮夕。臣無祖母,無以至今日。祖母無臣,無以終餘年。母孫二人,更相爲命。是以區區不能廢遠。

過,九條本:古卧反。 擢,九條本:直角反。 渥,九條本:於角反。 更,九條本:康。 遠,九條本:于願反。

臣密今年四十有四,祖母劉今年九十有六,是臣盡節於陛下之日長,報養劉之日短也。烏鳥私情,願乞終養。臣之辛苦,非獨蜀之人士及二州牧伯所見明知,皇天后土,實所共鑒。願陛下矜愍愚誠,聽臣微志,庶劉僥倖,保卒餘年。臣生當隕首,死當結草。臣不勝犬馬怖懼之情,謹拜表以聞。

僥,北宋本及尤袤本李善注:古堯切。九條本:居堯反。 倖,九條本:幸。 隕,九條本:于敏反。 勝,九條本:升。 怖,九條本:普故反。

謝平原内史表

陸士衡

陪臣陸機言:今月九日,魏郡太守遣兼丞張含,齎板詔書印綬,假臣爲平原内史。拜受祗竦,不知所裁。臣機頓首頓首,死罪死罪。臣本吴人,出自敵國。世無先臣宣力之效,才非丘園耿介之秀。皇澤廣被,惠濟無遠。擢自羣萃,累蒙榮進。入朝九載,歷官有六,身登三閣,官成兩宫。服冕乘軒,仰齒貴游。振景拔迹,顧邈同列。施重山岳,義足灰没。遭國顛沛,無節可紀,雖蒙曠盪,臣獨何顔。俛首頓膝,憂愧若厲。而横爲故齊王冏所見枉陷,誣臣與衆人共作禪文。幽執囹圄,當爲誅始。

陪,九條本、九條本頁背記引《音决》:步回反。 兼,九條本:古店反。 俛,九條本:免。 横,九條本:户孟反。 冏,尤袤本、陳八郎本:九永。九條本:九永反。 枉,九條本:紆往反。 陷,九條本:欠,又:切户暗反。 囹,九條本:力丁反。 圄,九條本:語。

臣之微誠,不負天地,倉卒之際,慮有逼迫。乃與弟雲及散騎侍郎袁瑜、中書侍郎馮熊、尚書右丞崔基、廷尉正顧榮、汝陰太守曹武,思所以獲免。陰蒙避迴,岐嶇自列。片言隻字,不關其間,事踪筆迹,皆可推校。而一朝翻然,更以爲罪。蕞爾之生,尚不足忝。區區本懷,實有可悲。畏逼天威,即罪惟謹。鉗口結舌,不敢上訴所天。莫大之釁,日經聖聽。肝血之誠,終不一聞,所以臨難慷慨,而不能不恨恨者,唯此而已。

迴,九條本:胡對反。 岐嶇,九條本作"崎岻":《音决》岐岻,崎嶇。上去宜反,下丘于反。 隻,九條本:尺。 蕞,九條本:在外反。 釁,九條本作"舋":許靳反。 難,九條本:那旦反。 慷,九條本作"忼":可朗反。 慨,九條本:可代反。 恨,九條本作"悢":力悵反。

重蒙陛下愷悌之宥,迴霜收電,使不隕越。復得扶老攜幼,生出獄户,懷金拖紫,退就散輩。感恩惟咎,五情震悼。跼天蹐地,若無所容。

宥,九條本:又。 拖,尤袤本、陳八郎本:徒我。九條本:大可反。 悼,九條本:大到反。 跼,尤袤本、朝鮮正德本、奎章閣本:局。九條本:其欲反。 蹐,尤袤本、朝鮮正德本、奎章閣本:精亦。九條本:子亦反。

不悟日月之明，遂垂曲照。雲雨之澤，播及朽瘁。忘臣弱才，身無足采，哀臣零落，罪有可察。苟削丹書，得夷平民。則塵洗天波，謗絶衆口，臣之始望，尚未至是。猥辱大命，顯授符虎。使春枯之條，更與秋蘭垂芳。陸沈之羽，復與翔鴻撫翼。雖安國免徒，起紆青組。張敞亡命，坐致朱軒。方臣所荷，未足爲泰。豈臣蒙垢含忝，所宜忝竊。非臣毁宗夷族，所能上報。喜懼參并，悲慙哽結。拘守常憲，當便道之官。不得束身奔走，稽顙城闕。瞻係天衢，馳心輦轂，臣不勝屏營延仰。謹拜表以聞。

瘁，九條本：遂。　荷，九條本：何可反。　忝，九條本：切他玷反。　參，九條本：三。　哽，九條本：居杏反。　拘，九條本：俱。　屏，九條本：步銘反。

勸進表

劉越石

建興五年，三月癸未朔十八日辛丑，使持節散騎常侍都督河北并冀幽三州諸軍事、領護軍匈奴中郎將、司空、并州刺史、廣武侯臣琨，使持節侍中都督冀州諸軍事、撫軍大將軍、冀州刺史、左賢王、渤海公臣磾，頓首死罪上書。

癸，九條本：鬼。　丑，九條本：勑有反。　琨，九條本：古門反。　磾，九條本：多兮反。

臣琨臣磾，頓首頓首，死罪死罪。臣聞天生蒸人，樹之以君，所以對越天地，司牧黎元。聖帝明王，鑒其若此。知天地不可以乏饗，故屈其身以奉之。知黎元不可以無主，故不得已而臨之。社稷時難，則戚藩定其傾。郊廟或替,則宗哲纂其祀。所以弘振遐風,式固萬世。三五以降,靡不由之。臣琨臣磾,頓首頓首,死罪死罪。伏惟高祖宣皇帝肇基景命,世祖武皇帝遂造區夏,三葉重光,四聖繼軌。惠澤侔於有虞,卜年過於周氏。

蒸,九條本:之仍反。 難,九條本:那旦反。 藩,九條本:付煩反。 替,九條本:他帝反。

自元康以來,艱禍繁興,永嘉之際,氛厲彌昏。宸極失御,登遐醜裔,國家之危,有若綴旒。賴先后之德,宗廟之靈,皇帝嗣建,舊物克甄。誕授欽明,服膺聰哲,玉質幼彰,金聲夙振。冢宰攝其綱,百辟輔其治,四海想中興之美,群生懷來蘇之望。不圖天不悔禍,大灾荐臻。國未忘難,寇害尋興。逆胡劉曜,縱逸西都,敢肆犬羊,陵虐天邑。

甄,九條本:古然反。 辟,九條本:必亦反。

臣等奉表使還,仍承西朝,以去年十一月不守,主上幽劫,復沈虜庭。神器流離,再辱荒逆。臣每覽史籍,觀之前載,厄運之極,古今未有。苟在食土之毛,含氣之類,莫不叩心絶氣,行號巷哭。況臣等荷寵三世,位厠鼎司。承問震惶,精爽飛越。且悲且惋,五情無主。舉哀朔垂,上下泣血。臣琨臣磾,頓首頓首,死罪死罪。

朝,九條本:直遥反。 叩,九條本:口。 號,九條本:户高反。 荷,九條本:何可反。 惋,九條本:烏翫反。

臣聞昏明迭用,否泰相濟。天命未改,歷數有歸。或多難以固邦國,或殷憂以啓聖明。齊有無知之禍,而小白爲五伯之長。晋有驪姬之難,而重耳主諸侯之盟。社稷靡安,必將有以扶其危。黔首幾絶,必將有以繼其緒。

迭,九條本旁記:大結反。 否,九條本:步美反。 驪,九條本旁記引《音决》:離。 重,九條本:逐龍反。

伏惟陛下,玄德通於神明,聖姿合於兩儀。應命代之期,紹千載之運。夫符瑞之表,天人有徵,中興之兆,圖讖垂典。自京畿隕喪,九服崩離。天下囂然,無所歸懷。雖有夏之遘夷羿,宗姬之離犬戎,蔑以過之。

應,九條本:於證反。 讖,九條本:楚禁反。 喪,九條本:息亮反。 囂,九條本:許驕反。 遘,九條本:古候反。 羿,九條本旁記:魚計反。 蔑,九條本:亡結反。 過,九條本:古卧反。

陛下撫寧江左,奄有舊吴,柔服以德,伐叛以刑。抗明威以攝不類,杖大順以肅宇内。純化既敷,則率土宅心。義風既暢,則遐方企踵。百揆時叙于上,四門穆穆于下。昔少康之隆,夏訓以爲美談。宣王之興,周詩以爲休詠。況茂勳格于皇天,清輝光于四海。蒼生顒然,莫不欣戴。聲教所加,願爲臣妾者哉。

攝,九條本:之葉反。 杖,九條本:直亮反。 率,九條本:出。 踵,九條本:之勇反。 揆,九條本:鬼。 少,九條本:失照反。 【附】北宋本及尤袤本李善注:《左氏傳》伍員謂吴子曰:昔有過澆滅夏后相。澆,五叫切。 顒,九條本:魚恭反。

且宣皇之胤,惟有陛下。億兆攸歸,曾無與二。天祚大晉,必將有主,主晉祀者,非陛下而誰。是以邇無異言,遠無異望。謳歌者無不吟咏徽猷，獄訟者無不思于聖德。天地之際既交，華裔之情允洽。一角之獸，連理之木，以爲休徵者，盖有百數。冠帶之倫，要荒之衆，不謀而同辭者，動以萬計。是以臣等敢考天地之心，因函夏之趣，昧死以上尊號。

數，九條本：史住反。　函，九條本引五家：胡緘反。

願陛下存舜禹至公之情，狹巢由抗矯之節，以社稷爲務，不以小行爲先。以黔首爲憂，不以克讓爲事。上以慰宗廟乃顧之懷，下以釋普天傾首之望。則所謂生繁華於枯荑，育豐肌於朽骨，神人獲安，無不幸甚。

狹，九條本作"挾"，音：洽。　荑，九條本：大兮反。　肌，九條本：基。

臣琨臣磾，頓首頓首，死罪死罪。臣聞尊位不可久虚，萬機不可久曠。虚之一日，則尊位以殆。曠之浹辰，則萬機以亂。方今鍾百王之季，當陽九之會。狡寇窺窬，伺國瑕隙，齊人波蕩，無所繫心，安可以廢而不恤哉。陛下雖欲逡巡，其若宗廟何，其若百姓何。

浹，九條本：子牒反。　狡，九條本：古卯反。　窬，九條本：以朱反。　逡，九條本：七旬反。

昔惠公虜秦，晋國震駭，吕郤之謀，欲立子圉。外以絶敵人之志，内以固闔境之情，故曰喪君有君，群臣輯穆，好我者勸，惡我者懼。前事之不忘，後代之元龜也。

郤，九條本作"郄"：去逆反。　圉，九條本：語。　闔，九條本：合。　喪，九條本：息浪反。　輯，九條本作"緝"，旁記"輯"：

七入反。 好,九條本:秏。

陛下明并日月,無幽不燭,深謀遠慮,出自胷懷。不勝犬馬憂國之情,遲睹人神開泰之路。是以陳其乃誠,布之執事。臣等各忝守方任,職在遐外,不得陪列闕庭,共觀盛禮,踊躍之懷,南望罔極。謹上。臣琨謹遣兼左長史、右司馬臣温嶠,主簿臣辟閭訓,臣磾遣散騎常侍、征虜將軍、清河太守、領右長史、高平亭侯臣榮劭,輕車將軍、關内侯臣郭穆奉表。臣琨臣磾等頓首頓首,死罪死罪。

遲,九條本:値。 任,九條本:而鴆反。 陪,九條本:步回反。 兼,九條本:古店反。 長,九條本:丁丈,下同。 嶠,九條本:巨苗反。 辟,九條本:必亦反。 劭,九條本:少,又:時曜反。

《文選》音注輯考卷三十八

表下

表　下

爲吴令謝詢求爲諸孫置守冢人表

張士然

臣聞成湯革夏而封杞，武王入殷而建宋。春秋征伐，則晋脩虞祀，燕祭齊廟。夫一國爲一人興，先賢爲後愚廢，誠仁聖所哀悼而不忍也。

故三王敦繼絶之德,春秋貴柔服之義。昔漢高受命,追存六國,凡諸絶祚,一時并祀。親與項羽對爭存亡,逮羽之死,臨哭其喪。將以位嘗侔尊,力嘗均勢,雖功奪其成,而恩與其敗。且暴興疾顛,禮之若舊。殘戮之尸,乃以公葬。若使羽位承前緒,世有哲王,一朝力屈,全身從命,則楚廟不隳,有後可冀。

杞,九條本:紀。 夫,九條本:扶,下同。 祚,九條本:在故,下同。 隳,陳八郎本作"墮",音:許規。九條本:許隨反。

伏惟大晉應天順民,武成止戈。西戎有即序之人,京邑開吴蜀之館。興滅加乎萬國,繼絶接于百世。雖三五弘道,商周稱仁,洋洋之義,未足以喻。是以孫氏雖家失吴祚,而族蒙晉榮,子弟量才比肩進取,懷金侯服,佩青千里。當時受恩,多有過望。臣聞春雨潤木,自葉流根。鴟鴞恤功,愛子及室。故天稱罔極之恩,聖有綢繆之惠。

應,九條本:於證反,下同。 洋,九條本:羊。 量,九條本:良。 過,九條本:古卧反。 鴟,九條本:尺之反。 鴞,九條本:何苗反。 綢,九條本:直留反。 繆,九條本:亡尤反。

追惟吴僞武烈皇帝,遭漢室之弱,值亂臣之强,首唱義兵,先衆犯難。破董卓於陽人,濟神器於甄井。威震群狡,名顯往朝。桓王才武,弱冠承業。招百越之士,奮鷹揚之勢。西赴許都,將迎幼主,雖元勳未終,然至忠已著。

强,九條本:其良反。 難,九條本:那旦反。 甄,北宋本及尤袤本李善注、九條本:真。 狡,九條本:古巧反。 朝,九條本:直遥。 冠,九條本:古翫反。 著,九條本:丁慮反。

夫家積義勇之基，世傳扶危之業，進爲徇漢之臣，退爲開吴之主，而蒸嘗絶於三葉，園陵殘於薪采。臣竊悼之。伏見吴平之初，明詔追録先賢，欲封其墓，愚謂二君，并宜應書。故舉勞則力輸先代，論德則惠存江南，正刑則罪非晋寇，從坐則異世已輕。

積，九條本旁记"蓄"：丑六反，或爲積，通也。　蒸，九條本：之仍反。　輸，九條本：式朱反。　坐，九條本：祖卧反。

若列先賢之數，蒙詔書之恩，裁加表異，以寵亡靈，則人望克厭，誰不曰宜。二君私奴，多在墓側，今爲平民。乞差五人，蠲其徭役，使四時修護頹毁，掃除塋壟，永以爲常。

數，九條本：史注。　蠲，九條本：古玄反。　徭，九條本：遥。　塋，九條本：金傾反。〇案：九條本"金"爲"余"字之訛。　壟，九條本：切力奉反。

讓中書令表

令，九條本：力政反。

庾元規

臣亮言：臣凡庸固陋，少無檢操。昔以中州多故，舊邦喪亂。隨侍先臣，遠庇有道，爰客逃難，求食而已。

少，九條本：失昭反。九條本頁背記引《音决》：失照反。〇案：九條本"昭"當作"照"。　檢，九條本：切居儼反，又：力冉反。〇案：卷十八《嘯賦》"甯子檢手而嘆息"，敦煌本音"力冉"。　操，九條本、九條本頁背記引《音决》：七到反。　庇，九條本：必二反。　難，九條本：那旦反。

不悟徼時之福，遭遇嘉運。先帝龍興，乘異常之顧。既眷同國士，又申之婚姻。遂階親寵，累忝非服。弱冠濯纓，沐浴玄風。頻繁省闥，出總六軍。十餘年間，位超先達。無勞被遇，無與臣比。小人禄薄，福過災生，止足之分，臣所宜守。

悟，九條本：五故反。　徼，九條本作"邀"：居堯反。　冠，九條本：古翫反。　濯，九條本：直角反。　省，九條本：所景反。　過，九條本：古卧反。　分，九條本：扶問反。

而偷榮昧進，日爾一日，謗讟既集，上塵聖朝。始欲自聞，而先帝登遐。區區微誠，竟未上達。陛下踐祚，聖政維新。宰輔賢明，庶寮咸允，康哉之歌，實在至公。而國恩不以，復以臣領中書。臣領中書，則示天下以私矣。何者。臣於陛下，后之兄也。姻婭之嫌，實與骨肉中表不同。

謗，九條本：布浪反。　讟，九條本：大緑反。　朝，九條本：直遥，下同。　姻，九條本、九條本頁背記引《音决》：因。　婭，九條本、九條本頁背記引《音决》：亞。　嫌，九條本：户兼反。

雖太上至公，聖德無私。然世之喪道，有自來矣。悠悠六合，皆私其姻者也。人皆有私，則謂天下無公矣。是以前後二漢，咸以抑后黨安，進婚族危。向使西京七族、東京六姓，皆非姻黨，各以平進，縱不悉全，决不盡敗。今之盡敗，更由姻昵。臣歷觀庶姓在世，無黨於朝，無援於時，植根之本，輕也薄也，苟無大瑕，猶或見容。

喪，九條本：息浪反。　昵，九條本：女乙反。　援，九條本：于卷反，又：于願反。　植，九條本：食。

至於外戚，憑託天地，勢連四時，根援扶疎，重矣大矣。而財居權寵，四海側目。事有不允，罪不容誅。身既招殃，國爲之弊。其故何邪。直由婚媾之私，群情之所不能免，故率其所嫌而嫌之於國。是以疏附則信，姻進則疑。疑積於百姓之心，則禍成重闈之内矣。此皆往代成鑒，可爲寒心者也。

殃，九條本：央。　媾，九條本：古候反。　重，九條本：逐龍反。

夫萬物之所不通，聖賢因而不奪。冒親以求一才之用，未若防嫌以明公道。今以臣之才，兼如此之嫌，而使内處心膂，外揔兵權，以此求治，未之聞也，以此招禍，可立待也。雖陛下二相，明其愚款。朝士百寮，頗識其情，天下之人，何可門到户説，使皆坦然邪。

冒，九條本旁記：默。　膂，北宋本李善注、尤袤本：吕。九條本、朝鮮正德本、奎章閣本：旅。　相，九條本：息亮。　坦，九條本：他但反。

夫富貴寵榮，臣所不能忘也。刑罰貧賤，臣所不能甘也。今恭命則愈，違命則苦，臣雖不達，何事背時違上，自貽患責邪。實仰覽殷鑒，量己知弊，身不足惜，爲國取侮，是以悾悾，屢陳丹款，而微誠淺薄，未垂察諒，憂惶屏營，不知所厝。以臣今地，不可以進明矣。且違命已久，臣之罪又積矣。歸骸私門，以待刑書。願陛下垂天地之鑒，察臣之愚，則雖死之日，猶生之年矣。

愈，九條本：以主反。　責，九條本：作。〇案：責爲莊母，作爲精母，精組莊組混切。又責屬麥韻，作屬鐸韻，音近可通。量，九條本：良。　悾，陳八郎本：口貢。　厝，九條本：七故反。

骸,九條本:何皆反。

薦譙元彦表

譙,九條本:在遥反。

桓元子

臣聞太朴既虧,則高尚之標顯。道喪時昏,則忠貞之義彰。故有洗耳投淵,以振玄邈之風。亦有秉心矯迹,以敦在三之節。是故上代之君,莫不崇重斯軌,所以篤俗訓民,静一流競。

朴,九條本:普角反。 標,九條本:必遥反。 喪,九條本:息浪反。 洗,九條本頁背記引《音决》:先礼反。 敦,九條本作"惇",音:敦。

伏惟大晋,應符御世。運無常通,時有屯蹇。神州丘墟,三方圮裂。《兔罝》絶響於中林,《白駒》無聞於空谷。斯有識之所悼心,大雅之所嘆息者也。

應,九條本旁記:於證反。 屯,九條本:知倫反。 圮,九條本:步美反,又引五臣音:平鄙反。朝鮮正德本、奎章閣本:平鄙。 罝,九條本:嗟。

陛下聖德嗣興,方恢天緒。臣昔奉役,有事西土。鯨鯢既懸,思宣大化。訪諸故老,搜揚潛逸,庶武羅於羿浞之墟,想王蠋於亡齊之境。

搜,九條本:州,又:所尤反。〇案:搜爲生母或心母,州爲章母,齒音未分化時,心、生兩紐同。此爲精組章組混切。 羿,九條本:詣。 蠋,北宋本李善注、尤袤本、陳八郎本:蜀。九條本旁記：蜀，又文末記：直録反。

竊聞巴西譙秀，植操貞固。抱德肥遯，揚清渭波。于時皇極遘道消之會，群黎蹈顛沛之艱。中華有顧瞻之哀，幽谷無遷喬之望。凶命屢招，姦威仍逼。身寄虎吻，危同朝露。而能抗節玉立，誓不降辱。杜門絶迹，不面僞庭，進免襲勝亡身之禍，退無薛方詭對之譏。雖園綺之栖商洛，管寧之默遼海。方之於秀，殆無以過。于今西土，以爲美談。

吻，陳八郎本：亡粉。　【附】尤袤本李善注：《漢書》曰：薛方，字子容。王莽以安車迎方，方因使者辭謝。使者以聞，莽説其言，不强致。説音悦。

夫旌德禮賢，化道之所先。崇表殊節，聖喆之上務。方今六合未康，豺豕當路，遺黎偷薄，義聲弗聞。益宜振起道義之徒，以敦流遯之弊。若秀蒙蒲帛之徵，足以鎮静頹風，軌訓囂俗。幽遐仰流，九服知化矣。

豕，九條本：子。〇案：豕爲書母，子爲精母，精組章組混切。囂，九條本：許驕反。

解尚書表

殷仲文

臣聞洪波振壑，川無恬鱗。驚飈拂野，林無静柯。何者。勢弱則受制於巨力，質微則莫以自保。於理雖可得而言，於臣寔所敢喻。昔桓玄之世，誠復驅迫者衆，至於愚臣，罪實深矣。進不能見危授命，忘身殉國。退不能辭粟首陽，拂衣高謝。遂乃宴安昏寵，叨昧僞封。錫文篡事,曾無獨固。名義以之俱淪,情節自兹兼撓,宜其極法,以判忠邪。

恬,九條本旁記:大兼反。　叨,九條本:吐刀反。　錫,九條本:石。　篡,九條本:初患反。　撓,陳八郎本:奴教。九條本:女孝反。　邪,九條本作"耶",音:斜。

鎮軍臣裕,匡復社稷,大弘善貸。佇一戮於微命,申三驅於大信。既惠之以首領,復引之以縶維。于時皇輿否隔,天人未泰,用忘進退,惟力是視。是以僶俛從事,自同全人。今宸極反正,惟新告始。憲章既明,品物思舊。臣亦胡顔之厚,可以顯居榮次。乞解所職,待罪私門。違謝闕庭,乃心愧戀,謹拜表以聞。臣某云云。

裕,九條本:諭。　貸,九條本:他代反。　佇,九條本旁記:時與反。　戮,九條本:六。　縶,九條本:知立反。朝鮮正德本、奎章閣本:知立。

爲宋公至洛陽謁五陵表

傅季友

臣裕言:近振旅河湄,揚旍西邁。將届舊京,威懷司雍。河流遄疾,道阻且長。加以伊洛榛蕪,津塗久廢。伐木通逕,淹引時月。始以今月十二日,次故洛水浮橋。山川無改,城闕爲墟,宫廟隳頓,鍾簴空列,觀宇之餘,鞠爲禾黍。廛里蕭條,鷄犬罕音。感舊永懷,痛心在目。以其月十五日,奉謁五陵。墳塋幽淪,百年荒翳,天衢開泰,情禮獲申,故老掩涕,三軍悽感,瞻拜之日,憤慨交集。行河南太守毛脩之等,既開翦荆棘,繕修毀垣。職司既備,蕃衛如舊。伏惟聖懷,遠慕兼慰,不勝下情。謹遣傳詔殿中中郎臣某,奉表以聞。

雍,九條本:紆共反。　隳,九條本:規。〇案:卷十九《高唐賦》"長吏隳官"、卷二十一《百一詩》"前者隳官去"、卷五十一《過秦論》"隳名城",音注皆爲"許歸反"。據此,九條本"規"上疑脱"許"字。　廛,九條本作"厘",音:田。〇案:廛爲澄母,田爲定母,舌音未分化。　塋,九條本:營。　繕,九條本:善。

爲宋公求加贈劉前軍表

傅季友

臣聞崇賢旌善,王教所先。念功簡勞,義深追遠。故司勲秉策,在勤必記。德之休明,没而彌著。故尚書左僕射、前軍將軍臣穆之,爰自布衣,協佐義始。内竭謀猷,外勤庶政。密勿軍國,心力俱盡。及登庸朝右,尹司京畿。敷讚百揆,翼新大猷。頃戎車遠役,居中作捍。撫寧之勲,實洽朝野,識量局致,棟幹之器也。方宣讚盛化,緝隆聖世,志績未究,遠邇悼心。皇恩褒述,班同三事。榮哀既備,寵靈已泰。

旌,九條本:生。　著,九條本:丁慮反。　射,九條本:夜。　勿,九條本:物。　車,九條本:居。　緝,九條本:集。　褒,九條本作"裒":布毛反。

臣伏思尋:自義熙草創,艱患未弭。外虞既殷,内難亦荐。時屯世故,靡有寧歲。臣以寡劣,負荷國重,實賴穆之匡翼之勲。豈惟讜言嘉謀,溢于民聽。若乃忠規密謨,潛慮帷幕,造膝詭辭,莫見其際。事隔於皇朝,功隱於視聽者,不可勝記。所以陳力一紀,遂克有成。出征入輔,幸不辱命。微夫人之左右,未有寧濟其事者矣。履謙居寡,守之彌固。每議及封爵，輒深自抑絶，所以勲高當年，而茅土弗及。撫事永念，胡寧可昧。謂宜加贈正司，追甄土宇。俾忠貞之烈，不泯於身後。大賚所及，永秩於善人。臣契闊屯夷，旋觀終始，金蘭之分，義深情感。是以獻其乃懷，布之朝聽。所啓上合，請付外詳議。

勲，九條本旁記"勛"，音：香云，或作勲，同也。　甄，九條本：居延反。　屯，九條本：知倫反。

爲齊明帝讓宣城郡公第一表

任彦昇

臣鸞言：被臺司召，以臣爲侍中、中書監、驃騎大將軍、開府儀同三司、楊州刺史、録尚書事，封宣城郡開國公，食邑三千户，加兵五千人。臣本庸才，智力淺短。太祖高皇帝篤猶子之愛，降家人之慈。世祖武帝情等布衣，寄深同氣。武皇大漸，實奉話言。雖自見之明，庸近所蔽。愚夫一至，偶識量己。實不忍自固於綴衣之辰，拒違於玉几之側。遂荷顧託，導揚末命。雖嗣君棄常，獲罪宣德。王室不造，職臣之由。何者。親則東牟，任惟博陸。徒懷子孟社稷之對，何救昌邑爭臣之譏。四海之議，於何逃責。

話，陳八郎本：户邁。九條本：胡邁反。　量，九條本：良。　荷，九條本：何可反。

且陵土未乾，訓誓在耳。家國之事，一至於斯。非臣之尤，誰任其咎。將何以肅拜高寢，虔奉武園。悼心失圖，泣血待旦。寧容復徼榮於家恥，宴安於國危。驃騎上將之元勲，神州儀刑之列岳。尚書古稱司會，中書實管王言。且虚飾寵章，委成禦侮。臣知不惬，物誰謂宜。

但命輕鴻毛,責重山岳。存没同歸,毁譽一貫。辭一官不減身累,增一職已黷朝經。便當自同體國,不爲飾讓。

侮,九條本:舞。　愜,九條本:苦牒反。　譽,九條本:余。

至於功均一匡,賞同千室。光宅近甸,奄有全邦。殞越爲期,不敢聞命。亦願曲留降鑒,即垂順許,鉅平之懇誠必固,永昌之丹慊獲申。乃知君臣之道,綽有餘裕。苟曰易昭,敢守難奪。故可庶心弘議,酌己親物者矣。不勝荷懼屏營之誠,謹附某官某甲,奉表以聞。臣諱誠惶誠恐。

慊,朝鮮正德本、奎章閣本:苦簟。　裕,九條本:喻。　易,九條本:以知反。

爲范尚書讓吏部封侯第一表

任彦昇

臣雲言:被尚書召,以臣爲散騎常侍、吏部尚書,封霄城縣開國侯,食邑千户。奉命震驚,心顏無措。臣雲頓首頓首,死罪死罪。臣素門凡流,輪翮無取。進謝中庸,退慙狂狷。固嘗鑽厲求學,而一經不治。篆刻爲文,而三冬靡就。負書燕魏,空殫菽粟。躡屩齊楚,徒失貧賤。

狷,九條本、朝鮮正德本、奎章閣本:古縣反。　鑽,九條本:即丸反。　殫,九條本:多寒反。　屩,尤袤本、朝鮮正德本、奎章閣本:脚。

既而分虎出守,以囊被見嗤。持斧作牧,以薏苡興謗。赭衣爲虜,見獄吏之尊。除名爲民,知井臼之逸。百年上壽,既曰徒然。如其誠説,亦以過半。

牧,九條本:木。　薏,朝鮮正德本、奎章閣本:意。　苡,朝鮮正德本、奎章閣本:以。　白,九條本:其九反。

亂離斯瘼,欲以安歸。閉門荒郊,再離寒暑。兼以東皋數畝,控帶朝夕。關外一區,悵望鍾阜。雖室無趙女,而門多好事。禄微賜金,而懽同娱老。折芰燔枯,此焉自足。

瘼,九條本、朝鮮正德本、奎章閣本:莫。　折,九條本:之舌反。　芰,九條本:其寄反。

陛下應期萬世,接統千祀。三千景附,八百不謀。臣釁等離心,功慙同德。泥首在顔,輿棺未毁。締構草昧,敢叨天功。獄訟謳謌,示民同志。而隆器大名,一朝揔集。顧己反躬,何以臻此。正當以接閈白水,列宅舊豐。忘捨講之尤,存諸公之費。俯拾青紫,豈待明經。臣雲頓首頓首,死罪死罪。

應,九條本:於證反。　釁,九條本作"亹":許靳反。　棺,九條本:官。　閈,九條本:汗。

夫銓衡之重,關諸隆替。遠惟則哲,在帝猶難。漢魏已降,達識繼軌,雅俗所歸,惟稱許郭。拔十得五,尚曰比肩。其餘得失未聞,偶察童幼,天機暫發,顧無足算。在魏則毛玠公方,居晋則山濤識量。以臣况之,一何遼落。齊季陵遲,官方淆亂。鴻都不綱,西園成市。金章有盈笥之談,華貂深不足之嘆。草創惟始,義存改作,恭己南面,責成斯在。豈宜妄加寵私,以乏王事,附蟬之飾,空成寵章。求之公私,授受交失。

替,九條本:他帝。　玠,九條本:介。

近世侯者,功緒參差。或足食關中,或成軍河内。或制勝帷幄,或門人加親。或與時抑揚,或隱若敵國。或策定禁中,或功成野戰。或盛德如卓茂,或師道如桓榮。或四姓侍祠,已無足紀。五侯外戚,且非舊章。而臣之所附,惟在恩澤。既義異疇庸,實榮乖儒者。雖小人貪幸,豈獨無心。

抑,九條本:欲。○案:抑爲職韻,欲爲屋韻,六朝可通。例詳《漢魏六朝韻譜·魏晋宋譜》"屋""職"韻條。

臣本自諸生,家承素業。門無富貴,易農而仕。乃祖玄平,道風秀世。爰在中興,儀刑多士。位裁元凱,任止牧伯。高祖少連,夙秉高尚。所富者義,所乏者時。薄宦東朝,謝病下邑。先志不忘,愚臣是庶。且去歲冬初,國學之老博士耳。今兹首夏,將亞冢司。雖千秋之一日九遷,荀爽之十旬遠至。方之微臣,未爲速達。臣雖無識,惟利是視。至於虧名損實,爲國爲身。知其不可,不敢妄冒。陛下不棄菅蒯,愛同絲麻。

冒,九條本:亡報反。　菅,九條本:吉顔,或爲菱,同音。朝鮮正德本:姧。奎章閣本:奸。　蒯,陳八郎本:苦怪。九條本:古拜反,又:苦怪反。

儻平生之言,猶在聽覽,宿心素志,無復貳辭。矜臣所乞,特迴寵命,則彝章載穆,微物知免。臣今在假,不容詣省,不任荷懼之至,謹奉表以聞。臣雲誠惶以下。

假,九條本:古許反。

爲蕭揚州作薦士表

任彦昇

臣王言:臣聞求賢暫勞,垂拱永逸。方之疏壤,取類導川。伏惟陛下,道隱旒纊,信充符璽。六飛同塵,五讓高世。白駒空谷,振鷺在庭。猶懼隱鱗卜祝,藏器屠保。物色關下,委裘河上。非取製於一狐,諒求味於兼采。五聲倦響,九工是詢。寢議廟堂,借聽輿皂。臣位任隆重,義兼家邦,實欲使名實不違,徼倖路絶。勢門上品,猶當格以清談。英俊下僚,不可限以位貌。

疏,九條本:色於反。　纊,九條本:口浪反。　璽,九條本:子。○案:璽爲心母,子爲精母,精組互轉。　皂,九條本:七到反。

竊見祕書丞琅邪臣王暕,年二十一,字思晦。七葉重光,海内冠冕。神清氣茂,允迪中和。叔寶理遣之談,彦輔名教之樂。故以暉映先達,領袖後進。居無塵雜,家有賜書。辭賦清新,屬言玄遠。室邇人曠,物疏道親。養素丘園,台階虚位。庠序公朝,萬夫傾望。豈徒荀令可想,李公不亡而已哉。

暕,九條本:蕳。　迪,九條本:徒的反。

前晉安郡候官令東海王僧孺,年三十五,字僧孺,理尚栖約,思致恬敏。既筆耕爲養,亦傭書成學。至乃集螢映雪,編蒲緝柳。先言往行,人物雅俗。甘泉遺儀,南宫故事。畫地成圖,抵掌可述。豈直鼮鼠有必對之辯,竹書無落簡之謬。暕坐鎮雅俗,弘益已多。僧孺訪對不休,質疑斯在。并東序之秘寶,瑚璉之茂器。誠言以人廢,而才實世資。臨表悚戰,猶懼未允,不任下情云云。

鋋,尤袤本、九條本、朝鮮正德本、奎章閣本:廷。 晪,九條本:莔。

爲褚諮議蓁讓代兄襲封表

諮,九條本:丑只反。 封,九條本:方用反。

任彦昇

臣蓁言:昨被司徒符,仰稱詔旨,許臣兄賁所請,以臣襲封南康郡公。臣門籍勲蔭,光錫土宇。臣賁世載承家,允膺長德。而深鑒止足,脱屣千乘。遂乃遠謬推恩,近萃庸薄。能以國讓,弘義有歸。匹夫難奪,守以勿貳。

賁,九條本作"蕡",音:分,又:奔,旁記:賁,扶云反、皮義反,又簡端記:《音决》作蕡,扶云,案褚蓁兄名蕡,或作賁,彼義反,非,下同。朝鮮正德本、奎章閣本:奔。

昔武始迫家臣之策,陵陽感鮑生之言。張以誠請,丁爲理屈。且先臣以大宗絶緒,命臣出纂傍統。稟承在昔,理絶終天。永惟情事,觸目崩殞。若使賁高延陵之風,臣忘子臧之節。是廢德舉,豈曰能賢。陛下察其丹款,特賜停絶。不然投身草澤,苟遂愚誠耳。不勝丹慊之至,謹詣闕拜表以聞。臣誠惶誠恐以下。

慊,九條本:苦點反。

爲范始興作求立太宰碑表

任彦昇

臣雲言:原夫存樹風猷,没著徽烈。既絶故老之口,必資不刊之書。而藏諸名山,則陵谷遷貿。府之延閣,則青編落簡。然則配天之迹,存乎泗水之上。素王之道,紀於沂川之側。由是崇師之義,擬迹於西河。尊主之情,致之於堯禹。故精廬妄啓,必窮鐫勒之盛。君長一城,亦盡刊刻之美。況乎甄陶周召,孕育伊顔。故太宰竟陵文宣王臣某,與存與亡,則義刑社稷。嚴天配帝,則周公其人。體國端朝,出藩入守,進思必告之道,退無苟利之專。五教以倫,百揆時序。

刊,九條本:干,又:苦干反。　沂,九條本:宜。　鐫,九條本:仙,又:子緣反。〇案:鐫爲精母,仙爲心母,精組互轉。甄,九條本:軒。〇案:甄爲見母,軒爲曉母,疑脱反切上字。

若夫一言一行,盛德之風。琴書藝業,述作之茂。道非兼濟,事止樂善,亦無得而稱焉。人之云亡,忽移歲序。鵩鴞東徙,松檟成行。六府臣僚,三藩士女。人蓄油素,家懷鉛筆。瞻彼景山,徒然望慕。

樂,九條本:力各反。　鴞,九條本:于苗反。　檟,九條本:居雅反。

昔晉氏初禁立碑,魏舒之亡,亦從班列。而阮略既泯,故首冒嚴科,爲之者竟免刑戮,致之者反蒙嘉嘆。至於道被如仁,功參微管,本宜在常均之外。故太宰淵、丞相嶷,親賢并軌,即爲成規。乞依二公前例,賜許刊立。寧容使長想九原,樵蘇罔識其禁。駐驆長陵,輶軒不知所適。

嶷，九條本：魚力反。　驆，九條本、朝鮮正德本、奎章閣本：畢。　輶，陳八郎本：由柳。九條本：由，又：酉。朝鮮正德本、奎章閣本：由。

臣里閭孤賤，才無可甄，值齊網之弘，弛賓客之禁。策名委質，忽焉二紀。慮先犬馬，厚恩不答。而弊帷毁蓋，未蓐螻蟻。珠襦玉匣，遽飾幽泉。陛下弘獎名教，不隔微物，使臣得駿奔南浦，長號北陵。既曲逢前施，實仰覬後澤。儻驗杜預山頂之言，庶存馬駿必拜之感。臨表悲懼，言不自宣。臣誠惶已下。

螻，九條本：樓。　襦，九條本作"褠"，簡端記：《音决》作褠，而朱反。或作袴，同反。　施，九條本：式智反。

《文選》音注輯考卷三十九

上書

李斯《上書秦始皇》一首

鄒陽《上書吴王》一首

《獄中上書自明》一首

司馬長卿《上疏諫獵》一首

枚叔《上書諫吴王》一首

《上書重諫吴王》一首

江文通《詣建平王上書》一首

啓

任彦昇《奉荅勑示七夕詩啓》一首

《爲卞彬謝脩卞忠貞墓啓》一首

《啓蕭太傅固辭奪禮》一首

上　書

上書秦始皇

李　斯

臣聞吏議逐客，竊以爲過矣。昔穆公求士，西取由余於戎，東得百里奚於宛，迎蹇叔於宋，來邳豹、公孫支於晋。此五子者，不産於秦，穆公用之，并國三十，遂覇西戎。孝公用商鞅之法，移風易俗，民以殷盛，國以富彊，百姓樂用，諸侯親服。獲楚魏之師，舉地千里，至今治彊。

宛，九條本：於元反。　鞅，朝鮮正德本、奎章閣本：於兩。

【附】尤袤本李善注：《史記》曰：衛鞅擊魏公子卬。卬，五剛切。

惠王用張儀之計，拔三川之地，西并巴蜀，北收上郡，南取漢中。包九夷，制鄢郢。東據成皋之險，割膏腴之壤。遂散六國之從，使之西面事秦，功施到今。昭王得范雎，廢穰侯，逐華陽。彊公室，杜私門，蠶食諸侯，使秦成帝業。此四君者，皆以客之功。由此觀之，客何負於秦哉。向使四君却客而弗納，踈士而弗用，是使國無富利之實，而秦無彊大之名也。

鄢，陳八郎本：偃。九條本：於建反。　郢，九條本：以政反。

從，陳八郎本：子容。九條本：子容反。　穰，九條本：而良反。

今陛下致昆山之玉，有和隨之寶。垂明月之珠，服太阿之劍。乘纖離之馬，建翠鳳之旗，樹靈鼉之鼓。此數寶者，秦不生一焉，而陛下悦之，何也。必秦國之所生然後可，則夜光之璧不飾朝廷，犀象之器不爲玩好，而趙衛之女不充後庭，駿良駃騠不實外廏。江南金錫不爲用，西蜀丹青不爲采。

纖，朝鮮正德本、奎章閣本作"孅"，音：息廉。　鼉，尤袤本：徒河切。陳八郎本：徒河。　駃，《索隱》、尤袤本、陳八郎本：决。九條本：古穴反。　騠，《索隱》：提。尤袤本、陳八郎本：啼。九條本：大兮反。　廏，九條本：久又反。

所以飾後宫、充下陳、娱心意、悦耳目者，必出於秦然後可，則是宛珠之簪、傅璣之珥、阿縞之衣、錦綉之飾不進於前。而隨俗雅化，佳冶窈窕，趙女不立於側也。

宛，尤袤本：於元切。陳八郎本：於元。 傅，九條本：賦，或音附。 璣，九條本：居衣反。 縞，九條本：古昊反。朝鮮正德本、奎章閣本：古老。

夫擊甕叩缶，彈箏搏髀，而歌呼嗚嗚快耳者，真秦之聲也。鄭衛、桑間、韶虞、武象者，異國之樂也。今棄叩缶擊甕而就鄭衛，退彈箏而取韶虞，若是者何也。快意當前，適觀而已矣。

甕，《索隱》：於貢反。尤袤本李善注：於貢切。九條本：烏貢反。奎章閣本：於貢。 缶，《史記》作"缻"，《索隐》：甫有反。尤袤本李善注：甫友切。奎章閣本：甫友。 髀，陳八郎本：陛。

今取人則不然。不問可否，不論曲直，非秦者去，爲客者逐。然則是所重者在乎色樂珠玉，而所輕者在乎民人也。此非所以跨海内、制諸侯之術也。臣聞地廣者粟多，國大者人衆，兵彊者則士勇。是以太山不讓土壤，故能成其大。河海不擇細流，故能就其深。王者不却衆庶，故能明其德。是以地無四方，民無異國，四時充美，鬼神降福。此五帝、三王之所以無敵也。今乃棄黔首以資敵國，却賓客以業諸侯。使天下之士退而不敢西向，裹足不入秦。此所謂籍寇兵而齎盗粮者也。

否，九條本：不。 黔，九條本：巨炎反。 籍，《索隱》作"藉"：積夜反。九條本亦作"藉"：子夜反。 齎，《索隐》：子奚反。朝鮮正德本、奎章閣本：資。

夫物不産於秦,可寶者多。士不産於秦,願忠者衆。今逐客以資敵國,損民以益讎,内自虚而外樹怨諸侯,求國無危,不可得也。

上書吴王

鄒　陽

臣聞秦倚曲臺之宫,懸衡天下。畫地而人不犯,兵加胡越。至其晚節末路,張耳、陳勝連從兵之據,以叩函谷,咸陽遂危。何則,列郡不相親,萬室不相救也。

倚,顏師古:於綺反。　畫,九條本:獲。　從,顏師古、九條本:子容反。尤袤本、陳八郎本:子容。

今胡數涉北河之外,上覆飛鳥,下不見伏兔。鬬城不休,救兵不至,死者相隨,輂車相屬,轉粟流輸,千里不絶。何則,彊趙責於河間。六齊望於惠后,城陽顧於盧博,三淮南之心思墳墓。大王不憂,臣恐救兵之不專。胡馬遂進窺於邯鄲,越水長沙,還舟青陽。雖使梁并淮陽之兵,下淮東,越廣陵,以遏越人之糧。漢亦折西河而下,北守漳水,以輔大國。胡亦益進,越亦益深。此臣之所爲大王患也。

覆,顏師古:芳目反。　屬,顏師古:之欲反。　輸,尤袤本、朝鮮正德本、奎章閣本:去聲。　遏,九條本:於□反。○案:九條本□處字殘。

臣聞蛟龍驤首奮翼,則浮雲出流,霧雨咸集。聖王底節脩德,則游談之士,歸義思名。今臣盡知畢議,易精極慮,則無國而不可奸。飾固陋之心,則何王之門,不可曳長裾乎。

底,顏師古:指。　易,朝鮮正德本、奎章閣本:亦。　奸,顏師古：干。

然臣所以歷數王之朝，背淮千里而自致者，非惡臣國而樂吴民。竊高下風之行，尤悦大王之義。故願大王無忽，察聽其至。

悦，《漢書》作"説"，顔師古：悦。

臣聞鷙鳥累百，不如一鶚。夫全趙之時，武力鼎士，袨服叢臺之下者，一旦成市。不能止幽王之湛患。淮南連山東之俠，死士盈朝，不能還厲王之西也。然則計議不得，雖諸賁不能安其位，亦明矣。故願大王審畫而已。

鷙，尤袤本、朝鮮正德本、奎章閣本：至。 鶚，顔師古：愕。九條本：五各反。 袨，顔師古：音州縣之縣。尤袤本、九條本、朝鮮正德本、奎章閣本：縣。 畫，顔師古：獲。

始孝文皇帝據關入立，寒心銷志，不明求衣。自立天子之後，使東牟、朱虚東褒儀父之後。深割嬰兒王之，壤子王梁、代，益以淮陽。卒仆濟北、囚弟於雍者，豈非象新垣等哉。

儀，《漢書》作"義"，顔師古：讀曰儀。 父，顔師古：讀曰甫。仆，顔師古：赴。

今天子新據先帝之遺業，左規山東，右制關中，變權易勢，大臣難知。大王弗察，臣恐周鼎復起於漢。新垣過計於朝，則我吴遺嗣，不可期於世矣。高皇帝燒棧道，灌章邯。兵不留行，收弊人之倦，東馳函谷，西楚大破。水攻則章邯以亡其城，陸擊則荆王以失其地。此皆國家之不幾者也，願大王熟察之。

垣，九條本：袁。

獄中上書自明

鄒　陽

臣聞忠無不報，信不見疑，臣常以爲然，徒虚語耳。昔者荆軻慕燕丹之義，白虹貫日，太子畏之。衛先生爲秦畫長平之事，太白食昴，昭王疑之。夫精誠變天地，而信不諭兩主，豈不哀哉。今臣盡忠竭誠，畢議願知。左右不明，卒從吏訊，爲世所疑。是使荆軻、衛先生復起，而燕秦不寤也。願大王熟察之。昔玉人獻寶，楚王誅之。李斯竭忠，胡亥極刑。是以箕子陽狂，接輿避世，恐遭此患。願大王察玉人、李斯之意，而後楚王、胡亥之聽。毋使臣爲箕子、接輿所笑。

訊，顔師古：信。　亥，九條本：胡改反。　輿，顔師古：弋於反。

臣聞比干剖心，子胥鴟夷。臣始不信，乃今知之。願大王熟察，少加憐焉。語曰：白頭如新，傾蓋如故。何則，知與不知也。故樊於期逃秦之燕，籍荆軻首以奉丹事。王奢去齊之魏，臨城自剄，以却齊而存魏。

【附】尤袤本李善注：《史記》曰：右手揕其胷。徐廣曰：椹，丁鴆切。〇案："椹"爲"揕"字之訛。　剄，陳八郎本：古郢。三條家本：古郢反。

夫王奢、樊於期，非新於齊、秦而故於燕、魏也。所以去二國、死兩君者，行合於志而慕義無窮也。是以蘇秦不信於天下，爲燕尾生。白圭戰亡六城，爲魏取中山。何則，誠有以相知也。蘇秦相燕，人惡之於燕王。燕王按劍而怒，食以駃騠。白圭顯於中山，人惡之於魏文侯，文侯投以夜光之璧。何則，兩主二臣，剖心析肝相信，豈移於浮辭哉。

食，《正義》：寺。顔師古：讀曰飤。　駃，《正義》、《索隱》引《字林》、顔師古：决。九條本、三條家本、朝鮮正德本、奎章閣本：决。　騠，《正義》：蹄。《索隱》引《字林》、三條家本、朝鮮正德本、奎章閣本：啼。九條本：帝。顔師古：題。〇案：九條本"帝"蓋爲"啼"字之訛。　析，朝鮮正德本、奎章閣本：昔。三條家本：先歷反。

故女無美惡，入宮見妬。士無賢不肖，入朝見嫉。昔者司馬喜臏脚於宋，卒相中山。范睢摺脇折齒於魏，卒爲應侯。此二人者，皆信必然之畫，捐朋黨之私，挾孤獨之交，故不能自免於嫉妬之人也。是以申徒狄蹈雍之河，徐衍負石入海，不容身於世，義不苟取，比周於朝，以移主上之心。

臏，尤袤本、陳八郎本：鼻引。三條家本：鼻引反。　摺，《索隱》：力答反。《漢書》作"拉"，顔師古：盧合反。尤袤本李善注：力合切。陳八郎本：拉。三條家本：臘。　雍，顔師古：於龍反。尤袤本李善注：一龍切。陳八郎本、三條家本：平聲。　【附】尤袤本李善注：《論語讖》曰：徐衍負石，伐子自狸。狸，力之切。比，顔師古：頻寐反。

故百里奚乞食於路，穆公委之以政。甯戚飯牛車下，而桓公任之以國。此二人豈素宦於朝，借譽於左右，然後二主用之哉。感於心，合於意，堅如膠漆，昆弟不能離，豈惑於衆口哉。

穆,九條本作"繆":亡又反。【附】《集解》應劭曰:齊桓公夜出迎客,而甯戚疾擊其牛角商歌曰:南山矸,白石爛,生不遭堯與舜禪。短布單衣適至骭,從昏飯牛薄夜半,長夜曼曼何時旦。《索隱》:矸音公彈反,顧野王又作岸音也。禪音膳,如字讀,協韻失之故也。骭,《字林》音下諫反。又顔師古:骭音下諫反。曼音莫幹反。

故偏聽生姦,獨任成亂。昔魯聽季孫之説而逐孔子,宋信子冉之計囚墨翟。夫以孔墨之辯,不能自免於讒諛,而二國以危。何則,衆口鑠金,積毁銷骨。是以秦用戎人由余而霸中國,齊用越人子臧而彊威宣。此二國豈拘於俗、牽於世,繫奇偏之辭哉。公聽并觀,垂明當世。故意合則胡越爲昆弟,由余、子臧是矣。不合則骨肉爲讎敵,朱、象、管、蔡是矣。

冉,尤袤本李善注:任。 霸,《漢書》作"伯",顔師古:讀曰霸。

今人主誠能用齊、秦之明,後宋、魯之聽,則五霸不足侔,三王易爲比也。是以聖王覺悟,捐子之之心,而不悦田常之賢。封比干之後,修孕婦之墓。故功業覆於天下。何則,欲善無猒也。

霸,《漢書》作"伯",顔師古:讀曰霸。 悦,《漢書》作"説",顔師古:讀曰悦。

夫晋文公親其讎而彊霸諸侯,齊桓公用其仇而一匡天下。何則,慈仁殷勤,誠嘉於心,此不可以虚辭借也。至夫秦用商鞅之法,東弱韓、魏,立彊天下,而卒車裂之。越用大夫種之謀,禽勁吴而霸中國,遂誅其身。是以孫叔敖三去相而不悔。於陵子仲辭三公,爲人灌園。

霸,《漢書》作"伯",顔師古:讀爲霸,下皆類此。　於,陳八郎本、三條家本:烏。

今人主誠能去驕傲之心,懷可報之意。披心腹,見情素。隳肝膽,施德厚,終與之窮達,無愛於士。則桀之猗可使吠堯,而跖之客可使刺由。何況因萬乘之權,假聖王之資乎。然則荆軻湛七族,要離燔妻子,豈足爲大王道哉。

隳,《漢書》作"墮",顔師古:火規反。　跖,三條家本、朝鮮正德本、奎章閣本:隻。九條本:之石反。

臣聞明月之珠,夜光之璧,以暗投人於道,衆莫不按劒相眄者,何則,無因而至前也。蟠木根柢,輪囷離奇,而爲萬乘器者,何則,以左右先爲之容也。故無因而至前,雖出隋侯之珠,夜光之璧,秖足結怨而不見德。故有人先談,則枯木朽株,樹功而不忘。

蟠,三條家本:盤。九條本:步丸反。　柢,《漢書》注引蘇林、尤袤本李善引蘇林、奎章閣本:蔕。　囷,顔師古:去輪反。尤袤本李善注:去倫切。三條家本:丘筠反。奎章閣本:去倫。　離,顔師古:力爾反,一曰讀如本字。尤袤本李善注:薄棊切。○案:尤袤本音"薄"字疑誤。　奇,顔師古:於綺反,一曰讀如本字。尤袤本李善注、奎章閣本:衣。九條本:起。　秖,顔師古:支。

今天下布衣窮居之士,身在貧賤,雖蒙堯舜之術,挾伊管之辯。懷龍逢、比干之意,欲盡忠當世之君,而素無根柢之容,雖竭精神,欲開忠信，輔人主之治，則人主必襲桉劍相眄之迹矣。是使布衣之士，不得爲枯木朽株之資也。是以聖王制世御俗，獨化於陶鈞之上。而不牽乎卑辭之語，不奪乎衆多之口。故秦皇帝任中庶子蒙嘉之言，以信荆軻之説，而匕首竊發。周文獵涇渭，載吕尚而歸，以王天下。秦信左右而亡，周用烏集而王。何則，以其能越拘攣之語，馳域外之義，獨觀於昭曠之道也。今人主沉諂諛之辭，牽於帷墻之制，使不羈之士與牛驥同皁，此鮑焦所以忿於世，而不留富貴之樂也。

攣，顔師古、九條本：力全反。　皁，顔師古：在早反。

臣聞盛飾入朝者，不以私汙義。砥厲名號者，不以利傷行。故里名勝母，曾子不入。邑號朝歌，墨子迴車。今欲使天下恢廓之士，誘於威重之權，脅於位勢之貴，回面汙行，以事諂諛之人，而求親近於左右，則士有伏死堀穴巖藪之中耳，安有盡忠信而趨闕下者哉。

砥，陳八郎本：止。三條家本：底。　車，九條本：居。　恢，《漢書》作"寥"，顔師古：聊。　汙，顔師古：一故反，或：一胡反。

上書諫獵

司馬長卿

臣聞物有同類而殊能者，故力稱烏獲，捷言慶忌，勇期賁育。臣之愚暗，竊以爲人誠有之，獸亦宜然。今陛下好凌岨險、射猛獸，卒然遇軼才之獸，駭不存之地，犯屬車之清塵。輿不及還轅，人不暇施功，雖有烏獲、逢蒙之伎，力不得用，枯木朽株，盡爲難矣。是胡越起於轂下，而羌夷接軫也，豈不殆哉。

卒，《索隱》：倉兀反。顔師古：卒讀曰猝，音千忽反。　屬，顔師古:之欲反。 車,九條本:居。 朽,九條本:居又反。○案:朽爲曉母,居爲見母,牙喉通轉。

雖萬全無患,然本非天子所宜近也。且夫清道而後行,中路而馳,猶時有銜橛之變。而况乎涉豐草,騁丘墟。前有利獸之樂,而内无存變之意,其爲害也,不亦難矣。夫輕萬乘之重不以爲安,而樂出萬有一危之塗以爲娱,臣竊爲陛下不取也。盖聞明者遠見於未萌,而智者避危於无形。禍固多藏於隱微,而發於人所忽者也。故鄙諺曰:家累千金,坐不垂堂。此言雖小,可以喻大。臣願陛下留意幸察。

橛,《索隱》、九條本:巨月反。顔師古:鉅月反。三條家本:渠月反。陳八郎本:渠月。 墟,《漢書》作"虚",顔師古:讀曰墟。 樂,九條本:洛。

上書諫吴王

枚 叔

臣聞得全者昌,失全者亡。舜无立錐之地,以有天下。禹无十户之聚,以王諸侯。湯武之土,不過百里。上不絶三光之明,下不傷百姓之心者,有王術也。故父子之道,天性也。忠臣不避重誅以直諫,則事无遺策,功流萬世。臣乘願披腹心而效愚忠,惟大王少加意,念惻怛之心於臣乘言。

聚,顔師古:才喻反。

夫以一縷之任,係千鈞之重,上懸之无極之高,下垂之不測之淵,雖甚愚之人,猶知哀其將絶也。馬方駭,鼓而驚之。係方絶,又重鎮之。

係絶於天，不可復結，墜入深淵，難以復出。其出不出，間不容髮。能聽忠臣之言，百舉必脱。必若所欲爲，危於累卵，難於上天。變所欲爲，易於反掌，安於泰山。

脱，顔師古：土活反。

今欲極天命之上壽，弊无窮之極樂。究萬乘之勢，不出反掌之易。居泰山之安，而欲乘累卵之危，走上天之難，此愚臣之所大惑也。

走，顔師古、尤袤本李善注引顔師古、奎章閣本：奏。

人性有畏其影而惡其迹，却背而走，迹逾多，影逾疾，不如就陰而止，影滅迹絶。欲人勿聞，莫若勿言。欲人勿知，莫若勿爲。欲湯之滄，一人炊之，百人揚之，無益也，不如絶薪止火而已。不絶之於彼，而救之於此，譬由抱薪而救火也。

背，顔師古：步内反。　滄，《漢書》作"凔"，引鄭氏曰：音悽愴之愴。三條家本亦作"凔"：楚諒反。陳八郎本：楚諒。

養由基，楚之善射者也，去楊葉百步，百發百中。楊葉之大，加百中焉，可謂善射矣。然其所止，百步之内耳，比於臣乘，未知操弓持矢也。

操，三條家本：平聲。

福生有基，禍生有胎。納其基，絶其胎，禍何自來。太山之霤穿石，殫極之紞斷幹。水非石之鑽，索非木之鋸，漸靡使之然也。

霤，尤袤本：力救切。三條家本：力救反。朝鮮正德本：力救。奎章閣本：力求。○案：奎章閣本"求"爲"救"字之訛。

絖,三條家本作"綆":古猛反。 【附】晋灼曰:絖,古綆字也。單,盡也,盡極之綆斷幹。幹,井上四交之幹。常爲汲索所契傷也。顔師古:絖、綆皆音鯁。鍥、契皆刻也,音口計反。

夫銖銖而稱之,至石必差。寸寸而度之,至丈必過。石稱丈量,徑而寡失。夫十圍之木,始生而蘖,足可搔而絶,手可擢而抓。據其未生,先其未形。磨礱砥礪,不見其損,有時而盡。種樹畜養,不見其益,有時而大。積德累行,不知其善,有時而用。弃義背理,不知其惡,有時而亡。臣願大王熟計而身行之,此百世不易之道也。

度,顔師古:徒各反。 蘖,三條家本:魚列反。 搔,顔師古:索高反。尤袤本李善注:先牢切。三條家本:先勞反。 抓,顔師古:莊交反。尤袤本李善注:壯交切。 礱,顔師古:聾。尤袤本李善注:力公切。三條家本:力公反。

上書重諫吴王

枚 叔

昔秦西舉胡戎之難,北備榆中之關。南距羌筰之塞,東當六國之從。六國乘信陵之籍,明蘇秦之約,厲荆軻之威,并力一心以備秦。

難,三條家本、朝鮮正德本、奎章閣本:去聲。 筰,《漢書》作"筰",顔師古:才各反。尤袤本李善注:在洛切。三條家本:昨。陳八郎本作"笮",音:昨。 塞,九條本:四代反。 從,顔師古、三條家本、陳八郎本:子容反。 籍,九條本作"藉":才夜反。

然秦卒禽六國、滅其社稷而并天下,是何也,則地利不同而民輕重不等也。今漢據全秦之地,兼六國之衆,修戎狄之義。而南朝羌莋,此其與秦,地相什而民相百,大王之所明知也。

今夫讒諛之臣爲大王計者,不論骨肉之義、民之輕重、國之大小,以爲吴禍,此臣所以爲大王患也。夫舉吴兵以訾於漢,譬猶蠅蚋之附群牛,腐肉之齒利劒,鋒接,必無事矣。

訾,顔師古:子私反。三條家本:貲。　蚋,顔師古:芮,又:人悦反。尤袤本李善注:而鋭切。九條本:芮,又:而鋭反。三條家本:而鋭反。朝鮮正德本、奎章閣本:而鋭。　腐,三條家本、朝鮮正德本、奎章閣本:輔。

天下聞吴率失職諸侯,願責先帝之遺約。今漢親誅其三公,以謝前過。是大王威加於天下,而功越於湯武也。夫吴有諸侯之位,而富實於天子。有隱匿之名,而居過於中國。夫漢并二十四郡、十七諸侯,方輸錯出。

匿,九條本:女力反。　輸,陳八郎本、三條家本:去聲。

軍行數千里,不絶於郊,其珍怪不如山東之府。轉粟西鄉,陸行不絶,水行滿河,不如海陵之倉。脩治上林,雜以離宫,積聚玩好,圈守禽獸,不如長洲之苑。游曲臺,臨上路,不如朝夕之池。深壁高壘,副以關城,不如江淮之險。此臣之所爲大王樂也。

鄉,顔師古:讀曰嚮。　圈,三條家本:奇免反。朝鮮正德本、奎章閣本:奇免。

今大王還兵疾歸,尚得十半。不然,漢知吴有吞天下之心,赫然加怒,遣羽林黄頭，循江而下，襲大王之都，魯、東海絶吴之饟道，梁王飾車騎，習戰射，積粟固守，以偪滎陽，待吴之飢。大王雖欲反都，亦不得已。

饟，陳八郎本：失讓。三條家本：失讓反。　射，九條本：時夜反。

夫三淮南之計，不負其約。齊王殺身以滅其迹，四國不得出兵其郡。趙囚鄲，此不可掩，亦已明矣。今大王已去千里之國，而制於十里之内矣。張韓將北地，弓高宿左右，兵不得下壁，軍不得太息。臣竊哀之。願大王熟察焉。

邯，三條家本：寒。　鄲，三條家本：丹。

詣建平王上書

江文通

昔者賤臣叩心，飛霜擊於燕地。庶女告天，振風襲於齊臺。下官每讀其書，未嘗不廢卷流涕。何者，士有一定之論，女有不易之行。信而見疑，貞而爲戮，是以壯夫義士伏死而不顧者，此也。下官聞仁不可恃，善不可依，謂徒虚語，乃今知之。伏願大王暫停左右，少加憐察。

戮，九條本：六。

下官本蓬户桑樞之人，布衣韋帶之士。退不飾《詩》《書》以驚愚，進不買名聲於天下。日者，謬得升降承明之闕，出入金華之殿。何常不局影凝嚴，側身扃禁者乎。竊慕大王之義，復爲門下之賓，備鳴盜淺術之餘，豫三五賤伎之末。大王惠以恩光，顧以顔色。實佩荆卿黄金之賜,竊感豫讓國士之分矣。常欲結纓伏劒,少謝萬一。剖心摩踵,以報所天。不圖小人固陋,坐貽謗缺。迹墜昭憲,身恨幽圄。履影吊心,酸鼻痛骨。

下官聞虧名爲辱,虧形次之。是以每一念來,忽若有遺。加以涉旬月,迫季秋,天光沉陰,左右無色。身非木石,與獄吏爲伍。此少卿所以仰天槌心,泣盡而繼之以血也。

槌,朝鮮正德本、奎章閣本:直追。

下官雖乏鄉曲之譽,然嘗聞君子之行矣。其上則隱於簾肆之間,卧於巖石之下。次則結綬金馬之庭,高議雲臺之上。退則虜南越之君,係單于之頸。俱啓丹册,并圖青史。寧當爭分寸之末,競錐刀之利哉。

下官聞積毁銷金,積讒磨骨。遠則直生取疑於盗金,近則伯魚被名於不義。彼之二子,猶或如是,况在下官,焉能自免。昔上將之耻,絳侯幽獄。名臣之羞,史遷下室。至如下官,當何言哉。

夫魯連之智,辭禄而不返。接輿之賢,行歌而忘歸。子陵閉關於東越,仲蔚杜門於西秦。亦良可知也。若使下官事非其虚,罪得其實,亦當鉗口吞舌,伏匕首以殞身。何以見齊魯奇節之人,燕趙悲歌之士乎。

蔚,陳八郎本:尉。

方今聖曆欽明,天下樂業。青雲浮雒,榮光塞河。西洎臨洮、狄道,北距飛狐、陽原。莫不浸仁沐義,照景飲醴而已。而下官抱痛圜門,含憤獄户。一物之微,有足悲者。仰惟大王,少垂明白。則梧丘之魂,不愧於沈首。鵠亭之鬼,無恨於灰骨。不任肝膽之切,敬因執事以聞。

洮,尤袤本:土刀切。陳八郎本:土刀。【附】尤袤本李善注:楊雄《覈靈賦》曰:文王之始起,浸仁漸義,會賢儹智。儹音攢。　膽,九條本:多敢反。

啓

奉荅勑示七夕詩啓

任彦昇

臣昉啓:奉敕并賜示《七夕》五韻。竊惟帝迹多緒,俯同不一。託情風什,希世罕工。雖漢在四世,魏稱三祖,寧足以繼想《南風》,克諧《調露》。性與天道,事絶稱言。豈其多幸,親逢旦暮。臣早奉龍潛,與賈馬而入室。晚屬天飛,比嚴徐而待詔。惟君知臣,見於訥言之旨。取求不疵,表於辯才之戲。謹輒牽率庸陋,式詶天獎。拙速雖効,蚩鄙已彰。臨啓慚恧,罔識所寘。謹啓。

率,九條本:出。　恧,尤袤本:女六切。九條本:女六反。朝鮮正德本、奎章閣本:女六。　寘,朝鮮正德本、奎章閣本:至。

爲卞彬謝脩卞忠貞墓啓

附:尤袤本李善注:《濟陰卞録》曰:二子眕、盱見父去,隨從,俱爲賊所害。眕,音真忍切。盱,休于切。

任彦昇

臣彬啓:伏見詔書并鄭義泰宣勑,當賜修理臣亡高祖,晉故驃騎大將軍、建興忠貞公壼墳塋。

壼，九條本：苦本反。

臣門緒不昌，天道所昧，忠遘身危，孝積家禍。名教同悲，隱淪惆悵。而年世貿遷，孤裔淪塞。遂使碑表蕪滅，丘樹荒毀，狐兔成穴，童牧哀歌。感慨自哀，日月纏迫。陛下弘宣教義，非求効於方今。壼餘烈不泯，固陳力於異世。但加等之渥，近闕於晋典。樵蘇之刑，遠流於皇代。臣亦何人，敢謝斯幸。不任悲荷之至。謹奉啓事以聞。謹啓。

啓蕭太傅固辭奪禮

奪，九條本：達。〇案：奪爲定母，達爲透母，端組互轉。又奪屬末韻，達屬曷韻，音近可通。

任彦昇

昉啓：近啓歸訴，庶諒窮款，奉被還旨，未垂哀察。悼心失圖，泣血待旦。君於品庶，示均鎔造。干禄祈榮，更爲自拔。虧教廢禮，豈關視聽。所不忍言，具陳兹啓。昉往從末宦，禄不代耕。飢寒無甘旨之資，限没廢晨昏之半。膝下之懽，已同過隙。几筵之慕，幾何可憑。且奠酹不親，如在安寄。晨暮寂寥，闃若無主。所守既無別理，窮咽豈及多喻。明公功格區宇，感通有塗。若霈然降臨，賜寢嚴命。是知孝治所被，爰至無心。錫類所及，匪徒教義。不任崩迫之情，謹奉啓事陳聞。謹啓。

酹，九條本：賴，又：力外反。奎章閣本：力外。　闃，尤袤本：苦覓切。朝鮮正德本：苦覓。奎章閣本：若覓。〇案：奎章閣本“若”爲“苦”字之訛。　霈，九條本：普外反。

《文選》音注輯考卷四十

彈　事

奏彈曹景宗

彈,九條本:大旦反。

任彦昇

御史中丞臣任昉稽首言:臣聞將軍死綏,咫步無却。顧望避敵,逗橈有刑。至乃趙母深識,乞不爲坐。魏主著令,抵罪已輕。是知敗軍之將,身死家戮,爰自古昔,明罰斯在。臣昉頓首頓首,死罪死罪。竊尋獯獫侵軼,暫擾疆陲,王師薄伐,所向風靡。

橈,尤袤本:奴教切。陳八郎本:奴教。　獯,集注本引《音决》:香云反。朝鮮正德本、奎章閣本:勳。　獫,集注本引《音决》:許儉反。朝鮮正德本、奎章閣本:險。　侵,集注本引《音决》:七林反。　軼,集注本引《音决》:逸,又:大結反。　擾,集注本引《音决》:而沼反。　疆,集注本作"壃",引《音决》:姜,下同。九條本亦作"壃",音:香。○案:疆爲見母,香爲曉母,牙喉通轉。

是以淮徐獻捷,河兖凱歸。東關無一戰之勞,塗中罕千金之費。而司部懸隔,斜臨寇境。故使狡虜憑陵,淹移歲月。

捷,集注本引《音决》:才接反。　塗,集注本引五家、陳八郎本作"涂",音:途。　費,集注本引《音决》:芳未反。　狡,集注本引《音决》、九條本:古巧反。

故司州刺史蔡道恭，率厲義勇，奮不顧命。全城守死，自冬徂秋。猶轉戰無窮，亟摧醜虜。方之居延，則陵降而恭守。比之疎勒，則耿存而蔡亡。若使郢部救兵，微接聲援，則單于之首，久懸北闕。豈直受降可築，涉安啓土而已哉。寔由郢州刺史臣景宗，受命致討，不時言邁。故使蝟結蟻聚，水草有依。方復按甲盤桓，緩救資敵。遂令孤城窮守，力屈凶威。

亟，集注本引《音决》：器。　降，集注本引《音决》：下江反，下同。　郢，集注本引《音决》：以整反。　援，集注本引《音决》、九條本：于卷反。　單，集注本引《音决》：市延反。　【附】集注本及尤袤本李善注：《漢書》曰：武帝遣因杅將軍公孫敖築塞外受降城。杅音盂。　蝟，集注本引《音决》、尤袤本、朝鮮正德本、奎章閣本：謂。　蟻，集注本引《音决》：魚綺反。

雖然，猶應固守三關，更謀進取，而退師延頸，自貽虧衄。疆埸侵駭，職是之由。不有嚴刑，誅賞安寘，景宗即主。

衄，集注本引《音决》：女六反。　埸，集注本引《音决》：亦。　寘，集注本引《音决》：之智反。

臣謹案使持節都督郢、司二州諸軍事、左將軍、郢州刺史、湘西縣開國侯臣景宗，擢自行間，遭玆多幸。指蹤非擬，獲獸何勤。賞茂通侯，榮高列將。負檐裁弛，鍾鼎遽列。和戎莫効，二八已陳。自頂至踵，功歸造化。潤草塗原，豈獲自已。且道恭云逝，城守累旬。景宗之存，一朝棄甲。生曹死蔡，優劣若是，惟此人斯，有靦面目。

湘，集注本引《音决》、九條本：相。　行，集注本引《音决》：下郎反。　檐，集注本作"擔"，引《音决》：多暫反。尤袤本：丁濫切。　弛，集注本作“㢮”，引《音决》：式氏反。尤袤本：式氏切。　遽，集注本引《音决》：其據反。　頂，集注本引《音决》：鼎。　踵，集注本引《音决》：之重反。三條家本：腫。　覥，集注本引《音决》、九條本：吐典反。

昔漢光命將，坐知千里。魏武置法，案以從事。故能出必以律，錙銖無爽。伏惟聖武英挺，略不世出。料敵制變，萬里無差。奉而行之，實弘廟筭。惟此庸固，理絶言提。

將，集注本引《音决》：子亮反。　錙，集注本引《音决》、九條本：側疑反。　銖，集注本引《音决》：殊。　料，集注本引《音决》：力彫反。　提，集注本引《音决》、九條本：大兮反。

自逆胡縱逸，久患諸夏。聖朝乃顧，將一車書。愍彼司氓，致辱非所。早朝永嘆，載懷矜惻。致兹虧喪，何所逃罪。宜正刑書，肅明典憲。

夏，集注本引《音决》：下。　朝，集注本引《音决》：直遥反。　愍，集注本引《音决》：閔。　喪，集注本引《音决》：息浪反。

臣謹以劾，請以見事，免景宗所居官，下太常，削爵土，收付廷尉，法獄治罪。其軍佐職僚、偏裨將帥，絓諸應及咎者，別攝治書侍御史隨違續奏。臣謹奉白簡以聞云云。

劾，集注本引《音决》、九條本：下代反。陳八郎本：胡代反。　見，集注本引《音决》：何殿反。　裨，集注本引《音决》：友反。三條家本：脾。〇案：集注本引《音决》“友”疑爲“皮”字之訛。“反”字衍。　帥，集注本引《音决》：色愧反。　絓，集注本引《音决》、三條家本：胡卦反。尤袤本：胡卦切。陳八郎本：胡卦。

奏彈劉整

整,九條本:井。〇案:整爲章母,井爲精母,精組章組混切。

任彦昇

御史中丞臣任昉稽首言:臣聞馬援奉嫂,不冠不入。氾毓字孤,家無常子。是以義士節夫,聞之有立。千載美談,斯爲稱首。

援,集注本引《音决》:于卷反。　嫂,集注本引《音决》、九條本:素老反。　氾,集注本引《音决》作"泛",音:凡。尤袤本、三條家本、朝鮮正德本、奎章閣本:凡。　毓,集注本引五家音、尤袤本、三條家本、朝鮮正德本、奎章閣本:育。　稱,集注本引《音决》:尺證反。陳八郎本、三條家本:去聲。

臣昉頓首頓首,死罪死罪。謹案齊故西陽内史劉寅妻范,詣臺訴列稱:出適劉氏,二十許年。劉氏喪亡,撫養孤弱,叔郎整,常欲傷害侵奪。分前奴教子、當伯,并已入衆。又以錢婢姊妹弟温,仍留奴自使。伯又奪寅息逡婢緑草,私貨得錢,并不分逡。

寅,九條本:燕。〇案:寅屬真韻,燕屬先韻,真、先可通。　喪,集注本引《音决》:自浪反。〇案:據前文音注,集注本"自"爲"息"字之訛。　整,九條本:井。　分,集注本引《音决》:扶問反。　逡,三條家本:七旬反。

寅第二庶息師利,去歲十月往整田上經十二日,整便責范米六斛哺食。米未展送,忽至户前,隔薄攘拳大罵,突進房中,屏風上取車帷準米去。二月九日夜,婢采音偷車欄夾杖龍牽,范問失物之意,整便打息逡。

逡，九條本：春。〇案：逡爲清母，春爲昌母，精組章組混切。

整及母并奴婢等六人來共至范屋中，高聲大罵，婢采音舉手查范臂。求攝檢，如訴狀。輒攝整亡父舊使奴海蛤到臺辯問，列稱：整亡父興道，先爲零陵郡，得奴婢四人。分財，以奴教子乞大息寅。寅亡後，第二弟整仍奪教子，云應入衆，整便留自使，婢姊及弟各准錢五千文，不分逡。其奴當伯，先是衆奴。整兄第未分財之前，整兄寅以當伯貼錢七千，共衆作田。寅罷西陽郡還，雖未別火食，寅以私錢七千贖當伯，仍使上廣州去。後寅喪亡，整兄弟後分奴婢，唯餘婢緑草入衆。整復云：寅未分財贖當伯，又應屬衆。整意貪得當伯，推緑草與逡。整規當伯還，擬欲自取，當伯遂經七年不返。整疑已死亡不迴，更奪取婢緑草，貨得錢七千。整兄弟及姊共分此錢，又不分逡。寅妻范云，當伯是亡夫私贖，應屬息逡。當伯天監二年六月從廣州還至，整復奪取，云應充衆，准雇借上廣州四年夫直，今在整處使。進責整婢采音，劉整兄寅第二息師利，去年十月十二日忽往整墅停住十二日，整就兄妻范求米六斗哺食。

哺，集注本引五家、三條家本：蒲護反。

范未得還，整怒，仍自進范所住，屏風上取車帷爲質。范送米六斗，整即納受。范今年二月九日夜，失車欄子夾杖龍牽等，范及息逡道是采音所偷。整聞聲，仍打逡。范喚問何意打我兒。整母子爾時便同出中庭，隔箔與范相罵。婢采音及奴教子、楚玉、法志等四人，于時在整母子左右。整語采音：其道汝偷車校具，汝何不進裹罵之。既進，爭口，舉手誤查范臂。車欄夾杖龍牽，實非采音所偷。進責寅妻范奴苟奴，列孃去二月九日夜，失車欄夾杖龍牽，疑是整婢采音所偷。苟奴與郎逡往津陽門糴米,遇見采音在津陽門賣車欄龍牽,苟奴登時欲捉取,逡語苟奴已爾不須復取。苟奴隱僻少時,伺視人買龍牽,售五千錢。苟奴仍隨逡歸宅,不見度錢,并如采音、苟奴等列狀,粗與范訴相應。重覈當伯、教子,列孃被奪,今在整處使,悉與海蛤列不異。以事訴法,令史潘僧尚議:整若輒略兄子逡分前婢貨賣,及奴教子等私使,若無官令,輒收付近獄測治。諸所連逮絓應洗之源,委之獄官,悉以法制從事。如法所稱,整即主。

臣謹案:新除中軍參軍臣劉整,閭閻闒茸,名教所絶。直以前代外戚,仕因紈袴。惡積釁稔,親舊側目。

整,九條本:井。　闒,集注本引《音决》:吐臈反。陳八郎本:土合。　茸,集注本引《音决》:而勇反。陳八郎本:而勇。　紈,集注本引《音决》:丸。　袴,集注本引《音决》:可路反。　釁,集注本引《音决》作"舋":許靳反。　稔,集注本引《音决》:而甚反。

理絶通問,而妄肆醜辭。終夕不寐,而謬加大杖。薛包分財,取其老弱。高鳳自穢,爭訟寡嫂。未見孟嘗之深心,唯斅文通之僞迹。

爭,集注本引《音决》:諍。　嫂,九條本:叟。　斅,集注本引《音决》:户教反。

昔人睦親,衣無常主。整之撫姪,食有故人。何其不能折契鍾庾,而襜帷交質。人之無情,一何至此。實教義所不容,紳冕所共棄。

姪,集注本引《音决》:大結反。〇案:姪爲澄母,大爲定母,舌音未分化。《廣韻》音"徒結切",與《音决》合。　折,集注本引《音决》:舌。　契,集注本引《音决》:口計反。　襜,集注本引

《音决》:昌占反。尤袤本:昌占切。朝鮮正德本、奎章閣本:昌占。　質,集注本引《音决》:丁利反。陳八郎本:徵二反。　紳,集注本引《音决》:申。　冕,集注本引《音决》:免。

臣等参議,請以見事免整所除官,輒勒外收付廷尉法獄治罪。諸所連逮,應洗之源,委之獄官,悉以法制從事。婢采音不款偷車龍牽,請付獄測實。其宗長及地界職司,初無糾舉,及諸連逮,請不足申盡。臣昉云云,誠惶誠恐,以聞。

見,集注本引《音决》:何殿反。

奏彈王源

沈休文

給事黄門侍郎、兼御史中丞、吴興邑中正、臣沈約稽首言:臣聞齊大非偶,著乎前誥。辭霍不婚,垂稱往烈。

兼,集注本引《音决》:古念反。　偶,集注本引《音决》:五口反。　著,集注本引《音决》:丁慮反。　霍,集注本引《音决》:火郭反。　稱,集注本引《音决》:尺證反。

若乃交二族之和,辨伉合之義,升降窊隆,誠非一揆。固宜本其門素,不相奪倫。使秦晋有匹,涇渭無舛。

伉,集注本引《音决》:口浪反。朝鮮正德本、奎章閣本:苦浪。　合,集注本引《音决》作"儷",音:麗。　窊,集注本引《音决》作"窪":烏花反。陳八郎本作"窊":烏瓜。　涇,集注本引《音决》:經。　渭,集注本引《音决》:謂。　舛,集注本引《音决》、朝鮮正德本、奎章閣本：昌兖反。

自宋氏失御，禮教雕衰。衣冠之族，日失其序。姻婭淪雜，罔計廝庶。販鬻祖曾，以爲賈道。明目腆顔，曾無愧畏。

姻，集注本引《音决》：因。　婭，集注本引《音决》、朝鮮正德本、奎章閣本：亞。　廝，集注本引《音决》、尤袤本、朝鮮正德本、奎章閣本：斯。　販，集注本引《音决》：方万反。　鬻，集注本引《音决》：以六反。　賈，集注本引《音决》、尤袤本、陳八郎本：古。　腆，集注本引《音决》：他典反。朝鮮正德本、奎章閣本：土典。　曾，集注本引《音决》：在登反。

若夫盛德之胤，世業可懷。欒郤之家，前徽未遠。

夫，集注本引《音决》：扶。　欒，集注本引《音决》：力丸反。　郤，集注本引《音决》：去逆反。　徽，九條本：歸。○案：徽爲曉母，歸爲見母，牙喉通轉。

既壯而室，竊貲莫非皂隸。結褵以行，箕帚咸失其所。志士聞而傷心，舊老爲之嘆息。

貲，集注本引《音决》：子斯反。　皂，集注本引《音决》：在早反。　隸，集注本引《音决》：力帝反。　褵，集注本引《音决》、朝鮮正德本、奎章閣本：離。　箕，集注本引《音决》：居疑反。　帚，集注本引《音决》：章首反。朝鮮正德本、奎章閣本：之誘。　爲，集注本引《音决》：于僞反。

自宸歷御寓，弘革典憲。雖除舊布新，而斯風未殄。陛下所以負扆興言,思清弊俗者也。臣實儒品,謬掌天憲。雖埋輪之志,無屈權右。而狐鼠微物,亦蠹大猷。

扆,集注本引《音决》:於豨反。尤袤本:於紀切。朝鮮正德本、奎章閣本:於紀。　儒,集注本引《音决》、九條本:奴翫反。朝鮮正德本、奎章閣本:奴亂。　埋,集注本引《音决》:莫皆反。蠹,集注本引《音决》、九條本:東路反。

風聞東海王源,嫁女與富陽滿氏。源雖人品庸陋,胄實参華。曾祖雅,位登八命。祖少卿,内侍帷幄。父璿,升采儲闈,亦居清顯。源頻叨諸府戎禁,豫班通徹。

胄,集注本引《音决》:直溜反。　少,集注本引《音决》:失照反。　幄,集注本引《音决》:於角反。　璿,集注本引《音决》:旋。九條本:選。　儲,集注本引《音决》、九條本:除。　叨,集注本引《音决》:吐刀反。

而托姻結好,唯利是求。玷辱流輩,莫斯爲甚。源人身在遠,輒攝媒人劉嗣之到臺辯問。嗣之列稱:吴郡滿璋之,相承云是高平舊族,寵奮胤胄。家計温足,見託爲息鸞覓婚。王源見告窮盡,即索璋之簿閥。見璋之任王國侍郎,鸞又爲王慈吴郡正閤主簿。源父子因共詳議,判與爲婚。璋之下錢五萬,以爲娉禮。

好,集注本引《音决》:秏。　玷,集注本引《音决》:點。　索,集注本引《音决》:所格反。　簿,集注本引《音决》:白古反,下同。　閥,集注本引《音决》、九條本、朝鮮正德本、奎章閣本:伐。　任,集注本引《音决》:而鴆反。　娉,集注本引《音决》:妨倿反。

源先喪婦,又以所聘餘直納妾。如其所列,則與風聞符同。竊尋璋之姓族,士庶莫辨。滿奮身殞西朝,胤嗣殄没,武秋之後,無聞東晋。其爲虚託,不言自顯。王滿連姻,寔駭物聽。潘陽之睦,有異於此。

喪,集注本引《音决》:息浪反。　朝,集注本引《音决》:直遥反。　睦,九條本:目。

且買妾納媵,因聘爲資。施衿之費,化充牀笫。鄙情贅行,造次以之。糾慝繩違,允兹簡裁。源即主。

媵,集注本引《音决》:以證反。　施,集注本引《音决》:式氏反。　費,集注本引《音决》:芳未反。　笫,集注本引《音决》:滓。　贅,集注本引《音决》:之芮反。朝鮮正德本、奎章閣本:之鋭。　行,集注本引《音决》:下孟反。　造,集注本引《音决》:七到反。　慝,集注本引《音决》作"匿":他得反。九條本:德。朝鮮正德本、奎章閣本:湯得。　裁,集注本引《音决》:才載反。

臣謹案:南郡丞王源,忝籍世資,得參纓冕。同人者貌,異人者心。以彼行媒,同之抱布。且非我族類,往哲格言。薰蕕不雜,聞之前典。豈有六卿之胄,納女於管庫之人。宋子河魴,同穴於輿臺之鬼。

薰,集注本引《音决》:火云反。　蕕,集注本引《音决》、三條家本:猶。　魴,集注本引《音决》:房。　輿,集注本引《音决》:余。

高門降衡,雖自己作。蔑祖辱親,於事爲甚。此風弗剪,其源遂開,點世塵家,將被比屋。宜寘以明科,黜之流伍。使已污之族,永愧於昔辰。方媾之黨,革心於來日。臣等參議,請以見事免源所居官,禁錮終身,輒下禁止視事如故。臣輒奉白簡以聞。臣約誠惶誠恐,云云。

被,集注本引《音决》:皮義反。　寘,集注本引五家:真智反。　污,集注本作"汙",引《音决》:烏卧反。　媾,集注本引《音决》:古候反。　見,集注本引《音决》:何殿反。

牋

荅臨淄侯牋

牋,九條本:則前反。

楊德祖

脩死罪死罪。不侍數日,若彌年載。豈由愛顧之隆,使係仰之情深邪。損辱嘉命,蔚矣其文。誦讀反覆,雖諷《雅》《頌》,不復過此。若仲宣之擅漢表,陳氏之跨冀域,徐劉之顯青豫,應生之發魏國,斯皆然矣。至於脩者,聽采風聲,仰德不暇。目周章於省覽,何遑高視哉。

數,集注本引《音决》:史柱反,下同。　蔚,集注本引《音决》:紆物反。九條本:於勿反。　覆,集注本引《音决》:芳伏反。　過,集注本引《音决》:古卧反,下同。　擅,集注本引《音决》:市戰反。　省,集注本引《音决》:思静反。

伏惟君侯,少長貴盛,體發旦之資,有聖善之教。遠近觀者,徒謂能宣昭懿德,光贊大業而已。不復謂能兼覽傳記,留思文章。今乃含王超陳,度越數子矣。觀者駭視而拭目,聽者傾首而竦耳。非夫體通性達,受之自然,其孰能至於此乎。

少，集注本引《音决》：失照反。 長，集注本引《音决》：丁丈反。 懿，集注本引《音决》作"令"：力政反，或作懿，通。 傳，集注本引《音决》：直戀反。 思，集注本引《音决》：先自反，下同。 夫，集注本引《音决》：扶。

又嘗親見執事，握牘持筆，有所造作，若成誦在心，借書於手，曾不斯須，少留思慮。仲尼日月，無得踰焉。脩之仰望，殆如此矣。是以對鶡而辭，作《暑賦》，彌日而不獻。見西施之容，歸憎其貌者也。

握，集注本引《音决》：於角反。 牘，集注本引《音决》：讀。 借，集注本引《音决》：子亦反。尤袤本、陳八郎本：即。 曾，集注本引《音决》：在登反。 鶡，集注本引《音决》、九條本：何達反。朝鮮正德本、奎章閣本：曷。

伏想執事，不知其然，猥受顧錫，教使刊定。《春秋》之成，莫能損益。《吕氏》《淮南》，字直千金。然而弟子箝口，市人拱手者，賢聖卓犖，固所以殊絶凡庸也。

猥，集注本引《音决》：烏罪反。 刊，集注本引《音决》：苦干反。三條家本：苦寒反。 箝，集注本引《音决》作"鉗"：巨炎反，或爲拑，通。陳八郎本作"拑"，音：巨炎。三條家本亦作"拑"：臣炎反。〇案：三條家本"臣"爲"巨"字之訛。 犖，集注本引《音决》：力角反。

今之賦頌，古詩之流，不更孔公，《風》《雅》無别耳。脩家子雲，老不曉事，强著一書，悔其少作。若此仲山、周旦之儔，爲皆有諐邪。君侯忘聖賢之顯迹，述鄙宗之過言，竊以爲未之思也。若乃不忘經國之大美，流千載之英聲。銘功景鍾，書名竹帛，斯自雅量，素所畜也，豈與文章相妨害哉。

更，集注本引《音决》：庚。　强，集注本引《音决》：其兩反。陳八郎本、三條家本：上聲。　著，集注本引《音决》：丁慮反。　少，集注本引《音决》：失照反。尤袤本李善注：失照切。　量，集注本引《音决》：力上反。　畜，集注本引《音决》：丑六反。

輒受所惠，竊備矇瞍誦詠而已，敢望惠施，以忝莊氏。季緒璅璅，何足以云。反荅造次，不能宣備。脩死罪死罪。

矇，三條家本、朝鮮正德本、奎章閣本：蒙。○案：集注本引《音决》"矇"，下疑脱"音蒙"二字。　瞍，集注本引《音决》：素后反。九條本：素度反。三條家本、朝鮮正德本、奎章閣本：叟。○案：九條本"度"爲"后"字之訛。　璅，集注本引《音决》：素果反。　備，三條家本：平秘反。

與魏文帝牋

繁休伯

繁，集注本引《音决》、九條本：步和反。陳八郎本：步何反。

正月八日壬寅，領主簿繁欽，死罪死罪。近屢奉牋，不足自宣。頃諸鼓吹，廣求異妓，時都尉薛訪車子，年始十四。能喉囀引聲，與笳同音。白上呈見，果如其言。

簿，集注本引《音决》：白户反。　繁，集注本引《音决》：步和反。　吹，集注本引《音决》：昌瑞反，下同。　妓，集注本引《音决》：其綺反，或爲技，同。　喉，集注本引《音决》：侯。　囀，集注本作"轉",引《音决》:丁戀反。三條家本亦作"轉":張戀反。

笳,集注本引《音决》:加。 上,集注本引《音决》:時掌反。 見,集注本引《音决》:何殿反。

即日故共觀試,乃知天壤之所生,誠有自然之妙物也。潛氣内轉,哀音外激。大不抗越,細不幽散。聲悲舊笳,曲美常均。及與黄門鼓吹温胡,迭唱迭和。喉所發音,無不響應。曲折沉浮,尋變入節。

迭,集注本引《音决》:大結反,下同。 和,集注本引《音决》:胡卧反。 喉,集注本引《音决》:侯。 應,集注本引《音决》:於證反。 折,集注本引《音决》、九條本:之舌反。

自初呈試,中間二旬。胡欲傲其所不知,尚之以一曲,巧竭意匱,既已不能。而此孺子遺聲抑揚,不可勝窮,優游轉化,餘弄未盡。

傲,集注本引《音决》:五報反。 匱,集注本引《音决》:其媿反。 孺,集注本引《音决》、九條本:而注反。 弄,集注本引《音决》作"哢":力貢反。九條本:力貢反。

暨其清激悲吟,雜以怨慕。詠北狄之遐征,奏胡馬之長思,悽入肝脾,哀感頑豔。

暨,集注本引《音决》:其冀反。 思,集注本引《音决》:先自反。 肝,集注本引《音决》:干。 脾,集注本引《音决》:婢支反。

是時日在西隅,涼風拂衽,背山臨谿,流泉東逝。同坐仰嘆,觀者俯聽,莫不泫泣隕涕,悲懷慷慨。

衽,集注本引《音决》:而甚反。 豀,集注本引《音决》:去兮反。 坐,集注本引《音决》:在卧反。 泫,集注本引《音决》、九條本:胡犬反。

自左騏、史妠、謇姐名倡,能識以來,耳目所見,僉曰詭異,未之聞也。

騏,集注本引《音决》、尤袤本李善注:顛。三條家本:都年反。朝鮮正德本、奎章閣本:都年。 妠,集注本引《音决》:納,又:南紺反。尤袤本李善注:奴紺切。三條家本:奴紺反。陳八郎本:奴紺。 謇,集注本引《音决》:居輦反。 姐,集注本作"妲",引《音决》:蕭:子也反,曹:子預反。集注本李善注亦作"妲":子也反。尤袤本李善注:子也切。九條本:子預反。三條家本:咨也反。○案:集注本"妲"爲"姐"之訛。 【附】集注本李善注:《説文》曰:墟,驕也。子庶反。字或作姐,古字假借也。倡,集注本引《音决》:昌。 詭,集注本引《音决》:古毁反。

竊惟聖體,兼愛好奇,是以因牋先白委曲。伏想御聞,必含餘懽。冀事速訖,旋侍光塵。寓目階庭,與聽斯調。宴喜之樂,盖亦無量。欽死罪死罪。

好,集注本引《音决》:秏。 與,集注本引《音决》:以慮反。 調,集注本引《音决》:大吊反。 樂,集注本引《音决》:洛。 量,集注本引《音决》:力上反。

荅東阿王牋

陳孔璋

琳死罪死罪。昨加恩辱命,并示《龜賦》,披覽粲然。君侯體高世之材,秉青蓱干將之器,拂鐘無聲,應機立斷。此乃天然異稟,非鑽仰者所庶幾也。

蓱,集注本引《音决》:步鋸反。〇案:集注本"鋸"爲"銘"字之訛。 拂,集注本引《音决》作"刜":芳勿反,或爲拂,非。 應,集注本引《音决》:於證反。 斷,集注本引《音决》、九條本:多段反。 稟,集注本引《音决》:布錦反。 鑽,集注本引《音决》:即丸反。

音義既遠,清辭妙句,焱絶焕炳。譬猶飛兔流星,超山越海,龍驥所不敢追。況於駑馬,可得齊足。

焱,集注本引《音决》作"炎",音:艷。集注本李善注:塩念反。尤袤本李善注:塩念切。 焕,集注本引《音决》:呼乱反。 炳,集注本引《音决》:丙。 驥,集注本引《音决》:冀。 駑,集注本引《音决》:奴。

夫聽《白雪》之音,觀《緑水》之節,然後《東野》《巴人》,蚩鄙益著。載懽載笑,欲罷不能。謹韞櫝玩耽,以爲吟頌。琳死罪死罪。

夫,集注本引《音决》:扶。 著,集注本引《音决》:丁慮反。 罷,集注本引《音决》:皮,又如字。 韞,集注本引《音决》:於粉反。 櫝,集注本引《音决》:大禄反。三條家本:讀。 耽,集注本引《音决》作"媅":多含反,或爲躭,同。

荅魏太子牋

吴季重

二月八日庚寅，臣質言：奉讀手命，追亡慮存，恩哀之隆，形於文墨。日月冉冉，歲不我與。昔侍左右，厠坐衆賢，出有微行之游，入有管絃之懽。置酒樂飲，賦詩稱壽。自謂可終始相保，并騁材力，效節明主。何意數年之間，死喪略盡。臣獨何德，以堪久長。陳、徐、劉、應，才學所著，誠如來命，惜其不遂，可爲痛切。凡此數子，於雍容侍從，實其人也。

從，九條本：才用反。

若乃邊境有虞，群下鼎沸，軍書輻至，羽檄交馳，於彼諸賢，非其任也。往者孝武之世，文章爲盛，若東方朔、枚皋之徒，不能持論，即阮、陳之儔也。其唯嚴助、壽王，與聞政事，然皆不慎其身，善謀於國，卒以敗亡，臣竊恥之。至於司馬長卿稱疾避事，以著書爲務，則徐生庶幾焉。而今各逝，已爲異物矣。後來君子，實可畏也。伏惟所天，優游典籍之场，休息篇章之囿，發言抗論，窮理盡微，摛藻下筆，鸞龍之文奮矣。雖年齊蕭王，才實百之。此衆議所以歸高，遠近所以同聲。然年歲若墜，今質已四十二矣，白髮生鬢，所慮日深，實不復若平日之時也。但欲保身勑行，不蹈有過之地，以爲知已之累耳。游宴之歡，難可再遇。盛年一過，實不可追。臣幸得下愚之才，值風雲之會。時邁齒载，猶欲觸匈奮首，展其割裂之用也。不勝慺慺，以來命備悉，故略陳至情。質死罪死罪。

载，尤袤本：徒結切。三條家本：徒結反。陳八郎本作“甙”，音：徒結。　慺，陳八郎本、三條家本：婁。九條本：力侯反。

在元城與魏太子牋

吴季重

臣質言：前蒙延納，侍宴終日，燿靈匿景，繼以華燈。雖虞卿適趙，平原入秦，受贈千金，浮觴旬日，無以過也。小器易盈，先取沉頓，醒寤之後，不識所言。即以五日到官。初至承前，未知深淺。然觀地形，察土宜。西帶常山，連岡平代。北鄰柏人，乃高帝之所忌也。重以泜水，漸漬疆宇，喟然嘆息。思淮陰之奇譎，亮成安之失策。

泜，陳八郎本、三條家本：祇。九條本：巨支反。　疆，九條本：姜。

南望邯鄲，想廉藺之風。東接鉅鹿，存李齊之流。都人士女，服習禮教，皆懷慷慨之節，包左車之計。而質闇弱，無以莅之。若乃邁德種恩，樹之風聲，使農夫逸豫於疆畔，女工吟詠於機杼，固非質之所能也。至於奉遵科教，班揚明令，下無威福之吏，邑無豪俠之傑。賦事行刑，資於故實，抑亦懔懔有庶幾之心。

藺，三條家本：良刃反。　莅，三條家本：力二。

往者嚴助釋承明之懽，受會稽之位。壽王去侍從之娱，統東郡之任。其後皆克復舊職。追尋前軌，今獨不然，不亦異乎。張敞在外，自謂無奇。陳咸憤積，思入京城。彼豈虚談夸論，誑燿世俗哉。斯實薄郡守之榮，顯左右之勤也。古今一揆，先後不貿，焉知來者之不如今。聊以當覲，不敢多云。質死罪死罪。

嚴，九條本：疰。　誑，三條家本：俱況反。　貿，九條本：茂。三條家本：莫搆反。朝鮮正德本、奎章閣本：莫搆。

爲鄭冲勸晋王牋

冲，九條本：直中反。

阮嗣宗

冲等死罪。伏見嘉命顯至，竊聞明公固讓，冲等眷眷，實有愚心，以爲聖王作制，百代同風，褒德賞功，有自來矣。昔伊尹有莘氏之媵臣耳，一佐成湯，遂荷阿衡之號。

媵，尤袤本：田證切。朝鮮正德本、奎章閣本：由證。〇案：尤袤本"田"爲"由"字之訛。

周公籍已成之勢，據既安之業，光宅曲阜，奄有龜蒙。吕尚磻溪之漁者，一朝指麾，乃封營丘。自是以來，功薄而賞厚者，不可勝數。然賢哲之士，猶以爲美談。況自先相國以來，世有明德，翼輔魏室，以綏天下，朝無闕政，民無謗言。

前者，明公西征靈州，北臨沙漠，榆中以西，望風震服，羌戎東馳，迴首內向。東誅叛逆，全軍獨尅，禽闔閭之將，斬輕鋭之卒，以萬萬計，威加南海，名懾三越。宇內康寧，苛慝不作。是以殊俗畏威，東夷獻舞。

懾，尤袤本：之涉切。朝鮮正德本、奎章閣本：之涉。　慝，九條本：德。

故聖上覽乃昔以來禮典舊章，開國光宅，顯兹太原。明公宜承聖旨，受兹介福，允當天人。元功盛勳，光光如彼。國土嘉祚，巍巍如此。內外協同，靡愆靡違。由斯征伐，則可朝服濟江，掃除吴會。西塞江源，望祀岷山。迴戈弭節，以麾天下。遠無不服，邇無不肅。

協，九條本：胡頰反，又：洽。

今大魏之德,光于唐虞。明公盛勳,超於桓文。然後臨滄洲而謝支伯,登箕山而揖許由,豈不盛乎。至公至平,誰與爲鄰。何必勤勤小讓也哉。冲等不通大體,敢以陳聞。

拜中軍記室辭隋王牋

謝玄暉

故吏文學謝朓死罪死罪。即日被尚書召,以朓補中軍新安王記室參軍。朓聞潢汙之水,願朝宗而每竭。駑蹇之乘,希沃若而中疲。何則,皋壤摇落,對之惆悵。歧路西東,或以歔唈。況迺服義徒擁,歸志莫從。邈若墜雨,翩似秋蔕。

潢,陳八郎本:黄。　沃,九條本:洿。　唈,尤袤本:烏合切。陳八郎本:烏合反。　蔕,陳八郎本:帝。

朓實庸流,行能無算。屬天地休明,山川受納。褒采一介,抽揚小善。故捨耒場圃,奉筆兔園。東亂三江,西浮七澤。契闊戎旃,從容讌語。長裾日曳,後乘載脂。榮立府庭,恩加顔色。沐髮晞陽,未測涯涘。撫臆論報,早誓肌骨。

不悟滄溟未運,波臣自蕩。渤澥方春,旅翮先謝。清切藩房,寂寥舊蓽。輕舟反溯,吊影獨留。

溯,陳八郎本作"湖",音:素。朝鮮正德本作"泝",音:素。奎章閣本:素。〇案:陳八郎本"湖"爲"溯"字之訛。

白雲在天,龍門不見,去德滋永,思德滋深。唯待青江可望,候歸艎於春渚。朱邸方開,效蓬心於秋實。如其簪履或存,衽席無改。雖復身填溝壑,猶望妻子知歸。攬涕告辭,悲來横集。不任犬馬之誠。

邸,九條本:丁礼反。 衽,九條本:寢。〇案:衽爲日母,寢爲清母,聲紐迥異。九條本"寢"上疑有脱字。

到大司馬記室牋

任彦昇

記室參軍事任昉死罪死罪。伏承以今月令辰,肅膺典策。德顯功高,光副四海。含生之倫,庇身有地。況昉受教君子,將二十年。咳唾爲恩,眄睞成飾。小人懷惠,顧知死所。

咳,尤袤本:苦改切。九條本:口代反。朝鮮正德本:苦改。奎章閣本:古改。 唾,九條本:吐卧反。 睞,陳八郎本:力代。

昔承嘉宴,屬有緒言,提挈之旨,形乎善謔。豈謂多幸,斯言不渝。雖情謬先覺,而迹淪驕餌。湯沐具而非吊,大厦構而相賀。明公道冠二儀,勳超遂古。將使伊周奉轡,桓文扶轂。神功無紀,作物何稱。府朝初建,俊賢翹首。惟此魚目,唐突璵璠。

挈,尤袤本:苦結切。陳八郎本作"契",音:苦結。 覺,九條本:教。 餌,九條本:二。 璠,朝鮮正德本、奎章閣本:扶元反。

顧己循涯,寔知塵忝,千載一逢,再造難荅。雖則殞越,且知非報。不勝荷戴屏營之情,謹詣廳奉白牋謝聞,昉死罪死罪。

昉,九條本:切府良反。

百辟勸進今上牋

任彦昇

近以朝命藴策,冒奏丹誠。奉被還命,未蒙虛受。搢紳顒顒,深所未達。蓋聞受金於府,通人之弘致。高蹈海隅,匹夫之小節。是以履乘石而周公不以爲疑,增玉璜而太公不以爲讓。

搢,九條本:晋。　紳,九條本:申。　顒,九條本:魚恭反。朝鮮正德本、奎章閣本:愚恭。　璜,九條本:黄。

況世哲繼軌,先德在民。經綸草昧,嘆深微管。加以朱方之役,荆河是依。班師振旅,大造王室。雖累繭救宋,重胝存楚。居今觀古,曾何足云。而惑甚盜鍾,功疑不賞。皇天后土,不勝其酷。是以玉馬駿犇,表微子之去。金版出地,告龍逢之怨。明公據鞍輟哭,厲三軍之志。獨居掩涕,激義士之心。故能使海若登祇,罄圖效祉。山戎、孤竹,束馬景從。伐罪吊民,一匡靖亂。匪叨天功,實勤濡足。

繭,尤袤本李善注:古典切。　胝,尤袤本李善注:竹尼切。朝鮮正德本、奎章閣本:竹尼。　激,九條本:古皎反。

且明公本自諸生,取樂名教。道風素論,坐鎮雅俗。不習《孫》《吴》,遘兹神武。驅盡誅之氓,濟必封之俗。龜玉不毁,誰之功歟。獨爲君子,將使伊周何地。某等不達通變,實有愚誠。不任悾款,悉心重謁。伏願時膺典册,式副民望。

悾,陳八郎本:口貢。

奏　記

詣蔣公

阮嗣宗

籍死罪死罪。伏惟明公，以含一之德，據上台之位。羣英翹首，俊賢抗足。開府之日，人人自以爲掾屬。辟書始下，下走爲首。子夏處西河之上，而文侯擁篲。鄒子居黍谷之陰，而昭王陪乘。夫布衣窮居韋帶之士，王公大人所以屈體而下之者，爲道存也。籍無鄒、卜之德，而有其陋，猥見採擢，無以稱當。方將耕於東皋之陽，輸黍稷之稅，以避當塗者之路。負薪疲病，足力不强。補吏之召，非所克堪。乞迴謬恩，以光清舉。

掾，陳八郎本：以絹。　篲，朝鮮正德本、奎章閣本：自歲反。

《文選》音注輯考卷四十一

書上

書　上

荅蘇武書

李少卿

子卿足下：勤宣令德，策名清時，榮問休暢，幸甚幸甚。遠託異國，昔人所悲。望風懷想，能不依依。昔者不遺，遠辱還荅。慰誨懃懃，有踰骨肉。陵雖不敏，能不慨然。自從初降，以至今日，身之窮困，獨坐愁苦，終日無睹，但見異類。韋鞲毳幙，以禦風雨。羶肉酪漿，以充飢渴。

鞲，尤袤本：古豆切。陳八郎本：古豆。　毳，尤袤本：川芮切。陳八郎本：川。朝鮮正德本、奎章閣本：川芮。○案：據各本音注，陳八郎本脱"芮"字。　幙，陳八郎本作"幕"，音：莫。

舉目言笑，誰與爲歡。胡地玄冰，邊土慘裂。但聞悲風蕭條之聲。涼秋九月，塞外草衰。夜不能寐，側耳遠聽，胡笳互動，牧馬悲鳴。吟嘯成群，邊聲四起。晨坐聽之，不覺淚下。嗟乎子卿，陵獨何心，能不悲哉。與子别後，益復無聊。上念老母，臨年被戮。妻子無辜，并爲鯨鯢。身負國恩，爲世所悲。子歸受榮，我留受辱，命也如何。身出禮義之鄉，而入無知之俗。違弃君親之恩，長爲蠻夷之域，傷已。令先君之嗣，更成戎狄之族，又自悲矣。功大罪小，不蒙明察。孤負陵心，區區之意。每一念至，忽然忘生。陵不難刺心以自明，刎頸以見志，顧國家於我已矣。

刺，尤袤本：七亦切。陳八郎本：七亦。　刎，尤袤本：亡粉切。陳八郎本：云粉。朝鮮正德本、奎章閣本：亡粉。◯案：刎、亡爲微母，云爲云母，聲紐不同。陳八郎本"云"爲"亡"字之訛。　見，陳八郎本：何甸。朝鮮正德本、奎章閣本：何見。

殺身無益，適足增羞。故每攘臂忍辱，輒復苟活。左右之人，見陵如此，以爲不入耳之歡，來相勸勉。異方之樂，秖令人悲，增忉怛耳。嗟乎子卿，人之相知，貴相知心。前書倉卒，未盡所懷，故復略而言之。

足，陳八郎本：即喻。　秖，尤袤本、朝鮮正德本、奎章閣本：支。

昔先帝授陵步卒五千，出征絶域。五將失道，陵獨遇戰。而裹萬里之糧，帥徒步之師。出天漢之外，入强胡之域。以五千之衆，對十萬之軍。策疲乏之兵，當新羈之馬。然猶斬將搴旗，追奔逐北。滅迹掃塵，斬其梟帥。使三軍之士，視死如歸。陵也不才，希當大任。意謂此時，功難堪矣。

卒，尤袤本：七忽切。陳八郎本：七忽。　搴，尤袤本：居展切。陳八郎本：居展。

匈奴既敗，舉國興師，更練精兵，强踰十萬，單于臨陣，親自合圍。客主之形，既不相如。步馬之勢，又甚懸絶。疲兵再戰，一以當千，然猶扶乘創痛，决命爭首。

如，尤袤本：而去切。　創，尤袤本：初良切。陳八郎本：初良。

死傷積野，餘不滿百。而皆扶病，不任干戈。然陵振臂一呼，創病皆起，舉刃指虜，胡馬奔走。

呼，尤袤本：火故切。陳八郎本：火故。

兵盡矢窮，人無尺鐵，猶復徒首奮呼，爭爲先登。當此時也，天地爲陵震怒，戰士爲陵飲血。單于謂陵不可復得，便欲引還。而賊臣教之，遂便復戰，故陵不免耳。昔高皇帝以三十萬衆困於平城，當此之時，猛將如雲，謀臣如雨，然猶七日不食，僅乃得免。

僅，陳八郎本：其靳。

況當陵者，豈易爲力哉。而執事者云云，苟怨陵以不死。然陵不死，罪也。子卿視陵，豈偷生之士而惜死之人哉。寧有背君親、捐妻子而反爲利者乎。然陵不死，有所爲也，故欲如前書之言，報恩於國主耳。誠以虚死不如立節，滅名不如報德也。昔范蠡不殉會稽之耻，曹沫不

死三敗之辱,卒復勾踐之讎,報魯國之羞,

沬,尤袤本:亡貝切。陳八郎本:亡貝。　卒,尤袤本:子律切。陳八郎本:子律。

區區之心,切慕此耳。何圖志未立而怨已成,計未從而骨肉受刑。此陵所以仰天椎心而泣血也。

椎,尤袤本:直追切。陳八郎本:直追。

足下又云:漢與功臣不薄。子爲漢臣,安得不云爾乎。昔蕭、樊囚縶,韓、彭葅醢。鼂錯受戮,周魏見辜。其餘佐命立功之士,賈誼、亞夫之徒,皆信命世之才,抱將相之具。而受小人之讒,并受禍敗之辱,卒使懷才受謗,能不得展。彼二子之遐舉,誰不爲之痛心哉。

卒,陳八郎本:子律。

陵先將軍,功略蓋天地,義勇冠三軍,徒失貴臣之意,剄身絶域之表。此功臣義士所以負戟而長嘆者也,何謂不薄哉。

剄,尤袤本李善注:姑鼎切。陳八郎本:古令。

且足下昔以單車之使,適萬乘之虜,遭時不遇,至於伏劒不顧,流離辛苦,幾死朔北之野。

幾,尤袤本:巨依切。陳八郎本:巨依。

丁年奉使,皓首而歸。老母終堂,生妻去帷。此天下所希聞,古今所未有也。蠻貊之人,尚猶嘉子之節,況爲天下之主乎。

貊,朝鮮正德本、奎章閣本:亡百。

陵謂足下當享茅土之薦,受千乘之賞。聞子之歸,賜不過二百萬,位不過典屬國,無尺土之封加子之勤。而妨功害能之臣盡爲萬户侯,親戚貪佞之類悉爲廊廟宰。子尚如此,陵復何望哉。且漢厚誅陵以不死,薄賞子以守節,欲使遠聽之臣望風馳命,此實難矣。所以每顧而不悔者也。陵雖孤恩,漢亦負德。昔人有言:雖忠不烈,視死如歸。陵誠能安,而主豈復能眷眷乎。男兒生以不成名,死則葬蠻夷中,誰復能屈身稽顙,還向北闕,使刀筆之吏弄其文墨邪。願足下勿復望陵。嗟乎子卿,夫復何言。相去萬里,人絶路殊。生爲别世之人,死爲異域之鬼,長與足下生死辭矣。幸謝故人,勉事聖君。足下胤子無恙,勿以爲念。努力自愛。時因北風,復惠德音。李陵頓首。

報任少卿書

司馬子長

太史公牛馬走司馬遷再拜言,少卿足下:曩者辱賜書,教以順於接物,推賢進士爲務。意氣懃懃懇懇。若望僕不相師,而用流俗人之言。僕非敢如此也。僕雖罷駑,亦嘗側聞長者之遺風矣。顧自以爲身殘處穢,動而見尤,欲益反損,是以獨鬱悒而與誰語。諺曰:誰爲爲之,孰令聽之。蓋鍾子期死,伯牙終身不復鼓琴。何則,士爲知己者用,女爲説己者容。若僕大質已虧缺矣,雖才懷隨、和,行若由、夷,終不可以爲榮,適足以見笑而自點耳。

懇,朝鮮正德本、奎章閣本:苦本反。　罷,顔師古:讀曰疲。　駑,陳八郎本:奴。　悒,陳八郎本:邑。　爲,顔師古:于僞反。朝鮮正德本、奎章閣本:去聲。　説,顔師古:讀曰悦。

書辭宜荅。會東從上來，又迫賤事，相見日淺，卒卒無須臾之間，得竭至意。今少卿抱不測之罪，涉旬月，迫季冬。僕又薄從上雍，恐卒然不可爲諱。是僕終已不得舒憤懣以曉左右，則長逝者魂魄私恨無窮。請略陳固陋。闕然久不報，幸勿爲過。

從，陳八郎本：才用。　卒，顔師古：千忽反。陳八郎本：七忽。　間，陳八郎本：閑。　薄，陳八郎本：博。　上，陳八郎本：市丈。　雍，朝鮮正德本、奎章閣本：紆共反。　懣，顔師古：滿。陳八郎本：門本。

僕聞之：脩身者，智之符也。愛施者，仁之端也。取與者，義之表也。耻辱者，勇之決也。立名者，行之極也。士有此五者，然後可以託於世，而列於君子之林矣。故禍莫憯於欲利，悲莫痛於傷心。行莫醜於辱先，詬莫大於宫刑。

憯，顔師古：千敢反。陳八郎本：慘。　詬，顔師古：垢。尤袤本李善注：垢，又：火逅切。陳八郎本：火構。

刑餘之人，無所比數，非一世也，所從來遠矣。昔衛靈公與雍渠同載，孔子適陳。商鞅因景監見，趙良寒心。同子參乘，袁絲變色，自古而耻之。夫以中才之人，事有關於宦豎，莫不傷氣，而況於慷慨之士乎。如今朝廷雖乏人，奈何令刀鋸之餘薦天下豪俊哉。

見，陳八郎本：一見。〇案：陳八郎本音“一”字疑誤。　慷，《漢書》作“忼”：口朗反。

僕賴先人緒業，得待罪輦轂下，二十餘年矣。所以自惟，上之，不能納忠効信，有奇策才力之譽，自結明主。次之，又不能拾遺補闕，招賢進能，顯巖穴之士。外之，又不能備行伍，攻城野戰，有斬將搴旗之功。下之，不能積日累勞，取尊官厚禄，以爲宗族交游光寵。四者無一遂，苟合取容，無所短長之効，可見如此矣。

搴，顔師古、陳八郎本：蹇。

嚮者，僕常厠下大夫之列，陪外廷末議。不以此時引維綱，盡思慮。今已虧形爲掃除之隸，在闒茸之中。乃欲仰首伸眉，論列是非，不亦輕朝廷，羞當世之士邪。嗟乎嗟乎，如僕尚何言哉，尚何言哉。

嚮，《漢書》作"鄉"，顔師古：讀曰嚮。陳八郎本：亮許。朝鮮正德本、奎章閣本：許亮。〇案：陳八郎本"亮許"爲"許亮"之倒。 闒，顔師古：吐合反。陳八郎本：吐臘。 茸，顔師古：人勇反。陳八郎本：尔勇。 仰，《漢書》作"卬"，顔師古：讀曰仰。 伸，《漢書》作"信"，顔師古：讀曰伸。

且事本末未易明也。僕少負不羈之行，長無鄉曲之譽。主上幸以先人之故，使得奏薄伎，出入周衛之中。僕以爲戴盆何以望天，故絶賓客之知，亡室家之業，日夜思竭其不肖之才力，務一心營職，以求親媚於主上。而事乃有大謬不然者夫。僕與李陵，俱居門下。素非能相善也，趣舍異路。

舍，陳八郎本：捨。

未嘗嘝盃酒，接慇懃之餘懽。然僕觀其爲人，自守奇士，事親孝，與士信，臨財廉，取與義。分别有讓，恭儉下人。常思奮不顧身，以殉國家之急。其素所蓄積也，僕以爲有國士之風。夫人臣出萬死，不顧一生之計，赴公家之難，斯以奇矣。今舉事一不當，而全軀保妻子之臣，隨而媒孽其短。僕誠私心痛之。

下，顔師古：胡亞反。　蓄，《漢書》作“畜”，顔師古：讀曰蓄。尤袤本、陳八郎本：丑六。　當，尤袤本、陳八郎本：丁浪反。　孽，朝鮮正德本、奎章閣本作“蘖”，音：魚列。

且李陵提步卒不滿五千，深踐戎馬之地，足歷王庭，垂餌虎口，横挑彊胡。仰億萬之師，與單于連戰十有餘日，所殺過半當。虜救死扶傷不給。

餌，尤袤本、陳八郎本：二。　挑，《漢書》引李奇：誂。顔師古：徒了反。陳八郎本：徒鳥。　仰，《漢書》作“卬”，顔師古：讀曰仰。　過，尤袤本、陳八郎本：平聲。　當，陳八郎本：去聲。

旃裘之君長咸震怖，乃悉徵其左右賢王，舉引弓之人，一國共攻而圍之。轉鬬千里，矢盡道窮，救兵不至，士卒死傷如積。然陵一呼勞軍士，無不起。躬自流涕，沬血飲泣。更張空拳，冒白刃，北嚮争死敵者。

積，尤袤本：子智切。陳八郎本：子智。　呼，顔師古：火故反。　沬，《漢書》作“沬”，引孟康：頮。顔師古：呼内反，字從午未之未。陳八郎本：妹。　拳，《漢書》作“拳”，顔師古：丘權反，又音眷。　冒，顔師古：莫克反。陳八郎本：亡比。朝鮮正德本、奎章閣本：亡北。〇案：冒爲德韻，比爲至韻，陳八郎本“比”爲“北”字之訛。　嚮，《漢書》作“首”，顔師古：式救反。陳八郎本：許亮。

陵未没時，使有來報，漢公卿王侯皆奉觴上壽。後數日，陵敗書聞。

主上爲之食不甘味，聽朝不怡。大臣憂懼，不知所出。僕竊不自料其卑賤，見主上慘愴怛悼，誠欲効其款款之愚。以爲李陵素與士大夫絶甘分少，能得人死力，雖古之名將，不能過也。身雖陷敗，彼觀其意，且欲得其當而報於漢。事已無可奈何，其所摧敗，功亦足以暴於天下矣。

上，陳八郎本：市丈。　數，尤袤本：史柱切。　料，顔師古：聊。　怛，尤袤本：都割切。陳八郎本：都割。　暴，尤袤本：蒲沃切。陳八郎本：蒲伏。朝鮮正德本、奎章閣本：蒲沃。○案：《廣韻》：暴，蒲木切。屬屋韻，陳八郎本音與之合。然據尤袤本、正德本、奎章閣本，陳八郎本"伏"疑爲"沃"字之訛。

僕懷欲陳之，而未有路。適會召問，即以此指推言陵之功。欲以廣主上之意，塞睚眦之辭。未能盡明，明主不曉，以爲僕沮貳師，而爲李陵游説，遂下於理。拳拳之忠，終不能自列。因爲誣上，卒從吏議。

睚，顔師古：厓。尤袤本：魚解切。陳八郎本：魚解。朝鮮正德本、奎章閣本：魚懈。　眦，顔師古：才賜反。尤袤本：柴懈切。陳八郎本：柴懈。　沮，陳八郎本：才吕。　説，陳八郎本：税。　拳，陳八郎本：丘辨。

家貧，貨賂不足以自贖。交游莫救，左右親近，不爲一言。身非木石，獨與法吏爲伍。深幽囹圄之中，誰可告愬者。此真少卿所親見，僕行事豈不然乎。李陵既生降，隤其家聲。而僕又佴之蠶室，重爲天下觀笑。悲夫悲夫。

隤，顔師古：頽。　佴，《漢書》作"茸"，顔師古：人勇反。尤袤本李善注：人志切，又引顔師古：茸，人勇切。陳八郎本：二。

事未易一二爲俗人言也。僕之先，非有剖符丹書之功。文史星曆，近乎卜祝之間，固主上所戲弄，倡優所畜，流俗之所輕也。假令僕伏法受誅，若九牛亡一毛，與螻蟻何以異。而世又不與能死節者，特以爲智窮罪極，不能自免，卒就死耳。何也，素所自樹立使然也。人固有一死，或重於太山，或輕於鴻毛，用之所趨異也。

畜，陳八郎本：許六。　螻，顔師古：樓。　趨，顔師古：讀曰趣。

太上不辱先，其次不辱身，其次不辱理色，其次不辱辭令，其次詘體受辱，其次易服受辱，其次關木索、被箠楚受辱，其次剔毛髮、嬰金鐵受辱，其次毁肌膚、斷肢體受辱，最下腐刑，極矣。

索，陳八郎本：先各。　被，陳八郎本：皮義。　箠，顔師古：止桑反。陳八郎本：之蘂。　剔，《漢書》作"鬄"，顔師古：吐計反。陳八郎本：他狄。　斷，陳八郎本：短。

《傳》曰：刑不上大夫。此言士節不可不勉勵也。猛虎在深山，百獸震恐。及在檻穽之中，摇尾而求食，積威約之漸也。故有畫地爲牢，勢不可入。削木爲吏，議不可對，定計於鮮也。今交手足、受木索、暴肌膚、受榜箠，幽於圜牆之中。當此之時，見獄吏則頭槍地，視徒隸則正惕息。何者，積威約之勢也。及以至是，言不辱者，所謂强顔耳，曷足貴乎。

上，陳八郎本、奎章閣本：市丈。朝鮮正德本：市也。〇案：朝鮮正德本"也"爲"丈"字之訛。　穽，顔師古：才性反。　鮮，尤袤本、陳八郎本：平聲。　榜，顔師古：彭。陳八郎本、奎章閣本：溥行。朝鮮正德本：薄行。　槍，顔師古：千羊反。尤袤本：

七良切。陳八郎本:七良。　强,顔師古:其兩反。

且西伯,伯也,拘於羑里。李斯,相也,具于五刑。淮陰,王也,受械於陳。彭越、張敖,南面稱孤,繫獄抵罪。絳侯誅諸吕,權傾五伯,囚於請室。魏其,大將也,衣赭衣,關三木。季布爲朱家鉗奴,灌夫受辱於居室,此人皆身至王侯將相,聲聞鄰國。及罪至罔加,不能引决自裁,在塵埃之中,古今一體,安在其不辱也。由此言之,勇怯,勢也。强弱,形也。審矣。何足怪乎。

面,《漢書》作"鄉",顔師古:讀曰嚮。　伯,顔師古:讀曰霸。　請,陳八郎本作"清":七浄切。〇案:五臣作"清",陳八郎本非訛字。　【附】尤袤本李善注:應劭《漢書注》曰:在手曰梏,兩手同械曰拲,在足曰桎。梏音告。拲音拱。桎,之栗切。

夫人不能早自裁繩墨之外,以稍陵遲至於鞭箠之間,乃欲引節,斯不亦遠乎。古人所以重施刑於大夫者,殆爲此也。夫人情莫不貪生惡死,念父母,顧妻子。至激於義理者不然,乃有所不得已也。今僕不幸,早失父母,無兄弟之親,獨身孤立,少卿視僕於妻子何如哉。且勇者不必死節,怯夫慕義,何處不勉焉。僕雖怯懦欲苟活,亦頗識去就之分矣。何至自沈溺縲紲之辱哉。

懦,《漢書》作"耎",顔師古:人阮反。　沈,《漢書》作"湛",顔師古:讀曰沈。　縲,《漢書》作"累",顔師古:力追反。　紲,陳八郎本作"緤":思列反。〇案:據音,陳八郎本"緤"爲"絏"字之訛。朝鮮正德本、奎章閣本即作"絏"。

且夫臧獲婢妾,由能引决,况僕之不得已乎。所以隱忍苟活,幽於糞土之中而不辭者，恨私心有所不盡，鄙陋没世而文彩不表於後世也。古者富貴而名摩滅，不可勝記，唯倜儻非常之人稱焉。蓋文王拘而演《周易》，仲尼厄而作《春秋》。屈原放逐，乃賦《離騷》。左丘失明，厥有《國語》。孫子臏脚，《兵法》脩列。不韋遷蜀，世傳《吕覽》。韓非囚秦，《説難》《孤憤》。《詩》三百篇，大底聖賢發憤之所爲作也。此人皆意有鬱結，不得通其道，故述往事、思來者。乃如左丘無目、孫子斷足，終不可用。退而論書策，以舒其憤，思垂空文以自見。

【附】尤袤本李善注：《地理志》曰：河内湯陰有羑里城，西伯所拘。韋昭曰：羑音酉。　臏，《漢書》作"髕"，顔師古：頻忍反。陳八郎本：毗忍。　底，尤袤本李善注引郭璞、陳八郎本：指。爲，尤袤本：于僞切。陳八郎本：于僞。　斷，陳八郎本：丁管。見，顔師古：胡電反。

僕竊不遜，近自託於無能之辭。網羅天下放失舊聞，略考其行事，綜其終始，稽其成敗興壞之紀。上計軒轅，下至于兹。爲十表、本紀十二、書八章、世家三十、列傳七十，凡百三十篇，亦欲以究天人之際，通古今之變，成一家之言。草創未就，會遭此禍。惜其不成，已就極刑而無愠色。僕誠以著此書，藏諸名山，傳之其人，通邑大都。則僕償前辱之責，雖萬被戮，豈有悔哉。

然此可爲智者道，難爲俗人言也。且負下未易居，下流多謗議。僕以口語遇此禍，重爲鄉黨所笑，以汙辱先人，亦何面目復上父母丘墓乎。雖累百世，垢彌甚耳。是以腸一日而九迴，居則忽忽若有所亡，出則不知其所往。每念斯恥，汗未嘗不發背沾衣也。身直爲閨閤之臣，寧得自引於深藏岩穴邪。故且從俗浮沉，與時俯仰，以通其狂惑。

重，陳八郎本：逐用。　汙，尤袤本：烏卧切。陳八郎本作

“汚”，音：烏卧。 沉，《漢書》作“湛”，顔師古：讀曰沉。

今少卿乃教以推賢進士，無乃與僕私心剌謬乎。今雖欲自雕琢曼辭以自飾，無益，於俗不信，適足取辱耳。要之死日，然後是非乃定。書不能悉意，略陳固陋。謹再拜。

剌，尤袤本：力割切。陳八郎本：力割。 謬，陳八郎本作“繆”：密救切。 琢，《漢書》作“瑑”，顔師古：篆。 曼，顔師古、尤袤本李善注、陳八郎本：萬。 要，陳八郎本：一召。

報孫會宗書

楊子幼

惲材朽行穢，文質無所底。

底，《漢書》作“厎”，顔師古：之履反。陳八郎本亦作“厎”，音：旨。

幸賴先人餘業，得備宿衛。遭遇時變，以獲爵位。終非其任，卒與禍會。足下哀其愚矇，賜書教督，以所不及，慇懃甚厚。然竊恨足下不深惟其終始，而猥隨俗之毁譽也。言鄙陋之愚心，則若逆指而文過。默而自守，恐違孔氏各言爾志之義。故敢略陳其愚，惟君子察焉。惲家方隆盛時，乘朱輪者十人。位在列卿，爵爲通侯，揔領從官，與聞政事。

與，顔師古：讀曰豫。陳八郎本：去聲。

曾不能以此時有所建明，以宣德化。又不能與群僚并力，陪輔朝廷之遺忘。已負竊位素飡之責久矣。懷禄貪勢，不能自退。遂遭變故，横被口語，身幽北闕，妻子滿獄。當此之時，自以夷滅不足以塞責。豈得全其首領，復奉先人之丘墓乎。

横，顔師古：胡孟反。

伏惟聖主之恩，不可勝量。君子游道，樂以忘憂。小人全軀，説以忘罪。

量，陳八郎本：良。　説，顔師古：讀曰悦。

竊自念，過已大矣，行已虧矣，長爲農夫以没世矣。是故身率妻子，勠力耕桑。灌園治産，以給公上。不意當復用此爲譏議也。夫人情所不能止者，聖人弗禁。故君父至尊親，送其終也，有時而既。臣之得罪已三年矣。田家作苦，歲時伏臘。烹羊炮羔，斗酒自勞。家本秦也，能爲秦聲。婦，趙女也，雅善鼓琴，奴婢歌者數人。酒後耳熱，仰天拊缶，而呼嗚嗚。其詩曰：田彼南山，蕪穢不治。種一頃豆，落而爲萁。人生行樂耳，須富貴何時。

炮，《漢書》作"炰"，顔師古：步交反。　【附】《漢書》顔師古：炰，毛炙肉也，即今所謂爊也。爊音一高反。　勞，顔師古：來到反。　萁，顔師古：基。

是日也，拂衣而喜，奮袖低昂，頓足起舞。誠淫荒無度，不知其不可也。惲幸有餘禄，方糴賤販貴，逐什一之利。此賈豎之事，汙辱之處，惲親行之。下流之人，衆毀所歸，不寒而慄。雖雅知惲者，猶隨風而靡，尚何稱譽之有。

汙，尤袤本：烏卧切。陳八郎本作"污"，音：烏卧。

董生不云乎：明明求仁義，常恐不能化民者，卿大夫之意也。明明求財利，常恐困乏者，庶人之事也。故道不同，不相爲謀。今子尚安得以卿大夫之制而責僕哉。

爲，顔師古：于僞反。

夫西河魏土，文侯所興，有段干木、田子方之遺風。凛然皆有節槩，知去就之分。頃者，足下離舊土，臨安定。安定山谷之間，昆夷舊壤。子弟貪鄙，豈習俗之移人哉。於今乃睹子之志矣。方當盛漢之隆，願勉旃，無多談。

凛，《漢書》作"漂"，顔師古：匹遥反。　槩，《漢書》作"概"，顔師古：工代反。　分，顔師古：扶問反。

論盛孝章書

孔文舉

歲月不居，時節如流。五十之年，忽焉已至。公爲始滿，融又過二。海内知識，零落殆盡，惟有會稽盛孝章尚存。其人困於孫氏，妻孥湮没。單孑獨立，孤危愁苦。若使憂能傷人，此子不得永年矣。《春秋傳》曰：諸侯有相滅亡者，桓公不能救，則桓公恥之。今孝章，實丈夫之雄也，天下談士依以揚聲。而身不免於幽縶，命不期於旦夕。吾祖不當復論損益之友，而朱穆所以絶交也。公誠能馳一介之使，加咫尺之書。則孝章可致，友道可弘矣。今之少年，喜謗前輩，或能譏評孝章。孝章要爲有天下大名，九牧之人，所共稱嘆。

評，陳八郎本作"平"：皮柄切。　要，陳八郎本：一召。

燕君市駿馬之骨，非欲以騁道里，乃當以招絶足也。惟公匡復漢室，宗社將絶，又能正之。正之術，實須得賢。珠玉無脛而自至者，以人好之也，况賢者之有足乎。

脛，尤袤本：胡定切。陳八郎本作"踁"，音：胡定。

昭王築臺以尊郭隗，隗雖小才而逢大遇，竟能發明主之至心，故樂毅自魏往，劇辛自趙往，鄒衍自齊往。向使郭隗倒懸而王不解，臨難而王不拯，則士亦將高翔遠引，莫有北首燕路者矣。凡所稱引，自公所知，而復有云者，欲公崇篤斯義。因表，不悉。

解，尤袤本：居蟹切。陳八郎本：居蟹。　引，陳八郎本：以刃。　首，尤袤本、陳八郎本：獸。

爲幽州牧與彭寵書

朱叔元

蓋聞智者順時而謀，愚者逆理而動，常竊悲京城太叔以不知足而無賢輔，卒自棄於鄭也。伯通以名字典郡，有佐命之功。臨民親職，愛惜倉庫。而浮秉征伐之任，欲權時救急，二者皆爲國耳。即疑浮相譖，何不詣闕自陳，而爲滅族之計乎。朝廷之於伯通，恩亦厚矣，委以大郡，任以威武，事有柱石之寄，情同子孫之親。匹夫媵母，尚能致命一飡。

媵，尤袤本：以證切。陳八郎本：以證。

豈有身帶三綬，職典大邦，而不顧恩義，生心外叛者乎。伯通與吏民語，何以爲顔。行步拜起，何以爲容。坐卧念之，何以爲心。引鏡窺景,何以施眉目。舉厝建功,何以爲人。惜乎,弃休令之嘉名,造梟鴟之逆謀。捐傳葉之慶祚,招破敗之重災。高論堯舜之道,不忍桀紂之性,生爲世笑,死爲愚鬼,不亦哀乎。伯通與耿俠游,俱起佐命,同被國恩。俠游謙讓,屢有降挹之言。而伯通自伐,以爲功高天下。

梟,陳八郎本:古堯。 鴟,陳八郎本:昌夷。 被,陳八郎本:皮義。

往時遼東有豕,生子白頭,異而獻之。行至河東,見群豕皆白,懷慙而還。若以子之功高,論於朝廷,則爲遼東豕也。今乃愚妄,自比六國。六國之時,其勢各盛,廓土數千里,勝兵將百萬。故能據國相持,多歷年所。今天下幾里,列郡幾城。奈何以區區漁陽而結怨天子。此猶河濱之民,捧土以塞孟津,多見其不知量也。方今天下適定,海内願安,士無賢不肖,皆樂立名於世。

樂,陳八郎本:力各。

而伯通獨中風狂走,自捐盛時。内聽嬌婦之失計,外信讒邪之諛言。長爲群后惡法,永爲功臣鑒戒,豈不誤哉。定海内者無私讎,勿以前事自疑。願留意顧老母少弟,凡舉事無爲親厚者所痛,而爲見讎者所快。

爲曹洪與魏文帝書

陳孔璋

十一月五日,洪白。前初破賊,情奓意奢,説事頗過其實。

過,陳八郎本:古卧。

得九月二十日書，讀之喜笑，把玩無猒，亦欲令陳琳作報。琳頃多事，不能得爲。念欲遠以爲懽，故自竭老夫之思。辭多不可一一，粗舉大綱，以當談笑。

粗，陳八郎本：徂古。

漢中地形，實有險固，四嶽三塗，皆不及也。彼有精甲數萬，臨高守要，一人揮戟，萬夫不得進。而我軍過之，若駭鯨之決細網，奔兕之觸魯縞，未足以喻其易。雖云王者之師，有征無戰。不義而强，古人常有。

縞，陳八郎本：古老。朝鮮正德本、奎章閣本：古考。

故唐虞之世，蠻夷猾夏。周宣之盛，亦讎大邦。《詩》《書》嘆載，言其難也。斯皆憑阻恃遠，故使其然。是以察茲地勢，謂爲中才處之，殆難倉卒。來命陳彼妖惑之罪，叙王師曠蕩之德，豈不信然。是夏殷所以喪，苗扈所以斃。我之所以克，彼之所以敗也。不然，商周何以不敵哉。

斃，朝鮮正德本、奎章閣本：婢袂反。

昔鬼方聾昧，崇虎讒凶，殷辛暴虐，三者皆下科也。然高宗有三年之征，文王有退脩之軍，盟津有再駕之役。然後殪戎勝殷，有此武功。

盟，陳八郎本：孟。　殪，陳八郎本：翳。

焉有星流景集，飈奪霆擊，長驅山河，朝至暮捷，若今者也。由此觀之，彼固不逮下愚。則中才之守，不然明矣。在中才，則謂不然。而來示乃以爲彼之惡稔，雖有孫、田、墨、氂，猶無所救，竊又疑焉。

氂，尤袤本：力而切。陳八郎本：力而。

何者，古之用兵，敵國雖亂，尚有賢人，則不伐也。是故三仁未去，武王還師。宮奇在虞，晋不加戎。季梁猶在，强楚挫謀。暨至衆賢奔絀，三國爲墟。明其無道有人，猶可救也。

絀，尤袤本：勑律切。陳八郎本：勑律。

且夫墨子之守，縈帶爲垣，高不可登。折箸爲械，堅不可入。若乃距陽平，據石門。攄八陣之列，騁奔牛之權，焉肯土崩魚爛哉。

焉，陳八郎本：一乾。

設令守無巧拙皆可攀附，則公輸已陵宋城，樂毅已拔即墨矣。墨翟之術何稱，田單之智何貴。老夫不敏，未之前聞。蓋聞過高唐者，効王豹之謳。游睢涣者，學藻績之綵。

謳，陳八郎本：一侯切。　睢，尤袤本：息惟切。陳八郎本：息椎。

間自入益部，仰司馬、楊、王遺風，有子勝斐然之志，故頗奮文辭，異於他日。怪乃輕其家丘，謂爲倩人，是何言歟。夫緑驥垂耳於林坰，鴻雀戢翼於汙池，褻之者固以爲園囿之凡鳥，外廄之下乘也。

倩，尤袤本：七靖切。陳八郎本：七靖。　緑，陳八郎本作"騄"，音：緑。　汙，陳八郎本：烏。

及整蘭筋，揮勁翮。陵厲清浮，顧盼千里，豈可謂其借翰於晨風，假足於六駮哉。恐猶未信丘言，必大噱也。洪白。

駮，陳八郎本作"駁"，音：補角。　噱，陳八郎本：其略。

《文選》音注輯考卷四十二

書中

書　中

爲曹公作書與孫權

阮元瑜

離絶以來，于今三年，無一日而忘前好。亦猶姻媾之義，恩情已深。違異之恨，中間尚淺也。孤懷此心，君豈同哉。每覽古今所由改趣，因緣侵辱，或起瑕釁，心忿意危，用成大變。若韓信傷心於失楚，彭寵積望於無異，盧綰嫌畏於已隙，英布憂迫於情漏，此事之緣也。孤與將軍，恩如骨肉。割授江南，不屬本州，豈若淮陰捐舊之恨。抑遏劉馥，相厚益隆，寧放朱浮顯露之奏。無匿張勝貸故之變，匪有陰構噴赫之告，固非燕王、淮南之釁也。而忍絶王命，明棄碩交，實爲安人所構會也。

貸，尤袤本：他改切。陳八郎本：他改。　噴，尤袤本：肥。陳八郎本作"賁"，音：肥。○案：噴、賁屬諄部，肥屬脂部，陰陽對轉。

夫似是之言，莫不動聽。因形設象，易爲變觀。示之以禍難，激之以耻辱，大丈夫雄心，能無憤發。

觀，陳八郎本：古亂反。

昔蘇秦説韓，羞以牛後。韓王按劍，作色而怒。雖兵折地割，猶不爲悔，人之情也。仁君年壯氣盛，緒信所嬖。既懼患至，兼懷忿恨。不能復遠度孤心，近慮事勢。遂齎見薄之决計，秉翻然之成議。加劉備相扇揚，事結釁連，推而行之。想暢本心，不願於此也。

折，陳八郎本：舌。　嬖，朝鮮正德本、奎章閣本：辟計反。度，陳八郎本：大各。　齎，陳八郎本：子夷。

孤之薄德，位高任重，幸蒙國朝將泰之運。蕩平天下，懷集異類。喜得全功，長享其福。而姻親坐離，厚援生隙。常恐海内多以相責，以爲老夫苞藏禍心，陰有鄭武取胡之詐。乃使仁君翻然自絶，以是忿忿，懷慙反側，常思除棄小事，更申前好。二族俱榮，流祚後嗣，以明雅素中誠之效。抱懷數年，未得散意。昔赤壁之役，遭離疫氣，燒舡自還，以避惡地，非周瑜水軍所能抑挫也。江陵之守，物盡穀殫，無所復據，徙民還師，又非瑜之所能敗也。荆土本非己分，我盡與君，冀取其餘。非相侵肌膚，有所割損也。思計此變，無傷於孤，何必自遂於此，不復還之。高帝設爵以延田横，光武指河而誓朱鮪，君之負累，豈如二子。是以至情，願聞德音。

鮪，尤袤本：榮美切。陳八郎本：榮美。　累，陳八郎本：力瑞。

往年在譙，新造舟舡，取足自載，以至九江，貴欲觀湖漅之形，定江濱之民耳。

漅，尤袤本李善注引裴松之《吴志注》：祖了切。陳八郎本：士交反。朝鮮正德本：十交反，又：子小。奎章閣本：士交反，又：子小。〇案：漅、士爲莊組崇母，十爲章組禪母，二者聲異。朝鮮正德本"十"爲"士"字之訛。

非有深入攻戰之計，將恐議者大爲已榮。自謂策得，長無西患，重以此故，未肯迴情。然智者之慮，慮於未形。達者所規，規於未兆。是故子胥知姑蘇之有麋鹿，輔果識智伯之爲趙禽。穆生謝病，以免楚難。鄒陽北游，不同吴禍。此四士者豈聖人哉，徒通變思深，以微知著耳。以君之明，觀孤術數，量君所據，相計土地，豈勢少力乏，不能遠舉，割江之表，宴安而已哉。甚未然也。若恃水戰，臨江塞要，欲令王師終不得渡，亦未必也。夫水戰千里，情巧萬端。越爲三軍，吴曾不禦。漢潛夏陽，魏豹不意。江河雖廣，其長難衛也。

量，尤袤本、陳八郎本：良。　巧，陳八郎本：口孝。

凡事有宜,不得盡言。將修舊好而張形勢,更無以威脅重敵人。然有所恐,恐書無益。何則,往者軍逼而自引還,今日在遠而興慰納。辭遜意狹,謂其力盡,適以增憍,不足相動,但明効古,當自圖之耳。昔淮南信左吴之策,漢隗囂納王元之言,彭寵受親吏之計,三夫不寤,終爲世笑。梁王不受詭、勝,竇融斥逐張玄,二賢既覺,福亦隨之。願君少留意焉。若能内取子布,外擊劉備,以効赤心,用復前好。則江表之任長以相付,高位重爵坦然可觀。上令聖朝無東顧之勞,下令百姓保安全之福。君享其榮,孤受其利,豈不快哉。若忽至誠以處僥倖,婉彼二人,不忍加罪。所謂小人之仁,大仁之賊,大雅之人,不肯爲此也。若憐子布,願言俱存,亦能傾心去恨,順君之情,更與從事,取其後善。但禽劉備,亦足爲効。開設二者,審處一焉。聞荆、楊諸將,并得降者。皆言交州爲君所執,豫章距命,不承執事。疫旱并行,人兵減損,各求進軍,其言云云。孤聞此言,未以爲悦。然道路既遠,降者難信,幸人之灾,君子不爲。且又百姓,國家之有,加懷區區,樂欲崇和,庶幾明德,來見昭副,不勞而定,於孤益貴。是故按兵守次,遣書致意。古者兵交,使在其中。願仁君及孤虚心回意,以應詩人補衮之嘆,而慎《周易》牽復之義。濯鱗清流,飛翼天衢,良時在兹,勗之而已。

與朝歌令吴質書

魏文帝

五月十八日,丕白:季重無恙。塗路雖局,官守有限。願言之懷,良不可任。足下所治僻左,書問致簡,益用增勞。每念昔日南皮之游,誠不可忘。既妙思六經,逍遥百氏。彈碁間設,終以六博。高談娱心,哀箏順耳。馳騁北場,旅食南館。浮甘瓜於清泉,沉朱李於寒水。白日既匿,繼以朗月。同乘竝載,以游後園。輿輪徐動,參從無聲。清風夜起,悲笳微吟,樂往哀來,愴然傷懷。余顧而言,斯樂難常。足下之徒,咸以爲然。今果分別,各在一方。元瑜長逝,化爲異物。每一念至,何時可言。方今蕤賓紀時,景風扇物。天氣和暖,衆果具繁。時駕而游,北遵河曲。從者鳴笳以啓路,文學託乘於後車。節同時異,物是人非,我勞如何。今遣騎到鄴,故使枉道相過。行矣自愛,丕白。

過,陳八郎本:平聲。

與吴質書

魏文帝

二月三日,丕白:歲月易得,别來行復四年。三年不見,《東山》猶嘆其遠,况乃過之,思何可支。

過,陳八郎本:古卧。

雖書疏往返,未足解其勞結。昔年疾疫,親故多離其灾,徐、陳、應、劉,一時俱逝,痛可言邪。昔日游處,行則連輿,止則接席,何曾須臾相失。

處,陳八郎本:昌吕。

每至觴酌流行,絲竹并奏,酒酣耳熱,仰而賦詩。當此之時,忽然不自知樂也。謂百年己分,可長共相保。何圖數年之間,零落略盡,言之傷心。

己,陳八郎本:紀。　分,陳八郎本:去聲。

頃撰其遺文,都爲一集。觀其姓名,已爲鬼録。追思昔游,猶在心目。而此諸子,化爲糞壤,可復道哉。觀古今文人,類不護細行,鮮能以名節自立。而偉長獨懷文抱質,恬惔寡欲,有箕山之志,可謂彬彬君子者矣。著《中論》二十餘篇,成一家之言,辭義典雅,足傳于後,此子爲不朽矣。

惔,朝鮮正德本作"淡",音:大暫。奎章閣本亦作"淡":大暫切。

德璉常斐然有述作之意,其才學足以著書,美志不遂,良可痛惜。間者,歷覽諸子之文,對之抆淚,既痛逝者,行自念也。

璉,陳八郎本:力展。 抆,陳八郎本:亡粉。

孔璋章表殊健,微爲繁富。公幹有逸氣,但未遒耳。其五言詩之善者,妙絶時人。元瑜書記翩翩,致足樂也。仲宣續自善於辭賦,惜其體弱,不足起其文。至於所善,古人無以遠過。昔伯牙絶絃於鍾期,仲尼覆醢於子路,痛知音之難遇,傷門人之莫逮。諸子但爲未及古人,自一時之儁也。今之存者,已不逮矣。後生可畏,來者難誣,然恐吾與足下不及見也。年行已長大,所懷萬端,時有所慮,至通夜不瞑。

瞑,朝鮮正德本、奎章閣本:銘。

志意何時復類昔日。已成老翁,但未白頭耳。光武言:年三十餘,在兵中十歲,所更非一。吾德不及之,年與之齊矣。以犬羊之質,服虎豹之文,無衆星之明,假日月之光。動見瞻觀,何時易乎。

易,陳八郎本:去聲。

恐永不復得爲昔日游也。少壯真當努力,年一過往,何可攀援。古人思炳燭夜游,良有以也。頃何以自娱,頗復有所述造不。東望於邑,裁書叙心。丕白。

援,陳八郎本:爰。

與鍾大理書

魏文帝

丕白:良玉比德君子,珪璋見美詩人。晉之垂棘,魯之璵璠,宋之結緑,楚之和璞。價越萬金,貴重都城。

璵,陳八郎本:余。　璠,陳八郎本:附蕃。

有稱疇昔,流聲將來。是以垂棘出晉,虞虢雙禽。和璧入秦,相如抗節。竊見玉書稱美玉,白如截肪,黑譬純漆,赤擬雞冠,黄侔蒸栗。

肪,尤袤本李善注、陳八郎本:方。

側聞斯語,未睹厥狀。雖德非君子,義無詩人,高山景行,私所仰慕。然四寶邈焉已遠,秦漢未聞有良比也。求之曠年,不遇厥真,私願不果,飢渴未副。近日南陽宗惠叔稱君侯昔有美玦,聞之驚喜,笑與抃會。

抃,陳八郎本:卞。

當自白書,恐傳言未審。是以令舍弟子建,因荀仲茂,時從容喻鄙旨。乃不忽遺,厚見周稱。鄴騎既到,寶玦初至,捧匣跪發,五内震駭。繩窮匣開,爛然滿目。猥以蒙鄙之姿,得睹希世之寶。不煩一介之使,不損連城之價。既有秦昭章臺之觀,而無藺生詭奪之誑。嘉貺益腆,敢不欽承。謹奉賦一篇,以讚揚麗質。丕白。

觀,陳八郎本:去聲。

與楊德祖書

曹子建

植白:數日不見,思子爲勞,想同之也。僕少小好爲文章,迄至于今,二十有五年矣。然今世作者,可略而言也。昔仲宣獨步於漢南,孔璋鷹揚於河朔,偉長擅名於青土,公幹振藻於海隅,德璉發迹於此魏,足下高視於上京。當此之時,人人自謂握靈蛇之珠,家家自謂抱荆山之玉。吾王於是設天網以該之,頓八紘以掩之,今悉集兹國矣。然此數子,猶復不能飛軒絶迹,一舉千里。

軒,陳八郎本作"騫":許言切。

以孔璋之才,不閑於辭賦,而多自謂能與司馬長卿同風,譬畫虎不成,反爲狗也。前書嘲之,反作論盛道僕讚其文。

論,陳八郎本:去聲。朝鮮正德本、奎章閣本:力頓。

夫鍾期不失聽,于今稱之。吾亦不能忘嘆者,畏後世之嗤余也。世人之著述,不能無病。僕常好人譏彈其文,有不善者,應時改定。昔丁敬禮常作小文,使僕潤飾之。僕自以才不過若人,辭不爲也。

彈,陳八郎本:大旦。　過,尤袤本:古卧切。陳八郎本:古卧。

敬禮謂僕:卿何所疑難。文之佳惡,吾自得之,後世誰相知定吾文者邪。吾常嘆此達言,以爲美談。昔尼父之文辭,與人通流,至於制《春秋》,游、夏之徒乃不能措一辭。過此而言不病者,吾未之見也。蓋有南威之容,乃可以論其淑媛。有龍泉之利,乃可以議其斷割。

媛,尤袤本:于戀切。陳八郎本:于戀。　斷,尤袤本:丁段切。朝鮮正德本、奎章閣本:丁段。

劉季緒才不能逮於作者,而好詆訶文章,掎摭利病。

詆,尤袤本:丁禮切。陳八郎本:丁禮。　訶,尤袤本:呼歌切。陳八郎本:呼哥。　掎,尤袤本:居綺切。陳八郎本:居綺。　摭,尤袤本:之石切。陳八郎本:之石。

昔田巴毁五帝、罪三王,呰五霸於稷下,一旦而服千人。魯連一説,使終身杜口。劉生之辯,未若田氏。今之仲連,求之不難。可無息乎。人各有好尚,蘭茝蓀蕙之芳,衆人所好,而海畔有逐臭之夫。《咸池》《六莖》之發,衆人所共樂,而墨翟有非之之論,豈可同哉。

呰,尤袤本、陳八郎本:紫。　茝,尤袤本:昌待切。陳八郎本:昌待。

今往僕少小所著辭賦一通相與。夫街談巷説,必有可采。擊轅之歌,有應風雅。匹夫之思,未易輕棄也。辭賦小道,固未足以揄揚大義、彰示來世也。昔揚子雲先朝執戟之臣耳,猶稱壯夫不爲也。吾雖德薄,位爲蕃侯,猶庶幾勠力上國,流惠下民。

勠,陳八郎本作"戮",音:力彫。〇案:《集韻》平聲三"憐蕭切",與陳八郎本音合。

建永世之業,留金石之功。豈徒以翰墨爲勳績,辭賦爲君子哉。若吾志未果,吾道不行,則將采庶官之實録,辯時俗之得失。定仁義之衷,成一家之言。雖未能藏之於名山,將以傳之於同好。非要之皓首,豈今日之論乎。其言之不慙,恃惠子之知我也。明早相迎,書不盡懷。植白。

要,尤袤本:一召切。陳八郎本:一召。

與吴季重書

曹子建

植白:季重足下。前日雖因常調,得爲密坐。雖燕飲彌日,其於别遠會稀,猶不盡其勞積也。

調,陳八郎本:大吊。　坐,朝鮮正德本、奎章閣本:在卧反。

若夫觴酌凌波於前,簫笳發音於後,足下鷹揚其體,鳳嘆虎視。謂蕭曹不足儔,衛霍不足侔也。左顧右眄,謂若無人,豈非吾子壯志哉。過屠門而大嚼,雖不得肉,貴且快意。

嘆,陳八郎本作"觀",音:去聲。　嚼,尤袤本:慈躍切。陳八郎本:慈躍。

當斯之時,願舉太山以爲肉,傾東海以爲酒,伐雲夢之竹以爲笛,斬泗濱之梓以爲箏。食若填巨壑,飲若灌漏巵。其樂固難量,豈非大丈夫之樂哉。然日不我與,曜靈急節。面有逸景之速,别有參商之闊。思欲抑六龍之首,頓羲和之轡。折若木之華,閉濛汜之谷。天路高邈,良久無緣。懷戀反側,如何如何。得所來訊,文采委曲,曄若春榮,瀏若清風。申詠反覆，曠若復面。其諸賢所著文章，想還所治，復申詠之也。可令憙事小吏，諷而誦之。

憙，尤袤本：許記切。陳八郎本：許記。

夫文章之難，非獨今也。古之君子，猶亦病諸。家有千里，驥而不珍焉。人懷盈尺，和氏無貴矣。夫君子而知音樂，古之達論謂之通而蔽。墨翟不好伎，何爲過朝歌而迴車乎。足下好伎，值墨翟迴車之縣，想足下助我張目也。又聞足下在彼，自有佳政。夫求而不得者有之矣，未有不求而得者也。且改轍易行，非良、樂之御。易民而治，非楚、鄭之政，願足下勉之而已矣。適對嘉賓，口授不悉。往來數相聞。曹植白。

荅東阿王書

吴季重

質白：信到，奉所惠貺。發函伸紙，是何文采之巨麗，而慰喻之綢繆乎。夫登東嶽者，然後知衆山之邐迤也。奉至尊者，然後知百里之卑微也。

邐，陳八郎本：力氏。　迤，陳八郎本作"迆"，音：移尔。

自旋之初，伏念五六日，至于旬時。精散思越，惘若有失。非敢羡寵光之休，慕猗頓之富。誠以身賤犬馬，德輕鴻毛。至乃歷玄闕，排金門，升玉堂。伏虚檻於前殿，臨曲池而行觴。既威儀虧替，言辭漏渫。雖恃平原養士之懿，愧無毛遂燿穎之才。深蒙薛公折節之禮，而無馮諼三窟之効。

渫，尤袤本、陳八郎本：思列反。　諼，尤袤本：火爰切。陳八郎本：火爰。

屢獲信陵虚左之德，又無侯生可述之美。凡此數者，乃質之所以憤積於胷臆，懷眷而悁邑者也。若追前宴，謂之未究。傾海爲酒，并山爲肴，伐竹雲夢，斬梓泗濱。然後極雅意，盡歡情，信公子之壯觀，非鄙人之所庶幾也。

悁，陳八郎本：一緣。　觀，陳八郎本：去聲。

若質之志，實在所天。思投印釋黻，朝夕侍坐。鑽仲父之遺訓，覽老氏之要言。對清酤而不酌，抑嘉肴而不享。使西施出帷，嫫母侍側。斯盛德之所蹈，明哲之所保也。

酤，陳八郎本：户。　嫫，陳八郎本：模。

若乃近者之觀，實盪鄙心。秦筝發徽，二八迭奏。塤簫激於華屋，靈鼓動於座右。耳嘈嘈於無聞，情踴躍於鞍馬。謂可北懾肅慎，使貢其楛矢。南震百越，使獻其白雉。又况權、備，夫何足視乎。還治，諷采所著，觀省英瑋，實賦頌之宗，作者之師也。衆賢所述，亦各有志。昔趙武過鄭，七子賦《詩》，《春秋》載列，以爲美談。

省，陳八郎本：思郢。　過，尤袤本、陳八郎本：平聲。

質小人也，無以承命。又所荅貺，辭醜義陋，申之再三，赧然汗下。此邦之人，閑習辭賦，三事大夫，莫不諷誦，何但小吏之有乎。重惠苦言，訓以政事。惻隱之恩，形乎文墨。墨子迴車，而質四年，雖無德與民，式歌且舞。儒墨不同，固已久矣。然一旅之衆，不足以揚名。步武之間，不足以騁迹。若不改轍易御，將何以効其力哉。今處此而求大功,猶絆良驥之足而責以千里之任,檻猨猴之勢而望其巧捷之能者也。不勝見恤,謹附遣白荅,不敢繁辭。吴質白。

處,陳八郎本:昌吕。

與滿公琰書

應休璉

璩白:昨者不遺,猥見照臨。雖昔侯生納顧於夷門,毛公受眷於逆旅,無以過也。

璩,陳八郎本:其魚。　見,陳八郎本:何見。

外嘉郎君謙下之德,内幸頑才見誠知己。歡欣踴躍,情有無量。是以奔騁御僕,宣命周求。陽書喻於詹何,楊倩説於范武。

下,陳八郎本:去聲。　見,陳八郎本:何見。　量,朝鮮正德本、奎章閣本:亮。

故使鮮魚出於潛淵,芳旨發自幽巷。繁俎綺錯,羽爵飛騰。牙曠高徽,義渠哀激。當此之時,仲孺不辭同産之服,孟公不顧尚書之期。徒恨宴樂始酣,白日傾夕,驪駒就駕,意不宣展。追惟耿介,迄于明發。適欲遣書,會承來命,知諸君子復有漳渠之會。夫漳渠,西有伯陽之館,北有曠野之望。高樹翳朝雲,文禽蔽緑水。沙場夷敞,清風肅穆,是京臺之樂也,得無流而不反乎。適有事務,須自經營。不獲侍坐,良增邑邑。因白不悉。璩白。

與侍郎曹長思書

應休璉

璩白：足下去後，甚相思想。叔田有無人之歌，闉闍有匪存之思，風人之作，豈虚也哉。

闉，尤袤本李善注、陳八郎本：因。　闍，尤袤本李善注、陳八郎本：都。

王肅以宿德顯授，何曾以後進見拔，皆鷹揚虎視，有萬里之望。薄援助者不能追參於高妙，復斂翼於故枝。塊然獨處，有離群之志。汲黯樂在郎署，何武耻爲宰相，千載揆之，知其有由也。德非陳平，門無結駟之迹。學非楊雄，堂無好事之客。才劣仲舒，無下帷之思。家貧孟公，無置酒之樂。悲風起於閨闥，紅塵蔽於机榻。幸有袁生，時步玉趾，樵蘇不爨，清談而已。有似周黨之過閔子。

爨，陳八郎本：七亂。　過，尤袤本、陳八郎本：平聲。

夫皮朽者毛落，川涸者魚逝。春生者繁華，秋榮者零悴。自然之數，豈有恨哉。聊爲大弟陳其苦懷耳。想還在近，故不益言。璩白。

與廣川長岑文瑜書

應休璉

璩白：頃者炎旱，日更增甚，沙礫銷鑠，草木焦卷。處凉臺而有鬱蒸之煩，浴寒水而有灼爛之慘。宇宙雖廣，無陰以憩。《雲漢》之詩，何以過此。

蒸，尤袤本：之剩切。陳八郎本：之剩。

土龍矯首於玄寺,泥人鶴立於闕里。修之歷旬,静無徵効。明勸教之術,非致雨之備也。知恤下人,躬自暴露。拜起靈壇,勤亦至矣。昔夏禹之解陽旴,殷湯之禱桑林。

解,陳八郎本:居買。 旴,尤袤本李善注:紆。朝鮮正德本、奎章閣本作"盱",音:于。

言未發而水旋流,辭未卒而澤滂沛。今者,雲重積而復散,雨垂落而復収,得無賢聖殊品,優劣異姿,割髮宜及膚,翦爪宜侵肌乎。

【附】尤袤本李善注:《吕氏春秋》曰:於是翦其髮,鄜其手。鄜音酈。

周征殷而年豐,衛伐邢而致雨。善否之應,甚於影響,未可以爲不然也。想雅思所未及,謹書起予。應璩白。

與從弟君苗君胄書

應休璉

璩報:間者北游,喜歡無量。登芒濟河,曠若發曚。風伯掃途,雨師灑道。按轡清路,周望山野,亦既至止,酌彼春酒。接武茅茨,凉過大夏。扶寸肴脩,味踰方丈。逍遥陂塘之上,吟詠菀柳之下。

過,朝鮮正德本、奎章閣本:去聲。 扶,尤袤本李善注引鄭玄:膚。 菀,尤袤本、陳八郎本:欝。

結春芳以崇佩,折若華以翳日。弋下高雲之鳥,餌出深淵之魚。蒲且讚善,便嬛稱妙,何其樂哉。

餌，朝鮮正德本、奎章閣本：二。　且，尤袤本：子餘切。陳八郎本：子餘。　嬛，尤袤本：一緣切。陳八郎本：一緣。

雖仲尼忘味於虞《韶》，楚人流遯於京臺，無以過也。班嗣之書，信不虚矣。來還京都，塊然獨處。營宅濱洛，困於囂塵。思樂汶上，發於寤寐。昔伊尹輟耕，郅惲投竿，思致君於有虞，濟蒸人於塗炭。而吾方欲秉耒耜於山陽，沈鉤緍於丹水，知其不如古人遠矣。

郅，陳八郎本：質。　緍，陳八郎本作"緡"，音：旻。【附】尤袤本李善注：《漢書》曰：上黨郡高都縣有筦谷，丹水所出。筦音管。

然山父不貪天地之樂，曾參不慕晋楚之富，亦其志也。前者邑人念弟無已，欲州郡崇禮，官師授邑，誠美意也。歷觀前後，來入軍府，至有皓首猶未遇也。徒有飢寒駿奔之勞，俟河之清，人壽幾何。且宦無金張之援，游無子孟之資。而圖富貴之榮，望殊異之寵，是隴西之游，越人之射耳。幸賴先君之靈，免負擔之勤，追踪丈人，畜雞種黍。潛精墳籍，立身揚名，斯爲可矣。無或游言，以增邑邑。郊牧之田，宜以爲意。廣開土宇，吾將老焉。劉杜二生，想數往來。朱明之期，已復至矣。相見在近，故不復爲書。慎夏自愛。璩白。

【附】尤袤本李善注：《左氏傳》曰：隱公使營菟裘，吾將老焉。菟音塗。

《文選》音注輯考卷四十三

書下

書 下

與山巨源絶交書

嵇叔夜

康白:足下昔稱吾於潁川,吾常謂之知言。然經怪此意,尚未熟悉於足下,何從便得之也。前年從河東還,顯宗阿都説足下議以吾自代。事雖不行,知足下故不知之。足下傍通,多可而少怪。吾直性狹中,多所不堪,偶與足下相知耳。間聞足下遷,惕然不喜,恐足下羞庖人之獨割,引尸祝以自助。手薦鸞刀,漫之羶腥。

庖,《晋書音義》:薄交反。 漫,尤袤本、陳八郎本:平聲。

故具爲足下陳其可否。吾昔讀書,得并介之人,或謂無之,今乃信其真有耳。性有所不堪,真不可强。今空語同知有達人,無所不堪。外不殊俗,而内不失正,與一世同其波流,而悔吝不生耳。老子、莊周,吾之師也,親居賤職。柳下惠、東方朔,達人也,安乎卑位。吾豈敢短之哉。又仲尼兼愛,不羞執鞭,子文無欲卿相,而三登令尹,是乃君子思濟物之意也。所謂達能兼善而不渝,窮則自得而無悶。以此觀之,故堯舜之君世,許由之巖栖。子房之佐漢,接輿之行歌,其揆一也。仰瞻數君,可謂能遂其志者也。故君子百行,殊塗而同致,循性而動,各附所安。故有處朝廷而不出,入山林而不反之論。且延陵高子臧之風,長卿慕相如之節,志氣所託,不可奪也。吾每讀尚子平、臺孝威傳,慨然慕之,想其爲人。少加孤露,母兄見驕,不涉經學。性復疏嬾,筋駑肉緩。頭面常一月十五日不洗,不大悶癢,不能沐也。每常小便,而忍不起,令胞中略轉乃起耳。又縱逸來久,情意傲散。簡與禮相背,嬾与慢相成,而爲儕類見寬,不攻其過。又讀《莊》《老》,重增其放。故使榮進之心日穨,任實之情轉篤。此由禽鹿少見馴育,則服從教制。長而見羈,則狂顧頓纓,赴蹈湯火。雖飾以金鑣,饗以嘉肴,逾思長林,而志在豐草也。

馴,集注本引《音决》:旬。　鑣,集注本引《音决》:布苗反。長,集注本引《音决》:直良反。　【附】集注本李善注:《毛詩》曰:茀厥豐草。茀,甫物反。尤袤本作甫物切。

阮嗣宗口不論人過,吾每師之,而未能及。至性過人,與物無傷,唯飲酒過差耳。至爲禮法之士所繩,疾之如讎,幸賴大將軍保持之耳。吾不如嗣宗之賢,而有慢弛之闕。又不識人情,闇於機宜。無萬石之慎,而有好盡之累。久與事接,疵釁日興,雖欲無患,其可得乎。

過,集注本引《音决》:戈。 過,集注本引《音决》:古卧反。 弛,集注本作"弛",引《音决》:氏反。〇案:集注本音"氏"上有脱字,據卷三十四《七啓》"玄眉弛兮鉛華落"、卷四十《奏彈曹景宗》"負檐裁弛"、卷四十九《晋紀總論》"和而不弛"等處音注,"氏"上脱"式"字。 好,集注本引《音决》:秏,下同。 累,集注本引《音决》:力瑞反。 疵,集注本引《音决》:在斯反。 釁,集注本作"舋",引《音决》:許靳反。

又人倫有禮,朝廷有法,自惟至熟,有必不堪者七,甚不可者二。卧喜晚起,而當關呼之不置,一不堪也。抱琴行吟,弋釣草野,而吏卒守之,不得妄動,二不堪也。危坐一時,痺不得摇。性復多蝨,把搔無已,而當裹以章服,揖拜上官,三不堪也。

喜,集注本作"憙",引《音决》:許意反,下同。〇案:集注本引《音决》憙誤作嘉。 卒,集注本引《音决》:子忽反。 痺,集注本引《音决》:必二反。尤袤本:必寐切。陳八郎本:必寐。袁本及茶陵本李善注:俾利反。〇案:袁本、茶陵本音見胡克家《考異》。 蝨,集注本作"虱",引《音决》:所乙反。尤袤本、陳八郎本:瑟。 把,集注本引《音决》:步也反。尤袤本、陳八郎本:蒲巴。 搔,集注本引《音决》:素刀反。 裹,集注本引《音决》:果。

素不便書,又不喜作書,而人間多事,堆案盈机,不相酬荅,則犯教傷義,欲自勉强,則不能久,四不堪也。不喜吊喪,而人道以此爲重,己爲未見恕者所怨,至欲見中傷者。雖瞿然自責,然性不可化。欲降心順俗,則詭故不情。亦終不能獲無咎無譽,如此五不堪也。

便,集注本引《音决》:婢然反。 堆,集注本作"推",引《音决》：多回反。〇案：推爲透母，堆、多爲端母，據聲紐，集注本"推"爲"堆"字之訛。 机，集注本引《音决》：几。 强，集注本引《音决》：其兩反，下皆同。 恕，集注本引《音决》：庶。 瞿，集注本作"懼"，引《音决》：句。尤袤本：句。朝鮮正德本、奎章閣本亦作"懼"，音：久具。奎章閣本李善注引晋灼：瞿音句。

不喜俗人，而當與之共事，或賓客盈坐，鳴聲聒耳，囂塵臭處，千變百伎，在人目前，六不堪也。心不耐煩，而官事鞅掌，機務纏其心，世故繁其慮，七不堪也。

坐，集注本引《音决》：在卧反。 聒，集注本引《音决》：古活反。 臭，集注本引《音决》作"臰"：昌又反。 伎，集注本引《音决》：其綺反，或爲妓，通。 耐，集注本引《音决》：那代反。 鞅，集注本引《音决》：於兩反。陳八郎本：於兩。

又每非湯武而薄周孔，在人間不止，此事會顯，世教所不容，此甚不可一也。剛腸疾惡，輕肆直言，遇事便發，此甚不可二也。以促中小心之性，統此九患，不有外難，當有内病，寧可久處人間邪。

難，集注本引《音决》：那旦反。

又聞道士遺言，餌术黄精，令人久壽，意甚信之。游山澤，觀鳥魚，心甚樂之。一行作吏，此事便廢，安能舍其所樂，而從其所懼哉。夫人之相知，貴識其天性，因而濟之。禹不偪伯成子高，全其節也。

餌，集注本引《音决》：二。《晋書音義》：仍吏反。 术，集注本引《音决》：直律反。 壽，集注本引《音决》：市又反。 樂，集注本引《音决》：洛，下同。 夫，集注本引《音决》：扶。

仲尼不假蓋於子夏，護其短也。近諸葛孔明不偪元直以入蜀，華子魚不强幼安以卿相，此可謂能相終始，真相知者也。足下見直木必不可以爲輪，曲者不可以爲桷，蓋不欲以枉其天才，令得其所也。

假，集注本引《音决》：居雅反。　夏，集注本引《音决》：下。　華，集注本引《音决》：故化反。　相，集注本引《音决》：息亮反。　桷，集注本引《音决》：角。

故四民有業，各以得志爲樂，唯達者爲能通之，此足下度内耳。不可自見好章甫，强越人以文冕也。己嗜臭腐，養鴛雛以死鼠也。吾頃學養生之術，方外榮華，去滋味，游心於寂寞，以無爲爲貴。縱無九患，尚不顧足下所好者。

冕，集注本引《音决》：勉。　嗜，集注本引《音决》：示。　腐，集注本引《音决》：避聲芳宇反。○案：集注本"避聲"二字疑衍。　鴛，集注本作"鵷"，引《音决》：於元反。　鶵，集注本引《音决》：士俱反。　去，集注本引《音决》：羌吕反。

又有心悶疾，頃轉增篤，私意自試，不能堪其所不樂。自卜已審，若道盡塗窮則已耳。足下無事冤之，令轉於溝壑也。吾新失母兄之歡，意常悽切。女年十三，男年八歲，未及成人，況復多病。顧此悢悢如何可言。

冤，集注本引《音决》：於元反。　悢，集注本引《音决》：亮。尤袤本、陳八郎本：力向。《晋書音義》：力讓反。

今但願守陋巷，教養子孫，時與親舊叙闊，陳説平生。濁酒一盃，彈琴一曲，志願畢矣。足下若嬲之不置，不過欲爲官得人，以益時用耳。

足下舊知吾潦倒麤踈，不切事情，自惟亦皆不如今日之賢能也。若以俗人皆喜榮華，獨能離之，以此爲快，此最近之，可得言耳。

嬲，集注本引《音决》：女了反。尤袤本李善注：奴了切。陳八郎本：奴了。　過，集注本引《音决》：戈。　爲，集注本引《音决》：于僞反。　潦，集注本引《音决》：老。　倒，集注本引《音决》：多老反。　麤，集注本引《音决》：七胡反。　離，集注本引《音决》：力智反。　快，集注本引《音决》：苦邁反。　近，集注本引《音决》：其靳反。

然使長才廣度，無所不淹，而能不營，乃可貴耳。若吾多病困，欲離事自全，以保餘年，此真所乏耳，豈可見黄門而稱貞哉。若趣欲共登王塗，期於相致，時爲懽益，一旦迫之，必發其狂疾，自非重怨，不至於此也。野人有快炙背而美芹子者，欲獻之至尊。雖有區區之意，亦已疏矣，願足下勿似之。其意如此，既以解足下，并以爲别。嵇康白。

趣，集注本引《音决》：促。集注本引五家：七俱反。尤袤本、陳八郎本：平聲。　怨，集注本引《音决》：於元反，又：於願反。　炙，集注本引《音决》：之亦反。　芹，集注本引《音决》：其斤反，《尒疋》作蘄，同。　解，集注本引《音决》：居買反。

爲石仲容與孫皓書

爲，集注本引《音决》：于僞反。

孫子荆

苞白：蓋聞見機而作，《周易》所貴。小不事大，《春秋》所誅。此乃吉凶之萌兆，榮辱之所由興也。是故許鄭以銜璧全國，曹譚以無禮取滅。載籍既記其成敗,古今又著其愚智矣。不復廣引譬類,崇飾浮辭。苟以夸大爲名,更喪忠告之實。

譚,集注本引《音决》:徒南反。　著,集注本引《音决》:丁慮反。　夸,集注本引《音决》:苦花反。　喪,集注本引《音决》:息浪反。

今粗論事勢,以相覺悟。昔炎精幽昧,曆數將終。桓靈失德,灾亹并興。豺狼抗爪牙之毒,生人陷荼炭之艱。

粗,集注本引《音决》:在古反。　數,集注本引《音决》:史具反。　亹,集注本作"釁",引《音决》:許靳反。　豺,集注本作"犲",引《音决》:士皆反。　抗,集注本引《音决》:口浪反。

於是九州絶貫,皇綱解紐。四海蕭條,非復漢有。太祖承運,神武應期。征討暴亂,克寧區夏。協建靈符,天命既集。遂廓洪基,奄有魏域。土則神州中岳,器則九鼎猶存。世載淑美,重光相襲。固知四隩之攸同,天下之壯觀也。

解,集注本引《音决》:居買反。　紐,《晋書音義》:女九反。　應,集注本引《音决》:於證反,下同。　夏,集注本引《音决》:下。　重,集注本引《音决》:逐龍反。　隩,集注本引《音决》:於六反。《晋書音義》:烏到反。陳八郎本:郁。　觀,集注本引《音决》:古翫反。

公孫淵承籍父兄,世居東裔。擁帶燕胡,馮凌險遠。講武盤桓,不供職貢。内傲帝命,外通南國,乘桴滄流,交疇貨賄,葛越布於朔土,貂馬延乎吴會。

傲,集注本引《音决》作“慠”:五誥反。 桴,集注本引《音决》、《晋書音義》:芳于反。 滄,集注本引《音决》:七郎反。 賄,集注本引《音决》:呼罪反。 貂,集注本引《音决》:彫。 會,集注本引《音决》:古外反。

自以爲控弦十萬,奔走足用。信能右折燕齊,左振扶桑,凌轢沙漠,南面稱王也。宣王薄伐,猛鋭長驅。師次遼陽,而城池不守。桴鼓一震,而元凶折首。

控,集注本引《音决》:苦貢反。 折,集注本引《音决》:之舌反。 凌,《晋書音義》作“輮”:人又反。 轢,集注本引《音决》、《晋書音義》:歷。 鋭,集注本引《音决》:以歲反。 桴,《晋書音義》作“枹”,音:孚。 折,集注本引《音决》:舌。

然後遠迹疆埸,列郡大荒。收離聚散,咸安其居。民庶悦服,殊俗款附。自兹遂隆,九野清泰。東夷獻其樂器,肅慎貢其楛矢。曠世不羈,應化而至。巍巍蕩蕩,想所具聞。

疆,集注本作“壃”,引《音决》:居良反。 埸,集注本引《音决》、陳八郎本:亦。 楛,集注本引《音决》、《晋書音義》:户。

吴之先主,起自荆州,遭時擾攘,播潜江表。劉備震懼,亦逃巴岷。遂依丘陵積石之固,三江五湖,浩汗無涯。假氣游魂,迄于四紀。二邦合從,東西唱和。互相扇動,距捍中國。自謂三分鼎足之勢,可與泰山共相終始。

擾,集注本引《音决》:而沼反。 攘,集注本引《音决》:而兩反。《晋書音義》:如兩反。 岷,集注本引《音决》作“嶓”:亡巾反。　合,集注本引《音决》:古合反。《晋書音義》:閤。　從,集注本引《音决》:子容反。尤袤本、陳八郎本:子容。《晋書音義》:即容反。　和,集注本引《音决》:胡卧反。　距,集注本引《音决》:巨。〇案:集注本引《音决》"距"誤作"捍"。　捍,集注本引《音决》:何旦反。

相國晋王,輔相帝室。文武桓桓,志厲秋霜。廟勝之筭,應變無窮。獨見之鑒,與衆絶慮。主上欽明,委以萬機。長轡遠御,妙略潛授。偏師同心,上下用力。稜威奮伐,罙入其阻。并敵一向,奪其膽氣。小戰江介,則成都自潰。曜兵劍閣,而姜維面縛。開地五千,列郡三十。師不踰時,梁益肅清。使竊號之雄,稽顙絳闕。球琳重錦,充於府庫。

　　相,集注本引《音决》:息亮反,下同。　勝,集注本引《音决》:時證反。　稜,集注本引《音决》:力登反。　罙,集注本李善注:弥。袁本及茶陵本李善注:彌。〇案:袁本及茶陵本李善音見胡克家《考異》。　膽,集注本引《音决》:多敢反。《晋書音義》:都敢反。　潰,集注本引《音决》:胡對反。　稽,集注本引《音决》、《晋書音義》:啓。　球,集注本引《音决》:求。　琳,集注本引《音决》:林。

夫虢滅虞亡,韓并魏徙。此皆前鑒之驗,後事之師也。又南中吕興,深睹天命。蟬蜕内向,願爲臣妾。外失輔車脣齒之援,内有毛羽零落之漸。而徘徊危國,冀延日月,此猶魏武侯却指河山以自强大,殊不知物有興亡,則所美非其地也。

　　夫,集注本引《音决》:扶。　蜕,集注本引《音决》:以劣反,又:他外反。陳八郎本:税。《晋書音義》:託卧反。 援,集注本引《音决》:于卷反。 强,集注本引《音决》:其良反,下同。

方今百僚濟濟,儁乂盈朝。虎臣武將,折衝萬里。國富兵强,六軍精練。思復翰飛,飲馬南海。

僚,集注本引《音决》作"寮":力彫反。 朝,集注本引《音决》:直遥反。 將,集注本引《音决》:子亮反。 練,集注本引《音决》作"鍊",音:練。 飲,集注本引《音决》:蔭。

自頃國家,整治器械。修造舟楫,簡習水戰。伐樹北山,則太行木盡。濬决河洛,則百川通流。樓船萬艘,千里相望。自刳木以來,舟車之用,未有如今日之盛者也。驍勇百萬,畜力待時,役不再舉,今日之謂也。

楫,集注本作"檝",引《音决》:接。 行,集注本引《音决》:下郎反。 濬,集注本引《音决》:思俊反。 艘,集注本引《音决》:素刀反。尤袤本:蘇勞。《晋書音義》:蘇遭反。 刳,集注本引《音决》:苦孤反。《晋書音義》:苦胡反。 驍,集注本引《音决》:居堯反。 畜,集注本引《音决》作"蓄":丑六反。

然主上眷眷,未便電邁者,以爲愛民治國,道家所尚。崇城自卑,文王退舍。故先開示大信,喻以存亡。殷勤之旨,往使所究。若能審識安危,自求多福。蹷然改容,祗承往告。

使,集注本引《音决》:所吏反。 蹷,集注本作"蹶",引《音决》:厥。

追慕南越,嬰齊入侍。北面稱臣,伏聽告策。則世祚江表,永爲藩輔。豐報顯賞,隆於今日矣。若侮慢不式王命,然後謀力雲合,指麾風從。雍益二州,順流而東。青徐戰士,列江而西。荆楊兖豫,争驅八衝。征東甲卒,虎步秣陵。爾乃皇輿整駕,六師徐征,羽檄燭日,旌旗流星。游龍曜路,歌吹盈耳。士卒奔邁,其會如林。煙塵俱起,震天駭地,渴賞之士,鋒鏑争先,忽然一旦身首横分,宗祀屠覆,取誡萬世,引領南望,良以寒心。

秣,集注本引五家、陳八郎本:末。《晋書音義》:莫割反。檄,集注本引《音决》作"校":胡孝反,或爲檄,何的反,非也。吹,集注本引《音决》:昌瑞反。　鏑,集注本引《音决》:丁狄反。屠,集注本引《音决》:徒。　覆,集注本引《音决》:芳伏反。

夫治膏肓者必進苦口之藥,决狐疑者必告逆耳之言。如其迷謬,未知所投,恐俞附見其已困,扁鵲知其無功也。勉思良圖,惟所去就。石苞白。

肓,集注本引《音决》、陳八郎本:荒。《晋書音義》:呼光反。謬,集注本引《音决》:亡又反。　俞,集注本引《音决》、《晋書音義》:以朱反。【附】集注本李善注:《列子》曰:俞氏曰:汝則胎氣不足,乳湩有餘。湩,竹用反。尤袤本作竹用切。　扁,集注本引《音决》:步典反。

與嵇茂齊書

趙景真

安白:昔李叟入秦,及關而嘆。梁生適越,登岳長謡。夫以嘉遯之舉,猶懷戀恨,况乎不得已者哉。

叟,集注本引《音决》:藴走反。 夫,集注本引《音决》:扶,下同。 恨,集注本引《音决》作"悢",音:亮。

惟别之後,離群獨游,背榮宴,辭倫好,經逈路,涉沙漠。鳴雞戒旦,則飄爾晨征。日薄西山,則馬首靡託。尋歷曲阻,則沈思紆結。乘高遠眺,則山川悠隔。或乃迴飈狂厲,白日寢光。踦嶇交錯,陵隰相望。徘徊九皋之内,慷慨重阜之巔。

好,集注本引《音决》:秏。 涉,集注本引《音决》作"造":七到反。 思,集注本引《音决》:先自反,下同。 寢,集注本引《音决》:七荏反。 重,集注本引《音决》:逐龍反。

進無所依,退無所據。涉澤求蹊,披榛覓路,嘯詠溝渠,良不可度。斯亦行路之艱難,然非吾心之所懼也。至若蘭茝傾頓,桂林移植,根萌未樹,牙淺絃急,常恐風波潛駭,危機密發,斯所以怵惕於長衢,按轡而嘆息也。

蹊,集注本引《音决》:兮。 榛,集注本引《音决》:士巾反。 度,集注本引《音决》:如字。 怵,集注本引《音决》:丑律反。 惕,集注本引《音决》:他狄反。

又北土之性,難以託根。投人夜光,鮮不按劍。今將植橘柚於玄朔,蔕華藕於脩陵,表龍章於裸壤,奏韶舞於聾俗,固難以取貴矣。

鮮,集注本引《音决》:思輦反,《説文》爲尠,同。 蔕,集注本引《音决》:帝。《晋書音義》:都計反。 裸,集注本引《音决》:力果反。

夫物不我貴,則莫之與。莫之與,則傷之者至矣。飄颻遠游之士,託身無人之鄉。揔轡遐路,則有前言之艱。懸鞌陋宇,則有後慮之戒。朝霞啓暉,則身疲於遄征。

遄,集注本引《音决》:市緣反。

太陽戢曜,則情劬於夕惕。肆目平隰,則遼廓而無睹。極聽脩原,則淹寂而無聞。吁其悲矣,心傷悴矣。然後乃知步驟之士,不足爲貴也。若迺顧影中原,憤氣雲踊,哀物悼世,激情風烈,龍睇大野,虎嘯六合,猛氣紛紜,雄心四據。

吁,集注本引《音决》:況于反。　影,集注本作"景",引《音决》:影。　踊,集注本引《音决》:以重反。　睇,集注本引《音决》:大帝反。

思躡雲梯,横奮八極,披艱掃穢,蕩海夷岳。蹴昆崘使西倒,蹋太山令東覆,平滌九區,恢維宇宙,斯亦吾之鄙願也。

躡,集注本引《音决》:女輙反。　梯,集注本引《音决》:他兮反。　艱,集注本引《音决》作"難":那旦反。　蹴,集注本引《音决》:七六反。《晋書音義》:取育反。　蹋,集注本引《音决》:大臈反。《晋書音義》:徒合反。　覆,集注本引《音决》:芳伏反。　滌,集注本引《音决》:狄。　恢,集注本引《音决》:苦回反。

時不我與,垂翼遠逝。鋒鉅靡加,翅翮摧屈。自非知命,誰能不憤悒者哉。

鋒,集注本引《音决》:蜂。　憤,集注本引《音决》:扶粉反。

吾子植根芳苑，擢秀清流，布葉華崖，飛藻雲肆。俯據潛龍之淵，仰蔭栖鳳之林，榮曜眩其前，豔色餌其後。良儔交其左，聲名馳其右，翱翔倫黨之間，弄姿帷房之裏。從容顧眄，綽有餘裕，俯仰吟嘯，自以爲得志矣，豈能與吾同大丈夫之憂樂者哉。去矣嵇生，永離隔矣。煢煢飄寄，臨沙漠矣。悠悠三千，路難涉矣。攜手之期，邈無日矣。思心彌結，誰云釋矣。

蔭，集注本引《音决》作"廕"：於禁反，或爲蔭，同。　眩，集注本引《音决》：縣。　從，集注本引《音决》：七容反。　裕，集注本引《音决》：諭。　樂，集注本引《音决》：洛。　思，集注本引《音决》：先自反。

無金玉爾音，而有遐心。身雖胡越，意存斷金。各敬爾儀，敦履璞沈。繁華流蕩，君子弗欽，臨書悢然，知復何云。

斷，集注本引《音决》：多管反。　璞，集注本引《音决》作"樸"：普角反。

與陳伯之書

丘希範

遲頓首。陳將軍足下：無恙，幸甚幸甚。將軍勇冠三軍，才爲世出。棄鷰雀之小志，慕鴻鵠以高翔。昔因機變化，遭遇明主。立功立事，開國稱孤。朱輪華轂，擁旄萬里，何其壯也。如何一旦爲奔亡之虜，聞鳴鏑而股戰，對穹廬以屈膝，又何劣邪。尋君去就之際，非有他故，直以不能内審諸己，外受流言。沈迷猖獗，以至於此。聖朝赦罪責功，棄瑕録用。推赤心於天下，安反側於萬物。將軍之所知，不假僕一二談也。朱鮪涉血於友于,張綉剚刃於愛子,漢主不以爲疑,魏君待之若舊。

涉,尤袤本:丁牒切,與喋同。陳八郎本:丁牒。

況將軍無昔人之罪,而勳重於當世。夫迷塗知反,往哲是與。不遠而復,先典攸高。主上屈法申恩,吞舟是漏。將軍松柏不翦,親戚安居。高臺未傾,愛妾尚在。悠悠爾心,亦何可言。今功臣名將,雁行有序。佩紫懷黄,讚帷幄之謀。乘軺建節,奉疆埸之任。并刑馬作誓,傳之子孫。將軍獨靦顏借命,驅馳氈裘之長,寧不哀哉。

靦,陳八郎本:聽典。

夫以慕容超之强,身送東市。姚泓之盛,面縛西都。故知霜露所均,不育異類。姬漢舊邦,無取雜種。北虜僭盜中原,多歷年所。惡積禍盈,理至燋爛。況僞孽昏狡,自相夷戮。部落攜離,酋豪猜貳。方當繫頸蠻邸,懸首藁街。而將軍魚游於沸鼎之中,鷰巢於飛幕之上,不亦惑乎。暮春三月,江南草長,雜花生樹,羣鶯亂飛。見故國之旗鼓,感平生於疇日,撫絃登陴,豈不愴悢。

陴,尤袤本:婢移切。朝鮮正德本、奎章閣本:脾。

所以廉公之思趙將,吴子之泣西河,人之情也。將軍獨無情哉。想早勵良規,自求多福。當今皇帝盛明,天下安樂。白環西獻,楛矢東來。夜郎滇池,解辮請職。朝鮮昌海,蹶角受化。唯北狄野心,掘强沙塞之間,欲延歲月之命耳。中軍臨川殿下,明德茂親,揔兹戎重。吊民洛汭,伐罪秦中。若遂不改,方思僕言。聊布往懷,君其詳之。丘遲頓首。

重荅劉秣陵沼書

劉孝標

劉侯既重有斯難,值余有天倫之戚,竟未之致也。尋而此君長逝,化爲異物,緒言餘論,藴而莫傳。或有自其家得而示余者,余悲其音徽未沬,而其人已亡。

沬,尤袤本、陳八郎本:昧。

青簡尚新,而宿草將列。泫然不知涕之無從也。雖隙駟不留,尺波電謝。而秋菊春蘭,英華靡絶。故存其梗槩,更酬其旨。若使墨翟之言無爽,宣室之談有徵。冀東平之樹,望咸陽而西靡。蓋山之泉,聞絃歌而赴節。但懸劒空壠,有恨如何。

蓋,陳八郎本:合。

移書讓太常博士并序

劉子駿

歆親近,欲建立《左氏春秋》及《毛詩》《逸禮》《古文尚書》,皆列於學官。哀帝令歆與五經博士講論其議,諸儒博士或不肯置對。歆因移書太常博士,責讓之曰:昔唐虞既衰,而三代迭興,聖帝明王,累起相襲,其道甚著。

迭,顔師古:大結反。

周室既微,而禮樂不正,道之難全也如此。是故孔子憂道不行,歷國應聘,自衛反魯,然後樂正,《雅》《頌》乃得其所。修《易》序《書》,制作

《春秋》,以記帝王之道。及夫子没而微言絶,七十子卒而大義乖。重遭戰國,棄籩豆之禮,理軍旅之陣,孔氏之道抑,而孫吴之術興。

籩,顔師古:邊。

陵夷至于暴秦,焚經書,殺儒士,設挾書之法,行是古之罪,道術由此遂滅。漢興,去聖帝明王遐遠,仲尼之道又絶,法度無所因襲。時獨有一叔孫通,略定禮儀。天下惟有《易》卜,未有他書。至於孝惠之世,乃除挾書之律。然公卿大臣絳灌之屬,咸介胄武夫,莫以爲意。至孝文皇帝,始使掌故晁錯,從伏生受《尚書》。《尚書》初出於屋壁,朽折散絶。今其書見在,時師傳讀而已。《詩》始萌芽,天下衆書往往頗出,皆諸子傳説,猶廣立於學官,爲置博士。在朝之儒,唯賈生而已。至孝武皇帝,然後鄒魯梁趙,頗有《詩》《禮》《春秋》先師,皆出於建元之間。當此之時,一人不能獨盡其經,或爲《雅》,或爲《頌》,相合而成。《泰誓》後得,博士集而讚之。故詔書曰:禮壞樂崩,書缺簡脱,朕甚閔焉。時漢興已七八十年,離於全經固以遠矣。及魯恭王壞孔子宅,欲以爲宫,而得古文於壞壁之中,《逸禮》有三十九篇,《書》十六篇,天漢之後,孔安國獻之。遭巫蠱倉卒之難,未及施行。及《春秋》,左氏丘明所脩,皆古文舊書,多者二十餘通,藏於祕府,伏而未發。孝成皇帝愍學殘文缺,稍離其真,乃陳發祕藏,校理舊文,得此三事,以考學官所傳,經或脱簡,或脱編。

間,顔師古:古莧反。〇案:或脱編,《漢書》作"傳或間編"。

博問人間,則有魯國桓公、趙國貫公、膠東庸生之遺學與此同,抑而未施。此乃有識者之所嘆愍,士君子之所嗟痛也。往者綴學之士,不思廢絶之闕,苟因陋就寡,分文析字,煩言碎辭,學者罷老且不能究其一藝。信口説而背傳記,是末師而非往古。

罷,顔師古:讀曰疲。

至於國家將有大事,若立辟雍封禪巡狩之儀,則幽冥而莫知其原。猶欲保殘守缺,挾恐見破之私意,而亡從善服義之公心。或懷疾妬,不考情實,雷同相從,隨聲是非。抑此三學,以《尚書》爲不備,謂左氏不傳《春秋》,豈不哀哉。今聖上德通神明,繼統揚業,亦愍此文教錯亂。學士若兹,雖深照其情,猶依違謙讓,樂與士君子同之。故下明詔,試《左氏》可立不。遣近臣奉旨銜命,將以輔弱扶微,與二三君子比意同力,冀得廢遺。

比,顔師古:頻寐反。

今則不然。深閉固距而不肯試,猥以不誦絶之,欲以杜塞餘道,絶滅微學。夫可與樂成,難與慮始,此乃衆庶之所爲耳,非所望於士君子也。且此數家之事,皆先帝所親論,今上所考視,其爲古文舊書,皆有徵驗,内外相應,豈苟而已哉。夫禮失求之於野,古文不猶愈於野乎。往者博士《書》有歐陽,《春秋》公羊,《易》則施、孟。然孝宣帝猶復廣立穀梁《春秋》、梁丘《易》、大小夏侯《尚書》。義雖相反,猶并置之。何則,與其過而廢之,寧過而立之。《傳》曰:文武之道未墜於地,在人,賢者志其大者,不賢者志其小者。今此數家之言,所以兼包大小之義,豈可偏絶哉。若必專己守殘,黨同門,妬道真,違明詔,失聖意,以陷於文吏之議,甚爲二三君子不取也。

北山移文

孔德璋

鍾山之英，草堂之靈。馳煙驛路，勒移山庭。夫以耿介拔俗之標，蕭灑出塵之想。度白雪以方絜，干青雲而直上。吾方知之矣。若其亭亭物表，皎皎霞外，芥千金而不盼，屣萬乘其如脱。聞鳳吹於洛浦，值薪歌於延瀨。固亦有焉。豈期終始參差，蒼黄翻覆。淚翟子之悲，慟朱公之哭。乍迴迹以心染，或先貞而後黷。何其謬哉。嗚呼，尚生不存，仲氏既往。山阿寂寥，千載誰賞。世有周子，雋俗之士。既文既博，亦玄亦史。然而學遁東魯，習隱南郭。

【附】尤袤本李善注：《莊子》曰：南郭子綦隱机而坐，仰天嗒然似喪其偶。嗒，土合切。

偶吹草堂，濫巾北岳。誘我松桂，欺我雲壑。雖假容於江皋，乃纓情於好爵。其始至也，將欲排巢父，拉許由，傲百氏，蔑王侯。風情張日，霜氣横秋。或嘆幽人長往，或怨王孫不游。談空空於釋部，覈玄玄於道流。

張，陳八郎本：去聲。　覈，陳八郎本：胡革反。

務光何足比，涓子不能儔。及其鳴騶入谷，鶴書赴隴。形馳魄散，志變神動。爾乃眉軒席次，袂聳筵上。焚芰製而裂荷衣，抗塵容而走俗狀。

芰，陳八郎本：其義。

風雲悽其帶憤，石泉咽而下愴。望林巒而有失，顧草木而如喪。至其紐金章,綰墨綬。跨屬城之雄,冠百里之首。張英風於海甸,馳妙譽於浙右。道帙長殯,法筵久埋。敲扑諠囂犯其慮,牒訴倥偬裝其懷。

扑,陳八郎本:普木。 倥,陳八郎本:孔。 偬,陳八郎本:揔。

琴歌既斷,酒賦無續。常綢繆於結課,每紛綸於折獄。籠張趙於往圖,架卓魯於前籙。希踪三輔豪,馳聲九州牧。使我高霞孤映,明月獨舉。青松落陰,白雲誰侶。磵石摧絶無與歸,石逕荒凉徒延佇。至於還飇入幕,寫霧出楹。蕙帳空兮夜鵠怨,山人去兮曉猨驚。昔聞投簪逸海岸,今見解蘭縛塵纓。於是南岳獻嘲,北壟騰笑。列壑爭譏,攢峯竦誚。慨游子之我欺,悲無人以赴吊。故其林慙無盡,磵愧不歇。秋桂遺風,春蘿罷月。騁西山之逸議,馳東皋之素謁。今又促裝下邑,浪拽上京,

拽,尤袤本、陳八郎本:翊制。朝鮮正德本、奎章閣本作"栧",音:翊制。

雖情投於魏闕,或假步於山扃。豈可使芳杜厚顔,薜荔無恥。碧嶺再辱,丹崖重滓。塵游躅於蕙路,汙淥池以洗耳。宜扃岫幌,掩雲關。斂輕霧,藏鳴湍。截來轅於谷口,杜妄轡於郊端。於是叢條瞋膽,疊潁怒魄。或飛柯以折輪,乍低枝而掃迹。請迴俗士駕,爲君謝逋客。

《文選》音注輯考卷四十四

檄

喻巴蜀檄

司馬長卿

告巴蜀太守:蠻夷自擅,不討之日久矣。時侵犯邊境,勞士大夫。陛下即位,存撫天下,安集中國。然後興師出兵,北征匈奴,單于怖駭,交臂受事,屈膝請和。康居西域,重譯納貢,稽顙來享。移師東指,閩越相誅。右吊番禺,太子入朝。南夷之君,西僰之長,常效貢職,不敢墮怠。延頸舉踵,喁喁然,皆嚮風慕義,欲爲臣妾。

僰,尤袤本李善注、陳八郎本:蒲北切。　喁,《正義》:五恭反。顏師古:魚龍反。　嚮,《漢書》作"鄉",顏師古:讀曰嚮。

道里遼遠，山川阻深，不能自致。夫不順者已誅，而爲善者未賞。故遣中郎將往賓之，發巴蜀之士各五百人。以奉幣帛，衞使者不然。靡有兵革之事，戰鬭之患。今聞其乃發軍興制。驚懼子弟，憂患長老，郡又擅爲轉粟運輸，皆非陛下之意也。當行者或亡逃自賊殺，亦非人臣之節也。夫邊郡之士，聞烽舉燧燔。皆攝弓而馳，荷兵而走。

【附】《集解》：《漢書音義》曰：烽如覆米䉛。《索隱》引《字林》云：䉛，音一六反。　攝，《索隱》：女頰反。顏師古：女涉反。尤袤本李善注：奴頰切。陳八郎本：寧牒。○案：中華本《索隱》作"奴頰反"。

流汗相屬，唯恐居後，觸白刃，冒流矢，議不反顧，計不旋踵。人懷怒心，如報私讎。彼豈樂死惡生，非編列之民，而與巴蜀異主哉。

屬，顏師古：之欲反。　編，顏師古：布先反。

計深慮遠，急國家之難，而樂盡人臣之道也。故有剖符之封，析珪而爵。位爲通侯，處列東第。終則遺顯號於後世，傳土地於子孫。行事甚忠敬，居位甚安逸，名聲施於無窮，功烈著而不滅。是以賢人君子，肝腦塗中原，膏液潤野草而不辭也。今奉幣役至南夷，即自賊殺，或亡逃抵誅。

【附】尤袤本李善注：《春秋考異郵》曰：枯骸收胲，血膏潤草。胲，古才切。　抵，陳八郎本：丁禮。

身死無名，謚爲至愚。恥及父母，爲天下笑。人之度量相越，豈不遠哉。然此非獨行者之罪也。父兄之教不先，子弟之率不謹。寡廉鮮恥，而俗不長厚也。其被刑戮，不亦宜乎。陛下患使者有司之若彼，悼不肖愚民之如此,故遣信使。曉諭百姓以發卒之事,因數之以不忠死亡之罪,讓三老孝悌以不教誨之過。

鮮,顔師古:息淺反。　數,顔師古:所具反。

方今田時,重煩百姓,已親見近縣。恐遠所谿谷山澤之民不遍聞,檄到,亟下縣道。使咸喻陛下之意,無忽。

亟,《索隱》:紀力反。

爲袁紹檄豫州

陳孔璋

左將軍領豫州刺史、郡國相守。蓋聞明主圖危以制變,忠臣慮難以立權。是以有非常之人,然後有非常之事。有非常之事,然後立非常之功。夫非常者,故非常人所擬也。曩者彊秦弱主,趙高執柄,專制朝權,威福由己,時人迫脅,莫敢正言,終有望夷之敗,祖宗焚滅,汙辱至今,永爲世鑒。及臻吕后季年,産禄專政,内兼二軍,外統梁趙,擅斷萬機,決事省禁,下凌上替,海内寒心。於是絳侯、朱虚興兵奮怒,誅夷逆暴,尊立太宗。故能王道興隆,光明顯融。此則大臣立權之明表也。司空曹操祖父中常侍騰,與左悺、徐璜并作妖孽,饕餮放横,傷化虐民。

悺,李賢:烏板反。陳八郎本:綰。　【附】尤袤本李善注:《山海經》曰:鉤吾山有獸,名曰狍鴞,食人。郭璞云:《左氏傳》所謂饕餮者也。狍音咆。

父嵩,乞匄攜養,因贓假位,輿金輦璧,輸貨權門。竊盜鼎司,傾覆重器。操贅閹遺醜,本無懿德。�狡鋒協,好亂樂禍。幕府董統鷹揚,掃除凶逆。

匃，尤袤本李善注：古賴切。陳八郎本：蓋。　贅，尤袤本李善注：之鋭切。陳八郎本：職内。朝鮮正德本、奎章閣本：職汭。○案：陳八郎本"内"爲"汭"字之訛。　【附】《莊子》曰：附贅懸肬。肬音尤。　獳，《後漢書》作"僄"，李賢：方妙反，或作剽，音同。陳八郎本：匹妙。

續遇董卓，侵官暴國。於是提劍揮鼓，發命東夏，收羅英雄，棄瑕取用。故遂與操同諮合謀，授以裨師，謂其鷹犬之才，爪牙可任。至乃愚佻短略，輕進易退。傷夷折衄，數喪師徒。幕府輒復分兵命鋭，脩完補輯，表行東郡，領兖州刺史。被以虎文，奬蹴威柄。

裨，陳八郎本：脾。　佻，尤袤本李善注：勑聊切。○案：佻爲透母，勑爲徹母，舌音未分化。　衄，陳八郎本：女六。　蹴，陳八郎本：子六。奎章閣本作"蹙"，音：子六。

冀獲秦師一尅之報，而操遂承資跋扈，肆行凶忒。割剥元元，殘賢害善。故九江太守邊讓，英才俊偉，天下知名，直言正色，論不阿諂，身首被梟懸之誅，妻孥受灰滅之咎。自是士林憤痛，民怨彌重，一夫奮臂，舉州同聲。故躬破於徐方，地奪於吕布，彷徨東裔，蹈據無所。幕府惟强幹弱枝之義，且不登叛人之黨。故復援旌擐甲，席卷起征，金鼓響振，布衆奔沮。

擐，尤袤本李善注：胡慢切。　沮，朝鮮正德本、奎章閣本：慈與反。

拯其死亡之患，復其方伯之位。則幕府無德於兖土之民，而有大造於操也。後會鸞駕反旆,羣虜寇攻。時冀州方有北鄙之警,匪遑離局。故使從事中郎徐勛就發遣操,使繕脩郊廟,翊衛幼主。操便放志專行,脅遷當御省禁。卑侮王室,敗法亂紀,坐領三臺,專制朝政。爵賞由心,刑戮在口,所愛光五宗,所惡滅三族。羣談者受顯誅,腹議者蒙隱戮。百寮鉗口,道路以目。

鉗,尤袤本李善注:其嚴切。李賢:或作柑,音渠廉反。

尚書記朝會,公卿充員品而已。故太尉楊彪,典歷二司,享國極位。操因緣眦睚,被以非罪,榜楚參并,五毒備至,觸情任忒,不顧憲網。

眦,陳八郎本:柴懈。朝鮮正德本、奎章閣本:柴解。　睚,陳八郎本:五懈。朝鮮正德本、奎章閣本:五解。

又議郎趙彦,忠諫直言,義有可納,是以聖朝含聽,改容加飾。操欲迷奪時明,杜絶言路,擅收立殺,不俟報聞。又梁孝王先帝母昆,墳陵尊顯,桑梓松柏,猶宜肅恭。而操帥將吏士,親臨發掘,破棺躶尸,掠取金寶,至令聖朝流涕,士民傷懷。

躶,陳八郎本作"裸",音:胡寡。○案:《左傳·僖公二十三年》"其裸浴",《釋文》:裸,"又胡化反"。與此條音同。

操又特置發丘中郎將、摸金校尉,所過隳突,無骸不露。身處三公之位,而行桀虜之態,汙國虐民,毒施人鬼。加其細政苛慘,科防互設。罾繳充蹊,坑穽塞路,舉手挂網羅,動足觸機陷,是以兖豫有無聊之民,帝都有吁嗟之怨。歷觀載籍,無道之臣,貪殘酷烈,於操爲甚。幕府方詰外姦,未及整訓。加緒含容,冀可彌縫。而操豺狼野心,潛包禍謀。乃欲摧橈棟梁,孤弱漢室。

詰，尤袤本李善注：去質切。　橈，陳八郎本作"撓"，音：女教。

除滅忠正，專爲梟雄。往者伐鼓北征公孫瓚，强寇桀逆，拒圍一年。操因其未破，陰交書命，外助王師，内相掩襲。故引兵造河，方舟北濟。會其行人發露，瓚亦梟夷。故使鋒芒挫縮，厥圖不果。耳乃大軍過蕩西山，屠各左校，皆束手奉質，爭爲前登，犬羊殘醜，消淪山谷。於是操師震慴，晨夜逋遁。屯據敖倉，阻河爲固。

慴，陳八郎本：章獵。

欲以螗蜋之斧，禦隆車之隧。幕府奉漢威靈，折衝宇宙。長戟百萬，胡騎千群，奮中黄育獲之士，騁良弓勁弩之勢。并州越太行，青州涉濟漯。大軍泛黄河而角其前，荆州下宛葉而掎其後。雷霆虎步，并集虜庭。若舉炎火以焫飛蓬，覆滄海以沃熛炭，有何不滅者哉。

漯，李賢：他合反。朝鮮正德本、奎章閣本：他荅反。　掎，李賢：居蟻反。陳八郎本：居蟻。　焫，朝鮮正德本、奎章閣本：而拙。

又操軍吏士，其可戰者皆自出幽冀，或故營部曲，咸怨曠思歸，流涕北顧。其餘兖豫之民，及吕布、張揚之遺衆。覆亡迫脅，權時苟從，各被創夷，人爲讎敵。若迴旆方徂，登高岡而擊鼓吹，揚素揮以啓降路，必土崩瓦解，不俟血刃。方今漢室陵遲，綱維弛絶。聖朝無一介之輔，股肱無折衝之勢。方畿之内，簡練之臣，皆垂頭搨翼，莫所憑恃。

搨，陳八郎本：士獵。朝鮮正德本、奎章閣本：土獵。○案：陳八郎本"士"爲"土"字之訛。

雖有忠義之佐，脅於暴虐之臣，焉能展其節。又操持部曲精兵七百，圍守宫闕。外託宿衛，内實拘執，懼其篡逆之萌，因斯而作。

篡，尤袤本李善注：乂患切。〇案：乂即叉之異體字。

此乃忠臣肝腦塗地之秋，烈士立功之會，可不勗哉。操又矯命稱制，遣使發兵，恐邊遠州郡，過聽而給與，强寇弱主，違衆旅叛。舉以喪名，爲天下笑，則明哲不取也。即日幽并青冀四州并進。書到荆州，便勒見兵，與建忠將軍協同聲勢。

見，陳八郎本：胡面。

州郡各整戎馬，羅落境界，舉師揚威，并匡社稷，則非常之功，於是乎著。其得操首者，封五千户侯，賞錢五千萬。部曲偏裨將校諸吏降者，勿有所問。廣宣恩信，班揚符賞，布告天下，咸使知聖朝有拘逼之難。如律令。

裨，陳八郎本：脾。

檄吴將校部曲文

陳孔璋

年月朔日子，尚書令彧，告江東諸將校部曲及孫權宗親中外：蓋聞禍福無門，惟人所召。夫見機而作，不處凶危，上聖之明也。臨事制變，困而能通，智者之慮也。漸漬荒沈，往而不反，下愚之蔽也。是以大雅君子，於安思危，以遠咎悔。小人臨禍懷佚，以待死亡。二者之量，不亦殊乎。

彧，室町本作“或”：於六反。　遠，集注本引《音决》：于願反。○案:集注本"顛"爲"願"字之訛。 佚,集注本引《音决》:以日反。 量,集注本引《音决》:亮。

孫權小子,未辨菽麥。要領不足以膏齊斧,名字不足以洿簡墨。譬猶鷇卵,始生翰毛,而便陸梁放肆,顧行吠主。

要,集注本引《音决》:一招反。 齊,集注本引《音决》:咨。集注本《文選鈔》及尤袤本李善注并引虞喜《志林》:側皆切。洿,集注本引《音决》作"汙":烏卧反。 鷇,集注本引《音决》:苦候反。集注本引五家音:口角反。陳八郎本、奎章閣本:角口。朝鮮正德本:口角。○案:陳八郎本、奎章閣本"角口"爲"口角"之倒。 吠,集注本引《音决》:扶癈反。 **【附】集注本李善注:《戰國策》:跖之狗吠堯,非其主也。吠音吠。**

謂爲舟楫足以距皇威,江湖可以逃靈誅,不知天網設張,以在綱目,爨鑊之魚,期於消爛也。若使水而可恃,則洞庭無三苗之墟,子陽無荆門之敗。朝鮮之壘不刊,南越之旍不拔。

楫,集注本作"檝",引《音决》:接。 爨,集注本引《音决》:七翫反。 鑊,集注本引《音决》:胡郭反。 墟,集注本作"虚",引《音决》:墟。 朝,集注本引《音决》:直遥反。 壘,集注本引《音决》:誄。 刊,集注本引《音决》:苦□□。○案:集注本□處字殘脱。

昔夫差承闔閭之遠迹,用申胥之訓兵,栖越會稽,可謂强矣。及其抗衡上國,與晋爭長,都城屠於勾踐,武卒散於黄池,終於覆滅,身罄越軍。

會，集注本引《音決》：古外反。　稽，集注本引《音決》：吉兮□。〇案：集注本□處當爲“反”字。　强，集注本引《音決》：其□□。〇案：集注本□處字殘脱。　長，集注本引《音決》：丁丈反。　卒，集注本引《音決》：子忽反。　覆，集注本引《音決》：芳伏反。

及吴王濞驕恣屈强，猖猾始亂。自以兵强國富，勢陵京城。太尉帥師，甫下滎陽，則七國之軍，瓦解冰泮。濞之駡言未絶於口，而丹徒之刃以陷其胷。

濞，集注本引《音決》：普媚反。陳八郎本：浦祕。　屈，集注本引《音決》：其勿反。陳八郎本：掘。朝鮮正德本、奎章閣本：堀。　强，集注本引《音決》：其兩反，下如字。　猖，集注本引《音決》、陳八郎本：昌。　猾，集注本引《音決》：胡八反。陳八郎本：胡刮。　泮，集注本引《音決》作“泮”，音：判。　【附】集注本及尤袤本李善注：《漢書》曰：東越即紿吴王。紿音殆。

何則，天威不可當，而悖逆之罪重也。且江湖之衆，不足恃也。自董卓作亂，以迄於今，將三十載。其間豪桀縱横，熊據虎跱，强如二袁，勇如吕布。跨州連郡，有威有名，十有餘輩。其餘鋒捍特起，鸇視狼顧，爭爲梟雄者，不可勝數。然皆伏鈇嬰鉞，首腰分離，雲散原燎，罔有孑遺。

悖，集注本引《音決》：背。〇案：集注本此條音殘，僅餘“背”字，以聲韻推之，當即“悖”字音注。　縱，集注本引《音決》作“從”：子容反。　捍，集注本引《音決》作“扞”：何旦反。　鸇，集注本引《音決》：之然反。　勝，集注本引《音決》：升。　數，集注本引《音决》:史柱反。 鈇,集注本引《音决》:夫。 鉞,集注本引《音决》:越。 腰,集注本引《音决》作"要":一招反。 孑,集注本引五家音:吉熱反。

近者關中諸將,復相合聚,續爲叛亂。阻二華,據河渭,驅率羌胡,齊鋒東向,氣高志遠,似若無敵。丞相秉鉞鷹揚,順風烈火,元戎啓行,未鼓而破。伏尸千萬,流血漂櫓,此皆天下所共知也。

合,集注本引《音决》:古合反。 華,集注本引《音决》:胡化反。 行,集注本引《音决》:下郎反。 漂,集注本引《音决》:匹妙反。 櫓,集注本引《音决》、陳八郎本:魯。

是後大軍所以臨江而不濟者,以韓約馬超逋逸迸脱,走還凉州,復欲鳴吠。

迸,集注本引《音决》:洴之上聲。 脱,集注本引《音决》:吐活反。 凉,集注本作"涼",引《音决》:力上反。 吠,集注本引《音决》:扶廢反。

逆賊宋建,僭號河首,同惡相救,并爲脣齒。又鎮南將軍張魯,負固不恭。皆我王誅所當先加。故且觀兵旋旆,復整六師,長驅西征,致天下誅。偏將涉隴,則建約梟夷,旍首萬里。軍入散關,則群氐率服,王侯豪帥,奔走前驅。進臨漢中,則陽平不守。十萬之師,土崩魚爛,張魯逋竄,走入巴中,懷恩悔過,委質還降。

首,集注本引《音决》:狩。 散,集注本引《音决》:先但反。 氐,集注本引《音决》:丁兮反。 過,集注本引《音决》:古卧反。 降,集注本引《音决》:下江反。

巴夷王朴胡賨邑侯杜濩，各帥種落，共舉巴郡，以奉王職。征鼓一動，二方俱定，利盡西海，兵不鈍鋒。若此之事，皆上天威明，社稷神武，非徒人力所能立也。

朴，集注本及尤袤本李善注引孫盛：浮。〇案：朴爲滂母，浮爲并母，幫組互轉。　賨，集注本引《音决》：徂統反。陳八郎本：琮。　濩，集注本引《音决》作"鑊"：胡故反。集注本引五家音：胡郭反。尤袤本李善注引孫盛：護。陳八郎本：胡郭。　種，集注本引《音决》：之重反。　征，集注本引《音决》作"鉦"，音：征。　鈍，集注本引《音决》：徒頓反。

聖朝寬仁覆載，允信允文。大啓爵命，以示四方。魯及胡濩皆享萬户之封，魯之五子，各受千室之邑。胡濩子弟，部曲將校，爲列侯將軍已下千有餘人。百姓安堵，四民反業。而建約之屬，皆爲鯨鯢。超之妻孥，焚首金城。父母嬰孩，覆尸許市。非國家鍾禍於彼，降福於此也，逆順之分，不得不然。

朝，集注本引《音决》：直遥反。　孩，集注本引《音决》：何來反。　覆，集注本引《音决》：芳伏反。　分，集注本引《音决》：扶問反。

夫鷙鳥之擊先高，攫鷙之勢也。牧野之威，孟津之退也。今者枳棘翦扞，戎夏以清。

攫，集注本引《音决》：九縛反。陳八郎本：俱縛。　枳，集注本引《音决》：紙。　扞，集注本引《音决》作"刊"，音：看。尤袤本李善注：捍。　夏，集注本引《音决》：下，下同。

萬里肅齊,六師無事。故大舉天師百萬之衆,與匈奴南單于呼完厨及六郡烏桓丁令屠,各湟中羌僰。霆奮席卷,自壽春而南。

完,集注本引《音决》:丸。　令,集注本引《音决》:力丁反。　屠,集注本引《音决》:徒。　湟,集注本引《音决》:皇。　僰,集注本引《音决》:步北反。陳八郎本:蒲墨反。　卷,集注本引《音决》:居勉反。

又使征西將軍夏侯淵等,率精甲五萬,及武都氐羌,巴漢鋭卒,南臨汶江,搤據庸蜀。

鋭,集注本引《音决》:以歲反。　汶,集注本引《音决》:旻。　搤,集注本引《音决》:於革反。陳八郎本:厄。

江夏襄陽諸軍,横截湘沅,以臨豫章,樓船横海之師,直指吴會。萬里尅期,五道并入。權之期命,於是至矣。丞相銜奉國威,爲民除害,元惡大憝,必當梟夷。

憝,集注本引《音决》:徒對反。

至於枝附葉從,皆非詔書所特禽疾。故每破滅强敵,未嘗不務在先降後誅。拔將取才,各盡其用。是以立功之士,莫不翹足引領,望風響應。

降,集注本引《音决》:下江反,下同。　應,集注本引《音决》:於證反。

昔袁術僭逆,王誅將加,則廬江太守劉勳先舉其郡,還歸國家。吕布作亂,師臨下邳,張遼侯成,率衆出降。還討眭固,薛洪樛尚,開城就化。官渡之役，則張郃、高奂舉事立功。後討袁尚，則都督將軍馬延、故豫州刺史陰夔、射聲校尉郭昭臨陣來降。圍守鄴城，則將軍蘇游反爲内應。審配兄子，開門入兵。既誅袁譚，則幽州大將焦觸攻逐袁熙，舉事來服。

眭，集注本引《音决》：素隨反。　樛，集注本引《音决》：力周反。尤袤本李善注：留。陳八郎本：流。○案：樛，陳八郎本誤從"土"。　郃，集注本引《音决》：烏合反，又：户夾反。尤袤本李善注：烏合切。陳八郎本：烏合。　奂，集注本引《音决》：火翫反。射，集注本引《音决》：石。　游，集注本引《音决》：由，或爲術，非也。　譚，集注本引《音决》：大南反。

凡此之輩數百人，皆忠壯果烈，有智有仁，悉與丞相參圖畫策，折衝討難，芟敵搴旗，静安海内，豈輕舉措也哉。誠乃天啓其心，計深慮遠。

畫，集注本引《音决》：獲。　芟，集注本引《音决》：所銜反。搴，集注本引《音决》：居勉反。　舉，集注本引《音决》：據。

審邪正之津，明可否之分，勇不虚死，節不苟立，屈伸變化，唯道所存。故乃建丘山之功，享不訾之禄。朝爲仇虜，夕爲上將，所謂臨難知變，轉禍爲福者也。

邪，集注本引《音决》作"耶"，音：斜。　否，集注本引《音决》：不。　分，集注本引《音决》：扶問反。　訾，集注本引《音决》：子斯反。　將，集注本引《音决》：子亮反。　難，集注本引《音决》：乃旦反。

若夫説誘甘言，懷寶小惠。泥滯苟且，没而不覺，隨波漂流，與熛俱滅者,亦甚衆多。吉凶得失,豈不哀哉。

說,集注本引《音决》:悦。 誘,集注本引《音决》:酉。

昔歲軍在漢中,東西懸隔。合肥遺守,不滿五千。權親以數萬之衆,破敗奔走。今乃欲當禦雷霆,難以冀矣。

守,集注本引《音决》:狩。

夫天道助順,人道助信。事上之謂義,親親之謂仁。盛孝章,君也,而權誅之。孫輔,兄也,而權殺之。賊義殘仁,莫斯爲甚。乃神靈之逋罪,下民所同讎。辜讎之人,謂之凶賊。是故伊摯去夏,不爲傷德。飛廉死紂,不可謂賢。

摯,集注本引《音决》:至。

何者,去就之道,各有宜也。丞相深惟江東舊德名臣,多在載籍。近魏叔英秀出高峙,著名海内。虞文綉砥礪清節,耽學好古。周泰明當世儁彦,德行脩明。皆宜膺受多福,保乂子孫。而周盛門户無辜被戮,遺類流離,湮没林莽,言之可爲愴然。

著,集注本引《音决》:丁慮反。 好,集注本引《音决》:秏。 行,集注本引《音决》:下孟反。 湮,集注本引《音决》:因。

聞魏周榮、虞仲翔各紹堂構,能負析薪。及吴諸顧、陸舊族長者,世有高位,當報漢德,顯祖揚名。及諸將校孫權婚親,皆我國家良寶利器。而并見驅迮,雨絶於天。有斧無柯,何以自濟。相隨顛没,不亦哀乎。

析,集注本引《音决》:先的反。 迮,集注本引《音决》:側格反。陳八郎本:窄。

蓋鳳鳴高岡，以遠罻羅，賢聖之德也。鸋鴂之鳥，巢於葦苕，苕折子破，下愚之惑也。

遠，集注本引《音决》：于願反。　罻，集注本引《音决》：尉。　鸋，集注本引《音决》、陳八郎本：寧。尤袤本李善注引《字林》：乃丁切。　鴂，集注本引《音决》、陳八郎本：决。尤袤本李善注引《字林》：古穴切。　葦，集注本引《音决》：何鬼反。　苕，集注本引《音决》：條。　折，集注本引《音决》：舌，下同。

今江東之地，無異葦苕，諸賢處之，信亦危矣。聖朝開弘曠蕩，重惜民命，誅在一人，與衆無忌，故設非常之賞，以待非常之功。乃霸夫烈士奮命之良時也，可不勉乎。若能翻然大舉，建立元勳，以應顯禄，福之上也。如其未能，筭量大小，以存易亡，亦其次也。

易，集注本引《音决》：亦。

夫係蹄在足，則猛虎絶其蹯。蝮蛇在手，則壯士斷其節。何則，以其所全者重，以其所棄者輕。

蹯，集注本引《音决》、陳八郎本：煩。　蝮，集注本引《音决》：芳伏反。　斷，集注本引《音决》：短。【附】集注本及尤袤本李善注：《漢書》曰：齊王曰：蝮蠚手則斬手。蠚音釋。

若乃樂禍懷寧，迷而忘復。闇大雅之所保，背先賢之去就。忽朝陽之安，甘折苕之末。日忘一日，以至覆没，大兵一放，玉石俱碎。雖欲救之，亦無及已。

樂，集注本引《音决》：洛。　復，集注本引《音决》：伏。

故令往購募爵賞科條如左,檄到,詳思至言。如詔律令。

購,集注本引《音决》:古候反。 募,集注本引《音决》:慕。

檄蜀文

鍾士季

往者漢祚衰微,率土分崩,生民之命,幾於泯滅。我太祖武皇帝神武聖哲,撥亂反正。拯其將墜,造我區夏。高祖文皇帝應天順民,受命踐祚。烈祖明皇帝奕世重光,恢拓洪業。

幾,集注本引《音决》:巨衣反。 撥,集注本引《音决》:布末反。 拯,集注本引《音决》:證之上聲。 應,集注本引《音决》:於證反。 奕,集注本作"弈",引《音决》:亦。 重,集注本引《音决》:逐龍反。 恢,集注本引《音决》:苦回反。 拓,集注本作"祏",引《音决》:他絡反。

然江山之外,異政殊俗。率土齊民,未蒙王化。此三祖所以顧懷遺志也。今主上聖德欽明,紹隆前緒。宰輔忠肅明允,劬勞王室。布政垂惠而萬邦協和,施德百蠻而肅慎致貢。悼彼巴蜀,獨爲匪民。愍此百姓,勞役未已。

愍,集注本引《音决》:閔。

是以命授六師,龔行天罰。征西雍州鎮西諸軍,五道并進。古之行軍,以仁爲本,以義治之。王者之師,有征無戰。故虞舜舞干戚而服有苗,周武有散財發廩表閭之義。今鎮西奉辭銜命,攝統戎車。庶弘文告之訓,以濟元元之命。非欲窮武極戰,以快一朝之志。故略陳安危之要,其敬聽話言。

要,集注本引《音决》:一詔反。　話,集注本引《音决》:胡邁反。

益州先主以命世英才,興兵新野,困躓冀、徐之郊,制命紹、布之手,太祖拯而濟之,興隆大好。中更背違,棄同即異。諸葛孔明仍規秦川,姜伯約屢出隴右。勞動我邊境,侵擾我氐羌。方國家多故,未遑脩九伐之征也。

躓,集注本引《音决》:竹利反。　好,集注本引《音决》:秏,下同。　氐,集注本引《音决》:丁兮反。

今邊境乂清,方内無事,蓄力待時,併兵一向。而巴蜀一州之衆,分張守備,難以禦天下之師,段谷侯和沮傷之氣,難以敵堂堂之陣。比年已來,曾無寧歲。征夫勤瘁,難以當子來之民。此皆諸賢所共親見。

蓄,集注本引《音决》:丑六反。　沮,集注本引《音决》:敘。　曾,集注本引《音决》:在登反。　瘁,陳八郎本:萃。

蜀侯見禽於秦,公孫述授首於漢。九州之險,是非一姓。此皆諸君所備聞也。明者見危於無形,智者規福於未萌。是以微子去商,長爲周賓。陳平背項,立功於漢。豈宴安鴆毒,懷禄而不變哉。

鴆,集注本引《音决》:直禁反。

今國朝隆天覆之恩,宰輔弘寬恕之德。先惠後誅,好生惡殺。

朝,集注本引《音决》:直遥反。　覆,集注本引《音决》:芳富反。　惡,集注本引《音决》:烏故反。

往者吴將孫壹舉衆内附,位爲上司,寵秩殊異。文欽、唐咨爲國大害,叛主讎賊,還爲戎首。咨困偪禽獲,欽二子還降,皆將軍封候,咨豫聞國事。壹等窮踧歸命,猶加上寵,況巴蜀賢智,見機而作者哉。

將,集注本引《音决》:子亮反。　文,集注本引《音决》:問,又如字。　降,集注本引《音决》:下江反。　踧,集注本引《音决》:子六反。

誠能深鑒成敗,邈然高蹈,投迹微子之踪,措身陳平之軌。則福同古人,慶流來裔。百姓士民,安堵樂業。農不易畝,市不迴肆。

措,集注本引《音决》:七故反。　樂,集注本引《音决》:洛。　易,集注本引《音决》:亦。

去累卵之危,就永安之計,豈不美與。若偷安旦夕,迷而不反,大兵一放,玉石俱碎,雖欲悔之,亦無及也。各具宣布,咸使知聞。

難蜀父老

司馬長卿

漢興七十有八載,德茂存乎六世。威武紛紜,湛恩汪濊。

湛,集注本引《音决》:沉。《索隱》引韋昭、顔師古、陳八郎本:沈。　汪,集注本引《音决》:烏黄反。顔師古:烏皇反。尤袤本李善注:烏黄切。　濊,集注本引《音决》:烏外反。顔師古:於喙反。尤袤本李善注:烏外切。陳八郎本:烏鱠。

群生霑濡,洋溢乎方外。於是乃命使西征,隨流而攘,風之所被,罔不披靡。因朝冉從駹,定筰存邛。

洋,顔師古:羊。　使,集注本引《音决》:所吏反,下同。　攘,集注本引《音决》:而羊反。《索隱》:汝羊反。顔師古:人羊反。　被,集注本引《音决》:皮義反。顔師古:丕靡反。　披,集注本引《音决》:普蟻反。陳八郎本:上聲。　朝,集注本引《音决》:直遥反。　駹,集注本引《音决》:尨。尤袤本李善注:蒙江切。陳八郎本:蒙江。　筰,集注本引《音决》:胙。尤袤本李善注、陳八郎本:鑿。　邛,集注本引《音决》:其龍反。

略斯榆,舉苞蒲。結軌還轅,東鄉將報。至于蜀都。耆老大夫搢紳先生之徒二十有七人,儼然造焉。

斯,集注本引《音决》:以例反。尤袤本李善注引鄭玄音:曳。　榆,集注本引《音决》:以朱反。　軌,《史記》作"軼",中華本《索隱》:轍。　鄉,集注本引《音决》作"嚮":許亮反。顔師古:讀曰嚮。陳八郎本:向。　造,集注本引《音决》:七到反。顔師古:千到反。

辭畢,進曰:蓋聞天子之牧夷狄也,其義羈縻勿絶而已。今罷三郡之士,通夜郎之塗,三年於兹,而功不竟。士卒勞倦,萬民不贍。今又接之以西夷,百姓力屈,恐不能卒業,此亦使者之累也。竊爲左右患之。且夫邛筰西夷之與中國并也,歷年兹多,不可記已。仁者不以德來,强者不以力并,意者其殆不可乎。今割齊民以附夷狄,敝所恃以事無用,鄙人固陋,不識所謂。

罷,集注本引《音决》、陳八郎本:皮。顔師古:讀曰疲。　屈,集注本引《音决》、顔師古:其勿反。　累,集注本引《音决》、顔師古:力瑞反。　爲,集注本引《音决》:于僞反,下同。　筰,集注本引《音决》:在洛反。　强,集注本引《音决》:其良反。

使者曰:烏謂此乎。必若所云,則是蜀不變服而巴不化俗也。僕常惡聞若説。然斯事體大,固非觀者之所覯也。余之行急,其詳不可得聞已,請爲大夫粗陳其略。

惡,集注本引《音决》:烏故反。《索隱》引包愷:一故反,又音烏。顔師古:一故反。　覯,集注本引《音决》:古候反。顔師古:搆。　粗,集注本引《音决》:在古反。顔師古:千户反。尤袤本李善注:徂古切。

蓋世必有非常之人,然後有非常之事。有非常之事,然後有非常之功。夫非常者,固常人之所異也。故曰:非常之原,黎民懼焉。及臻厥成,天下晏如也。昔者洪水沸出,氾濫衍溢。

氾,陳八郎本:泛。　衍,集注本作"湓",引《音决》:普混反,又:步寸反。李善注謂舊作"湓",集注本李善注引《字林》:匹寸反。尤袤本作匹寸切。

民人升降移徙,崎嶇而不安。夏后氏慼之,乃堙洪塞源。决江疏河,灑沈澹灾。

崎,集注本引《音决》:去宜反。　嶇,集注本引《音决》:丘于反。　堙,集注本引《音决》:於人反。　灑,集注本作"澌",引《音决》:或爲灑,同,所宜反。《史記》作"漉",《索隱》:鹿,又:灑,音所綺反。顔師古:所宜反。集注本李善注引韋昭:灑反史㢋。尤袤本作史紙切。尤袤本李善注引顔師古:所宜切。陳八郎本作"斯",音:息移。朝鮮正德本、奎章閣本作"澌",音:息移。

澹,集注本引《音决》、《索隱》:徒暫反。顔師古:徒濫反。尤袤本李善引蘇林曰:淡。尤袤本李善注:徒濫切。　灾,《史記》作"菑",《索隱》:灾。

東歸之於海,而天下永寧。當斯之勤,豈惟民哉。心煩於慮,而身親其勞。躬腠胝無胈,膚不生毛。

腠,集注本引《音决》:七豆反。《漢書》作"骿",顔師古:步千反。陳八郎本:奏。【附】集注本李善注:《莊子》曰:手足胼胝。胼,步千反。尤袤本作步千切。　胝,集注本引《音决》:竹夷反。《集解》引徐廣:竹移反。《索隱》:真尸反。顔師古:竹尸反。尤袤本李善注:竹施切。陳八郎本:竹尸。〇案:中華本《索隱》音"丁私反"。　胈,集注本引《音决》:步末反。《集解》引徐廣:魃。《索隱》:蒲末反。顔師古:步曷反。尤袤本李善注:蒲葛切。陳八郎本:蒲葛。【附】《集解》徐廣曰:胈,穜也。一作腠,音湊。　膚,集注本引《音决》:夫。

故休烈顯乎無窮,聲稱浹乎于兹。且夫賢君之踐位也,豈特委瑣喔齪。拘文牽俗,脩誦習傳,當世取説云爾哉。必將崇論吰議,創業垂統,爲萬世規。故馳騖乎兼容并包,而勤思乎參天貳地。

稱,集注本引《音决》:尺證反。　浹,集注本引《音决》、顔師古:子牒反。　瑣,集注本作"璅",引《音决》:素果反。　喔,集注本及尤袤本李善注:握。朝鮮正德本、奎章閣本作"齷",音:渥。　齪,集注本引《音决》、顔師古:初角反。朝鮮正德本、奎章閣本:楚角。　拘,集注本引《音决》:俱。　脩,集注本引《音决》:顔爲循,音巡。〇案:《音决》引"顔"爲顔師古,音注"巡"不見於《漢書》。 説,集注本引《音决》:悦。 論,集注本引《音决》:力頓反。 吰,《漢書》作"竑",顔師古:宏。 參,集注本引《音决》:七男反。

且《詩》不云乎,普天之下,莫非王土,率土之濱,莫非王臣。是以六合之内,八方之外,浸淫衍溢。懷生之物有不浸潤於澤者,賢君恥之。今封疆之内,冠帶之倫,咸獲嘉祉,靡有闕遺矣。

祉,集注本引《音决》:耻。

而夷狄殊俗之國,遼絶異黨之域,舟車不通,人迹罕至,政教未加,流風猶微。内之則時犯義侵禮於邊境,外之則邪行横作,放殺其上。君臣易位,尊卑失序,父老不辜,幼孤爲奴虜,係縲號泣。

邪,集注本作"耶",引《音决》:在嗟反。 行,集注本引《音决》:下孟反。 横,集注本引《音决》、顔師古:胡孟反。 作,集注本引《音决》:子洛反。 殺,集注本引《音决》:試。顔師古:讀曰弑。 易,集注本引《音决》:亦。 縲,集注本引《音决》、《漢書》作"絫":力追反。 號,集注本引《音决》:户高反。

内嚮而怨曰:蓋聞中國有至仁焉,德洋恩普,物靡不得其所。今獨曷爲遺己。舉踵思慕,若枯旱之望雨。

嚮,朝鮮正德本、奎章閣本作"鄉",音:向。 己,集注本引《音决》:紀。 踵,集注本引《音决》:之重反。

戻夫爲之垂涕,況乎上聖,又焉能已。故北出師以討强胡,南馳使以誚勁越。四面風德,二方之君,鱗集仰流。

戾，集注本引《音决》：力帝反。《史記》作“盭”，《集解》引徐廣音：戾。　夫，集注本引《音决》：如字。　爲，集注本引《音决》：于僞反。　强，集注本引《音决》：其良反。　使，集注本引《音决》：所吏反。　誚，顔師古：材笑反。

願得受號者以億計，故乃關沫若，徼牂牱，鏤靈山，梁孫原。

沫，集注本引《音决》：亡貝反。尤袤本李善注：妹。陳八郎本：昧。　徼，集注本引《音决》：居吊反。陳八郎本：叫。　牂，集注本引《音决》：子郎反。陳八郎本：臧。　牱，集注本引《音决》：哥。

創道德之塗，垂仁義之統。將博恩廣施，遠撫長駕。使疏逖不閉，曶爽闇昧，得耀乎光明。以偃甲兵於此，而息討伐於彼。遐邇一體，中外禔福，不亦康乎。

施，集注本引《音决》：舒智反。　逖，集注本引《音决》：吐狄反。　曶，《索隱》：妹，又引《字林》音：忽。集注本引《音决》、顔師古：忽。集注本李善注引韋昭：梅憒反。尤袤本李善引韋昭：梅憒切。集注本及尤袤本李善注引《字林》音：勿。陳八郎本：晦。○案：中華本《索隱》“妹”作“昧”。尤袤本“憒”爲“憒”字之訛。　禔，集注本引《音决》：市支反。《史記》作“提”，《集解》引徐廣：一作禔，音支。《索隱》：市支反。顔師古：土支反。集注本及尤袤本李善注、陳八郎本：支。○案：禔爲章母，市爲常母，章組互轉。《集韻》音“常支切”，與《音决》《索隱》合。又《廣韻》有“杜奚切”音，則與顔注合。

夫拯民於沈溺，奉至尊之休德，反衰世之陵夷，繼周氏之絶業，天子之亟務也。百姓雖勞，又惡可以已乎哉。且夫王者固未有不始於憂勤，而終於逸樂者也。

惡，集注本引《音决》、陳八郎本：烏。　逸，集注本引《音决》作“佚”，音：逸。　樂，集注本引《音决》：洛。

然則受命之符，合在於此。方將增太山之封，加梁父之事，鳴和鸞，揚樂頌，上減五，下登三。觀者未睹旨，聽者未聞音，猶鷦鵬已翔乎寥廓之宇，而羅者猶視乎藪澤，悲夫。

父，集注本引《音决》：甫。　減，集注本引《音决》：古湛反。　鷦，集注本引《音决》：焦。　鵬，集注本引《音决》：朋。○案：鵬，各本誤作鵬。　寥，顔師古、陳八郎本：聊。　廓，朝鮮正德本、奎章閣本：苦郭。

於是諸大夫茫然喪其所懷來，失厥所以進。喟然并稱曰：允哉漢德，此鄙人之所願聞也。百姓雖勞，請以身先之。敞罔靡徙，遷延而辭避。

茫，集注本引《音决》作“芒”：莫郎反。顔師古：莫郎反。　喪，集注本引《音决》：息浪反。　徙，集注本引《音决》：以是反。○案：集注本“以”疑當作“心”。

《文選》音注輯考卷四十五

對問

宋玉《對楚王問》一首

設論

東方曼倩《荅客難》一首

揚子雲《解嘲》一首

班孟堅《荅賓戲》一首

辭

漢武帝《秋風辭》一首

陶淵明《歸去來》一首

序上

卜子夏《毛詩序》一首

孔安國《尚書序》一首

杜元凱《春秋序》一首

皇甫士安《三都賦序》一首

石季倫《思歸引序》一首

對 問

對楚王問

宋 玉

楚襄王問於宋玉曰:先生其有遺行與,何士民衆庶不譽之甚也。宋玉對曰:唯,然,有之。願大王寬其罪,使得畢其辭。客有歌於郢中者,其始曰《下里》《巴人》,國中屬而和者數千人。其爲《陽阿》《薤露》,國中屬而和者數百人。其爲《陽春》《白雪》,國中屬而和者不過數十人。引商刻羽,雜以流徵,國中屬而和者,不過數人而已。是其曲彌高,其和彌寡。故鳥有鳳而魚有鯤,鳳皇上擊九千里,絶雲霓,負蒼天,翱翔乎杳冥之上。夫蕃籬之鷃,豈能與之料天地之高哉。鯤魚朝發崑崙之墟,暴鬐於碣石,暮宿於孟諸。

鬐,陳八郎本:巨夷。

夫尺澤之鯢,豈能與之量江海之大哉。故非獨鳥有鳳而魚有鯤也,士亦有之。夫聖人瑰意琦行,超然獨處。夫世俗之民,又安知臣之所爲哉。

鯢,陳八郎本:倪。 瑰,陳八郎本:古回。 琦,陳八郎本:巨宜。

設　論

荅客難

東方曼倩

客難東方朔曰:蘇秦、張儀,壹當萬乘之主,而身都卿相之位。澤及後世,今子大夫,脩先王之術,慕聖人之義,諷誦《詩》《書》、百家之言,不可勝記。著於竹帛,脣腐齒落,服膺而不可釋。好學樂道之効,明白甚矣。自以爲智能海内無雙,則可謂博聞辯智矣。然悉力盡忠以事聖帝,曠日持久,積數十年,官不過侍郎,位不過執戟,意者尚有遺行邪。同胞之徒無所容居,其故何也。

胞,《漢書》及尤袤本李善注并引蘇林:音胞胎之胞也。陳八郎本:浦包。

東方先生喟然長息,仰而應之曰:是故非子之所能備。彼一時也,此一時也,豈可同哉。夫蘇秦、張儀之時,周室大壞,諸侯不朝,力政争權,相擒以兵。并爲十二國,未有雌雄。得士者强,失士者亡,故説得行焉。

説,陳八郎本:去聲。

身處尊位,珍寶充内,外有倉廩。澤及後世,子孫長享。今則不然,聖帝德流,天下震慴。諸侯賓服,連四海之外以爲帶,安於覆盂。

慴,《漢書》作"攝",顔師古:之涉反。　盂,尤袤本李善注:于。

天下平均，合爲一家，動發舉事，猶運之掌，賢與不肖，何以異哉。遵天之道，順地之理，物無不得其所。故綏之則安，動之則苦。尊之則爲將，卑之則爲虜。抗之則在青雲之上，抑之則在深淵之下。用之則爲虎，不用則爲鼠。雖欲盡節効情，安知前後。夫天地之大，士民之衆，竭精馳説，并進輻湊者不可勝數。悉力慕之，困於衣食，或失門户。使蘇秦、張儀與僕并生於今之世，曾不得掌故，安敢望侍郎乎。《傳》曰：天下無害，雖有聖人，無所施才。上下和同，雖有賢者，無所立功，故曰時異事異。雖然，安可以不務脩身乎哉。《詩》曰：鼓鍾于宫，聲聞于外。鶴鳴九皋，聲聞于天。苟能脩身，何患不榮。太公體行仁義，七十有二，乃設用於文、武，得信厥説。封於齊，七百歲而不絶。

信，顔師古：讀曰伸。　説，陳八郎本：稅。

此士所以日夜孳孳，脩學敏行而不敢怠也。譬若鶺鴒，飛且鳴矣。

孳，陳八郎本：兹。　譬，《漢書》作"辟"，顔師古：讀曰譬。鶺，《漢書》作"鵬"，顔師古：脊。　鴒，顔師古：零。

《傳》曰：天不爲人之惡寒而輟其冬，地不爲人之惡險而輟其廣，君子不爲小人之匈匈而易其行。天有常度，地有常形，君子有常行。君子道其常，小人計其功。《詩》云：禮義之不愆，何恤人之言。

惡，陳八郎本：烏故。

水至清則無魚，人至察則無徒。冕而前旒，所以蔽明。黈纊充耳，所以塞聰。

黈，敦煌本李善注：土斗反。陳八郎本：土斗。　纊，陳八郎本：壙。

明有所不見，聰有所不聞。舉大德，赦小過，無求備於一人之義也。枉而直之，使自得之。優而柔之，使自求之。揆而度之，使自索之。

度，顏師古：徒各反。　索，陳八郎本：所格。

蓋聖人之教化如此，欲其自得之。自得之，則敏且廣矣。今世之處士，時雖不用，塊然無徒，廓然獨居。上觀許由，下察接輿。計同范蠡，忠合子胥。

塊，《漢書》作"魁"，顏師古：讀曰塊。

天下和平，與義相扶，寡偶少徒，固其宜也，子何疑於予哉。若夫燕之用樂毅，秦之任李斯，酈食其之下齊。

酈，陳八郎本：歷。　食，陳八郎本：異。　其，陳八郎本：肌。

説行如流，曲從如環，所欲必得，功若丘山。海内定，國家安，是遇其時者也，子又何怪之邪。語曰：以筦窺天，以蠡測海，以筳撞鍾，豈能通其條貫，考其文理，發其音聲哉。

筦，《漢書》引服虔：管。敦煌本及尤袤本李善注引服虔：管。　蠡，顏師古：來奚反。陳八郎本：力和。　【附】《漢書》張晏曰：蠡，瓠瓢也。師古曰：瓢音平摇反。　筳，顏師古：徒丁反。敦煌本及尤袤本李善注引文穎：庭。陳八郎本：廷。〇案：顏師古注"徒"，中華本作"唐"。　撞，陳八郎本：濁江。

猶是觀之，譬由鼱鼩之襲狗，孤豚之咋虎，至則靡耳，何功之有。今以下愚而非處士，雖欲勿困，固不得已。此適足以明其不知權變，而終惑於大道也。

䠓,《漢書》引服虔:縱。《漢書》、敦煌本及尤袤本李善注并引如淳:精。陳八郎本:精。 䠗,《漢書》、敦煌本及尤袤本李善注并引服虔:劬。《漢書》引如淳:劬。陳八郎本:劬。 咋,顏師古:仕客反。陳八郎本:士白。 靡,尤袤本李善注:亡皮切。從陳八郎本:亡皮。

解嘲并序

揚子雲

哀帝時,丁、傅、董賢用事。諸附離之者,起家至二千石。時雄方草創《大玄》,有以自守,泊如也。人有嘲雄以玄之尚白,雄解之,號曰《解嘲》。

離,顏師古:麗。 泊,顏師古:步各反。 嘲,九條本:刀。〇案:嘲爲知母,刀爲端母,舌音未分化。

其辭曰:客嘲楊子曰:吾聞上世之士,人綱人紀,不生則已。生必上尊人君,下榮父母,析人之珪,儋人之爵,懷人之符,分人之祿。紆青拖紫,朱丹其轂。

析,陳八郎本:先歷。 儋,陳八郎本:都甘。 拖,《漢書》作"拕",顏師古:吐賀反,又音徒可反。黄善夫本引蕭該:徒何反,又音:他。陳八郎本:徒可。

今吾子幸得遭明盛之世,處不諱之朝,與群賢同行,歷金門、上玉堂有日矣。曾不能畫一奇、出一策,上說人主,下談公卿。目如耀星,舌如電光,一從一横,論者莫當。

從,顔師古:子容反。陳八郎本:子恭。

顧默而作《太玄》五千文,枝葉扶踈,獨説數十餘萬言。深者入黄泉,高者出蒼天,大者含元氣,細者入無間。然而位不過侍郎,擢纔給事黄門。意者玄得無尚白乎,何爲官之拓落也。

纔,顔師古:才。　拓,顔師古:託。

楊子笑而應之曰:客徒欲朱丹吾轂,不知一跌將赤吾之族也。

跌,顔師古:徒結反。陳八郎本:覿結。

往昔周網解結,群鹿爭逸。離爲十二,合爲六七。四分五剖,并爲戰國。士無常君,國無定臣。得士者富,失士者貧。矯翼厲翮,恣意所存。故士或自盛以橐,或鑿坏以遁。

剖,黄善夫本引宋祁:韋本作楅,疋力反。　橐,陳八郎本:託。　坏,《漢書》引蘇林:陪。顔師古:又音普回反。敦煌本李善注:普來反。尤袤本作普來切。陳八郎本:普回。

是故鄒衍以頡頏而取世資,孟軻雖連蹇,猶爲萬乘師。

頡,顔師古:下結反。尤袤本李善注引蘇林:頡音提挈之挈。陳八郎本:贤挈。　頏,《漢書》作"亢",顔師古:湖浪反。尤袤本李善注:苦浪切。陳八郎本:苦良。　連,顔師古:輦。尤袤本、陳八郎本:去聲。

今大漢左東海,右渠搜。前番禺,後椒塗。東南一尉,西北一候。徽以糾墨,制以鑕鈇。散以《禮》《樂》,風以《詩》《書》,曠以歲月,結以倚廬。

番,敦煌本李善注引蘇林:番。尤袤本李善注引蘇林、陳八郎本:潘。○案:敦煌本音"番"爲"潘"字之誤。 禺,陳八郎本:愚。 鑕,尤袤本李善注、陳八郎本:質。 鈇,顔師古:膚。陳八郎本:方無。 【附】顔師古:質,鍖也。鍖,音竹林反。 倚,顔師古:於綺反。

天下之士,雷動雲合,魚鱗雜襲,咸營于八區。家家自以爲稷契,人人自以爲皐陶。戴縰垂纓而談者,皆擬於阿衡。

【附】尤袤本李善注:《史記》蒯通曰:魚鱗雜遝。遝,徒合切。 縰,顔師古:山爾反。敦煌本李善注:所氏反。尤袤本作所氏切。陳八郎本作"纚",音:史。奎章閣本亦作"纚",音:昔由。○案:奎章閣本"昔由"疑爲"音史"形近之訛。

五尺童子,羞比晏嬰與夷吾。當塗者升青雲,失路者委溝渠。旦握權則爲卿相,夕失勢則爲匹夫。譬若江湖之崖,渤澥之島,乘雁集不爲之多,雙鳧飛不爲之少。

乘,顔師古:食證反。陳八郎本:去聲。

昔三仁去而殷墟,二老歸而周熾。子胥死而吴亡,種蠡存而越霸。五羖入而秦喜,樂毅出而燕懼。

蠡,陳八郎本:禮。 霸,《漢書》作"伯",顔師古:讀曰霸。 羖,陳八郎本:古。

范睢以折摺而危穰侯，蔡澤以噤吟而笑唐舉。

　　折，陳八郎本：支列。　摺，敦煌本李善注：力荅反。尤袤本作力荅切。陳八郎本作“拉”：力荅切。　噤，顔師古：鉅錦反。敦煌本李善注引韋昭：欺廩反。尤袤本作欺稟切。陳八郎本：欺稟。　吟，顔師古：魚錦反。敦煌本李善注引韋昭：疑甚反。尤袤本作疑甚切。陳八郎本：疑甚。

故當其有事也，非蕭、曹、子房、平、勃、樊、霍，則不能安。當其無事也，章句之徒，相與坐而守之，亦無所患。故世亂，則聖哲馳騖而不足。世治，則庸夫高枕而有餘。

　　患，顔師古：合韻音胡關反。

夫上世之士，或解縛而相，或釋褐而傅。或倚夷門而笑，或横江潭而漁，或七十説而不遇，或立談而封侯。或枉千乘於陋巷，或擁篲而先驅。是以士頗得信其舌而奮其筆，窒隙蹈瑕而無所詘也。

　　潭，顔師古：尋。　漁，顔師古：合韻音牛助反。　篲，《漢書》作“彗”，顔師古：似歲反。　信，顔師古：讀曰申。　窒，尤袤本李善注：竹栗切。陳八郎本：竹栗。　【附】《漢書》引李奇曰：君臣上下，有釁罅瑕隙乖離之漸。顔師古：罅，音呼駕反。

當今縣令不請士，郡守不迎師。羣卿不揖客，將相不俛眉。言奇者見疑，行殊者得辟。

　　行，尤袤本李善注：胡庚切。陳八郎本：胡庚。

是以欲談者卷舌而同聲，欲步者擬足而投迹。嚮使上世之士處乎今世,策非甲科。

嚮,《漢書》作"鄉",顔師古:讀曰嚮。

行非孝廉,舉非方正,獨可抗疏,時道是非,高得待詔,下觸聞罷,又安得青紫。且吾聞之,炎炎者滅,隆隆者絶。觀雷觀火,爲盈爲實。天收其聲,地藏其熱。高明之家,鬼瞰其室。攫挐者亡,默默者存。位極者高危,自守者身全。是故知玄知默,守道之極。爰清爰静,游神之庭。惟寂惟漠,守德之宅。世異事變,人道不殊,彼我易時,未知何如。

瞰,顔師古:口濫反。 攫,陳八郎本:九缚。 挐,顔師古:女居反。陳八郎本:女加。 静,顔師古:合韻音才性反。

今子乃以鴟梟而笑鳳皇,執蝘蜓而嘲龜龍,不亦病乎。子之笑我玄之尚白,吾亦笑子病甚,不遇俞跗與扁鵲也,悲夫。

蝘,顔師古:烏典反。尤袤本李善注:烏典切。陳八郎本:烏典。 蜓,顔師古:殄。尤袤本李善注:徒顯切。陳八郎本:徒典。 跗,顔師古:甫無反。尤袤本李善注、陳八郎本:附。

客曰:然則靡玄無所成名乎。范、蔡以下,何必玄哉。楊子曰:范睢,魏之亡命也,折脅摺髂,免於徽索。翕肩蹈背,扶服入橐。激卬萬乘之主,介涇陽、抵穰侯而代之,當也。

髂,顔師古:格。尤袤本李善注:口亞切。陳八郎本:口亞。 翕,顔師古:服音浦北反。 卬,顔師古:讀曰仰。黄善夫本宋祁引陳正敏:昂。 抵,《漢書》引蘇林、尤袤本李善注:紙。陳八郎本作"抵",音:征氏。

蔡澤,山東之匹夫也,顩頤折頞,涕唾流沫,西揖强秦之相,搤其咽而亢其氣,拊其背而奪其位,時也。

顩,《漢書》作"頷",顔師古:欽。尤袤本李善引韋昭:欺甚切。陳八郎本:綺險。 折,陳八郎本:支列。 頞,尤袤本李善注:於達切。陳八郎本:於達。 沫,尤袤本李善注:呼憒切。陳八郎本:呼憒。 搤,陳八郎本:烏革。 咽,顔師古:一千反。尤袤本李善注:一千切。陳八郎本:一千。【附】尤袤本李善注:《廣雅》曰:咽,嗌也。嗌音益。 亢,《漢書》作"炕",顔師古:抗。

天下已定,金革已平,都於洛陽。婁敬委輅脱輓,掉三寸之舌,建不拔之策,舉中國徙之長安,適也。

輅,顔師古:胡格反。陳八郎本:胡革。 輓,顔師古:晚。陳八郎本:亡遠。 掉,顔師古:徒釣反。

五帝垂典,三王傳禮,百世不易,叔孫通起於枹鼓之間,解甲投戈,遂作君臣之儀,得也。吕刑靡敝,秦法酷烈,聖漢權制,而蕭何造律,宜也。故有造蕭何之律於唐虞之世,則悖矣。

枹,顔師古:孚。陳八郎本:夫。 靡,顔師古、尤袤本李善注引鄧展:縻。 悖,《漢書》作"誖",顔師古:布内反。尤袤本李善注:布迷切。陳八郎本亦作"誖",音:布内切。

有作叔孫通儀於夏殷之時,則惑矣。有建婁敬之策於成周之世,則乖矣。有談范、蔡之説於金、張、許、史之間,則狂矣。夫蕭規曹隨,留侯畫策,陳平出奇。功若泰山,響若坻隤,雖其人之膽智哉,亦會其時之可爲也。

坻,《漢書》作"阺",顔師古:音氐,氐音丁禮反。黄善夫本引宋祁:蘇林阺音迤邐之迤,弋爾反。尤袤本李善注:丁禮切,又引韋昭:音若是理之是。陳八郎本亦作"阺":征氏切。

故爲可爲於可爲之時,則從。爲不可爲於不可爲之時,則凶。若夫藺生收功於章臺,四皓采榮於南山,公孫創業於金馬,驃騎發迹於祁連,司馬長卿竊貲於卓氏,東方朔割炙於細君。僕誠不能與此數子并,故默然獨守吾《太玄》。

祁,顔師古:止夷反。○案:《廣韻》"職雉切",其聲紐與顔音同爲章母。唯一讀平聲,一讀上聲,聲調不同。

荅賓戲并序

班孟堅

永平中爲郎,典校祕書,專篤志於儒學,以著述爲業。或譏以無功。又感東方朔、楊雄自喻以不遭蘇、張、范、蔡之時,曾不折之以正道、明君子之所守,故聊復應焉。其辭曰:賓戲主人曰:蓋聞聖人有一定之論,烈士有不易之分,亦云名而已矣。故太上有立德,其次有立功。夫德不得後身而特盛,功不得背時而獨彰。是以聖哲之治,栖栖遑遑,孔席不腝,墨突不黔。

腝,黄善夫本引蕭該作"煗":乃卵反。陳八郎本作"暵",音:乃管。 黔,黄善夫本引蕭該:苔,又:巨炎反。尤袤本李善注:巨炎切。陳八郎本:巨炎反。○案:黄善夫本引蕭該音"苔"誤。《左傳·襄公十七年》"邑中之黔",《釋文》:黔,"徐音琴"。黄善夫本"荅"疑當作"琴"。

由此言之，取舍者，昔人之上務。著作者，前列之餘事耳。今吾子幸游帝王之世，躬帶冕之服。浮英華，湛道德，譬龍虎之文，舊矣。

湛，顔師古：讀曰沈。　譬，顔師古：莫限反。尤袤本李善注：莫版切。陳八郎本：莫版。

卒不能攄首尾，奮翼鱗。振拔洿塗，跨騰風雲。使見之者影駭，聞之者響震。徒樂枕經籍書，紆體衡門，上無所蒂，下無所根。獨攄意乎宇宙之外，鋭思於毫芒之内。潛神默記，縆以年歲。

攄，黄善夫本引蕭該：丑於反。　洿，顔師古：一故反，又音烏。陳八郎本：烏卧。　響，《漢書》作"亨"，顔師古：讀曰響。○案：中華本"亨"作"嚮"。　震，顔師古：合韻音之人反。　蒂，尤袤本李善注引韋昭：都計切。　縆，《漢書》作"恒"，引如淳：恒音亘竟之亘。顔師古：工贈反。尤袤本李善注：古鄧切。

然而器不賈於當己，用不効於一世，雖馳辯如濤波，摛藻如春華，猶無益於殿最也。意者，且運朝夕之策，定合會之計，使存有顯號，亡有美謚，不亦優乎。

賈，顔師古：古，又音工暇反。尤袤本李善注、陳八郎本：古。

【附】《漢書》引劉德：賈，讎也。顔師古：讎音齒九反。黄善夫本引宋祁：越本作上究反，一本作止九反。○案：中華本顔師古音注作"上究反"。　摛，尤袤本李善注：勑施切。陳八郎本：勑施。　殿，顔師古：丁見反。陳八郎本：丁見。

主人逌爾而笑曰:若賓之言,所謂見世利之華,闇道德之實,守窔奧之熒燭,未仰天庭而睹白日也。曩者王塗蕪穢,周失其馭。侯伯方軌,戰國橫騖。於是七雄虓闞,分裂諸夏,龍戰虎争。

逌,《漢書》引項岱:讀作攸。 窔,《漢書》作"穾",顔師古:烏了反,其字從穴夭聲也。尤袤本李善注引《字林》:一吊切。仰,《漢書》作"卬",顔師古:讀曰仰。 騖,陳八郎本:務。 虓,顔師古:呼交反。黄善夫本引蕭該:《字林》音孝。陳八郎本:乎交。 闞,顔師古:胡敢反。

游説之徒,風颮電激,并起而救之。其餘猋飛景附,霅煜其間者,蓋不可勝載。

颮,《漢書》作"飊",顔師古:讀與揚同。黄善夫本蕭該引韋昭作"颮",音:庖。尤袤本李善注引韋昭:庖。陳八郎本:蒲交。 猋,尤袤本李善注:必遥切。陳八郎本作"焱",音:必遥。○案:據音注,陳八郎本"焱"字誤。 霅,顔師古:下甲反。黄善夫本蕭該引韋昭:于俠反,又引服虔:音曄邇之曄,又引《字林》:于甲反。尤袤本李善注引晋灼:音曄爾之曄,又:炎輒切。陳八郎本:爲輒。九條本:曄。 煜,顔師古:于及反,又音育。黄善夫本蕭該引韋昭:呼夾反,又引服虔:音近霍叔,音爲育,又引《字林》:弋叔反,又于丘反。尤袤本李善注:弋叔切。陳八郎本:育。

當此之時,搦朽摩鈍,鈆刀皆能一斷。是故魯連飛一矢而蹶千金,虞卿以顧眄而捐相印。夫啾發投曲,感耳之聲,合之律度,淫𡲢而不可聽者,非《韶》《夏》之樂也。因勢合變,遇時之容,風移俗易,乖迕而不可通者,非君子之法也。

搦，顔師古：女角反。陳八郎本：女握。 斷，顔師古：丁焕反。 蹶，顔師古：厥，又音其月反。 啾，顔師古：子由反。 繩，陳八郎本：烏佳。

及至從人合之，衡人散之。亡命漂説，羈旅騁辭。商鞅挾三術以鑽孝公，李斯奮時務而要始皇，彼皆躡風塵之會，履顛沛之勢。據徼乘邪，以求一日之富貴。朝爲榮華，夕爲顦顇。福不盈眥，禍溢於世。凶人且以自悔，況吉士而是賴乎。

從，顔師古：子庸反。 衡，陳八郎本：横。 漂，顔師古：匹遥反。 徼，顔師古：工堯反。陳八郎本：古堯。 顦，《漢書》作"焦"，顔師古：在消反。 眥，黄善夫本蕭該引《字林》：才賜反。陳八郎本：齊細。

且功不可以虚成，名不可以僞立。韓設辨以激君，吕行詐以賈國。《説難》既遒，其身乃囚。秦貨既貴，厥宗亦墜。是以仲尼抗浮雲之志，孟軻養浩然之氣。彼豈樂爲迂闊哉，道不可以貳也。

賈，顔師古：古。 遒，《漢書》作"酋"，引應劭：音酋豪之酋。 迂，《漢書》作"迂"，顔師古：于。尤袤本李善注：羽夫切。陳八郎本：羽夫。

方今大漢洒埽群穢，夷險芟荒。廓帝紘，恢皇綱。基隆於羲農，規廣於黄唐。其君天下也，炎之如日，威之如神，函之如海，養之如春。

洒，顔師古：所蟹反。陳八郎本：所賣。 【附】顔師古：洒，汛也。汛音信。 函，顔師古：讀與含同。陳八郎本：含。

是以六合之内,莫不同源共流,沐浴玄德,稟仰太龢。枝附葉著,譬猶草木之植山林,鳥魚之毓川澤。得氣者蕃滋,失時者零落。參天地而施化,豈云人事之厚薄哉。

仰,《漢書》作"卬",顔師古:讀曰仰。　著,顔師古:直略反。

今吾子處皇代而論戰國,曜所聞而疑所覿。欲從堥敦而度高乎泰山,懷氿濫而測深乎重淵,亦未至也。

覿,顔師古:徒歷反。　堥,黄善夫本引蕭該:毛,又亡周反,今人呼爲務音,乖僻多矣。尤袤本李善注引韋昭音:旄。陳八郎本:毛。　敦,顔師古:丁回反。尤袤本李善注引服虔音:頓,又引郭璞:都回切。陳八郎本:都回。　度,顔師古:徒各反。氿,黄善夫本引蕭該:舊作泛,韋昭音範。顔師古、尤袤本李善注引服虔音、陳八郎本:軌。　濫,尤袤本李善注引韋昭音、陳八郎本:檻。

賓曰:若夫鞅、斯之倫,衰周之凶人,既聞命矣。敢問上古之士,處身行道,輔世成名,可述於後者,默而已乎。主人曰:何爲其然也。昔者咎繇謨虞,箕子訪周,言通帝王,謀合神聖。殷説夢發於傅巖,周望兆動於渭濱。齊甯激聲於康衢,漢良受書於邳垠。皆竢命而神交,匪詞言之所信,故能建必然之策,展無窮之勳也。

康,黄善夫本蕭該引韋昭:呼坑反,該案:該讀康如字,未詳韋氏音。　邳,陳八郎本:備眉。　垠,《漢書》作"沂",顔師古:牛斤反。黄善夫本蕭該引韋昭作"根":吾恩反。陳八郎本:銀。

信,顔師古:合韻音新。

近者陸子優游,《新語》以興。董生下帷,發藻儒林。劉向司籍,辨章舊聞。揚雄譚思,《法言》《太玄》。皆及時君之門闈,究先聖之壼奧。婆娑乎術藝之場,休息乎篇籍之囿,以全其質而發其文。用納乎聖德,烈炳乎後人,斯非亞與。

游,《漢書》作"繇",顔師古:讀與由同。　壼,顔師古:苦本反。尤袤本李善注:苦本切。陳八郎本:苦本。　與,顔師古:讀曰歟。

若乃伯夷抗行於首陽,柳惠降志於辱仕。顔潛樂於簞瓢,孔終篇於西狩。聲盈塞於天淵,真吾徒之師表也。

簞,黄善夫本引蕭該:丁安反。　瓢,黄善夫本引蕭該:父幺反。○案:瓢爲并母,父爲奉母,脣音未分化。　狩,顔師古:合韻音守。

且吾聞之:一陰一陽,天地之方。乃文乃質,王道之綱。有同有異,聖哲之常。故曰:愼脩所志,守爾天符,委命供己,味道之腴。神之聽之,名其舍諸。

供,《漢書》作"共",顔師古:讀曰恭。　腴,陳八郎本:庾俱反。

賓又不聞和氏之璧,韞於荆石。隋侯之珠,藏於蚌蛤乎。歷世莫眡,不知其將含景曜、吐英精,曠千載而流光也。

韞,顔師古:於粉反。　蚌,《漢書》作"蜯",顔師古:平項反。黄善夫本引蕭該:步頂反。○案:黄善夫本引蕭該"頂"爲"項"字之訛。　蛤,顔師古:工合反。　眡,陳八郎本:示履。

應龍潛於潢汙，魚黿媟之。不睹其能奮靈德、合風雲，超忽荒而躆昊蒼也。故夫泥蟠而天飛者，應龍之神也。先賤而後貴者，和隋之珍也。時暗而久章者，君子之真也。

潢，顔師古：黄。　汙，顔師古、陳八郎本：烏。　媟，陳八郎本：息列。　躆，顔師古、尤袤本李善注引徐廣：戟。黄善夫本引蕭該謂當作"踞"：己恕反。尤袤本李善注：京逆切。陳八郎本：據。　蟠，陳八郎本：盘。

若乃牙曠清耳於管絃，離婁眇目於毫分。逢蒙絶技於弧矢，般輸搉巧於斧斤。良樂軼能於相馭，烏獲抗力於千鈞。和、鵲發精於鍼石，研、桑心計於無垠。走亦不任厠技於彼列，故密爾自娱於斯文。

般，陳八郎本：班。　搉，顔師古：角。黄善夫本引蕭該：較。　鍼，黄善夫本蕭該引《字林》：之心反。陳八郎本：之林。　垠，陳八郎本：銀。

辭

秋風辭并序

漢武帝

上行幸河東，祠后土，顧視帝京欣然，中流與群臣飲燕，上歡甚，乃自作《秋風辭》曰：

秋風起兮白雲飛，草木黄落兮雁南歸。蘭有秀兮菊有芳，攜佳人兮不能忘。泛樓舡兮濟汾河，横中流兮楊素波。簫鼓鳴兮發棹歌，歡樂極兮哀情多，少壯幾時兮奈老何。

歸去來

陶淵明

歸去來兮，田園將蕪胡不歸。既自以心爲形役，奚惆悵而獨悲。悟已往之不諫，知來者之可追。寔迷途其未遠，覺今是而昨非。舟遥遥以輕颺，風飄飄而吹衣。問征夫以前路，恨晨光之熹微。

熹，陳八郎本作"憙"，音：許眉。

乃瞻衡宇，載欣載奔。僮僕歡迎，稚子候門。三逕就荒，松菊猶存。攜幼入室，有酒盈罇。引壺觴以自酌，眄庭柯以怡顔。倚南窗以寄傲，審容膝之易安。園日涉以成趣，門雖設而常關。

傲，陳八郎本：五到。　趣，尤袤本李善注作"趨"：七喻切。

〇案：胡克家《考異》謂據注"趣"當作"趨"。

策扶老以流憩，時矯首而遐觀。雲無心以出岫，鳥倦飛而知還。景翳翳以將入，撫孤松而盤桓。歸去來兮，請息交以絶游。世與我而相遺，復駕言兮焉求。悦親戚之情話，樂琴書以消憂。農人告余以春兮，將有事乎西疇。或命巾車，或棹孤舟。既窈窕以尋壑，亦崎嶇而經丘。木欣欣以向榮，泉涓涓而始流。善萬物之得時，感吾生之行休。已矣乎，寓形宇内復幾時，曷不委心任去留。胡爲遑遑欲何之，富貴非吾願，帝鄉不可期。懷良辰以孤往，或植杖而耘耔。登東皋以舒嘯，臨清流而賦詩。聊乘化以歸盡，樂夫天命復奚疑。

耘，陳八郎本：云。《晉書音義》作"芸"，音：云。　耔，陳八郎本：兹，協韻。《晉書音義》：子，叶韻音兹。

序 上

毛詩序

卜子夏

《關雎》,后妃之德也,風之始也。所以風天下而正夫婦也。故用之鄉人焉,用之邦國焉。風,風也,教也。風以動之,教以化之。詩者,志之所之也。在心爲志,發言爲詩。情動於中而形於言,言之不足,故嗟嘆之。嗟嘆之不足,故永歌之。永歌之不足,不知手之舞之、足之蹈之也。情發於聲,聲成文謂之音。

風風也,陳八郎本:上平下去。 永,朝鮮正德本、奎章閣本:去聲。

治世之音安以樂,其政和。亂世之音怨以怒,其政乖。亡國之音哀以思,其民困。故正得失,動天地,感鬼神,莫近於詩。先王以是經夫婦、成孝敬、厚人倫、美教化、移風俗。故詩有六義焉:一曰風,二曰賦,三曰比,四曰興,五曰雅,六曰頌。上以風化下,下以風刺上,主文而譎諫。言之者無罪,聞之者足以戒,故曰風。

譎,陳八郎本:决。

至于王道衰,禮義廢,政教失,國異政,家殊俗,而變風變雅作矣。國史明乎得失之迹,傷人倫之廢,哀刑政之苛。吟詠情性,以風其上,達於事變,而懷其舊俗者也。故變風發乎情,止乎禮義。發乎情,民之性也。止乎禮義,先王之澤也。是以一國之事,繫一人之本,謂之風。

言天下之事，形四方之風，謂之雅。雅者，正也。言王政之所由廢興也。政有小大，故有《小雅》焉，有《大雅》焉。頌者，美盛德之形容，以其成功告於神明者也。是謂四始，《詩》之志也。然則《關雎》《麟趾》之化，王者之風，故繫之周公。南，言化自北而南也。《鵲巢》《騶虞》之德，諸侯之風也，先王之所以教，故繫之召公。《周南》《召南》，正始之道，王化之基。是以《關雎》樂得淑女以配君子，憂在進賢，不淫其色。哀窈窕，思賢才，而無傷善之心焉，是《關雎》之義也。

尚書序

孔安國

古者伏犧氏之王天下也，始畫八卦，造書契，以代結繩之政，由是文籍生焉。伏羲、神農、黄帝之書，謂之《三墳》，言大道也。少昊、顓頊、高辛、唐、虞之書，謂之《五典》，言常道也。至于夏、商、周之書，雖設教不倫，雅誥奥義，其歸一揆。是故歷代寶之，以爲大訓。八卦之説，謂之《八索》，求其義也。九州之志，謂之《九丘》。丘，聚也。言九州所有，土地所生，風氣所宜，皆聚此書也。《春秋左氏傳》曰：楚左史倚相，能讀《三墳》《五典》《八索》《九丘》，即謂上世帝王遺書也。先君孔子，生於周末。睹史籍之煩文，懼覽之者不一。遂乃定禮、樂，明舊章，删《詩》爲三百篇，約史記而修《春秋》，讚《易》道以黜《八索》，述職方以除《九丘》。討論《墳》《典》，斷自唐、虞以下，訖於周。芟夷煩亂，翦截浮辭，舉其宏綱，撮其機要，足以垂世立教。典、謨、訓、誥、誓、命之文，凡百篇。所以恢弘至道，示人主以軌範也。帝王之制，坦然明白，可舉而行。三千之徒，并受其義。及秦始皇滅先代典籍，焚書坑儒，天下學士逃難解散。我先人用藏其家書于屋壁。漢室龍興，開設學校，旁求儒雅，以闡大猷。濟南伏生，年過九十，失其本經，口以傳授,裁二十餘篇,以其上古之書,謂之《尚書》。百篇之義,世莫得聞。至魯共王好治宫室,壞孔子舊宅以廣其居。於壁中得先人所藏古文虞、夏、商、周之書及傳《論語》《孝經》,皆科斗文字。王又升孔子堂,聞金石絲竹之音,乃不壞宅,悉以書還孔氏。科斗書廢已久,時人無能知者。以所聞伏生之書,考論文義,定其可知者,爲隸古定。更以竹簡寫之,增多伏生二十五篇。伏生又以《舜典》合於《堯典》,《益稷》合於《皋陶謨》,《盤庚》三篇合爲一,《康王之誥》合於《顧命》。復出此篇并序,凡五十九篇,爲四十六卷。其餘錯亂摩滅,不可復知,悉上送官。藏之書府,以待能者。承詔爲五十九篇作傳。於是遂研精覃思,博考經籍。採摭羣言,以立訓傳。約文申義,敷暢厥旨,庶幾有補於將來。《書》序,序所以爲作者之意,昭然義見,宜相附近,故引之,各冠其篇首,定五十八篇。既畢,會國有巫蠱事,經籍道息,用不復以聞。傳之子孫,以貽後世。若好古博雅君子,與我同志,亦所不隱也。

春秋左氏傳序

杜元凱

《春秋》者,魯史記之名也。記事者,以事繫日,以日繫月,以月繫時,以時繫年,所以紀遠近、别同異也。故史之所記,必表年以首事。年有四時,故錯舉以爲所記之名也。《周禮》有史官,掌邦國四方之事,達四方之志。諸侯亦各有國史,大事書之於策,小事簡牘而已。《孟子》曰:楚謂之《檮杌》,晋謂之《乘》,而魯謂之《春秋》,其實一也。

乘,陳八郎本:去。

韓宣子適魯,見《易象》與《魯春秋》,曰:周禮盡在魯矣。吾乃今知周公之德與周之所以王也。韓子所見,蓋周之舊典禮經也。周德既衰,官失其守，上之人不能使《春秋》昭明，赴告策書。諸所記注，多違舊章。仲尼因魯史策書成文，考其真僞，而志其典禮。上以遵周公之遺制，下以明將來之法。其教之所存，文之所害，則刊而正之，以示勸誡。其餘皆即用舊史，史有文質，辭有詳略，不必改也。故《傳》曰：其善志。又曰：非聖人孰能修之。蓋周公之志，仲尼從而明之。左丘明受經於仲尼，以爲經者，不刊之書也。故《傳》或先經以始事，或後經以終義，或依經以辨理，或錯經以合異，隨義而發其例之所重。舊史遺文，略不盡舉，非聖人所修之要故也。身爲國史，躬覽載籍，必廣記而備言之。其文緩，其旨遠。將令學者原始要終，尋其枝葉，究其所窮。優而柔之，使自求之。饜而飫之，使自趨之。若江海之浸，膏澤之潤，渙然冰釋，怡然理順，然後爲得也。其發凡以言例，皆經國之常制，周公之垂法，史書之舊章，仲尼從而脩之，以成一經之通體。其微顯闡幽，裁成義類者，皆據舊例而發義，指行事以正褒貶。諸稱書、不書、先書、故書、不言、不稱、書曰之類，皆所以起新舊、發大義，謂之變例。然亦有史所不書，即以爲義者，此蓋《春秋》新意，故《傳》不言凡，曲而暢之也。其經無義例，因行事而言，則《傳》直言其歸趣而已，非例也。故發《傳》之體有三，而爲例之情有五。一曰微而顯。文見於此而義起在彼，稱族，尊君命。舍族，尊夫人，梁亡、城緣陵之類是也。二曰志而晦。約言示制，推以知例，參會不地、與謀曰及之類是也。三曰婉而成章。曲從義訓，以示大順，諸所諱避，璧假許田之類是也。四曰盡而不汙。直書其事，具文見意，丹楹刻桷、天王求車、齊侯獻捷之類是也。五曰懲惡而勸善。求名而亡，欲蓋而章，書齊豹盜三叛人名之類是也。推此五體以尋經傳，觸類而長之。附于二百四十二年行事，王道之正、人倫之紀備矣。或曰：《春秋》以錯文見義。若如所論，則經當有事同文異而無其義也。先儒所傳，皆不其然。荅曰：《春秋》雖以一字爲褒貶，然皆須數句以成言，非如八卦之爻，可錯綜爲六十四也，固當依《傳》以爲斷。古今言《左氏春秋》者多矣，今其遺文可見者十數家，大體轉相祖述，進不成爲錯綜經文以盡其變，退不守丘明之傳。於丘明之傳有所不通，皆没而不説。而更膚引《公羊》《穀梁》，適足自亂。預今所以爲異，專脩丘明之傳以釋經，經之條貫必出於傳，傳之義例總歸諸凡。推變例以正褒貶，簡二傳而去異端，蓋丘明之志也。其有疑錯，則備論而闕之，以俟後賢。然劉子駿創通大義，賈景伯父子、許惠卿，皆先儒之美者也。末有潁子嚴者，雖淺近，亦復名家。故特舉劉、賈、許、潁之違，以見同異。分經之年與傳之年相附，比其義類，各隨而解之，名曰《經傳集解》。又别集諸例，及地名、譜第、歷數，相與爲部，凡四十部，十五卷，皆顯其異同，從而釋之，名曰《釋例》，將令學者觀其所聚。異同之説，《釋例》詳之也。或曰：《春秋》之作，《左傳》及《穀梁》無明文，説者以爲仲尼自衛反魯，修《春秋》，立素王，丘明爲素臣。言《公羊》者，亦云黜周而王魯，危行言遜，以避當時之害，故微其文，隱其義。《公羊》經止獲麟，而《左氏》經終孔丘卒。敢問所安。荅曰：異乎余所聞。仲尼曰：文王既没，文不在兹乎。此制作之本意也。嘆曰：鳳鳥不至，河不出圖，吾已矣夫。蓋傷時王之政也。麟鳳五靈，王者之嘉瑞也，今麟出非其時，虚其應而失其歸，此聖人所以爲感也。絶筆于獲麟之一句者，所感而起，固所以爲終也。曰：然《春秋》何始於魯隱公。荅曰：周平王，東周之始王也。隱公，讓國之賢君也。考乎其時則相接，言乎其位則列國。本乎其始，則周公之祚胤也。若平王能祈天永命，紹開中興。隱公能弘宣祖業，光啓王室。則西周之美可尋，文武之迹不墜。是故因其歷數，附其行事，采周之舊，以會成王義，垂法將來。所書之王，即平王也。所用之歷，即周正也。所稱之公，即魯隱也。安在其黜周而王魯乎。

子曰：如有用我者，吾其爲東周乎。此其義也。若夫制作之文，所以彰往考來，情見乎辭，言高則旨遠，辭約則義微。此理之常，非隱之也。聖人包周身之防。既作之後，方復隱諱以避患，非所聞也。子路使門人爲臣，孔子以爲欺天。而云仲尼素王、丘明素臣，又非通論也。先儒以爲制作三年，文成致麟，既已妖妄，又引經以至仲尼卒，亦又近誣。據公羊經止獲麟，而左氏小邾射不在三叛之數，故余以爲感麟而作，作起獲麟，則文止於所起，爲得其實。至於反袂拭面，稱吾道窮，亦無取焉。

三都賦序

皇甫士安

玄晏先生曰：古人稱不歌而頌謂之賦。然則賦也者，所以因物造端，敷弘體理，欲人不能加也。引而申之，故文必極美。觸類而長之，故辭必盡麗。然則美麗之文，賦之作也。昔之爲文者，非苟尚辭而已。將以紐之王教，本乎勸戒也。自夏、殷以前，其文隱没，靡得而詳焉。周監二代，文質之體，百世可知。故孔子采萬國之風，正雅、頌之名，集而謂之《詩》。詩人之作，雜有賦體。子夏序《詩》曰：一曰風，二曰賦。故知賦者，古詩之流也。至于戰國，王道陵遲，風雅寖頓。於是賢人失志，辭賦作焉。是以孫卿、屈原之屬，遺文炳然，辭義可觀。存其所感，咸有古詩之意，皆因文以寄其心，託理以全其制，賦之首也。及宋玉之徒，淫文放發，言過于實，誇競之興，體失之漸。風雅之則，於是乎乖。逮漢賈誼，頗節之以禮。自時厥後，綴文之士，不率典言，并務恢張，其文博誕空類。大者罩天地之表，細者入毫纖之内。雖充車聯駟，不足以載。廣夏接榱，不容以居也。其中高者，至如相如《上林》，楊雄《甘泉》，班固《兩都》，張衡《二京》，馬融《廣成》，王生《靈光》，初極宏侈之辭，終以約簡之制。焕乎有文，蔚爾麟集，皆近代辭賦之偉也。若夫土有常産，俗有舊風。方以類聚，物以群分。而長卿之儔，過以非方之物，寄以中域，虚張異類，託有於無。祖構之士，雷同影附，流宕忘反，非一時也。曩者漢室内潰，四海圮裂。孫、劉二氏，割有交、益。魏武撥亂，擁據函夏。

圮，陳八郎本：平彼。　函，陳八郎本：含。

故作者先爲吴、蜀二客，盛稱其本土險阻瓌琦，可以偏王。而却爲魏主，述其都畿，弘敞豐麗，奄有諸華之意。言吴、蜀以擒滅比亡國，而魏以交禪比唐虞，既已著逆順，且以爲鑒戒。蓋蜀包梁、岷之資，吴割荆南之富，魏跨中區之衍。考分次之多少，計殖物之衆寡。

分，陳八郎本：去聲。

比風俗之清濁，課士人之優劣，亦不可同年而語矣。二國之士，各沐浴所聞。家自以爲我土樂，人自以爲我民良，皆非通方之論也。作者又因客主之辭，正之以魏都，折之以王道，其物土所出，可得披圖而校。體國經制，可得按記而驗，豈誣也哉。

思歸引序

石季倫

余少有大志，夸邁流俗，弱冠登朝。歷位二十五年，五十以事去官。晚節更樂放逸，篤好林藪，遂肥遁於河陽别業。其制宅也，却阻長堤，前臨清渠。百木幾於萬株，流水周於舍下。

幾，陳八郎本：渠依。

有觀閣池沼，多養魚鳥。家素習技，頗有秦趙之聲。出則以游目弋釣爲事，入則有琴書之娱。又好服食咽氣，志在不朽，傲然有凌雲之操。欻復見牽羈，婆娑於九列。

咽，陳八郎本：伊練。　欻，尤袤本、陳八郎本：許勿。

困於人間煩黷，常思歸而永嘆。尋覽樂篇，有《思歸引》。儻古人之情，有同於今，故制此曲。此曲有絃無歌，今爲作歌辭，以述余懷。恨時無知音者，令造新聲而播於絲竹也。

《文選》音注輯考卷四十六

序　下

豪士賦序

陸士衡

夫立德之基有常，而建功之路不一。何則，循心以爲量者存乎我，因物以成務者系乎彼。存夫我者，隆殺止乎其域。繫乎物者，豐約唯所遭遇。落葉俟微風以隕，而風之力蓋寡。孟嘗遭雍門而泣，而琴之感以末。何者，欲隕之葉，無所假烈風。將墜之泣，不足繁哀響也。是故苟時啓於天，理盡於民，庸夫可以濟聖賢之功，斗筲可以定烈士之業。故曰：才不半古，而功已倍之。蓋得之於時勢也。歷觀古今，徼一時之功，而居伊周之位者有矣。夫我之自我，智士猶嬰其累。物之相物，昆蟲皆有此情。夫以自我之量，而挾非常之勳，神器暉其顧盼，萬物隨其俯仰。心玩居常之安，耳飽從諛之説。豈識乎功在身外，任出才表者哉。且好榮惡辱，有生之所大期。忌盈害上，鬼神猶且不免。人主操其常柄，天下服其大節，故曰天可讎乎。而時有袨服荷戟，立於廟門之下。援旗誓衆，奮於阡陌之上，况乎代主制命，自下財物者哉。廣樹恩不足以敵怨，勤興利不足以補害。故曰：代大匠斲者，必傷其手。

袨，朝鮮正德本、奎章閣本：玄遍。　援，尤袤本李善注：于元切。陳八郎本：于元。

且夫政由甯氏，忠臣所爲慷慨。祭則寡人，人主所不久堪。是以君奭鞅鞅，不悦公旦之舉。高平師師，側目博陸之勢。而成王不遣嫌吝于懷，宣帝若負芒刺於背，非其然者與。

鞅，尤袤本：於亮。陳八郎本：於亮切。

嗟乎，光于四表，德莫富焉。王曰叔父，親莫昵焉。登帝大位，功莫厚焉。守節没齒，忠莫至焉。而傾側顛沛，僅而自全。則伊生抱明允以嬰戮，文子懷忠敬而齒劒，固其所也。因斯以言，夫以篤聖穆親，如彼之懿，大德至忠，如此之盛，尚不能取信於人主之懷，止謗於衆多之口。過此以往，惡睹其可。安危之理，斷可識矣。又况乎饕大名以冒道家之忌，運短才而易聖哲所難者哉。

惡，尤袤本、陳八郎本：烏。　饕，尤袤本、陳八郎本：土高。易，陳八郎本：去聲。　難，陳八郎本：平聲。

身危由於勢過，而不知去勢以求安。禍積起于寵盛，而不知辭寵以招福。見百姓之謀己，則申宫警守，以崇不畜之威。懼萬民之不服，則嚴刑峻制，以賈傷心之怨。

警,集注本引《音决》:景。　畜,集注本引《音决》作"蓄":丑六反。　賈,尤袤本、陳八郎本:古。

然後威窮乎震主,而怨行乎上下。衆心日陊,危機將發,而方偃仰瞪眄,謂足以誇世。笑古人之未工,亡已事之已拙。知曩勳之可矜,暗成敗之有會。

陊,尤袤本、陳八郎本:直氏。　瞪,尤袤本、陳八郎本:直孕。

是以事窮運盡,必於顛仆。風起塵合,而禍至常酷也。聖人忌功名之過己,惡寵禄之逾量,蓋爲此也。夫惡欲之大端,賢愚所共有。而游子殉高位于生前,志士思垂名於身後。受生之分,唯此而已。

仆,集注本引《音决》、尤袤本、陳八郎本:赴。　量,集注本引《音决》:諒。○案:集注本引《音决》"量"字殘脱。　爲,集注本引《音决》:于□□。○案:集注本□處字殘脱,據前卷音,當作"僞反"。　分,集注本引《音决》:扶問反。○案:集注本引《音决》"分"字殘脱。

夫蓋世之業,名莫大焉。震主之勢,位莫盛焉。率意無違,欲莫順焉。借使伊人頗覽天道,知盡不可益,盈難久持,超然自引,高揖而退。

借,集注本引《音决》:子夜反。

則巍巍之盛,仰邈前賢,洋洋之風,俯冠來籍。而大欲不乏於身,至樂無愆乎舊,節彌效而德彌廣,身逾逸而名逾劭。

冠,集注本引《音决》:古翫反。　樂,集注本引《音决》:洛。

此之不爲,彼之必昧,然後河海之迹堙爲窮流,一簣之釁積成山岳。名編凶頑之條,身猒荼毒之痛,豈不謬哉。故聊賦焉,庶使百世少有寤云。

堙,集注本引《音决》:因。　簣,集注本作“匱”,引《音决》:其媿反。　釁,集注本作“舋”,引《音决》:許□□。○案:集注本□處字殘脱,據前卷音,當作“覲反”。　編,集注本引《音决》:必然反。　猒,集注本引《音决》:一艷反。○案:集注本引《音决》“猒”字殘脱。　荼,集注本引《音决》:徒。

三月三日曲水詩序

顔延年

夫方策既載,皇王之迹已殊。鐘石畢陳,舞詠之情不一。雖淵流遂往,詳略異聞,然其宅天衷,立民極,莫不崇尚其道,神明其位。拓世貽統,固萬葉而爲量者也。

拓,集注本作“祏”,引《音决》:他洛反。尤袤本、陳八郎本:土洛。　量,集注本引《音决》:諒。

有宋函夏,帝圖弘遠。高祖以聖武定鼎,規同造物。皇上以叡文承歷,景屬宸居。隆周之卜既永,宗漢之兆在焉。正體毓德於少陽,王宰宣哲於元輔。

函,集注本引《音决》:咸。　夏,集注本引《音决》:下。　屬,集注本引《音决》:之欲反。　毓,集注本引《音决》:以六反。　少,集注本引《音决》:失照反。

晷緯昭應,山瀆效靈。五方雜遝,四隩來暨。

晷,集注本引《音决》:軌。 緯,集注本引《音决》:□。○案:集注本□處字殘脱。 應,集注本引《音决》:於證反。 瀆,集注本引《音决》:讀。 遝,集注本引《音决》:徒合反。尤袤本、陳八郎本:徒合。 隩,集注本引《音决》:於六反,又:烏報反。陳八郎本:於六。 暨,集注本引《音决》:其器反。

選賢建戚,則宅之於茂典。施命發號,必酌之於故實。大予協樂,上庠肆教。章程明密,品式周備。國容眂令而動,軍政象物而具。箴闕記言,校文講藝之官,采遺於内。輶車朱軒,懷荒振遠之使,論德於外。

選,集注本引《音决》:思戀反。 眂,集注本引《音决》:視。 令,集注本引《音决》:力政反。 輶,集注本引《音决》:以留反,又:以受反。 使,集注本引《音决》:所吏反。

赬莖素毳,并柯共穗之瑞,史不絶書。棧山航海,逾沙軼漠之貢,府無虚月。

赬,集注本引《音决》:丑貞反。 毳,集注本引《音决》:昌芮□。尤袤本、陳八郎本:昌鋭。○案:集注本引□處字殘脱,當爲"反"。 航,集注本引《音决》:□郎反。○案:集注本□處字殘脱。 軼,集注本引《音决》:以日反。陳八郎本:余日。

烈燧千城,通驛萬里。穹居之君,内首稟朔。卉服之酋,回面受吏。

燧,集注本引《音决》:遂。 穹,集注本引《音决》:去弓反。 首,集注本引《音决》:獸。 稟,集注本引《音决》:布錦反。 酋,集注本引《音决》:囚。

是以異人慕響,俊民間出。警蹕清夷,表裹悦穆。將徙縣中宇,張樂岱郊。增類帝之宫,飭禮神之館,塗歌邑誦,以望屬車之塵者久矣。

響,集注本引《音决》作"嚮":許亮反。　間,集注本引《音决》:居莧反。　屬,集注本引《音决》:之欲反。　車,集注本引《音决》:居。

日躔胃維,月軌青陸。皇祇發生之始,后王布和之辰。思對上靈之心,以惠庶萌之願。加以二王於邁,出餞戒告。有詔掌故,爰命司歷。獻洛飲之禮,具上巳之儀。

躔,集注本引《音决》:直連反。尤袤本、陳八郎本:直連。　祇,集注本引《音决》:巨支反。　巳,集注本引《音决》:似。

南除輦道,北清禁林,左關岩隥,右梁潮源。略亭皋,跨芝廛,苑太液,懷曾山。松石峻垝,葱翠陰煙,游泳之所攢萃,翔驟之所往還。

隥,集注本引《音决》:□□反。尤袤本、陳八郎本:都鄧。○案:集注本□處字漫漶。　跨,集注本引《音决》:苦化反。　廛,集注本引《音决》:直連反。　液,集注本引《音决》:亦。　垝,集注本引《音决》:古毁反。陳八郎本:古毁。　攢,集注本引《音决》:在丸反。陳八郎本:在官。　萃,集注本引《音决》:遂。

於是離宫設衛,别殿周徼。旌門洞立,延帷接枑。閱水環階,引池分席。春官聯事,蒼靈奉途。

徼,集注本引《音决》、尤袤本、朝鮮正德本、奎章閣本:叫。　枑,集注本引《音决》:護。朝鮮正德本、奎章閣本:牙。○案:正德本、奎章閣本"牙"爲"𠄠"字之訛。𠄠即互。　閱,集注本引

《音决》:悦。

然後昇秘駕,胤緹騎,摇玉鸞,發流吹,天動神移,淵旋雲被,以降於行所,禮也。

緹,集注本引《音决》:□□反。尤袤本、陳八郎本:徒兮。○案:集注本□處漫漶。 吹,集注本引《音决》:昌□反。○案:集注本□處漫漶。 被,集注本引《音决》:皮義反。

既而帝暉臨幄,百司定列,鳳蓋俄軫,虹旗委旆。肴蔌芬藉,觴醳泛浮。

幄,集注本引《音决》:於角反。 旆,集注本引《音决》:□外反。○案:集注本引《音决》"旆"字及□處字漫漶。 肴,集注本引《音决》:下交反。 蔌,集注本引《音决》、陳八郎本:速。醳,集注本引《音决》、尤袤本、陳八郎本:亦。

妍歌妙舞之容,銜組樹羽之器,三奏四上之調,六莖九成之曲。競氣繁聲,合變爭節。

上,集注本引《音决》:如字,或時掌反,非也。 調,集注本引《音决》:徒吊反。

龍文飾轡,青翰侍御。華裔殷至,觀聽騖集。揚袂風山,舉袖陰澤。靚莊藻野,袨服縟川。故以殷賑外區,焕衍都内者矣。

靚,集注本引《音决》:才性反。陳八郎本:静。 袨,集注本引《音决》:胡縣反。 縟,集注本引《音决》:辱。 殷,尤袤本、陳八郎本:隱。 賑,陳八郎本:軫。 焕,集注本引《音决》:火翫反。

上膺萬壽,下褆百福。市筵稟和,閨堂依德。情盤景遽,歡洽日斜。金駕揔駟,聖儀載佇。悵鈞台之未臨,慨酆宫之不縣。方且排鳳闕以高游,開爵園而廣宴。并命在位,展詩發志。則夫誦美有章,陳言無愧者歟。

褆,集注本引《音决》:市移反。尤袤本、陳八郎本:氏移。稟,集注本引《音决》:布錦反。　閨,集注本引五家音:合。遽,集注本引《音决》:其慮反。　排,集注本引《音决》:步皆反。

三月三日曲水詩序

王元長

臣聞出豫爲象,鈞天之樂張焉。時乘既位,御氣之駕翔焉。是以得一奉宸,逍遥襄城之域。體元則大,悵望姑射之阿。然窅眇寂寥,其獨適者已。

宸,集注本引《音决》:辰。　射,集注本引《音决》:夜。集注本引五家音、陳八郎本:亦。　窅,陳八郎本:烏鳥。　眇,集注本引《音决》:□小反。○案:集注本□處字殘脱。

至如夏后兩龍,載驅璿台之上,穆滿八駿,如舞瑶水之陰。亦有饗雲,固不與萬民共也。

驅,集注本引《音决》作"駈":丘具反。　璿,集注本引《音决》:旋。　瑶,集注本引《音决》:遥。　饗,集注本引《音决》:許兩反。

我大齊之握機創歷,誕命建家,接禮貳宫,考庸太室。幽明獻期,雷風通饗。昭華之珍既徙,延喜之玉攸歸。革宋受天,保生萬國。度邑静鹿丘之嘆,遷鼎息大坰之慙。

度,集注本引《音决》:□洛反。尤袤本:時洛。陳八郎本:待洛。〇案:集注本□處字殘脱。又尤袤本"時"爲"待"字之訛。

坰,集注本引《音决》:□□反。陳八郎本:古螢。〇案:集注本□處字殘脱。

紹清和於帝猷,聯顯懿於王表。駿發開其遠祥,定爾固其洪業。皇帝體膺上聖,運鍾下武,冠五行之秀氣,邁三代之英風。昭章雲漢,暉麗日月。牢籠天地,彈壓山川。設神理以景俗,敷文化以柔遠。澤普氾而無私,法含弘而不殺。

冠,集注本引《音决》:古翫反。　牢,集注本引《音决》:力刀反。　彈,集注本引《音决》:直單反。　壓,集注本引《音决》:烏甲反。　弘,集注本引《音决》作"毅":魚既反,或□。〇案:集注本引《音决》□處蓋即異文"弘"字。　殺,集注本引《音决》:□界反。〇案:集注本□處字漫漶。

猶且具明廢寢,昃晷忘餐。念負重於春冰,懷御奔於秋駕。可謂巍巍弗與,蕩蕩誰名。秉靈圓而非泰,涉孟門其何嶮。

晷,集注本引《音决》:軌。　嶮,集注本引《音决》:許儉反。

儲后睿哲在躬,妙善居質。内積和順,外發英華。斧藻至德,琢磨令範。言炳丹青,道潤金璧。出龍樓而問豎,入虎闈而齒胄。愛敬盡於一人,光耀究於四海。

睿,集注本引《音决》:以芮反。　琢,集注本引《音决》:丁角反。　令，集注本引《音决》：力政反，下皆同。　豎，集注本引《音决》：時主反。　盡，集注本引《音决》：子忍反。

若夫族茂麟趾，宗固磐石，跨掩昌姬，韜軼炎漢。

跨，集注本引《音决》：苦化反。　掩，集注本作“䠨”，引《音决》：女展反。陳八郎本亦作“䠨”，音：女展。　韜，集注本引《音决》：吐刀反。○案：集注本引《音决》“韜”字漫漶。　軼，集注本引《音决》：逸，

元宰比肩於尚父，中鉉繼踵乎周南。分陝流勿翦之歡，來仕允克施之譽。莫不如珪如璋，令聞令望，朱芾斯皇，室家君王者也。

父，集注本引《音决》：甫。　鉉，集注本引《音决》：胡犬反。　踵，集注本引《音决》：之重反。　陝，集注本引《音决》：式冉反。　聞，集注本引《音决》：問。　芾，集注本引《音决》：弗。陳八郎本：方勿。

本枝之盛如此，稽古之政如彼，用能免羣生於湯火，納百姓於休和。草萊樂業，守屏稱事。

稽，集注本引《音决》：吉兮反。　樂，集注本引《音决》：洛。　守，集注本引《音决》：狩。　屏，集注本引《音决》：必静反。　稱，集注本引《音决》：尺證反。

引鏡皆明目，臨池無洗耳。沈冥之怨既缺，薖軸之疾已消。興廉舉孝，歲時於外府。署行議年，日夕於中甸。

冥，集注本引《音决》：亡丁反。　薖，集注本引《音决》：苦戈

反。尤袤本李善注：苦和切。陳八郎本：苦和。　軸，集注本引《音决》：逐。　行，集注本引《音决》：下孟反。陳八郎本：去聲。

協律摠章之司，厚倫正俗。崇文成均之職，導德齊禮。挈壺宣夜，辯氣朔於靈台。書笏珥彤，紀言事於仙室。

挈，集注本作"契"，引《音决》：苦結反。　笏，集注本引《音决》：忽。　珥，集注本引《音决》：二。　彤，集注本引《音决》：大冬反。

褰帷斷裳，危冠空履之吏。彯摇武猛，扛鼎揭旗之士。

褰，集注本引《音决》：去連反。　斷，集注本引《音决》：短。　彯，集注本引《音决》：匹遥反。　扛，集注本引《音决》：江。　揭，集注本引《音决》：其列反。陳八郎本：渠列。

勤恤民隱，糾逖王慝。射集隼於高墉，繳大風於長隧。不仁者遠，惟道斯行。

逖，集注本引《音决》：他狄反。陳八郎本：士力。朝鮮正德本、奎章閣本：土力。〇案：陳八郎本"士"爲"土"字之訛。　慝，集注本引《音决》：他勒反。朝鮮正德本、奎章閣本：土德反。　射，集注本引《音决》作"䠶"，音：石。　隼，集注本引《音决》：笋。　墉，集注本引五家音：容。　繳，集注本引《音决》：灼。陳八郎本：之若。　隧，集注本引《音决》：遂。

讒莠蔑聞，攘爭掩息。稀嗚桴於砥路，鞠茂草於圓扉。

莠，集注本引《音决》：酉。　攘，集注本引《音决》：而良反。

爭,集注本引《音决》:諍。　掩,集注本作"揜",引《音决》:奄。

桴,集注本引《音决》:浮。陳八郎本:伏流。　砥,集注本引《音决》:旨。

耆年闕市井之游,稚齒豐車馬之好,宫鄰昭泰,荒憬清夷。

好,集注本引《音决》:秏。　憬,集注本引《音决》:居永反。尤袤本:九永。陳八郎本:九永切。

侮食來王,左言入侍。離身反踵之君,髽首貫胸之長,屈膝厥角,請受纓縻。

髽,集注本引《音决》:□□反。尤袤本、陳八郎本:側麻。○案:集注本□處字漫漶。　長,集注本引《音决》:丁丈反。厥,集注本引《音决》作"蹶":居月反。　縻,集注本引五家音:靡。

文鉞碧砮之琛,奇幹善芳之賦。紈牛露犬之玩,乘黄兹白之駟。盈衍儲邸,充仞郊虞。匭牘相尋,鞮譯無曠。

鉞,集注本引《音决》:越。　砮,集注本引《音决》:奴。○案:集注本引《音决》"砮"字漫漶。　琛,集注本引《音决》:丑今反。　紈,集注本引《音决》:丸。　乘,集注本引《音决》:時證反。　邸,集注本引《音决》:丁礼反。　仞,集注本引《音决》作"牣",音:刃。　匭,集注本引《音决》:軌。　牘,集注本引《音决》作"躅":直緑反。朝鮮正德本、奎章閣本亦作"躅",音:直緑。

鞮,集注本引《音决》:□□反。陳八郎本:丁兮。○案:集注本□處字漫漶。　譯,集注本引《音决》:亦。

一尉候於西東，合車書於南北。暢轂埋轔轔之轍，綏旍卷悠悠之斾。四方無拂，五戎不距，偃革辭軒，銷金罷刃。

轂，集注本引《音决》：谷。 轔，集注本引《音决》：力人反。陳八郎本：鱗。 轍，集注本引《音决》：大列反。○案：轍爲澄母，大爲定母，舌音未分化。 綏，集注本引《音决》：如維反。尤袤本：而惟。陳八郎本作"緌"，音：而帷。 卷，集注本引《音决》：居勉反。 拂，集注本引《音决》：扶弗反，又：步筆反。陳八郎本：扶勿。 銷，集注本引《音决》：消。

天瑞降，地符升。澤馬來，器車出。紫脱華，朱英秀。佞枝植，歷草孳。

脱，集注本引《音决》：他活反。 孳，集注本引《音决》：兹。

雲潤星暉，風揚月至。江海呈象，龜龍載文。方握河沈璧，封山紀石，邁三五而不追，踐八九之遥迹。功既成矣，世既貞矣，信可以優游暇豫，作樂崇德者歟。于時青鳥司開，條風發歲，粤上斯巳，惟暮之春，同律克和，樹草自樂。禊飲之日在兹，風舞之情咸蕩。去肅表乎時訓，行慶動於天矚。

巳，集注本引《音决》：似。 樂，集注本引《音决》：洛。禊，集注本引《音决》：何計反。 矚，集注本引《音决》：之欲反。

載懷平圃，乃睠芳林。芳林園者，福地奥區之湊，丹陵若水之舊。殷殷均乎姚澤，膴膴尚於周原。狹豐邑之未宏，陋譙居之猶褊。

睠，集注本引《音决》：卷。 奥，集注本引《音决》：烏報反。湊，集注本引《音决》：七奏反。 殷，集注本引《音决》：□，下同。尤袤本、陳八郎本：上聲。○案：集注本□處字殘脱。卷五《吴都賦》"殷動宇宙"，集注本引《音决》"殷音隱"。此處脱字當即"隱"。　膴，集注本引《音决》：武。陳八郎本：無禹。

求中和而經處，揆景緯以裁基。飛觀神行，虚檐雲構。

處，集注本引《音决》：昌吕反。　觀，集注本引《音决》：古翫反。　檐，集注本引五家：琰廉反。尤袤本：鹽。陳八郎本：塩。

離房乍設，層樓間起。負朝陽而抗殿，跨靈沼而浮榮。鏡文虹於綺疏，浸蘭泉於玉砌。

層，集注本引《音决》：曾。　間，集注本引《音决》：居莧反。　抗，集注本引《音决》：口浪反。　虹，集注本引《音决》：紅。　浸，集注本引《音决》：子鴆反。　砌，集注本引《音决》：七計反。

幽幽叢薄，秩秩斯干。曲拂邅迴，潺湲徑復。新荓泛沚，華桐發岫。雜夭采於柔荑，亂嚶聲於緜羽。

拂，集注本引《音决》：弼。　邅，集注本引《音决》：直連反，又：陟連反。　潺，集注本引《音决》：士連反。　湲，集注本引《音决》：爲連反。　復，集注本引《音决》：伏。　夭，集注本引五家音、陳八郎本：平聲。　荑，集注本引《音决》：大兮反。陳八郎本：啼。

禁軒承幸，清宫俟宴。緹帷宿置，帟幕宵懸。

緹，集注本引《音决》：大兮反。陳八郎本：啼。　帟，集注本引《音决》：亦。　幕，集注本引《音决》：莫。

既而滅宿澄霞,登光辨色。式道執殳,展軨效駕。徐鑾警節,明鍾暢音。

宿,集注本引《音决》:秀。 軨,集注本引《音决》:力丁反。陳八郎本:零。 鑾,集注本引《音决》:力丸反。

七萃連鑣,九斿齊軌。建旗拂霓,揚葭振木。

萃,集注本引《音决》:遂。 鑣,集注本引《音决》:布苗反。斿,集注本引《音决》:流。集注本引五家音、尤袤本、陳八郎本:由。 霓,集注本引《音决》:魚兮反。 葭,集注本引《音决》:加。

魚甲煙聚,貝胄星羅。重英曲瑵之飾,絶景遺風之騎。昭灼甄部,駔駿函列。虎視龍超,雷駭電逝。轟轟隱隱,紛紛軫軫,羌難得而稱計。

重,集注本引《音决》:逐龍反。 瑵,集注本引《音决》:爪、早二音。尤袤本、陳八郎本:側絞。 甄,集注本引《音决》:吉然反。 駔,集注本引《音决》:子朗反。尤袤本:杜朗。陳八郎本:祖朗。〇案:尤袤本"杜"爲"祖"字之訛。 函,集注本引《音决》:含。

爾乃回輿駐罕,嶽鎮淵渟,睟容有穆,賓儀式序。授几肆筵,因流波而成次,蕙肴芳醴,任激水而推移。

駐,集注本引《音决》:丁住反。 渟,集注本引五家音、陳八郎本:亭。 睟,集注本引《音决》、陳八郎本:遂。 蕙,集注本引《音决》:惠。 肴,集注本引《音决》:下交反。 醴,集注本引《音决》:礼。 任,集注本引《音决》:而鴆反。

葆佾陳階，金匏在席。戚奏翿舞，籥動邠詩。

葆，集注本引《音决》、陳八郎本：保。　匏，集注本引《音决》：白交反。　籥，集注本引《音决》：以灼反。　邠，集注本引《音决》：布貧反。陳八郎本：豳。

召鳴鳥于弇州，追伶倫於嶰谷。發參差於王子，傳妙靡於帝江。

弇，集注本引《音决》：奄。尤袤本、陳八郎本：奄。　伶，集注本引《音决》：力丁反。　嶰，集注本引《音决》：居買反。　參，集注本引《音决》：初今反。　差，集注本引《音决》：初宜反。

正歌有闋，羽觴無算。上陳景福之賜，下獻南山之壽。信凱讌之在藻，知和樂於食苹。桑榆之陰不居，草露之滋方渥。有詔曰：今日嘉會，咸可賦詩。凡四十有五人，其辭云爾。

闋，集注本引《音决》：苦穴反。陳八郎本：缺。　壽，集注本引《音决》：市又反。　藻，集注本引《音决》：早。　樂，集注本引《音决》：洛。　苹，集注本引《音决》作"萍"：步銘反。　榆，集注本引《音决》：以朱反。　渥，集注本引《音决》：於角反。

王文憲集序

任彦昇

公諱儉，字仲寶，琅邪臨沂人也。其先自秦至宋，國史家諜詳焉。晋中興以來，六世名德，海内冠冕。古語云：仁人之利，天道運行。故吕虔歸其佩刀，郭璞誓以淮水。若離翦之止殺，吉駿之誠感，蓋有助焉。

沂，尤袤本、陳八郎本：魚依。　諜，尤袤本、陳八郎本：待協。朝鮮正德本、奎章閣本：徒協。

公之生也，誕授命世，體三才之茂，踐得二之機。信乃昴宿垂芒，德精降祉。有一于此，蔚爲帝師。況乃淵角殊祥，山庭異表。望衢罕窺其術，觀海莫際其瀾。宏覽載籍，博游才義。若乃金版玉匱之書，海上名山之旨，沈鬱澹雅之思，離堅合異之談，莫不揔制清衷，遞爲心極。斯固通人之所包，非虛明之絶境，不可窮者，其唯神用者乎。然檢鏡所歸，人倫以表，雲屋天構，匠者何。自咸洛不守，憲章中輟。賀生達禮之宗，蔡公儒林之亞，闕典未補，大備兹日。至若齒危髮秀之老，含經味道之生，莫不北面人宗，自同資敬。性託夷遠，少屏塵雜，自非可以弘獎風流，增益標勝，未嘗留心。

勝，《文選音》：勝□。○案：敦煌本《文選音》□處字殘。

朞歲而孤，叔父司空簡穆公，早所器異。年始志學，家門禮訓，皆折衷於公。孝友之性，豈伊橋梓。夷雅之體，無待韋弦。汝郁之幼挺淳至，黄琬之早標聰察，曾何足尚。年六歲，襲封豫寧侯，拜日，家人以公尚幼，弗之先告。既襲珪組，對揚王命，因便感咽，若不自勝。

折，《文選音》：之熱。　衷，尤袤本、陳八郎本：丁仲。　便，《文選音》：便面。　咽，《文選音》：一結。　勝，《文選音》：升。

初，宋明帝居蕃，與公母武康公主素不協。及即位，有詔廢毁舊塋，投棄棺柩。公以死固請，誓不遵奉，表啓酸切，義感人神。太宗聞而悲之，遂無以奪也。初拜秘書郎，遷太子舍人，以選尚公主，拜駙馬都尉。元徽初，遷秘書丞。於是采公曾之《中經》，刊弘度之四部，依劉歆《七略》，更撰《七志》。蓋嘗賦詩云：稷契匡虞夏，伊吕翼商周。自是始有應務之迹，生民屬心矣。

刊，《文選音》：可干。　契，《文選音》：思列。　應，《文選音》：□。○案：敦煌本□處字殘壞。

時司徒袁粲，有高世之度，脱落塵俗。見公弱齡，便望風推服，嘆曰：衣冠禮樂在是矣。時粲位亞台司，公年始弱冠，年勢不侔，公與之抗禮。因贈粲詩，要以歲暮之期，申以止足之戒。粲答詩曰：老夫亦何寄，之子照清襟。

粲，《文選音》：□旦。○案：敦煌本□處字殘脱。　齡，《文選音》作“令”，音：零。　曰，《文選音》：越。　冠，《文選音》：古乱。　襟，《文選音》：今。

服闋，拜司徒右長史，出爲義興太守，風化之美，奏課爲最，還除給事黄門侍郎，旬日，遷尚書吏部郎，参選。昔毛玠之公清，李重之識會，兼之者公也。

闋，《文選音》：苦穴。　長，《文選音》：知丈。　守，《文選音》：狩。　課，《文選音》：苦戈。

俄遷侍中，以愍侯始終之職，固辭不拜。補太尉右長史。時聖武定業，肇基王命，寤寐風雲，實資人傑。

肇，《文選音》：兆。○案：敦煌本“肇”字殘脱。　傑，《文選音》：巨列。

是以宸居膺列宿之表，圖緯著王佐之符。俄遷左長史。齊台初建，以公爲尚書右僕射，領吏部，時年二十八。

宸,《文選音》:辰。 宿,《文選音》:秀。 著,《文選音》:知慮。○案:敦煌本"知"爲殘字,疑原作"智"。

宋末艱虞,百王澆季,禮紊舊宗,樂傾恒軌。自朝章國紀,典彝備物,奏議符策,文辭表記,素意所不蓄,前古所未行,皆取定俄頃,神無滯用。

紊,《文選音》:問。 蓄,《文選音》:丑六。 頃,《文選音》:去穎。

太祖受命,以佐命之功,封南昌縣開國公,食邑二千户。建元二年,遷尚書左僕射,領選如故。自營郃分司,盧欽兼掌,譽望所歸,允集兹日。尋表解選,詔加侍中,又授太子詹事侍中,僕射如故,固辭侍中,改授散騎常侍,餘如故。

營,陳八郎本:役瓊。 郃,陳八郎本:烏荅。 日,《文選音》:人一。 詹,《文選音》:占。 射,《文選音》:夜。

太祖崩,遺詔以公爲侍中、尚書令、鎮國將軍。永明元年,進號衛將軍。二年,以本官領丹陽尹。六輔殊風,五方異俗,公不謀聲訓,而楚夏移情,故能使解劍拜仇,歸田息訟。

令,《文選音》:力政。 仇,《文選音》:求。

前郡尹温太真、劉真長,或功銘鼎彝,或德標素尚,臭味風雲,千載無爽,親加吊祭,表薦孤遺,遠協神期,用彰世祀。

標,《文選音》:必昭。 臭,《文選音》作"臰",音:昌又。

時簡穆公薨,以撫養之恩,特深恒慕,表求解職,有詔不許。國學初興,華夷慕義,經師人表,允資望實。復以本官領國子祭酒。三年,解丹陽尹,領太子少傅,餘悉如故。挂服捐駒,前良取則,卧轍棄子,後予胥怨。

捐,《文選音》:以專。　駒,《文選音》:俱。

皇太子不矜天姿,俯同人范,師友之義,穆若金蘭。又領本州大中正,頃之解職。四年,以本號開府儀同三司,餘悉如故。謙光愈遠,大典未申。六年,又申前命。七年,固辭選任,帝所重違。詔加中書監,猶參掌選事。長輿追專車之恨,公曾甘鳳池之失。夫奔競之途,有自來矣。以難知之性,協易失之情。必使無訟,事深弘誘。公提衡惟允,一紀於兹,拔奇取異,興微繼絶。望側階而容賢,候景風而式典。春秋三十有八,七年五月三日,薨于建康官舍。皇朝軫慟,儲鉉傷情,有識銜悲,行路掩泣。豈直舂者不相,工女寢機而已哉。故以痛深衣冠,悲纏教義,豈非功深砥礪,道邁舟航。没世遺愛,古之益友。追贈太尉,侍中、中書監如故,給節,加羽葆鼓吹,增班劍六十人,謚曰文憲,禮也。

葆,陳八郎本:保。

公在物斯厚,居身以約,玩好絶於耳目,布素表於造次。室無姬姜,門多長者,立言必雅,未嘗顯其所長。持論從容,未嘗言人所短。弘奬風流,許與氣類,雖單門後進,必加善誘。勖以丹霄之價,弘以青冥之期。公銓品人倫,各盡其用,居厚者不矜其多,處薄者不怨其少。窮涯而反,盈量知歸。

處,《文選音》:處与。　涯,《文選音》:崖。　量,《文選音》:力上。

皇朝以治定制禮，功成作樂，思我民譽，緝熙帝圖。雖張曹争論於漢朝，荀摯競爽於晋世，無以仰摸淵旨，取則後昆。

緝，《文選音》：七入。　論，《文選音》：力頓。　摯，《文選音》、尤袤本、陳八郎本：至。　摸，《文選音》：莫于。

每荒服請罪，遠夷慕義，宣威授指，實寄宏略。理積則神無忤往，事感則悦情斯來。無是己之心，事隔於容諂。罕愛憎之情，理絶於毁譽。造理常若可干，臨事每不可奪。約己不以廉物，弘量不以容非。攻乎異端，歸之正義。

忤，《文選音》：誤。　譽，《文選音》：余。　己，《文選音》：紀。　量，《文選音》：力上。

公生自華宗，世務簡隔。至於軍國遠圖，刑政大典，既道在廊廟，則理擅民宗。若乃明練庶務，鑒達治體，懸然天得，不謀成心，求之載籍，翰牘所未紀，訊之遺老，耳目所不接。

擅，《文選音》：禪。　治，《文選音》：治吏。

至若文案自環，主者百數，皆深文爲吏，積習成姧。蓄筆削之刑，懷輕重之意。公乘理照物，動必研幾，當時嗟服，若有神道。豈非希世之儁民，瑚璉之宏器。

數，《文選音》：□主。○案：敦煌本□處字殘脱。

昉行無異操，才無異能，得奉名節，迄將一紀。一言之譽，東陵侔於西山，一眄之榮，鄭璞逾於周寶。士感知己，懷此何極，出入禮闈，朝夕舊館，瞻棟宇而興慕，撫身名而悼恩。

昉,《文選音》:方往。 行,《文選音》:下孟。 操,《文選音》:七到。 侔,《文選音》:牟。

公自幼及長,述作不倦,固以理窮言行,事該軍國,豈直雕章縟采而已哉。

行,《文選音》:下孟。 該,《文選音》:古來。 縟,《文選音》:而玉。 已,《文選音》:以。

若乃統體必善,綴賞無地,雖楚趙群才,漢魏衆作,曾何足云,曾何足云。昉嘗以筆札見知,思以薄技效德,是用綴緝遺文,永貽世範,爲如干秩,如干卷。所撰《古今集記》《今書七志》,爲一家言,不列於集,集录如左。

昉,《文選音》:方往。 綴,《文選音》:竹衛。

《文選》音注輯考卷四十七

頌

王子淵《聖主得賢臣頌》一首

揚子雲《趙充國頌》一首

史孝山《出師頌》一首

劉伯倫《酒德頌》一首

陸士衡《漢高祖功臣頌》一首

贊

夏侯孝若《東方朔畫贊》一首

袁彦伯《三國名臣序贊》一首

頌

聖主得賢臣頌

王子淵

夫荷旃被毳者,難與道純緜之麗密。

曰,《文選音》:越。〇案:集注本、室町本句首有"曰"字,《文選音》與之同。　夫,集注本引《音决》:扶。　荷,《文選音》:乎可。集注本引《音决》:何可反。　旃,《文選音》:之延。集注本引《音决》:之然反。　被,《文選音》:被義。集注本引《音决》:皮義反。　毳,《文選音》:昌鋭。集注本引《音决》:充芮反。

羹藜唅糗者,不足與論太牢之滋味。

藜,《文選音》:力兮。集注本引《音决》:力兮反。　唅,《文選音》、陳八郎本:含。《漢書》引服虔:含。集注本、北宋本及尤袤本李善注引服虔:含。　糗,《文選音》:去友。集注本引《音决》:去久反。顔師古:丘九反,又音昌少反。陳八郎本:去久。　滋,《文選音》作"嗞",音:兹。

今臣僻在西蜀,生於窮巷之中,長於蓬茨之下。無有游觀廣覽之知,顧有至愚極陋之累。不足以塞厚望、應明旨。雖然,敢不略陳愚心而杼情素。

僻,集注本引《音决》:匹亦反。《漢書》作"辟",顔師古:讀曰僻。　長,《文選音》:知丈。集注本引《音决》:丁丈反。　茨,《文選音》:疾尸。集注本引《音决》:在兹反。顔師古:才私反。　觀,集注本引《音决》:古翫反。　知,《文選音》作"智",音:知。　累,《文選音》:力瑞。集注本引《音决》、顔師古:力瑞反。　塞,集注本引《音决》:先得反。　應,集注本引《音决》:於證反。　杼,《文選音》:常与。集注本引《音决》:時與反。顔師古:食汝反。

《記》曰:恭惟《春秋》法五始之要,在乎審己正統而已。

曰,《文選音》:越。　恭,集注本引《音决》作"共",音:恭。《漢書》作"共",顔師古:讀曰恭。　要,集注本引《音决》:一照反。　己,集注本引《音决》:紀。　已,《文選音》:以。

夫賢者,國家之器用也。所任賢,則趨舍省而功施普。器用利,則用力少而就效衆。故工人之用鈍器也,勞筋苦骨,終日矻矻。

任,《文選音》:而鴆。集注本引《音决》:而鴆反,下同。 趨,顔師古:讀曰趣。 舍,《文選音》:失也。集注本引《音决》:捨。 省,《文選音》:所景。集注本引《音决》:所景反。 施,《文選音》:失豉。集注本引《音决》:舒智反。 衆,集注本引《音决》:之仲反。 鈍,集注本引《音决》:徒頓反。 筋,《文選音》、集注本引《音决》:斤。 日,《文選音》:人一。 矻,《文選音》:苦骨。集注本引《音决》作"訖":苦没反,莊周作褃,同。顔師古:口骨反。北宋本及尤袤本李善注、陳八郎本:苦骨切。〇案:集注本引《音决》"訖""褃"二字疑誤。

及至巧冶鑄干將之璞,清水淬其鋒,越砥斂其鍔。

冶,《文選音》、集注本引五家音:也。〇案:集注本引五家音,"冶"前涉下劉良曰而衍"劉"字。 鑄,《文選音》:之戍。集注本引《音决》:之樹反。 璞,集注本引《音决》:普角反。 淬,《文選音》:之對、子妹二反。集注本引《音决》:曹,七對反,蕭,子妹反。《漢書》作"焠",顔師古:千内反。北宋本及尤袤本李善注:子妹切。陳八郎本:子會。 【附】集注本李善注:郭璞《三倉解詁》云:焠,作刀鑒也。鑒,工練反。北宋本及尤袤本作工練切。 鋒,集注本引《音决》:芳逢反。 砥,《文選音》、集注本引《音决》:旨。 鍔,《文選音》:五各。集注本引《音决》:魚各反。《漢書》作"咢",顔師古:五各反。

水斷蛟龍,陸剸犀革,忽若篲氾畫塗。

斷,《文選音》:徒管。集注本引《音决》:多管反。　蛟,《文選音》:交。集注本引五家音:交。　剸,《文選音》:之兖、大丸二反。集注本引《音决》:之兖反。顔師古:之兗反,又音徒官反。北宋本及尤袤本李善注引《漢書音義》:章兖切。奎章閣本:章兖。　犀,《文選音》:西。　篲,《文選音》:息醉。集注本引《音决》:在歲反。集注本、北宋本及尤袤本李善注引如淳:遂。　氾,《文選音》:泛。集注本引《音决》:芳劒反。　畫,《文選音》、集注本引《音决》:獲。〇案:尤袤本“畫”誤刻作“晝”。

如此,則使離婁督绳、公輸削墨,雖崇臺五層,延袤百丈,而不溷者,工用相得也。

婁,《文選音》:力侯。集注本引《音决》:樓。　輸,集注本引《音决》:式朱反。　削,集注本引《音决》:思略反。　層,《文選音》:才恒。集注本引《音决》:在登反。　袤,《文選音》、集注本引《音决》、陳八郎本:茂。　溷,《文選音》:乎困。集注本引《音决》:故困反。顔師古:胡頓反。北宋本及尤袤本李善注:胡困切。

庸人之御駑馬,亦傷吻獘筴,而不進於行。胷喘膚汗,人極馬倦。及至駕齧膝,驂乘旦。

駑,集注本引《音决》:奴。　吻,《文選音》:亡粉。集注本引《音决》:亡粉反。　筴,集注本引《音决》:初革反,古策字。　喘,《文選音》:昌兖。集注本引《音决》:昌兖反。　膚,集注本引《音决》:夫。　汗,《文選音》:乎旦。　齧,《文選音》:五結。集注本引《音决》:魚結反。　驂,《文選音》作“參”,音:七甘。

乘,《文選音》:剩。集注本引《音决》:時證反。顔師古:食證反。陳八郎本:去聲。

王良執靶,韓哀附輿。縱騁馳騖,忽如影靡。過都越國,蹶如歷塊。追奔電,逐遺風。

靶,集注本引《音决》:霸。《文選音》、《漢書》引晋灼、北宋本及尤袤本李善注引《音義》、陳八郎本:霸。　騖,《文選音》:尾付。　過,集注本引《音决》:古卧反。　蹶,《文選音》:古月。集注本引《音决》:古月反。　塊,《文選音》:苦外。集注本引《音决》:苦對反。顔師古:口内反。

周流八極,萬里一息,何其遼哉。人馬相得也。故服絺綌之凉者,不苦盛暑之鬱燠。襲狐貉之煖者,不憂至寒之凄滄。何則,有其具者易其備。

絺,《文選音》:丑之。集注本引《音决》:丑夷反。　綌,《文選音》作"綌",音:去逆。集注本亦作"綌",引《音决》:去逆反。　燠,《文選音》:於菊。集注本引《音决》、顔師古:於六反。　貉,《文選音》:乎各。集注本作"狢",引《音决》:胡各反。　煖,《文選音》:乃管。集注本引《音决》:奴管反,蕭:香遠反。《漢書》作"煗",顔師古:乃短反。　易,《文選音》:以豉。集注本引《音决》:以智反,下同。

賢人君子,亦聖王之所以易海内也。是以嘔喻受之,開寬裕之路,以延天下之英俊也。

嘔,《文選音》、陳八郎本:吁。集注本引《音决》:況于反。顔師古:於付反。北宋本、尤袤本:一侯切。 喻,集注本引《音决》:以朱反。陳八郎本:俞。 裕,《文選音》:以句。集注本引《音决》:喻。

夫竭智附賢者,必建仁策。索人求士者,必樹伯迹。昔周公躬吐握之勞,故有圄空之隆。齊桓設庭燎之禮,故有匡合之功。由此觀之,君人者勤於求賢而逸於得人,人臣亦然。

索,《文選音》:所革。集注本引《音决》:所格反。 伯,《文選音》:霸。集注本引《音决》:覇。 握,《文選音》作"捉",音:側角。 圄,集注本引《音决》:語。 燎,集注本引《音决》:力召反。

昔賢者之未遭遇也,圖事揆策,則君不用其謀。陳見悃誠,則上不然其信。

揆,《文選音》:巨水。 見,《文選音》:現。集注本引《音决》:何殿反。 悃,《文選音》、陳八郎本:苦本。集注本引《音决》:苦本反。顏師古:口本反。北宋本及尤袤本李善注:苦本切。

進仕不得施效,斥逐又非其愆。是故伊尹勤於鼎俎,太公困於鼓刀。百里自鬻,甯戚飯牛,離此患也。

效,集注本作"効",引《音决》:何教反。 斥,《文選音》:赤。 愆,《文選音》作"諐",音:去焉。集注本作"僁",引《音决》:去乾反。 俎,《文選音》:莊吕。 鬻,《文選音》作"粥",音:以六。集注本引《音决》:以六反。 甯,《文選音》:乃定。 飯,《文選音》:扶反。集注本引《音决》:扶遠反。○案:集注本引《音决》脱“飯”字。

及其遇明君、遭聖主也,運籌合上意,諫諍則見聽。進退得關其忠,任職得行其術。去卑辱奥渫而升本朝,離蔬釋蹻而享膏粱。

籌,集注本引《音决》:直留反。 諍,《文選音》:疰更。集注本引《音决》作“争”,音:諍。 奥,《文選音》、陳八郎本:於六。集注本引《音决》:郁。北宋本及尤袤本李善注引如淳:郁。 渫,《文選音》:思列。集注本引《音决》:思列反。顔師古:先列反。陳八郎本:薛。 升,《文選音》作“陞”,音:升反。○案:《文選音》“反”字衍。 朝,集注本引《音决》:直遥反。 離,集注本引《音决》:力智反。 蔬,《文選音》:所居。集注本引《音决》:所居反。 蹻,《文選音》作“屩”,音:居略。集注本引《音决》亦作“屩”:居略反。顔師古:居略反。陳八郎本:脚。 享,集注本引《音决》:許兩反。

剖符錫壤而光祖考,傳之子孫以資説士。故世必有聖智之君,而後有賢明之臣。虎嘯而谷風洌,龍興而致雲氣。蟋蟀俟秋吟,蜉蝣出以陰。

剖,集注本引《音决》:普厚反。 説,集注本引《音决》、陳八郎本:悦。 洌,《文選音》、集注本引《音决》、顔師古:列。 蟋,《文選音》、集注本引《音决》:悉。 蟀,《文選音》、集注本引《音决》:率。 蜉,《文選音》、集注本引《音决》、陳八郎本:浮。 蝣,集注本引《音决》:游,或爲蝤,同。《文選音》、陳八郎本作“蝤”,音:由。《漢書》亦作“蝤”,顔師古:由,字亦作蝣,其音同也。

《易》曰:飛龍在天,利見大人。《詩》曰:思皇多士,生此王國。故世平主聖,俊乂將自至。若堯、舜、禹、湯、文、武之君,獲稷、契、皋陶、伊尹、吕望之臣。明明在朝,穆穆列布。

曰,《文選音》:越,下同。　乂,《漢書》作"艾",顔師古:讀曰乂。　契,《文選音》作"偰",音:思列。集注本引《音决》:思列反。顔師古:讀與卨同,字本作偰,後從省耳。　皋,《文選音》:古刀。　陶,《文選音》、集注本引《音决》:遥。

聚精會神,相得益章。雖伯牙操遞鐘,蓬門子彎烏號,猶未足以喻其意也。

操,《文選音》:七刀。集注本引《音决》:七刀反。　遞,《文選音》作"篪",音:池。集注本引《音决》作"箎":王,户高反,案當爲號,古之爲文者不以聲韻爲害,儒者不曉,見下有烏號,遂改爲箎,使諸人疑之,或大帝反,或音池,皆非也。集注本、北宋本及尤袤本李善注引晋灼:音迭遞之遞。《漢書》作"遞",亦引晋灼:音遞迭之遞。　彎,《文選音》:烏環。　號,《文選音》:乎刀。集注本引《音决》:户高反。　喻,《文選音》作"諭",音:以句。

故聖主必待賢臣而弘功業,俊士亦俟明主以顯其德。上下俱欲,懽然交欣。千載一會,論説無疑。翼乎如鴻毛遇順風,沛乎若巨魚縱大壑。其得意如此,則胡禁不止,曷令不行。

懽,《文選音》:呼丸。　論,《文選音》:力頓。　沛,《文選音》:普外。集注本引《音决》:普外反。顔師古:普大反。　壑,《文選音》:許各。集注本引《音决》:各反。〇案:集注本"各"上有脱字。卷三十《齋中讀書》"未嘗廢丘壑",集注本引《音决》

“壑,呼各反”。據此,本條音當脱“呼”字。 曷,《文選音》:乎葛。 令,《文選音》:力政。集注本引《音决》:力政反。

化溢四表,横被無窮。遐夷貢獻,萬祥必臻。是以聖主不偏窺望而視已明,不殫傾耳而聽已聰。

被,《文選音》:被義。集注本引《音决》:皮義反。 臻,《文選音》:側巾。 偏,《文選音》:遍。集注本引《音决》:布見反。 窺,《文選音》:去垂。 已,《文選音》:以。 殫,《文選音》:單。 傾,《漢書》作“頃”,顔師古:讀曰傾。

恩從祥風翱,德與和氣游。太平之責塞,優游之望得。遵游自然之勢,恬淡無爲之場。休徵自至,壽考無疆。雍容垂拱,永永萬年。

翱,《文選音》:五刀。集注本引《音决》:五高反。 塞,集注本引《音决》:先勒反。 恬,《文選音》:太占。集注本引《音决》:徒兼反。 淡,《文選音》作“惔”,音:大感。集注本引《音决》亦作“惔”:徒暫反。 場,《文選音》:直羊。集注本作“場”,引《音决》:直良反。 疆,《文選音》作“壃”,音:姜。集注本引《音决》:居良也。 雍,《文選音》:於恭。

何必偃仰詘信若彭祖,呴嘘呼吸如喬松,眇然絶俗離世哉。《詩》曰:濟濟多士,文王以寧。蓋信乎其以寧也。

詘,《文選音》、集注本引《音决》:屈。 信,《文選音》、集注本引《音决》:申。顔師古:讀曰伸。 呴,《文選音》:香句。集注本引《音决》:况于反。《漢書》作“呴”,顔師古:許于反。陳八郎本:吁。 嘘,《文選音》、集注本引《音决》、顔師古、陳八郎本:

虛。　吸,《文選音》:許急。集注本引《音决》:虛及反。　眇,集注本引《音决》:民小反。　離,集注本引《音决》:力智反。　濟,《文選音》:走礼。集注本引《音决》:子礼反。

趙充國頌

揚子雲

明靈惟宣,戎有先零。先零猖狂,侵漢西疆。漢命虎臣,惟後將軍。整我六師,是討是震。

零,《文選音》:力年。集注本引《音决》:力田反,下同。陳八郎本:怜。　猖,《文選音》、集注本引《音决》:昌。　疆,《文選音》作"壃",音:姜。　震,《文選音》:之仁。集注本引《音决》:叶音真。顔師古:合韻音真。

既臨其域,諭以威德。有守矜功,謂之弗克。

諭,《文選音》:以句。　守,《文選音》:狩。集注本引《音决》:獸。

請奮其旅,于罕之羌。天子命我,從之鮮陽。營平守節,屢奏封章。

旅,《文選音》:吕。　罕,集注本引《音决》:漢。　鮮,《文選音》:仙。　屢,《文選音》:力句。

料敵制勝,威謀靡亢。遂克西戎,還師于京。鬼方賓服,罔有不庭。

料,《文選音》作"㪺",音:力吊。集注本引《音决》:力彫反。　勝,《文選音》:之孕。集注本引《音决》:詩反。○案:據《文選音》例,“之”當爲“勝”之代字符。又集注本“詩”下有脱字。卷三十《觀朝雨》“方同戰勝者”,集注本引《音决》“勝,詩證反”。據此,本條蓋脱“證”字。 亢,《文選音》作“抗”,音:康。集注本引《音决》:叶音康。顔師古:合韻音康。陳八郎本:剛。 還,集注本引《音决》:旋。

昔周之宣,有方有虎。詩人歌功,乃列于雅。在漢中興,充國作武。赳赳桓桓,亦紹厥後。

中,《文選音》:中仲。集注本引《音决》:丁仲反。 赳,《文選音》:□□。集注本引《音决》:糺。○案:《文選音》□處字殘,下字似作“蚪”。

出師頌

史孝山

茫茫上天,降祚有漢。兆基開業,人神攸贊。五曜霄映,素靈夜嘆。皇運來授,萬寳增煥。

茫,《文選音》:漠郎。集注本引《音决》作“芒”:莫郎反。

歷紀十二,天命中易。西零不順,東夷遘逆。

中,《文選音》:中仲。集注本引《音决》:丁仲反。 易,集注本引《音决》:亦。 西,《文選音》:先。集注本引《音决》:先,案下云東夷,此音宜如字。 零,《文選音》:力天。 遘,《文選音》:古豆。集注本引《音决》作“構”:古候反。

乃命上將，授以雄戟。桓桓上將，寔天所啓。允文允武，明詩悦禮。憲章百揆，爲世作楷。

將，《文選音》：將上，下同。集注本引《音决》：子亮反，下同。悦，集注本引《音决》作"閲"，音：悦。　楷，集注本引《音决》：丘駭反。

昔在孟津，惟師尚父。素旄一麾，渾一區宇。蒼生更始，朔風變律。

父，《文選音》、集注本引《音决》：甫。　旄，《文選音》：毛。麾，集注本引《音决》：火爲反。　渾，《文選音》：乎本。集注本引《音决》：胡本反。

薄伐獫狁，至於太原。詩人歌之，猶嘆其艱。况我將軍，窮城極邊。鼓無停響，旗不蹔褰。澤霑遐荒，功銘鼎鉉。

獫，《文選音》、集注本引《音决》：險。　狁，《文選音》、集注本引《音决》：允。　旗，《文選音》、集注本引《音决》：其。　褰，《文選音》：去焉。集注本引《音决》：去軋反。　霑，《文選音》作"沾"，音：知占。集注本引《音决》：陟廉反。　鉉，《文選音》：泫。集注本引《音决》：叶韻音玄。

我出我師，于彼西疆。天子餞我，路車乘黄。言念伯舅，恩深渭陽。

出，集注本引《音决》：昌貴反。　疆，《文選音》作"壃"，音：姜。集注本引《音决》：居良反。　餞，集注本引《音决》：慈輦反。路，《文選音》、集注本引《音决》并作"輅"，音：路。　車，《文選音》：居。　乘，《文選音》：剩。集注本引《音决》：時證反。　舅，集注本引《音决》：渠久反。　渭，集注本引《音决》：謂。

介珪既削，列壤酬勳。今我將軍，啓土上郡。傳子傳孫，顯顯令問。

介，集注本引《音决》：戒。 削，集注本引《音决》：思略反。 壤，《文選音》：而兩。 勳，《文選音》：狭韻，又訓音。集注本引《音决》：叶韻許郡反。 令，《文選音》：力政。集注本引《音决》：力政反。 問，集注本引《音决》作“聞”，音：問。

酒德頌

劉伯倫

有大人先生，以天地爲一朝，萬期爲須臾。日月爲扃牖，八荒爲庭衢。行無轍迹，居無室廬。

日，《文選音》：人一。 扃，《文選音》：古丁。集注本引《音决》：吉螢反。《晋書音義》：古螢反。 牖，《文選音》：以久。 轍，《文選音》：直列。

幕天席地，縱意所如。止則操巵執觚，動則挈榼提壺。唯酒是務，焉知其餘。

幕，《文選音》作“摸”，音：莫。集注本作“幙”，引《音决》：莫。○案：《文選音》“摸”疑爲“幙”字之訛。 操，《文選音》：七刀。集注本引《音决》：七刀反。 巵，《文選音》、集注本引《音决》：支。《晋書音義》作“卮”：章移反。 觚，《文選音》、陳八郎本：姑。集注本引《音决》、《晋書音義》：孤。 挈，《文選音》作“揳”，音：苦結。集注本引《音决》：丘結反。 榼，《文選音》：苦臈。集注本引《音决》、《晋書音義》：苦盍反。北宋本及尤袤本李善注：苦闔切。 提，集注本引《音决》：啼。 壺，集注本引《音决》：

胡。 焉,集注本引《音决》:於軋反。

有貴介公子,搢紳處士。聞吾風聲,議其所以。乃奮袂攘襟,怒目切齒。陳説禮法,是非鋒起。

介,集注本引《音决》:戒。 搢,集注本引《音决》:晋。 紳,集注本引《音决》:申。 處,《文選音》:處与。集注本引《音决》:昌吕反。 以,《文選音》作"已",音:以。 袂,《文選音》:弥尔。 攘,《文選音》作"欀",音:而羊。集注本引《音决》:而良反。 襟,《文選音》作"衿",音:今。集注本引《音决》:金。 鋒,《文選音》:峯。集注本引《音决》:芳逢反。

先生於是方捧甖承槽,銜杯漱醪。

捧,《文選音》:芳奉。集注本引《音决》:芳奉反。 甖,《文選音》:於耕。集注本引《音决》:於耕反。陳八郎本:鶯。《晋書音義》:烏莖反。 槽,《文選音》、集注本引《音决》:曹。 漱,《文選音》:所又。集注本引《音决》、《晋書音義》:所又反。 醪,《文選音》:力刀。集注本引《音决》、《晋書音義》:勞。

奮髯踑踞,枕麴藉糟。

髯,《文選音》:耳占。集注本引《音决》:而廉反。《晋書音義》:汝鹽反。 踑,《文選音》作"箕",音:基。集注本引《音决》:居疑反。陳八郎本:舉其。 踞,《文選音》、陳八郎本:據。集注本引《音决》:居慮反。 枕,《文選音》:之鴆。集注本引《音决》:之鴆反。 麴,《文選音》:去六反。集注本引《音决》作"麯":㞐六反。〇案:㞐即居。 藉,《文選音》:疾夜。集注本引《音决》:

才夜反。　糟,《文選音》:走刀。集注本引《音决》:遭。

無思無慮,其樂陶陶。兀然而醉,豁爾而醒。静聽不聞雷霆之聲,熟視不睹泰山之形。不覺寒暑之切肌,利欲之感情。

樂,《文選音》、集注本引《音决》:洛。　陶,集注本引《音决》:徒勞反。　豁,《文選音》作"恍",音:吁往。　醒,《文選音》作"酲",音:呈。　霆,《文選音》:大□。○案:《文選音》□處字殘。　肌,《文選音》:飢。

俯觀萬物,擾擾焉如江漢之載浮萍。二豪侍側焉,如蜾蠃之與螟蛉。

觀,集注本引《音决》:古丸反。　擾,《文選音》:而沼。集注本引《音决》:而小反。　萍,《文選音》作"蓱",音:步丁。集注本亦作"蓱",引《音决》:步螢反。　蜾,《文選音》、集注本引《音决》、陳八郎本、《晋書音義》:果。　蠃,《文選音》:力果。集注本作"蠃",引《音决》:力果反。陳八郎本:力果。《晋書音義》:盧果反。　螟,《文選音》:莫丁。集注本引《音决》:亡丁反。陳八郎本:名。《晋書音義》:冥。　蛉,集注本引《音决》:力丁反。陳八郎本、《晋書音義》:靈。

漢高祖功臣頌

陸士衡

相國鄼文終侯沛蕭何,相國平陽懿侯沛曹參,太子少傅留文成侯韓張良,丞相曲逆獻侯陽武陳平,楚王淮陰韓信,梁王昌邑彭越,淮南王六黥布,趙景王大梁張耳,韓王韓信,燕王豐盧綰,長沙文王吴芮,荆王沛劉賈,太傅安國懿侯王陵,左丞相絳武侯沛周勃,相國舞陽侯沛樊噲,右丞相曲周景侯高陽酈商。

相,《文選音》:相上。集注本引《音决》:息亮反,下同。鄼,《文選音》:才何。集注本引《音决》:在何反,又音讚,非。沛,《文選音》:布艾。相,《文選音》:相上。參,《文選音》:七甘。少,集注本引《音决》:失照反。黥,《文選音》:巨京。集注本引《音决》:巨百反,下同。○案:集注本"百"爲"京"之殘字。京,一作亰,上半與百形近。燕,《文選音》:一天。綰,《文選音》:烏板。集注本引《音决》:烏板反。芮,《文選音》:而鋭。集注本引《音决》:而鋭反。勃,《文選音》:步没。集注本引《音决》:步没反。噲,《文選音》、集注本引《音决》:快。酈,《文選音》:力的。集注本引《音决》:歷,下同。

太僕汝陰文侯沛夏侯嬰,丞相潁陰懿侯睢陽灌嬰,代丞相陽陵景侯魏傅寬,車騎將軍信武肅侯靳歙,大行廣野君高陽酈食其,中郎建信侯齊劉敬,太中大夫楚陸賈,太子太傅稷嗣君薛叔孫通、魏無知,护軍中尉隨何,新城三老董公、轅生,將軍紀信,御史大夫沛周苛,平國君侯公,右三十一人,與定天下安社稷者也。

潁,《文選音》:營屏。睢,《文選音》、集注本引《音决》:雖。灌,《文選音》作"懽",音:古乱。集注本引《音决》:古翫反。靳,集注本引《音决》:古覲反。歙,《文選音》:許及。集注本引《音决》:許及反。酈,《文選音》:力的。食,《文選音》、集注本引《音决》:異。其,《文選音》:基。集注本引《音决》:箕。苛,《文選音》、集注本引《音决》:何。

頌曰:芒芒宇宙,上墋下黷。波振四海,塵飛五岳。九服徘徊,三靈改卜。赫矣高祖,肇載天禄。沈迹中鄉,飛名帝録。

芒,《文選音》作"茫",音:莫郎。集注本引《音决》:莫郎反。墋,《文選音》作"慘",音:初錦。集注本引《音决》:初錦反。陳八郎本:楚錦。黷,《文選音》:獨。集注本引《音决》:讀。録,《文選音》、集注本引《音决》作"籙",音:録。

慶雲應輝,皇階授木。龍興泗濱,虎嘯豐谷。彤雲晝聚,素靈夜哭。金精仍頽,朱光以渥。萬邦宅心,駿民效足。

應,《文選音》:去聲。集注本引《音决》:於證反。彤,《文選音》:大冬。集注本引《音决》:大冬反。頽,《文選音》:大回。渥,《文選音》:一角。集注本引《音决》:於角反。駿,《文選音》:俊。

堂堂蕭公,王迹是因。綢繆叡后,無競維人。外濟六師,内撫三秦。拔奇夷難,邁德振民。體國垂制,上穆下親。名蓋羣后,是謂宗臣。

綢,《文選音》:直由。繆,《文選音》:牟,又:靡由反。叡,《文選音》:以税。難,《文選音》:乃旦。集注本引《音决》:難旦反,下同。

平陽樂道,在變則通。爰淵爰嘿,有此武功。長驅河朔,電擊壤東。協策淮陰,亞迹蕭公。

樂,《文選音》、集注本引《音决》:洛。嘿,《文選音》:墨。壤,《文選音》作"穰",音:而羊。集注本引《音决》:而兩反,爲攘,而良反,非。

文成作師,通幽洞冥。永言配命,因心則靈。窮神觀化,望影揣情。鬼無隱謀,物無遯形。武關是闢,鴻門是寧。

揣,《文選音》:初委。集注本引《音决》:初委反。　遯,《文選音》作"遁",音:大頓。

隨難滎陽,即謀下邑。銷印惎廢,推齊勸立。運籌固陵,定策東襲。三王從風,五侯允集。霸楚寔喪,皇漢凱入。

難,《文選音》:乃旦。　銷,集注本引《音决》:逍。　印,《文選音》:一刃。　惎,《文選音》、尤袤本、陳八郎本:忌。集注本引《音决》:其器反。　籌,《文選音》:直由。集注本引《音决》:直留反。　喪,《文選音》:喪浪。集注本引《音决》:息浪反。

怡顔高覽,弭翼鳳戢。託迹黄老,辭世却粒。

怡,《文選音》:以之。集注本引《音决》:以而反。　弭,集注本引《音决》:亡尒反。　戢,《文選音》:側立。集注本引《音决》:側入反。　粒,集注本引《音决》:立。

曲逆宏達,好謀能深。游精杳漠,神迹是尋。重玄匪奥,九地匪沉。伐謀先兆,擠響于音。

曲,《文選音》:區主。陳八郎本:區句。　逆,《文選音》:五恭。陳八郎本:遇。〇案:逆,《漢書》作"遇"。《曹參傳》"西擊秦將楊熊軍于曲遇",顔師古"遇"音"顒",與《文選音》合。好,《文選音》:好到。集注本引《音决》:秏。　漠,《文選音》:莫。重,《文選音》:直工。集注本引《音决》:逐龍反。　奥,集注本引《音决》:烏報反。　謀,集注本引《音决》作"謨":亡胡反。　擠,

《文選音》:子兮。集注本引《音决》:子計反,又兮反。陳八郎本:濟。〇案:集注本"兮"前疑脱"子"字。

奇謀六奮,嘉慮四迴。規主於足,離項于懷。格人乃謝,楚翼寔摧。韓王窘執,胡馬洞開。迎文以謀,哭高以哀。

摧,《文選音》:才回。集注本引《音决》:在迴反,下同。窘,《文選音》:其敏。集注本引《音决》:其敏反。

灼灼淮陰,靈武冠世。策出無方,思入神契。奮臂雲興,騰迹虎噬。凌險必夷,摧剛則脆。

冠,《文選音》:古乱。集注本引《音决》:古翫反,下同。思,《文選音》:思吏。 契,《文選音》:可計。 臂,集注本引《音决》:必智反。 噬,《文選音》:逝。集注本引《音决》:市制反。 脆,《文選音》:七歲。

肇謀漢濱,還定渭表。京索既扼,引師北討。濟河夷魏,登山滅趙。威亮火列,勢踰風掃。拾代如遺,偃齊猶草。

索,《文選音》:所革。集注本引《音决》:所革反。陳八郎本:桑各。 扼,《文選音》:烏革。 掃,《文選音》:素老。 拾,集注本引《音决》:十。

二州肅清,四邦咸舉。乃眷北燕,遂表東海。克滅龍且,爰取其旅。劉項懸命,人謀是與。念功惟德,辭通絶楚。

燕,《文選音》:一天。 且,《文選音》、陳八郎本:子余。集注本引《音决》:子余反。 旅,《文選音》:吕。

彭越觀時,弢迹匿光。人具爾瞻,翼爾鷹揚。威凌楚域,質委漢王。靖難河濟,即宫舊梁。

弢,《文選音》:吐刀。集注本引《音决》:吐刀反。尤袤本:韜。　匿,集注本引《音决》:女力反。　凌,《文選音》作"稜",音:力恒。集注本亦作"稜",引《音决》:力登反。　難,《文選音》:乃旦。集注本引《音决》:那旦反。　濟,《文選音》:子礼。

烈烈黥布,耽耽其眄。名冠强楚,鋒猶駭電。睹機蟬蜕,悟主革面。肇彼梟風,翻爲我扇。

黥,《文選音》:巨京。　耽,《文選音》作"眈",音:多含。集注本作"眈",引《音决》:都南反。朝鮮正德本、奎章閣本亦作"眈",音:耽。　眄,集注本作"盷",引五家音:麪。朝鮮正德本、奎章閣本:麪。　冠,《文選音》:古乱。　蟬,《文選音》:是延。　蜕,《文選音》:悦,又:吐外反,又税音。集注本引《音决》:詩芮反,又音悦。陳八郎本:税。　梟,集注本引《音决》:居堯反。

天命方輯,王在東夏。矯矯三雄,至于垓下。元凶既夷,寵禄來假。保大全祚,非德孰可。謀之不臧,舍福取禍。

輯,《文選音》:七入、才入二反。集注本引《音决》:集。　夏,集注本引《音决》:下。　矯,集注本引《音决》:居表反,《毛詩》作蟜蟜,同。　垓,《文選音》:古来。集注本引《音决》:該。　假,集注本引《音决》:叶韻居雅反。

張耳之賢,有聲梁魏。士也罔極,自詒伊愧。俯思舊恩,仰察五緯。脱迹違難,披榛來洎。改策西秦,報辱北冀。悴葉更輝,枯條以肄。

詒,《文選音》:以之。集注本、北宋本及尤袤本李善注:怡。 緯,集注本引《音决》:于貴反。 難,《文選音》:乃旦。 榛,《文選音》:仕巾。集注本引《音决》:士巾反。 洎,集注本引《音决》:忌,或爲曁,同。【附】集注本、北宋本及尤袤本李善注:《漢書》曰:斬餘泜水上。泜音祇。 悴,《文選音》作"悴",音:疾季。集注本引《音决》作"瘁",音:悴。 枯,《文選音》作"楛",音:苦乎。 肄,《文選音》作"肆",音:異。集注本引《音决》:以二反。

王信韓孽,宅土開疆。我圖爾才,越遷晋陽。盧綰自微,婉孌我皇。跨功踰德,祚爾輝章。人之貪禍,寧爲亂亡。

孽,《文選音》:魚列。集注本引《音决》:魚列反。 綰,《文選音》:烏板。 婉,《文選音》:菀。集注本引《音决》:於阮反。 孌,《文選音》:力兖。集注本引《音决》:力轉反。 跨,《文選音》:苦化。 祚,《文選音》作"昨",音:祚。集注本作"胙",引《音决》:在故反,下同,或祚,通。○案:《文選音》"昨"當即"胙"。

吴芮之王,祚由梅鋗。功微勢弱,世載忠賢。肅肅荆王,董我三軍。我圖四方,殷薦其勲。庸親作勞,舊楚是分。往踐厥宇,大啓淮墳。

芮,《文選音》:而鋭。 鋗,《文選音》:呼玄。集注本引《音决》:火玄反。北宋本及尤袤本李善注引《音義》:呼玄切。朝鮮正德本、奎章閣本:呼玄反。【附】集注本李善注:《漢書》曰:沛公攻南陽,遇芮之將梅鋗,与偕攻析酈。《音義》曰:酈,持益反。北宋本及尤袤本作持益切。 墳,《文選音》作"濆",音:墳。集注本亦作"濆",引《音决》:扶云反。

安國違親，悠悠我思。依依哲母，既明且慈。引身伏劒，永言固之。淑人君子，實邦之基。義形於色，憤發于辭。主亡與亡，末命是期。

悠，《文選音》：由。　淑，《文選音》：孰。　憤，《文選音》：肥粉。集注本引《音决》：扶粉反。

絳侯質木，多略寡言。曾是忠勇，惟帝攸嘆。雲鶩靈丘，景逸上蘭。平代禽狶，奄有燕韓。

嘆，《文選音》：土干。集注本引《音决》：叶韻，他丹反。陳八郎本：平聲。　鶩，《文選音》：務。　禽，集注本引《音决》作“擒”，音：禽。　狶，《文選音》：許紀。集注本引《音决》作“絺”：虚扆反。〇案：集注本“絺”爲“狶”字之訛。　燕，《文選音》：一天。

寧亂以武，斃吕以權。滌穢紫宫，徵帝太原。實惟太尉，劉宗以安。挾功震主，自古所難。勳耀上代，身終下蕃。

斃，集注本引《音决》：婢袂反。　滌，集注本引《音决》：大歷反。　挾，《文選音》：乎牒。集注本引《音决》：何牒反。　勳，集注本引《音决》：香云反。　蕃，集注本引《音决》：付爰反。

舞陽道迎，延帝幽藪。宣力王室，匪惟厥武。揔干鴻門，披闥帝宇。聳顔誚項，掩淚悟主。

迎，集注本引《音决》：魚敬反。　聳，集注本引《音决》：素勇反。　誚，《文選音》：才肖。

曲周之進，于其哲兄。俾率爾徒，從王于征。振威龍蛻，攄武庸城。

六師寋因，克荼禽黥。

俾，《文選音》：必氏。 蜕，《文選音》：吐外。集注本引《音决》：悦，又：税。【附】集注本、北宋本及尤袤本李善注：《漢書》曰：商以將軍從擊荼，戰龍脱。《音義》或曰：龍脱，地名也，音奪。 攄，集注本引《音决》：丑於反。 庸，《文選音》作"墉"，音：容。 荼，《文選音》：大加。集注本引《音决》：直加反，又音徒。 禽，《文選音》作"擒"，音：禽。 黥，《文選音》：巨京。

猗歟汝陰，綽綽有裕。戎軒肇迹，荷策來附。馬煩轡殆，不釋擁樹。皇儲時乂，平城有謀。

猗，《文選音》：於奇。集注本引《音决》：於宜反。 歟，《文選音》作"與"，音：余。 裕，《文選音》：以句。 荷，集注本引《音决》：何可反。 轡，《文選音》：彼媚。 殆，《文選音》：待。 儲，集注本引《音决》：除。 乂，《文選音》：刈。 謀，《文選音》：茂。集注本引五家音：去聲，叶韻。朝鮮正德本、奎章閣本：去聲，協韻。

潁陰鋭敏，屢爲軍鋒。奮戈東城，禽項定功。乘風藉響，高步長江。收吴引淮，光啓于東。陽陵之勳，元帥是承。信武薄伐，揚節江陵。夷王殄國，俾亂作懲。

潁，《文選音》：營屏。 禽，《文選音》作"擒"，音：禽。 帥，《文選音》：帥位。 俾，《文選音》：必氏。 懲，集注本引《音决》：澄，下同。

恢恢廣野，誕節令圖。進謁嘉謀，退守名都。東窺白馬，北距飛狐。

即倉敖庾，據險三塗。輶軒東踐，漢風載徂。身死于齊，非說之辜。我皇寔念，言祚爾孤。

恢，集注本引《音决》：苦回反。　令，《文選音》：力政。集注本引《音决》：力政反。　距，《文選音》作“拒”，音：巨。集注本引《音决》：巨。　庾，《文選音》：以主。　輶，《文選音》：酋。集注本引《音决》：由、酋二音。〇案：兩本“酋”俱當作“酉”。　説，集注本引《音决》：税，又如字。　祚，《文選音》作“胙”，音：祚。〇案：胙爲胙字之訛。

建信委輅，被褐獻寶。指明周漢，銓時論道。移帝伊洛，定都酆鎬。柔遠鎮邇，寔敬攸考。

輅，《文選音》：下白反，又恪祚反。集注本引《音决》：何格反。陳八郎本：胡格。〇案：集注本引《音决》“輅”誤作“軿”。被，集注本引《音决》：皮義反。　褐，《文選音》：乎葛。集注本引《音决》：何達反。　銓，《文選音》：七全。集注本引《音决》：七全反。　酆，《文選音》、集注本引《音决》：豐。　鎬，《文選音》：乎老。集注本引《音决》：胡老反。

抑抑陸生，知言之貫。往制勁越，來訪皇漢。附會平勃，夷凶翦亂。所謂伊人，邦家之彦。

勁，《文選音》：吉政。　勃，《文選音》：步没。

百王之極，舊章靡存。漢德雖朗，朝儀則昏。稷嗣制禮，下肅上尊。穆穆帝典，焕其盈門。風睎三代，憲流後昆。

朝，集注本引《音决》：直遥反。　典，《文選音》作“興”，音：

典。 焕,集注本引《音决》:火翫反。 晞,《文選音》:希。

無知叡敏,獨昭奇迹。察侔蕭相,貺同師錫。隨何辯達,因資於敵。紓漢披楚,唯生之績。

侔,《文選音》:牟。集注本引《音决》:莫侯反。 相,《文選音》:相上。集注本引《音决》:息亮反。 貺,《文選音》、集注本引《音决》:况。 紓,《文選音》、集注本引《音决》:舒。 績,《文選音》作"勣",音:績。

皤皤董叟,謀我平陰。三軍縞素,天下歸心。

皤,《文選音》:步何。集注本引《音决》、陳八郎本:婆。 叟,《文選音》:素苟。集注本引《音决》:素后反。 縞,集注本引《音决》:古昊反。

袁生秀朗,沉心善照。漢旆南振,楚威自撓。大略淵回,元功響效。邈哉惟人,何識之妙。

旆,《文選音》:步代。 撓,《文選音》:乃孝。集注本引《音决》:女孝反。陳八郎本:奴教切。 邈,《文選音》:莫角。

紀信誑項,軺軒是乘。攝齊赴節,用死孰懲。身與煙消,名與風興。

誑,《文選音》:句訪。集注本引《音决》:九望反。 軺,《文選音》、集注本引《音决》:遥。陳八郎本:以焦。 齊,《文選音》:諮。集注本引《音决》:咨。陳八郎本作"齋":即夷切。

周苛慷慨,心若懷冰。刑可以暴,志不可凌。貞軌偕没,亮迹雙升。

帝疇爾庸,後嗣是膺。

苛,《文選音》、集注本引《音决》:何。 偕,《文選音》、集注本引《音决》:皆。 升,《文選音》作"陞",音:升。

天地雖順,王心有違。懷親望楚,永言長悲。侯公伏軾,皇媪來歸。是謂平國,寵命有輝。

軾,《文選音》、集注本引《音决》:式。 媪,《文選音》、陳八郎本:烏老。集注本引《音决》:烏老反。

震風過物,清濁効響。大人于興,利在攸往。弘海者川,崇山惟壤。韶護錯音,衮龍比象。明明衆哲,同濟天網。劒宣其利,鑒獻其朗。文武四充,漢祚克廣。悠悠遐風,千載是仰。

過,《文選音》:古卧。集注本引《音决》:古卧反。 響,《文選音》作"嚮",音:向。 韶,集注本引《音决》:市遥反。 護,《文選音》作"濩",音:乎。集注本引《音决》作"濩",音:護。衮,集注本引《音决》:古本反。 比,《文選音》:鼻。

贊

東方朔畫贊并序

畫,集注本引《音决》:胡挂反。

夏侯孝若

大夫諱朔,字曼倩,平原厭次人也。魏建安中,分厭次以爲樂陵郡,故又爲郡人焉。事漢武帝,《漢書》具載其事。

曼,《文選音》:万。 倩,《文選音》:七見。 厭,《文選音》:於耕。陳八郎本:琰。朝鮮正德本、奎章閣本:一琰。〇案:《禮記·大學》"見君子而後厭然",《釋文》:厭,"烏斬反"。《文選音》"耕"疑爲"斬"字之訛。 樂,《文選音》、集注本引《音决》:洛。

先生瓌瑋博達,思周變通。以爲濁世不可以富貴也,故薄游以取位。苟出不可以直道也,故頡頏以慠世。慠世不可以垂訓也,故正諫以明節。明節不可以久安也,故詼諧以取容。潔其道而穢其迹,清其質而濁其文,弛張而不爲邪,進退而不離羣。

瓌,集注本引《音决》:古回反。 瑋,《文選音》作"偉",音:于尾。集注本引《音决》:于鬼反。 思,《文選音》:思吏。集注本引《音决》:先自反。 頡,《文選音》:乎結。集注本引《音决》:何結反。 頏,《文選音》:乎郎。集注本引《音决》:何郎反。慠,《文選音》:五到。集注本引《音决》:五誥反。 詼,《文選音》、陳八郎本:苦回。集注本引《音决》:苦回反,或爲談,非。諧,集注本引《音决》:何階反。 弛,《文選音》作"弛",音:失尔。集注本亦作"弛",引《音决》:式氏反。 邪,集注本引《音决》作"耶":在嗟反。 離,集注本引《音决》:力智反。

若乃遠心曠度,贍智宏材。倜儻博物,觸類多能。合變以明筭,幽贊以知來。

材,《文選音》:才。 倜,《文選音》:吐的。集注本引《音决》:他狄反。朝鮮正德本、奎章閣本:天力。 儻,《文選音》:土朗。 能,《文選音》:挟韻乃来反。集注本引《音决》:叶韻那來反。　筭,《文選音》:素乱。

自三墳、五典、八索、九丘,陰陽圖緯之學,百家衆流之論,周給敏捷之辯,支離覆逆之數,經脉藥石之藝,射御書計之術,乃研精而究其理,不習而盡其功,經目而諷於口,過耳而闇於心。

索,《文選音》:所革。　衆,集注本引《音决》:之仲反。　論,《文選音》:力頓。集注本引《音决》:力頓反。　【附】集注本、北宋本及尤袤本李善注:《莊子》曰:支離疏鼓筴播精,足以食十人。糈音所。　覆,《文選音》:芳伏。集注本引《音决》:芳伏反。　數,集注本引《音决》:史住反。　脉,《文選音》作"脈",音:麥。　射,集注本引《音决》:時夜反。　研,集注本引《音决》:魚賢反。　究,《文選音》:居又。　諷,集注本引《音决》:方鳳反。　過,集注本引《音决》:戈。

夫其明濟開豁,包含弘大。凌轢卿相,嘲哂豪桀。籠罩靡前,跆籍貴勢。出不休顯,賤不憂戚。戲萬乘若寮友,視儔列如草芥。雄節邁倫,高氣蓋世。可謂拔乎其萃、游方之外者已。

豁,《文選音》:呼各。集注本引《音决》:火活反。朝鮮正德本:呼括。奎章閣本作"割",音:呼括。〇案:奎章閣本"割"爲"豁"字之訛。　轢,《文選音》、集注本引《音决》、陳八郎本:歷。　相,《文選音》:相上。集注本引《音决》:息亮反。　謿,《文選音》:竹交。集注本引《音决》作"嘲":竹交反。　哂,集注本引《音决》作"嗤":尺詩反,或爲哂,詩引反,通。　罩,《文選音》:竹孝。集注本引《音决》:竹孝反。　跆,集注本引《音决》:大來反。《文選音》、北宋本及尤袤本李善注引蘇林、陳八郎本:臺。　乘,

《文選音》：剩。集注本引《音决》：時證反。　寮，《文選音》作“僚”，音：力交。集注本引《音决》：力彫反。　儔，《文選音》：直由。　萃，《文選音》：疾季。集注本引《音决》：遂。　已，《文選音》：以。

談者又以先生噓吸冲和，吐故納新。蟬蛻龍變，棄俗登仙。神交造化，靈爲星辰。此又奇怪惚恍、不可備論者也。

噓，《文選音》、集注本引《音决》、陳八郎本：虚。　吸，《文選音》、陳八郎本：許急。集注本引《音决》：虚及反。　蛻，集注本引《音决》：□，又：税。○案：集注本□處字漫漶。　惚，《文選音》、集注本引《音决》：忽。　恍，《文選音》作“怳”，音：吁往。集注本亦作“怳”，引《音决》：虚往反。

大人來守此國，僕自京都，言歸定省。睹先生之縣邑，想先生之高風。徘徊路寢，見先生之遺像。逍遥城郭，觀先生之祠宇。慨然有懷，乃作頌焉。其辭曰：

守，《文選音》：狩。集注本引《音决》：獸。　省，集注本引《音决》：思静反。　像，《文選音》：象。　曰，《文選音》：越。

矯矯先生，肥遯居貞。退不終否，進亦避榮。臨世濯足，希古振纓。涅而無滓，既濁能清。

肥，《文選音》：肥。○案：《文選音》此條音注有誤。　遯，《文選音》作“遁”，音：大骨。○案：《文選音》“骨”疑爲“盾”字形近之訛。　否，集注本引《音决》：步美反。　濯，集注本引《音决》：直角反。　涅，《文選音》：乃結。集注本引《音决》：乃結反。

滓，集注本引《音决》：側擬反，下同。

無滓伊何，高明克柔。能清伊何，視汙若浮。樂在必行，處淪罔憂。跨世凌時，遠蹈獨游。

樂，《文選音》、集注本引《音决》：洛。　處，集注本引《音决》：昌吕反。　跨，集注本引《音决》：苦化反。

瞻望往代，爰想遐踪。邈邈先生，其道猶龍。染迹朝隱，和而不同。栖遲下位，聊以從容。

朝，集注本引《音决》：直遥反。　從，《文選音》：七從。集注本引《音决》：七容反。

我來自東，言適兹邑。敬問墟墳，企佇原隰。墟墓徒存，精靈永戢。民思其軌，祠宇斯立。

墟，《文選音》：去余。集注本引《音决》：丘居反。　企，《文選音》作"企"，音：去豉。　戢，集注本引《音决》：側及反。

徘徊寺寢，遺像在圖。周旋祠宇，庭序荒蕪。榱棟傾落，草萊弗除。肅肅先生，豈焉是居。

榱，《文選音》：色惟。集注本引《音决》：衰。　萊，《文選音》：来。

是居弗形，悠悠我情。昔在有德，罔不遺靈。天秩有禮，神監孔明。彷彿風塵，用垂頌聲。

彷，《文選音》作"仿"，音：芳往。集注本亦作"仿"，引《音决》：芳兩反。　佛，《文選音》作"佛"，音：芳勿。集注本亦作"佛"，引《音决》：芳味反。

三國名臣序贊

袁彦伯

夫百姓不能自治，故立君以治之。明君不能獨治，則爲臣以佐之。然則三五迭隆，歷世承基。揖讓之與干戈，文德之與武功。莫不宗匠陶鈞，而羣才緝熙。元首經略，而股肱肆力。遭離不同，迹有優劣。

治，《文選音》：治吏。　迭，《文選音》：大結。集注本引《音决》：大結反。　緝，《文選音》：七入。集注本引《音决》：七入反。　熙，集注本引《音决》：許疑反。

至於體分冥固，道契不墜。風美所扇，訓革千載，其揆一也。故二八升而唐朝盛，伊吕用而湯武寧。三賢進而小白興，五臣顯而重耳霸。

分，《文選音》：浮問。集注本引《音决》：扶問反。　冥，集注本引《音决》：莫螢反。　契，《文選音》：可計。集注本引《音决》：口計反，下同。　升，《文選音》作"陞"，音：升。　朝，集注本引《音决》：直遥反。　重，《文選音》：直工。集注本引《音决》：直龍反。

中古凌遲，斯道替矣。居上者不以至公理物，爲下者必以私路期榮。御圓者不以信誠率衆，執方者必以權謀自顯。於是君臣離而名教薄，世多亂而時不治。故蘧甯以之卷舒，柳下以之三黜。接輿以之行歌，魯連以之赴海。

路,《文選音》作"賂",音:力故。 治,《文選音》:治吏。蘧,《文選音》作"璩",音:巨於。集注本引《音决》:渠。 卷,《文選音》:俱免。集注本引《音决》:居勉反。〇案:《文選音》"俱"疑當作"俱"。 三,《文選音》:三蹔。集注本引《音决》:思濫反。

衰世之中,保持名節,君臣相體,若合符契。則燕昭樂毅,古之流也。夫未遇伯樂,則千載無一驥。時值龍顔,則當年控三傑。

契,《文選音》:可計。 毅,《文選音》:五既。 樂,《文選音》、集注本引《音决》:洛。 控,集注本引《音决》:苦貢反。傑,《文選音》:桀。集注本引《音决》:其列反。

漢之得材,於斯爲貴。高祖雖不以道勝御物,羣下得盡其忠。蕭曹雖不以三代事主,百姓不失其業。静亂庇人,抑亦其次。夫時方顛沛,則顯不如隱。萬物思治,則默不如語。是以古之君子不患弘道難,遭時難。遭時匪難,遇君難。故有道無時,孟子所以咨嗟。有時無君,賈生所以垂泣。夫萬歲一期,有生之通塗。千載一遇,賢智之嘉會。遇之不能無欣,喪之何能無慨。古人之言,信有情哉。

勝,《文選音》:勝孕。集注本引《音决》:詩證反。 庇,《文選音》:必二。集注本引《音决》:必二反。 沛,《文選音》:布代。喪,《文選音》:喪浪。集注本引《音决》:息浪反。

余以暇日,常覽《國志》,考其君臣,比其行事,雖道謝先代,亦異世一時也。文若懷獨見之明,而有救世之心。論時則民方塗炭,計能則莫出魏武。故委面霸朝,豫議世事。舉才不以標鑒,故久之而後顯。籌畫不以要功,故事至而後定。雖亡身明順,識亦高矣。

日,《文選音》:人一。 比,《文選音》、集注本引《音决》:鼻。 塗,集注本引《音决》:徒,或爲荼,同。 朝,集注本引《音决》:直遥反,下同。 標,《文選音》作"檦",音:必昭。集注本引《音决》:必遥反。 籌,集注本引《音决》:直留反。 畫,集注本引《音决》:獲。 要,《文選音》:一昭。集注本引《音决》:一遥反。

董卓之亂,神器遷逼。公達慨然,志在致命。由斯而談,故以大存名節。至如身爲漢隸,而迹入魏幕,源流趣舍,其亦文若之謂。所以存亡殊致,始終不同,將以文若既明,名教有寄乎。夫仁義不可不明,則時宗舉其致。生理不可不全,故達識攝其契。相與弘道,豈不遠哉。

幕,集注本引《音决》:莫。 趣,《文選音》:七俱。 舍,《文選音》:失也。集注本引《音决》:捨。

崔生高朗,折而不撓。所以策名魏武,執笏霸朝者,蓋以漢主當陽,魏后北面者哉。若乃一旦進璽,君臣易位。則崔子所不與,魏武所不容。夫江湖所以濟舟,亦所以覆舟。仁義所以全身,亦所以亡身。然而先賢玉摧於前,來哲攘袂於後,豈非天懷發中,而名教束物者乎。

折,《文選音》:之熱。集注本引《音决》:之舌反。 撓,《文選音》:女孝。集注本引《音决》:女孝反。 笏,《文選音》、集注本引《音决》:忽。 璽,集注本引《音决》:徙。 易,集注本引《音决》:亦。 覆,《文選音》:芳伏。集注本引《音决》:芳伏反。 摧,集注本引《音决》:在回反。 攘,《文選音》:而羊。集注本引《音决》:而良反。

孔明盤桓,俟時而動,遐想管樂,遠明風流。治國以禮,民無怨聲。刑罰不濫,没有餘泣。雖古之遺愛,何以加兹。及其臨終顧託,受遺作相,劉后授之無疑心,武侯處之無懼色。繼體納之無貳情,百姓信之無異辭,君臣之際,良可詠矣。

相,集注本引《音决》:息亮反。　處,集注本引《音决》:昌吕反。　納,集注本引《音决》作"倚":於綺反。〇案:集注本引《文選鈔》曰:倚或爲納。

公瑾卓爾,逸志不羣。總角料主,則素契於伯符。晚節曜奇,則叁分於赤壁。惜其齡促,志未可量。

瑾,《文選音》、集注本引《音决》:覲。〇案:《文選音》"覲"訛作"觀"。　料,《文選音》作"釿",音:力吊。集注本引《音决》:力彫反,又:力吊反。　叁,《文選音》作"參",音:三。　齡,《文選音》:力丁。　量,《文選音》:力羊。集注本引《音决》:良。

子布佐策,致延譽之美。輟哭止哀,有翼戴之功。神情所涉,豈徒蹇愕而已哉。然而杜門不用,登壇受譏。夫一人之身,所照未異,而用舍之間,俄有不同,况沉迹溝壑,遇與不遇者乎。

輟,《文選音》:竹劣。集注本引《音决》:知劣反。　蹇,《文選音》:凥免。集注本引《音决》:居輂反。　愕,集注本引《音决》作"諤":五各反,或爲愕者,非。朝鮮正德本、奎章閣本:五各。　已,《文選音》:以。　舍,《文選音》:失也。集注本引《音决》:捨。

夫詩頌之作,有自來矣。或以吟詠情性,或以述德顯功。雖大旨同歸,所託或乖。若夫出處有道,名體不滯,風軌德音,爲世作範,不可廢也。故復撰序所懷,以爲之讃云:《魏志》九人,《蜀志》四人,《吴志》七人。荀彧字文若,諸葛亮字孔明,周瑜字公瑾,荀攸字公達,龐統字士元,張昭字子布,袁焕字曜卿,蔣琬字公琰,魯肅字子敬,崔琰字季珪,黄權字公衡,諸葛瑾字子瑜,徐邈字景山,陸遜字伯言,陳羣字長文,顧雍字元嘆,夏侯玄字泰初,虞翻字仲翔,王經字承宗,陳泰字玄伯。

撰,集注本作"撰",引《音决》:知劣反。 彧,《文選音》:於匊。集注本引《音决》:於六反。 瑜,《文選音》:以朱。集注本引《音决》:以朱反。 龐,《文選音》:步江。 焕,集注本引《音决》:火翫反。 蔣,《文選音》:將兩。 琬,《文選音》:於遠。集注本引《音决》:於阮反。 琰,集注本引《音决》:以斂反。 長,集注本引《音决》:丁丈反。 雍,《文選音》作"應",音:於恭。○案:《文選音》"應"爲"雍"之訛。 翻,《文選音》作"飜",音:方元。

火德既微,運纒《大過》。洪飈扇海,二溟揚波。虬虎雖驚,風雲未和。潛魚擇淵,高鳥候柯。

過,《文選音》:古卧。集注本引《音决》:叶韻音戈。陳八郎本:平聲,協韻。 溟,《文選音》:莫丁。集注本引《音决》:亡丁反。 虬,《文選音》:求。集注本引《音决》:巨幽反。

赫赫三雄,并迴乾軸。競收杞梓,争采松竹。鳳不及栖,龍不暇伏。谷無幽蘭,嶺無亭菊。

軸,集注本引《音决》:逐。 杞,《文選音》:起。

英英文若，靈鑒洞照。應變知微，探賾賞要。日月在躬，隱之彌曜。文明映心，鑚之愈妙。

應，《文選音》：去聲。集注本引《音决》：於證反。　探，集注本引《音决》：他含反。　賾，《文選音》：仕白。集注本引《音决》：士革反。　要，集注本引《音决》：一詔反。　日，《文選音》：人一。　鑚，《文選音》：走。集注本引《音决》：走丸反。〇案：《文選音》"走"下有脱文。　愈，《文選音》：以主。

滄海横流，玉石同碎。達人兼善，廢己存愛。謀解時紛，功濟宇内。始救生人，終明風槩。

滄，《文選音》：七郎。　己，《文選音》：紀。　槩，集注本引《音决》、朝鮮正德本、奎章閣本：古代反。

公達潛朗，思同蓍蔡。運用無方，動攝羣會。爰初發迹，遘此顛沛。神情玄定，處之彌泰。

思，《文選音》：思吏。集注本引《音决》：先自反。　蓍，《文選音》從竹：尸音。集注本引《音决》：尸。　遘，《文選音》：古豆。集注本引《音决》：古候反。　沛，《文選音》：布代。　處，《文選音》：處与。集注本引《音决》：昌吕反。

愔愔幕裏，筭無不經。亹亹通韻，迹不暫停。雖懷尺璧，顧哂連城。知能拯物，愚足全生。

愔，《文選音》：一林。集注本引《音决》：一林反。　幕，《文選音》：莫。　裏，《文選音》：里。　筭，《文選音》作"笇"：素乱。　亹，《文選音》、集注本引《音决》：尾。　哂，《文選音》：許忍。

集注本引《音决》:詩引反。○案:《文選音》"許"爲"詩"字之訛。

拯,《文選音》:拯等。集注本引《音决》:證之上聲。

郎中温雅,器識純素。貞而不諒,通而能固。恂恂德心,汪汪軌度。志成弱冠,道敷歲暮。

恂,《文選音》、集注本引《音决》:旬。　汪,集注本引《音决》:烏黄反。　冠,《文選音》:古乱。集注本引《音决》:古翫反。

仁者必勇,德亦有言。雖遇履虎,神氣恬然。行不脩飾,名迹無愆。操不激切,素風愈鮮。

恬,《文選音》作"怡",音:以之。　行,《文選音》:下孟。集注本引《音决》:下孟反。　飾,《文選音》:式。○案:《文選音》"飾"訛作"餔"。　愆,《文選音》作"諐",音:去焉。　操,《文選音》:七到。集注本引《音决》:七到反。

邈哉崔生,體正心直。天骨踈朗,牆宇高嶷。忠存軌迹,義形風色。思樹芳蘭,剪除荆棘。

牆,《文選音》作"檣",音:疾羊。　嶷,《文選音》:魚列。集注本引《音决》、朝鮮正德本、奎章閣本:魚力反。

人惡其上,時不容哲。琅琅先生,雅杖名節。雖遇塵霧,猶振霜雪。運極道消,碎此明月。

惡,《文選音》:惡故。集注本引《音决》:一故反。　琅,《文選音》、集注本引《音决》:郎。　杖,《文選音》:直尚。集注本引《音决》:直亮反。

景山恢誕，韻與道合。形器不存，方寸海納。和而不同，通而不雜。遇醉忘辭，在醒貽荅。

恢，集注本引《音决》：苦回反。　醒，集注本引《音决》：先泠反。　貽，《文選音》：以之。

長文通雅，義格終始。思戴元首，擬伊同耻。民未知德，懼若在己。嘉謀肆庭，讜言盈耳。

長，《文選音》：知丈。集注本引《音决》：丁丈反。　己，《文選音》：紂。〇案：《文選音》"紂"爲"紀"字之訛。　庭，《文選音》：大丁。　讜，《文選音》：多朗。集注本引《音决》：多朗反。

玉生雖麗，光不踰把。德積雖微，道映天下。淵哉泰初，宇量高雅。器範自然，標准無假。

把，《文選音》：布馬。集注本引《音决》：百馬反。　量，《文選音》：力上。集注本引《音决》：亮。　標，《文選音》作"檦"，音：必沼。集注本引《音决》：必遥反。〇案：《文選音》"沼"疑爲"昭"字之訛，上下文"檦"字音皆作"必昭"。

全身由直，迹洿必僞。處死匪難，理存則易。萬物波蕩，孰任其累。六合徒廣，容身靡寄。

洿，《文選音》、集注本引五家音、陳八郎本：烏。集注本引《音决》：烏卧反。　處，《文選音》：處与。集注本引《音决》：昌吕反。　易，《文選音》：以豉。集注本引《音决》：以智反。　任，集注本引《音决》：而鴆反，下同。　累，《文選音》：力瑞。集注本引《音决》：力瑞反。

君親自然,匪由名教。敬授既同,情禮兼到。烈烈王生,知死不撓。求仁不遠,期在忠孝。

撓,《文選音》:女孝。集注本引《音决》:女孝反。朝鮮正德本、奎章閣本:女教。

玄伯剛簡,大存名體。志在高構,增堂及陛。端委虎門,正言彌啓。臨危致命,盡其心禮。

高,集注本引《音决》作"重":逐龍反。 構,集注本引《音决》:古候反,下同。 盡,集注本引《音决》:子忍反。

堂堂孔明,基宇宏邈。器同生民,獨稟先覺。標牓風流,遠明管樂。初九龍盤,雅志彌確。

宏,《文選音》:乎萌。 稟,集注本引《音决》:力錦反。 標,《文選音》作"檦",音:必昭。集注本引《音决》:必遥反,下同。 牓,集注本引《音决》作"榜":布廣反。 盤,《文選音》作"蟠",音:步干。 確,《文選音》作"碻",音:苦角。集注本亦作"碻",引《音决》:苦角反。朝鮮正德本、奎章閣本:苦角反。

百六道喪,干戈迭用。苟非命世,孰掃雰雺。宗子思寧,薄言解控。釋褐中林,鬱爲時棟。

喪,《文選音》:喪浪。集注本引《音决》:息浪反。 迭,《文選音》:大結。集注本引《音决》:徒結反。 雰,集注本引《音决》:芳云反。 雺,《文選音》:莫貢。集注本引《音决》:蒙,叶韻宜音夢,俗語呼重霧霏霏然下者謂之雺雨,此古之遺言,其字然也,或爲霧者,非。陳八郎本:莫貢切。朝鮮正德本、奎章閣本:

莫貢反。 解,集注本引《音决》:居買反,下同。 褐,《文選音》:乎葛。集注本引《音决》:何葛反。

士元弘長,雅性内融。崇善愛物,觀始知終。喪亂備矣,勝塗未隆。先生標之,振起清風。

長,《文選音》:知丈。集注本引《音决》:丁丈反,下同。 勝,《文選音》:勝孕。集注本引《音决》:詩證反。 標,《文選音》作"檦",音:必昭。

綢繆哲后,無妄惟時。夙夜匪懈,義在緝熙。三略既陳,霸業已基。

綢,《文選音》:直由。集注本引《音决》:直留反。 繆,《文選音》:牟音,又:靡由反。集注本引《音决》:莫侯反。 緝,《文選音》:七入。

公琰殖根,不忘中正。豈曰摸擬,實在雅性。亦既羈勒,負荷時命。推賢恭己,久而可敬。

殖,《文選音》:時力。 荷,集注本引《音决》:何可反,下同。

公衡仲達,秉心淵塞。媚兹一人,臨難不惑。疇昔不造,假翮鄰國。進能徽音,退不失德。

塞,集注本引《音决》:先勒反。 難,《文選音》:乃旦。集注本引《音决》:那旦反,下同。 惑,《文選音》:或。

六合紛紜,民心將變。鳥擇高梧,臣須顧盼。公瑾英達,朗心獨見。披草求君,定交一面。

見,《文選音》:乎見。集注本引《音决》:何殿反。

桓桓魏武,外託霸迹。志掩衡霍,恃戰忘敵。卓卓若人,曜奇赤壁。三光參分,宇宙暫隔。

參,《文選音》:七甘。 隔,《文選音》:乎革。○案:隔爲見母,乎爲匣母,牙喉通轉。

子布擅名,遭世方擾。撫翼桑梓,息肩江表。王略威夷,吴魏同寶。遂獻宏謨,匡此霸道。

擅,《文選音》:氏戰。集注本引《音决》:市戰反。 擾,《文選音》:而沼。集注本引《音决》:而沼反。

桓王之薨,大業未純。把臂託孤,惟賢與親。輟哭止哀,臨難忘身。成此南面,寔由老臣。

把,《文選音》:布馬。集注本引《音决》:布馬反。 臂,《文選音》:必。 難,《文選音》:乃旦。

才爲世出,世亦須才。得而能任,貴在無猜。昂昂子敬,拔迹草萊。荷檐吐奇,乃構雲臺。

任,《文選音》:任禁。 猜,《文選音》:七来。集注本引《音决》:七來反。 昂,《文選音》:五郎。集注本引《音决》:魚郎反。 萊,《文選音》:来。○案:《文選音》"萊"誤作"来"。 荷,《文選音》:何可。 檐,《文選音》作"擔",音:多暫。集注本亦作"擔",引《音决》:多暫反。

子瑜都長,體性純懿。諫而不犯,正而不毅。將命公庭,退忘私位。豈無鶺鴒,固慎名器。

瑜,《文選音》:以朱。 長,《文選音》:知丈。 毅,《文選音》:五記。 鶺,《文選音》:績。集注本引《音决》:積。 鴒,集注本引《音决》:零。

伯言蹇蹇,以道佐世。出能勤功,入能獻替。謀寧社稷,解紛挫鋭。正以招疑,忠而獲戾。

蹇,朝鮮正德本作“謇”,音:蹇。 挫,集注本引《音决》:祖卧反。 鋭,集注本引《音决》:以歳反。

元嘆穆遠,神和形檢。如彼白珪,質無塵玷。立上以恒,匡上以漸。清不增潔,濁不加染。

穆,集注本引《音决》作“栖”,音:西。 檢,集注本引《音决》:居儉反。 上,集注本引《音决》作“行”:下孟反。

仲翔高亮,性不和物。好是不羣,折而不屈。屢摧逆鱗,直道受黜。嘆過孫陽,放同賈屈。

好,集注本引《音决》:秏。 折,集注本引《音决》:舌。過,集注本引《音决》:古卧反。

詵詵衆賢,千載一遇。整轡高衢,驤首天路。仰挹玄流,俯弘時務。名莭殊塗,雅致同趣。

詵,《文選音》:所巾。集注本引《音决》:所巾反,或爲莘,同。尤袤本李善注:使陳切。 驤,《文選音》:胃羊。集注本引《音決》:相。○案:《文選音》"胃"疑爲"思"或"息"字之訛。 挹,《文選音》:一入。集注本引《音決》:一入反,下同。

日月麗天,瞻之不墜。仁義在躬,用之不匱。尚想重暉,載挹載味。後生擊節,懦夫增氣。

日,《文選音》:人一。 匱,《文選音》:巨位。集注本引《音決》:其□反。○案:集注本□處字殘,似作"媿"。卷四十《與魏文帝牋》"巧竭意匱"、卷四十九《晋紀總論》"其匱乏者",集注本引《音決》俱音"其媿反"。 懦,《文選音》:乃乱。集注本引《音決》:奴喚反。

《文選》音注輯考卷四十八

符命

司馬相如《封禪文》一首

揚子雲《劇秦美新》一首

班孟堅《典引》一首

符　命

封禪文

司馬長卿

伊上古之初肇，自昊穹兮生民。歷選列辟，以迄於秦。

昊，《漢書》作"顥"，顔師古：胡老反。　穹，《文選音》：去弓。辟，《文選音》：必赤。顔師古：璧。　迄，《文選音》：許乙。

率邇者踵武，逖聽者風聲。紛綸威蕤，湮滅而不稱者，不可勝數。

踵，《文選音》：之勇。　武，《文選音》作"䟢"，音：武。　逖，《文選音》：土的。　威，《文選音》作"葳"，音：威。　蕤，《文選音》：耳隹。　湮，《文選音》作"堙"，音：因。

繼韶夏，崇號謚，略可道者，七十有二君。罔若淑而不昌，疇逆失而能存。軒轅之前，遐哉邈乎，其詳不可得聞已。五三六經，載籍之傳，維風可觀也。《書》曰：元首明哉，股肱良哉。因斯以談，君莫盛於唐堯，臣莫賢於后稷。后稷創業於唐，公劉發迹於西戎，文王改制，爰周郅隆，大行越成。

傳，《文選音》：旨專。　曰，《文選音》：越。　郅，《文選音》：之一。顔師古、陳八郎本：質。

而後陵遲衰微，千載亡聲，豈不善始善終哉。然無異端，慎所由於前，謹遺教於後耳。故軌迹夷易，易遵也。湛恩厖鴻，易豐也。憲度著明，易則也。垂統理順，易繼也。

易，《文選音》：亦。　易，《文選音》：以豉。顔師古：弋豉反。尤袤本李善注：二易并盈豉切。　湛，《文選音》：多甘。　厖，《文選音》：莫江。顔師古：尨。尤袤本李善注：莫江切。陳八郎本：麥江。　易，《文選音》：以豉。

是以業隆於繈緥，而崇冠於二后。揆厥所元，終都攸卒。未有殊尤絶迹，可考於今者也。然猶躡梁父、登泰山，建顯號、施尊名。大漢之德，逢涌原泉，汐潏曼羡。

繈，《文選音》作“襁”，音：姜丈。　緥，《文選音》作“褓”，音：保。　冠，《文選音》：古乱。　攸，《文選音》作“攸”，音：由。○案：《文選音》“攸”爲“攸”字之訛。　卒，《文選音》：即聿。　躡，《文選音》：女牒。　逢，《索隱》：又作峰，讀曰烽。顔師古：讀曰烽。朝鮮正德本、奎章閣本作“漨”，音：蜂。　汐，《文選音》：密。顔師古、陳八郎本：勿。尤袤本李善注：亡必切。　潏，《文選音》：爲密反，又聿音。顔師古、陳八郎本：聿。　曼，《文選音》:万。　羡,《文選音》:以戰。顔師古:弋扇反。朝鮮正德本、奎章閣本:翊扇反。

旁魄四塞,雲布霧散。上暢九垓,下泝八埏。

魄,《文選音》、尤袤本李善注:薄。顔師古:步各反。朝鮮正德本:蒱莫。奎章閣本:蒲莫。　布,《史記》作"尃",《集解》引徐廣:布。　垓,《文選音》、朝鮮正德本、奎章閣本:古來。　泝,《文選音》:素。　埏,《文選音》、朝鮮正德本、奎章閣本:延。《集解》引徐廣:衍,又裴駰:延。顔師古:本音延,合韻音弋戰反。

懷生之類,沾濡浸潤。協氣横流,武節猋逝。邇陿游原,遐闊泳沫。

沾,《文選音》:知占。　濡,《文選音》:耳朱。　浸,《文選音》:即鴆。　猋,《文選音》作"焱",音:必照。〇案:據音注,敦煌本"焱"爲"猋"字之訛。　陿,《文選音》:洽。　泳,《文選音》、朝鮮正德本、奎章閣本:詠。　沫,《文選音》、朝鮮正德本、奎章閣本:末。

首惡鬱没,晻昧昭晢。昆蟲闓澤,迴首面内。

晢,《文選音》:之舌。《漢書》作"晣",顔師古:之舌反。朝鮮正德本、奎章閣本:支列反。　蟲,《文選音》:虫。　闓,顔師古:讀曰凱。陳八郎本:苦改。　澤,《文選音》:羊石。〇案:《集韻》"夷益切",與《文選音》合。

然後囿騶虞之珍羣,徼麋鹿之怪獸。

囿,《文選音》:又。　騶,《文選音》:鄒。　虞,《文選音》作

“騶虞”,音:虞。 徼,《文選音》:古堯。顔師古:工釣反。朝鮮正德本、奎章閣本:工遥。 麋,《文選音》作“麑”,音:迷。

導一莖六穗於庖,犧雙觡共柢之獸。

莖,《文選音》:乎耕。 穗,《文選音》:遂。 庖,《文選音》:步交。 犧,《文選音》:羲。 觡,《文選音》、陳八郎本:格。黄善夫本引宋祁:居額反。 柢,《文選音》:多礼。《史記》作“抵”,《集解》引徐廣:底。陳八郎本:丁禮。

獲周餘珍,放龜于岐。招翠黄、乘龍於沼。鬼神接靈圉,賓於間館。奇物譎詭,俶儻窮變。

乘,《文選音》:剩。顔師古:食證反。 圉,朝鮮正德本、奎章閣本:語。 間,《文選音》作“閒”,音:閑。《漢書》亦作“閒”,顔師古:讀曰閑。陳八郎本:閑。 譎,《文選音》:决。 詭,《文選音》:古毁。 俶,《文選音》:吐的。顔師古:吐歷反。陳八郎本:惕。 儻,《文選音》:吐朗。

欽哉,符瑞臻兹,猶以爲德薄,不敢道封禪。蓋周躍魚隕航,休之以燎,微夫此之爲符也,以登介丘,不亦恧乎。進讓之道,何其爽歟。

隕,《文選音》作“殞”,音:隕。 航,《文選音》作“杭”,音:乎郎。 燎,《文選音》:力召。朝鮮正德本、奎章閣本:力照。 恧,《文選音》、陳八郎本:女六。 歟,《文選音》作“與”,音:余。

於是大司馬進曰:陛下仁育羣生,義征不譓。諸夏樂貢,百蠻執贄。德侔往初,功無與二。休烈浹洽,符瑞衆變,期應紹至,不特創見。意泰山梁甫，設壇場望幸，蓋號以況榮。上帝垂恩儲祉，將以慶成。陛下謙讓而弗發，挈三神之歡，缺王道之儀，羣臣恧焉。

曰，《文選音》：越。　諶，《文選音》、尤袤本、陳八郎本：惠。《史記》作"憓"，《集解》：惠。　夏，《文選音》：下。　樂，《文選音》：洛。　贄，《文選音》：至。　侔，《文選音》：牟。　應，《文選音》：去聲。　見，《文選音》：乎見。　祉，《文選音》：恥。　挈，《文選音》：可結。顔師古：口計反。陳八郎本作"契"，音：挈。　歡，《文選音》作"驩"，音：乎丸。　恧，《文選音》、顔師古：女六反。

或曰：且天爲質闇，示珍符，固不可辭。若然辭之，是泰山靡記，而梁甫罔幾也。亦各并時而榮，咸濟厥世而屈，説者尚何稱於後，而云七十二君哉。

曰，《文選音》：越。　甫，《文選音》作"父"，音：甫。　幾，《文選音》：紀。《索隱》：冀。　屈，顔師古：其勿反。

夫修德以錫符，奉命以行事，不爲進越也。故聖王不替，而修禮地祇，謁款天神，勒功中嶽，以章至尊。舒盛德，發號榮，受厚福，以浸黎元。皇皇哉，此天下之壯觀，王者之卒業，不可貶也。願陛下全之。而後因雜搢紳先生之略術，使獲燿日月之末光絶炎，以展寀錯事。猶兼正列其義，祓飾厥文，作《春秋》一藝。將襲舊六爲七，攄之亡窮。

祇，《文選音》：巨支。　觀，《文選音》：古乱。　搢，《文選音》：晋。　紳，《文選音》：申。　日，《文選音》：人一。　炎，《文選音》：艷。顔師古：弋贍反。陳八郎本：焰。　錯，《文選音》：七户。顔師古：千故反。尤袤本李善注：千故切。朝鮮正德本、奎章閣本：措。　祓，《文選音》、尤袤本：弗。顔師古：敷勿反。陳八郎本：失勿。朝鮮正德本、奎章閣本：夫勿。〇案：陳八郎本"失"爲"夫"字之訛。　攄，顔師古：丑居反。

俾萬世得激清流，揚微波，蜚英聲，騰茂實。前聖所以永保鴻名，而常爲稱首者用此。宜命掌故，悉奏其儀而覽焉。於是天子俙然改容，曰：俞乎，朕其試哉。乃遷思迴慮，揔公卿之議，詢封禪之事。詩大澤之博，廣符瑞之富。

俾，《文選音》：必氏。　蜚，《文選音》：非。　稱，《文選音》：之孕。顔師古：尺孕反。〇案："之"爲"稱"代字符。　俙，《文選音》：呼皆。《漢書》作"沛"，顔師古：普大反。尤袤本李善注：許皆切，俙或爲沛。朝鮮正德本、奎章閣本亦作"沛"，音：普蓋。　曰，《文選音》：越。　俞，《文選音》：以朱。顔師古：踰。

遂作頌曰：自我天覆，雲之油油。甘露時雨，厥壤可游。滋液滲漉，何生不育。嘉穀六穗，我穡曷蓄。非惟雨之，又潤澤之。非惟遍之，我氾布護之。

曰，《文選音》：越。　覆，《文選音》：芳又。　油，《漢書》引蘇林：音油麻之油。　滲，《文選音》：所禁。《集解》引徐廣：色蔭反。顔師古：山禁反。尤袤本李善注引韋昭：疏禁切。陳八郎本：疏禁。　漉，《文選音》、顔師古、尤袤本：鹿。　穡，《文選音》：色。　氾，《文選音》：芳劎。顔師古：敷劍反。陳八郎本：似。〇案：據音，《文選音》《漢書》字當作"氾"，中華本《漢書》即作"氾"。　護，《文選音》作"濩"，音：護。

萬物熙熙，懷而慕思。名山顯位，望君之來。君乎君乎，侯不邁哉。般般之獸，樂我君圃。白質黑章，其儀可嘉。

般，《索隱》、陳八郎本：班。　樂，《文選音》：洛。　圃，《文選音》作"囿"，音：又。○案：此處韻字思、來、哉等上古音屬之部，圃屬魚部，其韻不合，當依《文選音》作"囿"，囿亦屬之部。　嘉，《文選音》作"喜"，音：許既。《漢書》亦作"喜"，顔師古：許記反。○案：據上條，嘉字屬歌部，與之部不協，當依《文選音》《漢書》作"喜"。

旼旼穆穆，君子之態。蓋聞其聲，今親其來。厥塗靡從，天瑞之徵。兹亦於舜，虞氏以興。濯濯之麟，游彼靈畤。孟冬十月，君徂郊祀。馳我君輿，帝用享祉。三代之前，蓋未嘗有。

旼，《文選音》、《集解》引徐廣、《索隱》、《漢書》及尤袤本引張揖、陳八郎本：旻。　態，《文選音》：他代。尤袤本李善注：他代切。　來，《文選音》：力代。顔師古：合韻音郎代反。陳八郎本：去聲。　濯，顔師古：直角反。　畤，《文選音》：止。　輿，《文選音》作"車"，音：尻。　祉，《文選音》：恥。

宛宛黄龍，興德而升。采色炫燿，焕炳煇煌。正陽顯見，覺悟黎蒸。於傳載之，云受命所乘。

宛，《文選音》：於。○案：《文選音》"於"下有脱字。　升，《文選音》作"陞"，音：升。　炫，《漢書》作"玄"，顔師古：讀曰炫。陳八郎本：縣。　焕，《史記》作"熿"，《集解》引徐廣：晃。　炳，《文選音》：丙。　煇，《文選音》：呼本。《集解》引徐廣：魂。顔師古：下本反。陳八郎本：胡本。　煌，《文選音》：皇。　見，《文選音》:乎見。

厥之有章,不必諄諄。依類託寓,喻以封巒。披藝觀之,天人之際已交,上下相發允荅。聖王之德,兢兢翼翼。故曰:於興必慮衰,安必思危。

諄,《文選音》:之倫。《集解》引徐廣:止純反。顏師古、陳八郎本:之純反。尤袤本:之純切。 寓,《文選音》:遇。 喻,《文選音》作“諭”,音:以句。 巒,《文選音》作“蠻”,音:力丸。〇案:《文選音》“蠻”爲“巒”字之訛。 已,《文選音》:以。 曰,《文選音》:越。 於,陳八郎本:烏。

是以湯武至尊嚴,不失肅祗。舜在假典,顧省闕遺,此之謂也。

嚴,《文選音》:魚檢。 祗,《文選音》:脂。 假,陳八郎本:格。 典,《文選音》作“典”,音:典。 省,《文選音》:胥井。

劇秦美新

揚子雲

諸吏、中散大夫臣雄,稽首再拜,上封事皇帝陛下:臣雄經術淺薄,行能無異,數蒙渥恩,拔擢倫比,與羣賢并,媿無以稱職。

散,《文選音》:素誕。 上,《文選音》:上。〇案:《文選音》注“上”蓋謂讀上聲。 行,《文選音》:下孟。 擢,《文選音》:大角。 比,《文選音》:鼻。 稱,《文選音》:稱孕。

臣伏惟陛下以至聖之德,龍興登庸,欽明尚古,作民父母,爲天下主。

執粹清之道，鏡照四海，聽聆風俗，博覽廣包，叁天貳地，兼并神明。配五帝，冠三王，開闢以來，未之聞也。臣誠樂昭著新德，光之罔極。往時司馬相如作《封禪》一篇，以彰漢氏之休。

粹，《文選音》：相季。　聽，《文選音》：他定。　包，《文選音》：白交。　叁，《文選音》作"參"，音：三。　冠，《文選音》：古乱。　作，《文選音》作"著"，音：知慮。

臣常有顛眴病，恐一旦先犬馬填溝壑。所懷不章，長恨黄泉。敢竭肝膽、寫腹心，作《劇秦美新》一篇，雖未究萬分之一，亦臣之極思也。臣雄稽首再拜以聞，曰：

眴，《文選音》：舜。陳八郎本：縣。　膽，《文選音》：多敢。　腹，《文選音》：福。　究，《文選音》：尻又。　分，《文選音》：扶問。　思，《文選音》：思吏。　曰，《文選音》：越。

權輿天地未袪，睢睢盱盱。或玄而萌，或黄而牙。玄黄剖判，上下相嘔。

袪，《文選音》：去於。　睢，《文選音》：許。尤袤本、陳八郎本：許惟。〇案：《文選音》"許"下有脱字。　盱，《文選音》：許于。尤袤本、陳八郎本：吁。　剖，《文選音》：普后。　嘔，《文選音》、陳八郎本：吁。尤袤本李善注：况俱切。

爰初生民，帝王始存。在乎混混茫茫之時，舋聞罕漫而不昭察，世莫得而云也。厥有云者：上罔顯於羲皇，中莫盛於唐虞，邇靡著於成周。仲尼不遭用，《春秋》因斯發。言神明所祚，兆民所託，罔不云道德仁義禮智。

茫,《文選音》:莫郎。 釁,《文選音》:許靳。 著,《文選音》:知庶。 智,《文選音》作"知",音:智。

獨秦屈起西戎,邠荒岐雍之疆。因襄、文、宣、靈之僭迹,立基孝公,茂惠文,奮昭莊。至政破縱擅衡,并吞六國,遂稱乎始皇。

屈,《文選音》:巨勿。朝鮮正德本、奎章閣本作"崛",音:求勿。 邠,《文選音》:筆貧。陳八郎本:斌。 縱,《文選音》作"從",音:足容。陳八郎本亦作"從":子容切。 擅,《文選音》:氏戰。 衡,《文選音》、陳八郎本:横。

盛從鞅、儀、韋、斯之邪政,馳鶩起、翦、恬、賁之用兵。剗滅古文,刮語燒書。弛禮崩樂,塗民耳目。

鞅,朝鮮正德本、奎章閣本:於仲。 邪,《文選音》作"耶",音:徐遮。 鶩,《文選音》:務。 恬,《文選音》作"惦",音:大兼。 賁,《文選音》、陳八郎本:奔。 剗,《文選音》:初簡。陳八郎本:楚簡。 刮,《文選音》、陳八郎本:古八。 弛,《文選音》作"弛",音:直氏。

遂欲流唐漂虞,滌殷蕩周。{?}除仲尼之篇藉,自勒功業。改制度軌量,咸稽之於《秦紀》。

漂,《文選音》:疋遥。 滌,《文選音》:狄七。 蕩,《文選音》作"盪",音:大朗。 {?},《文選音》、陳八郎本:然。 量,《文選音》:力上。 稽,《文選音》:古兮。

是以耆儒碩老,抱其書而遠遜。禮官博士,卷其舌而不談。來儀之鳥,肉角之獸,狙獷而不臻。

耆,《文選音》:巨尸。　碩,《文選音》:石。　遜,《文選音》作"愻",音:遜。　卷,《文選音》:但免。○案:《文選音》"但"當作"俱"。　狙,《文選音》、陳八郎本:七余。尤袤本李善注:且餘切。　獷,《文選音》、陳八郎本:古猛。尤袤本李善注:古猛切。

甘露嘉醴,景曜浸潭之瑞潛。大茀經實,巨狄鬼信之妖發。神歇靈繹,海水羣飛,二世而亡,何其劇與。

浸,《文選音》:七林。陳八郎本:侵。　潭,《文選音》:以林。陳八郎本:淫。　茀,《文選音》:步没。尤袤本李善注:步忽切。陳八郎本:浦没。　【附】尤袤本李善注:《穀梁傳》曰:星孛入北斗。孛之爲言猶茀也,步内切。　實,《文選音》:于敏。陳八郎本:隕。　妖,《文選音》:於苗。　歇,《文選音》:許匆。　繹,《文選音》:亦。　與,陳八郎本:平聲。

帝王之道,兢兢乎不可離已。夫能貞而明之者窮祥瑞,回而昧之者極妖愆。上覽古在昔,有憑應而尚缺,焉壞徹而能全。故若古者稱堯舜,威侮者陷桀紂。况盡汛掃前聖數千載功業,專用己之私,而能享祐者哉。

離,《文選音》:力豉。　已,《文選音》:以。　妖,《文選音》:於苗。　愆,《文選音》作"僁",音:去焉。　應,《文選音》:去聲。

汛,朝鮮正德本、奎章閣本作"訊",音:信。　【附】尤袤本李善注:毛萇曰:洒,灑也。洒與汛同,所買切。　數,《文選音》:依宇。○案:《文選音》"依"字誤。　己,《文選音》:以。　祐,《文選音》作"祜",音:户。

會漢祖龍騰豐沛,奮迅宛葉。自武關與項羽戮力咸陽,創業蜀漢,發迹三秦。尅項山東,而帝天下。擿秦政慘酷尤煩者,應時而蠲。

沛,《文選音》:布代。 迅,《文選音》:峻。 宛,《文選音》:於元。陳八郎本:冤。朝鮮正德本、奎章閣本:冕。○案:正德本、奎章閣本"冕"爲"冤"字之訛。 葉,《文選音》:失業。陳八郎本:攝。 戮,《文選音》作"勠",音:聊。 擿,《文選音》:竹革。 慘,《文選音》:七感。 應,《文選音》:去聲。 蠲,朝鮮正德本、奎章閣本:古玄反。

如儒林、刑辟、歷紀、圖典之用,稍增焉。秦餘制度,項氏爵號,雖違古而猶襲之。是以帝典闕而不補,王綱弛而未張。道極數殫,闇忽不還。

辟,《文選音》:婢赤。 弛,《文選音》作"弛",音:失尔。殫,《文選音》:丹。 還,《文選音》:旋。

逮至大新受命,上帝還資,后土顧懷。玄符靈契,黄瑞涌出。滭浡沕潏,川流海渟。雲動風偃,霧集雨散。誕彌八圻,上陳天庭。震聲日景,炎光飛響。盈塞天淵之間,必有不可辭讓云爾。

滭,《文選音》:必音,又:婢失。陳八郎本:必。 浡,《文選音》:步没。 沕,《文選音》:密、勿二音。陳八郎本:勿。 潏,《文選音》:聿音,又:于筆反。陳八郎本:聿。 渟,陳八郎本:庭。 圻,《文選音》作"坼":土革。 日,《文選音》:人一。炎,《文選音》作"焱":必昭。

於是乃奉若天命,窮寵極崇。與天剖神符,地合靈契,創億兆,規萬世。奇偉倜儻譎詭，天祭地事。

剖，《文選音》：苦后。○案：《文選音》"苦"當作"普"。見本篇"玄黄剖判"句注。　契，《文選音》：可計。　億，《文選音》：一力。　偉，《文選音》：于尾。　倜，《文選音》：吐的。陳八郎本：天歷。　儻，《文選音》：吐朗。　詭，《文選音》：古毁。　祭，《文選音》作"際"，音：祭。

其異物殊怪，存乎五威將帥，班乎天下者，四十有八章。登假皇穹，鋪衍下土，非新家其疇離之。卓哉煌煌，真天子之表也。

將，《文選音》：將上。　帥，《文選音》：帥類。　假，朝鮮正德本、奎章閣本：格。　穹，《文選音》：去弓。　鋪，《文選音》：普乎。

若夫白鳩丹烏，素魚斷蛇，方斯蔑矣。受命甚易，格來甚勤。昔帝纘皇，王纘帝，隨前踵古，或無爲而治，或損益而亡。豈知新室委心積意，儲思垂務。旁作穆穆，明旦不寐，勤勤懇懇者，非秦之爲與。

斷，《文選音》作"断"，音：大短。　易，《文選音》：易豉。　纘，《文選音》、陳八郎本：祖管。　踵，《文選音》：之勇。　治，《文選音》：治吏。　思，《文選音》：思吏。　懇，《文選音》：康佷。　與，《文選音》作"与"，音：余。陳八郎本：平聲。

夫不勤勤，則前人不當。不懇懇，則覺德不愷。是以發祕府，覽書林，遥集乎文雅之囿，翱翔乎禮樂之場，胤殷周之失業，紹唐虞之絶風。懿律嘉量，金科玉條。神卦靈兆，古文畢發。焕炳照曜，靡不宣臻。

場，《文選音》作"塲"，音：直羊。　量，《文選音》：力。○案：

《文選音》"力"下有脱字。 條,《文選音》作"樤",音:條。

式軨軒旂旗以示之,揚和鸞肆夏以節之,施黼黻衮冕以昭之,正嫁娶送終以尊之,親九族淑賢以穆之。

軨,《文選音》:力丁。 旂,《文選音》:其。 鸞,《文選音》作"鑾",音:力丸。 夏,《文選音》:下。 黼,《文選音》:甫。 黻,《文選音》:弗。 冕,《文選音》:勉。

夫改定神祇,上儀也。欽修百祀,咸秩也。明堂雍臺,壯觀也。九廟長壽,極孝也。制成六經,洪業也。北懷單于,廣德也。

祇,《文選音》:巨支。 雍,《文選音》:於恭。 觀,《文選音》:古乱。 單,《文選音》:氏延。

若復五爵,度三壤,經井田,免人役,方《甫刑》,匡馬法,恢崇祇庸爍德懿和之風,廣彼搢紳講習言諫箴誦之塗。振鷺之聲充庭,鴻鸞之黨漸階。俾前聖之緒,布濩流衍而不韞韣。郁郁乎焕哉。

復,《文選音》:伏。 度,《文選音》:大各。 爍,《文選音》:炎灼。 俾,《文選音》:必尔。 濩,《文選音》:互。 衍,《文選音》作"延",音:以戰。 韞,《文選音》:於粉。 韣,《文選音》、尤袤本李善注:讀。 郁,《文選音》:於菊。

天人之事盛矣,鬼神之望允塞。群公先正,罔不夷儀。姦宄寇賊,罔不振威。紹少典之苗,著黄虞之裔。帝典闕者已補,王綱弛者已張,炳炳麟麟,豈不懿哉。厥被風濡化者,京師沈潛,甸内匝洽,侯衛厲揭,要荒濯沐。而術前典,巡四民,迄四嶽。增封泰山,禪梁父,斯受命者之典業也。蓋受命日不暇給,或不受命,然猶有事矣。

少,《文選音》:失照。　麟,朝鮮正德本、奎章閣本作"煒",音:偉。　揭,陳八郎本:綺例。　迄,《文選音》:許乙。　日,《文選音》:人一。

况堂堂有新,正丁厥時,崇嶽渟海通瀆之神,咸設壇場,望受命之臻焉。海外遐方,信延頸企踵,回面内嚮,喁喁如也。帝者雖勤,惡可以已乎。

渟,《文選音》:大丁。陳八郎本:庭。　壇,《文選音》:大干。　場,《文選音》作"塲",音:直羊。　踵,《文選音》:之勇。　喁,《文選音》、陳八郎本:魚恭。　惡,《文選音》、尤袤本李善注、陳八郎本:烏。　已,《文選音》:以。

宜命賢哲,作《帝典》一篇,舊三爲一襲,以示來人,摛之罔極。令萬世常戴巍巍,履栗栗。臭馨香,含甘實。鏡純粹之至精,聆清和之正聲。則百工伊凝,庶績咸喜。荷天衢,提地釐。斯天下之上則已,庶可試哉。

臭,《文選音》:昌又。陳八郎本:許又。　粹,《文選音》:恤季。　荷,《文選音》:何可。　提,《文選音》:大兮。　釐,《文選音》:力之。　已,《文選音》:以。

典　引

班孟堅

臣固言:永平十七年,臣與賈逵、傅毅、杜矩、展隆、郗萌等,召詣雲龍門。小黄門趙宣持《秦始皇帝本紀》,問臣等曰:太史遷下贊語中,寧有非耶。臣對:此贊賈誼《過秦篇》,云向使子嬰有庸主之才,僅得中佐,秦之社稷,未宜絶也。此言非是。

毅,《文選音》:五記。 郗,《文選音》作"郄",音:去逆。曰,《文選音》:越。 耶,《文選音》:以遮。

即召臣入問:本聞此論非耶,將見問意開寤耶。臣具對素聞知狀。詔因曰:司馬遷著書,成一家之言,揚名後世。至以身陷刑之故,反微文刺譏,貶損當世,非誼士也。司馬相如洿行無節,但有浮華之辭,不周於用。至於疾病而遺忠,主上求取其書,竟得頌述功德,言封禪事,忠臣効也。至是賢遷遠矣。

論,《文選音》:力頓。 耶,《文選音》:以遮,下同。 曰,《文選音》:越。 著,《文選音》:知慮。 刺,《文選音》作"諫",音:七智。 洿,《文選音》:烏卧。 行,《文選音》:下孟。

臣固常伏刻誦聖論,昭明好惡,不遺微細,緣事斷誼,動有規矩,雖仲尼之因史見意,亦無以加。臣固被學最舊,受恩浸深,誠思畢力竭情,昊天罔極。臣固頓首頓首。

論,《文選音》:力頓。 斷,《文選音》作"断",音:多乱。見,《文選音》:乎見。 被,《文選音》:被義。 最,《文選音》作"寂",音:走外。 浸,《文選音》作"濅",音:浸。

伏惟相如《封禪》,靡而不典,楊雄《美新》,典而亡實,然皆游揚後世,垂爲舊式。臣固才朽,不及前人,盖詠雲門者難爲音,觀隋和者難爲珍。不勝區區,竊作《典引》一篇,雖不足雍容明盛萬分之一,猶啓發憤滿,覺悟童蒙。光揚大漢,軼聲前代。然後退入溝壑,死而不朽。臣固愚戇,頓首頓首。

亡,《文選音》:無。　引,《文選音》:以刃。　雍,《文選音》作"雝",音:於恭。　分,《文選音》:扶問。　憤,《文選音》:扶粉。　滿,《文選音》作"懣",音:莫本。　軼,《文選音》:逸。　戇,《文選音》:竹絳。

曰:太極之元,兩儀始分,烟烟熅熅。有沈而奧,有浮而清。沈浮交錯,庶類混成。肇命民主,五德初始。同於草昧玄混之中,踰繩越契,寂寥而亡詔者,系不得而綴也。

曰,《文選音》:越。　烟,《文選音》作"氤",音:因。陳八郎本:因。　熅,《文選音》作"氳",音:紆云。陳八郎本:於云反。　奥,《文選音》:於六。　契,《文選音》:可計。　亡,《文選音》、陳八郎本:無。　系,《文選音》:乎計。　綴,尤袤本注:知鋭切。

厥有氏號,紹天闡繹。莫不開元於太昊皇初之首,上哉敻乎,其書猶得而修也。亞斯之世,通變神化,函光而未曜。

闡,《文選音》:昌若。○案:若、闡韻部不同,《文選音》"若"疑爲"善"字之訛。卷五《吴都賦》"闡闤閭之所營"、卷二十四《爲賈謐作贈陸機》"結繩闡化",集注本引《音决》"昌善反"。又卷十八《長笛賦》"從容闡緩",朝鮮正德本、奎章閣本音"昌善"。并是其例。　繹,陳八郎本:亦。　敻,《文選音》:吁穽。　函,《文選音》:乎甘。朝鮮正德本、奎章閣本:含。

若夫上稽乾則,降承龍翼,而炳諸典謨,以冠德卓絶者,莫崇乎陶唐。

陶唐舍胤而禪有虞，有虞亦命夏后，稷契熙載，越成湯武。股肱既周，天廼歸功元首，將授漢劉。

稽，《文選音》：吉兮。　冠，《文選音》：古乱。　舍，《文選音》：失也。　夏，《文選音》：下。　契，《文選音》作“偰”，音：息列。　股，《文選音》：古。　肱，《文選音》：古弓。

俾其承三季之荒末，值亢龍之灾孽。縣象闇而恒文乖，彝倫斁而舊章缺。故先命玄聖，使綴學立制。宏亮洪業，表相祖宗，贊揚迪喆。備哉粲爛，真神明之式也。雖皐、夔、衡、旦密勿之輔，比玆褊矣。是以高、光二聖，宸居其域。時至氣動，乃龍見淵躍。拊翼而未舉，則威靈紛紜。海内雲蒸，雷動電熛。胡縊莽分，尚不莅其誅。

褊，《文選音》：必善。　見，《文選音》：乎見。　躍，《文選音》：以若。　拊，《文選音》：撫。　熛，《文選音》：必昭。陳八郎本：必揺反。　縊，《文選音》：於豉。陳八郎本：一智。　莅，《文選音》：利。

然後欽若上下，恭揖羣后，正位度宗。有于德不台淵穆之讓，靡號師矢敦奮撝之容，盖以膺當天之正統，受克讓之歸運。蓄炎上之烈精，藴孔佐之弘陳云爾。

揖，《文選音》：一入。　度，《文選音》：大各。　撝，《文選音》：許烏。尤袤本李善注：與麾音義同。　蓄，《文選音》：丑六。　炎，《文選音》：央三。　藴，《文選音》作“韞”，音：行粉。○案：《文選音》“行”疑爲“紆”字之訛。

洋洋乎若德，帝者之上儀，誥誓所不及已。鋪觀二代洪纖之度，其賾可探也。并開迹於一匱，同受侯甸之所服，奕世勤民，以方伯統牧。乘其命賜彤弧黄鉞之威，用討韋、顧、黎、崇之不恪。

鋪，《文選音》：普乎。　賾，《文選音》：仕白。陳八郎本：士責。　匱，《文選音》：具位。　彤，《文選音》：大冬。

至于參五華夏，京遷鎬亳。遂自北面，虎螭其師，革滅天邑。是故誼士偉而不敦，武稱未盡，護有慙德，不其然歟。

參，《文選音》、尤袤本、陳八郎本：三。　夏，《文選音》：下。　鎬，《文選音》：乎老。朝鮮正德本、奎章閣本：皓。　亳，《文選音》：薄。

然猶於穆猗那，翕純皦繹。以崇嚴祖考，殷薦宗祀配帝。發祥流慶，對越天地者，舄奕乎千載，豈不克自神明哉。誕略有常，審言行於篇籍，光藻朗而不渝耳。

於，《文選音》、陳八郎本：烏。　猗，《文選音》：於宜。　那，《文選音》作"郍"，音：乃何。　翕，《文選音》：許入。　皦，尤袤本、陳八郎本：皎。　繹，陳八郎本：亦。　舄，《文選音》：苦。〇案：《文選音》"苦"爲"昔"字之訛。　行，《文選音》：下孟。　渝，《文選音》：以朱。

矧夫赫赫聖漢，巍巍唐基，泝測其源，乃先孕虞育夏，甄殷陶周。然後宣二祖之重光，襲四宗之緝熙。神靈日照，光被六幽。仁風翔乎海表，威靈行乎鬼區。匿亡回而不泯，微胡瑣而不頤。故夫顯定三才昭登之績，匪堯不興。鋪聞遺策在下之訓，匪漢不弘厥道。

矧，《文選音》：失忍。　泝，《文選音》：素。　夏，《文選音》：

下。 甄,《文選音》:真。 重,《文選音》:直工。 被,《文選音》:被義。 匿,《文選音》作"慝",音:吐得。 亡,《文選音》、陳八郎本:無。 泯,《文選音》:民忍。 頤,《文選音》作"賾",音:仕革。 鋪,《文選音》:普乎。

至於經緯乾坤,出入三光。外運渾元,内沾豪芒。性類循理,品物咸亨,其已久矣。盛哉,皇家帝世,德臣列辟,功君百王。榮鏡宇宙,尊亡與亢。乃始虔鞏勞謙,兢兢業業,貶成抑定,不敢論制作。

渾,《文選音》:乎本。 沾,《文選音》:知占。 芒,《文選音》:莫郎。 亨,《文選音》:許庚。 已,《文選音》:以。 亡,《文選音》:無。 亢,《文選音》:可浪。 鞏,《文選音》:恭奉。 貶,《文選音》:彼檢。 抑,《文選音》:憶。

至令遷正黜色賓監之事,渙揚宇内,而禮官儒林屯用篤誨之士,不傳祖宗之髣髴,雖云優慎,無乃葸與。

正,《文選音》:征。 監,陳八郎本:平聲。 傳,《文選音》:直專。 髣,《文選音》作"仿",音:芳往。 髴,《文選音》作"佛",音:芳勿。 優,《文選音》:憂。 葸,《文選音》:思里。陳八郎本:死。

於是三事嶽牧之寮,僉爾而進,曰:陛下仰監唐典,中述祖則,俯蹈宗軌。躬奉天經,惇睦辨章之化洽。巡靖黎蒸,懷保鰥寡之惠浹。燔瘞縣沈,肅祗羣神之禮備。

僉,《文選音》:七占。 曰,《文選音》:越。 惇,《文選音》:多昆。朝鮮正德本、奎章閣本:敦。 鰥,《文選音》:古還。

浹,《文選音》:走牒。朝鮮正德本、奎章閣本:祖頰反。　燔,《文選音》:煩。陳八郎本:扶元。　瘞,《文選音》:於例。　祇,《文選音》:脂。　【附】李賢:《爾雅》曰:祭山曰庋縣。庋音居毁反。

是以來儀集羽族於觀魏,肉角馴毛宗於外囿,擾緇文皓質於郊,升黄輝采鱗於沼,甘露宵零於豐草,三足軒翥於茂樹。若乃嘉穀靈草,奇獸神禽,應圖合諜,窮祥極瑞者,朝夕坰牧。日月邦畿,卓犖乎方州,洋溢乎要荒。

觀,《文選音》:古乱。　馴,《文選音》:巡。　擾,《文選音》:而沼。　輝,《文選音》作"煇",音:輝。　翥,《文選音》:者庶。　諜,《文選音》:牒。　日,《文選音》:人一。　犖,《文選音》:力角。　洋,《後漢書》作"羡",李賢:以戰反。　要,《文選音》:一照。

昔姬有素雉、朱烏、玄秬、黄鍪之事耳。君臣動色,左右相趣。濟濟翼翼,峨峨如也。蓋用昭明寅畏,承聿懷之福。亦以寵靈文武,貽燕後昆,覆以懿鑠。豈其爲身而有顓辭也。若然受之,亦宜懃恁旅力,以充厥道。啓恭館之金縢,御東序之祕寶,以流其占。

秬,《文選音》:巨。　鍪,《文選音》:牟。尤袤本李善注:莫侯切。陳八郎本:莫侯。　寅,《文選音》:夷。〇案:寅,《廣韻》一音"以脂切",與《文選音》合。　承,《文選音》作"丞",音:承。　覆,《文選音》:芳又。　鑠,《文選音》:失若。　顓,《文選音》:專。　恁,《文選音》:而鴆。李賢:人甚反。尤袤本注:如深切。陳八郎本:而深。　縢,《文選音》:大能。

夫圖書亮章,天哲也。孔猷先命,聖孚也。體行德本,正性也。逢吉丁辰,景命也。順命以創制,因定以和神,荅三靈之蕃祉,展放唐之明文。兹事體大而允,寤寐次於心,瞻前顧後。豈蔑清廟,憚勑天命也。

孚,《文選音》:芳于。　行,《文選音》:下孟。　蕃,朝鮮正德本、奎章閣本:煩。　祉,《文選音》:恥。　放,《文選音》:方往。李賢:甫往反。　憚,《文選音》:大旦。

伊考自遂古,乃降戾爰兹。作者七十有四人,有不俾而假素,罔光度而遺章。今其如台而獨闕也。是時聖上固以垂精游神,苞舉藝文。屢訪羣儒,諭咨故老。與之斟酌道德之淵源,肴覈仁誼之林藪,以望元符之臻焉。

台,《文選音》:夷。陳八郎本:貽。　諭,《文選音》:以朱。　覈,陳八郎本:胡革。

既感羣后之讜辭,又悉經五繇之碩慮矣。將絣萬嗣,揚洪輝,奮景炎。扇遺風,播芳烈。久而愈新,用而不竭。汪汪乎丕天之大律,其疇能亘之哉。唐哉皇哉,皇哉唐哉。

讜,《文選音》:多朗。　繇,《文選音》:直又。李賢:胄。陳八郎本:宙。　絣,《文選音》:布耕。李賢:方萌反。朝鮮正德本、奎章閣本作"伻",音:蒲萌。　輝,《文選音》作"煇",音:暉。　炎,《文選音》:艷。

《文選》音注輯考卷四十九

史論上

史論上

漢書·公孫弘傳贊

班孟堅

贊曰:公孫弘、卜式、倪寬,皆以鴻漸之翼,困於燕雀。遠迹羊豕之間,非遇其時,焉能致此位乎。是時漢興六十餘載,海内乂安,府庫充實,而四夷未賓,制度多闕。上方欲用文武,求之如弗及,始以蒲輪迎枚生,見主父而嘆息。

倪,《文選音》作"兒",音:五兮。　乂,《漢書》作"艾",顔師古:讀曰乂。　枚,《文選音》:梅。　父,《文選音》:甫。

羣士慕響,異人并出。卜式拔於芻牧,弘羊擢於賈豎。衛青奮於奴僕,日磾出於降虜,斯亦曩時版築飯牛之明已。

牧,《文選音》:目。 賈,《文選音》、尤袤本、陳八郎本:古。 日,《文選音》:人一。 磾,《文選音》:多兮。 降,《文選音》:乎江。 版,《文選音》:板。 飯,《文選音》:扶反。顔師古:扶晚反。 已,《文選音》:以。

漢之得人,於兹爲盛,儒雅則公孫洪、董仲舒、倪寬。篤行則石建、石慶。質直則汲黯、卜式。推賢則韓安國、鄭當時。定令則趙禹、張湯。文章則司馬遷、相如。滑稽則東方朔、枚皋。

行,《文選音》:下孟。 黯,《文選音》:烏故。〇案:《文選音》"故"字疑誤。 【附】尤袤本李善注:《漢書》曰:趙禹,斄人。斄音邰。 滑,顔師古:骨。 稽,《文選音》:古兮。顔師古:工奚反。 枚,《文選音》:梅。 皋,《文選音》:古刀。

應對則嚴助、朱買臣。歷數則唐都、落下閎。協律則李延年,運籌則桑弘羊。奉使則張騫、蘇武。將帥則衛青、霍去病。受遺則霍光、金日磾。其餘不可勝紀。是以興造功業,制度遺文,後世莫及。

應,《文選音》:去聲。 數,《文選音》:色句。 閎,《文選音》:宏。 籌,《文選音》:直由。 使,《文選音》:使吏。 騫,《文選音》:去焉。 將,《文選音》:將上。 帥,《文選音》:帥季。 去,《文選音》:去吕。 勝,《文選音》:升。

孝宣承統,纂修洪業。亦講論六藝,招選茂異。而蕭望之、梁丘賀、夏侯勝、韋玄成、嚴彭祖、尹更始以儒術進。劉向、王褒以文章顯,將相則張安世、趙充國、魏相、邴吉、于定國、杜延年。治民則黄霸、王成、龔遂、鄭弘、召信臣、韓延壽、尹翁歸、趙廣漢、嚴延年、張敞之屬。皆有功迹見述於後世。參其名臣,亦其次也。

向,《文選音》:失尚。 召,《文選音》:劭。顔師古:讀曰邵。 敞,《文選音》:昌兩。 參,《文選音》:七甘。

晉紀論晉武帝革命

干令升

史臣曰:帝王之興,必俟天命,苟有代謝,非人事也。文質異時,興建不同。故古之有天下者,柏皇栗陸以前,爲而不有,應而不求,執大象也。

曰,《文選音》:越。 應,《文選音》:去聲。

鴻黄世及,以一民也。堯舜内禪,體文德也。漢魏外禪,順大名也。湯武革命,應天人也。高光争伐,定功業也。各因其運而天下隨時,隨時之義大矣哉。古者敬其事則命以始,今帝王受命而用其終。豈人事乎,其天意乎。

晉紀·總論

干令升

史臣曰:昔高祖宣皇帝以雄才碩量,應運而仕。值魏太祖創基之初,籌畫軍國,嘉謀屢中。遂服輿軫,驅馳三世。

量,《文選音》:力上。集注本引《音决》:□。〇案:集注本□處字殘脱。 應,集注本引《音决》:於證反。〇案:集注本引《音决》"應"字殘脱。 籌,集注本引《音决》:直留反。 畫,《文選音》、集注本引《音决》:獲。 中,《文選音》:中仲。集注本引《音决》：丁仲反。　軫，集注本引《音决》：之忍反。

性深阻有如城府，而能寬綽以容納，行任數以御物，而知人善采拔。故賢愚咸懷，小大畢力。爾乃取鄧艾於農隙，引州泰於行役，委以文武，各善其事。故能西禽孟達，東舉公孫淵。内夷曹爽，外襲王陵。神略獨斷，征伐四克。維御群后，大權在己。屢拒諸葛亮節制之兵，而東支吴人輔車之勢。

任，《文選音》：任禁。集注本引《音决》：而鴆反。　數，集注本引《音决》：史具反。　艾，集注本引《音决》：□益反。〇案：集注本引《音决》"艾"及□處字殘脱。　隙，集注本作"璅"，引《音决》：素果反。　襲，集注本引《音决》：集。〇案：襲爲邪母，集爲從母，從、邪混切。　斷，集注本引《音决》作"断"：多翫反，下同。　屢，集注本引《音决》：力住反。

世宗承基，太祖繼業。軍旅屢動，邊鄙無虧，於是百姓與能，大象始構矣。玄豐亂内，欽誕寇外。潛謀雖密，而在幾必兆。淮浦再擾，而許洛不震，咸黜異圖，用融前烈。然後推轂鐘鄧，長驅庸蜀。三關電掃，劉禪入臣。天符人事，於是信矣。始當非常之禮，終受備物之錫。名器崇於周公，權制嚴於伊尹。

構，集注本引《音决》：古候反，下同。　擾，集注本引《音决》：而沼反。　轂，集注本李善注：谷。〇案：集注本此條音不見於北宋本及尤袤本，疑本爲《音决》之音，鈔者脱《音决》之名，遂附麗於李善注末。　電，集注本引《音决》：殿。　掃，集注本引《音决》：先老反。　禪，集注本引《音决》：市戰反。

至於世祖,遂享皇極。正位居體,重言慎法。仁以厚下,儉以足用。和而不弛,寬而能斷。故民詠惟新,四海悦勸矣。聿修祖宗之志,思輯戰國之苦。腹心不同,公卿異議,而獨納羊祜之策,以從善爲衆。故至於咸寧之末,遂排群議而杖王、杜之决。

享,集注本引《音决》:許兩反。　厚,集注本引《音决》作“享”:許兩反。　弛,集注本作“弛”,引《音决》:式氏反。　輯,集注本引《音决》:集。　祜,集注本引《音决》:户。　策,集注本引《音决》:筞音筞。〇案:集注本此條音有誤。卷二八陸士衡《挽歌詩》其三“振策指靈丘”,集注本引《音决》作“筴”,音:筞。據此,《音决》本條疑當作“筴音筞”。　衆,集注本引《音决》:之仲反。　排,集注本引《音决》:步懷反。　杖,集注本引《音决》:直□反。〇案:集注本□處字殘脱。

泛舟三峽,介馬桂陽。役不二時,江湘來同。夷吴蜀之壘垣,通二方之險塞,掩唐虞之舊域,班正朔於八荒。太康之中,天下書同文,車同軌。牛馬被野,餘糧栖畝,行旅草舍,外閭不閉。民相遇者如親,其匱乏者,取資於道路。故于時有天下無窮人之諺,雖太平未洽,亦足以明吏奉其法,民樂其生,百代之一時矣。

泛,集注本引《音决》作“泛”:芳劒反。　峽,集注本引《音决》:洽。　介,集注本引《音决》:戒。　壘,集注本引《音决》:誄。　垣,集注本引《音决》:袁。　險,集注本引《音决》:許儉反。　塞,集注本引《音决》:四代反。　被,集注本引《音决》:皮義反。　匱,集注本引《音决》:其媿反。　諺,集注本引《音决》:彦。　樂,集注本引《音决》:洛。

武皇既崩,山陵未乾。楊駿被誅,母后廢黜。朝士舊臣夷滅者數十族,尋以二公楚王之變,宗子無維城之助,而閼伯實沈之郤歲構。師尹無具瞻之貴,而顛墜戮辱之禍日有。

乾,集注本引《音决》:干。 駿,集注本引《音决》:俊。 朝,集注本引《音决》:直遥反。 閼,集注本引《音决》:於葛反。 郤,集注本作"郄",引《音决》:去戟反。 顛,集注本引《音决》:丁年反。 墜,集注本引《音决》:直類反。

至乃易天子以太上之號,而有免官之謠。民不見德,唯亂是聞。朝爲伊周,夕爲桀跖。善惡陷於成敗,毁譽脅於勢利。於是輕薄干紀之士,役姦智以投之,如夜蟲之赴火。内外混淆,庶官失才。名實反錯,天綱解紐。

易,集注本引《音决》:亦。 謡,集注本引《音决》:遥。 跖,集注本引《音决》:之石反。 譽,集注本引《音决》:余。 脅,集注本引《音决》:許業反。 混,集注本引《音决》:胡本反。 淆,集注本引《音决》:下交反。 綱,集注本引《音决》:剛。 解,集注本引《音决》:居買反。 紐,集注本引《音决》:女丑反。

國政迭移於亂人,禁兵外散於四方,方岳無鈞石之鎮,關門無結草之固。李辰石冰,傾之於荆楊。劉淵王彌,撓之於青冀。二十餘年,而河洛爲墟,戎羯稱制,二帝失尊,山陵無所。何哉,樹立失權,託付非才,四維不張,而苟且之政多也。

迭,集注本引《音决》作"遞":大帝反。 撓,集注本引《音决》:女巧反。 墟,集注本引《音决》作"虚",音:墟。 羯,集注本引《音决》:居歇反。

夫作法於治,其弊猶亂,作法於亂,誰能救之。故于時天下非暫弱也,軍旅非無素也。彼劉淵者,離石之將兵都尉。王彌者,青州之散吏也。

散,集注本引《音决》:先但反。

蓋皆弓馬之士,驅走之人,凡庸之才,非有吴先主、諸葛孔明之能也。新起之寇,烏合之衆,非吴蜀之敵也。

衆,集注本引《音决》:之仲反。

脱耒爲兵,裂裳爲旗,非戰國之器也。自下逆上,非鄰國之勢也。然而成敗異效,擾天下如驅群羊,舉二都如拾遺。將相侯王,連頭受戮,乞爲奴僕而猶不獲。后嬪妃主,虜辱於戎卒,豈不哀哉。

脱,集注本引《音决》:他活反。　耒,集注本引《音决》:力對反。　上,集注本引《音决》:時掌反。　效,集注本引《音决》:胡孝反。　拾,集注本引《音决》:十。　將,集注本引《音决》:子亮反。　相,集注本引《音决》:息亮反。　卒,集注本引《音决》:走忽反。

夫天下,大器也。羣生,重畜也。愛惡相攻,利害相奪,其勢常也。若積水于防,燎火於原,未嘗暫静也。器大者,不可以小道治。勢動者,不可以争競擾。古先哲王知其然也,是以扞其大患,而不有其功。禦其大灾,而不尸其利。

畜,集注本引《音决》:丑六反。　惡,集注本引《音决》:烏故反。　防,集注本引《音决》:扶方反。　燎,集注本引《音决》:力召反。　扞,集注本引《音决》:何旦反。　禦,集注本引《音决》:語。

百姓皆知上德之生己,而不謂浚己以生也。是以感而應之,悦而歸之,如晨風之鬱北林,龍魚之趣淵澤也。

應,集注本引《音决》:於證反,下同。

順乎天而享其運,應乎人而和其義。然後設禮文以治之,斷刑罰以威之。謹好惡以示之,審禍福以喻之。

好,集注本引《音决》:秏。　惡,集注本引《音决》:烏故反。

求明察以官之,篤慈愛以固之,故衆知向方。皆樂其生而哀其死,悦其教而安其俗。君子勤禮,小人盡力。廉恥篤於家閭,邪僻銷於胷懷。故其民有見危以授命,而不求生以害義。又況可奮臂大呼,聚之以干紀作亂之事乎。

樂,集注本引《音决》:洛。　邪,集注本引《音决》:在嗟反。○案:邪爲邪母,在爲從母,從、邪混切。　僻,集注本引《音决》:匹亦反,下同。　呼,集注本引《音决》:火故反。

基廣則難傾,根深則難拔。理節則不亂,膠結則不遷。是以昔之有天下者,所以長久也。夫豈無僻主,賴道德典刑,以維持之也。故延陵季子聽樂,以知諸侯存亡之數、短長之期者,蓋民情風教,國家安危之本也。

膠,集注本引《音决》:交。

昔周之興也,后稷生於姜嫄,而天命昭顯,文武之功,起於后稷。故其詩曰:思文后稷,克配彼天。又曰:立我蒸民,莫匪爾極。又曰:實穎實栗,即有邰家室。

嫄,集注本引《音决》:元。　蒸,集注本引《音决》:之仍反。　穎,集注本引《音决》:以永反。　邰,集注本引《音决》:他來反,下同。尤袤本、朝鮮正德本、奎章閣本:胎。

至于公劉,遭狄人之亂,去邰之豳,身服厥勞,故其詩曰:乃裹餱糧,于橐于囊。陟則在巘,復降在原,以處其民。

狄,集注本引《音决》作"夏",音:下。　豳,集注本引《音决》:布貧反。　裹,集注本引《音决》:果。　餱,集注本作"糇",引《音决》:侯。　橐,集注本引《音决》:他洛反。尤袤本、陳八郎本:託。　囊,集注本引《音决》:奴當反。　巘,集注本引《音决》:魚輂反。　復,集注本引《音决》:伏。　處,集注本引《音决》:昌吕反。

以至于太王,爲戎翟所逼,而不忍百姓之命,杖策而去之。故其詩曰:来朝走馬,帥西水滸,至于岐下。周民從而思之,曰:仁人不可失也。故從之如歸市。居之一年成邑,二年成都,三年五倍其初。每勞来而安集之,故其詩曰:乃慰乃止,乃左乃右,乃疆乃理,乃宣乃畝。

翟,集注本引《音决》:狄。　杖,集注本引《音决》:直亮反。　走,集注本引《音决》:七后反。　馬,集注本引《音决》:叶韻莫古反。　滸,集注本引《音决》:呼古反。　倍,集注本引《音决》:步罪反。　勞,集注本引《音决》:力到反。　來,集注本引《音决》:力代反。　疆,集注本作"壃",引《音决》:居良反。

以至于王季，能貊其德音。故其詩曰：克明克類，克長克君，載錫之光。

貊，集注本引《音决》作“狛”：亡白反。　長，集注本引《音决》：丁丈反。

至于文王，備修舊德，而惟新其命。故其詩曰：惟此文王，小心翼翼，昭事上帝，聿懷多福。由此觀之，周家世積忠厚，仁及草木，内睦九族，外尊事黄耇，養老乞言，以成其福禄者也。而其妃后，躬行四教。尊敬師傅，服澣濯之衣，脩煩辱之事，化天下以婦道。故其詩曰：刑于寡妻，至于兄弟，以御于家邦。

澣，集注本引《音决》：户管反。　濯，集注本引《音决》：直角反。　辱，集注本引《音决》作“縟”，音：辱。　御，集注本引《音决》：毛音馭，鄭玄音訝。

是以漢濱之女，守潔白之志。中林之士，有純一之德。故曰文武自《天保》以上治内，《采薇》以下治外，始於憂勤，終於逸樂。於是天下三分有二，猶以服事殷，諸侯不期而會者八百，猶曰天命未至。

上，集注本引《音决》：時掌反。　薇，集注本引《音决》：微。　樂，集注本引《音决》：洛。　三，集注本引《音决》作“叁”，音：三。

以三聖之智，伐獨夫之紂，猶正其名教，曰逆取順守，保大定功，安民和衆。猶著《大武》之容，曰未盡善也。

著，集注本引《音决》：丁慮反。　盡，集注本引《音决》：子忍反。

及周公遭變,陳后稷先公風化之所由,致王業之艱難者,則皆農夫女工衣食之事也。故自后稷之始基静民,十五王而文始平之,十六王而武始居之,十八王而康克安之。故其積基樹本,經緯禮俗,節理人情,恤隱民事,如此之纒緜也。爰及上代,雖文質異時,功業不同。及其安民立政者,其揆一也。

静,集注本引《音决》作"竫",音:静。

今晋之興也,功烈於百王,事捷於三代,盖有爲以爲之矣。宣、景遭多難之時,務伐英雄,誅庶桀以便事。不及脩公劉太王之仁也。受遺輔政,屢遇廢置,故齊王不明,不獲思庸於亳。高貴冲人,不得復子明辟。

捷,集注本引《音决》:才接反。　爲,集注本引《音决》:于僞反,下如字。　難,集注本引《音决》:那旦反。　便,集注本引《音决》:婢面反。　亳,集注本引《音决》:薄。　冲,集注本引《音决》:直中反。　復,集注本引《音决》:伏。　辟,集注本引《音决》:必亦反。

二祖逼禪代之期,不暇待叁分八百之會也。是其創基立本,異於先代者也。又加之以朝寡純德之士,鄉乏不二之老。風俗淫僻,耻尚失所,學者以莊老爲宗,而黜六經。談者以虚薄爲辯,而賤名檢。行身者以放濁爲通,而狹節信。進仕者以苟得爲貴,而鄙居正。當官者以望空爲高,而笑勤恪。

朝,集注本引《音决》:直遥反。　純,集注本引《音决》作"醇",音:純。　僻,集注本引《音决》:疋亦反。　檢,集注本引《音决》:居儉反。　狹,集注本引《音决》:洽。　恪,集注本引

《音决》:口各反。

是以目三公以蕭杌之稱,標上議以虚談之名。劉頌屢言治道,傅咸每糾邪正,皆謂之俗吏。

蕭,集注本引《音决》作“檮”,音:陶。 杌,集注本引《音决》:兀。 稱,集注本引《音决》:尺證反。 標,集注本引《音决》:必遥反。 治,集注本引《音决》:直吏反。 邪,集注本引《音决》:在嗟反,下同。〇案:邪爲邪母,在爲從母,從、邪混切。

其倚杖虚曠,依阿無心者,皆名重海内。若夫文王日昃不暇食,仲山甫夙夜匪懈者,蓋共嗤點以爲灰塵,而相詬病矣。

倚,集注本引《音决》:於綺反。 杖,集注本引《音决》:直亮反。 嗤,集注本引《音决》作“蚩”:尺之反。 詬,集注本引《音决》、尤袤本:火候反。北宋本:火候切。

由是毁譽亂於善惡之實,情慝奔於貨慾之塗,選者爲人擇官,官者爲身擇利。而秉鈞當軸之士,身兼官以十數。大極其尊,小録其要,機事之失,十恒八九。而世族貴戚之子弟,陵邁超越,不拘資次。

慝,集注本引《音决》作“匿”:他得反。 慾,集注本引《音决》:欲。 選,集注本引《音决》:思絹反。 爲,集注本引《音决》:于僞反,下同。 軸,集注本引《音决》:直六反。 數,集注本引《音决》:史具反。 要,集注本引《音决》:一照反。 拘,集注本引《音决》:俱,下同。

悠悠風塵,皆奔競之士。列官千百,無讓賢之舉。子真著《崇讓》,而莫之省。子雅制九班，而不得用。長虞數直筆，而不能糾。

著，集注本引《音决》：丁慮反。　省，集注本引《音决》：思静反。　長，集注本引《音决》：丁丈反。　數，集注本引《音决》：朔。

其婦女莊櫛織紝，皆取成於婢僕。未嘗知女工絲枲之業，中饋酒食之事也。

櫛，集注本引《音决》：側訖反。　紝，集注本引《音决》：女吟反。尤袤本：女金反。陳八郎本：女金。　枲，集注本作"菓"，引《音决》：死。尤袤本：胥里反。陳八郎本：胥里。　饋，集注本引《音决》：其媿反。

先時而婚，任情而動，故皆不恥淫逸之過，不拘妬忌之惡，有逆于舅姑，有反易剛柔，有殺戮妾媵，有黷亂上下。

先，集注本引《音决》：思見反。　任，集注本引《音决》：而鴆反。　過，集注本引《音决》：古卧反。　妬，集注本引《音决》：丁故反。　易，集注本引《音决》：亦。　戮，集注本引《音决》：六。　媵，集注本引《音决》：以證反。　黷，集注本引《音决》：大禄反。

父兄弗之罪也，天下莫之非也，又況責之聞四教於古，修貞順於今，以輔佐君子者哉。禮法刑政，於此大壞。如室斯構，而去其鑿契。如水斯積，而决其隄防。如火斯畜，而離其薪燎也。國之將亡，本必先顛，其此之謂乎。

去，集注本引《音决》：欺吕反。　鑿，集注本引《音决》：在到反。 契，集注本引《音决》：苦計反。 隄，集注本引《音决》：低。 防，集注本引《音决》：房。 畜，集注本引《音决》：丑六反。 顛，集注本引《音决》作“值”：丁田反。○案：集注本引《音决》“值”疑爲“傎”字之訛。

故觀阮籍之行，而覺禮教崩弛之所由。察庾純、賈充之事，而見師尹之多僻。考平吴之功，知將帥之不讓。思郭欽之謀，而悟戎狄之有釁。覽傅玄、劉毅之言，而得百官之邪。核傅咸之奏，《錢神》之論，而睹寵賂之彰。

行，集注本引《音决》：下孟反。 賈，集注本引《音决》：古雅反，下同。 將，集注本引《音决》：子亮反。 帥，集注本引《音决》：所位反。 悟，集注本引《音决》作“寤”：五故反。 釁，集注本作“舋”，引《音决》：許覲反。 毅，集注本引《音决》：魚既反。 核，集注本引《音决》：何革反。 論，集注本引《音决》：力頓反。 賂，集注本引《音决》：路。

民風國勢如此，雖以中庸之才，守文之主治之，辛有必見之於祭祀，季札必得之於聲樂。范燮必爲之請死，賈誼必爲之痛哭。又況我惠帝以蕩蕩之德臨之哉。

札，集注本引《音决》：側八反。 燮，集注本引《音决》：素牒反，又：息臈反。 爲，集注本引《音决》：于偽反，下同。

故賈后肆虐於六宫，韓午助亂於外內，其所由来者漸矣，豈特繫一婦人之惡乎。懷帝承亂之後得位，羈於彊臣。愍帝奔播之後，徒厠其虚名。

彊，集注本作“强”，引《音决》：其良反。　愍，集注本引《音决》：閔，下同。〇案：集注本引《音决》“閅”疑爲“閔”字之訛。　厠，集注本引《音决》：初事反。

天下之政，既已去矣，非命世之雄，不能取之矣。然懷帝初載，嘉禾生于南昌。望氣者又云：豫章有天子氣。及國家多難，宗室迭興。以愍懷之正，淮南之壯，成都之功，長沙之權，皆卒於傾覆。

難，集注本引《音决》：那旦反。　迭，集注本引《音决》：大結反。　卒，集注本引《音决》：子律反。　覆，集注本引《音决》：芳伏反。

而懷帝以豫章王登天位，劉向之讖云：滅亡之後，有少如水名者得之。起事者據秦川，西南乃得其朋。案愍帝，蓋秦王之子也，得位於長安。長安，固秦地也。而西以南陽王爲右丞相，東以琅邪王爲左丞相。上諱業，故改鄴爲臨漳。漳，水名也。由此推之，亦有徵祥，而皇極不建，禍辱及身。

讖，集注本引《音决》：初蔭反。　少，集注本引《音决》：失照反。　相，集注本引《音决》：息亮反。　琅，集注本引《音决》：郎。　邪，集注本作“琊”，引《音决》：羊嗟反。〇案：集注本引《音决》脱“琊”字。　鄴，集注本引《音决》：業。

豈上帝臨我，而貳其心。將由人能弘道，非道弘人者乎。淳耀之烈未渝，故大命重集于中宗元皇帝。

淳，集注本引《音决》：純，或作醇，同。　渝，集注本引《音决》：以朱反。　重，集注本引《音决》：直用反。　中，集注本引

《音决》：丁仲反。

後漢書·皇后紀論

范蔚宗

夏殷以上，后妃之制，其文略矣。《周禮》王者立后，三夫人，九嬪，二十七世婦，八十一女御，以備内職焉。后正位宫闈，同體天王。夫人坐論婦禮，九嬪掌教四德，世婦主知喪祭、賓客，女御序于王之燕寢。頒官分務，各有典司。

上，集注本引《音决》：時掌反。　嬪，集注本引《音决》：婦民反。　闈，集注本引《音决》：違。　燕，集注本引《音决》：一見反。　頒，集注本引《音决》：班。

女史彤管，記功書過。居有保阿之訓，動有環珮之響。進賢才以輔佐君子，哀窈窕而不淫其色。所以能述宣陰化，脩成《内則》。閨房肅雍，險謁不行者也。

彤，集注本引《音决》：大冬反。　過，集注本引《音决》：古卧反。　環，集注本引《音决》：還。　謁，集注本引《音决》：於歇反。

故康王晚朝，《關雎》作諷。宣后晏起，姜氏請䇿。及周室東遷，禮序凋缺。諸侯僭縱，軌制無章。齊桓有如夫人者六人，晋獻升戎女爲元妃，終於五子作亂，冢嗣遘屯。

朝，集注本引《音决》：直遥反。　諷，集注本引《音决》：方鳳反。　晏，集注本引《音决》：一諫反。　䇿，集注本引《音决》：去軋反。 遘,集注本引《音决》:古候反。 屯,集注本引《音决》:知倫反。

爰逮戰國,風憲愈薄,適情任欲,顛倒衣裳。以至破國亡身,不可勝數。斯固輕禮弛防,先色後德者也。秦并天下,多自驕大,宫備七國,爵列八品。

愈,集注本引《音决》作"渝":以朱反。 任,集注本引《音决》:而鴆反,下同。 勝,集注本引《音决》:升。 數,集注本引《音决》:史柱反。 弛,集注本引《音决》作"弛":式氏反。 防,集注本引《音决》:房。

漢興,因循其號,而婦制莫釐。高祖帷薄不修,孝文衽席無辨。然而選納尚簡,飾玩華少。自武元之後,世增淫費,至乃掖庭三千,增級十四。妖倖毁政之符,外姻亂邦之迹,前史載之詳矣。

釐,集注本引《音决》:力而反。北宋本及尤袤本李善注:力之切。 衽,集注本引《音决》:而甚反。 選,集注本引《音决》:思絹反。 費,集注本引《音决》:芳味反。 掖,集注本引《音决》:亦,下同。 級,集注本引《音决》:急。 倖,集注本引《音决》:幸。

及光武中興,斵雕爲朴。六宫稱號,惟皇后貴人,金印紫綬,俸不過粟數十斛,又置美人、宫人、采女三等,并無爵秩,歲時賞賜充給而已。

中,集注本引《音决》:丁仲反。 斵,集注本引《音决》:丁角反。 朴,集注本引《音决》:普角反。 稱,集注本引《音决》:尺證反。 印,集注本引《音决》:一刃反。 綬,集注本引《音决》:

受。 俸,集注本引《音决》:房用反。 過,集注本引《音决》:古卧反。 數,集注本引《音决》:史雨反。 斛,集注本引《音决》:胡谷反。

漢法常因八月筭民,遣中大夫與掖庭丞及相工,於洛陽鄉中閱視良家童女,年十三以上,二十以下,姿色端麗,合法相者,載還後宫,擇視可否,乃用登御。所以明慎聘納,詳求淑哲。

筭,集注本引《音决》:素翫反。 相,集注本引《音决》:息亮反,下同。 閲,集注本引《音决》:悦。 上,集注本引《音决》:時掌反。 否,集注本引《音决》:不。 聘,集注本作"娉",引《音决》:聘。 淑,集注本引《音决》:時六反。

明帝聿遵先旨,宫教頗修,登建嬪后,必先令德。内無出閫之言,權無私溺之授,可謂矯其弊矣。向使因設外戚之禁,編著甲令。改正后妃之制,貽厥方來,豈不休哉。

頗,集注本引《音决》:普我反。 令,集注本引《音决》:力政反,下同。 閫,集注本引《音决》:苦本反。 編,集注本引《音决》:必然反。 著,集注本引《音决》:丁慮反。 貽,集注本引《音决》:以而反。 休,集注本引《音决》:香彪反。

雖御己有度,而防閑未篤。故孝章以下,漸用色授。恩隆好合,遂忘濇蠹。自古雖主幼時艱,王家多釁,委成冢宰,簡求忠貞,未有專任婦人,斷割重器。

【附】集注本、北宋本、尤袤本李善注:范曄《後漢書》曰:肅宗孝章皇帝諱炟。炟,丁達反。 好,集注本引《音决》:秏。 濇,集注本引《音决》作"緇":側疑反。〇案:淄即淄。　蠹,集注本引《音决》:丁故反。　釁,集注本作"舋",引《音决》:許覲反。　斷,集注本引《音决》作"断":多段反。

唯秦芈太后始攝政事,故穰侯權重於昭王,家富於嬴國。漢仍其謬,知患莫改。東京皇統屢絶,權歸女主,外立者四帝,臨朝者六后。

芈,集注本引《音决》:亡氏反。李賢:亡爾反。陳八郎本:名爾。　穰,集注本引《音决》:而良反。　嬴,集注本引《音决》:盈。　謬,集注本引《音决》:亡又反。　朝,集注本引《音决》:直遥反。

莫不定策帷帟,委事父兄,貪孩童以久其政,抑明賢以專其威,任重道悠,利深禍速,身犯霧露於雲臺之上,家嬰縲紲於圄犴之下。

帷,集注本引《音决》:榮龜反。　帟,集注本引《音决》:亦。　孩,集注本引《音决》:何来反。　縲,集注本引《音决》:力追反。　紲,集注本引《音决》:思列反。　圄,集注本引《音决》:語。　犴,集注本引《音决》、尤袤本、陳八郎本:岸。李賢:五旦反。

湮滅連踵,傾輈繼路。而赴蹈不息,燋爛爲期。

湮,集注本引《音决》:因。　踵,集注本引《音决》:之重反。　輈,集注本引《音决》:丁留反。　燋,集注本引《音决》:焦。　爛,集注本引《音决》:力旦反。

終於陵夷大運,淪亡神寶。《詩》《書》所嘆,略同一揆。故考列行迹,以爲《皇后本紀》。雖成敗事異,而同居正號者,并列于篇。其以恩私追尊,非當世所奉者,則隨他事附出。親屬别事,各依列傳。其餘無所見,則係之此紀,以纘西京《外戚》云爾。

行,集注本引《音决》:案謂所行事之迹,或音下孟反,非。

傳,集注本引《音决》:直戀反。　係,集注本引《音决》:古帝反。

纘,集注本引《音决》:祖管反。

《文選》音注輯考卷五十

史論下

范蔚宗《後漢書·二十八將論》一首

《宦者傳論》一首

《逸民傳論》一首

沈休文《宋書·謝靈運傳論》一首

《恩倖傳論》一首

史述贊

班孟堅《漢書述高紀贊》一首

《述成紀贊》一首

《述韓彭英盧吴傳贊》一首

范蔚宗《後漢書·光武紀贊》一首

史論下

後漢書·二十八將傳論

范蔚宗

論曰:中興二十八將,前世以爲上應二十八宿,未之詳也。然咸能感會風雲,奮其智勇。稱爲佐命,亦各志能之士也。議者多非光武不以功臣任職,至使英姿茂績,委而勿用。然原夫深圖遠筭,固將有以爲爾。若乃王道既衰,降及霸德,猶能授受惟庸,勳賢兼序,如管隰之迭升桓世,先趙之同列文朝,可謂兼通矣。降自秦漢,世資戰力,至於翼扶王室,皆武人屈起,亦有鬻繒、盜狗、輕猾之徒。

屈,李賢:其勿反。

或崇以連城之賞,或任以阿衡之地。故勢疑則隙生,力侔則亂起。蕭、樊且猶縲紲,信、越終見葅戮,不其然乎。自茲以降,訖于孝武,宰輔五世,莫非公侯。遂使縉紳道塞,賢能蔽壅。朝有世及之私,下多抱關之怨。其懷道無聞,委身草莽者,亦何可勝言。故光武鑒前事之違,存矯枉之志,雖寇、鄧之高勳,耿、賈之鴻烈,分土不過大縣數四,所加特進、朝請而已。觀其治平臨政、課職責咎,將所謂導之以法、齊之以刑者乎。若格之功臣,其傷已甚。何者,直繩則虧喪恩舊,撓情則違廢禁典。選德則功不必厚,舉勞則人或未賢,參任則群心難塞,并列則其弊未遠。不得不校其勝否,即事相權。故高秩厚禮,允荅元功。峻文深憲,責成吏職。建武之世,侯者百數。若夫數公者,則與參國議,分均休咎。其餘并優以寬科,完其封禄,莫不終以功名,延慶于後。昔留侯以爲高祖悉用蕭、曹故人,郭伋亦議南陽多顯,鄭興又戒功臣專任。夫崇恩偏授,易啓私溺之失。至公均被,必廣招賢之路。意者不其然乎。永平中,顯宗追感前世功臣,乃圖畫二十八將於南宫雲臺,其外又有王常、李通、竇融、卓茂,合三十二人。故依本第,係之篇末,以志功次云爾。

宦者傳論

范蔚宗

《易》曰:天垂象,聖人則之。宦者四星,在皇位之側。故《周禮》置官,

亦備其數。閽者守中門之禁。寺人掌女宫之戒

寺,尤袤本、朝鮮正德本、奎章閣本:侍。

又云:王之正内者五人。《月令》:仲冬,閹尹審門閭、謹房室。《詩》之《小雅》,亦有《巷伯》刺讒之篇。然宦人之在王朝者,其來舊矣。將以其體非全氣,情志專良,通關中人,易以役養乎。然而後世因之,才任稍廣。其能者,則勃貂、管蘇,有功於楚、晋。景監、繆賢,著庸於秦、趙。及其弊也,豎刁亂齊,伊戾禍宋。漢興,仍襲秦制,置中常侍官。然亦引用士人,以參其選,皆銀璫左貂,給事殿省。及高后稱制,乃以張卿爲大謁者,出入卧内,受宣詔令。文帝時,有趙談、北宫伯子,頗見親幸。至於孝武,亦愛李延年。帝數宴後庭,或潛游離館,故請奏機事,多以宦人主之。元帝之世,史游爲黄門令,勤心納忠,有所補益。其後弘恭、石顯,以佞險自進,卒有蕭、周之禍,損穢帝德焉。中興之初,宦官悉用閹人,不復雜調他士。至永平中,始置員數:中常侍四人,小黄門十人。和帝即祚幼弱,而竇憲兄弟專總權威。内外臣僚,莫由親接,所與居者,惟閹官而已。故鄭衆得專謀禁中,終除大憝。遂享分土之封,超登宫卿之位,於是中官始盛焉。

憝,李賢:大對反。朝鮮正德本、奎章閣本:徒對反。　享,室町本:許兩反。

自明帝以後,迄乎延平。委用漸大,而其資稍增,中常侍至有十人,小黄門亦二十人,改以金璫右貂,兼領卿署之職。鄧后以女主臨政,而萬機殷遠。朝臣圖議,無由參斷帷幄,稱制下令,不出房闈之間,不得不委用刑人,寄之國命。手握王爵,口含天憲。非復掖庭、永巷之職,閨牖、房闈之任也。其後孫程定立順之功,曹騰参建桓之策。續以五

矦合謀，梁冀受鉞。迹因公正，恩固主心，故中外服從，上下屏氣。或稱伊、霍之勲，無謝於往載。或謂良、平之畫，復興於當今。雖時有忠公，而競見排斥。舉動迴山海，呼吸變霜露。阿旨曲求，則寵光三族，直情忤意，則參夷五宗，漢之綱紀大亂矣。若夫高冠長劒、紆朱懷金者，布滿宮闈。苴茅分虎、南面臣民者，蓋以十數。

苴，尤袤本、朝鮮正德本、奎章閣本：子余。

府署第館，基列於都鄙。子弟支附，過半於州國。南金、和寶、冰紈、霧縠之積，盈仞珍藏。嬙媛、侍兒、歌童、舞女之玩，充備綺室。狗馬飾彫文，土木被緹綉。

仞，朝鮮正德本、奎章閣本作"牣"，音：刃。　嬙，北宋本及尤袤本李善注、李賢、陳八郎本：牆。　緹，陳八郎本、朝鮮正德本：啼。奎章閣本：提。

皆剥割萌黎，競恣奢欲。搆害明賢，專樹黨類。其有更相援引、希附權彊者，皆腐身薰子，以自衒達。同獘相濟，故其徒有繁。敗國蠹政之事，不可殫書。所以海内嗟毒，志士窮棲。寇劇緣間，摇亂區夏。雖忠良懷憤，時或奮發，而言出禍從，旋見孥戮。因復大考鉤黨，轉相誣染。凡稱善士，莫不罹被灾毒。竇武、何進，位崇戚近，乘九服之囂怨，協群英之勢力。而以疑留不斷，至於殄敗。斯亦運之極乎。雖袁紹龔行，芟夷無餘。然以暴易亂，亦何云及。自曹騰説梁冀，竟立昏弱。魏武因之，遂遷龜鼎。所謂君以此始，必以此終，信乎其然矣。

逸民傳論

范蔚宗

《易》稱：遯之時義大矣哉。又曰：不事王侯，高尚其事。是以堯稱則天，而不屈潁陽之高。武盡美矣，終全孤竹之絜。自兹以降，風流彌繁。長往之軌未殊，而感致之數匪一。或隱居以求其志，或迴避以全其道。或静己以鎮其躁，或去危以圖其安。或垢俗以動其槩，或疵物以激其清。然觀其甘心畎畝之中，憔悴江海之上。豈必親魚鳥、樂林草哉，亦云介性所至而已。

分，李賢：符問反。○案：介性，《後漢書》作"性分"。

故蒙耻之賓，屢黜不去其國。蹈海之節，千乘莫移其情。適使矯易去就，則不能相爲矣。彼雖硜硜有類沽名者，然而蟬蜕囂埃之中，自致寰區之外，異夫飾智巧以逐浮利者乎。

蜕，尤袤本、陳八郎本：稅。

荀卿有言曰：志意修則驕富貴，道義重則輕王公也。漢室中微，王莽篡位，士之藴藉義憤甚矣。

藉，尤袤本、朝鮮正德本、奎章閣本：慈夜。

是時裂冠毁冕，相攜持而去之者，蓋不可勝數。揚雄曰：鴻飛冥冥，弋人何篡焉。言其違患之遠也。光武側席幽人，求之若不及。旌帛蒲車之所徵賁，相望於巖中矣。若薛方、逢萌，聘而不肯至。

賁，尤袤本：彼義。陳八郎本：彼義反。　逢，尤袤本：步江。陳八郎本：步江反。

嚴光、周黨、王霸，至而不能屈。羣方咸遂，志士懷仁。斯固所謂舉逸人，則天下歸心者乎。肅宗亦禮鄭均而徵高鳳，以成其節。自後帝德稍衰，邪孽當朝，處子耿介，與卿相等列。至乃抗憤而不顧，多失其中行焉。蓋録其絶塵不及，同夫作者，列之此篇。

宋書·謝靈運傳論

沈休文

史臣曰：民稟天地之靈，含五常之德，剛柔迭用，喜愠分情。夫志動於中，則歌詠外發。六義所因，四始攸繫，升降謳謡，紛披風什。雖虞夏以前，遺文不睹。稟氣懷靈，理或無異。然則歌詠所興，宜自《生民》始也。周室既衰，風流彌著。屈平、宋玉，導清源於前。賈誼、相如，振芳塵於後。英辭潤金石，高義薄雲天。自兹以降，情志愈廣。王褒、劉向、楊、班、崔、蔡之徒，異軌同奔，遞相師祖。雖清辭麗曲，時發乎篇，而蕪音累氣，固亦多矣。若夫平子豔發，文以情變，絶唱高蹤，久無嗣響。至于建安，曹氏基命，三祖陳王，咸蓄盛藻。甫乃以情緯文，以文被質。自漢至魏，四百餘年，辭人才子，文體三變。相如工爲形似之言，二班長於情理之説。子建、仲宣，以氣質爲體。并摽能擅美，獨映當時。是以一世之士，各相慕習，源其飇流所始，莫不同祖風騷。徒以賞好異情，故意製相詭。降及元康，潘陸特秀。律異班賈，體變曹王，縟旨星稠，繁文綺合。綴平臺之逸響，采南皮之高韻。遺風餘烈，事極江右。在晋中興，玄風獨扇，爲學窮於柱下，博物止乎七篇。馳騁文辭，義殫乎此。自建武暨于義熙，歷載將百。雖比響聯辭，波屬雲委，莫不寄言上德，託意玄珠。遒麗之辭，無聞焉爾。仲文始革孫許之風，叔源大變太元之氣。爰逮宋氏，顔謝騰聲，靈運之興會摽舉，延年之體裁明密，并方軌前秀，垂範後昆。若夫敷衽論心，商摛前藻，工拙之數，如有可言。

數，室町本：史具反。

夫五色相宣，八音協暢。由乎玄黄律吕，各適物宜。欲使宫羽相變，低昂舛節。若前有浮聲，則後須切響。一簡之内，音韻盡殊。兩句之中，輕重悉異。妙達此旨，始可言文。至於先士茂製，諷高歷賞。子建函京之作，仲宣灞岸之篇，子荆零雨之章，正長朔風之句，并直舉胷情，非傍詩史，正以音律調韻，取高前式。

傍，室町本：步浪反。

自靈均以來，多歷年代。雖文體稍精，而此秘未睹。至於高言妙句，音韻天成，皆暗與理合，匪由思至。張蔡曹王，曾無先覺。潘陸顔謝，去之彌遠。世之知音者，有以得之，此言非謬。如曰不然，請待來哲。

恩倖傳論

沈休文

夫君子小人，類物之通稱。蹈道則爲君子，違之則爲小人。屠釣，卑事也。板築，賤役也。太公起爲周師，傅説去爲殷相。非論公侯之世，鼎食之資。明敭幽仄，唯才是與。逮于二漢，兹道未革，胡廣累世農夫，伯始致位公相。黄憲牛醫之子，叔度名動京師。且士子居朝，咸有職業，雖七葉珥貂，見崇西漢。

珥，朝鮮正德本、奎章閣本：二。

而侍中身奉奏事，又分掌御服。東方朔爲黄門侍郎，執戟殿下。郡縣掾吏，并出豪家，負戈宿衛，皆由勢族。非若晚代，分爲二塗者也。漢末喪亂，魏武始基。軍中倉卒，權立九品，蓋以論人才優劣，非謂世族高卑。因此相沿，遂爲成法。自魏至晋，莫之能改。州都郡正，以才品人。而舉世人才升降蓋寡，徒以憑籍世資，用相陵駕。都正俗士，斟酌時宜，品目少多，隨事俯仰。劉毅所云下品無高門，上品無賤族者也。歲月遷訛，斯風漸篤，凡厥衣冠，莫非二品。自此以還，遂成卑庶。周漢之道，以智役愚，臺隸參差，用成等級。魏晋以來，以貴役賤，士庶之科，較然有辨。夫人君南面，九重奧絶。

較，尤袤本：古學。陳八郎本：古學反。　奥，尤袤本、朝鮮正德本、奎章閣本：烏到。

陪奉朝夕，義隔卿士，堦闥之任，宜有司存。既而恩以狎生，信由恩固。無可憚之姿，有易親之色。孝建、泰始，主威獨運。空置百司，權不外假，而刑政糾雜，理難遍通，耳目所寄，事歸近習。賞罰之要，是謂國權，出納王命，由其掌握。於是方塗結軌，輻湊同奔。人主謂其身卑位薄，以爲權不得重。曾不知鼠憑社貴，狐藉虎威。外無逼主之嫌，内有專用之功。勢傾天下，未之或悟，挾朋樹黨，政以賄成。鈇鉞瘡痏，搆於牀笫之曲。服冕乘軒，出於言笑之下。南金北毳，來悉方艚，素縑丹魄，至皆兼兩。

笫，尤袤本：側里。陳八郎本、朝鮮正德本：側里反。奎章閣本：仄里。　艚，尤袤本：徂刀。陳八郎本：徂刀反。　兩，陳八郎本：亮。

西京許史，蓋不足云。晋朝王石，未或能比。及太宗晚運，慮經盛衰。權倖之徒，慴憚宗戚。

慴，朝鮮正德本、奎章閣本：之涉。　憚，尤袤本：丁達。陳八郎本：丁達反。

欲使幼主孤立，永竊國權。搆造同異，興樹禍隙，帝弟宗王，相繼屠勦。

勦，朝鮮正德本、奎章閣本：子小反。

民忘宋德，雖非一塗，寶祚夙傾，實由於此。嗚呼。《漢書》有《恩澤侯表》，又有《佞倖傳》。今采其名，列以爲《恩倖篇》云。

史述贊

述高紀第一

班孟堅

皇矣漢祖，纂堯之緒。寔天生德，聰明神武。秦人不綱，網漏于楚。爰兹發迹，斷蛇奮旅。神母告符，朱旗乃舉。粤蹈秦郊，嬰來稽首。

粤，尤袤本：于厥。陳八郎本：于厥反。

革命創制，三章是紀。應天順民，五星同晷。項氏畔换，黜我巴漢。西土宅心，戰士憤怨。乘釁而運，席卷三秦。割據河山，保此懷民。股肱蕭曹，社稷是經。爪牙信布，腹心良平。恭行天罰，赫赫明明。

述成紀第十

班孟堅

孝成皇皇，臨朝有光。威儀之盛，如珪如璋。闐闈恣趙，朝政在王。

炎炎燎火，光允不陽。

述韓英彭盧吴傳第四

班孟堅

信惟餓隸，布實黥徒。越亦狗盜，芮尹江湖。雲起龍驤，化爲侯王。割有齊楚，跨制淮梁。綰自同閈，鎮我北疆。德薄位尊，非祚惟殃。吴克忠信，胤嗣乃長。

閈，尤袤本：胡旦。陳八郎本：胡旦反。

後漢書・光武紀贊

范蔚宗

贊曰：炎政中微，大盜移國。九縣飈迴，三精霧塞。民厭淫詐，神思反德。世祖誕命，靈貺自甄。沈機先物，深略緯文。尋邑百萬，貔虎爲群。長轂雷野，高旗彗雲。

彗，李賢：詳鋭反。北宋本李善注：蘇没切。尤袤本：蘇没。陳八郎本：蘇没反。

英威既振，新都自焚。虔劉庸代，紛紜梁趙。三河未澄，四關重擾。神旌乃顧，遞行天討。金湯失險，車書共道。靈慶既啓，人謀咸贊。明明廟謨，赳赳雄斷。於赫有命，系我皇漢。

於，尤袤本、朝鮮正德本、奎章閣本：烏。

《文選》音注輯考卷五十一

論　一

過秦論

賈　誼

秦孝公據殽函之固，擁雍州之地。君臣固守以窺周室，有席卷天下，包舉宇内，囊括四海之意，并吞八荒之心。當是時也，商君佐之，内立法度，務耕織，修守戰之具，外連衡而鬭諸侯。於是秦人拱手而取西河之外。

衡，尤袤本李善注：横。

孝公既没，惠文、武、昭，蒙故業，因遺策，南取漢中，西舉巴蜀，東割膏腴之地，收要害之郡。諸侯恐懼，會盟而謀弱秦。不愛珍器重寶肥饒之地，以致天下之士，合從締交，相與爲一。

從，顔師古：子容反。　締，顔師古：大系反。尤袤本李善

注:徒帝切。

當此之時,齊有孟嘗,趙有平原,楚有春申,魏有信陵。此四君者,皆明智而忠信,寬厚而愛人,尊賢而重士,約從離横,兼韓、魏、燕、趙、宋、衛、中山之衆。於是六國之士,有甯越、徐尚、蘇秦、杜赫之屬爲之謀。齊明、周最、陳軫、召滑、樓緩、翟景、蘇厲、樂毅之徒通其意。

從,顏師古:子容反,其下亦同。 赫,觀智院本:切乎拾反。〇案:赫屬陌韻,拾屬緝韻,韻部不同。赫,《玉篇》《廣韻》并"呼格切"。《爾雅·釋訓》"赫兮烜兮威儀也",《釋文》:赫,"火格反"。據此,觀智院本"拾"當作"格"。 最,《正義》:聚。觀智院本:□外反。〇案:觀智院本□處字殘脱。 召,顏師古:讀曰邵。北宋本及尤袤本李善注:劭。陳八郎本:紹。 滑,北宋本及尤袤本李善注:滑音依字。觀智院本:胡八反。 翟,尤袤本、朝鮮正德本、奎章閣本:亭的。

吴起、孫臏、帶佗、兒良、王廖、田忌、廉頗、趙奢之倫制其兵。

臏,顏師古:頻忍反。 佗,《漢書》作"他",顏師古:徒何反。北宋本及尤袤本李善注:徒何切。陳八郎本:駝。觀智院本亦作"他":大河反。 兒,顏師古:五奚反。北宋本及尤袤本李善注:五兮切。 廖,顏師古:聊。北宋本及尤袤本李善注:力凋切。觀智院本:力彫反,又:僚。陳八郎本作"瘳",音:留。〇案:陳八郎本音注"留"誤入正文。

嘗以十倍之地,百萬之衆,叩關而攻秦。秦人開關而延敵,九國之師逡逃而不敢進。秦無亡矢遺鏃之費,而天下諸侯已困矣。於是從散約解，爭割地而賂秦，秦有餘力而制其弊。追亡逐北，伏尸百萬，流血漂櫓。

叩，《史記·陳涉世家》作“仰”，《索隱》：仰字亦作卬，并音仰，有作叩字，非也。　遁，顔師古：千旬反。　逃，觀智院本：□勞反。○案：觀智院本□處字殘脱。　鏃，顔師古：子木反。觀智院本：子木反，又：即木反。　從，觀智院本：子容反。　北，觀智院本：皆，又如字。○案：觀智院本“皆”爲“背”字之訛。　漂，顔師古：匹遥反。觀智院本：匹妙。○案：觀智院本此條音誤標於下“櫓”字旁，今移正。　櫓，尤袤本、朝鮮正德本、奎章閣本：魯。觀智院本旁記“鹵”：魚向反。○案：觀智院本“魚向”疑爲“魯”字之訛。

因利乘便，宰割天下，分裂河山，彊國請伏，弱國入朝。施及孝文王、莊襄王，享國之日淺，國家無事。

便，觀智院本：婢面反。　彊，觀智院本作“强”：其良反。　施，顔師古：弋豉反。觀智院本：舒智反。　享，觀智院本：許兩反。

及至始皇，奮六世之餘烈。振長策而御宇内，吞二周而亡諸侯。履至尊而制六合，執敲扑以鞭笞天下。

策，觀智院本：作，又：初革反。　敲，顔師古、觀智院本：苦交反。北宋本李善注：枯交切。尤袤本李善注：祜交切。朝鮮正德本、奎章閣本：苦交。○案：尤袤本“祜”疑爲“枯”字之訛。　扑，顔師古：普木反。尤袤本、朝鮮正德本、奎章閣本：浦木。觀智院本：普卜反。　拊，《集解》引徐廣：府。○案：敲扑，《史記·

秦始皇本紀》作"棰拊"。 鞭,觀智院本:卑建反。 笞,觀智院本:丑夷反,又:勑梨反。

威振四海,南取百越之地,以爲桂林象郡。百越之君,俛首係頸,委命下吏。乃使蒙恬北築長城而守蕃籬,却匈奴七百餘里,胡人不敢南下而牧馬,士不敢彎弓而報怨。於是廢先王之道,燔百家之言,以愚黔首。

俛,《漢書》作"頫",引鄧展:俯。 係,尤袤本、陳八郎本:計。 却,《漢書》作"卻",顔師古:丘略反。 彎,《史記》作"貫",《索隱》:烏還反,又如字。觀智院本旁記"彎":烏開反。○案:觀智院本"開"疑爲"關"字之訛。 怨,觀智院本:於願反。 黔,觀智院本:巨炎反。

隳名城,殺豪俊。收天下之兵,聚之咸陽。銷鋒鍉,鑄以爲金人十二,以弱天下之民。

隳,《漢書》作"墮",顔師古:火規反。觀智院本:許規反。 鍉,《漢書》引如淳:嫡。北宋本及尤袤本李善注、陳八郎本:的。觀智院本作"鏑":丁狄反。 【附】北宋本李善注:鍉或爲鐻,音巨。○案:尤袤本李善注作"鍉或爲提鐻音巨",衍"提"字。 鑄,觀智院本:之樹反。

然後踐華爲城,因河爲池。據億丈之城,臨不測之谿以爲固。良將勁弩守要害之處,信臣精卒陳利兵而誰何。天下已定,始皇之心自以爲關中之固,金城千里,子孫帝王萬世之業。始皇既没,餘威震于殊俗。

何,觀智院本:《決》作"呵",呼何反。 王,觀智院本:《史記》音于放反。

然而陳涉，甕牖繩樞之子，甿隸之人，而遷徙之徒也，材能不及中庸。非有仲尼墨翟之賢，陶朱猗頓之富。躡足行伍之間，俛起阡陌之中。

甕，觀智院本：烏棟反。　樞，觀智院本：昌朱反。　甿，《集解》引徐廣：亡更反。觀智院本：亡郎反。　隸，觀智院本：郎計反。　猗，觀智院本作"倚"：於宜反。　躡，《漢書》引如淳：疊。顏師古：女涉反。觀智院本：牒。〇案：躡爲娘母葉韻，疊、牒爲定母怗韻。　陌，《索隱》：貊。

率罷散之卒，將數百之衆，轉而攻秦。斬木爲兵，揭竿爲旗。天下雲集而響應，贏糧而景從。山東豪俊，遂并起而亡秦族矣。

罷，顏師古：讀曰疲。觀智院本：皮。　揭，顏師古：竭。北宋本及尤袤本李善注：巨列切。觀智院本：其列反。　響，《漢書》作"嚮"，顏師古：讀曰響。　贏，尤袤本李善注：盈。北宋本、觀智院本作"羸"，音：盈。　從，觀智院本：才用反。

且夫天下非小弱也，雍州之地，殽函之固，自若也。陳涉之位，非尊於齊、楚、燕、趙、韓、魏、宋、衛、中山之君也。鉏耰棘矜，非銛於鉤戟長鎩也。

鉏，觀智院本：七魚反，又：仕□反。〇案：觀智院本□處字殘脱。　耰，顏師古、北宋本及尤袤本李善注、朝鮮正德本、奎章閣本、觀智院本：憂。　矜，《索隱》：勤。顏師古：其巾反。北宋本及尤袤本李善注引張晏：槿。尤袤本、朝鮮正德本、奎章閣本：巨巾。觀智院本：巨申反，又：居陵反，又：渠巾反。　【附】北宋本及尤袤本李善注：張晏曰：矜音槿。槿，巨巾切。 銛，尤袤本、陳八郎本：息鹽。觀智院本：思廉反。 鉤，觀智院本作"鉤"：古侯反。 鎩，《集解》：所拜反。顔師古：山列反。尤袤本、陳八郎本：所介。觀智院本：所介反，又：山例反。

謫戍之衆，非抗於九國之師也。深謀遠慮，行軍用兵之道，非及曩時之士也。然而成敗異變，功業相反。試使山東之國與陳涉度長絜大，比權量力，則不可同年而語矣。

謫，《漢書》作"適"，顔師古：讀曰謫。北宋本及尤袤本李善注：丈厄切。 抗，《漢書》作"亢"，顔師古：讀與抗同。觀智院本：口浪反。 曩，《史記》作"鄉"，《索隱》：香亮反。顔師古：乃朗反。 度，顔師古：徒各反。觀智院本：徒洛反。 絜，《索隱》、顔師古：下結反。北宋本及尤袤本李善注：下結切。觀智院本：胡結反。

然秦以區區之地，致萬乘之權，招八州而朝同列，百有餘年矣。然後以六合爲家，殽函爲宫，一夫作難而七廟隳，身死人手，爲天下笑者，何也。仁義不施，而攻守之勢異也。

乘，觀智院本：時證反。 招，《漢書》引鄧展、觀智院本：翹。〇案：《集韻》：招，舉也。祈堯切。 難，觀智院本：那旦反。 隳，《漢書》作"墮"，顔師古：火規反。 施，《索隱》：式豉反。

非有先生論

東方曼倩

倩,觀智院本:七見反。

非有先生仕於吴,進不能稱往古以廣主意,退不能揚君美以顯其功,默然無言者三年矣。吴王怪而問之,曰:寡人獲先人之功,寄于衆賢之上,夙興夜寐,未嘗敢怠也。今先生率然高舉,遠集吴地。

率,觀智院本:色律反。

將以輔治寡人,誠竊嘉之。體不安席,食不甘味,目不視靡曼之色,耳不聽鐘鼓之音,虚心定志,欲聞流議者,三年於兹矣。今先生進無以輔治,退不揚主譽,竊爲先生不取也。蓋懷能而不見,是不忠也。見而不行,主不明也。意者寡人殆不明乎。

見,觀智院本:何殿反。

非有先生伏而唯唯。吴王曰:可以談矣。寡人將竦意而聽焉。先生曰:於戲,可乎哉,可乎哉,談何容易。夫談者,有悖於目而佛於耳,謬於心而便於身者。

唯,顔師古:弋癸反。　於,顔師古:讀曰烏。北宋本及尤袤本李善注:烏。　戲,顔師古:讀曰呼。北宋本及尤袤本李善注:呼。觀智院本:許宜反。　易,顔師古:弋豉反。觀智院本:以智反,下同。　悖,顔師古:布内反。尤袤本、朝鮮正德本:蒲忽。奎章閣本:蒲忽切。　佛,《漢書》作"拂",顔師古:弗。北宋本及尤袤本李善注:扶勿切。觀智院本亦作"拂":扶勿反。〇案:顔師古音"弗",中華本作"佛"。　便,觀智院本:婢面反。

或有説於目、順於耳、快於心而毀於行者，非有明王聖主，孰能聽之矣。吴王曰：何爲其然也。中人以上，可以語上也。先生試言，寡人將覽焉。先生對曰：昔關龍逢深諫於桀，而王子比干直言於紂。此二臣者，皆極慮盡忠，閔主澤不下流，而萬民騷動，故直言其失，切諫其邪者，將以爲君之榮，除主之禍也。今則不然，反以爲誹謗君之行，無人臣之禮。

誹，尤袤本、朝鮮正德本、奎章閣本：方未。

果紛然傷於身，蒙不辜之名，戮及先人，爲天下笑，故曰：談何容易。是以輔弼之臣瓦解，而邪諂之人并進，遂及飛廉、惡來革等。三人皆詐僞，巧言利口，以進其身。陰奉彫琢刻鏤之好以納其心，務快耳目之欲，以苟容爲度。遂往不戒，身没被戮，宗廟崩弛，國家爲墟，殺戮賢臣，親近讒夫。

諂，觀智院本：丑琰反。　琢，《漢書》作"瑑"，顔師古：篆。觀智院本：竹角反。　好，觀智院本：秏。　弛，《漢書》作"阤"，顔師古：直氏反。觀智院本作"弛"：式氏反。　墟，《漢書》作"虚"，顔師古：讀曰墟。觀智院本：去魚反。

《詩》不云乎，讒人罔極，交亂四國，此之謂也。故卑身賤體，説色微辭，愉愉呴呴。終無益於主上之治，即志士仁人不忍爲也。將儼然作矜莊之色，深言直諫，上以拂人主之邪，下以損百姓之害。則忤於邪主之心，歷於衰世之法。

説，顔師古：讀曰悦。　愉，尤袤本、朝鮮正德本、奎章閣本：逾。觀智院本：以朱反。　呴，《漢書》作"呴"，顔師古：許于反。尤袤本、陳八郎本：况于。　儼，觀智院本：魚儉。　忤，觀智院本：五故反。

故養壽命之士，莫肯進也。遂居深山之閒，積土爲室，編蓬爲户，彈琴其中，以詠先王之風，亦可以樂而忘死矣。是以伯夷、叔齊避周，餓于首陽之下，後世稱其仁。如是，邪主之行，固足畏也，故曰：談何容易。於是吴王懼然易容，捐薦去几，危坐而聽。

壽，觀智院本：市又反。　懼，《漢書》作"瞿"，顔師古：居具反。北宋本及尤袤本李善注：居具切。陳八郎本亦作"瞿"，音：句。

先生曰：接輿避世，箕子被髪佯狂，此二子者，皆避濁世以全其身者也。使遇明王聖主，得賜清讌之閒，寬和之色，發憤畢誠，圖畫安危，揆度得失，上以安主體，下以便萬民，則五帝三王之道可幾而見也。

閒，顔師古：讀曰閑。　幾，觀智院本：居衣反。

故伊尹蒙恥辱，負鼎俎、和五味以干湯，太公釣於渭之陽以見文王。心合意同，謀無不成，計無不從，誠得其君也。深念遠慮，引義以正其身，推恩以廣其下。本仁祖誼，褒有德，禄賢能，誅惡亂，摠遠方，壹統類，美風俗，此帝王所由昌也。上不變天性，下不奪人倫，則天地和洽，遠方懷之，故號聖王。臣子之職既加矣，於是裂地定封，爵爲公侯，傳國子孫，名顯後世，民到于今稱之，以遇湯與文王也。太公、伊尹以如此，龍逄、比干獨如彼，豈不哀哉。故曰：談何容易。於是吴王穆然，俛而深惟，仰而泣下交頤。曰：嗟乎，余國之不亡也，綿綿連連，殆哉，世之不絶也。

穆，《漢書》引張晏：默。

於是正明堂之朝,齊君臣之位,舉賢才,布德惠,施仁義,賞有功。躬親節儉,減後宫之費,損車馬之用。放鄭聲,遠佞人。

費,觀智院本:芳味反。 遠,顔師古:于萬反。

省庖厨,去侈靡,卑宫館,壞苑囿,填池塹,以與貧民無産業者。開内藏,振貧窮,存耆老,恤孤獨,薄賦斂,省刑罰。行此三年,海内晏然,天下大洽,陰陽和調,萬物咸得其宜。國無灾害之變,民無飢寒之色,家給人足,畜積有餘,囹圄空虚。鳳皇來集,麒麟在郊。甘露既降,朱草萌芽。遠方異俗之人,嚮風慕義,各奉其職而來朝賀。

省,觀智院本:所景反。 庖,觀智院本:步交反。 塹,觀智院本作"壍":七艷反。 藏,觀智院本:在浪反。 斂,觀智院本:力艷反。 畜,顔師古:讀曰蓄。 囹,觀智院本:力丁反。 圄,觀智院本:魚吕反。 嚮,《漢書》作"鄉",顔師古:讀曰嚮。

故治亂之道,存亡之端,若此易見。而君人者莫肯爲也。臣愚,竊以爲過。故《詩》曰:王國克生,惟周之貞,濟濟多士,文王以寧,此之謂也。

易,觀智院本:以智反。 過,觀智院本:古卧反。

四子講德論并序

王子淵

褒既爲益州刺史王襄作《中和》《樂職》《宣布》之詩,又作傳,名曰《四子講德》,以明其意焉。微斯文學問於虚儀夫子曰:蓋聞國有道,貧且賤焉,恥也。今夫子閉門距躍,專精趨學,有日矣。幸遭聖主平世,而久懷寳。是伯牙去鍾期，而舜禹遁帝堯也。於是欲顯名號、建功業，不亦難乎。夫子曰：然，有是言也。夫蟁蝱終日經營，不能越階序。

褎，觀智院本作"裒"：布毛反。　傳，觀智院本：直戀反。　蟁，集注本作"䖟"，引《音决》：民。北宋本及尤袤本李善注：亡云切。觀智院本：亡云反。　蝱，北宋本及尤袤本李善注：莫衡切。觀智院本：莫衡反。

附驥尾則涉千里，攀鴻翮則翔四海。僕雖嚚頑，願從足下。雖然，何由而自達哉。文學曰：陳懇誠於本朝之上，行話談於公卿之門。

翮，集注本引《音决》、觀智院本：胡革反。　嚚，集注本引《音决》：銀。　朝，集注本引《音决》：直遥反。　話，集注本引《音决》：户快反。觀智院本：會。

夫子曰：無介紹之道，安從行乎公卿。文學曰：何爲其然也。昔甯戚商歌以干齊桓，越石負芻而寤晏嬰。

芻，集注本作"蒭"，引《音决》：楚俱反。觀智院本亦作"蒭"：楚俱反。

非有積素累舊之歡，皆塗覯卒遇而以爲親者也。故毛嬙西施，善毁者不能蔽其好。

覯，集注本引《音决》：古候反。　卒，集注本引《音决》、觀智院本：七忽反。　嬙，集注本引《音决》：在良反。

嫫姆倭傀，善譽者不能掩其醜。

嫫，集注本引《音决》：摸。尤袤本、朝鮮正德本、奎章閣本：

蕃。觀智院本:謨。　姆,集注本引《音决》、尤袤本、朝鮮正德本、奎章閣本、觀智院本:母。　倭,集注本引《音决》:於爲反。北宋本及尤袤本李善注:於爲切。朝鮮正德本、奎章閣本:於爲。觀智院本:於为反。　傀,集注本引《音决》:古迴反。北宋本及尤袤本李善注:古回切。朝鮮正德本、奎章閣本:古回。觀智院本:古回反。

苟有至道,何必介紹。夫子曰:咨,夫特達而相知者,千載之一遇也。招賢而處友者,衆士之常路也。是以空柯無刃,公輸不能以斲。但懸曼矰,蒲苴不能以射。

處,集注本引《音决》:昌吕反。　衆,集注本引《音决》、觀智院本:之仲反。　輸,集注本引《音决》:式朱反。觀智院本:式來反。○案:觀智院本"來"爲"朱"字之訛。　斲,集注本作"断",引《音决》:多斱反。　曼,集注本引《音决》:万。　矰,集注本引《音决》、觀智院本:子登反。　苴,集注本引《音决》作"且":子余反。觀智院本:子余反。　射,集注本引《音决》、觀智院本:時夜反。

故鷹騰撇波而濟水,不如乘舟之逸也。衝蒙涉田而能致遠,未若遵塗之疾也。

鷹,集注本引《音决》:於陵反。　撇,集注本李善注:匹設反。北宋本及尤袤本李善注:疋設切。觀智院本:疋結反。
衝,集注本引《音决》:昌容反。觀智院本:吕容反。○案:觀智院本"吕"爲"昌"字之訛。

才蔽於無人，行衰於寡黨，此古今之患，唯文學慮之。文學曰：唯唯，敬聞命矣。於是相與結侣，攜手俱游，求賢索友，歷于西州。有二人焉，乘輅而歌。倚覗而聽之。

蔽，集注本引《音决》、觀智院本：卑例反。　行，集注本引《音决》：下孟反。　唯，集注本引《音决》：羊誄反。　索，集注本引《音决》：所格反。　倚，集注本引《音决》：於綺反。　覗，集注本引《音决》：魚兮反。尤袤本：玉雞。朝鮮正德本、奎章閣本：五雞。觀智院本：魚兮反，又：五雞反。〇案：尤袤本"玉"爲"五"字之訛。

詠嘆中雅，轉運中律，嘽緩舒繹，曲折不失節。

中，集注本引《音决》：丁仲反，下同。　嘽，集注本引《音决》、尤袤本、陳八郎本：闡。　繹，集注本引《音决》：以尺反。　折，集注本引《音决》、觀智院本：之舌反。

問歌者爲誰，則所謂浮游先生、陳丘子者也。於是以士相見之禮友焉。禮文既集，文學夫子降席而稱曰：俚人不識，寡見尠聞。曩從末路，望聽玉音，竊動心焉。

俚，集注本引《音决》：里。尤袤本、陳八郎本：力紀。　尠，集注本引《音决》、觀智院本：思輦反，或爲鮮，同。　曩，集注本引《音决》：那郎反。

敢問所歌何詩，請聞其説。浮游先生、陳丘子曰：所謂《中和》《樂職》《宣布》之詩，益州刺史之所作也。刺史見太上聖明，股肱竭力。德澤洪茂，黎庶和睦，天人并應，屢降瑞福，故作三篇之詩以歌詠之也。文學曰：君子動作有應，從容得度，南容三復白珪，孔子睹其慎戒。

應，集注本引《音決》：於證反，下同。 詠，集注本作“咏”，引《音決》：詠。 從，集注本引《音決》、觀智院本：七容反。 三，集注本引《音決》：思濫反。 復，集注本引《音決》、觀智院本：伏。 睹，集注本引《音決》、觀智院本：丁户反。

太子擊誦《晨風》，文侯諭其指意。今吾子何樂此詩而詠之也。先生曰：夫樂者，感人密深而風移俗易。

樂，集注本引《音決》：力各反。 夫，集注本引《音決》：扶。 樂，觀智院本：岳。 易，集注本引《音決》、觀智院本：亦。

吾所以詠歌之者，美其君術明而臣道得也。君者，中心。臣者，外體。外體作，然後知心之好惡。臣下動，然後知君之節趨。

好，集注本引《音決》：秏。 惡，集注本引《音決》：烏故反，并下同。觀智院本：烏故反。 趨，集注本作“趍”，引《音決》：七喻反。觀智院本作“趣”，音：七諭。

好惡不形，則是非不分。節趨不立，則功名不宣。故美玉藴於碔砆，凡人視之怢焉。

藴，集注本引《音決》、觀智院本：於粉反。 碔，集注本引《音決》、尤袤本、朝鮮正德本、奎章閣本：武。 砆，集注本引《音決》、尤袤本、朝鮮正德本、奎章閣本：夫。 怢，集注本引《音決》：他忽反，又：都忽反，王音逸。北宋本及尤袤本李善注：他没切。陳八郎本：他没。觀智院本作“佚”：他忽反，又：他没反。○案：怢爲透母没韻，逸爲以母質韻，古音“喻四歸定”，以母即喻四,透母與定母亦聲近互轉,故王氏音"逸"。卷五十七顔延年《陽給事誄》"軼我河縣",軼,集注本引《音决》:徒結反,又音逸。又《莊子·徐無鬼》"超軼",《釋文》:李軌音逸,徐邈音徒列反。皆與此同。

良工砥之,然後知其和寶也。

砥,集注本引《音决》:旨。

精練藏於鑛朴,庸人視之忽焉。

練,集注本引《音决》作"鍊",音:練。　鑛,集注本引《音决》:古猛反,亦古并反。北宋本及尤袤本李善注:瓜并切。觀智院本:古并反,又:瓜并反。　朴,集注本引《音决》:普角反。觀智院本:疋角反。

巧冶鑄之,然後知其幹也。

鑄,集注本引《音决》:之樹反。

況乎聖德巍巍蕩蕩,民氓所不能命哉。是以剌史推而詠之,揚君德美,深乎洋洋,罔不覆載,紛紜天地,寂寥宇宙。

洋,集注本引《音决》:羊。　覆,集注本引《音决》:芳富反。

明君之惠顯,忠臣之節究。皇唐之世,何以加兹。是以每歌之,不知老之將至也。文學曰:《書》云:迪一人使四方,若卜筮。

迪,集注本引《音决》:狄。

夫忠賢之臣，導主志、承君惠、攄盛德而化洪，天下安瀾，比屋可封，何必歌詠詩賦可以揚君哉。愚竊惑焉。

攄，集注本引《音决》、觀智院本：丑余反。

浮游先生色勃眥溢，曰：是何言與。

勃，集注本引《音决》、觀智院本：步没反。 眥，集注本引《音决》、觀智院本：在細反。 與，集注本引《音决》：余。

昔周公詠文王之德而作《清廟》，建爲《頌》首。吉甫嘆宣王穆如清風，列于《大雅》。夫世衰道微，僞臣虚稱者，殆也。世平道明，臣子不宣者，鄙也。鄙殆之累，傷乎王道。

累，集注本引《音决》：力瑞反。

故自刺史之來也，宣布詔書，勞來不怠，令百姓遍曉聖德，莫不霑濡。

勞，集注本引《音决》、觀智院本：力到反。 來，集注本引《音决》、觀智院本：力代反。 濡，集注本引《音决》：而朱反。

厖眉耇耈之老，咸愛惜朝夕，願濟須臾，且觀大化之淳流。於是皇澤豐沛，主恩滿溢，百姓歡欣，中和感發，是以作歌而詠之也。

厖，集注本作"痝"，引《音决》：武江反。尤袤本、朝鮮正德本、奎章閣本：邈江。觀智院本亦作"痝"：民江反。 耇，朝鮮正德本、奎章閣本：苟。 沛，集注本引《音决》、觀智院本：普外反。

《傳》曰：詩人感而後思，思而後積，積而後滿，滿而後作。言之不足，故嗟嘆之。嗟嘆之不足，故詠歌之。詠歌之不厭，不知手之舞之、足之蹈之也。

厭,集注本作“猒”,引《音决》:一艷反。

此臣子於君父之常義,古今一也。今子執分寸而罔億度,處把握而却寥廓,乃欲圖大人之樞機,道方伯之失得,不亦遠乎。

度,集注本引《音决》:大路反。觀智院本:土洛反。　處,集注本引《音决》、觀智院本:昌吕反。　把,集注本引《音决》、觀智院本:布馬反。　握,集注本引《音决》:於角反。　樞,集注本引《音决》、觀智院本:昌朱反。

陳丘子見先生言切,恐二客慙,膝步而前曰:先生詳之。行潦暴集,江海不以爲多。鰌鱓并逃,九罭不以爲虚。

潦,集注本引《音决》、觀智院本:力道反。尤袤本、朝鮮正德本、奎章閣本:老。　【附】集注本李善注:《尒雅》曰:鰼,鰌。鰼,似立反。北宋本及尤袤本作似立切。　鰌,集注本引《音决》作“鱒”,音:秋。北宋本及尤袤本李善注:且由切。朝鮮正德本、奎章閣本、觀智院本:秋。〇集注本“鱒”爲“鰌”字之訛。　鱓,集注本引《音决》、朝鮮正德本、奎章閣本:善。北宋本及尤袤本李善注:時闡切。觀智院本:時闡反。　罭,集注本引《音决》、觀智院本:于逼反。尤袤本、朝鮮正德本、奎章閣本:域。

是以許由匿堯而深隱,唐氏不以衰。夷齊恥周而遠餓,文武不以卑。

匿,集注本引《音决》:女力反。　餓,集注本引《音决》:魚賀反。觀智院本:魚加反。

夫青蠅不能穢垂棘,邪論不能惑孔墨。今剌史質敏以流惠,舒化以揚名。采詩以顯至德,歌詠以董其文。受命如絲,明之如緍。《甘棠》之風,可倚而俟也。二客雖窒計沮議,何傷。

邪,集注本引《音决》、觀智院本:在嗟反。〇案:邪爲邪母,在爲從母,從、邪混切。 論,集注本引《音决》:力頓反。 緍,集注本引《音决》、觀智院本:旻。 【附】北宋本及尤袤本李善注:《禮記》曰:王言如綸,其出如綍。音弗。 棠,集注本引《音决》:唐。 沮,集注本引《音决》:叙。尤袤本:葅與。朝鮮正德本:慈與。奎章閣本:兹與。〇案:沮爲從母,叙爲邪母,從、邪混切。

顧謂文學夫子曰:先生微矜於談道,又不讓乎當仁,亦未巨過也。願二子措意焉。夫子曰:否。夫雷霆必發而潛底震動,枹鼓鏗鏘,而介士奮竦。故物不震不發,士不激不勇。今文學之言,欲以議愚感敵,舒先生之憤,願二生亦勿疑。

過,集注本引《音决》:古卧反。 措,集注本作"厝",引《音决》:七故反。觀智院本亦作"厝":七故反。 否,集注本引《音决》:不。 霆,集注本引《音决》、觀智院本:大丁反。 底,集注本引《音决》:巨支反。 枹,集注本引《音决》:浮。尤袤本:孚一。朝鮮正德本、奎章閣本:桴。〇案:尤袤本"孚一"(刻本原貌爲"一孚")疑爲"桴"之殘字。 鏗,集注本引《音决》、觀智院本:去耕反。尤袤本、朝鮮正德本、奎章閣本:苦耕。 鏘,集注本引《音决》、觀智院本:七良反。尤袤本、朝鮮正德本、奎章閣本:七羊。 竦,集注本引《音决》、觀智院本:思勇反。

於是文繹復集，及始講德。文學夫子曰：昔成康之世，君之德與，臣之力也。先生曰：非有聖智之君，惡有甘棠之臣。故虎嘯而風寥戾，龍起而致雲氣。蟋蟀俟秋吟，蜉蝣出以陰。

繹，集注本引《音决》、觀智院本：以尺反。　與，集注本引《音决》、北宋本及尤袤本李善注：余。　惡，集注本引《音决》、尤袤本、朝鮮正德本、奎章閣本：烏。　蜉，集注本引《音决》、尤袤本、朝鮮正德本、奎章閣本：浮。　蝣，集注本引《音决》：游。尤袤本、朝鮮正德本、奎章閣本：由。

《易》曰：飛龍在天，利見大人。鳴聲相應，仇偶相從。人由意合，物以類同。是以聖主不遍窺望而視以明，不殫傾耳而聽以聰。何則。淑人君子，人就者衆也。故千金之裘，非一狐之腋。大厦之材，非一丘之木。太平之功，非一人之略也。

應，集注本引《音决》：於證反。　仇，集注本引《音决》：求。　偶，觀智院本：吾后反。　殫，集注本引《音决》：丹。　狐，集注本引《音决》：胡。　腋，集注本引《音决》、尤袤本、陳八郎本：亦。　厦，集注本作"夏"，引《音决》：下，下同。　材，集注本引《音决》：才。

蓋君爲元首，臣爲股肱，明其一體，相待而成。有君而無臣，《春秋》刺焉。三代以上，皆有師傅。五伯以下，各自取友。齊桓有管、鮑、隰、甯，九合諸侯，一匡天下。晋文公有咎犯、趙衰，取威定霸，以尊天子。秦穆有王、由、五羖，攘却西戎，始開帝緒。楚莊有叔孫、子反，兼定江淮，威震諸夏。

上，集注本引《音决》：時兩反。　伯，集注本引《音决》：覇，下同。 衰,集注本引《音决》:楚危反。尤袤本、陳八郎本:楚危。 羖,集注本引《音决》、觀智院本:古。 攘,集注本引《音决》:而良反,下同。觀智院本:而良。 【附】集注本李善注:《左氏傳》曰:晋師救鄭,及楚師戰于邲。邲,步必反。尤袤本作步必切。

勾踐有種、蠡、渫庸,剋滅疆吴,雪會稽之恥。

勾,集注本作"句",引《音决》:古侯反。觀智院本:古侯反。 種,集注本引《音决》:之重反。 蠡,集注本引《音决》:礼。朝鮮正德本、奎章閣本:禮。 渫,集注本引《音决》作"洩":思列反。觀智院本作"泄":思列反。 疆,集注本作"强",引《音决》:其良反,下同。 會,集注本引《音决》:古外反。 稽,集注本引《音决》:吉兮反。

魏文有叚干、田翟,秦人寢兵,折衝萬里。燕昭有郭隗、樂毅,夷破彊齊,困閔於莒。

翟,集注本引《音决》:狄。 折,集注本引《音决》:之舌反。 隗,集注本引《音决》、觀智院本:五罪反。 閔,集注本引《音决》:旻。觀智院本頁眉記:切□隣反,与泯同,又:武心反。○案:觀智院本□處字漫漶。 莒,集注本引《音决》:舉。

夫以諸侯之細,功名猶尚若此,而況帝王選於四海,羽翼百姓哉。故有賢聖之君,必有明智之臣。欲以積德,則天下不足平也。欲以立威,則百蠻不足攘也。今聖主冠道德,履純仁,被六藝,佩禮文。

冠,集注本引《音决》、觀智院本:古翫反。 被,集注本引

《音决》、觀智院本：皮義反。

屢下明詔，舉賢良，求術士，招異倫，拔俊茂。是以海内歡慕，莫不風馳雨集，襲雜并至，填庭溢闕。含淳詠德之聲盈耳，登降揖讓之禮極目。進者樂其條暢，怠者欲罷不能。偃息匍匐乎《詩》《書》之門，游觀乎道德之域。咸絜身修思，吐情素而披心腹，各悉精鋭以貢忠誠，允願推主上、弘風俗而騁太平，濟濟乎多士，文王所以寧也。

襲，集注本引《音决》、觀智院本：沓。〇案：襲爲邪母緝韻，沓爲定母合韻，疑誤。　填，集注本引《音决》作"窴"：大絃反。　樂，集注本引《音决》、觀智院本：洛。　匍，集注本引《音决》：薄胡反。　匐，集注本引《音决》：步北反。　觀，集注本引《音决》：古翫反，下同。觀智院本：古翫。　思，集注本引《音决》、觀智院本：先自反。　鋭，集注本引《音决》、觀智院本：以歲反。

若乃美政所施，洪恩所潤，不可究陳。舉孝以篤行，崇能以招賢。去煩蠲苛以綏百姓，禄勤增奉以厲貞廉。減膳食，卑宫觀。省田官，損諸苑。踈繇役，振乏困。

行，集注本引《音决》、觀智院本：下孟反。　去，集注本引《音决》、觀智院本：羌吕反。　蠲，集注本引《音决》、觀智院本：古玄反。　苛，集注本引《音决》：何。　奉，集注本引《音决》、觀智院本：扶用反。　省，集注本引《音决》：所景反。　繇，集注本引《音决》、觀智院本：遥。

恤民灾害，不遑游宴。閔耄老之逢辜，憐縗絰之服事。惻隱身死之腐人，悽愴子弟之縲匿。恩及飛鳥，惠加走獸，胎卵得以成育，草木遂其零茂。愷悌君子，民之父母，豈不然哉。

耄，集注本引《音决》：莫報反。觀智院本：莫報反，又：帽。 縗，集注本引《音决》、觀智院本：七回反。 絰，集注本引《音决》、觀智院本：徒結反。 腐，集注本引《音决》、觀智院本：芳宇反。 縲，集注本引《音决》、觀智院本作"累"：力瑞反。 胎，集注本引《音决》、觀智院本：他來反。 愷，集注本引《音决》作"凱"：可待反。 悌，集注本引《音决》：待。

先生獨不聞秦之時耶，違三王，背五帝，滅《詩》《書》，壞禮義。信任群小，憎惡仁智，詐僞者進達，佞諂者容入。宰相刻峭，大理峻法。

背，集注本引《音决》：步對反。 壞，集注本引《音决》、觀智院本：古拜反。 任，集注本引《音决》：而鴆反，下同。觀智院本：而鴆反。 憎，集注本引《音决》、觀智院本：子登反。 惡，集注本引《音决》、觀智院本：烏故反。 詐，集注本引《音决》：側嫁反。 相，集注本引《音决》、觀智院本：思亮反。 峭，集注本引《音决》：七笑反。觀智院本：七咲反。 峻，集注本引《音决》、觀智院本：思俊反。

處位而任政者，皆短於仁義，長於酷虐，狼摯虎攫，懷殘秉賊。

處，集注本引《音决》、觀智院本：昌吕反。 短，集注本作"抇"，引《音决》：都管反。 摯，集注本引《音决》：至。 攫，集注本作"玃"，引《音决》：九縛反。觀智院本：九縛反。

其所臨莅，莫不肌栗慴伏，吹毛求疵，并施螫毒。百姓征伀，無所措其手足。

莅,集注本引《音决》、觀智院本:利。　肌,集注本引《音决》:飢。　慴,集注本引《音决》:之葉反。　疵,集注本引《音决》、觀智院本:在斯反。　螫,集注本引《音决》:釋。觀智院本:釋,又:子夜反。○案:螫爲書母,子爲精母,精、章混切。　訟,集注本李善注、觀智院本:章容反。尤袤本李善注:章容切。陳八郎本作"忪",音:周容。

嗷嗷愁怨,遂亡秦族。是以養雞者不畜貍,牧獸者不育豺,樹木者憂其蠹,保民者除其賊。故大漢之爲政也,崇簡易,尚寬柔,進淳仁,舉賢才,上下無怨,民用和睦。

嗷,集注本引《音决》、觀智院本:五高反。　畜,集注本引《音决》:虚六反。　貍,集注本作"狸",引《音决》:力而反。　豺,集注本作"犲",引《音决》:士皆反。觀智院本:士皆反。　蠹,集注本引《音决》、觀智院本:丁故反。　易,集注本引《音决》、觀智院本:以智反。

今海内樂業,朝廷淑清。天符既章,人瑞又明。品物咸亨,山川降靈。神光燿暉,洪洞朗天。鳳皇來儀,翼翼邕邕。群鳥并從,舞德垂容。神雀仍集,麒麟自至。甘露滋液,嘉禾櫛比。大化隆洽,男女條暢。家給年豐,咸則三壤。豈不盛哉。

樂,集注本引《音决》、觀智院本:洛。　朝,集注本引《音决》:直遥反,下同。　暉,集注本引《音决》作"煇":許歸反。觀智院本:許歸反。　洪,集注本引《音决》、觀智院本:胡貢反。　洞,集注本引《音决》:徒貢反。　液,集注本引《音决》:亦。　櫛,集注本引《音决》、觀智院本:側止反。　比,集注本引《音决》、觀智院本：鼻。

昔文王應九尾狐，而東夷歸周。武王獲白魚而諸侯同辭，周公受秬鬯而鬼方臣，宣王得白狼而夷狄賓，夫名自正而事自定也。今南郡獲白虎，亦偃武興文之應也。獲之者張武，武張而猛服也。是以北狄賓洽，邊不恤冦，甲士寢而旌旗仆也。

應，集注本引《音决》：膺，下同。　秬，集注本引《音决》：其吕反。　鬯，集注本引《音决》、觀智院本：丑亮反。　仆，集注本引《音决》：赴。〇案：仆爲并母，赴爲敷母，唇音未分化。

文學夫子曰：天符既聞命矣，敢問人瑞。先生曰：夫匈奴者，百蠻之最彊者也。天性憍蹇，習俗傑暴。賤老貴壯，氣力相高。業在攻伐，事在獵射。兒能騎羊，走箭飛鏃。

彊，集注本作"强"，引《音决》：其良反。　憍，集注本引《音决》：居要反。觀智院本：居苗反。　射，集注本引《音决》、觀智院本：時夜反。　鏃，集注本引《音决》：走木反。觀智院本：之木反。〇案：觀智院本"之"疑爲"走"字之訛。

逐水隨畜，都無常處。鳥集獸散，往來馳騖，周流曠野，以濟嗜欲。其耒耜則弓矢鞌馬，播種則扞弦掌拊。

畜，觀智院本：舊。〇案：觀智院本"舊"爲"蓄"字之訛。　嗜，集注本引《音决》：示。觀智院本：士。　耒，集注本引《音决》、觀智院本：力對反。　耜，集注本引《音决》：似。觀智院本：士。〇案：集注本引《音决》"耜"訛作"秬"。　種，集注本引《音决》、觀智院本：之用反。　扞，集注本引《音决》：何但反。集注本李善注、觀智院本:何旦反。尤袤本李善注:何旦切。朝鮮正德本、奎章閣本:胡爛。 拊,集注本引《音决》作"弣":方宇反。集注本及尤袤本李善注引鄭玄:夫。觀智院本:芳宇反。

收秋則奔狐馳兔,穫刈則顛倒殪仆。

穫,集注本引《音决》:胡郭反。尤袤本、朝鮮正德本、奎章閣本:胡郭。 刈,集注本引《音决》:乂。 倒,集注本引《音决》、觀智院本:丁老反。 殪,集注本引《音决》、觀智院本:一計反。尤袤本、朝鮮正德本、奎章閣本:伊計。 仆,觀智院本:夫,又:付。〇案:仆爲并母,夫、付爲非母,脣音未分化。

追之則奔遁,釋之則爲寇。是以三王不能懷,五伯不能綏。驚邊扤士,屢犯芻蕘。詩人所歌,自古患之。

扤,集注本引《音决》:五丸反。觀智院本:五□反。〇案:據音注,《音决》"扤"當作"抏"。觀智院本□處闕字。 芻,集注本作"蒭",引《音决》:楚于反。 蕘,集注本引《音决》:而遥反。

今聖德隆盛,威靈外覆,日逐舉國而歸德,單于稱臣而朝賀。

覆,集注本引《音决》、觀智院本:芳富反。 日,集注本引《音决》、觀智院本:而逸反。 單,集注本引《音决》:市延反。

乾坤之所開,陰陽之所接,編結沮顏,燋齒梟瞷,翦髮黥首,文身裸袒之國。

編,集注本引《音决》、觀智院本:必然反。尤袤本、陳八郎本:蒲典。 結,集注本引《音决》、尤袤本、陳八郎本、觀智院本:

計。 沮,觀智院本作“組”:慈与反。 燋,集注本引《音决》、觀智院本:焦。 梟,集注本引《音决》:居堯反。 瞯,集注本引《音决》、尤袤本、朝鮮正德本、奎章閣本、觀智院本:閑。 黥,集注本引《音决》:巨京反。 裸,集注本引《音决》、觀智院本:力果反。尤袤本、朝鮮正德本、奎章閣本:力果。 袒,集注本引《音决》、觀智院本:但。尤袤本、朝鮮正德本、奎章閣本:徒旦。

靡不奔走貢獻,懽忻來附,婆娑嘔吟,鼓掖而笑。

忻,集注本引《音决》:許斤反。 娑,集注本引《音决》:先何反。 嘔,集注本引《音决》、觀智院本:烏侯反。 掖,集注本引《音决》、觀智院本:亦。

夫鴻均之世,何物不樂。飛鳥翕翼,泉魚奮躍。是以刺史感懣舒音,而詠至德。鄙人黯淺,不能究識。敬遵所聞,未尅殫焉。於是二客醉于仁義,飽于盛德。終日仰嘆,怡懌而悦服。

樂,集注本引《音决》:洛。 懣,集注本引《音决》作“滿”:亡管反,謂積滿,或作懣,亡本反,非。尤袤本、陳八郎本:莫本。觀智院本:亡本反。 黯,集注本引《音决》:王音暗,蕭音奄。或爲□,同。集注本李善注:烏感反。尤袤本李善注:烏感切。陳八郎本:於感。觀智院本:暗。〇案:集注本□處字殘脱。 殫,集注本引《音决》:丹。觀智院本作“單”,音:丹。 怡,集注本引《音决》、觀智院本:以而反。 懌,集注本引《音决》:亦。

《文選》音注輯考卷五十二

論　二

王命論

班叔皮

昔在帝堯之禪，曰：咨爾舜，天之曆數在爾躬。舜亦以命禹。暨于稷契，咸佐唐虞，光濟四海，奕世載德。至于湯武而有天下。

禪，觀智院本：市戰反。　數，觀智院本：史具反。　暨，觀智院本：其器反。　契，《漢書》作"挈"，顔師古：讀與卨同，字本作偰。觀智院本：思列反。

雖其遭遇異時，禪代不同，至于應天順人，其揆一焉。是故劉氏承堯之祚，氏族之世，著于《春秋》。唐據火德，而漢紹之。始起沛澤，則神母夜號，以彰赤帝之符。由是言之，帝王之祚，必有明聖顯懿之德。

豐功厚利,積累之業。然後精誠通于神明,流澤加於生民。故能爲鬼神所福饗,天下所歸往。未見運世無本,功德不紀,而得倔起在此位者也。

著,觀智院本:丁慮反。 沛,觀智院本:布外反。 號,觀智院本:何高反。 倔,《漢書》作"屈",顔師古:其勿反。

世俗見高祖興於布衣,不達其故,以爲適遭暴亂,得奮其劒。游説之士,至比天下於逐鹿,幸捷而得之。不知神器有命,不可以智力求。悲夫,此世之所以多亂臣賊子者也。若然者,豈徒闇於天道哉,又不睹之於人事矣。夫餓饉流隸,飢寒道路。思有短褐之襲,檐石之蓄。

短,觀智院本作"裋":丁管反。 【附】北宋本及尤袤本李善注:韋昭曰:短爲裋。裋,丁管切。 襲,《漢書》作"褻",顔師古:先列反。 檐,《漢書》作"儋",顔師古:丁濫反。觀智院本作"擔":都甘反。 蓄,《漢書》作"畜",顔師古:讀曰蓄。觀智院本:丑六反。

所願不過一金,終於轉死溝壑。何則,貧窮亦有命也。況乎天子之貴,四海之富,神明之祚,可得而妄處哉。故雖遭罹厄會,竊其權柄,勇如信布,强如梁籍,成如王莽,然卒潤鑊伏鑕,烹醢分裂。

罹,顔師古:離。 厄,觀智院本:於革反。 柄,觀智院本:布病反。 强,觀智院本:其良反。 卒,觀智院本:七忽反。 鑊,觀智院本:胡郭反。 鑕,朝鮮正德本、奎章閣本:質。觀智院本:之日反。 【附】顔師古:質,鍖也。鍖音竹林反。 烹,觀智院本:并行反。〇案:烹爲滂母,并爲幫母,幫組互轉。 醢,朝鮮正德本、奎章閣本、觀智院本:海。

又況么麽，不及數子，而欲闇干天位者也。

么，顔師古：一堯反。朝鮮正德本、奎章閣本：烏堯。觀智院本：一條反。　麽，《漢書》作"麿"，引鄭氏音：麽。顔師古：莫可反。北宋本及尤袤本李善注：莫可切。觀智院本：亡可反。　數，觀智院本：子宇反。〇案：觀智院本"子"疑爲"史"字之訛。　干，《漢書》作"奸"，顔師古：干。

是故駑蹇之乘，不騁千里之塗。鷰雀之疇，不奮六翮之用。楶梲之材，不荷棟梁之任。斗筲之子，不秉帝王之重。《易》曰：鼎折足，覆公餗。不勝其任也。

蹇，觀智院本：居輦反。　乘，觀智院本：時證反。　楶，顔師古：節，字亦或作節。黄善夫本蕭該引韋昭、北宋本及尤袤本李善注：節。黄善夫本蕭該引鄭氏：贅。觀智院本：莭，又：之劣反。　梲，顔師古：之説反。黄善夫本引蕭該：之劣反。北宋本及尤袤本李善注：之劣切。觀智院本作"税"：之悦反。　任，觀智院本：而鴆反。　筲，顔師古：山交反。觀智院本：所交反。　重，觀智院本：至用反。　折，觀智院本：之舌反。　覆，觀智院本：芳伏反。　餗，顔師古、北宋本及尤袤本李善注、朝鮮正德本、奎章閣本、觀智院本：速。

當秦之末，豪桀共推陳嬰而王之。嬰母止之曰：自吾爲子家婦，而世貧賤，卒富貴，不祥。不如以兵屬人，事成，少受其利。不成，禍有所歸。嬰從其言，而陳氏以寧。

王，觀智院本：于放反。　屬，顔師古、觀智院本：之欲反。

王陵之母,亦見項氏之必亡,而劉氏之將興也。是時,陵爲漢將,而母獲於楚。有漢使來,陵母見之,謂曰:願告吾子,漢王長者,必得天下,子謹事之,無有二心。遂對漢使伏劍而死,以固勉陵。其後,果定於漢。陵爲宰相,封侯。

將,觀智院本:子亮反。

夫以匹婦之明,猶能推事理之致,探禍福之機,全宗祀於無窮,垂册書於春秋,而況大丈夫之事乎。是故窮達有命,吉凶由人。嬰母知廢,陵母知興,審此二者,帝王之分決矣。

探,觀智院本:貪。 分,顏師古、觀智院本:扶問反。

蓋在高祖,其興也有五:一曰帝堯之苗裔,二曰體貌多奇異,三曰神武有徵應,四曰寬明而仁恕,五曰知人善任使。加之以信誠好謀,達於聽受,見善如不及,用人如由己。從諫如順流,趣時如響起。

響,《漢書》作"嚮",顏師古:讀曰響。

當食吐哺,納子房之策。拔足揮洗,揖酈生之説。悟戍卒之言,斷懷土之情。高四皓之名,割肌膚之愛。舉韓信於行陣,收陳平於亡命。英雄陳力,羣策畢舉,此高祖之大略,所以成帝業也。

洗,觀智院本:先礼反。 酈,朝鮮正德本、奎章閣本:歷。 斷,顏師古:丁唤反。 行,觀智院本:下郎反。

若乃靈瑞符應,又可略聞矣。初,劉媪妊高祖,而夢與神遇,震電晦冥,有龍蛇之怪。及長而多靈,有異於衆。是以王、武感物而折契,吕公睹形而進女。秦皇東游以厭其氣,吕后望雲而知所處。

媪，陳八郎本：烏老。觀智院本：烏老反。　妊，尤袤本李善注：如蔭切。陳八郎本：而鴆。北宋本作“姙”，李善注：如蔭切。觀智院本亦作“姙”：而鴆反。　冥，觀智院本：亡定反。　契，觀智院本作“㓞”：古計反。　【附】北宋本及尤袤本李善注：《漢書》曰：高祖常從王媪、武負貰酒。貰，食夜切。　厭，顔師古、觀智院本：一葉反。北宋本及尤袤本李善注：於冉切。

始受命則白蛇分，西入關則五星聚。故淮陰、留侯謂之天授，非人力也。歷古今之得失，驗行事之成敗，稽帝王之世運，考五者之所謂，取舍不厭斯位，符瑞不同斯度。

舍，觀智院本：捨。　厭，顔師古：一涉反。北宋本及尤袤本李善注：一艷切。觀智院本：一涉反，又：史涉反。室町本：一□反。○案：觀智院本“史”字有誤。又室町本□處字模糊。

而苟昧權利，越次妄據，外不量力，内不知命。則必喪保家之主，失天年之壽。遇折足之凶，伏斧鉞之誅。

量，觀智院本：良。　喪，觀智院本：息浪反。　斧，《漢書》作“鈇”，顔師古：方于反。

英雄誠知覺寤，畏若禍戒，超然遠覽，淵然深識，收陵、嬰之明分，絶信、布之覬覦。距逐鹿之瞽説，審神器之有授，貪不可冀，無爲二母之所笑。則福祚流于子孫，天禄其永終矣。

分，顔師古、觀智院本：扶問反。　覬，顔師古、朝鮮正德本、奎章閣本：冀。觀智院本：音冀反。○案：觀智院本此條音即“冀”，音、反二字皆依例而加。　覦，顔師古：踰。朝鮮正德本、奎章閣本：逾。　瞽，朝鮮正德本、奎章閣本、觀智院本：古。

冀，《漢書》作"幾"，顔師古：一説，幾讀曰冀。

典論·論文

論，觀智院本：力頓反。○案：此條音屬"典論"之"論"。

魏文帝

文人相輕，自古而然。傅毅之於班固，伯仲之間耳。而固小之，與弟超《書》曰：武仲以能屬文爲蘭臺令史，下筆不能自休。

毅，觀智院本：魚既反。　屬，觀智院本：之欲反。

夫人善於自見，而文非一體，鮮能備善。是以各以所長，相輕所短。里語曰：家有弊帚，享之千金。斯不自見之患也。

鮮，觀智院本：思輦。

今之文人，魯國孔融文舉，廣陵陳琳孔璋，山陽王粲仲宣，北海徐幹偉長，陳留阮瑀元瑜，汝南應瑒德璉，東平劉楨公幹，斯七子者，於學無所遺，於辭無所假，咸以自騁驥騄於千里，仰齊足而并馳。以此相服，亦良難矣。蓋君子審己以度人，故能免於斯累。而作《論文》。

瑒，觀智院本：丈，又：魚□反。○案：觀智院本□處字作上共下口，疑當作"宕"。參卷三十《擬魏太子鄴中集詩》。　楨，觀智院本：貞。　累，觀智院本：力瑞反。

王粲長於辭賦。徐幹時有齊氣，然粲之匹也。如粲之《初征》《登樓》《槐賦》《征思》，幹之《玄猿》《漏卮》《圓扇》《橘賦》，雖張、蔡不過也。

然於他文，未能稱是。

思，觀智院本：四。　稱，觀智院本：尺證。

琳、瑀之章表書記，今之儁也。應瑒和而不壯，劉楨壯而不密。孔融體氣高妙，有過人者，然不能持論，理不勝詞，至乎雜以嘲戲，及其所善，楊、班儔也。

儁，觀智院本：俊。　瑒，觀智院本：丈，又：直杏反。〇案："杏"疑當作"宕"。參卷三十《擬魏太子鄴中集詩》。　論，觀智院本：力頓反。　嘲，觀智院本作"謿"：竹交反。

常人貴遠賤近，向聲背實，又患闇於自見，謂己爲賢。夫文，本同而末異。蓋奏議宜雅，書論宜理，銘誄尚實，詩賦欲麗。此四科不同，故能之者偏也，唯通才能備其體。

偏，觀智院本：篇。

文以氣爲主，氣之清濁有體，不可力强而致。譬諸音樂，曲度雖均，節奏同檢。至於引氣不齊，巧拙有素，雖在父兄，不能以移子弟。

樂，觀智院本：岳。　檢，觀智院本：居儉反。

蓋文章經國之大業，不朽之盛事。年壽有時而盡，榮樂止乎其身。二者必至之常期，未若文章之無窮。

樂，觀智院本：洛。

是以古之作者，寄身於翰墨，見意於篇籍，不假良史之辭，不託飛馳之勢，而聲名自傳於後。故西伯幽而演《易》，周旦顯而制《禮》。不以隱約而弗務,不以康樂而加思。

見,觀智院本:何殿反。

夫然,則古人賤尺璧而重寸陰,懼乎時之過已。而人多不强力,貧賤則慴於飢寒,富貴則流於逸樂。遂營目前之務,而遺千載之功。日月逝於上,體貌衰於下。忽然與萬物遷化,斯志士之大痛也。融等已逝,唯幹著論,成一家言。

强,觀智院本:其良反。 慴,觀智院本旁記:之葉反。 樂,觀智院本:洛。 著,觀智院本:丁預反。

六代論

曹元首

昔夏殷周之歷世數十,而秦二世而亡。何則,三代之君,與天下共其民,故天下同其憂。秦王獨制其民,故傾危而莫救。夫與人共其樂者,人必憂其憂。與人同其安者,人必拯其危。先王知獨治之不能久也,故與人共治之。知獨守之不能固也,故與人共守之。兼親踈而兩用,參同異而并進。是以輕重足以相鎮,親踈足以相衛,并兼路塞,逆節不生。及其衰也,相文帥禮。苞茅不貢,齊師伐楚。宋不城周,晋戮其宰。王綱弛而復張,諸侯傲而復肅。二霸之後,寖以陵遲。吴楚憑江,負固方城,雖心希九鼎,而畏迫宗姬。姦情散於胷懷,逆謀消於脣吻。斯豈非信重親戚,任用賢能,枝葉碩茂,本根賴之與。

苞,觀智院本:布交反。 戮,觀智院本:六。 綱,觀智院本:居郎反。 傲,觀智院本:五語反。〇案:觀智院本"語"爲"誥"字之訛。 寖,觀智院本作"浸":子鴆反。 憑,觀智院本作"馮":皮氷反。　吻,尤袤本、朝鮮正德本、奎章閣本、觀智院本:亡粉反。　重,觀智院本:直用反。　任,觀智院本:而鴆反。

自此之後,轉相攻伐。吴并於越,晋分爲三,魯滅於楚,鄭兼於韓。暨乎戰國,諸姬微矣。唯燕、衛獨存,然皆弱小。西迫强秦,南畏齊楚,救於滅亡,匪遑相卹。至於王赧,降爲庶人,猶枝幹相持,得居虚位。海内無主,四十餘年。

暨,觀智院本:其器反。　赧,尤袤本:匿簡。朝鮮正德本、奎章閣本作"赧",音:匿簡。觀智院本:女蕑反。

秦據勢勝之地,騁譎詐之術,征伐關東,蠶食九國。至於始皇,乃定天位。曠日若彼,用力若此。豈非深根固蔕,不拔之道乎。《易》曰:其亡其亡,繫于苞桑。周德其可謂當之矣。秦觀周之弊,將以爲以弱見奪,於是廢五等之爵,立郡縣之官。棄禮樂之教,任苛刻之政。子弟無尺寸之封,功臣無立錐之土,内無宗子以自毗輔,外無諸侯以爲蕃衛。仁心不加於親戚,惠澤不流於枝葉。譬猶芟刈股肱,獨任胷腹。浮舟江海,捐棄楫櫂。

勝,觀智院本:時證反。　譎,觀智院本:古穴反。　詐,觀智院本:側嫁反。　蔕,觀智院本:帝,又:丁計反。　奪,觀智院本:徒活反。　樂,觀智院本:岳。　錐,觀智院本:隹。　芟,尤袤本、朝鮮正德本、奎章閣本:所咸。觀智院本:所銜反。　楫,觀智院本作"檝",音:接。　櫂,觀智院本:直孝反。

觀者爲之寒心,而始皇晏然,自以爲關中之固,金城千里,子孫帝王萬世之業也,豈不悖哉。是時淳于越諫曰:臣聞殷周之王,封子弟功臣千有餘歲。今陛下君有海内,而子弟爲匹夫,卒有田常、六卿之臣而無輔弼,何以相救。事不師古而能長久者,非所聞也。

悖,觀智院本:布對反。

始皇聽李斯偏説而絀其義,至身死之日,無所寄付,委天下之重於凡夫之手,託廢立之命於姦臣之口。至令趙高之徒誅鋤宗室,胡亥少習剋薄之教,長遵凶父之業。不能改制易法,寵任兄弟,而乃師謨申商,諮謀趙高,自幽深宫,委政讒賊。身殘望夷,求爲黔首,豈可得哉。

長,觀智院本:丁丈反。

遂乃郡國離心,衆庶潰叛。勝、廣唱之於前,劉、項斃之於後。向使始皇納淳于之策,抑李斯之論,割裂州國,分王子弟。封三代之後,報功臣之勞。土有常君,民有定主,枝葉相扶,首尾爲用。雖使子孫有失道之行,時人無湯武之賢,姦謀未發而身已屠戮,何區區之陳項而復得措其手足哉。

潰,觀智院本:胡對反。　勝,觀智院本:升。　論,觀智院本:力頓反。　爲,觀智院本:于僞反。　行,觀智院本:下孟反。　屠,觀智院本:徒。　措,觀智院本:七故反。

故漢祖奮三尺之劒,驅烏集之衆。五年之中,而成帝業。自開闢以來,其興功立勳,未有若漢祖之易者也。夫伐深根者難爲功,摧枯朽者易爲力,理勢然也。漢鑒秦之失,封植子弟。及諸吕擅權,圖危劉氏。而天下所以不能傾動,百姓所以不易心者,徒以諸侯强大,盤石膠固。東牟朱虚,授命於内。齊代吴楚,作衛於外故也。向使高祖踵亡秦之法,忽先王之制,則天下已傳,非劉氏有也。

闢，觀智院本：婢亦反。　植，觀智院本：曹音值，王音食。〇案：植、值爲澄母，食爲船母，澄、船古讀皆與定母同。

然高祖封建，地過古制，大者跨州兼域，小者連城數十，上下無别，權侔京室，故有吴楚七國之患。賈誼曰：諸侯强盛，長亂起姦。

强，觀智院本：其良反。　長，觀智院本：丁丈反。

夫欲天下之治安，莫若衆建諸侯而少其力。令海内之勢，若身之使臂，臂之使指，則下無背叛之心，上無誅伐之事。文帝不從。至於孝景，猥用朝錯之計，削黜諸侯。親者怨恨，疏者震恐，吴楚唱謀，五國從風。兆發高祖，釁成文景。由寬之過制，急之不漸故也。

猥，觀智院本：烏罪反。　朝，觀智院本：直遥反。　錯，觀智院本：七故反。　釁，觀智院本作"璺"：許靳反。

所謂末大必折，尾大難掉。尾同於體，猶或不從。況乎非體之尾，其可掉哉。武帝從主父之策，下推恩之命。自是之後，齊分爲七，趙分爲六，淮南三割，梁代五分。遂以陵遲，子孫微弱，衣食租税，不豫政事。或以酎金免削，或以無後國除。

掉，觀智院本：徒吊反。　父，觀智院本：甫。　命，觀智院本作"令"：力政反。　衣，觀智院本：畏。　食，觀智院本：士。　租，觀智院本：子胡反。　酎，觀智院本：直留反。

至於成帝，王氏擅朝。劉向諫曰：臣聞：公族者，國之枝葉。枝葉落，則本根無所庇蔭。方今同姓疏遠，母黨專政。排擯宗室，孤弱公族，非所以保守社稷，安固國嗣也。其言深切，多所稱引。成帝雖悲傷嘆息而不能用。至乎哀平,異姓秉權,假周公之事,而爲田常之亂。高拱而竊天位,一朝而臣四海。漢宗室王侯解印釋綬,貢奉社稷,猶懼不得爲臣妾。或乃爲之符命,頌莽恩德,豈不哀哉。由斯言之,非宗子獨忠孝於惠、文之間而叛逆於哀、平之際也,徒以權輕勢弱,不能有定耳。

向,觀智院本:舒上反。 庇,觀智院本:如二反,又:卑□反。〇案:觀智院本"如"字誤,疑當作"必",必、如草書形近。又□處似作"寘"。 排,觀智院本:步埋反。 擯,觀智院本:如刃。〇案:觀智院本"如"字誤,疑當作"必"。 嗣,觀智院本:士。 【附】北宋本及尤袤本李善注:《漢書》曰:郚鄉侯閎以莽篡位,獻神書言莽,得封列侯。郚音吾。

賴光武皇帝挺不世之姿,禽王莽於已成,紹漢祀於既絶,斯豈非宗子之力耶。而曾不鑒秦之失策,襲周之舊制,踵亡國之法,而僥倖無疆之期。至於桓靈,奄豎執衡。朝無死難之臣,外無同憂之國,君孤立於上,臣弄權於下。本末不能相御,身手不能相使。由是天下鼎沸,姦凶并争。宗廟焚爲灰燼,宫室變爲蓁藪。居九州之地而身無所安處,悲夫。

挺,觀智院本:大冷反。 僥,觀智院本:古堯反。 豎,觀智院本:時主反。 朝,觀智院本:直遥反。 燼,朝鮮正德本、奎章閣本:辭胤。 蓁,朝鮮正德本、奎章閣本:士臻。觀智院本:士巾反。

魏太祖武皇帝,躬聖明之資,兼神武之略。恥王綱之廢絶,愍漢室之傾覆,龍飛譙沛,鳳翔兖豫。掃除凶逆,剪滅鯨鯢。迎帝西京,定都潁邑。德動天地，義感人神。漢氏奉天，禪位大魏。

資，觀智院本：咨。　譙，觀智院本：在遥反。

大魏之興，于今二十有四年矣。觀五代之存亡，而不用其長策。睹前車之傾覆，而不改其轍迹。子弟王空虚之地，君有不使之民。

王，觀智院本：于放反。

宗室竄於閭閻，不聞邦國之政。權均匹夫，勢齊凡庶。内無深根不拔之固，外無盤石宗盟之助，非所以安社稷、爲萬代之業也。且今之州牧、郡守，古之方伯、諸侯，皆跨有千里之土，兼軍武之任，或比國數人，或兄弟并據。而宗室子弟，曾無一人間厠其間，與相維持，非所以强榦弱枝、備萬一之慮也。今之用賢，或超爲名都之主，或爲偏師之帥。

帥，觀智院本：所謚反。

而宗室有文者，必限以小縣之宰。有武者，必置於百人之上。使夫廉高之士，畢志於衡軛之内。

軛，觀智院本：於革反。

才能之人，恥與非類爲伍。非所以勸進賢能，褒異宗族之禮也。夫泉竭則流涸，根朽則葉枯。枝繁者蔭根，條落者本孤。故語曰：百足之蟲，至死不僵，扶之者衆也。此言雖小，可以譬大。且墉基不可倉卒而成，威名不可一朝而立。皆爲之有漸，建之有素。譬之種樹，久則深固其根本，茂盛其枝葉。若造次徙於山林之中，植於宫闕之下，雖壅之以黑墳，暖之以春日。猶不救於枯槁，何暇繁育哉。

壅,觀智院本:於勇反。 墳,觀智院本:扶粉反。

夫樹猶親戚,土猶士民,建置不久,則輕下慢上,平居猶懼其離叛,危急將如之何。是聖王安而不逸,以慮危也。存而設備,以懼亡也。故疾風卒至,而無摧拔之憂。天下有變,而無傾危之患矣。

博弈論

韋弘嗣

蓋君子恥當年而功不立,疾没世而名不稱。故曰:學如不及,猶恐失之。是以古之志士,悼年齒之流邁,而懼名稱之不建也。勉精厲操,晨興夜寐,不遑寧息。經之以歲月,累之以日力。

悼,觀智院本:徒到反。 稱,觀智院本:尺證反。 操,觀智院本:七到反。

若甯越之勤,董生之篤,漸漬德義之淵,捿遟道藝之域。且以西伯之聖,姬公之才,猶有日昃待旦之勞。故能隆興周道,垂名億載。況在臣庶,而可以已乎。歷觀古今功名之士,皆有積累殊異之迹,勞神苦體,契闊勤思,平居不惰其業,窮困不易其素。是以卜式立志於耕牧,而黄霸受道於囹圄,終有榮顯之福,以成不朽之名。故山甫勤於夙夜,而吴漢不離公門,豈有游惰哉。

契,觀智院本作"挈",音:結。 惰,觀智院本作"墮":徒卧反。 囹,觀智院本:力丁反。 圄,觀智院本:魚吕反。 離,觀智院本:力智反。 惰,觀智院本作"墮":徒卧反。

今世之人，多不務經術，好翫博弈，廢事棄業，忘寢與食，窮日盡明，繼以脂燭。當其臨局交争，雌雄未决，專精鋭意，神迷體倦。人事曠而不脩，賓旅闕而不接，雖有太牢之饌、《韶》《夏》之樂，不暇存也。至或賭及衣物，徙棊易行。廉恥之意弛，而忿戾之色發。然其所志不出一枰之上，所務不過方罫之閒。

好，觀智院本：秏。　局，觀智院本：其欲反。　牢，觀智院本：力刀反。　樂，觀智院本：岳。　賭，北宋本及尤袤本李善注：丁古切。　【附】北宋本及尤袤本李善注：《埤蒼》曰：賭，賜也。賜，記被切。　行，觀智院本：下孟反。　枰，北宋本及尤袤本李善注：皮兵切。陳八郎本：補萠。　罫，北宋本李善注：古買切。尤袤本、陳八郎本：古買。觀智院本：會，又：方罪反，又：吉買反。〇案：罫爲見母，方爲非母，觀智院本"方"疑爲"古"字之訛。

勝敵無封爵之賞，獲地無兼土之實。技非六藝，用非經國。立身者不階其術，徵選者不由其道。求之於戰陣，則非孫吴之倫也。考之於道藝，則非孔氏之門也。以變詐爲務，則非忠信之事也。以刼殺爲名，則非仁者之意也。而空妨日廢業，終無補益。是何異設木而擊之，置石而投之哉。

勝，觀智院本：尺證反。〇案：勝爲書母，尺爲昌母，觀智院本"尺"疑當作"尸"。　技，觀智院本作"伎"：其綺反。

且君子之居室也，勤身以致養。其在朝也，竭命以納忠。臨事且猶旰食，而何暇博弈之足耽。夫然，故孝友之行立，貞純之名章也。

養，觀智院本：以亮反。

方今大吴受命,海内未平,聖朝乾乾,務在得人。勇略之士,則受熊虎之任。儒雅之徒,則處龍鳳之署。百行兼苞,文武并騖。博選良才,旌簡髦俊。設程試之科,垂金爵之賞。誠千載之嘉會,百世之良遇也。當世之士,宜勉思至道,愛功惜力,以佐明時。使名書史籍,勳在盟府。乃君子之上務,當今之先急也。夫一木之枰,孰與方國之封。枯棊三百,孰與萬人之將。衮龍之服,金石之樂,足以兼棊局而貿博弈矣。

枰,朝鮮正德本、奎章閣本作"抨",音:補萌。　衮,觀智院本:古本反。　樂,觀智院本:岳。

假令世士移博弈之力,用之於《詩》《書》,是有顔、閔之志也。用之於智計,是有良、平之思也。用之於資貨,是有猗頓之富也。用之於射御,是有將帥之備也。如此,則功名立而鄙賤遠矣。

《文選》音注輯考卷五十三

論　三

養生論

稽叔夜

世或有謂神仙可以學得，不死可以力致者。或云上壽百二十，古今所同，過此以往，莫非妖妄者。此皆兩失其情，請試粗論之。夫神仙雖不目見，然記籍所載，前史所傳，較而論之，其有必矣。似特受異氣，稟之自然，非積學所能致也。

粗，尤袤本李善注：徂古切。　較，尤袤本、陳八郎本：角。

至於導養得理，以盡性命，上獲千餘歲，下可數百年，可有之耳。而世皆不精，故莫能得之。何以言之。夫服藥求汗，或有弗獲，而愧情一集，涣然流離。終朝未餐，則囂然思食，而曾子銜哀，七日不飢。夜分而坐，則低迷思寢，内懷殷憂，則達旦不瞑。

瞑,陳八郎本:名。

勁刷理鬢,醇醴發顔,僅乃得之。壯士之怒,赫然殊觀,植髮衝冠。由此言之,精神之於形骸,猶國之有君也。神躁於中而形喪於外,猶君昏於上,國亂於下也。夫爲稼於湯之世,偏有一溉之功者,雖終歸燋爛,必一溉者後枯。然則一溉之益,固不可誣也。而世常謂一怒不足以侵性,一哀不足以傷身,輕而肆之。是猶不識一溉之益,而望嘉穀於旱苗者也。是以君子知形恃神以立,神須形以存。悟生理之易失,知一過之害生。故脩性以保神,安心以全身。愛憎不栖於情,憂喜不留於意。泊然無感,而體氣和平。又呼吸吐納,服食養身。使形神相親,表裏俱濟也。夫田種者,一畝十斛,謂之良田,此天下之通稱也,不知區種可百餘斛。田種一也,至於樹養不同,則功收相懸。謂商無十倍之價,農無百斛之望,此守常而不變者也。且豆令人重,榆令人瞑。

瞑,陳八郎本:名。

合歡蠲忿,萱草忘憂,愚智所共知也。薰辛害目,豚魚不養,常世所識也。蝨處頭而黑,麝食柏而香。頸處險而癭,齒居晋而黄。

蝨,尤袤本、朝鮮正德本、奎章閣本:山乙。　癭,尤袤本、陳八郎本:於井。

推此而言,凡所食之氣,蒸性染身,莫不相應。豈惟蒸之使重而無使輕,害之使闇而無使明,薰之使黄而無使堅,芬之使香而無使延哉。故神農曰:上藥養命,中藥養性者,誠知性命之理,因輔養以通也。而世人不察,惟五穀是見,聲色是耽。目惑玄黄,耳務淫哇。

哇,陳八郎本:烏佳反。

滋味煎其府藏，醴醪鬻其腸胃。香芳腐其骨髓，喜怒悖其正氣。思慮銷其精神，哀樂殃其平粹。

粹，朝鮮正德本、奎章閣本：遂。

夫以蕞爾之軀，攻之者非一塗。易竭之身，而外内受敵，身非木石，其能久乎。

蕞，陳八郎本：在外。

其自用甚者，飲食不節，以生百病。好色不倦，以致乏絶。風寒所灾，百毒所傷，中道夭於衆難。世皆知笑悼，謂之不善持生也。至于措身失理，亡之於微。積微成損，積損成衰，從衰得白，從白得老，從老得終，悶若無端。中智以下，謂之自然。縱少覺悟，咸嘆恨於所遇之初，而不知慎衆險於未兆。是由桓侯抱將死之疾而怒扁鵲之先見，以覺痛之日爲受病之始也。害成於微而救之於著，故有無功之治。馳騁常人之域，故有一切之壽。仰觀俯察，莫不皆然。以多自證，以同自慰，謂天地之理，盡此而已矣。縱聞養生之事，則斷以所見，謂之不然。其次狐疑，雖少庶幾，莫知所由。其次自力服藥，半年一年，勞而未驗，志以厭衰，中路復廢。或益之以畎澮，而泄之以尾閭。

畎，尤袤本、陳八郎本：古犬。　澮，尤袤本、陳八郎本：古外。

欲坐望顯報者，或抑情忍欲，割棄榮願，而嗜好常在耳目之前，所希在數十年之後。又恐兩失，内懷猶豫。心戰於内，物誘於外，交賒相傾，如此復敗者。夫至物微妙，可以理知，難以目識，譬猶豫章生七年，然後可覺耳。

【附】北宋本及尤袤本李善注：延叔堅曰：豫章與枕木相似。枕音尤。

今以躁競之心，涉希静之塗。意速而事遲，望近而應遠，故莫能相終。夫悠悠者既以未效不求，而求者以不專喪業，偏恃者以不兼無功，追術者以小道自溺。凡若此類，故欲之者萬無一能成也。善養生者則不然矣。清虚静泰，少私寡欲。知名位之傷德，故忽而不營，非欲而彊禁也。識厚味之害性，故棄而弗顧，非貪而後抑也。外物以累心不存，神氣以醇白獨著。曠然無憂患，寂然無思慮。又守之以一，養之以和，和理日濟，同乎大順。然後蒸以靈芝，潤以醴泉。晞以朝陽，綏以五絃。無爲自得，體妙心玄。忘歡而後樂足，遺生而後身存。若此以往，恕可與羨門比壽，王喬爭年，何爲其無有哉。

運命論

李蕭遠

夫治亂，運也。窮達，命也。貴賤，時也。故運之將隆，必生聖明之君。聖明之君，必有忠賢之臣。其所以相遇也，不求而自合。其所以相親也，不介而自親。唱之而必和，謀之而必從。道德玄同，曲折合符。得失不能疑其志，讒構不能離其交，然後得成功也。其所以得然者，豈徒人事哉。授之者天也，告之者神也，成之者運也。夫黄河清而聖人生，里社鳴而聖人出，羣龍見而聖人用。故伊尹，有莘氏之媵臣也，而阿衡於商。

莘，陳八郎本：所巾。

太公,渭濱之賤老也,而尚父於周。百里奚在虞而虞亡,在秦而秦霸,非不才於虞而才於秦也。張良受黄石之符,誦《三略》之説,以游於群雄。其言也,如以水投石,莫之受也。及其遭漢祖,其言也,如以石投水,莫之逆也。非張良之拙説於陳項,而巧言於沛公也。然則張良之言一也,不識其所以合離。合離之由,神明之道也。故彼四賢者,名載於籙圖,事應乎天人,其可格之賢愚哉。孔子曰:清明在躬,氣志如神。嗜慾將至,有開必先。天降時雨,山川出雲。《詩》云:惟嶽降神,生甫及申。惟申及甫,惟周之翰。運命之謂也。豈惟興主,亂亡者亦如之焉。幽王之惑褒女也,祆始於夏庭。

【附】北宋本及尤袤本李善注:《史記》曰:卜請其漦而藏之,乃吉。漦,仕淄切。

曹伯陽之獲公孫彊也,徵發於社宫。叔孫豹之暱豎牛也,禍成於庚宗。吉凶成敗,各以數至。咸皆不求而自合,不介而自親矣。昔者,聖人受命,《河》《洛》曰:以文命者,七九而衰。以武興者,六八而謀。及成王定鼎於郟鄏,卜世三十,卜年七百,天所命也。故自幽厲之間,周道大壞。二霸之後,禮樂陵遲。文薄之弊,漸於靈景。辯詐之偽,成於七國。酷烈之極,積於亡秦。文章之貴,棄於漢祖。雖仲尼至聖,顔冉大賢。揖讓於規矩之内,誾誾於洙泗之上,不能遏其端。

誾,朝鮮正德本、奎章閣本:銀。

孟軻、孫卿,體二希聖,從容正道,不能維其末。天下卒至于溺而不可援。夫以仲尼之才也,而器不周於魯、衛。以仲尼之辯也,而言不行於定、哀。以仲尼之謙也,而見忌於子西。以仲尼之仁也,而取讎於桓魋。

魋，朝鮮正德本、奎章閣本：頹。

以仲尼之智也，而屈厄於陳蔡。以仲尼之行也，而招毁於叔孫。夫道足以濟天下，而不得貴於人。言足以經萬世，而不見信於時。行足以應神明，而不能彌綸於俗。應聘七十國，而不一獲其主。驅驟於蠻夏之域，屈辱於公卿之門。其不遇也如此。及其孫子思，希聖備體，而未之至。封己養高，勢動人主。其所游歷諸侯，莫不結駟而造門。雖造門，猶有不得賓者焉。其徒子夏，升堂而未入於室者也。退老於家，魏文侯師之。西河之人肅然歸德，比之於夫子而莫敢閒其言。故曰：治亂，運也。窮達，命也。貴賤，時也。而後之君子，區區於一主，嘆息於一朝。屈原以之沈湘，賈誼以之發憤，不亦過乎。

朝，陳八郎本：直喬。

然則聖人所以爲聖者，蓋在乎樂天知命矣。故遇之而不怨，居之而不疑也。其身可抑，而道不可屈。其位可排，而名不可奪。譬如水也，通之斯爲川焉，塞之斯爲淵焉。升之於雲則雨施，沈之於地則土潤。體清以洗物，不亂於濁。受濁以濟物，不傷於清。是以聖人處窮達，如一也。夫忠直之迕於主，獨立之負於俗，理勢然也。故木秀於林，風必摧之。堆出於岸，流必湍之。行高於人，衆必非之。前監不遠，覆車繼軌。然而志士仁人，猶蹈之而弗悔，操之而弗失，何哉，將以遂志而成名也。求遂其志，而冒風波於險塗。求成其名，而歷謗議於當時。彼所以處之，蓋有筭矣。子夏曰：死生有命，富貴在天。故道之將行也，命之將貴也。則伊尹、吕尚之興於商周，百里、子房之用於秦漢，不求而自得，不徼而自遇矣。道之將廢也，命之將賤也，豈獨君子恥之而弗爲乎，蓋亦知爲之而弗得矣。凡希世苟合之士，蘧蒢戚施之人。俛仰尊貴之顔，逶迆勢利之間。意無是非，讃之如流。言無可否，應之如響。以闚看爲精神，以向背爲變通。勢之所集，從之如歸市。勢之所去，棄之如脱遺。其言曰：名與身孰親也，得與失孰賢也，榮與辱孰珍也。故遂絜其衣服，矜其車徒。冒其貨賄，淫其聲色，脉脉然自以爲得矣。

脉，陳八郎本作"脈"，音：摸白。

蓋見龍逢、比干之亡其身，而不惟飛廉、惡來之滅其族也。蓋知伍子胥之屬鏤於吴，而不戒費無忌之誅夷於楚也。

屬，尤袤本：燭。陳八郎本作"钃"，音：燭。　鏤，尤袤本、陳八郎本：力俱。

蓋譏汲黯之白首於主爵，而不懲張湯牛車之禍也。蓋笑蕭望之跋躓於前，而不懼石顯之絞縊於後也。

跋，尤袤本、朝鮮正德本、奎章閣本：蒲末。　躓，尤袤本、朝鮮正德本、奎章閣本：竹利。

故夫達者之筭也，亦各有盡矣。曰：凡人之所以奔競於富貴，何爲者哉。若夫立德必須貴乎，則幽厲之爲天子，不如仲尼之爲陪臣也。必須勢乎，則王莽、董賢之爲三公，不如楊雄、仲舒之闃其門也。必須富乎，則齊景之千駟，不如顔回、原憲之約其身也。其爲實乎，則執杓而飲河者，不過滿腹。棄室而灑雨者，不過濡身。過此以往，弗能受也。其爲名乎，則善惡書于史册，毁譽流於千載。賞罰懸於天道，吉凶灼乎鬼神，固可畏也。將以娱耳目、樂心意乎。譬命駕而游五都之市，則天下之貨畢陳矣。褰裳而涉汶陽之丘，則天下之稼如雲矣。椎紒而守敖庾海陵之倉，則山坻之積在前矣。扱衽而登鍾山藍田之上，則夜光璵璠之珍可觀矣。

汶，尤袤本、朝鮮正德本、奎章閣本：問。 椎，尤袤本、朝鮮正德本、奎章閣本：直追。 【附】北宋本及尤袤本李善注：《漢書》曰：尉佗魋結。服虔曰：魋音椎。 扱，北宋本及尤袤本李善注：初洽切。朝鮮正德本、奎章閣本作"插"，音：楚甲。 璵，尤袤本、朝鮮正德本、奎章閣本：余。 璠，尤袤本、朝鮮正德本、奎章閣本：煩。

夫如是也，爲物甚衆，爲己甚寡。不愛其身，而嗇其神。風驚塵起，散而不止。六疾待其前，五刑隨其後。利害生其左，攻奪出其右，而自以爲見身名之親疎，分榮辱之客主哉。天地之大德曰生，聖人之大寶曰位，何以守位曰仁，何以正人曰義。故古之王者，蓋以一人治天下，不以天下奉一人也。古之仕者，蓋以官行其義，不以利冒其官也。古之君子，蓋恥得之而弗能治也，不恥能治而弗得也。原乎天人之性，核乎邪正之分。

核，尤袤本、陳八郎本：胡革。

權乎禍福之門，終乎榮辱之筭，其昭然矣。故君子舍彼取此。若夫出處不違其時，默語不失其人。天動星迴，而辰極猶居其所。璣旋輪轉，而衡軸猶執其中。既明且哲，以保其身，貽厥孫謀，以燕翼子者。昔吾先友嘗從事於斯矣。

辯亡論上下二首

陸士衡

昔漢氏失御，姦臣竊命。禍基京畿，毒遍宇内，皇綱弛紊，王室遂卑。於是群雄蜂駭，義兵四合。吴武烈皇帝慷慨下國，電發荆南。權略紛紜，忠勇伯世。威稜則夷羿震盪，兵交則醜虜授馘。遂掃清宗祊，蒸禋皇祖。于時雲興之將帶州，飇起之師跨邑。哮闞之羣風驅，熊羆之衆霧集。

伯，《晋書音義》：霸。　羿，《晋書音義》：五計反。陳八郎本：五計。　盪，尤袤本、陳八郎本：達朗。　馘，《晋書音義》、陳八郎本作“𩠐”：古獲反。　祊，《晋書音義》：甫彭反。尤袤本：捕盲。陳八郎本：補盲。　禋，陳八郎本：因。　飇，《晋書音義》作“猋”：甫遥反。　哮，《晋書音義》：呼交反。尤袤本、陳八郎本：呼交。　闞，《晋書音義》：火斬反。陳八郎本作“㘚”，音：呼斬。

雖兵以義合，同盟勠力，然皆苞藏禍心，阻兵怙亂。或師無謀律，喪威稔寇。忠規武節，未有如此其著者也。武烈既没，長沙桓王逸才命世，弱冠秀發。招攬遺老，與之述業。神兵東驅，奮寡犯衆。攻無堅城之將，戰無交鋒之虜。誅叛柔服，而江外底定。飾法脩師，則威德翕赫。

怙，《晋書音義》：户。　稔，《晋書音義》：如甚反。　底，尤袤本、陳八郎本：旨。　翕，《晋書音義》：許及反。

賓禮名賢，而張昭爲之雄。交御豪俊，而周瑜爲之傑。彼二君子，皆弘敏而多奇，雅達而聰哲。故同方者以類附，等契者以氣集，而江東蓋多士矣。將北伐諸華,誅鉏干紀。

鉏,《晋書音義》:士魚反。

旋皇輿於夷庚,反帝座乎紫闥。挾天子以令諸侯,清天步而歸舊物。戎車既次,羣凶側目,大業未就,中世而殞。用集我大皇帝,以奇踪襲於逸軌,叡心因於令圖。從政咨於故實,播憲稽乎遺風。而加之以篤固,申之以節儉。疇咨俊茂,好謀善斷。束帛旅於丘園,旌命交於塗巷。故豪彦尋聲而響臻,志士希光而景騖。異人輻湊,猛士如林。

疇,《晋書音義》:儔。　希,《晋書音義》作"晞",音:希。輻,《晋書音義》:福。

於是張昭爲師傅,周瑜、陸公、魯肅、吕蒙之儔,入爲腹心,出作股肱。甘寧、凌統、程普、賀齊、朱桓、朱然之徒奮其威。韓當、潘璋、黄蓋、蔣欽、周泰之屬宣其力。風雅則諸葛瑾、張承、步騭,以名聲光國。政事則顧雍、潘濬、吕範、吕岱,以器任幹職。奇偉則虞翻、陸績、張温、張惇,以諷議舉正。奉使則趙咨、沈珩,以敏達延譽。

騭,《晋書音義》:之日反。陳八郎本:之日。　惇,《晋書音義》:敦。　珩,尤袤本、陳八郎本:衡。

術數則吴範、趙達,以機祥協德。董襲、陳武,殺身以衛主。駱統、劉基,彊諫以補過。謀無遺諝,舉不失策。

機,北宋本及尤袤本李善注:居衣切,又引晋灼:音珠璣之璣。○案:北宋本晋灼音殘脱。　諝,北宋本及尤袤本李善注:思與切。陳八郎本:思与。

故遂割據山川，跨制荆吴，而與天下爭衡矣。魏氏嘗藉戰勝之威，率百萬之師，浮鄧塞之舟，下漢陰之衆。羽檝萬計，龍躍順流。鋭騎千旅，虎步原隰。謨臣盈室，武將連衡。喟然有吞江滸之志，一宇宙之氣。

塞，尤袤本、陳八郎本：去聲。　檝，陳八郎本作"楫"，音：子葉。　喟，《晋書音義》：丘愧反。　滸，《晋書音義》：呼古反。陳八郎本：忽古。

而周瑜驅我偏師，黜之赤壁。喪旗亂轍，僅而獲免，收迹遠遁。漢王亦憑帝王之號，帥巴漢之民，乘危騁變，結壘千里，志報關羽之敗，圖收湘西之地。而陸公亦挫之西陵，覆師敗績，困而後濟，絶命永安。續以濡須之寇，臨川摧鋭。蓬籠之戰，孑輪不反。由是二邦之將，喪氣挫鋒，勢衄財匱。而吴莞然坐乘其弊。

濡，《晋書音義》：日朱反。　籠，《晋書音義》作"蘢"：盧紅反。陳八郎本亦作"蘢"，音：籠。　孑，《晋書音義》：居列反。　衄，《晋書音義》：女竹反。尤袤本、朝鮮正德本、奎章閣本：奴六。陳八郎本：女六。　莞，《晋書音義》：胡版反。

故魏人請好，漢氏乞盟。遂躋天號，鼎跱而立。西屠庸益之郊，北裂淮漢之涘。東包百越之地，南括羣蠻之表。於是講八代之禮，蒐三王之樂。告類上帝，拱揖群后。虎臣毅卒，循江而守。長棘勁鎩，望飇而奮。庶尹盡規於上，四民展業于下。化恊殊裔，風衍遐圻。

蒐，《晋書音義》：所鳩反。陳八郎本：所愁。　棘，《晋書音義》：戟。　鎩，《晋書音義》：所八反。北宋本及尤袤本李善注：山列切。陳八郎本：殺。　飇，朝鮮正德本、奎章閣本：必遥。

圻,《晋書音義》:渠希反。陳八郎本:巨衣反。

乃俾一介行人,撫巡外域。巨象逸駿,擾於外閑。明珠瑋寶,耀於内府。珍瑰重迹而至,奇玩應響而赴。輶軒騁於南荒,衝輣息於朔野。

瑋,《晋書音義》:韋鬼反。　瑰,《晋書音義》:古回反。　輶,《晋書音義》、尤袤本、朝鮮正德本、奎章閣本:由。　輣,《晋書音義》:扶萌反。北宋本及尤袤本李善注:薄萌切。朝鮮正德本、奎章閣本:蒲萌。

齊民免干戈之患,戎馬無晨服之虞,而帝業固矣。大皇既歿,幼主莅朝。姦回肆虐,景皇聿興。虔修遺憲,政無大闕,守文之良主也。降及歸命之初,典刑未滅,故老猶存。大司馬陸公以文武熙朝,左丞相陸凱以謇諤盡規,而施績、范慎以威重顯,丁奉、離斐以武毅稱。

凱,《晋書音義》:苦亥反。　【附】北宋本及尤袤本李善注:《吴志》曰:使奉與黎斐解圍。黎與離音相近。

孟宗、丁固之徒爲公卿,樓玄、賀邵之屬掌機事。元首雖病,股肱猶存。爰及末葉,群公既喪,然後黔首有瓦解之志,皇家有土崩之釁。曆命應化而微,王師躡運而發。卒散於陣,民奔于邑,城池無藩籬之固,山川無溝阜之勢。非有工輸雲梯之械,智伯灌激之害。楚子築室之圍,燕人濟西之隊。軍未浹辰而社稷夷矣。

阜,《晋書音義》:負。　梯,《晋書音義》:湯奚反。　隊,《晋書音義》:徒對反。　浹,《晋書音義》:之叶反。北宋本及尤袤本李善注:祖牒切。

雖忠臣孤憤,烈士死節,將奚救哉。夫曹劉之將,非一世所選。向時之師,無曩日之衆。戰守之道,抑有前符。險阻之利,俄然未改。而成敗貿理,古今詭趣,何哉。彼此之化殊,授任之才異也。

貿,《晋書音義》:莫候反。

辯亡論下

昔三方之王也,魏人據中夏,漢氏有岷益,吴制荆楊而奄交廣。

岷,《晋書音義》:旻。

曹氏雖功濟諸華,虐亦深矣,其民怨矣。劉公因險以飾智,功已薄矣,其俗陋矣。夫吴,桓王基之以武,太祖成之以德。聰明叡達,懿度弘遠矣。其求賢如不及,卹民如稚子。

稚,《晋書音義》:直利反。

接士盡盛德之容,親仁罄丹府之愛。拔吕蒙於戎行,識潘濬於係虜。推誠信士,不恤人之我欺。量能授器,不患權之我逼。

逼,《晋書音義》作"偪":彼力反。

執鞭鞠躬,以重陸公之威。悉委武衛,以濟周瑜之師。卑宫菲食,以豐功臣之賞。披懷虚己,以納謨士之筭。故魯肅一面而自託,士燮蒙險而致命。

燮,《晋書音義》:蘇叶反。

高張公之德,而省游田之娱。賢諸葛之言,而割情欲之歡。感陸公之規,而除刑法之煩。奇劉基之議,而作三爵之誓。屏氣跼蹐,以伺子明之疾。

跼,《晋書音義》、尤袤本、朝鮮正德本、奎章閣本:局。　蹐,《晋書音義》:積。尤袤本、朝鮮正德本、奎章閣本:脊。

分滋損甘,以育凌統之孤。登壇慷慨,歸魯子之功。削投惡言,信子瑜之節。是以忠臣競盡其謨,志士咸得肆力。洪規遠略,固不猒夫區區者也。

慷,《晋書音義》作"忼":苦朗反。　慨,《晋書音義》作"愾":苦愛反。　猒,北宋本及尤袤本李善注:於豔切。朝鮮正德本、奎章閣本作"厭",音:壹豔。

故百官苟合,庶務未遑。初都建業,群臣請備禮秩,天子辭而不許,曰:天下其謂朕何。宫室輿服,蓋慊如也。

慊,北宋本李善注:口簟切。尤袤本:口簟。朝鮮正德本、奎章閣本:苦簟。

爰及中葉,天人之分既定,百度之缺粗脩。雖醲化懿綱,未齒乎上代。抑其體國經邦之具,亦足以爲政矣。地方幾萬里,帶甲將百萬,其野沃,其兵練。

粗,北宋本及尤袤本李善注:才古切。〇案:粗,李善本正文原作"抯",注:抯,古粗字。　幾,北宋本及尤袤本李善注引杜預音:其。

其器利,其財豐。東負滄海,西阻險塞。長江制其區宇,峻山帶其封域。國家之利，未巨有弘於兹者矣。借使中才守之以道，善人御之有術。敦率遺典，勤民謹政。循定策，守常險，則可以長世永年，未有危亡之患也。或曰：吴、蜀脣齒之國，蜀滅則吴亡，理則然矣。夫蜀，蓋藩援之與國，而非吴人之存亡也。何則，其郊境之接，重山積險，陸無長轂之徑。川阨流迅，水有驚波之艱。雖有鋭師百萬，啓行不過千夫。舳艫千里，前驅不過百艦。

阨，《晋書音義》：烏懈反。　舳，朝鮮正德本、奎章閣本：逐。　艫，朝鮮正德本、奎章閣本：盧。　艦，朝鮮正德本、奎章閣本：胡減反。

故劉氏之伐，陸公喻之長蛇，其勢然也。昔蜀之初亡，朝臣異謀，或欲積石以險其流，或欲機械以御其變。天子總群議而諮之大司馬陸公，公以四瀆，天地之所以節宣其氣，固無可遏之理。而機械則彼我之所共，彼若棄長技以就所屈，即荆楊而爭舟楫之用，是天贊我也。將謹守峽口，以待禽耳。逮步闡之亂，憑寶城以延强寇，重資幣以誘群蠻。于時大邦之衆，雲翔電發。懸旍江介，築壘遵渚。襟帶要害，以止吴人之西。而巴漢舟師，沿江東下。陸公以偏師三萬，北據東阬。深溝高壘，案甲養威。反虜踠迹待戮，而不敢北窺生路。

沿，《晋書音義》作“沿”，音：緣。　阬，《晋書音義》作“坑”：客庚反。朝鮮正德本、奎章閣本作“坑”：苦衡反。　踠，《晋書音義》：宛。尤袤本、朝鮮正德本、奎章閣本：於遠。

彊寇敗績宵遁，喪師太半。分命鋭師五千，西御水軍，東西同捷，獻俘萬計。信哉，賢人之謀，豈欺我哉。自是烽燧罕警，封域寡虞。陸公歿而潛謀兆，吴釁深而六師駭。夫太康之役，衆未盛乎曩日之師。廣州之亂,禍有愈乎向時之難。而邦家顛覆,宗廟爲墟。嗚呼,人之云亡,邦國殄瘁,不其然與。

烽,《晋書音義》:峯。 燧,《晋書音義》:遂。 瘁,《晋書音義》:疾醉反。

《易》曰:湯武革命,順乎天。《玄》曰:亂不極則治不形。言帝王之因天時也。古人有言曰:天時不如地利。《易》曰:王侯設險以守其國。言爲國之恃險也。又曰:地利不如人和。在德不在險。言守險之由人也。吴之興也,參而由焉,孫卿所謂合其參者也。

參,陳八郎本作"叄",音:三。

及其亡也,恃險而已,又孫卿所謂舍其參者也。夫四州之萌,非無衆也。大江之南,非乏俊也。山川之險,易守也。勁利之器,易用也。先政之策,易循也。功不興而禍遘者,何哉。所以用之者失也。是故先王達經國之長規,審存亡之至數。謙已以安百姓,敦惠以致人和。寬冲以誘俊乂之謀,慈和以結士民之愛。是以其安也,則黎元與之同慶。及其危也,則兆庶與之共患。安與衆同慶,則其危不可得也。危與下共患,則其難不足恤也。夫然,故能保其社稷而固其土宇,《麥秀》無悲殷之思,《黍離》無愍周之感矣。

《文選》音注輯考卷五十四

論四

　陸士衡《五等論》一首

　劉孝標《辯命論》一首

論　四

五等論

陸士衡

夫體國經野，先王所慎。創制垂基，思隆後葉。然而經略不同，長世異術。五等之制，始於黄唐。郡縣之治，創自秦漢。得失成敗，備在典謨。是以其詳可得而言。夫先王知帝業至重，天下至曠。曠不可以偏制，重不可以獨任。任重必於借力，制曠終乎因人。故設官分職，所以輕其任也。

借，尤袤本、陳八郎本、朝鮮正德本：即。奎章閣本：且。

并建五長，所以弘其制也。於是乎立其封疆之典，財其親踈之宜，使萬國相維，以成盤石之固。宗庶雜居，而定維城之業。又有以見綏世之長御，識人情之大方。知其爲人不如厚己，利物不如圖身。安上在於悦下，爲己在乎利人。故《易》曰：説以使民，民忘其勞。孫卿曰:不利而利之,不如利而後利之之利也。是以分天下以厚樂,而己得與之同憂。饗天下以豐利,而我得與之共害。利博則恩篤,樂遠則憂深。故諸侯享食土之實,萬國受世及之祚矣。夫然,則南面之君,各務其治。九服之民,知有定主。上之子愛於是乎生,下之體信於是乎結。世治足以敦風,道衰足以御暴。故强毅之國,不能擅一時之勢。雄俊之士,無所寄霸王之志。然後國安由萬邦之思治,主尊賴群后之圖身。譬猶衆目營方,則天網自昶。四體辭難,而心膂獲乂。

昶,《晋書音義》:丑兩反。

三代所以直道,四王所以垂業也。夫盛衰隆弊,理所固有。教之廢興,繫乎其人。愿法期於必涼,明道有時而闇。故世及之制,弊於彊禦。厚下之典,漏於末折。侵弱之釁,遘自三季。陵夷之禍,終于七雄。昔者成湯親照夏后之鑒,公旦目涉商人之戒。文質相濟,損益有物。故五等之禮不革于時,封畛之制有隆焉爾者。豈玩二王之禍,而闇經世之筭乎。

畛,《晋書音義》:軫。

固知百世非可懸御,善制不能無弊,而侵弱之辱,愈於殄祀。土崩之困,痛於陵夷也。是以經始權其多福,慮終取其少禍。非謂侯伯無可亂之符,郡縣非致治之具也。故國憂賴其釋位,主弱憑其翼戴。及承微積弊,王室遂卑。猶保名位,祚垂後嗣。皇統幽而不輟,神器否而必存者,豈非置勢使之然與。

否,《晋書音義》:符鄙反。

降及亡秦，棄道任術。懲周之失，自矜其得。尋斧始於所庇，制國昧於弱下。國慶獨饗其利，主憂莫與共害。雖速亡趨亂，不必一道。顛沛之釁，實由孤立。是蓋思五等之小怨，忘萬國之大德。知陵夷之可患，闇土崩之爲痛也。周之不競，有自來矣。國乏令主，十有餘世。然片言勤王，諸侯必應。一朝振矜，遠國先叛。故彊晋收其請隧之圖，暴楚頓其觀鼎之志。豈劉項之能闚闢，勝廣之敢號澤哉。

號，《晋書音義》：豪。

借使秦人因循周制，雖則無道，有與共弊，覆滅之禍，豈在曩日。漢矯秦枉，大啓侯王。境土踰溢，不遵舊典。故賈生憂其危，朝錯痛其亂。是以諸侯阻其國家之富，憑其士民之力。

阻，《晋書音義》作"岨"：側吕反。

勢足者反疾，土狹者逆遲。六臣犯其弱綱，七子衝其漏網。皇祖夷於黥徒，西京病於東帝。是蓋過正之灾，而非建侯之累也。然吕氏之難，朝士外顧。宋昌策漢，必稱諸侯。逮至中葉，忌其失節，割削宗子，有名無實。天下曠然，復襲亡秦之軌矣。是以五侯作威，不忌萬邦。新都襲漢，易於拾遺也。光武中興，纂隆皇統，而猶遵覆車之遺轍，養喪家之宿疾。僅及數世，姦軌充斥。

軌，《晋書音義》作"宄"，音：軌。

卒有彊臣專朝，則天下風靡。一夫縱衡，則城池自夷，豈不危哉。在周之衰，難興王室，放命者七臣，干位者三子。嗣王委其九鼎，凶族據其天邑。鉦鼙震於闕宇，鋒鏑流乎絳闕。然禍止畿甸，害不覃及。天下晏然，以治待亂。是以宣王興於共和，襄惠振於晋鄭。

鉦,《晋書音義》:之成反。尤袤本、陳八郎本:征。 鞞,《晋書音義》:步迷反。 閫,《晋書音義》:苦本反。 共,《晋書音義》:恭。

豈若二漢,階闥蹔擾而四海已沸,孽臣朝入而九服夕亂哉。遠惟王莽篡逆之事,近覽董卓擅權之際,億兆悼心,愚智同痛。

孽,《晋書音義》作"嬖":博計反。

然周以之存,漢以之亡,夫何故哉。豈世乏曩時之臣,士無匡合之志歟。蓋遠績屈於時異,雄心挫於卑勢耳。故烈士扼腕,終委寇讎之手。中人變節,以助虐國之桀。

扼,《晋書音義》:厄。 腕,《晋書音義》:烏段反。

雖復時有鳩合同志,以謀王室。然上非奥主,下皆市人。師旅無先定之班,君臣無相保之志。是以義兵雲合,無救劫弑之禍。民望未改,而已見大漢之滅矣。或以諸侯世位,不必常全。昬主暴君,有時比迹,故五等所以多亂。今之牧守,皆以官方庸能。雖或失之,其得固多,故郡縣易以爲治。夫德之休明,黜陟日用。長率連屬,咸述其職。而淫昬之君,無所容過。何則其不治哉,故先代有以之興矣。苟或衰陵,百度自悖。鬻官之吏,以貨準才。則貪殘之萌,皆如群后也。安在其不亂哉,故後王有以之廢矣。

鬻,《晋書音義》:育。

且要而言之,五等之君,爲已思治。郡縣之長,爲利圖物。何以徵之,蓋企及進取,仕子之常志。修己安民,良士之所希及。夫進取之情鋭,而安民之譽遲。是故侵百姓以利己者,在位所不憚。損實事以養名者,官長所夙夜也。君無卒歲之圖,臣挾一時之志,五等則不然。知國爲己土,衆皆我民。民安,己受其利。國傷,家嬰其病。故前人欲以垂後,後嗣思其堂構。爲上無苟且之心,群下知膠固之義。使其并賢居治,則功有厚薄。兩愚處亂,則過有深淺。然則八代之制,幾可以一理貫。秦漢之典,殆可以一言蔽矣。

辯命論并序

劉孝標

主上嘗與諸名賢言及管輅,嘆其有奇才而位不達。時有在赤墀之下,豫聞斯議,歸以告余。余謂士之窮通,無非命也。故謹述天旨,因言其致云。臣觀管輅,天才英偉,珪璋特秀。實海内之名傑,豈日者卜祝之流乎。而官止少府丞,年終四十八,天之報施,何其寡與。然則高才而無貴仕,饕餮而居大位,自古所嘆,焉獨公明而已哉。故性命之道,窮通之數,夭閼紛綸,莫知其辯。

閼,尤袤本、陳八郎本:烏葛。

仲任蔽其源,子長闡其惑。至於鶡冠甕牖,必以懸天有期。鼎貴高門,則曰唯人所召。譊譊讙咋,異端斯起。

譊,北宋本及尤袤本李善注引裴松之:奴交切。朝鮮正德本、奎章閣本:女交。　讙,北宋本及尤袤本李善注引裴松之:詡袁切。　咋,北宋本及尤袤本李善注引裴松之:祖格切。陳八郎本:阻格。

蕭遠論其本,而不暢其流。子玄語其流,而未詳其本。嘗試言之曰:夫通生萬物,則謂之道。生而無主,謂之自然。自然者,物見其然,不知所以然。同焉皆得,不知所以得。鼓動陶鑄,而不爲功。庶類混成,而非其力。生之無亭毒之心,死之豈虔劉之志。墜之淵泉非其怒,升之霄漢非其悦。蕩乎大乎,萬寶以之化。確乎純乎,一化而不易。化而不易,則謂之命。命也者,自天之命也。定於冥兆,終然不變。鬼神莫能預,聖哲不能謀。觸山之力無以抗,倒日之誠弗能感。短則不可緩之於寸陰,長則不可急之於箭漏。至德未能踰,上智所不免。是以放勛之世,浩浩襄陵。天乙之時,焦金流石。文公疐其尾,宣尼絶其糧。顔回敗其叢蘭,冉耕歌其芣苢。

疐,北宋本及尤袤本李善注:致。朝鮮正德本作"嚏",音:徵二。奎章閣本:徵二切。〇案:韓國正文社影印奎章閣本作"疐",東京大學及河合弘民博士所藏奎章閣本作"嚏"。 芣,朝鮮正德本:浮子。奎章閣本:浮。〇案:朝鮮正德本"子"字衍。 苢,朝鮮正德本、奎章閣本:以。

夷叔斃淑媛之言,子輿困臧倉之訴。聖賢且猶若此,而況庸庸者乎。至乃伍員浮尸於江流,三閭沈骸於湘渚。賈大夫沮志於長沙,馮都尉皓髮於郎署。君山鴻漸,鎩羽儀於高雲。敬通鳳起,摧迅翮於風穴。此豈才不足而行有遺哉。近世有沛國劉瓛,瓛弟璡,并一時之秀士也。

鎩,尤袤本、朝鮮正德本、奎章閣本:殺。 瓛,尤袤本、陳八郎本:桓。 璡,尤袤本、陳八郎本:津。

瓛則關西孔子,通涉六經,循循善誘,服膺儒行。璡則志烈秋霜,心貞崑玉,亭亭高竦,不雜風塵。皆毓德於衡門,并馳聲於天地。而官有微於侍郎,位不登於執戟,相次殂落,宗祀無饗。因斯兩賢,以言古則。昔之玉質金相,英髦秀達。皆擯斥於當年,韞奇才而莫用。徼草木以共彫,與麋鹿而同死。膏塗平原,骨填川谷。堙滅而無聞者,豈可勝道哉。此則宰衡之與皂隸,容彭之與殤子,猗頓之與黔婁,陽文之與敦洽,咸得之於自然,不假道於才智。故曰:死生有命,富貴在天,其斯之謂矣。然命體周流,變化非一。或先號後笑,或始吉終凶。或不召自來,或因人以濟。交錯糾紛,迴還倚伏,非可以一理徵,非可以一途驗。而其道密微,寂寥忽慌,無形可以見,無聲可以聞。

慌,朝鮮正德本、奎章閣本:忽廣。

必御物以効靈,亦憑人而成象。譬天王之冕旒,任百官以司職。而或者睹湯武之龍躍,謂龕亂在神功。聞孔墨之挺生,謂英睿擅奇響。視彭韓之豹變,謂鷙猛致人爵。見張桓之朱紱,謂明經拾青紫。豈知有力者運之而趨乎。故言而非命,有六蔽焉爾。請陳其梗槩。

槩,朝鮮正德本:古代。奎章閣本:古代切。

夫靡顔膩理,哆噅顣頞,形之異也。

哆,北宋本及尤袤本李善注:侈。朝鮮正德本、奎章閣本:昌也。　噅,北宋本及尤袤本李善注:去皮切。尤袤本:訓爲。陳八郎本:許爲。　顣,尤袤本、朝鮮正德本、奎章閣本:子六。頞,尤袤本、朝鮮正德本、奎章閣本:烏割。

朝秀晨終,龜鵠千歲,年之殊也。聞言如響,智昏菽麥,神之辨也。同知三者定乎造化榮辱之境，獨曰由人，是知二五而未識於十。其蔽一也。龍犀日角，帝王之表。河目龜文，公侯之相。撫鏡知其將刑，壓紐顯其膺録。星虹樞電，昭聖德之符。夜哭聚雲，鬱興王之瑞。皆兆發於前期，涣汗於後葉。若謂驅貔虎，奮尺劒，入紫微，升帝道，則未達窅冥之情，未測神明之數。其蔽二也。

貔，朝鮮正德本、奎章閣本：頻夷。

空桑之里，變成洪川。歷陽之都，化爲魚鼈。楚師屠漢卒，睢河鯁其流。

睢，尤袤本、陳八郎本：息惟。

秦人坑趙士，沸聲若雷震。火炎崑嶽，礫石與琬琰俱焚。嚴霜夜零，蕭艾與芝蘭共盡。雖游、夏之英才，伊、顔之殆庶，焉能抗之哉。其蔽三也。或曰：明月之珠，不能無纇。夏后之璜，不能無考。故亭伯死於縣長，相如卒於園令。

駰，朝鮮正德本、奎章閣本：因。〇案：亭伯，朝鮮正德本、奎章閣本作“崔駰”。

才非不傑也，主非不明也，而碎結緑之鴻輝，殘懸黎之夜色，抑尺之量有短哉。若然者，主父偃、公孫弘對策不升第，歷説而不入，牧豕淄原，見棄州部。設令忽如過隙，溘死霜露，其爲詬恥，豈崔、馬之流乎。

溘，尤袤本、陳八郎本：苦合。　詬，陳八郎本：呼豆。〇案：詬爲見母，呼爲曉母，牙喉通轉。

及至開東閤，列五鼎。電照風行，聲馳海外，寧前愚而後智，先非而終是。將榮悴有定數,天命有至極,而謬生妍蚩。其蔽四也。夫虎嘯風馳,龍興雲屬。故重華立而元凱升,辛受生而飛廉進。然則天下善人少,惡人多。闇主衆,明君寡。而薰蕕不同器,梟鸞不接翼。是使渾敦、檮杌踵武於雲臺之上,仲容、庭堅耕耘於巖石之下。横謂廢興在我,無繫於天。其蔽五也。

渾,尤袤本、陳八郎本:胡本。　敦,尤袤本、陳八郎本:徒本。　檮,尤袤本、朝鮮正德本、奎章閣本:桃。　杌,尤袤本、朝鮮正德本、奎章閣本:兀。　踵,朝鮮正德本、奎章閣本:種。　横,尤袤本:去聲。陳八郎本作"横",音:去聲。

彼戎狄者,人面獸心,宴安鴆毒。以誅殺爲道德,以蒸報爲仁義。雖大風立於青丘,鑿齒奮於華野,比於狼戾,曾何足喻。自金行不競,天地板蕩,左帶沸脣,乘間電發。遂覆瀍洛、傾五都。居先王之桑梓,竊名號於中縣。與三皇競其萌黎,五帝角其區宇。種落繁熾,充仞神州。嗚呼,福善禍淫,徒虚言耳。豈非否泰相傾,盈縮遞運,而汩之以人。其蔽六也。

仞,朝鮮正德本、奎章閣本作"牣",音:刃。　汩,尤袤本、朝鮮正德本、奎章閣本:骨。

然所謂命者,死生焉、貴賤焉、貧富焉、治亂焉、禍福焉。此十者,天之所賦也。愚智善惡,此四者,人之所行也。夫神非舜禹,心異朱均,才絓中庸,在於所習。

絓,北宋本及尤袤本李善注:胡卦切。陳八郎本:卦。

是以素絲無恒,玄黄代起。鮑魚芳蘭,入而自變。故季路學於仲尼,厲風霜之節。楚穆謀於潘崇,成殺逆之禍。而商臣之惡,盛業光於後嗣。仲由之善,不能息其結纓。斯則邪正由於人,吉凶在乎命。或以鬼神害盈,皇天輔德。故宋公一言,法星三徙。殷帝自翦,千里來雲。若使善惡無徵,未洽斯義。且于公高門以待封,嚴母掃墓以望喪。此君子所以自彊不息也。如使仁而無報,奚爲修善立名乎。斯徑廷之辭也。

廷,尤袤本、陳八郎本:定。

夫聖人之言,顯而晦,微而婉。幽遠而難聞,河漢而不測。或立教以進庸怠,或言命以窮性靈。積善餘慶,立教也。鳳鳥不至,言命也。今以其片言辯其要趣,何異乎夕死之類而論春秋之變哉。且荆昭德音,丹雲不卷。周宣祈雨,珪璧斯罄。于叟種德,不逮勛華之高。延年殘獷,未甚東陵之酷。

獷,尤袤本李善注:古猛切。朝鮮正德本、奎章閣本:古猛。

爲善一、爲惡均,而禍福異其流,廢興殊其迹,蕩蕩上帝,豈如是乎。《詩》云:風雨如晦,鷄鳴不已。故善人爲善,焉有息哉。夫食稻粱,進芻豢,衣狐貉,襲冰紈。

芻,朝鮮正德本、奎章閣本:楚孤。　豢,朝鮮正德本、奎章閣本:患。　貉,朝鮮正德本、奎章閣本:鶴。○案:貉字陳八郎本亦有音注,然字畫漫漶,不可辨識。察其字形,似作"用",必有訛誤。《爾雅·釋詁》"貉、縮,綸也",《釋文》:貉,"胡各反"。陳八郎本"用"蓋即"胡"字之訛,而下又脱"各"字。

觀窈眇之奇儛,聽雲和之琴瑟,此生人之所急,非有求而爲也。修道德,習仁義,敦孝悌,立忠貞,漸禮樂之腴潤,蹈先王之盛則,此君子之所急，非有求而爲也。然則君子居正體道，樂天知命，明其無可奈何，識其不由智力。逝而不召，來而不距，生而不喜，死而不慼。瑶臺夏屋，不能悦其神。土室編蓬，未足憂其慮。不充詘於富貴，不遑遑於所欲。豈有史公、董相不遇之文乎。

《文選》音注輯考卷五十五

論五

劉孝標《廣絶交論》一首

連珠

陸士衡《演連珠》五十首

論　五

廣絶交論

劉孝標

客問主人曰:朱公叔《絶交論》,爲是乎,爲非乎。主人曰:客奚此之問。客曰:夫草蟲鳴則阜螽躍,雕虎嘯而清風起。故絪緼相感,霧涌雲蒸。嚶鳴相召,星流電激。

螽,朝鮮正德本、奎章閣本:終。　絪,朝鮮正德本、奎章閣本:因。　緼,朝鮮正德本、奎章閣本:於云。

是以王陽登則貢公喜,罕生逝而國子悲。且心同琴瑟,言鬱郁於蘭茝。道叶膠漆,志婉孌於塤篪。聖賢以此鏤金版而鐫盤盂,書玉牒而刻鍾鼎。

茝,尤袤本:齒。　孌,朝鮮正德本、奎章閣本:力轉。　篪,朝鮮正德本:秩移反。奎章閣本:秩移切。　牒,朝鮮正德本、奎章閣本作"諜",音:牒。

若乃匠人輟成風之妙巧,伯子息流波之雅引。范張款款於下泉,尹班陶陶於永夕。駱驛縱横,煙霏雨散,巧曆所不知,心計莫能測。而朱益州汩彝叙,粤謨訓,捶直切,絶交游。比黔首以鷹鸇,媲人靈於豺虎。蒙有猜焉,請辨其惑。

汩,朝鮮正德本、奎章閣本:骨。　捶,朝鮮正德本、奎章閣本:支靡。

主人听然而笑曰:客所謂撫絃徽音,未達燥濕變響。張羅沮澤,不睹鴻雁雲飛。蓋聖人握金鏡,闡風烈,龍驤蠖屈,從道汙隆。

听,尤袤本、陳八郎本、奎章閣本:魚謹。朝鮮正德本作"聽",音:魚謹。〇案:朝鮮正德本作"聽"字誤。　沮,朝鮮正德本、奎章閣本:將預。　汙,朝鮮正德本、奎章閣本:烏。

日月聯璧,賛亹亹之弘致。雲飛電薄,顯棣華之微旨。若五音之變化,濟九成之妙曲。此朱生得玄珠於赤水,謨神睿而爲言。

亹,朝鮮正德本:亡鬼。奎章閣本:亡晃。〇案:奎章閣本"晃"爲"鬼"字之訛。

至夫組織仁義,琢磨道德,驩其愉樂,恤其陵夷。寄通靈臺之下,遺迹江湖之上。風雨急而不輟其音,霜雪零而不渝其色。斯賢達之素交,歷萬古而一遇。逮叔世民訛,狙詐飈起,谿谷不能踰其險,鬼神無以究其變。競毛羽之輕,趨錐刀之末。於是素交盡,利交興,天下蚩蚩,鳥驚雷駭。然則利交同源,派流則異,較言其略,有五術焉。

狙,朝鮮正德本、奎章閣本:七余。　較,尤袤本、朝鮮正德本、奎章閣本:角。

若其寵鈞董石,權壓梁竇。雕刻百工,鑪捶萬物。吐漱興雲雨,呼噏下霜露。九域聳其風塵,四海疊其熛灼。

捶,北宋本李善注:之瑞切。尤袤本、朝鮮正德本、奎章閣本:朱靡。　噏,朝鮮正德本、奎章閣本:吸。

靡不望影星奔,藉響川鶩。雞人始唱,鶴蓋成陰。高門旦開,流水接軫。皆願摩頂至踵,隳膽抽腸,約同要離焚妻子,誓殉荆卿湛七族。是曰勢交,其流一也。

隳,朝鮮正德本作"墮",音:許惟。奎章閣本作"墮":許惟切。　湛,尤袤本、陳八郎本:沈。

富埒陶白,貲巨程羅,山擅銅陵,家藏金穴,出平原而聯騎,居里閈而鳴鍾。

閈,陳八郎本:汗。

則有窮巷之賓,繩樞之士,冀宵燭之末光,邀潤屋之微澤,魚貫鳧躍,颯沓鱗萃。分雁鶩之稻粱,霑玉斝之餘瀝。銜恩遇,進款誠,援青松以示心,指白水而旌信。是曰賄交,其流二也。陸大夫宴喜西都,郭有道人倫東國,公卿貴其籍甚,搢紳羨其登仙。加以頷頤蹙頞,涕唾流沫,騁黄馬之劇談,縱碧鷄之雄辯。

頷,尤袤本、陳八郎本:羌錦。　蹙,陳八郎本作"蹴",音:將六。　頞，朝鮮正德本、奎章閣本：遏。

敘温郁則寒谷成暄，論嚴苦則春叢零葉，飛沈出其顧指，榮辱定其一言。於是有弱冠王孫，綺紈公子，道不挂於通人，聲未遒於雲閣，攀其鱗翼，丐其餘論，附駔驥之旄端，軼歸鴻於碣石。是曰談交，其流三也。

丐，陳八郎本：哥賴。　駔，尤袤本、陳八郎本、朝鮮正德本：子朗。奎章閣本：子郎。〇案：駔讀上聲，奎章閣本"郎"爲"朗"字之訛。

陽舒陰慘，生民大情。憂合驩離，品物恒性。故魚以泉涸而煦沫，鳥因將死而鳴哀。同病相憐，綴河上之悲曲。恐懼寘懷，昭谷風之盛典。斯則斷金由於湫隘，刎頸起於苫蓋。是以伍員濯溉於宰嚭，張王撫翼於陳相。是曰窮交，其流四也。

湫，朝鮮正德本、奎章閣本：子小。　蓋，陳八郎本作"盖"：胡臘反。　嚭，尤袤本、陳八郎本：浦几。

馳騖之俗，澆薄之倫，無不操權衡，秉纖纊。衡所以揣其輕重，纊所以屬其鼻息。

揣，朝鮮正德本、奎章閣本：初委。

若衡不能舉，纊不能飛，雖顔冉龍翰鳳雛，曾史蘭薰雪白。舒向金玉淵海，卿雲黼黻河漢。視若游塵，遇同土梗，莫肯費其半菽，罕有落其一毛。若衡重錙銖，纊微彯撇，雖共工之蒐慝，驩兜之掩義，南荆之跋扈，東陵之巨猾。皆爲匍匐逶迤，折枝舐痔，金膏翠羽將其意，脂韋便辟導其誠。故輪蓋所游，必非夷惠之室。苞苴所入，實行張霍之家。謀而後動，毫芒寡忒。是曰量交，其流五也。

彯，尤袤本、陳八郎本：飄。　撇，尤袤本、陳八郎本：匹滅。

【附】北宋本及尤袤本李善注：《韓子》曰：莊蹻爲盗於境内，吏不能禁。蹻，其略切。　辟，尤袤本、朝鮮正德本、奎章閣本：婢亦。　苴，朝鮮正德本、奎章閣本：將余。

凡斯五交，義同賈鬻。故桓譚譬之於闤闠，林回喻之於甘醴。

賈，尤袤本、陳八郎本：古。

夫寒暑遞進，盛衰相襲，或前榮而後悴，或始富而終貧，或初存而末亡，或古約而今泰，循環飜覆，迅若波瀾。此則殉利之情未嘗異，變化之道不得一。由是觀之，張陳所以凶終，蕭朱所以隙末，斷焉可知矣。而翟公方規規然勒門以箴客，何所見之晚乎。因此五交，是生三釁。敗德殄義，禽獸相若，一釁也。難固易攜，讎訟所聚，二釁也。名陷饕餮，貞介所羞，三釁也。古人知三釁之爲梗，懼五交之速尤。故王丹威子以檟楚，朱穆昌言而示絶，有旨哉，有旨哉。

檟，朝鮮正德本、奎章閣本：古雅。

近世有樂安任昉，海内髦傑，早綰銀黄，夙昭民譽。遒文麗藻，方駕曹王。英跱俊邁，聯横許郭。類田文之愛客，同鄭莊之好賢。見一善則盱衡扼腕，遇一才則揚眉抵掌。雌黄出其脣吻，朱紫由其月旦。

盱，陳八郎本：吁。　腕，陳八郎本作“捥”，音：烏半。　吻，朝鮮正德本：無務。奎章閣本：無粉。○案：朝鮮正德本“務”爲“粉”字之訛。

於是冠蓋輻湊，衣裳雲合，輜軿擊轊，坐客恒滿。蹈其閫閾，若升闕里之堂。入其隩隅，謂登龍門之阪。

輜，朝鮮正德本、奎章閣本：側眉。　軿，朝鮮正德本、奎章閣本：蒲眠。　轊，尤袤本、陳八郎本：爲歲。

至於顧眄增其倍價，剪拂使其長鳴，彤組雲臺者摩肩，趍走丹墀者疊迹。

剪拂，北宋本及尤袤本李善注：湔拔、剪拂，音義同也。

莫不締恩狎，結綢繆，想惠莊之清塵，庶羊左之徽烈。及瞑目東粤，歸骸洛浦。繐帳猶懸，門罕漬酒之彦。墳未宿草，野絶動輪之賓。藐爾諸孤，朝不謀夕，流離大海之南，寄命嶂癘之地。自昔把臂之英、金蘭之友，曾無羊舌下泣之仁，寧慕郈成分宅之德。嗚呼，世路險巇，一至於此。太行孟門，豈云嶄絶。

巇，尤袤本：許宜。陳八郎本作"嶬"，音：許宜。

是以耿介之士，疾其若斯，裂裳裹足，棄之長騖。獨立高山之頂，歡與麋鹿同群，皦皦然絶其雰濁，誠耻之也，誠畏之也。

連　珠

演連珠五十首

陸士衡

臣聞日薄星迴，穹天所以紀物。山盈川冲，后土所以播氣。五行錯而致用,四時違而成歲。是以百官恪居,以赴八音之離。明君執契,以要克諧之會。　臣聞任重於力,才盡則困。用廣其器,應博則凶。是以物勝權而衡殆,形過鏡則照窮。故明主程才以效業,貞臣底力而辭豐。　臣聞髦俊之才,世所希乏。丘園之秀,因時則揚。是以大人基命,不擢才於后土。明主聿興,不降佐於昊蒼。　臣聞世之所遺,未爲非寶。主之所珍,不必適治。是以俊乂之藪,希蒙翹車之招。金碧之巖,必辱鳳舉之使。　臣聞禄放於寵,非隆家之舉。官私於親,非興邦之選。是以三卿世及,東國多衰弊之政。五侯并軌,西京有陵夷之運。　臣聞靈輝朝覯,稱物納照。時風夕灑,程形賦音。是以至道之行,萬類取足於世。大化既洽,百姓無匱於心。　臣聞頓網探淵,不能招龍。振網羅雲,不必招鳳。是以巢箕之叟,不眄丘園之幣。洗渭之民,不發傅巖之夢。　臣聞鑑之積也無厚,而照有重淵之深。目之察也有畔,而眂周天壤之際。何則,應事以精不以形,造物以神不以器。是以萬邦凱樂,非悦鍾鼓之娱。天下歸仁,非感玉帛之惠。

眂,尤袤本、朝鮮正德本、奎章閣本:視。

臣聞積實雖微,必動於物。崇虚雖廣,不能移心。是以都人冶容,不悦西施之影。乘馬班如,不輟太山之陰。　臣聞應物有方,居難則易。藏器在身,所乏者時。是以充堂之芳,非幽蘭所難。繞梁之音,實縈紘所思。　臣聞智周通塞,不爲時窮。才經夷險,不爲世屈。是以凌飈之羽,不求反風。耀夜之目,不思倒日。

【附】北宋本及尤袤本李善注:《淮南子》曰:鵋鵂夜撮蚤、察毫末。鵂音休。蚤音爪。

臣聞忠臣率志,不謀其報。貞士發憤,期在明賢。是以柳莊黜殯,非貪瓜衍之賞。禽息碎首，豈要先茅之田。　臣聞利眼臨雲，不能垂照，朗璞蒙垢，不能吐輝。是以明哲之君，時有蔽壅之累。俊乂之臣，屢抱後時之悲。　臣聞郁烈之芳，出於委灰。繁會之音，生於絶絃。是以貞女要名於没世，烈士赴節於當年。　臣聞良宰謀朝，不必借威。貞臣衛主，脩身則足。是以三晋之强，屈於齊堂之俎。千乘之勢，弱於陽門之哭。　臣聞赴曲之音，洪細入韻。蹈節之容，俯仰依詠。是以言苟適事，精麤可施。士苟適道，修短可命。　臣聞因雲灑潤，則芬澤易流。乘風載響，則音徽自遠。是以德教俟物而濟，榮名緣時而顯。　臣聞覽影偶質，不能解獨。指迹慕遠，無救於遲。是以循虚器者，非應物之具。翫空言者，非致治之機。　臣聞鑽燧吐火，以續湯谷之晷。揮翮生風，而繼飛廉之功。是以物有微而毗著，事有瑣而助洪。　臣聞春風朝煦，蕭艾蒙其温。秋霜宵墜，芝蕙被其凉。是故威以齊物爲肅，德以普濟爲弘。　臣聞巧盡於器，習數則貫。道繫於神，人亡則滅。是以輪匠肆目，不乏奚仲之妙。瞽叟清耳，而無伶倫之察。　臣聞性之所期，貴賤同量。理之所極，卑高一歸。是以准月稟水，不能加凉。晞日引火，不必增輝。

【附】北宋本及尤袤本李善注：《周禮》曰：司烜氏，掌以夫遂取明火於日。烜音燬。

臣聞絶節高唱，非凡耳所悲。肆義芳訊，非庸聽所善。是以南荆有寡和之歌，東野有不釋之辯。　臣聞尋煙染芬，薰息猶芳，徽音録響，操終則絶。何則，垂於世者可繼，止乎身者難結。是以玄晏之風恒存，動神之化已滅。　臣聞託闇藏形，不爲巧密。倚智隱情，不足自匿。是以重光發藻，尋虚捕景。大人貞觀，探心昭忒。　臣聞披雲看霄，則天文清。澄風觀水，則川流平。是以四族放而唐劭，二臣誅而楚寧。　臣聞音以比耳爲美，色以悦目爲歡。是以衆聽所傾，非假百里之操。萬夫婉孌，非俟西子之顔。故聖人隨世以擢佐，明主因時而命官。　臣聞出乎身者，非假物所隆。牽乎時者，非克己所勗。是以利盡萬物，不能叡童昏之心。德表生民，不能救悽惶之辱。　臣聞動循定檢，天有可察。應無常節，身或難照。是以望景揆日，盈數可期。撫臆論心，有時而謬。　臣聞傾耳求音，眡優聽苦。澄心徇物，形逸神勞。是以天殊其數，雖同方不能分其感。理塞其通，則并質不能共其休。　臣聞遯世之士，非受匏瓜之性。幽居之女，非無懷春之情。是以名勝欲，故偶影之操矜。窮愈達，故淩霄之節厲。　臣聞聽極於音，不慕鈞天之樂。身足於蔭，無假垂天之雲。是以蒲密之黎，遺時雍之世。豐沛之士，忘桓撥之君。　臣聞飛轡西頓，則離朱與矇瞍收察。懸景東秀，則夜光與武夫匿耀。是以才換世則俱困，功偶時而并劭。

矇，朝鮮正德本、奎章閣本：莫同。　瞍，朝鮮正德本、奎章閣本：蘇苟。

臣聞示應於近，遠有可察。託驗於顯，微或可包。是以寸管下傃，天地不能以氣欺。尺表逆立，日月不能以形逃。

傃，朝鮮正德本、奎章閣本：素。

臣聞絃有常音，故曲終則改。鏡無畜影，故觸形則照。是以虚己應物，必究千變之容。挾情適事，不觀萬殊之妙。　臣聞柷敔希聲，以諧金石之和。鼙鼓疎擊，以節繁絃之契。是以經治必宜其通，圖物恒審其會。　臣聞目無嘗音之察，耳無照景之神。故在乎我者，不誅之於己。存乎物者，不求備於人。　臣聞放身而居，體逸則安。肆口而食,屬厭則充。是以王鮪登俎,不假吞波之魚。蘭膏停室,不思銜燭之龍。　臣聞衝波安流,則龍舟不能以漂。震風洞發,則夏屋有時而傾。何則,牽乎動則靜凝,係乎靜則動貞。是以淫風大行,貞女蒙冶容之悔。淳化殷流,盜跖挾曾史之情。　臣聞達之所服,貴有或遺。窮之所接,賤而必尋。是以江漢之君,悲其墜屨。少原之婦,哭其亡簪。　臣聞觸非其類,雖疾弗應,感以其方,雖微則順。是以商飈漂山,不興盈尺之雲。谷風乘條,必降彌天之潤。故暗於治者,唱繁而和寡。審乎物者,力約而功峻。　臣聞煙出於火,非火之和。情生於性,非性之適。故火壯則煙微,性充則情約。是以殷墟有感物之悲,周京無佇立之迹。　臣聞適物之技,俯仰異用。應事之器,通塞異任。是以烏栖雲而繳飛,魚藏淵而網沉。賁鼓密而含響,朗笛踈而吐音。　臣聞理之所守,勢所常奪。道之所閉,權所必開。是以生重於利,故據圖無揮劍之痛。義貴於身,故臨川有投迹之哀。　臣聞通於變者,用約而利博。明其要者,器淺而應玄。是以天地之賾,該於六位。萬殊之曲,窮於五絃。　臣聞圖形於影,未盡纖麗之容。察火於灰,不睹洪赫之烈。是以問道存乎其人,觀物必造其質。　臣聞情見於物,雖遠猶踈。神藏於形,雖近則密。是以儀天步晷,而脩短可量。臨淵揆水,而淺深難察。　臣聞虐暑熏天,不減堅冰之寒。涸陰凝地,無累陵火之熱。是以吞縱之强,不能反蹈海之志。漂鹵之威,不能降西山之節。　臣聞理之所開,力所常達。數之所塞,威有必窮。是以烈火流金,不能焚景。沈寒凝海,不能結風。　臣聞足於性者,天損不能入。貞於期者,時累不能淫。是以迅風陵雨,不謬晨禽之察。勁陰殺節,不凋寒木之心。

【附】尤袤本李善注:《法言》曰:震風陵雨,然後知夏屋帡幪。帡,莫經切。幪,莫公切。

《文選》音注輯考卷五十六

箴

女史箴

張茂先

茫茫造化，二儀既分。散氣流形，既陶既甄。在帝庖羲，肇經天人。爰始夫婦，以及君臣。家道以正，王猷有倫。婦德尚柔，含章貞吉。

婉嫕淑慎,正位居室。施衿結褵,虔恭中饋。

嫕,尤袤本李善注引服虔:音翳桑之翳。陳八郎本:翳。

褵,朝鮮正德本、奎章閣本:离。

肅慎爾儀,式瞻清懿。樊姬感莊,不食鮮禽。衛女矯桓,耳忘和音。志厲義高,而二主易心。玄熊攀檻,馮媛趍進。夫豈無畏,知死不恡。班妾有辭,割驩同輦。夫豈不懷,防微慮遠。道罔隆而不殺,物無盛而不衰。日中則昃,月滿則微。崇猶塵積,替若駭機。人咸知飾其容,而莫知飾其性。性之不飾,或愆禮正。斧之藻之,克念作聖。出其言善,千里應之。苟違斯義,則同衾以疑。夫出言如微,而榮辱由兹。勿謂幽昧,靈監無象。勿謂玄漠,神聽無響。無矜爾榮,天道惡盈。無恃爾貴,隆隆者墜。鑒于《小星》,戒彼攸遂。比心《螽斯》,則繁爾類。驩不可以黷,寵不可以專。專實生慢,愛極則遷。致盈必損,理有固然。美者自美,翩以取尤。冶容求好,君子所讎。結恩而絶,職此之由。故曰:翼翼矜矜,福所以興。靖恭自思,榮顯所期。女史司箴,敢告庶姬。

銘

封燕然山銘并序

班孟堅

惟永元元年秋七月,有漢元舅,曰車騎將軍竇憲。寅亮聖皇,登翼王室。納于大麓,惟清緝熙。乃與執金吾耿秉,述職巡禦,治兵于朔方。鷹揚之校,螭虎之士,爰該六師。暨南單于,東胡烏桓,西戎、氐、羌侯王君長之羣,驍騎十萬。元戎輕武,長轂四分。雷輜蔽路,萬有三千餘乘。勒以八陣,莅以威神。玄甲耀日,朱旗絳天。遂凌高闕,下雞鹿。經磧鹵,絶大漠。斬温禺以釁鼓,血尸逐以染鍔。然後四校横徂,星流彗掃。蕭條萬里,野無遺寇。於是域滅區殫,反旆而旋,考傳驗圖,窮覽其山川。遂踰涿邪,跨安侯,乘燕然。躡冒頓之區落,焚老上之龍庭。

冒,陳八郎本:墨。

將上以攄高文之宿憤,光祖宗之玄靈。下以安固後嗣,恢拓境宇,振大漢之天聲。茲可謂一勞而久逸,暫費而永寧也。乃遂封山刊石,昭銘盛德。其辭曰:鑠王師兮征荒裔,勦凶虐兮截海外,夐其邈兮亘地界,封神兵兮建隆嵑,熙帝載兮振萬世。

鑠,朝鮮正德本、奎章閣本:舒灼。　截,朝鮮正德本作"巀",音:昨結。奎章閣本:昨結。　嵑,李賢:協韻音其例反。

座右銘

崔子玉

無道人之短,無説己之長。施人慎勿念,受施慎勿忘。世譽不足慕,唯仁爲紀綱。隱心而後動,謗議庸何傷。無使名過實,守愚聖所臧。在涅貴不淄,曖曖内含光。柔弱生之徒,老氏誡剛强。行行鄙夫志,悠悠故難量。慎言節飲食,知足勝不祥。行之苟有恒,久久自芬芳。

劒閣銘

張孟陽

巖巖梁山，積石峩峩。遠屬荆衡，近綴岷嶓。南通邛僰，北達褒斜。

嶓，陳八郎本、《晋書音義》：波。　僰，尤袤本：滿北。陳八郎本：蒲北。《晋書音義》：傍北反。〇案：尤袤本“滿”爲“蒲”字形近之訛。

狹過彭碣，高踰嵩華。惟蜀之門，作固作鎮。是曰劒閣，壁立千仞。窮地之險，極路之峻。世濁則逆，道清斯順。閉由往漢，開自有晋。秦得百二，并吞諸侯。齊得十二，田生獻籌。矧兹陜隘，土之外區。一人荷戟，萬夫趑趄。

趑，朝鮮正德本、奎章閣本：七夷。　趄，朝鮮正德本、奎章閣本、《晋書音義》：七余反。

形勝之地，匪親勿居。昔在武侯，中流而喜。山河之固，見屈吴起。興實在德，險亦難恃。洞庭孟門，二國不祀。自古迄今，天命匪易。憑阻作昬，鮮不敗績。公孫既滅，劉氏銜璧。覆車之軌，無或重迹。勒銘山阿，敢告梁益。

石闕銘

陸佐公

昔在舜格文祖，禹至神宗。周變商俗，湯黜夏政。雖革命殊乎因襲，揖讓異於干戈，而晷緯冥合，天人啓基，克明俊德，大庇生民，其揆一也。

基，尤袤本、陳八郎本：巨吏。

在齊之季，昏虐君臨，威侮五行，怠棄三正。刑酷然炭，暴踰膏柱。民怨神怒，衆叛親離。踏地無歸，瞻烏靡託。於是我皇帝拯之，乃操斗極，把鉤陳，翼百神，禔萬福。

禔，尤袤本、朝鮮正德本、奎章閣本：是支。

龍飛黑水，虎步西河。雷動風驅，天行地止。命旅致雲屯之應，登壇有降火之祥。龜筮協從，人祇響附。穿胷露頂之豪，箕坐椎髻之長，莫不援旗請奮，執鋭争先。夏首憑固，庸岷負阻，協彼離心，抗茲同德。帝赫斯怒，秣馬訓兵。嚴鼓未通，兇渠泥首。弘舸連軸，巨艦接艫。鐵馬千羣，朱旗萬里。

艫，朝鮮正德本、奎章閣本：盧。

折簡而禽廬九，傳檄以下湘羅。兵不血刃，士無遺鏃，而樊鄧威懷，巴黔底定。於是流湯之黨，握炭之徒，守似藩籬，戰同枯朽。革車近次，師營商牧。華夷士女，冠蓋相望，扶老携幼，一旦雲集，壺漿塞野，簞食盈塗。似夏民之附成湯，殷士之窺周武。安老懷少，伐罪吊人。農不遷業，市無易賈。八方入計，四隩奉圖。羽檄交馳，軍書狎至。一日二日，非止萬機。而尊嚴之度，不僭於師旅。淵默之容，無改於行陣。計如投水，思若轉規。策定帷幄，謀成几案。曾未浹辰，獨夫授首。乃焚其綺席，棄彼寶衣，歸琁臺之珠，反諸侯之玉。指麾而四海隆平，下車而天下大定。拯茲塗炭，救此横流。功均天地，明并日月。於是仰叶三靈，俯從億兆，受昭華之玉，納龍叙之圖。類帝禋宗，光有神器。升中以祀羣望，攝袂而朝諸夏。布教都畿，班政方外。謀協上策，刑從中典。南服緩耳，西羈反舌。劒騎穹廬之國，同川共穴之人。莫不屈膝交臂，厥角稽顙。鑿空萬里，攘地千都。

【附】尤袤本李善注：《漢書》：晋文公攘戎狄，居於西河圁、洛之間。圁音銀。

幕南罷鄣，河西無警。於是治定功成，邇安遠肅，忘兹鹿駭，息此狼顧。乃正六樂，治五禮，改章程，創法律。置博士之職，而著録之生若雲。開集雅之館，而款關之學如市。興建庠序，啓設郊丘。一介之才必記，無文之典咸秩。於是天下學士，靡然向風，人識廉隅，家知禮讓。教臻侍子，化洽期門。區宇乂安，方面静息。役休務簡，歲阜民和。歷代規謩，前王典故，莫不芟夷翦截，允執厥中。以爲象闕之制，其來已遠。春秋設舊章之教，經禮垂布憲之文。戴記顯游觀之言，周史書樹闕之夢。北荒明月，西極流精。海岳黄金，河庭紫貝。蒼龍玄武之製，銅雀鐵鳳之工。或以聽窮省冤，或以布化懸法。或以表正王居，或以光崇帝里。晋氏浸弱，宋歷威夷。禮經舊典，寂寥無記。鴻規盛烈，湮没罕稱。乃假天闕於牛頭，託遠圖於博望，有欺耳目，無補憲章。乃命審曲之官，選明中之士，陳圭置臬，瞻星揆地，興復表門，草創華闕。

臬，尤袤本、陳八郎本：魚列。

於是歲次天紀，月旅太簇。皇帝御天下之七載也。搆兹盛則，興此崇麗。方且趨以表敬，觀而知法。物睹雙碣之容，人識百重之典。作範垂訓，赫矣壯乎。爰命下臣，式銘盤石。其辭曰：惟帝建國，正位辨方。周營洛涘，漢啓岐梁。居因業盛，文以化光。爰有象闕，是惟舊章。青蓋南泊，黄旗東指。懸法無聞，藏書弗紀。大人造物，龍德休否。建此百常,興兹雙起。偉哉偃蹇,壯矣巍巍。旁映重疊,上連翠微。布教方顯,浹日初輝。懸書有附,委篋知歸。鬱崫重軒,穹隆反宇。

崫,尤袤本、陳八郎本:魚勿。

形聳飛棟,勢超浮柱。色法上圓,製模下矩。周望原隰,俛臨煙雨。前賓四會,却背九房。北通二轍,南湊五方。暑來寒往,地久天長。神哉華觀,永配無疆。

新漏刻銘并序

陸佐公

夫自天觀象,昏旦之刻未分。治歷明時,盈縮之度無準。挈壺命氏,遠哉義用。揆景測辰,徼宫戒井,守以水火,分兹日夜。而司歷亡官,疇人廢業。孟陬殄滅,攝提無紀。

徼,尤袤本、陳八郎本:叫。 陬,陳八郎本:子侯。

衛宏載傳呼之節,較而未詳。霍融叙分至之差,詳而不密。陸機之賦,虚握靈珠。孫綽之銘,空擅崑玉。弘度遺篇,承天垂旨。布在方册,無彰器用。譬彼春華,同夫海棗。寧可以軌物字民,作範垂訓者乎。且今之官漏,出自會稽。積水違方,導流乖則。六日無辨,五夜不分。歲躔閹茂,月次姑洗。

閹,陳八郎本:於撿。

皇帝有天下之五載也,樂遷夏諺,禮變商俗。業類補天,功均柱地。河海夷晏,風雲律吕。坐朝晏罷,每旦晨興。屬傳漏之音,聽雞人之響。以爲星火謬中,金水違用。時乖啓閉,箭異錙銖。爰命日官,草創新器。於是俯察旁羅,登臺升庫。則于地四,参以天一。建武遺蠹,咸和餘舛。金筒方員之制,飛流吐納之規。變律改經,一皆懲革。天監六年,太歲丁亥,十月丁亥朔,十六日壬寅,漏成,進御。以考辰正晷,測表候陰。不謬圭撮,無乖黍累。

撮,奎章閣本李善注:麤括切。

又可以校運筭之睽合,辨分天之邪正。察四氣之盈虚,課六歷之踈密。永世貽則,傳之無窮。赫矣焕乎,無得而稱也。昔嘉量微物,盤盂小器,猶其昭德記功,載在銘典。况入神之制,與造化合符。成物之能,與坤元等契。勳倍楹席,事百巾机。寧可使多謝曾水,有陋昆吾。金字不傳,銀書未勒者哉。乃詔小臣,爲其銘曰:一暑一寒,有明有晦。神道無迹,天工罕代。乃置挈壺,是惟熙載。氣均衡石,晷正權概。世道交喪,禮術銷亡。遽遷水火,爭倒衣裳。擊刀舛次,聚木乖方。爰究爰度,時惟我皇。方壺外次,圓流内襲。洪殺殊等,高卑異級。靈虬承注,陰蟲吐噏。倏往忽來,鬼出神入。微若抽繭,逝如激電。耳不輟音,眼無留眄。銅史司刻,金徒抱箭。履薄非兢,臨深罔戰。授受靡僭,登降弗爽。惟精惟一,可法可象。月不遁來,日無藏往。分以符契,至猶影響。合昬暮卷,蓂莢晨生。尚辨天意,猶測地情。况我神造,通幽洞靈。配皇等極,爲世作程。

誄 上

王仲宣誄并序

曹子建

建安二十二年正月二十四日戊申,魏故侍中、關内侯王君卒。嗚呼哀哉。皇穹神察,喆人是恃。如何靈祇,殲我吉士。誰謂不庸,早世即冥。誰謂不傷,華繁中零。存亡分流,夭遂同期。朝聞夕没,先民所思。何用誄德,表之素旗。何以贈終,哀以送之。遂作誄曰:猗歟侍中,遠祖彌芳。公高建業,佐武伐商。爵同齊魯,邦祀絶亡。流裔畢萬,勳績惟光。晋獻賜封,于魏之疆。天開之祚,末胄稱王。厥姓斯氏,條分葉散。世滋芳烈,揚聲秦漢。會遭陽九,炎光中矇。世祖撥亂,爰建時雍。三台樹位,履道是鍾。寵爵之加,匪惠惟恭。自君二祖,爲光爲龍。僉曰休哉,宜翼漢邦。或統太尉,或掌司空。百揆惟叙,五典克從。天静人和,皇教遐通。伊君顯考,弈葉佐時。入管機密,朝政以治。出臨朔岱,庶績咸熙。君以淑懿,繼此洪基。既有令德,材技廣宣。强記洽聞,幽讚微言。文若春華,思若涌泉。發言可詠,下筆成篇。何道不洽,何藝不閑。綦局逞巧,博弈惟賢。皇家不造,京室隕顛。宰臣專制,帝用西遷。君乃羈旅,離此阻艱。翕然鳳舉,遠竄荆蠻。身窮志達,居鄙行鮮。振冠南嶽,濯纓清川。潛處蓬室,不干勢權。我公奮鉞,耀威南楚。荆人或違,陳戎講武。君乃義發,筭我師旅。高尚覇功,投身帝宇。斯言既發,謀夫是與。是與伊何,響我明德。投戈編郗,稽顙漢北。

編,奎章閣本李善注引《音義》:鞭。　郗,尤袤本、陳八郎本:若。奎章閣本李善注引《音義》:若。

我公實嘉,表揚京國。金龜紫綬,以彰勲則。勲則伊何,勞謙靡已。憂世忘家,殊略卓峙。乃署祭酒,與君行止。筭無遺策,畫無失理。我王建國,百司儁乂。君以顯舉,秉機省闥。

闥,陳八郎本:太,協韻。

戴蟬珥貂,朱衣皓帶。入侍帷幄,出擁華蓋。榮曜當世,芳風晻藹。嗟彼東夷,憑江阻湖。騷擾邊境,勞我師徒。光光戎路,霆駭風徂。君侍華轂,輝輝王塗。思榮懷附,望彼來威。如何不濟,運極命衰,寢疾彌留,吉往凶歸。嗚呼哀哉。翩翩孤嗣,號慟崩摧。發軫北魏,遠迄南淮。經歷山河,泣涕如頹。哀風興感,行雲徘徊。游魚失浪,歸鳥忘栖。嗚呼哀哉。吾與夫子,義貫丹青。好和琴瑟,分過友生。庶幾遐年,攜手同征。如何奄忽,棄我夙零。感昔宴會,志各高厲。予戲夫子,金石難弊。人命靡常,吉凶異制。此驩之人,孰先殞越。何寤夫子,果乃先逝。又論死生,存亡數度。子猶懷疑,求之明據。儻獨有靈,游魂泰素。我將假翼,飄颻高舉。超登景雲,要子天路。喪柩既臻,將反魏京。靈輴迴軌,白驥悲鳴。虚廓無見,藏景蔽形。孰云仲宣,不聞其聲。延首嘆息,雨泣交頸。

頸,陳八郎本:居盈反。

嗟乎夫子,永安幽冥。人誰不没,達士徇名。生榮死哀,亦孔之榮。嗚呼哀哉。

楊荆州誄并序

潘安仁

維咸寧元年，夏四月乙丑，晋故折衝將軍、荆州刺史、東武戴侯滎陽楊史君薨。嗚呼哀哉。夫天子建國，諸侯立家。選賢與能，政是以和。周賴尚父，殷憑太阿。矯矯楊侯，晋之爪牙。忠節克明，茂績惟嘉。將宏王略，肅清荒遐。降年不永，玄首未華。銜恨没世，命也奈何。嗚呼哀哉。自古在昔，有生必死。身没名垂，先哲所韙。行以號彰，德以述美。敢託旒旗，爰作斯誄。其辭曰：邈矣遠祖，系自有周。昭穆繁昌，枝庶分流。族始伯喬，氏出楊侯。弈世丕顯，允迪大猷。天猒漢德，龍戰未分。伊君祖考，方事之殷。鳥則擇木，臣亦簡君。投心魏朝，策名委身。奮躍淵塗，跨騰風雲。或統驍騎，或據領軍。篤生戴侯，茂德繼期。纂戎洪緒，克構堂基。弱冠味道，無競惟時。孝實蒸蒸，友亦怡怡。多才豐藝，强記洽聞。目睇毫末，心筭無垠。草隸兼善，尺牘必珍。足不輟行，手不釋文。翰動若飛，紙落如雲。學優則仕，乃從王政。散璞發輝，臨軹作令。

軹，尤袤本、陳八郎本：止。

化行邑里，惠洽百姓。越登司官，肅我朝命。惟此大理，國之憲章。君莅其任，視民如傷。庶獄明慎，刑辟端詳。聽参皋吕，稱侔于張。改授農政，于彼野王。倉盈庾億，國富兵彊。煌煌文后，鴻漸晋室。君以兼資，参戎作弼。用錫土宇，膺兹顯秩。青社白茅，亦朱其紱。魏氏順天，聖皇受終。烈烈楊侯，實統禁戎。司管閶闔，清我帝宫。苛慝不作，穆如和風。謂督勲勞，班命彌崇。茫茫海岱，玄化未周。滔滔江漢，疆埸分流。秉文兼武，時惟楊侯。既守東莞，乃牧荆州。

莞，尤袤本、陳八郎本：官。

折衝萬里，對揚王休。聞善若驚，疾惡如讎。示威示德，以伐以柔。吴夷凶侈，僞師畏逼。將乘讎釁，席卷南極。繼褰糧盡，神謀不忒。君子之過，引曲推直。如彼日月，有時則食。負執其咎，功讓其力。亦既旋旆，爲法受黜。退守丘塋，杜門不出。游目典墳，縱心儒術。祁祁搢紳，升堂入室。靡事不咨，無疑不質。位貶道行，身窮志逸。弗慮弗圖，乃寢乃疾。昊天不吊，景命其卒。嗚呼哀哉。子囊佐楚，遺言城郢。史魚諫衛，以尸顯政。伊君臨終，不忘忠敬。寢伏牀蓐，念在朝廷。朝達厥辭，夕殞其命。聖王嗟悼，寵贈衾襚。誄德策勳，考終定謚。羣辟慟懷，邦族揮淚。孤嗣在疚，寮屬含悴。赴者同哀，路人增欷。嗚呼哀哉。余以頑蔽，覆露重陰。仰追先考，執友之心。俯感知己，識達之深。承諱忉怛，涕淚霑襟。豈忘載奔，憂病是沈。在疾不省，於亡不臨。舉聲增慟，哀有餘音。嗚呼哀哉。

楊仲武誄并序

潘安仁

楊綏，字仲武，滎陽宛陵人也。中領軍肅侯之曾孫，荆州刺史戴侯之孫，東武康侯之子也。八歲喪父。其母鄭氏，光禄勲密陵成侯之元女。操行甚高，恤養幼孤，以保乂夫家，而免諸艱難。戴侯康侯，多所論著，又善草隸之藝。子以妙年之秀，固能綜覽義旨，而軌式模範矣。雖舅氏隆盛，而孤貧守約，心安陋巷，體服菲薄，余甚奇之。若乃清才儁茂，盛德日新。吾見其進，未見其已也。既籍三葉世親之恩，而子之姑，余之伉儷焉。往歲卒於德宫里，喪服同次，綢繆累月。苟人必有心，此亦欵誠之至也。不幸短命，春秋二十九，元康九年夏五月己亥卒。嗚呼哀哉。乃作誄曰:伊子之先,弈葉熙隆。惟祖惟曾,載揚休風。顯考康侯,無禄早終。名器雖光,勲業未融。篤生吾子,誕茂淑姿。克岐克嶷,知章知微。鉤深探賾,味道研機。匪直也人,邦家之輝。子之遘閔,曾未齓髫。如彼危根,當此衝猋。德之休明,靡幽不喬。弱冠流芳,儁聲清劭。

劭,尤袤本:韶。陳八郎本:詔,協韻。朝鮮正德本、奎章閣本:韶,協韻。〇案:陳八郎本"詔"爲"韶"字之訛。

爾舅惟榮,爾宗惟瘁。幼秉殊操,違豐安匱。撰録先訓,俾無隕墜。舊文新藝,罔不必隸。潘楊之穆,有自來矣。矧乃今日,慎終如始。爾休爾戚,如實在己。視予猶父,不得猶子。敬亦既篤,愛亦既深。雖殊其年,實同厥心。日昃景西,望子朝陰。如何短折,背世湮沉。嗚呼哀哉。寢疾彌留,守玆孝友。臨命忘身,顧戀慈母。哀哀慈母,痛心疾首。嗷嗷同生,悽悽諸舅。

嗷,尤袤本、陳八郎本:叫。

春蘭擢莖,方茂其華。荆寶挺璞,將剖于和。含芳委耀,毁璧摧柯。嗚呼仲武,痛哉奈何。德宫之艱,同次外寢。惟我與爾,對筵接枕。自時迄今,曾未盈稔。姑姪繼隕,何痛斯甚。嗚呼哀哉。披帙散書,屢睹遺文。有造有寫,或草或真。執玩周復,想見其人。紙勞于手,涕沾于巾。龜筮既襲,埏隧既開。痛矣楊子,與世長乖。朝濟洛川,夕次山隈。歸鳥頡頏,行雲徘徊。臨穴永訣,撫櫬盡哀。遺形莫紹,增慟余懷。魂兮往矣,梁木實摧。嗚呼哀哉。

《文選》音注輯考卷五十七

誄下

哀上

誄 下

夏侯常侍誄并序

潘安仁

夏侯湛,字孝若,譙人也。少知名,弱冠辟太尉府。賢良方正徵,仍爲太子舍人,尚書郎、野王令。中書郎,南陽相。家艱乞還。頃之,選爲太子僕,未就命而世祖崩。天子以爲散騎常侍,從班列也。春秋四十有九,元康元年夏五月壬辰寢疾,卒于延喜里第。嗚呼哀哉,乃作誄曰:

譙,集注本引《音决》:在遥反。　少,集注本引《音决》:失照反。 冠,集注本引《音决》:古翫反,下同。 府,集注本引《音决》作"掾":以戀反。 令,集注本引《音决》:力政反。 相,集注本引《音决》:息亮反,下同。

禹錫玄珪,實曰文命。克明克聖,光啓夏政。其在于漢,邁勳惟嬰。思弘儒業,小大雙名。顯祖曜德,牧兖及荆。父守淮岱,治亦有聲。英英夫子,灼灼其儁。飛辯摛藻,華繁玉振。如彼隨和,發彩流潤。如彼錦繢,列素點絢。

兖,九條本:以轉反。 父,集注本引《音决》、九條本:甫。 守,集注本引《音决》、九條本:獸。 摛,集注本引《音决》、九條本:丑知反。 繢,集注本引《音决》、九條本:胡對反。 絢,集注本引《音决》:許縣反。九條本:胡縣反。

人見其表,莫測其裏。徒謂吾生,文勝則史。心照神交,唯我與子。且歷少長,逮觀終始。子之承親,孝齊閔參。子之友悌,和如瑟琴。事君直道,與朋信心。雖實唱高,猶賞爾音。

勝,集注本引《音决》:詩證反,下同。九條本:許證反。〇案:勝、詩爲書母,許爲曉母。九條本"許"爲"詩"字之訛。 少,集注本引《音决》、九條本:失照反。 長,集注本引《音决》:丁丈反。 參,集注本引《音决》、九條本:所今反。

弱冠厲翼,羽儀初升,公弓既招,皇輿乃徵。内贊兩宫,外宰黎蒸。忠節允著,清風載興。泱彼樂都,寵子惟王。設官建輔,妙簡邦良。用取喉舌,相爾南陽。惠訓不倦,視民如傷。

蒸,集注本引《音决》、九條本:之仍反。 著,集注本引《音决》、九條本:丁慮反。　泱,集注本引《音决》:於良反。尤袤本、朝鮮正德本、奎章閣本:央。九條本:央,又:於良反。　樂,集注本引《音决》:力各反。九條本:洛。

乃眷北顧,辭禄延喜。余亦偃息,無事明時。疇昔之游,二紀于兹。班白攜手,何歡如之。居吾語汝,衆實勝寡。人惡儁異,俗疵文雅。執戟疲楊,長沙投賈。無謂爾高,耻居物下。

喜,集注本引《音决》:協韻許疑反。九條本:協音希,又引《音决》:協韻許疑反。　語,集注本引《音决》:五慮反。　惡,集注本引《音决》、九條本:烏故反。　儁,集注本引《音决》作“儁”,音:俊。　疵,集注本引《音决》、九條本:在斯反。

子乃洗然,變色易容。慨焉嘆曰:道固不同。爲仁由己,匪我求蒙。誰毁誰譽,何去何從。莫涅匪緇,莫磨匪磷。子獨正色,居屈志申。雖不爾以,猶致其身。獻替盡規,媚兹一人。

洗,集注本引《音决》、九條本:先典反。　易,集注本引《音决》、九條本:亦。　涅,集注本引《音决》:奴結反。　淄,集注本引《音决》:側疑反。　磷,集注本引《音决》、九條本:力人反。　替,集注本引《音决》:土計反。九條本:他帝反。

讜言忠謀,世祖是嘉。將僕儲皇,奉轡承華。先朝末命,聖列顯加。入侍帝闈,出光厥家。我聞積善,神降之吉。宜享遐紀,長保天秩。如何斯人,而有斯疾。曾未知命,中年隕卒,嗚呼哀哉。

讜,集注本引《音决》:多朗反。　朝,集注本引《音决》:直遥反。　曾,集注本引《音决》、九條本:在登反。

唯爾之存,匪爵而貴。甘食美服,重珍兼味。臨終遺誓,永錫爾類。斂以時襲,殯不簡器。誰能拔俗,生盡其養。孰是養生,而薄其葬。淵哉若人,縱心條暢。傑操明達,困而彌亮。

重,集注本引《音决》:逐恭反。九條本:逐龍反。 斂,集注本引《音决》、九條本:力艷反。 養,集注本引《音决》:以亮反,下如字。九條本:以亮反。 傑,集注本引《音决》、九條本:其列反。

柩輅既祖,容體長歸。存亡永訣,逝者不追。望子舊車,覽爾遺衣。愊抑失聲,迸涕交揮。非子爲慟,吾慟爲誰。嗚呼哀哉。

柩,集注本引《音决》:其又反。九條本:舊。 輅,集注本引《音决》、九條本:路。 訣,集注本引《音决》、九條本:决。 愊,集注本引《音决》:普逼反,又引淹:皮力反。陳八郎本:被偪。九條本:被偪反,又:浦逼反,又淹波反。〇案:《音决》所引淹爲許淹。又九條本"淹波反",蓋即許淹音"皮力反",然脱"力"字,皮又作波。 迸,九條本:切北評反。 爲,集注本引《音决》、九條本:于僞反。 慟,集注本引《音决》:大棟反。

日往月來,暑退寒襲。零露沾凝,勁風凄急。慘爾其傷,念我良執。適子素館,撫孤相泣。前思未弭,後感仍集。積悲滿懷,逝矣安及。嗚呼哀哉。

襲,集注本引《音决》:集。〇案:襲爲邪母,集爲從母,從、邪混切。 沾,九條本作"霑":張廉反。 思,集注本引《音决》:四。 弭,集注本引《音决》、九條本:亡尒反。

馬汧督誄并序

汧,九條本:許賢反。〇案:汧爲溪母,許爲曉母,牙喉通轉。

潘安仁

惟元康七年秋九月十五日,晉故督守關中侯扶風馬君卒。嗚呼哀哉。初,雍部之内屬,羌反未弭,而編户之氐又肆逆焉。

汧,集注本引《音决》:苦弦反。〇案:集注本"督"上有"汧"字。　屬,集注本引《音决》、九條本:之欲反。　編,集注本引《音决》:必然反。九條本:必連反。　氐,集注本引《音决》、九條本:丁兮反。

雖王旅致討,終於殄滅。而蜂蠆有毒,驟失小利。俾百姓流亡,頻於塗炭。建威喪元於好畤,州伯宵遁乎大谿。

旅,集注本引《音决》、九條本:吕。　蠆,集注本引《音决》:丑芥反。九條本:勑邁反,又:丑芥反。朝鮮正德本、奎章閣本:勑邁。　俾,集注本引《音决》:必尒反。　喪,集注本引《音决》、九條本:息浪反。　畤,集注本引《音决》:止。　遁,集注本作"遯",引《音决》:途頓反。九條本亦作"遯":徒頓反。　谿,集注本引《音决》、九條本:去兮反。

若夫偏師裨將之殞首覆軍者,蓋以十數。剖符專城,紆青拖墨之司,奔走失其守者,相望於境。

師,集注本引《音决》、九條本旁記并作"帥":所位反。　裨,集注本引《音决》:婢移反。九條本:毗,又:婢移反。朝鮮正德本、奎章閣本:毗。　將,集注本引《音决》、九條本:子亮反。

數,集注本引《音决》、九條本:史具反。 拖,集注本引《音决》:大可反。九條本作“拕”:大可反。

秦隴之僭,鞏更爲魁。既已襲汧,而館其縣。子以眇爾之身,介乎重圍之裹。

鞏,集注本引《音决》:居勇反。 更,集注本引《音决》、九條本:庚。 魁,集注本引《音决》:苦迴反。九條本:告迴反。○案:魁、苦爲溪母,告爲見母。九條本“告”爲“苦”字之訛。 汧,集注本引《音决》:去弦反。 眇,集注本引《音决》、九條本:亡小反。 重,集注本引《音决》:逐龍反。

率寡弱之衆,據十雉之城。群氐如蝟毛而起,四面雨射城中。城中鑿穴而處,負户而汲。

氐,集注本引《音决》、九條本旁記:丁兮反。 蝟,集注本引《音决》:謂。九條本:渭。 射,集注本引《音决》:石。 處,集注本引《音决》:昌吕反。 汲,集注本引《音决》:尻及反。九條本:户及反。○案:汲、尻爲見母,户爲匣母,九條本“户”字疑爲“尻”字之訛。

木石將盡,樵蘇乏竭,芻蕘罄絶。於是乎發梁棟而用之,罥以鐵鏁機關,既縱礧而又升焉。

罥,集注本引《音决》、北宋本、尤袤本、陳八郎本、九條本:的。 鏁,集注本引《音决》作“瑣”:素果反。九條本作“瑣”:素果反。 礧,集注本作“礨”,引《音决》:王:力對反,蕭:力罪反。集注本李善注:力對反。北宋本及尤袤本作力對切。陳八郎本作"礧",音:盧會。九條本:盧會反,又引蕭:力罪反。

爨陳焦之麥,柿梠桷之松。用能薪芻不匱,人畜取給,青煙傍起,歷馬長鳴。

爨,集注本引《音决》:七半反。 柿,集注本引《音决》:芳吠反,下同。集注本引五家音:孚每反。北宋本李善注:孚廢切。尤袤本、朝鮮正德本、奎章閣本:孚廢。九條本:孚廢反。 梠,集注本引《音决》、尤袤本、九條本、朝鮮正德本、奎章閣本:吕。 桷,集注本引《音决》、尤袤本、九條本、朝鮮正德本、奎章閣本:角。 匱,集注本引《音决》:其位反。九條本:其媿反。 畜,集注本引《音决》、九條本:許又反。 歷,集注本引《音决》作"櫪":力的反。

凶醜駭而疑懼,乃闕地而攻。子命穴浚壍,寘壺鐳瓶甒以偵之。

闕,集注本引《音决》、九條本:其月反。集注本引五家音、尤袤本、陳八郎本:掘。 壍,集注本引《音决》:七艷反。九條本:七念反。 寘,集注本引《音决》、九條本:之智反。〇案:九條本此條音注標於下"壺"字旁,今移正。 鐳,集注本引《音决》:力回反。尤袤本、朝鮮正德本、奎章閣本:雷。九條本:雷,又:力回反。 瓶,集注本引《音决》:步銘反。 甒,集注本引《音决》、尤袤本、陳八郎本:武。北宋本李善注:無甫切。 偵,集注本引《音决》:丑政反,下同。尤袤本、陳八郎本:耻令。九條本:耻令反,又:丑正反。

將穿響作,内焚積火薰之,潜氏殲焉。久之,安西之救至,竟免虎口之厄。全數百萬石之積,文契書於幕府。

穬,集注本引《音决》、九條本:古猛反。集注本李善注:古并反。北宋本李善注:古孟切。尤袤本、陳八郎本:古猛。　殲,集注本引《音决》:子廉反。　數,集注本引《音决》:史宇反,下同。　積,集注本引《音决》、九條本:子智反。　契,集注本引《音决》、九條本:苦計反。

聖朝疇咨,進以顯秩,殊以幢蓋之制。而州之有司,乃以私隸數口,穀十斛,考訊吏兵,以檟楚之辭連之。

朝,集注本引《音决》:直遥反。　幢,集注本引《音决》:直江反。九條本:切宅江反。　制,集注本引《音决》作"剬",音:制。　斛,集注本引《音决》:胡卜反。　訊,九條本:信。　檟,集注本引《音决》:古疋反。九條本:賈,又:古雅。朝鮮正德本、奎章閣本:賈。

大將軍屢抗其疏,曰:敦固守孤城,獨當群寇。以少禦衆,載離寒暑。臨危奮節,保穀全城。而雍州從事忌敦勳効,極推小疵。非所以褒獎元功,宜解敦禁劾假授。詔書遽許,而子固已下獄,發憤而卒也。

抗,集注本引《音决》、九條本:口浪反。　疵,集注本引《音决》:才移反。九條本:持,又:其斯反。○案:疵、才爲從母,持爲澄母,其爲羣母,九條本"持"上疑有脱字,"其"字亦疑誤。　獎,集注本引《音决》:子兩反。　解,集注本引《音决》:戹買反。九條本:居買反。　劾,集注本引《音决》、九條本:何代反。北宋本李善注:何戴切。尤袤本:何戴。　遽,集注本引《音决》:詎。　憤,集注本引《音决》、九條本:扶粉反。

朝廷聞而傷之,策書曰:皇帝咨故督守關中侯馬敦,忠勇果毅,率厲有方。固守孤城,危逼獲濟,寵秩未加,不幸喪亡,朕用悼焉。今追贈牙門將軍印綬,祠以少牢。魂而有靈,嘉兹寵榮。然絜士之聞穢,其庸致思乎。若乃下吏之肆其噤害,則皆妬之徒也。嗟乎,妬之欺善,抑亦貿首之讎也。

率,九條本:出。　噤,集注本引《音决》:其禁反,淹:其錦反。九條本:渠蔭反,又:其禁反。朝鮮正德本、奎章閣本:渠蔭。　妬,集注本引《音决》、九條本:丁故反。　貿,集注本引《音决》、九條本:茂。朝鮮正德本、奎章閣本:莫構。

語曰:或戒其子,慎無爲善,言固可以若是,悲夫。昔乘丘之戰,縣賁父御魯莊公,馬驚敗績。賁父曰:他日未嘗敗績,而今敗績,是無勇也。遂死之。圉人浴馬,有流矢在白肉。公曰:非其罪也,乃誄之。

乘,集注本引《音决》、九條本:時證反。　縣,集注本引《音决》、尤袤本、陳八郎本、九條本:玄。　賁,集注本引《音决》、尤袤本、九條本、朝鮮正德本、奎章閣本:奔。　父,集注本引《音决》、尤袤本、九條本、朝鮮正德本、奎章閣本:甫。　圉,集注本引《音决》、九條本旁記:語。　浴,集注本引《音决》、九條本:欲。

漢明帝時,有司馬叔持者,白日於都市手劒父讎,視死如歸,亦命史臣班固而爲之誄。然則忠孝義烈之流,慷慨非命而死者,綴辭之士,未之或遺也。天子既已策而贈之,微臣託乎舊史之末,敢闕其文哉。乃作誄曰:知人未易,人未易知。嗟兹馬生,位末名卑。西戎猾夏,乃奮其奇。保此汧城,救我邊危。

易,集注本引《音决》、九條本:以智反,下同。　猾,集注本引《音决》、九條本：胡八反。 夏，集注本引《音决》：下。 汧，集注本引《音决》：苦弦反。九條本：去弦反。

彼邊奚危，城小粟富。子以眇身，而裁其守。兵無加衛，墉不增築。婪婪群狄，豺虎競逐。

守，集注本引《音决》、九條本：獸。 墉，集注本引《音决》：容。九條本：龍反。〇案：九條本"龍"上疑脱"以"字。 築，集注本引《音决》：恊韻丁又反。 婪，集注本引《音决》：力含反。陳八郎本：魯含。九條本：魯人舌反。〇案：集注本"含"字旁又記"貪"。又九條本"人舌"爲"含"字之訛。 逐，集注本引《音决》：恊韻直又反。九條本：協直人反。〇案：九條本"人"爲"又"字之訛。

鞏更恣睢，潛跱官寺。齊萬虓闞，震驚台司。聲勢沸騰，種落煽熾。

鞏，集注本引《音决》：拱。九條本：九奉反。 更，集注本引《音决》：康。九條本：庚。〇案：集注本引《音决》"康"疑爲"庚"字之訛。 睢，集注本引《音决》：許季反。陳八郎本：許季。九條本：誰季反。〇案：九條本"誰"爲"許"之訛。 虓，集注本引《音决》：許交反。尤袤本、陳八郎本：呼交。 闞，集注本引《音决》：許艦反。尤袤本、陳八郎本：呼檻。九條本：呼艦。 司，集注本引《音决》：恊韻音四。九條本：協音四。 種，集注本引《音决》：之重反。 煽，集注本引《音决》、尤袤本、九條本、朝鮮正德本、奎章閣本：扇。 熾，集注本引《音决》：尺至反。九條本：尺至。

旌旗電舒，戈矛林植。彤珠星流，飛矢雨集。惴惴士女，號天以泣。爨麥而炊，負户以汲。累卵之危，倒懸之急。

植，集注本引《音决》、九條本：値。　彤，集注本引《音决》：徒冬反。九條本：徒冬。　惴，集注本引《音决》：之瑞反。九條本：睡。朝鮮正德本、奎章閣本：之睡。〇案：惴、之爲章母，睡爲常母，九條本"睡"上疑脱"之"字。　號，集注本引《音决》：户高反。九條本：户高。　爨，集注本引《音决》：七乱反。九條本：七阮反。　炊，集注本引《音决》、九條本：吹。　汲，集注本引《音决》：急。

馬生爰發，在險彌亮。精冠白日，猛烈秋霜。稜威可厲，懦夫克壯。霑恩撫循，寒士挾纊。

霜，集注本引《音决》：協韻所亮反。九條本：協所亮反。陳八郎本：去声，協韻。　懦，集注本引《音决》：奴翫反。九條本：奴玩反。　挾，集注本引《音决》、九條本：叶。　纊，集注本引《音决》、九條本：曠。

蠢蠢犬羊，阻衆陵寡。潛隧密攻，九地之下。愜愜窮城，氣若無假。昔命懸天，今也惟馬。惟此馬生，才博智贍。偵以瓶壺，剔以長塹。

蠢，集注本引《音决》、九條本：昌允反。　隧，集注本引《音决》、九條本：遂。　愜，集注本引《音决》：口挾反。北宋本李善注：苦頰切。尤袤本：古頰。九條本：苦頰反。朝鮮正德本、奎章閣本：苦頰。　偵，集注本引五家音：恥令反。尤袤本、陳八郎本：耻命。〇案：集注本引五家音"令"，各本皆作"命"。　剔，集注本引《音决》：力計反。集注本引五家音：靈結反。尤袤本、陳八郎本：靈結。九條本：靈結反，又：力帝反。　塹，集注本作"𡐨"引《音决》：七艷反。北宋本及尤袤本李善注：七豔切。九條本：七艷反。

鍤未見鋒，火以起焰。薫尸滿窟，棓穴以斂。

鍤，集注本作"臿"，引《音决》：初洽反。九條本：楚甲反，旁記"臿"：初合反。　見，集注本引《音决》：何殿反。　焰，集注本作"爓"，引《音决》：艷。九條本：艷。　薫，集注本引《音决》、九條本：許云反。　尸，集注本引《音决》作"屍"，音：尸。　窟，集注本引《音决》：苦没反。　棓，集注本作"掊"，引《音决》：步侯反。九條本亦作"掊"：步侯反。北宋本及尤袤本李善注：蒲溝切。朝鮮正德本、奎章閣本：蒲搆。　斂，集注本引《音决》、九條本：力艷反。

木石匱竭，萁稈空虚。瞯然馬生，傲若有餘。弔梁爲礧，柿松爲芻。守不乏械，歷有鳴駒。

萁，集注本引《音决》、九條本：其。　稈，集注本引《音决》：古但反。九條本：幹，又：吉但反，又：古旱反。　瞯，集注本引《音决》：下簡反。陳八郎本：下版。　傲，集注本引《音决》：五号反。九條本：魚語反。〇案：九條本"語"爲"誥"字之訛。　弔，集注本引《音决》、尤袤本、九條本、朝鮮正德本、奎章閣本：的。　礧，集注本引《音决》：力對反，又：力罪反。九條本：盧會反，又：力對反，又：力累反。朝鮮正德本、奎章閣本：盧會。〇案：尤袤本"礧"作"礌"。　柿，尤袤本、九條本、朝鮮正德本、奎章閣本：廢。　械，集注本引《音决》：何界反。九條本：何戒反。

哀哀建威，身伏斧質。悠悠烈將，覆軍喪器。戎釋我徒，顯誅我帥。以生易死，疇克不二。

將，集注本引《音决》：子亮反。　覆，集注本引《音决》：芳伏反。　喪，集注本引《音决》、九條本：息浪反。　器，集注本引《音决》：慯韻音乞。九條本：協音乞。　易，集注本引《音决》、九條本：亦。

聖朝西顧，關右震惶。分我汧庾，化爲寇糧。實賴夫子，思謩彌長。咸使有勇，致命知方。

朝，集注本引《音决》：直遥反。　分，集注本引《音决》：扶問反。　思，集注本引《音决》、九條本：四。　謩，集注本引《音决》、尤袤本、九條本：模。

我雖末學，聞之前典。十世宥能，表墓旌善。思人愛樹，甘棠不翦。矧乃吾子，功深疑淺。兩造未具，儲隸蓋鮮。孰是勳庸，而不獲免。

旌，集注本引《音决》、九條本：精。　矧，集注本引《音决》、九條本：哂。　造，集注本引《音决》、九條本：七到反。　鮮，集注本作"尟"，引《音决》：思輦反。

猾哉部司，其心反側。斲善害能，醜正惡直。牧人逶迤，自公退食。聞穢鷹揚，曾不戢翼。

猾，集注本引《音决》、九條本：胡八反。　斲，集注本引《音决》：丁角反。　惡，集注本引《音决》：烏故反。九條本：一故反。　逶，集注本引《音决》、九條本：萎。　迤，集注本引《音决》、九條本：移。　曾，集注本引《音决》、九條本：在登反。

忘爾大勞，猜爾小利。苟莫開懷，于何不至。慨慨馬生，硠硠高致。發憤囹圄，没而猶眡。嗚呼哀哉。

猜，集注本引《音决》：七來反。九條本：七朱反。○案：九條本"朱"爲"來"字之訛。　硠，集注本引《音决》、九條本、朝鮮正德本、奎章閣本：郎。北宋本及奎章閣本李善注：力唐切。○案：尤袤本"硠"作"琅"。　眡，集注本引《音决》：示。九條本：食至反，又：示。朝鮮正德本、奎章閣本：食至。

安平出奇，破齊克完。張孟運籌，危趙獲安。汧人賴子，猶彼談單。如何吝嫉，摇之筆端。

完，集注本引《音决》：桓。九條本：丸。　汧，九條本：牽。　吝，集注本作"悋"，引《音决》：力刃反。九條本：力刃反。　嫉，集注本引《音决》：疾。

傾倉可賞，矧云私粟。狄隸可頒，況曰家僕。剔子雙龜，貫以三木。功存汧城，身死汧獄。凡爾同圍，心焉摧剥。扶老攜幼，街號巷哭。嗚呼哀哉。

頒，集注本引《音决》、九條本：班。　剔，集注本引《音决》：他狄反。九條本：他角反，又：他狄反。○案：九條本"角"字有誤。　剥，集注本引《音决》、九條本旁記：布角反。　號，集注本引《音决》：户高反。

明明天子，旌以殊恩。光光寵贈，乃牙其門。司勲頒爵，亦兆後昆。死而有靈，庶慰冤魂。嗚呼哀哉。

冤，集注本引《音决》、九條本：於元反。

陽給事誄并序

顔延年

惟永初三年十一月十一日,宋故寧遠司馬、濮陽太守彭城陽君卒。嗚呼哀哉。瓚少稟志節,資性忠果,奉上以誠,率下有方。朝嘉其能,故授以邊事。

濮,集注本引《音决》:卜。九條本:布谷反,亦卜。 瓚,集注本引《音决》、九條本:在但反。 少,集注本引《音决》:失照反。 稟,集注本引《音决》:布錦反。 朝,集注本引《音决》:直遥反,下同。九條本:直遥反。

永初之末,佐守滑臺。值國禍荐臻,王略中否。

滑,集注本引《音决》、九條本:胡八反。 荐,集注本引《音决》:在見反。 中,集注本引《音决》、九條本:丁仲反。 否,集注本引《音决》、九條本:步美反。

玁虜間釁,劘剥司兖。幽并騎驽,屯逼鞏洛。列營緣戍,相望屠潰。

玁,集注本引《音决》、九條本:許云反。 間,集注本引《音决》、九條本:古莧反。 釁,集注本作"舋",引《音决》:許靳反。九條本:許靳反。 劘,集注本引《音决》、尤袤本、九條本旁記:摩。集注本及北宋本李善注:與摩音義同。 剥,集注本引《音决》、九條本:布角反。 驽,集注本引《音决》:努。 鞏,集注本引《音决》、九條本:拱,或爲濟,通。 潰,集注本引《音决》、九條本:胡對反。

瓚奮其猛鋭,志不違難,立乎將卒之間,以緝華裔之衆。罷困相保,堅守四旬。上下力屈,受陷勍寇。士師奔擾,棄軍爭免。

難,集注本引《音决》、九條本:奴旦反。 將,集注本引《音决》、九條本:子亮反。 卒,集注本引《音决》:子忽反。九條本作"率":子勿反。 緝,集注本引《音决》、九條本:七入反。 罷,集注本引《音决》、九條本旁記:皮。 屈,集注本引《音决》、九條本:其勿反,又如字。 勍,集注本引《音决》、九條本:巨京反。 擾,集注本引《音决》、九條本:而小反。

而瓚誓命沈城,佻身飛鏃。兵盡器竭,斃于旗下。非夫貞壯之氣,勇烈之志,豈能臨敵引義,以死徇節者哉。

佻,集注本引《音决》:途鳥反。集注本李善注:達彫反。北宋本作達彫切。尤袤本、朝鮮正德本、奎章閣本:達彫。九條本:徒鳥反,又:達彫反。 鏃,集注本引《音决》、九條本引集注本:子木反。 斃,集注本引《音决》:婢袂反。 徇,集注本引《音决》作"殉":辝俊反,下同。九條本:辞俊反,如字。

景平之元,朝廷聞而傷之。有詔曰:故寧遠司馬、濮陽太守陽瓚,滑臺之逼,厲誠固守,投命徇節,在危無撓。古之烈士,無以加之。可贈給事中,振卹遺孤,以慰存亡。

撓,集注本引《音决》、九條本:女孝反。 振,集注本引《音决》作"賑":之刃反。 卹,集注本引《音决》:思律反。

追寵既彰,人知慕節,河汴之間,有義風矣。逮元嘉廓祚,聖神紀物,光昭茂緒,旌録舊勳,苟有概於貞孝者,實事感於仁明。末臣蒙固,側

聞至訓,敢詢諸前典,而爲之誄。其辭曰:

汴,集注本引《音决》:卞。　概,集注本作"槩",引《音决》:古代反。九條本亦作"槩":苦代反。　蒙,集注本引《音决》作"矇",音:蒙。

貞不常祐,義有必甄。處父勤君,怨在登賢。苫夷致果,題子行間。忠壯之烈,宜自爾先。舊勲雖廢,邑氏遂傳。

祐,集注本作"祜",引《音决》:户。九條本亦作"祜",音:户。　甄,集注本引《音决》、九條本:吉然反。　處,集注本引《音决》、九條本:昌吕反。　父,集注本引《音决》、九條本:甫。　苫,集注本引《音决》:尸占反。九條本:切失廉也。　行,集注本引《音决》、九條本:下郎反。

惟邑及氏,自温徂陽。狐續既降,晋族弗昌。之子之生,立績宋皇。拳猛沈毅,温敏肅良。如彼竹柏,負雪懷霜。如彼騑駟,配服驂衡。

績,九條本旁記:作。〇案:績屬錫韻,作屬鐸韻,九條本音疑有脱字。　拳,集注本引《音决》、九條本:其員反。

邊兵喪律,王略未恢。函陝堙阻,瀍洛蒿萊。朔馬東騖,胡風南埃。路無歸轊,野有委骸。帝圖斯艱,簡兵授才。寔命陽子,佐師危臺。

喪,集注本引《音决》:息浪反。　恢,集注本引《音决》:苦回反。九條本:古迴反。　函,集注本引《音决》:咸。九條本:蔵。〇案:九條本"蔵"爲"咸"之訛體。　陝,集注本引《音决》:失冉反。九條本:失琰反。　堙,集注本引《音决》、九條本:因。　瀍,集注本作"涎",引《音决》:直連反。九條本:直連反。　蒿,集注本引《音决》:許高反。九條本:呼高反。 轊,集注本引《音决》、北宋本李善注引服虔、尤袤本、陳八郎本、九條本:衛。 骸,集注本引《音决》:户皆反。

憬彼危臺,在滑之坰。周衛是交,鄭翟是爭。昔惟華國,今實邊亭。憑巘結關,負河縈城。金柝夜擊,和門晝扃。料敵厭難,時惟陽生。

憬,集注本引《音决》:尻永反。九條本:居永反。 坰,集注本作"垧",引《音决》:古管反。九條本:古瑩反。 翟,集注本引《音决》:狄。 巘,集注本引《音决》、九條本:魚輦反。 柝,集注本引《音决》、九條本:他洛反。 扃,集注本引《音决》:古螢反。 料,集注本作"料",引《音决》:力彫反。 厭,集注本引《音决》:於葉反。集注本引五家作"壓":烏甲反。九條本亦作"壓":於葉反。 難,集注本引《音决》、九條本:乃旦反。

凉冬氣勁,塞外草衰。逷矣獯虜,乘障犯威。鳴驪横厲,霜鏑高翬。軼我河縣,俘我洛畿。攢鋒成林,投鞍爲圍。翳翳窮壘,嗷嗷羣悲。

逷,集注本引《音决》:他籴反。九條本:他狄反。 獯,集注本引《音决》:許云反。 鏑,集注本引《音决》、九條本:的。 翬,集注本引《音决》:揮。 軼,集注本引《音决》:徒結,又音逸。九條本:徒結反,又音逸。〇案:徒爲定母,逸爲以母,喻四歸定。詳卷五十一《四子講德論》"凡人視之怢焉"條音注。 俘,集注本引《音决》:芳于反。 攢,集注本引《音决》、九條本:才官反。 壘,集注本引《音决》、九條本:誄。 嗷,集注本引《音决》、九條本:五高反。

師老變形,地孤援闕。卒無半菽,馬實拑秣。守未焚衝,攻已濡褐。烈烈陽子,在困彌達。勉慰痍傷,拊巡饑渴。力雖可窮,氣不可奪。義立邊疆,身終鋒栝。嗚呼哀哉。

援,集注本引《音决》:于變反。九條本:于變。　卒,集注本引《音决》、九條本:子忽反。　菽,集注本及九條本頁背記并引《音决》:叔。　拑,集注本作"柑",引《音决》:巨炎反。北宋本李善注:巨炎切。尤袤本、陳八郎本:巨炎。九條本:巨炎反。　秣,九條本:末。　褐,集注本引《音决》、九條本:何達反。　痍,集注本引《音决》、九條本:夷。　拊,集注本引《音决》:芳宇反。九條本:撫。

賁父殞節,魯人是志。汧督効貞,晋策攸記。皇上嘉悼,思存寵異。于以贈之,言登給事。蹝爵紀庸,恤孤表嗣。嗟爾義士,没有餘喜。嗚呼哀哉。

賁,集注本引《音决》、九條本:布門反。　汧,九條本:牵。　喜,集注本引《音决》:恊韻音許記反。九條本:協許冀反。

陶徵士誄并序

顔延年

夫璿玉致美,不爲池隍之寶。桂椒信芳,而非園林之實。豈其深而好遠哉,蓋云殊性而已。故無足而至者,物之藉也。隨踵而立者,人之薄也。

璿,九條本:旋。　隍,九條本:皇。　好,九條本:秏,下同。　藉,九條本、室町本:時夜反。〇案:藉爲從母,時爲常母,精、章混切。

若乃巢高之抗行,夷皓之峻節。故已父老堯禹,錙銖周漢。而緜世浸遠,光靈不屬。至使菁華隱没,芳流歇絶,不其惜乎。雖今之作者人自爲量,而首路同塵,輟塗殊軌者多矣,豈所以昭末景泛餘波。

錙,九條本:側疑反。　銖,九條本:珠。　屬,九條本:之欲反。　菁,九條本:精。　量,九條本:亮。　輟,九條本:丁劣反。

有晉徵士尋陽陶淵明,南岳之幽居者也。弱不好弄,長實素心。學非稱師,文取指達。在衆不失其寡,處言愈見其默。少而貧病,居無僕妾。井臼弗任,藜菽不給。母老子幼,就養勤匱。遠惟田生致親之議,追悟毛子捧檄之懷。

處,九條本:昌吕反。　默,九條本:目。　藜,九條本:力兮反。　養,九條本:以亮反。　捧,九條本:芳奉反。　檄,九條本:何狄反。

初辭州府三命。後爲彭澤令,道不偶物,棄官從好。遂乃解體世紛,結志區外。定迹深栖,於是乎遠。灌畦鬻蔬,爲供魚菽之祭。織絇緯蕭,以充糧粒之費。

令,九條本:力政反。　解,九條本:居買反。　灌,九條本:貫。　畦,九條本:携。　鬻,九條本:育。　絇,尤袤本:劬。陳八郎本:衢。九條本:衢,又:其俱反。　緯,九條本:謂。　費,九條本:芳味反。

心好異書,性樂酒德。簡棄煩促,就成省曠。殆所謂國爵屏貴,家人忘貧者與。有詔徵爲著作郎,稱疾不到。春秋若干,元嘉四年月日,卒于尋陽縣之某里。近識悲悼,遠士傷情。冥默福應,嗚呼淑貞。夫實以誄華,名由謚高。苟允德義,貴賤何筭焉。若其寬樂令終之美,好廉克己之操,有合謚典,無愆前志。故詢諸友好,宜謚曰靖節徵士。其辭曰:

樂,九條本:洛,下同。　促,九條本旁記:巳玉反。〇案:促爲清母,巳爲邪母,精組互轉。　省,九條本:所景反。　屏,九條本:必井反。　操,九條本:七到反。

物尚孤生,人固介立。豈伊時遘,曷云世及。嗟乎若士,望古遥集。韜此洪族,蔑彼名級。睦親之行,至自非敦。然諾之信,重於布言。廉深簡絜,貞夷粹温。和而能峻,博而不繁。

行,九條本:下孟反。　粹,九條本:遂。

依世尚同,詭時則異。有一於此,兩非默置。豈若夫子,因心違事。畏榮好古,薄身厚志。世霸虚禮,州壤推風。孝惟義養,道必懷邦。人之秉彝,不隘不恭。爵同下士,禄等上農。

養,九條本:以亮反。　隘,九條本:於懈反。

度量難鈞,進退可限。長卿棄官,稚賓自免。子之悟之,何悟之辯。賦詩歸來,高蹈獨善。

量,九條本:亮。

亦既超曠,無適非心。汲流舊巘,葺宇家林。晨烟暮靄,春煦秋陰。

陳書輟卷,置酒絃琴。

嚱,九條本:魚輂反。

居備勤儉,躬兼貧病。人否其憂,子然其命。隱約就閑,遷延辭聘。非直也明,是惟道性。

否,九條本:不。

糾纆斡流,冥漠報施。孰云與仁,實疑明智。謂天蓋高,胡覺斯義。履信曷憑,思順何寘。

斡,九條本:烏活反。　施,九條本:式智反。　寘,九條本:之智反。

年在中身,疢維痁疾。視死如歸,臨凶若吉。藥劑弗嘗,禱祀非恤。傃幽告終,懷和長畢。嗚呼哀哉。

疢,九條本:勑刃反。　痁,尤袤本、陳八郎本:傷閻。九條本:傷閻反。　劑,九條本:在細反。　禱,九條本:丁老反。　傃,九條本:素。

敬述靖節,式尊遺占。存不願豐,没無求贍。省訃却賻,輕哀薄斂。遭壤以穿,旋葬而窆。嗚呼哀哉。

占,陳八郎本:去聲。九條本:切之艷反。　訃,陳八郎本、九條本旁記:赴。　斂,九條本:力艷。　窆,陳八郎本:畢驗反。九條本:畢驗反,又:布驗反。

深心追往,遠情逐化。自爾介居,及我多暇。伊好之洽,接閻鄰舍。

宵盤晝憩,非舟非駕。

　　憩,九條本:去例反,

念昔宴私,舉觴相誨。獨正者危,至方則礙。哲人卷舒,布在前載。取鑒不遠,吾規子佩。

　　礙,九條本作"閡":魚代反。　卷,九條本:居免反。

爾實愀然,中言而發。違衆速尤,迕風先蹷。身才非實,榮聲有歇。叡音永矣,誰箴余闕。嗚呼哀哉。

　　愀,九條本:子小反,又:七小反。〇案:愀、七爲清母,子爲精母,精組互轉。　迕,九條本:五故反。　蹷,九條本:居月反。

仁焉而終,智焉而斃。黔婁既没,展禽亦逝。其在先生,同塵往世。旌此靖節,加彼康惠。嗚呼哀哉。

　　斃,九條本:婢袂反。　靖,九條本:静。

宋孝武宣貴妃誄并序

謝希逸

惟大明六年夏四月壬子,宣貴妃薨。律谷罷煖,龍鄉輟曉。照車去魏,聯城辭趙。皇帝痛掖殿之既閴,悼泉途之已宫。廵步檐而臨蕙路,集重陽而望椒風。嗚呼哀哉。天寵方降,王姬下姻。肅雍揆景,陟屺爰臻。國軫喪淑之傷,家凝實庇之怨。敢撰德於旍旐,庶圖芳於鍾萬。其辭曰:

　　煖,九條本:許袁反,与暄同。　掖,九條本:亦。　閴,九條本：苦覓反。 檐，九條本：以廉反。 屺，九條本：起。 喪，九條本：力浪反。〇案：九條本"力"字誤。 賈，九條本旁記：于敏反，与殞同。 庇，九條本作"妣"，音：比。 旂，九條本：巨衣反。

玄丘烟煴，瑶臺降芬。高唐渫雨，巫山鬱雲。誕發蘭儀，光啓玉度。望月方娥，瞻星比婺。

烟，尤袤本：因。陳八郎本、九條本作"煙"，音：因。 誕，九條本：旦。 婺，九條本：務。

毓德素里，栖景宸軒。處麗絺綌，出懋蘋蘩。脩詩貢道，稱圖照言。翼訓姒幄，贊軌堯門。

毓，九條本：育。 處，九條本：昌吕反。 絺，九條本：丑夷反。 綌，九條本：去逆反。 蘋，九條本：頻。

綢繆史館，容與經闈。陳風緝藻，臨彖分微。游藝彈數，撫律窮機。躊躇冬愛，怊悵秋暉。

彖，九條本：吐玩反。 躊，九條本：直留反。 躇，九條本：直余反。

展如之華，寔邦之媛。敬勤顯陽，肅恭崇憲。奉榮維約，承慈以遜。逮下延和，臨朋違怨。

媛，九條本作"援"：于卷反。

祚靈集祉，慶藹迎祥。皇胤瓚式，帝女金相。聯跗齊潁，接萼均芳。

以蕃以牧,燭代輝梁。

祉,九條本:耻。 璿,九條本:旋。 跗,九條本:方乎反。 蕚,九條本:魚各反。 蕃,九條本作"藩":方煩反。

視朔書氛,觀臺告祲。八頌扃和,六祈輟滲。衡總滅容,翬翟毁衽。掩綵瑶光,收華紫禁。嗚呼哀哉。

氛,九條本:芳云反。 祲,九條本:子鴆反。 扃,九條本:古螢反。 滲,陳八郎本:疏禁反。九條本:疏禁反,又:史禁反,又:七蔭反。〇案:滲爲生母,七爲清母,照二歸精。 翬,九條本、朝鮮正德本、奎章閣本:暉。 衽,九條本:而鴆反。

帷軒夕改,輧輅晨遷。離宫天邃,别殿雲懸。靈衣虚襲,組帳空煙。巾見餘軸,匣有遺絃。嗚呼哀哉。

輧,九條本:蒲田反,又:步銘反。朝鮮正德本、奎章閣本:蒲田。 見,九條本:何殿反。 軸,九條本引《鈔》:逐。

移氣朔兮變羅紈,白露凝兮歲將闌。庭樹驚兮中帷響,金釭曖兮玉座寒。純孝擗其俱毁,共氣摧其同欒。仰昊天之莫報,怨凱風之徒攀。茫昧與善,寂寥餘慶。喪過乎哀,棘實滅性。世覆冲華,國虚淵令。嗚呼哀哉。

釭,九條本:江。 座,九條本:在卧反。 擗,九條本:婢亦反。 欒,九條本:力丸反。 喪,九條本:息浪反。 過,九條本:古卧反。 覆,九條本:芳伏反。 令,九條本:力政反。

題湊既肅,龜筮既辰。階撤兩奠,庭引雙輴。維慕維愛,曰子曰身。

慟皇情於容物,崩列辟於上旻。崇徽章而出寰甸,照殊策而去城闉。嗚呼哀哉。

撤,九條本:直列反。 奠,九條本:大見反。 輴,陳八郎本:楮倫反。九條本:丑輪反。 寰,九條本:還。 闉,九條本:因。

經建春而右轉,循閶闔而逕渡。旌委鬱於飛飛,龍逶遲於步步。鏘楚挽於槐風,喝邊簫於松霧。涉姑繇而環迴,望樂池而顧慕。嗚呼哀哉。

逕,九條本旁記:古定反。 挽,九條本:晚,又:万。 喝,九條本:烏界反。 繇,北宋本及尤袤本李善注引郭璞:姚。

晨輼解鳳,曉蓋俄金。山庭寢日,隧路抽陰。重扃閟兮燈已黯,中泉寂兮此夜深。銷神躬于壤末,散靈魄於天潯。響乘氣兮蘭馭風,德有遠兮聲無窮。嗚呼哀哉。

輼,北宋本李善注:於昆切。尤袤本:於昆。陳八郎本、九條本:温。 【附】北宋本及奎章閣本李善注:《漢書》曰:載霍光尸以輼輬車。輬,力强切。 俄,九條本旁記"紱",音:弗。 隧,九條本:遂。 重,九條本:逐龍反。

哀　上

哀永逝文

潘安仁

啓夕兮宵興，悲絶緒兮莫承。俄龍輴兮門側，嗟俟時兮將升。嫂姪兮慞惶，慈姑兮垂矜。聞鳴雞兮戒朝，咸驚號兮撫膺。

輴，九條本、朝鮮正德本、奎章閣本：而。　嫂，九條本：素老反。　姪，九條本：田結反，又：途結反。朝鮮正德本、奎章閣本：田結。

逝日長兮生年淺，憂患衆兮歡樂尠。彼遥思兮離居，嘆河廣兮宋遠。今奈何兮一舉，邈終天兮不反。盡余哀兮祖之晨，揚明燎兮援靈輴。徹房帷兮席庭筵，舉酹觴兮告永遷。

尠，九條本：思輦反，或作鮮，同。　輴，陳八郎本、九條本：丑輪反。　酹，九條本：力外反。

悽切兮增欷，俯仰兮揮淚。想孤魂兮眷舊宇，視倏忽兮若髣髴。徒髣髴兮在慮，靡耳目兮一遇。停駕兮淹留，徘徊兮故處。周求兮何獲，引身兮當去。

欷，九條本：虚既反。

去華輦兮初邁，馬迴首兮旋旆。風泠泠兮入帷，雲霏霏兮承蓋。鳥俛翼兮忘林，魚仰沫兮失瀨。悵悵兮遲遲，遵吉路兮凶歸。思其人兮已滅,覽餘迹兮未夷。

旆,九條本:步外反。 泠,室町本:力丁反。 俛,九條本:勉。室町本:五□反。○案:室町本□處字模糊。又"五"疑爲"亡"字之訛。

昔同塗兮今異世,憶舊歡兮增新悲。謂原隰兮無畔,謂川流兮無岸。望山兮寥廓,臨水兮浩汗。視天日兮蒼茫,面邑里兮蕭散。匪外物兮或改,固歡哀兮情换。嗟潛隧兮既敞,將送形兮長往。委蘭房兮繁華,襲窮泉兮朽壤。中慕叫兮擗摽,之子降兮宅兆。

换,九條本:胡翫反。 隧,九條本:遂。 敞,九條本:昌掌反。 擗,九條本:婢亦反。 摽,九條本:驃,又:婢沼反。朝鮮正德本、奎章閣本:驃。

撫靈櫬兮訣幽房,棺冥冥兮埏窈窕。户闔兮燈滅,夜何時兮復曉。歸反哭兮殯宫,聲有止兮哀無終。是乎非乎,何皇趣一遇兮目中。既遇目兮無兆,曾寤寐兮弗夢。既顧瞻兮家道,長寄心兮爾躬。重曰:已矣,此蓋新哀之情然耳。渠懷之其幾何,庶無愧兮莊子。

櫬,九條本:楚陣反。 訣,九條本:决。 埏,九條本:延。 夢,陳八郎本:平声。 重,九條本:逐龍反。

《文選》音注輯考卷五十八

哀　下

宋文皇帝元皇后哀策文

顔延年

惟元嘉十七年七月二十六日,大行皇后崩于顯陽殿。粤九月二十六日,將遷座于長寧陵,禮也。龍輁纚綍,容翟結驂。

行,北宋本及尤袤本李善注:下孟切。　輁,北宋本李善注、尤袤本:卭。陳八郎本:渠恭。九條本:渠恭反。　【附】北宋本及尤袤本李善注:《儀禮》曰:輁,狀如長牀,穿桯前後著金而關軸焉。程,餘征切。○案:程爲桯字之訛。　纚,北宋本李善注、尤袤本:離。陳八郎本:离。　綍,北宋本及尤袤本李善注:甫物切。九條本:甫勿反。朝鮮正德本、奎章閣本:甫勿。　驂,九條本:所銜反。

皇塗昭列,神路幽嚴。皇帝親臨祖饋,躬瞻宵載。飾遺儀於組旒,淪徂音乎珩珮。悲黼筵之移御,痛翬褕之重晦。降輿客位,撤奠殯階。乃命史臣,累德述懷。

饋,九條本:其魏反。　旒,九條本:流。　珩,北宋本李善注、尤袤本、九條本:行。　【附】北宋本及尤袤本李善注:毛萇《詩傳》曰:珮有珩璜琚瑀。琚音居。瑀音禹。　黼,九條本:甫。　翬,九條本、朝鮮正德本、奎章閣本:暉。　褕,北宋本及尤袤本李善注:以招切。尤袤本:以招。九條本:揄。朝鮮正德本、奎章閣本:摇。

其辭曰:倫昭儷昇,有物有憑。圓精初鑠,方祇始凝。昭哉世族,祥發慶膺。祕儀景胄,圖光玉繩。

儷,九條本:力帝反。　鑠,九條本作"爍",旁記"鑠":書酌反。　祇,九條本:巨支反。

昌暉在陰,柔明將進。率禮蹈和,稱詩納順。爰自待年,金聲夙振。亦既有行,素章增絢。

絢,九條本:許縣反。

象服是加,言觀維則。彼我王風,始基嬪德。惠問川流,芳猷淵塞。方江泳漢,載謡南國。

塞,九條本:先得反。

伊昔不造，鴻化中微。用集寶命，仰陟天機。釋位公宮，登曜紫闈。欽若皇姑，允迪前徽。孝達寧親，敬行宗祀。進思才淑，傍綜圖史。發音在詠，動容成紀。壼政穆宣，房樂韶理。

綜，九條本：子統反。　壼，九條本：苦本反。朝鮮正德本、奎章閣本：苦本。室町本：古本反。　樂，九條本：岳。　韶，九條本：市招反。

坤則順成，星軒潤飾。德之所届，惟深必測。下節震騰，上清朓側。有來斯雍，無思不極。

朓，陳八郎本：土鳥。九條本：土鳥反。

謂道輔仁，司化莫晢。象物方臻，眡祲告沴。太和既融，收華委世。蘭殿長陰，椒塗弛衛。嗚呼哀哉。

晢，北宋本及尤袤本李善注：之逝切。陳八郎本：制。　眡，北宋本李善注、尤袤本：視。九條本：市。　祲，九條本：子鴆反。　沴，北宋本李善注、尤袤本：零細切。陳八郎本：靈細反。九條本：力帝反。　弛，九條本：式氏反。

戒凉在肄，杪秋即穸。霜夜流唱，曉月升魄。八神警引，五輅遷迹。嗷嗷儲嗣，哀哀列辟。灑零玉墀，雨泗丹掖。撫存悼亡，感今懷昔。嗚呼哀哉。

肄，尤袤本：戈二。陳八郎本：弋二。九條本：弋二反，又：意。〇案：尤袤本"戈"爲"弋"字之訛。　穸，北宋本李善注、尤袤本、朝鮮正德本、奎章閣本：夕。　【附】北宋本及尤袤本李善注：《左氏傳》楚子曰：唯是春秋窀穸之事。窀，之倫切。　引，九條本：以刃反。 嗷，陳八郎本：古吊。九條本：古吊。 辟，九條本：必亦。 墀，九條本：遲。 掖，九條本：亦。

南背國門，北首山園。僕人按節，服馬顧轅。遥酸紫蓋，眇泣素軒。滅綵清都，夷體壽原。邑野倫藹，戎夏悲讙。來芳可述，往駕弗援。嗚呼哀哉。

讙，陳八郎本：喧。

齊敬皇后哀策文

謝玄暉

惟永泰元年秋九月朔日，敬皇后梓宫啓自先塋，將祔于某陵。其日，至尊親奉奠某皇帝。乃使兼太尉某設祖于行宫，禮也。翠帟舒皇，玄堂啓扉。俎徹三獻，筵卷六衣。哀子嗣皇帝，懷蜃衛而延首，想鷖輅而撫心。痛椒塗之先廓，哀長信之莫臨。身隔兩赴，時無二展。旋詔左言，光敷聖善。其辭曰：

塋，九條本：營。 祔，九條本：附。 俎，九條本：側吕反。 卷，九條本：居免反。 蜃，九條本：時刃反。 鷖，陳八郎本：煙計。九條本：煙計反，又：烏兮反。 輅，九條本：路。 赴，九條本：切撫遇反。

帝唐遠胄，御龍遥緒。在秦作劉，在漢開楚。肇惟淑聖，克柔克令。清漢表靈，曾沙膺慶。

緒，九條本：徐吕反。 楚，九條本：初舉反。 令，九條本：力政反。

爰定厥祥，徽音允穆。光華沼沚，榮曜中谷。敬始紘綖，教先穜稑。睿問川流，神襟蘭郁。

沚，九條本：止。 紘，九條本：宏。 綖，九條本：延。 穜，九條本：直龍反，又：切直容反。朝鮮正德本：直龍反。奎章閣本：直龍。 稑，九條本、奎章閣本：陸。

先德韜光，君道方被。于佐求賢，在謁無詖。顧史弘式，陳詩展義。厚下曰仁，藏往伊智。

韜，九條本：他刀反。 被，九條本：皮義反。 詖，九條本：彼義反。

十亂斯俟，四教罔忒。思媚諸姑，貽我嬪則。化自公宫，遠被南國。軒曜懷光，素舒佇德。閔予不祐，慈訓早違。方年冲藐，懷袖靡依。家臻寶業，身嗣昌暉。壽宫寂遠，清廟虚歸。嗚呼哀哉。

藐，九條本：亡小反。

帝遷明命，民神胥悦。乾景外臨，陰儀内缺。空悲故劒，徒嗟金穴。璋瓚奚獻，褘褕罔設。嗚呼哀哉。

褘，九條本：揮。 褕，九條本：遥，又：切羊朱反，又：由照反。

馮相告祲，宸居長往。貽厥遠圖，末命是奬。懷豐沛之綢繆兮，背神京之弘敞。陋蒼梧之不從兮，遵鮒隅以同壤。嗚呼哀哉。

馮，九條本：皮氷反。 相，九條本：息亮反。 祲，九條本：子鴆反。朝鮮正德本、奎章閣本：子鴆。 宸，九條本：辰。

奬,九條本:子兩反。 敞,九條本:賞。 鮒,陳八郎本:扶句。九條本:扶句反。

陳象設於園寢兮,暎輿鍐於松楸。望承明而不入兮,度清洛而南游。繼池綍於通軌兮,接龍帷於造舟。迴塘寂其已暮兮,東川澮而不流。嗚呼哀哉。

鍐,北宋本李善注:亡犯切。尤袤本、陳八郎本:亡犯。九條本:亡犯反。〇案:據音注,"鍐"當作"鋄"。 楸,九條本:七由反,又:秋。 綍,九條本:弗。 造,九條本:七到反。 塘,九條本:唐。 澮,九條本:途暫反。

籍閟宫之遠烈兮,聞纘女之遐慶。始協德於蘋蘩兮,終配祇而表命。慕方纏於賜衣兮,哀日隆於撫鏡。思寒泉之罔極兮,託彤管於遺詠。嗚呼哀哉。

閟,九條本:筆吏反,又:秘。 纘,九條本:祖管反。朝鮮正德本、奎章閣本:祖管。 祇,九條本作"祀",旁記"祇":巨支反。 彤,九條本:徒冬反。

碑文上

郭有道碑文并序

蔡伯喈

先生諱泰，字林宗，太原界休人也。其先出自有周王季之穆，有虢叔者，寔有懿德，文王咨焉。建國命氏，或謂之郭，即其後也。先生誕應天衷，聰睿明哲，孝友温恭，仁篤慈惠。夫其器量弘深，姿度廣大，浩浩焉，汪汪焉，奥乎不可測已。

應，九條本：一證反。　衷，九條本：中。　量，九條本：亮。　汪，九條本：烏宏反。　奥，九條本：烏誥反。

若乃砥節厲行，直道正辭。貞固足以幹事，隱括足以矯時。遂考覽六經，探綜圖緯。周流華夏，隨集帝學。收文武之將墜，拯微言之未絶。于時纓緌之徒，紳佩之士。望形表而影附，聆嘉聲而響和者。猶百川之歸巨海，鱗介之宗龜龍也。

行，九條本：下孟反。　括，九條本：活。　探，九條本：貪。　緌，九條本：而誰反。　聆，九條本：力丁反。　和，九條本：胡卧反。

爾乃潛隱衡門，收朋勤誨。童蒙賴焉，用祛其蔽。州郡聞德，虚己備禮，莫之能致。羣公休之，遂辟司徒掾，又舉有道，皆以疾辭。將蹈鴻涯之遐迹，紹巢許之絶軌，翔區外以舒翼，超天衢以高峙。稟命不融，享年四十有二，以建寧二年正月乙亥卒。

誨,九條本:悔。　袪,九條本:大魚反。〇案:九條本"大"疑當作"去","去"一作"厺",字殘而誤作"大"。　辟,九條本:必亦反。　掾,九條本:以絹反。　享,九條本:許兩反。

凡我四方同好之人,永懷哀悼,靡所寘念。乃相與惟先生之德,以謀不朽之事。僉以爲先民既没,而德音猶存者,亦賴之於見述也。今其如何而闕斯禮。於是樹碑表墓,昭銘景行。俾芳烈奮于百世,令問顯於無窮。

好,九條本:秏。　寘,九條本:之智。　令,九條本:力政反。

其辭曰:於休先生,明德通玄。純懿淑靈,受之自天。崇壯幽浚,如山如淵。禮樂是悦,《詩》《書》是敦。匪惟摭華,乃尋厥根。宫牆重仞,允得其門。

於,陳八郎本、九條本:烏。　浚,九條本:素潤反。　摭,九條本:之石反。　重,九條本:直恭反。

懿乎其純,確乎其操。洋洋搢紳,言觀其高。栖遲泌丘,善誘能教。赫赫三事,幾行其招。

確,九條本:苦角反。　高,尤袤本:告。北宋本、陳八郎本:告,協韻。九條本:協古兮反。〇案:九條本"兮"疑爲"告"字之訛。　泌,九條本:必紀反,又:秘。　誘,九條本:酉。　幾,九條本:機。　招,陳八郎本:之邵反,協韻。九條本:協之邵反。

委辭召貢,保此清妙。降年不永,民斯悲悼。爰勒兹銘,摛其光耀。

嗟爾來世，是則是效。

陳太丘碑文并序

蔡伯喈

先生諱寔，字仲弓，穎川許人也。含元精之和，應期運之數。兼資九德，揔脩百行。於鄉黨則恂恂焉，彬彬焉，善誘善導，仁而愛人。使夫少長，咸安懷之。

應，集注本引《音决》、九條本：於證反。　數，集注本引《音决》、九條本：史具反。　行，集注本引《音决》、九條本：下孟反。　恂，集注本引《音决》：旬、荀二音。九條本：旬。　彬，集注本作"斌"，引《音决》：布貧反。　少，集注本引《音决》、九條本：失照反。　長，集注本引《音决》、九條本：丁丈反。

其爲道也，用行舍藏，進退可度。不徼訐以干時，不遷貳以臨下。四爲郡功曹，五辟豫州，六辟三府，再辟大將軍，宰聞喜半歲，太丘一年。德務中庸，教敦不肅。政以禮成，化行有謐。

舍，集注本引《音决》：捨。九條本作"捨"，音：舍。　徼，集注本引《音决》、九條本：古堯反。　訐，集注本引《音决》：居歇反。朝鮮正德本：舉謁。九條本、奎章閣本：舉謁反。　辟，集注本引《音决》：必亦反，下同。九條本：必亦反。　謐，集注本引《音决》、九條本：亡必反。

會遭黨事，禁固二十年。樂天知命，澹然自逸。交不諂上，愛不瀆下。見機而作，不俟終日。及文書赦宥，時年已七十，遂隱丘山，懸車告老。

固,集注本引《音决》、九條本并作"錮",音:固。 樂,集注本引《音决》、九條本:洛。 澹,集注本引《音决》:途暫反。九條本:余暫反。〇案:九條本"余"爲"途"字之訛。 瀆,集注本作"黷",引《音决》:大目反。九條本亦作"黷":大目反。 宥,集注本引《音决》:又。

四門備禮,閑心静居。大將軍何公,司徒袁公,前後招辟,使人曉喻,云欲特表,便可入踐常伯,超補三事。紆佩金紫,光國垂勳。先生曰:絶望已久,飾巾待期而已。皆遂不至。弘農楊公,東海陳公,每在袞職,羣寮賀之。皆舉手曰:潁川陳君,絶世超倫,大位未躋,慙於臧文竊位之負。故時人高其德,重乎公相之位也。

袞,集注本引《音决》、九條本:古本反。 寮,集注本引《音决》、九條本:力彫反。 躋,集注本引《音决》、九條本:子兮反。 相,《文選音》:去。集注本引《音决》:息亮反。

年八十有三,中平三年八月丙午,遭疾而終。臨没顧命,留葬所卒。時服素棺,椁財周櫬,喪事惟約,用過乎儉。群公百寮,莫不咨嗟。巖藪知名,失聲揮涕。

卒,《文選音》:即聿。 椁,集注本引《音决》、九條本:郭。 櫬,《文選音》:初覲。集注本引《音决》、九條本:楚陣反。 過,集注本引《音决》、九條本:古卧反。

大將軍吊祠,錫以嘉謚,曰:徵士陳君,稟嶽瀆之精,苞靈曜之純。天不憖遺老,俾屏我王。梁崩哲萎,于時靡憲。搢紳儒林,論德謀迹,謚曰文範先生。傳曰:郁郁乎文哉。《書》曰:洪範九疇,彝倫攸叙。文爲德表，範爲士則，存誨没號，不亦宜乎。

曰，《文選音》：越。　慭，集注本引《音决》、九條本：魚靳反。朝鮮正德本、奎章閣本：魚靳。　屏，集注本引《音决》、九條本：必井反。　萎，集注本引《音决》、九條本：於危反。　傳，《文選音》：直絹。　曰，《文選音》：越，下同。　彝，九條本：夷。

三公遣令史祭以中牢，刺史敬吊，太守南陽曹府君命官作誄曰：赫矣陳君，命世是生。含光醇德，爲士作程。資始既正，守終又令。奉禮終没，休矣清聲。

令，《文選音》：去。集注本引《音决》：力政反。　守，《文選音》：去。　曰，《文選音》：越。　醇，集注本引《音决》：淳。令，集注本引五家音、陳八郎本：平聲叶韻。　聲，集注本引《音决》：恊韻音聖。九條本：協音聖。

遣官屬掾吏，前後赴會，刊石作銘。府丞與比縣會葬，荀慈明、韓元長等五百餘人，緦麻設位，哀以送之。遠近會葬，千人已上。

掾，《文選音》：以絹。集注本引《音决》：以絹反，下同。刊，《文選音》：可干。集注本引《音决》：看。　比，集注本引《音决》、九條本：毗。　緦，集注本引《音决》：思。　上，集注本引《音决》、九條本：時兩反。

河南尹種府君臨郡，追嘆功德，述録高行，以爲遠近鮮能及之。重部大掾，以時成銘。斯可謂存榮没哀，死而不朽者已。

種，集注本引《音决》：直中反。九條本：蟲，又：直中反。朝鮮正德本、奎章閣本：蟲。　録，九條本：力玉反。　行，集注本引《音决》、九條本：下孟反。　鮮，集注本引《音决》、九條本：思輦反。　重，集注本引《音决》：直用反。北宋本：直用切。尤袤本：直用。

乃作銘曰：峩峩崇嶽，吐符降神。於皇先生，抱寶懷珍。如何昊穹，既喪斯文。微言圮絶，來者曷聞。交交黄鳥，爰集于棘。命不可贖，哀何有極。

於，《文選音》、集注本引《音决》、九條本：烏。　喪，《文選音》：去。集注本引《音决》、九條本：息浪反。　圮，《文選音》：平美。集注本引《音决》、九條本：步美反。朝鮮正德本、奎章閣本：平鄙。　棘，九條本：居力反。　贖，集注本引《音决》、九條本：時燭反。

褚淵碑文并序

褚，九條本：丁吕反，又：切竹吕反。

王仲寶

夫太上有立德，其次有立功，此之謂不朽。所以子産云亡，宣尼泣其遺愛。隨武既没，趙文懷其餘風。於文簡公見之矣。公諱淵，字彦回，河南陽翟人也。微子以至仁開基，宋叚以功高命氏。爰逮兩漢，儒雅繼及。魏晋以降，弈世重暉。

彦，九條本：魚戀反。　翟，集注本引《音决》：大歷反。九條本：大歷反，又：狄。　重，集注本引《音决》：直恭反。

乃祖太傅元穆公，德合當時，行比州壤。深識臧否，不以毁譽形言。

亮采王室，每懷冲虚之道。可謂婉而成章，志而晦者矣。自兹厥後，無替前規，建官惟賢，軒冕相襲。

　　行，集注本引《音决》：下孟反。　比，集注本引《音决》、九條本：鼻。　婉，集注本引《音决》、九條本：於阮反。　替，集注本引《音决》：他計反。　冕，集注本引《音决》、九條本：勉。

公稟川嶽之靈暉，含珪璋而挺曜。和順内凝，英華外發。神茂初學，業隆弱冠。是以仁經義緯，敦穆於閨庭。金聲玉振，寥亮於區寓。孝敬淳深，率由斯至。盡歡朝夕，人無間言。

　　稟，《文選音》：兵飲。集注本引《音决》、九條本：布錦反。　冠，《文選音》：去。集注本引《音决》：古翫反。九條本：貫。　緯，集注本引《音决》：謂。　寓，九條本旁記"寓"，音：宇。　間，《文選音》：澗。集注本引《音决》、九條本：居莧反。

逍遥乎文雅之囿，翺翔乎禮樂之場。風儀與秋月齊明，音徽與春雲等潤。韻宇弘深，喜愠莫見其際。心明通亮，用人言必由於己。汪汪焉，洋洋焉，可謂澄之不清，撓之不濁。袁陽源才氣高奇，綜覈精裁。宋文帝端明臨朝，鑒賞無昧。袁既延譽於遐邇，文亦定婚於皇家。選尚餘姚公主，拜駙馬都尉。漢結叔高，晋姻武子，方斯蔑如也。

　　翺，集注本引《音决》：五高反。　愠，集注本引《音决》、九條本：於問反。　己，《文選音》：紀。　撓，集注本引《音决》：女絞反。　綜，九條本：子宋反。　覈，集注本引《音决》：何革反。九條本：胡隔反，又：何革反。朝鮮正德本、奎章閣本：胡隔。　裁，集注本引《音决》、九條本：才載反。陳八郎本：去声。　朝，集注本引《音决》：直遥反，下同。九條本：直遥反。　姚，集注本引

《音决》、九條本：遥。 駙，集注本引《音决》、九條本：附。 蔑，九條本：亡結反。

釋褐著作佐郎，轉太子舍人。濯纓登朝，冠冕當世。升降兩宫，實惟時寶。具瞻之範既著，台衡之望斯集。出參太宰軍事，入爲太子洗馬，俄遷祕書丞。贊道槐庭，司文天閣。光昭諸侯，風流籍甚。

褐，集注本引《音决》：何葛反。九條本：何割反。 著，集注本引《音决》：丁慮反，下同。九條本：丁慮反。 瞻，九條本：之廉反。 台，集注本引《音决》、九條本：他來反。 洗，集注本引《音决》、九條本：先典反。

以父憂去職，喪過乎哀，幾將毁滅。有識留感，行路傷情。服闋，除中書侍郎。王言如絲，其出如綸。恪居官次，智効惟穆。于時新安王寵冠列蕃，越敷邦教，毗佐之選，妙盡國華。

喪，集注本引《音决》、九條本：息浪反。 過，集注本引《音决》：古卧反。 幾，《文選音》：其。集注本引《音决》、九條本：祈。陳八郎本：巨依。朝鮮正德本、奎章閣本：居依。 闋，《文選音》：善穴。集注本引《音决》、九條本：苦穴反。〇案：《文選音》"善"爲"苦"字之訛。"穴"字殘。 冠，《文選音》：古乱。集注本引《音决》：古翫反。九條本：貫。

出爲司徒右長史，轉尚書吏部郎。執銓以平，御煩以簡。裴楷清通，王戎簡要，復存於兹。

長，集注本引《音决》：丁丈反。 銓，集注本引《音决》、九條本：七全反。 楷，集注本引《音决》、九條本：苦駭反。 要，集注本引《音决》:於照反。

泰始之初,入爲侍中。曾不移朔,遷吏部尚書。是時天步初夷,王途尚阻。元戎啓行,衣冠未緝。内贊謀謨,外康流品。制勝既遠,涇渭斯明。

曾,集注本引《音决》:在登反。九條本:在登。　行,集注本引《音决》、九條本:户郎反。　緝,集注本引《音决》、九條本:七入反。　謀,朝鮮正德本、奎章閣本:莫浮。　謨,朝鮮正德本、奎章閣本:莫胡。　勝,集注本引《音决》:尸證反。九條本:尺證反。〇案:勝、尸爲書母,尺爲昌母。九條本"尺"爲"尸"字之訛。

賞不失勞,舉無失德。績簡帝心,聲敷物聽。事寧,領太子右衛率,固讓不拜。尋領驍騎將軍。以帷幄之功,膺庸祇之秩。封雩都縣開國伯,食邑五百户。既秉辭梁之分,又懷寢丘之志。所受田邑,不盈百井。

績,九條本:赤。〇案:績爲精母,赤爲昌母,精組章組混切。　率,集注本引《音决》:所律反。　驍,集注本引《音决》、九條本:古堯反。　幄,集注本引《音决》、九條本:於角反。　祇,集注本引《音决》、九條本:之。　秩,集注本引《音决》、九條本:直栗反。　雩,集注本引《音决》、九條本:于。　分,集注本引《音决》:扶問反,或爲介,通。九條本旁記:扶問反。〇案:九條本此條音注誤標於上文"縣"字下,今移正。

久之,重爲侍中,領右衛將軍。盡規獻替,均山甫之庸。緝熙王旅,兼方叔之望。丹楊京輔,遠近攸則。吴興襟帶,實惟股肱。頻作二守,并加蟬冕。政以禮成,民是以息。明皇不豫,儲后幼冲,貽厥之寄,允屬時望。徵爲吏部尚書,領衛尉,固讓不拜。改授尚書右僕射。端流平衡，外寬内直。弘二八之高謩，宣由庚而垂詠。

重，集注本引《音决》：逐用反。 替，九條本：他帝反。 緝，九條本：七入反。 守，集注本引《音决》：狩。九條本：獸。 儲，集注本引《音决》：除。 貽，集注本引《音决》、九條本：以而反。 射，集注本引《音决》、九條本：夜。 謩，集注本引《音决》、九條本：模。

太宗即世，遺命以公爲散騎常侍、中書令、護軍將軍。送往事居，忠貞允亮。秉國之均，四方是維。百官象物而動，軍政不戒而備。公之登太階而尹天下，君子以爲美談。亦猶孟軻致欣於樂正，羊職悦賞於士伯者也。丁所生母憂，謝職。毁疾之重，因心則至。朝議以有爲爲之，魯侯垂式。存公忘私，方進明準。爰降詔書，敦還攝任。固請移歲，表奏相望。事不我與，屈己弘化。

軻，集注本引《音决》、九條本：苦賀反。 樂，九條本：岳。 正，九條本旁記：政。 疾，集注本作"疚"，引《音决》：居又反。九條本旁記"疚"：居又反。 朝，集注本引《音决》、九條本：直遥反。 上爲，集注本引《音决》、九條本：于僞反，下如字。陳八郎本：去声。 下爲，朝鮮正德本、奎章閣本：平聲。 任，集注本引《音决》：而蔭反，下同。九條本：而鴆反。

屬值三季在辰，戚蕃内侮。桂陽失圖，窺窬神器。鼓棹則滄波振蕩，建旗則日月蔽虧。出江派而風翔，入京師而雷動。

屬，集注本引《音决》：之欲反。 蕃，集注本引《音决》：方煩反。九條本：竹煩反。〇案：九條本"竹"疑爲"付"字之訛。 窬，九條本：以朱反。 棹，九條本：直孝反。 派，九條本：普賣反。

鳴控弦於宗稷，流鋒鏃於象魏。雖英宰臨戎，元渠時殄。而餘黨寔繁，宫廟憂逼。公乃揔熊羆之士，不貳心之臣。戮力盡規，克寧禍亂。康國祚於綴旒，拯王維於已墜。誠由太祖之威風，抑亦仁公之翼佐。可謂德刑詳，禮義信，戰之器也。以静難之功，進爵爲侯，兼授尚書令、中軍將軍，給班劒二十人。功成弗有，固秉撝挹。

撝，九條本：許爲反。　挹，九條本：於入反。

改授侍中、中書監，護軍如故。又以居母艱去官。雖事緣義感，而情均天屬。顔丁之合禮，二連之善喪，亦曷以踰。天厭宋德，水運告謝。嗣主荒怠於天位，彊臣憑陵於荆楚，廢昏繼統之功，龕亂寧民之德，公實仰贊宏規，參聞神筭。雖無受脤出車之庸，亦有甘寢秉羽之績。乃作司空，山川攸序。兼授衛軍，戎政輯睦。

厭，九條本：一豔反。　彊，九條本：其良反。　憑，九條本：扶氷反。　龕，九條本作“戡”：苦含反。　脤，陳八郎本：慎。九條本：慎，又：特忍反。〇案：九條本“特”疑爲“時”字之訛。　出，九條本：昌謂。　羽，九條本：于矩反。　輯，集注本引《音决》、九條本、朝鮮正德本、奎章閣本：集。

既而齊德龍興，順皇高禪。深達先天之運，匡贊奉時之業。弼諧允正，徽猷弘遠。樹之風聲，著之話言。亦猶稷、契之臣虞夏，荀、裴之奉魏晋。自非坦懷至公，永鑒崇替。孰能光輔五君，寅亮二代者哉。

弼，九條本：皮吉反。　諧，九條本：胡來反。　著，集注本引《音决》：丁慮反。　話，集注本引五家音：胡化反。九條本：胡怪反。朝鮮正德本、奎章閣本：胡怪。　契，集注本引《音决》、九條本：思列反。　裴，集注本引《音决》、九條本：步回反。　坦，集注本引《音决》、九條本：土但反。

大啓南康，爰登中鉉。時膺土宇，固辭邦教。今之尚書令，古之冢宰。雖秩輕於衮司，而任隆於百辟。暫遂冲旨，改授朝端。邇無異言，遠無異望。帝嘉茂庸，重申前册。執五禮以正民，簡八刑而罕用。故能騁績康衢，延慈哲后。義在資敬，情同布衣。出陪鑾躅，入奉帷殿。仰南風之高詠，餐東野之祕寶。

鉉，集注本引《音决》、九條本：胡犬反。　衮，九條本：古本反。　辟，九條本：必亦反。　重，集注本引《音决》：丈用反，下同。　陪，集注本引《音决》、九條本：步回反。　躅，集注本引《音决》、九條本：直欲反。　餐，集注本作"湌"，引《音决》：七干反。　野，九條本：序。

雅議於聽政之晨，披文於宴私之夕。參以酒德，間以琴心。曖有餘暉，遥然留想。君垂冬日之温，臣盡秋霜之戒。肅肅焉，穆穆焉。於是見君親之同致，知在三之如一。

間，集注本引《音决》、九條本：古莧反。　曖，集注本引《音决》、九條本：愛。

太祖升遐，綢繆遺寄。以侍中、司徒録尚書事。稟玉几之顧，奉綴衣之禮。擇皇齊之令典，致聲化於雍熙。内平外成，實昭舊職。增給班劒三十人，物有其容，徽章斯允。位尊而禮卑，居高而思降。自夏徂秋，以疾陳退。朝廷重違謙光之旨，用申超世之尚。

稟，集注本引《音决》：布錦反。　几，九條本：起。○案：几爲見母，起爲溪母，見組互轉。　令，集注本引《音决》：力政反。

思，集注本引《音决》：四。　夏，集注本引《音决》：胡駕反。九條本：胡賀反。○案：九條本"賀"爲"駕"字之訛。　朝，集注本引《音决》：直遥反，下同。

改授司空，領驃騎大將軍，侍中録尚書如故。景命不永，大漸彌留。建元四年八月二十一日薨于私第，春秋四十有八。昔柳莊疾棘，衛君當祭而輟禮。晏嬰既往，齊君趍車而行哭。公之云亡，聖朝震悼於上，群后恇動於下。豈唯哀纏一國，痛深一主而已哉。追贈太宰，侍中録尚書如故，給節羽葆鼓吹，班劒爲六十人，謚曰文簡，禮也。

棘，集注本引《音决》作"亟"：古力反。九條本：居力反。　恇，集注本引《音决》、尤袤本、陳八郎本：匡。　葆，集注本引《音决》、九條本：保。　吹，集注本引《音决》、九條本：昌瑞反。

夫乘德而處，萬物不能害其貞。虚己以游，當世不能擾其度。均貴賤於條風，忘榮辱於彼我。然後可兼善天下，聊以卒歲。經始圖終，式免祇悔。誰云克備，公實有焉。是以義結君子，惠霑庶類。言象所未形，述詠所不盡。故吏某甲等，感逝川之無捨，哀清暉之眇默。餐輿誦於丘里，瞻雅詠於京國。思衛鼎之垂文，想晋鍾之遺則。方高山而仰止，刊玄石以表德。其辭曰：

處，集注本引《音决》：昌吕反。　擾，集注本引《音决》、九條本：而沼反。　祇，集注本作"祇"，引《音决》：巨支反。九條本：巨支反。　捨，集注本作"舍"，引《音决》：捨。

辰精感運，昴靈發祥。元首惟明，股肱惟良。天鑒璿曜，踵武前王。欽若元輔，體微知章。

璿,集注本引《音决》:全。九條本:旋。 踵,集注本引《音决》:之重反。

永言必孝,因心則友。仁洽兼濟,愛深善誘。觀海齊量,登嶽均厚。五臣茲六,八元斯九。

友,九條本:切云又反。 誘,九條本:切与又反。 量,集注本引《音决》、九條本:亮。 厚,九條本:切胡。〇案:九條本"胡"下有脱字。 九,九條本:切舉有反。

内謨帷幄,外曜台階。遠無不肅,邇無不懷。如風之偃,如樂之諧。光我帝典,緝彼民黎。

樂,九條本:岳。

率禮蹈謙,諒實身幹。迹屈朱軒,志隆衡館。眇眇玄宗,萋萋辭翰。義既川流,文亦霧散。

幹,九條本:切古旦反。 館,九條本:切古段反。 翰,九條本:胡旦反。〇案:九條本"胡"上紙殘,似有"切"字。 散,九條本:切蘇反。〇案:九條本"蘇"下有脱字。

嵩構云頽,梁陰載缺。德猷靡嗣,儀形長遞。怊悵餘徽,鏘洋遺烈。久而彌新,用而不竭。

遞,陳八郎本作"逝":成列反,協韻。 怊,九條本:超。 鏘,九條本:七良反。 洋,九條本:詳,又:以羊反。 竭,九條本旁記"渴":其列反,爲竭非。又引集注本《音决》:其列反,或作渴,非。

《文選》音注輯考卷五十九

碑文下

王簡栖《頭陁寺碑文》一首

沈休文《齊安陸昭王碑文》一首

墓誌

任彦昇《劉先生夫人墓誌》一首

碑文下

頭陁寺碑文

王簡栖

蓋聞挹朝夕之池者,無以測其淺深。

挹,尤袤本李善注:於入切。【附】尤袤本李善注:毛萇《詩傳》曰:挹,斞也。斞,匀愚切。

仰蒼蒼之色者,不足知其遠近。況視聽之外,若存若亡。心行之表,不生不滅者哉。是以掩室摩竭,用啓息言之津。杜口毗邪,以通得意之路。然語彝倫者,必求宗於九疇。談陰陽者,亦研幾於六位。是故三才既辨,識妙物之功。萬象已陳,悟太極之致。言之不可以已,其在茲乎。然爻繫所筌,窮於此域。則稱謂所絶,形乎彼岸矣。

稱,尤袤本、陳八郎本:去聲。

彼岸者,引之於有,則高謝四流。推之於無,則俯弘六度。名言不得其性相,隨迎不見其終始。不可以學地知,不可以意生及,其涅盤之蘊也。夫幽谷無私,有至斯響。洪鍾虚受,無來不應。况法身圓對,規矩冥立。一音稱物,宫商潛運。是以如來利見迦維,託生王室。憑五衍之軾,拯溺逝川。開八正之門,大庇交喪。於是玄關幽揵,感而遂通。遥源濬波,酌而不竭。行不捨之檀,而施洽羣有。

施,尤袤本、陳八郎本:去聲。

唱無緣之慈,而澤周萬物。演勿照之明,而鑒窮沙界。導亡機之權,而功濟塵刧。時義遠矣,能事畢矣。然後拂衣雙樹,脱屣金沙。惟怳惟惚,不皦不昧,莫繫於去來,復歸於無物。因斯而談,則栖遑大千,無爲之寂不撓。焚燎堅林,不盡之靈無歇。大矣哉。正法既没,象教陵夷。穿鑿異端者,以違方爲得一。順非辯僞者,比微言於目論。於是馬鳴幽讃,龍樹虚求。并振頹綱,俱維絶紐。蔭法雲於真際,則火宅晨凉。曜慧日於康衢,則重昬夜曉。故能使三十七品有樽俎之師,九十六種無藩籬之固。既而方廣東被,教肄南移。周魯二莊,親昭夜景之鑒。漢晋兩明,并勒丹青之飾。然後遺文間出,列刹相望。澄、什結轍於山西,林、遠肩隨乎江左矣。

間,陳八郎本:去聲。　刹,陳八郎本:察。

頭陀寺者,沙門釋慧宗之所立也。南則大川浩汗,雲霞之所沃蕩。北則層峯削成,日月之所迴薄。西眺城邑,百雉紆餘。東望平皐,千里超忽。信楚都之勝地也。宗法師行絜珪璧,擁錫來游。

行，室町本：下孟反。

以爲宅生者緣，業空則緣廢。存軀者惑，理勝則惑亡。遂欲捨百齡於中身，殉肌膚於猛鷙。班荆蔭松者久之。宋大明五年，始立方丈茅茨，以庇經像。後軍長史、江夏内史會稽孔府君諱覬。

覬，尤袤本李善注、朝鮮正德本、奎章閣本：冀。

爲之薙草開林，置經行之室。安西將軍、郢州刺史、江安伯濟陽蔡使君諱興宗。復爲崇基表刹，立禪誦之堂焉。以法師景行大迦葉，故以頭陀爲稱首。後有僧勤法師，貞節苦心，求仁養志。纂脩堂宇，未就而没。高軌難追，藏舟易遠。僧徒闃其無人，榱椽毁而莫構。可爲長太息矣。

榱，陳八郎本：衰。

惟齊繼五帝洪名，紐三王統業。祖武宗文之德，昭升嚴配。格天光表之功，弘啓興服。是以惟新舊物，康濟多難。步中雅頌，驟合韶護。炎區九譯，沙場一候。粤在於建武焉，乃詔西中郎將、郢州刺史、江夏王，觀政藩維，樹風江漢。擇方城之令典，酌龜蒙之故實。政肅刑清，於是乎在。寧遠將軍長史、江夏内史行事、彭城劉府君諱諠。智刃所游，日新月故。道勝之韻，虚往實歸。以此寺業廢於已安，功墜於幾立，慨深覆簣，悲同棄井。因百姓之有餘，間天下之無事。庀徒揆日，各有司存。於是民以悦來，工以心競。亘丘被陵，因高就遠。層軒延袤，上出雲霓。

幾，陳八郎本：巨衣。　庀，尤袤本：匹婢。陳八郎本：匹耳。

袤，陳八郎本：茂。

飛閣逶迤,下臨無地。夕露爲珠網,朝霞爲丹雘。九衢之草千計,四照之花萬品。崖谷共清,風泉相渙。金資寶相,永藉閑安。息心了義,終焉游集。法師釋曇珍,業行淳脩,理懷淵遠,今屈知寺任,永奉神居。夫民勞事功,既鏤文於鍾鼎。言時稱伐,亦樹碑於宗廟。世彌積而功宣,身逾遠而名劭。敢寓言於彫篆,庶髣髴於衆妙。其辭曰:質判玄黄,氣分清濁。涉器千名,含靈萬族。淳源上派,澆風下黷。

黷,尤袤本李善注:杜木切。

愛流成海,情塵爲岳。皇矣能仁,撫期命世。乃睠中土,聿來迦衛。奄有大千,遂荒三界。殷鑒四門,幽求六歲。亦既成德,妙盡無爲。帝獻方石,天開淥池。祥河輟水,寶樹低枝。通莊九折,安步三危。川静波澄,龍翔雲起。耆山廣運,給園多士。

耆,室町本作"嗜":魚衣反。○案:嗜爲羣母,魚爲疑母,見組互轉。又"嗜山"語出釋典,故簡栖用以爲事,室町本是。

金粟來儀,文殊戾止。應乾動寂,順民終始。法本不然,今則無滅。象正雖闌,希夷未缺。於昭有齊,戒揚洪烈。釋網更維,玄津重枻。

枻,尤袤本李善注引韋昭:睿,又:翊泄切,叶韻。陳八郎本:翊洩反,恊韻。

惟此名區,禪慧攸託。倚據崇巖,臨睨通壑。溝池湘漢,堆阜衡霍。膴膴亭皋,幽幽林薄。媚兹邦后,法流是挹。氣茂三明,情超六入。眷言靈宇,載懷興葺。

膴,尤袤本、陳八郎本:武。　葺,陳八郎本:此習反。

丹刻翬飛,輪奂離立。象設既闢,晬容已安。桂深冬燠,松踈夏寒。神足游息,靈心往還。勝幡西振,貞石南刊。

翬,陳八郎本:暉。　奂,陳八郎本、奎章閣本:焕。朝鮮正德本:燠。〇案:正德本"燠"當作"焕",形近而訛。　燠,陳八郎本:於六。

齊故安陸昭王碑文

沈休文

公諱緬,字景業,南蘭陵人也。稷契身佐唐虞,有大功於天地。商武姬文,所以膺圖受籙。蕭曹扶翼漢祖,滅秦項以寧亂。魏氏乘時於前,皇齊握符於後。靈源與積石爭流,神基與極天比峻。祖宣皇帝,雄才盛烈,名蓋當時。考景皇帝,含道居貞,卷懷前代。公含辰象之秀德,體河岳之上靈。氣蘊風雲,身負日月。

蘊,陳八郎本:約粉。

立行可模,置言成範。英華外發,清明内昭。天經地義之德,因心必盡。簡久遠大之方,率由斯至。挹其源者,游泳而莫測。懷其道者,日用而不知。昭昭若三辰之麗于天,滔滔猶四瀆之紀于地。六幽允洽,一德無爽。萬物仰之而彌高,千里不言而斯應。若夫彈冠出仕之日,登庸莅事之年。軍麾命服之序,監督方部之數,斯固國史之所詳,今可得略也。水德方衰,天命未改。太祖龍躍俟時,作鎮淮泗。如仁夕惕之志,中夜九迴。龕世拯亂之情,獨用懷抱。

龕,尤袤本:枯耽。奎章閣本李善注:枯耽切。陳八郎本:堪。

深圖密慮,衆莫能窺。公陪奉朝夕,從容左右。蓋同王子洛濱之歲,實惟辟彊内侍之年。起予聖懷,發言中旨。始以文學游梁,俄而入掌綸誥。蘭桂有芬,清暉自遠。帝出于震,日衣青光。方軌茅社,俾侯安陸。受瑞析珪,遂荒雲野。式掌儲命,帝難其人。公以宗室羽儀,允膺嘉選。協隆三善,仰敷四德。博望之苑載暉,龍樓之門以峻。獻替帷扆,實掌喉脣。奉待漏之書,銜如絲之旨。前暉後光,非止恒受。公以密戚上賢,俄而奉職。出納惟允,劒璽增華。伊昔帝唐,九官咸事,熊豹臨戣,納言是司。

戣,陳八郎本:翊善。

自此迄今,其任無爽。爰自近侍,式贊權衡。而皇情眷眷,慮深求瘼。姑蘇奥壤,任切關河。都會殷負,提封百萬。全趙之袨服叢臺,方此爲劣。臨淄之揮汗成雨,曾何足稱。乃鴻騫舊吴,作守東楚。弘義讓以勗君子,振平惠以字小人。撫同上德,綏用中典。疑獄得情而弗喜,宿訟兩讓而同歸。雖春申之大啓封疆,鄧攸之緝熙萌庶,不能尚也。夏首藩要,任重推轂。衿帶中流,地殷江漢。南接衡巫,風雲之路千里。西通鄾鄧,水陸之塗三七。是惟形勝,閫外莫先。

鄾,陳八郎本:憂。　閫,北宋本及奎章閣本李善注:苦本切。

建麾作牧,明德攸在。乃暴以秋陽,威以夏日。澤無不漸,螻蟻之穴靡遺。

漸,陳八郎本:子鹽。

明無不察,容光之微必照。由近而被遠,自已而及物。惠與八風俱翔,德與五才并運。遠無不懷,邇無不肅。邑居不聞夜吠之犬,牧人不睹晨飲之羊。譽表六條,功最萬里。還居近侍,兼饗戎秩。候府寄隆,儲端任顯。東西兩晋,兹選特難。羊琇願言而匪獲,謝琰功高而後至。升降二宫,令績斯俟。禁旅尊嚴,主器彌固。禹穴神皋,地埒分陝。江左已來,常遞斯任。東渚鉅海,南望秦稽。淵藪胥萃,萑蒲攸在。

萑,朝鮮正德本、奎章閣本:桓。

貨殖之民,千金比屋。郛鄽之内,雲屋萬家。刑政繁舛,舊難詳一。南山羣盜,未足云多。渤海亂繩,方斯易理。公下車敷化,風動神行。誠恕既孚,鉤距靡用。不待赭汙之權,而姦渠必翦。無假里端之籍,而惡子咸誅。被以哀矜,孚以信順。南陽葦杖,未足比其仁。潁川時雨,無以豐其澤。公攬轡升車,牧州典郡。感達民祇,非待朞月。老安少懷,塗歌里詠。莫不懽若親戚,芬若椒蘭。麾旆每反,行悲道泣。攀車卧轍之戀,爭塗忘遠。去思一借之情,愈久彌結。方城漢池,南顧莫重。北指峭潼,平塗不過七百。西接嶢武,關路曾不盈千。蠻陬夷徼,重山萬里。小則俘民略畜,大則攻城剽邑。

陬,陳八郎本:子侯。　徼,陳八郎本:子吊。　剽,陳八郎本:匹妙。

晋宋迄今,有切民患,烽鼓相望,歲時不息。椎埋穿掘之黨,阡陌成羣。慠法侮吏之人,曾莫禁禦。累藩咸受其弊,歷政所不能裁。加以戎羯窺窬,伺我邊隙。

羯,陳八郎本:居謁。

北風未起,馬首便以南向。塞草未衰,嚴城於焉早閉。永明八載,疆埸大駭。天子乃心北眷,聽朝不怡。揚旆漢南,非公莫可。於是驅馬原隰,卷甲凒征。威令首塗,仁風載路。軌躅清晏,車徒不擾。牛酒日至,壺漿塞陌。失義犬羊,其來久矣。徵賦嚴切,唯利是求。首鼠疆界,灾蠹彌廣。公扇以廉風,孚以誠德。盡任棠置水之情,弘郭伋待期之信。金如粟而弗睹,馬如羊而靡入。雛雉必懷,豚魚不爽。由是傾巢舉落,望德如歸。椎髻鬌首,日拜門闕。

椎,陳八郎本:直追。 鬌,陳八郎本:側瓜。

卉服滿塗,夷歌成韻。禮義既敷,威刑具舉。强民獷俗,反志遷情。風塵不起,囹圄寂寞。富商野次,宿秉停菑。蝝蝗弗起,豺虎遠迹。

獷,尤袤本李善注:古并切。陳八郎本:古猛。 秉,室町本:力對反。〇案:室町本此音非,疑誤"秉"爲"耒"字。 蝝,陳八郎本:緣。

北狄懼威,關塞謐静。偵諜不敢東窺,駝馬不敢南牧。方欲振策燕趙,席卷秦代。陪龍駕於伊洛,侍紫蓋於咸陽。而遘疾彌留,欻焉大漸。耕夫釋耒,桑婦下機。參請門衢,并走羣望。維永明九年夏五月三十日辛酉薨,春秋三十有七。城府颾然,庶寮如實。男女老幼,大臨街衢。

臨,陳八郎本:去聲。

接響傳聲,不踰時而達于四境。夷羣戎落,幽遠必至。望城拊膺,震動郛邑,并求入奉靈櫬,藩司抑而不許。

櫬,朝鮮正德本、奎章閣本:楚吝。

雖鄧訓致劈面之哀，羊公深罷市之慕。對而爲言，遠有慚德。神駕東還，號送踰境。奉觴奠以望靈，仰蒼天而自訴。震響成雷，盈塗咽水。公臨危審正，載惟話言。楚囊之情，惟幾而彌固。衛魚之心，身亡而意結。二宫軫慟，遐邇同哀。追贈侍中、領衛將軍，給鼓吹一部，謚曰昭侯。時皇上納麓在辰，登庸伊始。允副朝端，兼掌屯衛。聞凶哀震，感絶移時。因遘沉痾，緜留氣序。世祖日夜憂懷，備盡寬譬。勉膳禁哭，中使相望。上雖外順皇旨，内殷私痛，獨居不御酒肉，坐卧泣涕霑衣。若此移年，癯瘠改貌。

癯，朝鮮正德本：求具。奎章閣本：求俱。

天倫之愛，振古莫儔。及俯膺天眷，入纂絶業。分命懿親，台牧并建。對繁弱以流涕，望曲阜而含悲。改贈司徒，因謚爲郡王，禮也。惟公少而英明，長而弘潤。風標秀舉，清暉映世。學遍書部，特善玄言。鞶帨之麗，篆籀之則。

籀，朝鮮正德本、奎章閣本：直又。

窮六義於懷抱，究八體於毫端。奕思之微，秋儲無以競巧。取睽之妙，流睇未足稱奇。至公以奉上，鳴謙以接下。撫僚庶盡盛德之容，交士林忘公侯之貴。虚懷博約，幽關洞開。宴語談笑，情瀾不竭。譽滿天下，德冠生民。蓋百代之儀表，千年之領袖。曾不憖留，梁摧奄及。

憖，朝鮮正德本、奎章閣本：魚靳。

豈唯僑終蹇謝，興謡輟相而已哉。凡我僚舊，均哀共戚。怨天德之無厚，痛棠陰之不留。思所以克播遺塵，弊之穹壤。乃刊石圖徽，寄情銘頌。其辭曰：天命玄鳥，降而生商。是開金運，祚始玉筐。三仁去國，五曜入房。亦白其馬，侯服周王。本枝泒别，因菜命氏。涉徐而東，義均梁徙。自兹以降，懷青拕紫。崇基巖巖，長瀾瀰瀰。

瀰，陳八郎本：密爾反。

惟聖造物，龍飛天步。載鼎載革，有除有布。高皇赫矣，仰膺乾顧。景皇蒸哉，實啓洪祚。喬嶽峻峙，命世興賢。膺期誕德，絶後光前。幾以成務，覺在民先。位非大寶，爵乃上天。爰始濯纓，清猷浚發。升降文陛，逶迤魏闕。惠露沾吴，仁風扇越。涉夏踰漢，政成朞月。用簡必從，日新爲盛。在上哀矜，臨下莊敬。草木不夭，昆蟲得性。我有芳蘭，民胥攸詠。羣夷蠢蠢，巖别嶂分。傾山盡落，其從如雲。挈妻荷子，負戴成羣。迴首請吏，曾何足云。昔聞天道，仁罔不遂。彼蒼如何，興山止簣。四牡方馳，六龍頓轡。斯民曷仰，邦國殄瘁。齊殞晏平，行哭致禮。趙徂昌國，列邦揮涕。況我君斯，皇之介弟。哀感徒庶，慟興雲陛。階毁留攢，川泛歸軸。競羞野奠，争攀去轂。遵渚號追，臨波望哭。無絶終古，惟蘭與菊。塗由帝渚，朱軒靡駕。東首塋園，即宫長夜。逝川無待，黄金難化。鍾石徒刊，芳猷永謝。

墓　誌

劉先生夫人墓誌

任彦昇

既稱萊婦，亦曰鴻妻。復有令德，一與之齊。實佐君子，簪蒿杖藜。欣欣負載，在冀之畦。

畦，北宋本李善注、尤袤本：攜。

居室有行，亟聞義讓。稟訓丹陽，弘風丞相。籍甚二門，風流遠尚。肇允才淑，閫德斯諒。蕪没鄭鄉，寂寞楊家。參差孔樹，毫末成拱。暫啓荒埏，長扃幽隴。夫貴妻尊，匪爵而重。

《文選》音注輯考卷六十

行　狀

齊竟陵文宣王行狀

祖太祖高皇帝、父世祖武皇帝

任彦昇

南徐州南蘭陵郡縣都鄉中都里蕭公年三十五行狀。　公道亞生知，照隣幾庶。孝始人倫，忠爲令德。公實體之，非毁譽所至。天才博贍，學綜該明。至若曲臺之禮，九師之易。《樂》分龍趙，《詩》析齊韓。

析，朝鮮正德本、奎章閣本：先歷。

陳農所未究，河間所未輯。有一於此，罔不兼綜者與。昔沛獻訪對於雲臺，東平齊聲於楊史。淮南取貴於食時，陳思見稱於七步，方斯蔑如也。初，沈攸之跋扈上流，稱亂陝服。宋鎮西晋熙王、南中郎邵陵王，并鎮盆口。世祖毗贊兩藩，而任揔西伐。公時從在軍，鎮西府版寧朔將軍，軍主，南中郎版補行參軍署法曹。于時景燭雲火，風馳羽檄。謀出股肱，任切書記。遷左軍邵陵王主簿記室參軍。既允棼林之求，實兼儀形之寄。刀筆不足宣功，風體所以弘益。除邵陵王友，又爲安南邵陵王長史。東夏形勝，關河重複。選衆而舉，敦悦斯在。除使持節，都督會稽、東陽、臨海、永嘉、新安五郡諸軍事，輔國將軍，會稽太守。太祖受命，廣樹藩屏。公以高昭武穆，惟戚惟賢。

昭，北宋本李善注、陳八郎本：韶。

封聞喜縣開國公，食邑千户。又奏課連最，進號冠軍將軍。越人之巫，睹正風而化俗。篁竹之酋，感義讓而失險。邪叟忘其西昃，龍丘狹其東皐。會武穆皇后崩，公星言奔波，泣血千里。水漿不入於口者，至自禹穴。逮衣裳外除，心哀内疚。禮屈於厭降，事迫於權奪。而茹戚肌膚，沈痛瘡距。故知鐘鼓非樂云之本，縗麤非隆殺之要。

厭，陳八郎本：烏甲。　殺，朝鮮正德本、奎章閣本：所戒。

改授征虜將軍、丹陽尹。良家入徙，戚里内屬。政非一軌，俗備五方。公内樹寬明，外施簡惠。神皐載穆，轂下以清。武皇帝嗣位，進封竟陵郡王，食邑加千户。復授使持節都督南徐、兖二州諸軍事，鎮北將軍，南徐州刺史。遷使持節侍中，都督南兖、徐、北兖、青、冀五州諸軍事，征北將軍，南兖州刺史。兖徐接壤，素漸河潤。未及下車，仁聲先洽。玉關靖柝，北門寢扃。朝旨以董司岳牧，敷興邦教。方任雖重，比此爲輕。徵護軍將軍，兼司徒、侍中如故。又授車騎將軍，兼司徒、侍中如故。即授司徒、侍中又如故。上穆三能，下敷五典。闢玄闈以闡化，寢鳴鍾以體國。翼亮孝治，緝熙中教。奪金耻訟，蹊田自嘿。不雕其朴，用晦其明。聲化之有倫，繄公是賴。庠序肇興，儀形國胄。師氏之選，允師人範。以本官領國子祭酒，固辭不拜。八座初啓，以公補尚書令。式是敷奏，百揆時序。夫國家之道，互爲公私。君親之義，遞爲隱犯。公二極一致，愛敬同歸。亮誠盡規，謀猷弘遠矣。又授使持節都督楊州諸軍事、楊州刺史，本官悉如故。舊惟淮海，今則神牧。編户殷阜，萌俗繁滋。不言之化，若門到户説矣。頃之，解尚書令，改授中書監，餘悉如故。獻納樞機，絲綸允緝。武皇晏駕，寄深負圖。公仰惟國典，俛遵遺託，俯擗天倫，踴絶于地。居處之節，復如居武穆之憂。聖主嗣興，地居旦奭。有詔策授太傅，領司徒，餘悉如故。坐而論道，動以觀德。地尊禮絶，親賢莫貳。又詔加公入朝不趨，讚拜不名，劒履上殿。蕭傅之賢，曹馬之親，兼之者公也。復以申威重道，增崇德統。進督南徐州諸軍事，餘悉如故。并奏疏累上，身歿讓存。天不憖遺，梁岳頽峻。

憖，陳八郎本：魚靳。

某年某月日薨，春秋三十有五。詔給温明秘器，斂以衮章，備九命之禮，遣大鴻臚監護喪事，朝夕奠祭，太官供給，禮也。故以慟極津門，感充長樂。豈徒舂人不相、傾壚罷肆而已哉。乃下詔曰：褒崇庸德，前王之令典。追遠尊戚，沿情之所隆。故使持節都督楊州諸軍事、中書監、太傅、領司徒、楊州刺史、竟陵王，新除進督南徐州。體睿履正，神監淵邈。道冠民宗，具瞻惟允。肇自弱齡，孝友光備。爰及贊契，協升景業。燮和台曜，五教克宣。敷奏朝端，百揆惟穆。寄重先顧，任均負圖。諒以齊徽二南，同規往哲。方憑保祐，永翼雍熙。天不慭遺，奄見薨落。

慭，朝鮮正德本、奎章閣本：魚靳。

哀慕抽割，震動于厥心。今先遠戒期，龜謀襲吉。茂崇嘉制，式弘風猷。可追崇假黄鉞，侍中、都督中外諸軍事、太宰、領大將軍、楊州牧，緑綟綬，具九錫服命之禮。使持節、中書監、王如故。給九旒鑾輅，黄屋左纛，輼輬車。前後部羽葆，鼓吹挽歌二部，虎賁班劒百人。葬禮一依晋安平獻王孚故事。

綟，北宋本李善注、尤袤本、朝鮮正德本、奎章閣本：麗。

纛，尤袤本：導。陳八郎本：徒到。　輼，陳八郎本：温。　輬，陳八郎本：凉。　葆，陳八郎本：保。

公道識虚遠，表裏融通，淵然萬頃，直上千仞。僕妾不睹其喜愠，近侍莫見其傾弛。他人之善，若己有之。民之不臧，公實貽恥。誘接恂恂，降以顔色。方於事上，好下規己。而廉於殖財，施人不倦。帝子儲季，令行禁止。國綱天憲，寘諸掌握。未嘗鞠人於輕刑，錮人於重議。人有不及，内恕諸己。非意相干，每爲理屈。任天下之重，體生民之俊。華衮與緼緒同歸，山藻與蓬茨俱逸。

緒，尤袤本、陳八郎本：張吕。

良田廣宅，符仲長之言。邙山洛水，協應叟之志。丘園東國，錙銖軒冕。乃依林構宇，傍巖拓架。清猨與壺人爭旦，緹幕與素瀨交輝。

緹，陳八郎本：題。

置之虚室，人野何辨。高人何點，躡屩於鍾阿。徵士劉虯，獻書於衡岳。贈以古人之服，弘以度外之禮。屈以好事之風，申其趨王之意。乃知大春屈己於五王，君大降節於憲后，致之有由也。其卉木之奇，泉石之美，公所製《山居四時序》，言之已詳。文皇帝養德東朝，同符作者。爰造九言，實該百行。導衿褵於未萌，申烱戒於兹日。

褵，陳八郎本：离。　烱，陳八郎本：古永。

非直旦暮千載，故乃萬世一時也。命公注解，衛將軍王儉綴而序之。山宇初構，超然獨往。顧而言曰：死者可歸，誰與入室。尚想前良，俾若神對。乃命畫工圖之軒牖。既而緬屬賢英，傍思才淑，匹婦之操，亦有取焉。有客游梁朝者，從容而進，曰：未見好德，愚竊惑焉。即命刊削，投杖不暇。公以爲出言自口，驥騄不追。聽受一謬，差以千里。所造箴銘，積成卷軸，門階户席，寓物垂訓。先是震于外寢，匠者以爲不祥，將加治葺。公曰：此天譴也，無所改修，以記吾過，且令戒懼不怠。從諫如順流，虚己若不足。至於言窮藥石，若味滋旨。信必由中，貌無外悦。貴而好禮，怡寄典墳。雖牽以物役，孜孜無怠。乃撰《四部要略》《淨住子》，并勒成一家，懸諸日月。弘洙泗之風，闡迦維之化。大漸彌留，話言盈耳。黜殯之請，至誠懇惻。豈古人所謂立言於世，没而不朽者歟。易名之典，請遵前烈。謹狀。

吊

吊屈原文并序

賈　誼

誼爲長沙王太傅，既以謫去，意不自得。

謫，《史記》作“適”，《集解》引徐廣：竹革反。《索隱》引《字林》：丈厄反。《漢書》亦作“適”，顔師古：讀曰謫，其下亦同。尤袤本李善注引《字林》：丈厄切。

及渡湘水，爲賦以吊屈原。屈原，楚賢臣也，被讒放逐，作《離騷賦》，其終篇曰：已矣哉，國無人兮莫我知也。遂自投汨羅而死。誼追傷之，因自喻。其辭曰：恭承嘉惠兮，俟罪長沙。側聞屈原兮，自沉汨羅。造託湘流兮，敬吊先生。遭世罔極兮，乃殞厥身。

沉，《漢書》作“湛”，顔師古：讀曰沉。　汨，顔師古：莫歷反。北宋本李善注、尤袤本：覓。　造，《索隱》：七到反。顔師古：千到反。

嗚呼哀哉，逢時不祥。鸞鳳伏竄兮，鴟梟翱翔。

呼，《漢書》作“虖”，顔師古：讀曰呼。　竄，《索隱》：七外反。〇案：中華本《索隱》作“竄音如字，又七外反”。　鴟，顔師古：尺夷反。　梟，《漢書》作“鴞”，顔師古：于驕反。　【附】顔師古：鴟，鴟鵂，怪鳥也。鵂音休。

闒茸尊顯兮,讒諛得志。賢聖逆曳兮,芳正倒植。

闒,《索隱》:夭臘反。顏師古:吐盍反。陳八郎本:土合。〇案:《索隱》"夭",中華本作"天",是。 茸,《索隱》:而隴反。顏師古:人勇反。陳八郎本:如勇。 植,顏師古:值。〇案:北宋本及尤袤本李善注"植,《史記》作值",胡克家《考異》謂袁本、茶陵本"作"作"音"。明州本、建州本正作"音值"。

世謂隨夷爲溷兮,謂跖蹻爲廉。莫邪爲鈍兮,鉛刀爲銛。

溷,顏師古:胡困反。北宋本李善注:胡困也。尤袤本:胡困。陳八郎本:胡本。 跖,顏師古:之石反。陳八郎本:之石。 蹻,顏師古:居略反。陳八郎本:居略。 銛,《集解》引徐廣:思廉反。《索隱》:纖。顏師古:弋占反。北宋本及尤袤本李善注:息鹽切。陳八郎本:息廉切。〇案:銛,《廣韻》一音"他玷切",聲紐爲透母,透母與定母互轉。顏師古音"弋"爲以母,則其音注蓋"喻四歸定"。

吁嗟默默,生之無故兮。斡棄周鼎,寶康瓠兮。騰駕罷牛,驂蹇驢兮。驥垂兩耳,服鹽車兮。章甫薦屨,漸不可久兮。嗟苦先生,獨離此咎兮。

斡,《索隱》:烏活反。顏師古:管。北宋本及尤袤本李善注引《史記》音:烏活切。 【附】《索隱》:《爾雅》云:康瓠謂之甈。甈音五列反。顏師古音同。北宋本及尤袤本作丘列切。〇案:《索隱》"五",中華本作"丘"。 罷,《正義》:皮。顏師古:讀曰疲。 甫,《漢書》作"父",顏師古:讀曰甫。

訊曰：已矣，國其莫我知兮，獨壹鬱其誰語。鳳漂漂其高逝兮，固自引而遠去。

訊，《史記》作"訊"，《索隱》：信，又：劉伯莊音素對反，又：周成《解詁》音碎。《漢書》作"誶"，顔師古：碎。北宋本李善注、尤袤本、陳八郎本：信。　漂，《漢書》作"縹"，顔師古：匹遥反。北宋本及尤袤本李善注：《史記》音漂，匹遥切。　逝，《史記》作"遰"，《索隱》：逝。

襲九淵之神龍兮，沕深潛以自珍。偭蟂獺以隱處兮，夫豈從蝦與蛭螾。

沕，《集解》引徐廣：亡筆反。《漢書》、北宋本及尤袤本李善注并引鄧展：昧。陳八郎本：昧。〇案：中華本《史記》此句尚有《索隱》引張晏：音密，又音勿。　偭，《索隱》、北宋本及尤袤本李善注并引蘇林：偭音面。顔師古、陳八郎本：面。　蟂，《漢書》引服虔：梟。陳八郎本：古堯。　獺，朝鮮正德本、奎章閣本：他葛。　蝦，《史記》作"螘"，《索隱》：蟻。顔師古、北宋本及尤袤本李善注：遐。　蛭，《索隱》、顔師古、陳八郎本：質。北宋本及尤袤本李善注：之一切。　螾，《索隱》、北宋本及尤袤本李善注、陳八郎本：引。顔師古：引，今合韻，當音弋人反。　【附】《漢書》服虔曰：螾，今之蠸螾葉。顔師古：蠸音丘謹反。

所貴聖人之神德兮，遠濁世而自藏。使騏驥可得係而羈兮，豈云異夫犬羊。般紛紛其離此尤兮，亦夫子之故也。歷九州而相其君兮，何必懷此都也。鳳凰翔于千仞兮，覽德輝而下之。見細德之險徵兮，遥曾擊而去之。

般,《集解》引蘇林:盤,又引孟康:班。《索隱》:班,又音盤。《漢書》引蘇林:槃,又引孟康:班。北宋本及尤袤本李善注引應劭:班。〇案:顔師古謂孟音是也。　歷,《史記》作"瞝",《索隱》:且知反。〇案:《索隱》"且",中華本作"丑",是。　擊,北宋本及尤袤本李善注引鄭玄:音攻擊之擊。

彼尋常之汙瀆兮,豈能容夫呑舟之巨魚。横江湖之鱣鯨兮,固將制於螻蟻。

汙,《索隱》、朝鮮正德本、奎章閣本:烏。顔師古:一胡反,又:一故反。〇案:陳八郎本音誤作"焉"。　瀆,《索隱》:獨。鱣,顔師古:竹連反。北宋本及尤袤本李善注引《史記》:張連切。陳八郎本作"鱏",音:淫。　【附】顔師古:鱣字或作鱏,音淫,又音尋。北宋本及尤袤本李善注:鱣或作鱏,《史記》鱏音尋。螻,顔師古:樓。

吊魏武帝文并序

陸士衡

元康八年,機始以臺郎出補著作,游乎祕閣,而見魏武帝《遺令》,愾然嘆息,傷懷者久之。客曰:夫始終者,萬物之大歸。死生者,性命之區域。是以臨喪殯而後悲,睹陳根而絶哭。今乃傷心百年之際,興哀無情之地,意者無乃知哀之可有,而未識情之可無乎。機荅之曰:夫日食由乎交分,山崩起於朽壤,亦云數而已矣。然百姓怪焉者,豈不以資高明之質,而不免卑濁之累。居常安之勢,而終嬰傾離之患故乎。夫以迴天倒日之力,而不能振形骸之内。濟世夷難之智,而受困魏闕之下。已而格乎上下者，藏於區區之木。光于四表者，翳乎蕞爾之土。

蕞，尤袤本、朝鮮正德本、奎章閣本：徂外。

雄心摧於弱情，壯圖終於哀志。長筭屈於短日，遠迹頓於促路。嗚呼，豈特瞽史之異闕景，黔黎之怪頹岸乎。觀其所以顧命冢嗣，貽謀四子。經國之略既遠，隆家之訓亦弘。又云：吾在軍中，持法是也。至小忿怒，大過失，不當効也。善乎，達人之讜言矣。持姬女而指季豹，以示四子曰：以累汝。因泣下。傷哉。曩以天下自任，今以愛子託人。同乎盡者無餘，而得乎亡者無存。然而婉孌房闥之內，綢繆家人之務，則幾乎密與。

孌，北宋本及尤袤本李善注：力婉切。朝鮮正德本、奎章閣本：力婉。

又曰：吾婕妤妓人，皆著銅爵臺。於臺堂上施八尺牀，繐帳。朝晡上脯糒之屬，月朝十五，輒向帳作妓。汝等時時登銅爵臺，望吾西陵墓田。

著，陳八郎本：陟略。　繐，陳八郎本：歲。　脯，北宋本及尤袤本李善注：方武切。　糒，北宋本及尤袤本李善注：蒲秘切。

又云：餘香可分與諸夫人。諸舍中無所爲，學作履組賣也。吾歷官所得綬，皆著藏中。

著，朝鮮正德本、奎章閣本：陟略。

吾餘衣裘，可別爲一藏。不能者，兄弟可共分之。既而竟分焉。亡者可以勿求，存者可以勿違，求與違不其兩傷乎。悲夫，愛有大而必失，惡有甚而必得。智惠不能去其惡，威力不能全其愛。

惡，陳八郎本：去聲。

故前識所不用心，而聖人罕言焉。若乃繫情累於外物，留曲念於閨房，亦賢俊之所宜廢乎。於是遂憤懣而獻吊云爾：接皇漢之末緒，值王途之多違。佇重淵以育鱗，撫慶雲而遐飛。運神道以載德，乘靈風而扇威。摧群雄而電擊，舉勍敵其如遺。指八極以遠略，必翦焉而後綏。釐三才之闕典，啓天地之禁闈。舉脩網之絶紀，紐大音之解徽。掃雲物以貞觀，要萬途而來歸。丕大德以宏覆，援日月而齊暉。濟元功於九有，固舉世之所推。彼人事之大造，夫何往而不臻。將覆簣於浚谷，擠爲山乎九天。

擠，陳八郎本：子計。

苟理窮而性盡，豈長筭之所研。悟臨川之有悲，固梁木其必顛。當建安之三八，實大命之所艱。雖光昭於曩載，將税駕於此年。惟降神之緜邈，眇千載而遠期。信斯武之未喪，膺靈符而在兹。雖龍飛於文昌，非王心之所怡。憤西夏以鞠旅，泝秦川而舉旗。踰鎬京而不豫，臨渭濱而有疑。冀翌日之云瘳，彌四旬而成灾。詠歸途以反旆，登崤澠而朅來。

朅，陳八郎本：去謁。

次洛汭而大漸，指六軍曰念哉。伊君王之赫弈，寔終古之所難。威先天而蓋世，力盪海而拔山。厄奚險而弗濟，敵何彊而不殘。每因禍以禔福，亦踐危而必安。迄在兹而蒙昧，慮噤閉而無端。

禔,尤袤本李善注:時移切。　噤,尤袤本:巨蔭。奎章閣本李善注:巨蔭切。

委軀命以待難,痛没世而永言。撫四子以深念,循膚體而頹嘆。迨營魄之未離,假餘息乎音翰。執姬女以嚬瘁,指季豹而漼焉。

難,室町本:乃旦。　嘆,陳八郎本作"嘆":平聲。　翰,陳八郎本:平聲。　漼,陳八郎本:麄賄。

氣衝襟以嗚咽,涕垂睫而汍瀾。違率土以靖寐,戢彌天乎一棺。咨宏度之峻邈,壯大業之允昌。思居終而卹始,命臨没而肇揚。援貞吝以基悔,雖在我而不臧。

基,陳八郎本:渠記。

惜内顧之纏緜,恨末命之微詳。紆廣念於履組,塵清慮於餘香。結遺情之婉孌,何命促而意長。陳法服於帷座,陪窈窕於玉房。宣備物於虚器,發哀音於舊倡。矯慼容以赴節,掩零淚而薦觴。物無微而不存,體無惠而不亡。庶聖靈之響像,想幽神之復光。苟形聲之翳没,雖音景其必藏。徽清弦而獨奏,進脯糒而誰嘗。悼繐帳之冥漠,怨西陵之茫茫。登爵臺而群悲,眝美目其何望。既晞古以遺累,信簡禮而薄葬。彼裘紱於何有,貽塵謗於後王。嗟大戀之所存,故雖哲而不忘。覽遺籍以慷慨,獻兹文而悽傷。

眝,陳八郎本:直吕。　望,陳八郎本:平聲。　葬,朝鮮正德本、奎章閣本:平聲,協韻。

祭　文

祭古冢文并序

謝惠連

東府掘城北壍，入丈餘。得古冢，上無封域，不用塼甓。

甓，朝鮮正德本、奎章閣本：步覓反。

以木爲槨，中有二棺，正方，兩頭無和。明器之屬，材瓦銅漆，有數十種，多異形，不可盡識。刻木爲人，長三尺，可有二十餘頭。初開見，悉是人形，以物棖撥之，應手灰滅。

棖，尤袤本李善注：宅庚切。　撥，尤袤本李善注：補達切。

棺上有五銖錢百餘枚，水中有甘蔗節及梅李核、瓜辦，皆浮出，不甚爛壞。

核，朝鮮正德本、奎章閣本：胡隔。　辦，尤袤本李善注：白莧切。　【附】尤袤本李善注：辦，一作辯字，音練。辦與練字通。

銘誌不存，世代不可得而知也。公命城者改埋於東岡，祭之以豚酒。既不知其名字遠近，故假爲之號曰冥漠君云爾。元嘉七年九月十四日，司徒御屬領直兵令史、統作城録事、臨漳令亭侯朱林，具豚醪之祭，敬薦冥漠君之靈：忝摠徒旅，板築是司。窮泉爲壍，聚壤成基。一槨既啓，雙棺在兹。捨畚悽愴，縱鍤漣而。芻靈已毁，塗車既摧。几筵糜腐，俎豆傾低。盤或梅李，盎或醢醯。

畚，尤袤本李善注、陳八郎本：本。　【附】尤袤本李善注：《左氏傳》曰：宋災，陳畚挶。挶，居局切。　盎，朝鮮正德本、奎章閣本：烏浪。　醯，尤袤本李善注：呼蹄切。

蔗傳餘節，瓜表遺犀。追惟夫子，生自何代。曜質幾年，潛靈幾載。爲壽爲夭，寧顯寧晦。銘誌湮滅，姓字不傳。今誰子後，曩誰子先。功名美惡，如何蔑然。百堵皆作，十仞斯齊。墉不可轉，壍不可迴。黄腸既毁，便房已頹。循題興念，撫俑增哀。

俑，尤袤本李善注：餘腫切。　【附】尤袤本李善注：俑或爲偶。五苟切。

射聲垂仁，廣漢流渥。祠骸府阿，掩骼城曲。仰羡古風，爲君改卜。輪移北隍，窀穸東麓。

骼，尤袤本、朝鮮正德本、奎章閣本：格。　隍，尤袤本李善注：皇。

壙即新營，棺仍舊木。合葬非古，周公所存。敬遵昔義，還祔雙魂。酒以兩壺，牲以特豚。幽靈髣髴，歆我犧樽。嗚呼哀哉。

犧，尤袤本李善注：許宜切。

祭屈原文

顔延年

惟有宋五年月日，湘州刺史吴郡張邵，恭承帝命，建旟舊楚。訪懷沙之淵，得捐珮之浦。弭節羅潭，艤舟汨渚。

　　艤，朝鮮正德本、奎章閣本：魚几。

乃遣户曹掾某，敬祭故楚三閭大夫屈君之靈：蘭薰而摧，玉縝則折。物忌堅芳，人諱明潔。曰若先生，逢辰之缺。温風怠時，飛霜急節。嬴芊遘紛，昭懷不端。

　　芊，陳八郎本：弭。

謀折儀尚，貞蔑椒蘭。身絶郢闕，迹遍湘干。比物荃蓀，連類龍鸞。聲溢金石，志華日月。如彼樹芳，實穎實發。望汨心欷，瞻羅思越。藉用可塵，昭忠難闕。

　　欷，陳八郎本：許毅。

祭顔光禄文

王僧達

維宋孝建三年，九月癸丑朔，十九日辛未，王君以山羞野酌，敬祭顔君之靈：嗚呼哀哉。夫德以道樹，禮以仁清。惟君之懿，早歲飛聲。義窮機彖，文蔽班楊。性婞剛絜，志度淵英。

　　楊，尤袤本李善注、朝鮮正德本、奎章閣本：盈，協韻。　婞，陳八郎本：幸。

登朝光國，實宋之華。才通漢魏，譽浹龜沙。服爵帝典，栖志雲阿。清交素友，比景共波。氣高叔夜，嚴方仲舉。逸翮獨翔，孤風絶侣。流連酒德，嘯歌琴緒。游顧移年，契闊燕處。春風首時，爰談爰賦。秋露未凝，歸神太素。明發晨駕，瞻廬望路。心悽目泫，情條雲互。

涼陰掩軒,娥月寢耀。微燈動光,几牘誰炤。衾袵長塵,絲竹罷調。擎悲蘭宇,屑涕松嶠。古來共盡,牛山有淚。非獨昊天,殲我明懿。以此忍哀,敬陳奠饋。申酌長懷,顧望歔欷。嗚呼哀哉。

索　引

一、本索引包括《〈文選〉音注輯考》中所有音注字，按音序排列。

二、一字數聲者，均分條列出，如參、重、長、宓、調等。

三、一字各本有異體或假字者，以正體列目，異體與假字附於括號内。異體如眄（盻）、旆（斾）、崒（崪），假字如駓（否）、瑇（毒）、蠵（觽）等。

四、某本或有訛字，且與本字字義不同者，訛字附於正字後之括號内，不另出。如庬（痝）、舲（昤）、臚（臆）、派（泒）等。

五、誤字不列目。如卷一《東都賦》"憑怒雷震"，陳八郎本"震"誤作"振"；卷十一《登樓賦》"實顯敞而寡仇"，室町本"敞"誤作"敝"；卷十五《思玄賦》"爛漫麗靡藐以迭逿"，尤袤本"逿"誤作"逷"，九條本誤作"遏"；卷五十五《廣絶交論》"主人听然而笑曰"，正德本"听"誤作"聽"等，條目皆以正字爲準。

六、每條出處兼標卷碼與頁碼。

七、注文中出現的音注字，在索引卷頁碼下加横線標識以示區分。

A

B

C

D

E

F

G

H

J

K

L

N

O

P

Q

R

S

Y

Z

後 記

丙申春暮，楊絮初飛，予奉愛吾廬先生之命，南赴泉州，任《文選》校書之役。泉州，古之名邑，依山負海，風物可人。芸樓之上，綠樹映窗，緗書滿架。同仁共處斗室，朝夕相從，析疑展謔，至今夢想其樂。校書之餘，予於各家音注，多所留意，念其玉散珠零，思爲裒聚。請諸先生，頗加勗勉。年光易過，忽云仲夏，校事既畢，小聚京中。分别之際，侍坐相談，先生殷殷以是書相囑。時值雜務叢脞，無以承命，惟藏之中心而已。季秋多暇，耿念前言，遂從事之。手不停披，焚膏繼晷，望舒四圓，得七十萬言，而倫脊粗具焉。明年予來保定，稿在篋中，亦時加點竄。中呈先生過目，得蒙獎揄。復承厚意，列入叢書。於是重加校讎，增編索引。迄於今日，歲聿五遷，稿凡三易，韶華未虚，初志有遂。非比史公之發憤，庶同虞子之著書。憶昔鷦枝靡依，心迹雙寂，日赴國圖，藏身人海，寒鴉啼木，曦照在窗。其情其景，於今思之，都作前塵。惟此文章事業，筆墨因緣，師友之教益，親人之愛憐，將永銘心版，無日忘旃。

時庚子九月